"十二五"江苏省高等学校重点教材　编号:2013-1-108

宋词欣赏教程 "修订版"

张仲谋 ◎ 著

南京大学出版社

图书在版编目(CIP)数据

宋词欣赏教程/张仲谋著. — 2版. — 南京：南京大学出版社,2015.5
ISBN 978-7-305-15212-2

Ⅰ. ①宋… Ⅱ. ①张… Ⅲ. ①宋词－文学欣赏－高等学校－教材 Ⅳ. ①I207.23

中国版本图书馆 CIP 数据核字(2015)第 114184 号

出版发行　南京大学出版社
社　　址　南京市汉口路 22 号　　邮　编　210093
出 版 人　金鑫荣

书　　名　**宋词欣赏教程**
著　　者　张仲谋
责任编辑　姚　徽　荣卫红　　　编辑热线　025-83593963

照　　排　南京南琳图文制作有限公司
印　　刷　南京玉河印刷厂
开　　本　718×1000　1/16　印张 21.5　字数 397 千
版　　次　2015 年 5 月第 2 版　2015 年 5 月第 1 次印刷
ISBN 978-7-305-15212-2
定　　价　45.00 元

网址：http://www.njupco.com
官方微博：http://weibo.com/njupco
官方微信号：njupress
销售咨询热线：(025) 83594756

* 版权所有，侵权必究
* 凡购买南大版图书，如有印装质量问题，请与所购
　图书销售部门联系调换

序

张仲谋先生的大著《宋词欣赏教程》修订再版,他打电话来请我写一篇序,我高兴地说:"好,我来写!"

我如此爽快地答应,为什么呢?

因为仲谋是我相交了二十多年的老友。他善良淳厚,对人一片赤忱。他朴外慧中,平时话语不多,但在学术会议上一发言,就显出温文尔雅,才华横溢,让人想到苏轼赞扬友人董传的"腹有诗书气自华"那句诗来。他治学刻苦用功,认真严谨,于求实求深中出新;立足于文学本位,又不乏多学科视角,能通古察今,古为今用。他有敏锐细致、深邃的审美感受力,文笔清新、畅达、优美。我每读其文,如见"明月松间照",似聆"清泉石上流",但觉耳目、身心都清凉透亮,畅快无比!每次我们久别重逢,都十分亲热,促膝交谈,聊天说地,评文论艺。我年长他十四岁,但他的学问功底比我厚实,研究成果也比我多比我好。至今,仲谋已出版学术著作十种,发表论文一百余篇,他的专著《明词史》获第四届"夏承焘词学奖"一等奖,《明代词学通论》入选"国家哲学社会科学成果文库",《清代文化与浙派诗》获江苏省高校人文社科优秀成果奖,《宋词欣赏教程》被评为江苏省高校重点教材和精品教材。因此,我视仲谋为难得的良师益友。为良师益友撰写一篇序文,乃是笃于情谊之美事,岂有推辞之理?

我之所以如此爽快地答应写序,更因为我早就阅读了《宋词欣赏教程》的初版本,读后获益甚多。2008年秋天,我正尝试着把自己的研究领域从唐宋诗向唐宋词拓展。这时,收到了仲谋寄赠的这部教程。一看书名,我就不亦乐乎,心里说:仲谋,你真是我的知音啊!远隔数百里之外,居然知道我要补习宋词知识,马上就给我雪中送炭!于是,我兴致勃勃地通读这部书,其中有几章更是细嚼慢咽地精读。读完,真有醍醐灌顶、豁然开朗之感!我体会最深的有以下两点:

第一点,我认为《宋词欣赏教程》是一部很适合广大读者,尤其是高校中文系本科生与研究生提高欣赏和研究宋词能力的好教材。词起源于隋唐而大盛于两宋，它同唐诗一样深受广大人民群众的喜爱，是中国乃至世界文学的瑰宝。但宋词不同于基本上是齐言，以五、七言句式为主，韵位比较固定的唐代古体诗和近体律绝诗，它多是长短句参差，单双音节错落，韵位多样，节奏多变，词调和体式极为繁富。宋代词人们又喜用比兴寄托，含蓄婉曲地抒写那些细美幽约的人生情思。所以，人们读词，不容易找出它的意脉，更难以弄清它的旨趣。著名词学家叶嘉莹先生就说过："词的好处要比诗更难理解。"我想，喜爱宋词的广大读者，一定很渴望能够读到一部深入浅出地辅导他们欣赏宋词的书籍。《宋词欣赏教程》正好满足了他们的心愿。这部教程是仲谋在多所高校给中文系本科生、研究生讲授"宋词欣赏"或"宋词研究"课的讲稿基础上整理出来的。书中总结了他二十多年来丰富的教学实践经验，记录了他和同学们于教与学中交流、讨论的宝贵心得，凝注着他多年沉潜研究宋词所付出的心血与汗水。这部教程以提高学生欣赏宋词的能力为主旨，采取由粗到细、由面到点、由浅入深循序渐进的方式。仲谋先在绪论中用生动流丽的文字，从节奏美、阴柔美和情境美三个方面，揭示词的特殊艺术魅力，把读者带进了一个色彩缤纷、十分迷人又带点神秘感的宋词审美世界。其后，第一章先讲词的体制与格律，包括词调、体式、用韵等词的基础知识。第二章开始讲宋词，作者先回顾前人对宋词的分期，事实上也就是从不同的角度来讲述宋词的发展。然后，讲北宋词，划分为三个时期：宋初六十年，词坛的寂寥期；仁宗时代，宋词的发展期；北宋后期，宋词的兴盛期。作者分别评介了这三个时期的重要词人王禹偁、潘阆、林逋、范仲淹、柳永、张先、晏殊、欧阳修、苏轼、晏几道、秦观、贺铸、周邦彦、黄庭坚、晁补之、僧仲殊、毛滂。继而讲南宋词，也分为三个时期：南渡时期，词的变调；南宋中期，二派分流；南宋后期，萧瑟秋韵。评介的代表性词人有李清照、叶梦得、朱敦儒、陈与义、张元幹、辛弃疾、张孝祥、陈亮、刘过、陆游、姜夔、刘克庄、刘辰翁、吴文英、王沂孙、蒋捷、张炎。仲谋对这34位词人的评述有详有略，并不平均使用笔墨，着重揭示每位词人创作的艺术特色、艺术风格和所属流派，指出他们对宋词发展所作出的不同贡献，并以画龙点睛之笔评析他们的代表作品。这一章等于一部简明生动的宋词艺术发展史，为读者欣赏宋词提供了一幅路线清晰、既有全景又有重点景观的导游图，引人入胜。第三章和第四章，分别讲宋词的主题与题材，风格与流派。我在下文还要谈到，此处暂略。

如果说，以上的内容，人们在已经出版的多种词学常识、宋词概论或宋词史等书籍中都已经见过，似乎不算新鲜，那么，以下的第五、第六、第七章谈唐宋章法之演进和章法的分析，谈对宋词的单句节奏、韵句节奏、节奏群的分析，谈词的字法规律、词与曲字法之分野、词的意象特征等等，都令人耳目一新。这是仲谋为了提高读者欣赏宋词的能力，在唐圭璋先生《论词之作法》的基础上再深入研究的新成果。只有精读了这几章，完全掌握，熟谙于心，才有可能欣赏到宋词的精深微妙。就拿我来说，我曾师从著名红学家、词学家吴世昌先生攻读唐宋文学硕士学位，毕业后又在《文学遗产》杂志做了多年编辑，在编辑工作之余研究唐宋诗歌，但我深感惭愧，未能把恩师自成一家的词学学到手。对于词的章法演进、多种句法节奏以及字法规律，我都知之甚少或全然不知。我读了这几章，才感觉自己走进了词的艺苑，目不暇给地欣赏苑中的美景奇观。

仲谋为了更具体切实地帮助读者欣赏宋词，又专设了第八章《阅读与欣赏》。第一节《观千剑而后识器》，强调只有广泛阅读大量的作品，才能提高鉴赏能力。为帮助读者进一步了解词的艺术个性，作者开列了一个简明的"宋词必读书目"，这些书共分四类：一类是作品，即《全宋词》及其他重要的宋词选本；一类是词话，介绍《词话丛编》以及几部重要的词话；一类是现代词学论著，在介绍这些论著的同时也适当介绍现代词学家及传承情况；最后一类是工具书。使我为之钦佩不已的是，仲谋并不仅是介绍这些词籍的内容，而同时写出他研读的心得体会。例如他在介绍沈祖棻先生的《宋词赏析》时写道："沈祖棻是一位有很高造诣的词人，她的《涉江词》受到老一辈词人汪东等人的高度评价。正因为她有自己创作甘苦的体验，所以对宋词作品的分析能够深入浅出，入情入理，心能体悟而又口能言之，这是诗词欣赏中一种颇难企及的境界。读者诸君要想学会自出手眼地欣赏宋词，这是一本最合适的读物。"又如他介绍吴世昌先生《罗音室学术论著》（第二卷）说：吴先生的词学不从流俗，勇于标新立异，好究根究底，发前人所未见。比如他认为宋代词史上从来就不曾存在过一个豪放词派，苏轼也不是豪放词派的创始人。他对晚清词论家所标榜的"寄托说"痛加驳斥，对名家名篇并不一味叫好。如指出苏轼《水龙吟·杨花》拟人太过，辛弃疾《贺新郎·送茂嘉十二弟》用典不妥等等。又说吴先生"文风老辣，笔力恣肆"，他的《词林新话》"也是一部奇书。读其书可以想见此老睥睨一切、老气横秋的风度，能欣赏便是一种享受"。在第二节《求寄托与忌穿凿》中，仲谋强调欣赏宋词既不要忽视词人借物言志、比兴寄托、隐喻象征，又不能刻意寻求寄托，穿凿附会，把词中的景物意象都变成充满政治寓意的符号。同时，也要忌拘泥，即拘于常规，泥于字面，认死理，钻牛角尖，或拘泥于前人杜撰的所谓"本事"，而应更加注重审美感受。第三节《欣赏方法举隅》中，仲谋介绍了几种具体而平实的欣赏方法。其一是比较欣赏法，即：对同时、同派的词人，同题材的作品，通过比较，"同中求异"，见出特色，见出风格之同异与高下；或拿题材相同而体裁各异的作品来作比较；还有寻源溯流的比较欣赏法；同调词比较阅读法；还有对古代名篇名句通过拟议变化来作比较，从而体悟此篇此句的高明之处，钱锺书先生称之为"藉习作以为评鉴"之方法。其二是词曲互证法。其三是意象批评法，就是通过比喻来形容作者的风格或特色，使之更为生动形象。其四是摘句品赏法。作者在介绍这四种欣赏方法时，举出古今诗学词学大师名家的有关论说和鉴赏例子来说明，使读者领悟这些鉴赏方法，灵活自如地运用。

在这部教程中，仲谋并没有选录古今词学家和他本人鉴赏宋词的文章作为范式，供读者学习、参考。但细心的读者一定会从书中看出仲谋鉴赏宋词的灵心慧眼与生花妙笔。请看他欣赏晏殊词："同样是感慨人生苦短，晏殊的词却似乎达到一种清澄圆融的境界。他不像《古诗十九首》那样大声慨叹'生年不满百，常怀千岁忧'，甚至也不像冯延巳那样过于凄婉悲凉。他的词风流闲雅，温润秀洁，既显示了对人生之美的深情眷恋，又能面对人生悲剧镇定自持地凝眸深赏。这是一种以诗意的态度玩味人生的风度与境界。"他评赞秦观词云："没有一个不和谐的意象，没有一篇不圆成的结构，没有一个生硬的词句。仿佛每一个字都经过选择与熔炼，字面光洁，音韵和美，意象晶莹。"他赏析女词人李清照的《点绛唇》(蹴罢秋千)说："'露浓花瘦'四字不是写景，仍是写人，是'薄汗轻衣透'的虚拟与美化，其修辞手法使人想到'梨花一枝春带雨'。"他说李清照《醉花阴》(薄雾浓云愁永昼)结尾二句"莫道不销魂，帘卷西风，人比黄花瘦"，"其妙处在于以'莫道'二字唤起，然后翻转、透过，遂觉隽妙而富于情致"。又赞叹她的《如梦令》(昨夜雨疏风骤)"只是一首单调小令，却能在短小篇幅中展示情思的流动与顿挫"。他赏析吴文英的《八声甘州》(渺空烟四远)："充满历史的沧桑之感。'时靸双鸳响，廊叶秋声'，写得恍惚，如游人的幻觉，更如电影中常见的'闪回'手法。歇拍二句以景作结，而凭高吊古、苍茫四顾之状，跃然纸上。"仲谋的这些鉴赏文字，灌注着他对古代词人理解之同情，融入了他的情感体验与艺术想象，又灵活自如地运用各种鉴赏方法，可谓别具会心，自出手眼，见解新颖，文采粲然，显示出他厚重的词学积累和敏锐的审美悟性，自然大有助于提高读者的鉴赏水平。书的每章之后，又设"阅读与思考"一栏，扩大阅读书目，提出若干思考与练习题，促使学生"学而时习之，不亦乐乎"，亦能有利于思考，举一反三，锻炼解决学术问题的能力。

总之，仲谋这部《宋词欣赏教程》，把词学知识、词体特征、词论阐发、宋词概述与词艺评析结合起来，构成了一个严谨的教学体系，又能融知识性、学术性、可读性于一炉，确是指导读者鉴赏宋词的好书。它先后被评为江苏省高校精品教材与重点教材，可谓实全名归，当之无愧。

第二点，我认为《宋词欣赏教程》又是一部学术性强、创新度高、研究个性鲜明的专著。此书只是第一章《体制与格律》讲词学的基础知识，才较多地借鉴、吸取吴熊和先生的《唐宋词通论》等前贤著作的内容。第二、三、四章所论课题虽不新鲜，但仲谋能对前人和今人的见解作深入思考与实事求是的评断，并在此基础上提出自己的新观点，使得每一章只需略加改写，就能形成至少一篇、多则数篇有新见卓识的优秀学术论文。例如第二章《发展与分期》，仲谋对从南宋、清代到现当代词学家们的各种分期作了认真的思考与分析，既指出他们的偏失，又吸收他们的优长，兼顾时间意识和宋词发展的实际状况，将北宋词与南宋词各划分为三个时期：北宋的"寂寥期"、"发展期"、"兴盛期"，与南宋的"词的变调"、"二派分流"、"萧瑟秋韵"。这六期的名目，都很准确、概括、清晰，令人一目瞭然。我以为仲谋的六期说最接近宋词发展的原生状态，也最科学，是一篇在继承基础上创新的好文章。

书的第三章《主题与题材》，共三节，其实即是《论宋代爱情词》、《论宋代闲愁词》、《论宋代咏物词》三篇论文。其中，爱情词与咏物词早就是宋词研究的热门，已有大量的专著与论文问世。但仲谋仍能从这两个旧题中写出新意。爱情词的一篇，先说晚唐五代宫体余风之艳词，情调偏重刻画女性色相、感官刺激以及男女偷期欢会等艳俗作风，再说北宋张先、欧阳修等人将艳俗场面作幕后处理使艳情词达到典雅化、含蓄化的艺术效果。其后，指出宋代爱情词有间接渲染法，可分为闺情与伤春两种类型；又有直接描写法，可分为伤别、相思、伤逝三种类型，以下即对这五种类型逐一举例论述。其中，分析宋代伤别词能有巨大开拓空间的原因时说：

> 这是因为，前代诗文所写的离别（除了晚唐李商隐等人之外），大都是同性友人之间的分别，而同性友人之间的感情，无论多么真挚深厚，一般也都不如异性爱人之间那种感情来得缠绵，来得深彻心骨。而宋代的伤别之词，大都是以表现情人恋人的别离为擅场的。这就使得他们一方面继承了前代表现离别的诗文遗产，一方面又有新鲜的情思姿态和创作激情，从而在艺术与审美境界上构成对前代诗文艺术的丰富与补充。

上引的这段文字，将人们视而不见一直忽略的诗学现象揭示出来，用以说明宋代伤别词比唐代离别诗更多感伤幽怨、凄美动人的原因，见解新妙，入情入理，令我不禁击节称赏。

论咏物词的一节，构思与写法又不同于论爱情词。作者首先指出：两宋时代咏物词的发展，体现在题材物象的拓展、手法技巧的丰富等多个方面，但不宜于把咏物词分为几种范型或几种创作姿态,而又削足适履地强与几个发展阶段整合组配。仲谋在这里严肃批评词学研究乃至整个古代文学史研究中存在的一种违背事实的不科学的偏向,即"有意无意间舍弃那些并非偶然的'不适用'词例,去主观建构一种发展规律或发展模式"。我认为这是针砭不良学风的剀切之论。接着,作者把宋代咏物词分为两大类来赏析。第一类是以摹写客观物象为主,又可分为"尽物之态"与"穷物之情"两小类。章楶和苏轼同调亦复同题材的两首《水龙吟·杨花》,分别是这两小类词的代表作:章词状物工切,能尽柳絮之态;苏词体物为工,能传柳絮之神。而张先《汉宫春·蜡梅》和苏轼《西江月》(玉骨那愁瘴雾)两首咏梅词,也是两种写法的范例。仲谋认为"尽物之态"与"穷物之情"两种写法,并没有高下优劣之分。斤斤于形似或许并不可取,而摹写物态却也是咏物词的本分。第二类是以表现主观情志为主。也可分为"托物言志"与"因物寄情"两小类。前者将咏物与言志融为一体,物常被当作高洁人格的象征物。仲谋发现,在这种写法上具有发凡起例意味的作品是朱敦儒的《卜算子》(古涧一枝梅)。陆游的《卜算子·咏梅》、《朝中措·梅》等名作都受到朱敦儒这首词的影响。此外,借咏梅而言志的,还有刘克庄《沁园春·梦中作梅词》。用兰草作为高洁人格象征物的名篇,有曹组《卜算子·兰》、向子諲《浣溪沙·宝林山中见兰》、张炎《国香·赋兰》。而因物寄情之词,往往介于咏物与抒情之间,即词中所咏之物并不是真正意义的题咏对象,而只是引发回忆或联想的触媒。它是作为抒情的凭借而存在的,因此也可以看作词人构思与抒情的道具。周邦彦的咏物词往往具此特点,如《兰陵王·柳》、《六丑·蔷薇谢后作》、《花犯》(粉墙低),皆属此类。姜夔的名篇《暗香》与《疏影》,历来被并称为咏梅词的双璧。仲谋认为二词不同,《疏影》铺排典故,音节婉雅而情韵并不高妙;而《暗香》则如刘永济先生所评:"以身世之感贯穿于咏梅之中,似咏梅而实非咏梅,非咏梅又句句与梅相关,用意空灵。"(《唐五代两宋词简析》)所以说《暗香》胜于《疏影》。仲谋也因此提出一个有普遍性的新颖见解:"盖因物寄情之词,所因之物一定是词人感情阅历中具有重要地位的事物,词之优劣往往视此种感情借物象酝酿之深浅而定。因此,把这类词仅仅作为咏物词来分析评价,也是不妥当的。"这篇宋代咏物词论将咏物词高度概括为两大类四小类,比较全面、准确地总结了宋代咏物词摹写物象与表现主观情志的艺术表现方法,在对具体作品的分析中又多真知灼见,确是一篇在旧题中写出新意的佳作。

闲愁词不像爱情词与状物词那样受词论家关注,不是宋词研究的热点,很少有人作专门研究。仲谋这一篇写得尤为精彩。他先说闲愁词是"一种超越了生活中浅薄琐屑是非纷争的无端哀怨",又用诗一样的语言比喻说:"'闲愁'如心潭深处的天光云影,如和风轻拂水面的波光涟漪。""'闲愁词'犹如清茶,不比酒饭可以醉,可以饱,但它特有的清涩之味,却可以滋养人的性灵。"他指出,这种表现"闲愁"的词,是最能体现词体独特功能和价值的作品。闲愁不同于男女相思之情;闲愁的词,往往以伤春伤别为抒情的依托,但伤春伤别之词,并非都在抒写闲愁。唐宋词的闲愁主题,往往就存在于另有寄托的伤别之词和近于兴的伤春之词中。闲愁表现在词里,又有对美景而生愁、乐极生悲、常作痴语或没要紧语这三种情况。闲愁词有两种内涵,一为源于人生短促事实的忧生之嗟,一为根于人性的永恒的企羡与失落。忧生之嗟既是人生哲学的永恒命题,也是中国文学的基本母题。如追根溯源,前代诗文对这一主题的表现,有直言咏叹、及时行乐、及时进取三种情况。而根于人性的永恒的企羡与失落,在中国古代传统文学中,基本表现方式有两种:一种是以赋的手法正面描述,具体表现为乐极生悲;另一种是以象征的手法,把内心渺茫的希冀与无涯的企羡,表现为对一个虚无缥缈的美女恋人的追求。在宋代,最典型的闲愁词出自晏殊的《珠玉词》,而晏词又出于其老师冯延巳之词。仲谋接着即具体赏析冯词与晏词中那些用笔含浑、义兼比兴、郁伊惝怳、其所怀思之人眉目不省,却自觉如姑射仙人、超凡脱俗的作品,指出这些作品的境界亦仿佛尘世所无,而有空山无人、水流花开之禅意。文章最后总结说:闲愁词的魅力虽然与其艺术表现有关,但从根本来说,主要在于它反映了人性心理结构的深层意识,写出忧生之嗟和无涯的企羡等"人世千古共同的悲哀"。读仲谋此文之前,在我心目中,确实把这种闲愁看作贵族官僚和文人才子们在诗酒风流的生活中百无聊赖、空虚怅惘或小有失意而生淡淡愁绪的抒写,认为这些作品思想浅薄,感情缺乏,内容空虚,仅凭艺术表现上的工巧而赢得了读者的好感。读了仲谋此文才使我认识到:原来这些作品在抒写忧生之嗟与无涯的企羡中反映出人性的深度与广度。而仲谋能够紧紧捕捉住这一人生哲学的永恒命题和中国文学的基本母题,对宋代闲愁词作剥茧抽丝般层层深入的探讨,真有振聋发聩之功。缪钺先生在《论词》一文中曾指出,人生情思中之精细美幽约者,只有词体能曲尽其妙,此论极精辟。而我想借此引申说,只有注重情感体验并且深入探究人生哲理的词学家,才有可能揭示出闲愁词的深美意蕴,仲谋就是其中的一位。

为了更充分地说明《宋词欣赏教程》是一部高水平的有鲜明个性的学术专著,我还想再举一例。上文说过,教程中的第五、六、七章,其内容基本上是发人所未发,是仲谋深入研究宋词艺术的独创性成果。其中第五章第三节《与章法相关的术语》介绍了意脉、词眼、钩勒三个术语,这里只说仲谋怎样论钩勒。他首先解释"钩勒"是中国画技法术语,指用线条钩描物象轮廓,也叫双钩。清代诗人兼诗论家赵翼在《瓯北诗话》中把它引入诗学范畴。其后，周济将它用于词学批评，在其《介存斋论词杂著》、《宋四家词选目录序论》中都称道周邦彦词的钩勒之法，并在《宋四家词选》中用以评析周邦彦的词作。此后的百余年间，又有夏敬观、陈洵和刘扬忠对钩勒之法给出了三种不同的理解。仲谋搜集、引用了丰富的文献资料，对四位词学家的四种理解一一作了介绍与评论，最后总结说：

> 周济最早借用钩勒概念评词，是指在词的发端、结尾或换头等关键部分，以一二语钩勒提絜，对铺叙的段落加以收束，在章法上具有点清层次或承上启下的功能。夏敬观则把钩勒与张炎所谓"虚字呼唤"混为一谈，实际有些领句可能与钩勒之笔偶合，但领句却并不就是钩勒。陈洵把钩勒理解为情与景、虚与实等层次之间的"钩转"或"逆挽"，与周济的意思微别而大略相通。至于当代学者刘扬忠先生把钩勒理解为细致深入、一笔不苟的描写手法，则可能是建立在清真词长于叙事、钩勒之法多用于叙事写景之词这一特点上的误解。总之，以上四家说法，对于理解"钩勒"词法以及理解清真词，各有偏至而可以互补，均有一定的启发和借鉴意义。因为钩勒之说首先是由周济引入词学领域并用于词学批评的，所以还是应以周济所用原初意义为根本。

仲谋对各家钩勒之说的评论，实事求是，客观公允，要言不烦，体现出良好的学风和文风。他这一节文字论钩勒最确切，最令人信服，所以在教程出版之前，已被《文学遗产》杂志刊发出来，得到词学界的点赞。由此可见，仲谋这部《宋词欣赏教程》对于词学研究也多有启发、推进的意义。至少它已拓展和深化了我对宋词的认识。近几年来，我的几篇论宋词"点染"技法、白描与彩绘艺术的文章，就是受了仲谋这部教程的启迪与激励才写出来的。

仲谋，祝愿你在教学和研究上取得更丰硕的成果。

陶文鹏

2015年5月4日

于中国社会科学院文学所

目 录

绪论：宋词的艺术魅力 …………………………………………… 001
第一章　体制与格律 ……………………………………………… 005
　第一节　词调 …………………………………………………… 005
　　一、词调概说 ………………………………………………… 005
　　二、词调的分类 ……………………………………………… 008
　　三、词调与声情 ……………………………………………… 011
　　四、词调与词题 ……………………………………………… 012
　第二节　词体 …………………………………………………… 015
　　一、单调 ……………………………………………………… 015
　　二、双调 ……………………………………………………… 015
　　三、三叠 ……………………………………………………… 017
　　四、四叠 ……………………………………………………… 018
　第三节　词韵 …………………………………………………… 019
　　一、词韵与诗韵之同异 ……………………………………… 019
　　二、押韵方式的丰富变化 …………………………………… 019
　　三、韵位的疏密变化 ………………………………………… 023
　阅读与思考 ……………………………………………………… 025
第二章　发展与分期 ……………………………………………… 026
　第一节　分期回顾 ……………………………………………… 026
　　一、前人的探讨 ……………………………………………… 026
　　二、胡适三期说 ……………………………………………… 028

三、六期说 …………………………………………………… 029
　　四、王兆鹏新六期说 ………………………………………… 031
第二节　北宋词坛 ……………………………………………… 033
　　一、宋初六十年：词坛的寂寥期 …………………………… 033
　　二、仁宗时代：宋词的发展期 ……………………………… 036
　　三、北宋后期：宋词的兴盛期 ……………………………… 040
第三节　南宋词坛 ……………………………………………… 050
　　一、南渡时期：词的变调 …………………………………… 051
　　二、南宋中期：二派分流 …………………………………… 057
　　三、南宋后期：萧瑟秋韵 …………………………………… 065
阅读与思考 ……………………………………………………… 071

第三章　主题与题材 …………………………………………… 072
第一节　艳情词 ………………………………………………… 074
　　一、宫体余风之艳词 ………………………………………… 075
　　二、一般意义的爱情词 ……………………………………… 078
第二节　闲愁词 ………………………………………………… 086
　　一、闲愁与词心 ……………………………………………… 087
　　二、闲愁词的特点 …………………………………………… 089
　　三、闲愁词的内涵 …………………………………………… 092
第三节　咏物词 ………………………………………………… 101
　　一、尽物之态与穷物之情 …………………………………… 103
　　二、托物言志与因物寄情 …………………………………… 108
阅读与思考 ……………………………………………………… 116

第四章　风格与流派 …………………………………………… 117
第一节　宋词风格概说 ………………………………………… 118
　　一、词的风格层级 …………………………………………… 118
　　二、宋词的风格类型 ………………………………………… 120
　　三、常用风格术语 …………………………………………… 123
第二节　宋词流派概说 ………………………………………… 129
　　一、宋词流派的泛化 ………………………………………… 129

  二、宋词四大流派 …………………………………………………… 136
 第三节 婉约与豪放 ……………………………………………………… 145
  一、婉约、豪放是词学范畴 …………………………………………… 146
  二、豪放之说因东坡词而发 …………………………………………… 147
  三、豪放与婉约有比并关系 …………………………………………… 150
  四、豪放与婉约派中有派 ……………………………………………… 151
 第四节 北宋与南宋 ……………………………………………………… 154
  一、两宋词优劣之争 …………………………………………………… 155
  二、两宋词异同之辨 …………………………………………………… 159
  三、折中调和之论 ……………………………………………………… 161
 阅读与思考 ……………………………………………………………… 162

第五章 结构与章法 ………………………………………………………… 164
 第一节 唐宋词章法之演进 ……………………………………………… 164
  一、令词章法之进化 …………………………………………………… 165
  二、慢词章法之创构 …………………………………………………… 167
 第二节 章法之分析 ……………………………………………………… 172
  一、从词的关键部位看章法 …………………………………………… 172
  二、从上下片关系看章法 ……………………………………………… 178
  三、从时空错综看章法 ………………………………………………… 182
 第三节 与章法相关的术语 ……………………………………………… 188
  一、意脉 ………………………………………………………………… 188
  二、词眼 ………………………………………………………………… 189
  三、钩勒 ………………………………………………………………… 191
 阅读与思考 ……………………………………………………………… 196

第六章 句法与节奏 ………………………………………………………… 198
 第一节 单句节奏分析 …………………………………………………… 198
  一、少见的一、二字句 ………………………………………………… 199
  二、常用的三字句至七字句 …………………………………………… 199
  三、七字以上的长句 …………………………………………………… 204

第二节　韵句结构分析 ······ 206
一、典型句式分析法 ······ 207
二、句数构成分析法 ······ 216
三、慢词骈句分析法 ······ 219
四、复句关系分析法 ······ 224

第三节　节奏群分析 ······ 230
一、长短句错落 ······ 231
二、单式句与双式句错落 ······ 234
三、奇句段与复叠节奏 ······ 236
四、常用词调节奏分析 ······ 239

阅读与思考 ······ 241

第七章　字法与意象 ······ 243

第一节　从词体个性看字法 ······ 244
一、前代字法说的局限 ······ 244
二、词体个性与字法 ······ 246

第二节　词的字法规律 ······ 248
一、妥溜清圆：歌词属性的字法要求 ······ 248
二、小语丽字：女性特点的字法要求 ······ 250
三、向雅避俗：立足于诗、曲之间 ······ 253

第三节　词与曲字法之分野 ······ 256
一、词曲通用字 ······ 256
二、曲中常用字 ······ 256
三、词中常用字 ······ 257
四、说"凝"字 ······ 261

第四节　词的意象特征 ······ 263
一、意象的流变 ······ 264
二、词的意象与风格 ······ 266
三、词的意象特色 ······ 268

阅读与思考 ······ 273

第八章　阅读与欣赏 ·· 275
第一节　观千剑而后识器 ·· 276
一、《全宋词》及宋词选本 ·· 278
二、《词话丛编》及词话举要 ·· 285
三、现代词学论著 ·· 289
四、常用工具书 ·· 297
第二节　求寄托与忌穿凿 ·· 299
一、寄托说 ·· 299
二、忌穿凿 ·· 301
三、忌拘泥 ·· 306
第三节　欣赏方法举隅 ·· 309
一、比较欣赏法 ·· 310
二、词曲互证法 ·· 316
三、意象批评法 ·· 320
四、摘句品赏法 ·· 322
阅读与思考 ·· 325
后　记 ··· 326

绪 论　宋词的艺术魅力

近代学者王国维《宋元戏曲史序》有云："夫一代有一代之文学：楚之骚，汉之赋，六朝之骈语，唐之诗，宋之词，元之曲，皆可谓一代之文学，而后世莫能继焉者也。"这种文学史观并非王国维首创，却以他的影响为最大。"一代有一代之文学"命题的正面，是说一时代有一时代文学的代表样式，而另一面是说每一种文学样式只可能有一次青春期或繁盛期。历元、明、清以来，唐诗、宋词、元曲的说法早已约定俗成，也确立了词之一体在宋代文学中的突出地位。但很多学者（尤其是研究宋代诗文的学者）在认可宋词为宋代文学的代表样式之后，总是要补充强调说宋诗与宋文也取得了很高的成就，丝毫不比宋词逊色；或者说把宋词视为宋代文学的代表样式只是基于词之一体发展史上的纵向考察，而不是出于宋代各体文学之间的横向比较云云。如果说这些追加说明只是为了表明论者的思维辩证而周密，正大堂皇而无偏无党，那么这些话只要印到纸面上就算达到目的了；如果说要想让社会上的广大读者而不是专门学者普遍接受，那恐怕只能是一厢情愿的想法；读者还是一眼觑定"唐诗、宋词、元曲"的经典表述，而且是过目不忘且又到处传扬，至于后面那些追加的说明，他们已经懒得关心而且不感兴趣了。

中国古代的文体系统是一个天然形成的有机体。它对应着中华民族的精神、心理、性格、气质而次第生成并逐渐丰满，同时也是中华民族生存姿态与审美情趣的重要载体。在词体产生的唐代以前，也许在陆机、挚虞、刘勰和《金楼子》的作者梁元帝萧绎等人看来，那时的文体系统已经足够丰富了。可是以后人的眼光看来，在中国文学史上，在中华民族的审美形态系统里，后起的宋词乃是不可或缺又不可取代的。

宋词具有独特的艺术魅力。词初起时本是胡夷里巷之曲，可是很快就突破了酒宴勾栏的局限，进入到士大夫阶层的精神生活了。就是那些讲求正心诚意、格物致知的道学家们，也无法抵御其魅力。邵博《邵氏闻见后录》卷十九记载："伊川（程颐)闻诵叔原'梦魂惯得无拘检,又踏杨花过谢桥'长短句,笑曰:'鬼语也',意亦赏之。"叔原是北宋著名词人晏几道的字,这里引的两句词出于他的《鹧鸪天》,"过谢桥"亦犹言又到谢娘家也。像程颐这样的道学先生,也能欣赏这样的"淫词艳曲",当然也表明了程氏尚有"真性情",但同时也表明了词所具有的独特魅力。从现代读者来看,词也是一种最能赢得广大读者青睐的文学样式。可能有人以为楚辞艰涩难读,有人不喜欢汉赋的夸张堆砌,有人不喜欢元曲的"蒜酪气"或"蛤蜊风味",甚至有人不喜欢《红楼梦》的家常琐屑,可是没有谁不喜欢宋词。在大学校园内开展的一次关于"大学生必读书"的问卷调查中,《宋词选》和《唐诗选》等书都是高居榜首的。

宋词的艺术魅力,主要来自三个方面。

一、节奏美

词本来就是音乐文学,宋词原本是可以歌唱的,尽管除了《白石道人歌曲十七首》之外,词乐大都失传了,可是在八百多个词调、两万余首宋词中,词的节奏乃至旋律特点还是以格律形式被保存下来了。很多人喜欢词,最初就是被它的节奏美迷住的。和诗的节奏相比,词的节奏更富于变化。诗一般是齐言的,尤以五、七言句式为主;诗的韵位比较固定而均匀,一般都是偶句押韵。这些形式特点使得古近体诗呈现为一种整齐、对称、稳定的建筑美。而词则是长短句错落,单双音节错落,韵位错落,于是化方板为流动,使词呈现为一种参差错落、宛转流丽的音乐美。我们读范仲淹的《苏幕遮》:"碧云天,黄叶地,秋色连波,波上寒烟翠。山映斜阳天接水,芳草无情,更在斜阳外……"除了文辞优美、意象鲜明之外,它那仿佛"大珠小珠落玉盘"的节奏,一气舒卷的旋律,更使它别具韵味。又如贺铸的《青玉案》:"试问闲愁都几许?一川烟草,满城风絮,梅子黄时雨。"其妙处前人已数数道及,但假如说只是把无形之愁苦比作有形之事物,那么如杜甫《自京赴奉先县咏怀》中的"忧端齐终南,澒洞不可掇",又如李群玉《雨夜呈长官》中的"请量东海水,看取浅深愁",可谓早有成例在前;但贺铸先以七字句设问,又以四、四、五句式相排而下,节奏群与意象群同步而错综,所以比齐言之诗更具参差摇曳之美。

二、阴柔美

在中国古代审美意识的发展史上,在中华民族的审美类型中,词之一体正是阴柔美或婉约美的载体形式。我们不想卷入婉约与豪放或阳刚与阴柔的正变之争,我们只认为词就是阴柔的、婉约的、优美的或女性化的。这正是它的特色,也是词在各种文体中有以自立的重要原因。有人说,词的出现,弥补了以前诗歌中那种干燥的抒情。是的,相对于过去偏重美刺的诗教传统,相对于"修、齐、治、平"或"画图凌烟阁"之类的言志诗,词的柔情曼声不啻是一种心理调剂。宋代大理学家朱熹有诗云:"十年湖海一身轻,归对梨涡却有情"(《宿梅溪胡氏客馆观壁间题诗自警》之二);虽然他意在自警,但同时可见"梨涡"之魅力。作为"艳科"的宋词能够得到如范仲淹、韩琦等刚方之士的喜爱,其功能亦正如"梨涡",当宦海浮沉、身心疲惫之时,听一曲婉转的清歌,也是一种难得的慰藉与润泽。焦循《雕菰楼词话》有云:"人禀阴阳之气以生,性情中所寓之柔气,有时感发,每不可遏,得词曲一途分泄之,则使清纯之气,常流于诗古文之间。"他的意思是说,词的功能,就在于抒发人性情中所寓之柔气。虽然他的落脚点并不妥当,好像诗文中便不许柔气掺杂其间或有柔气便会损伤格调似的。或许他这一句也是装潢门面语,前一句才是正意所在。这种说法真可谓发前人所未发。词之一体有以自立,这正是一个重要理由。又清人总是指责宋人之诗偏枯,无温润气象,恐怕也正是宋人之柔气类发于诗余的结果。

三、人性美

词的题材与表现范围亦如宝塔状。若把全部宋词一总纳入视野,词亦几乎无意不可入,无事不可言。但这样做看似全面,实则消解了词的个性与专长。最能代表词体个体的词,如冯延巳、晏殊、欧阳修等人的词,也许在唐宋词中只是极少数,但正是这些词,既代表了词的艺术个性,又标志着词的艺术境界。

或许可以称词是一种"贵族的文学"。虽然这也是一种起于"胡夷里巷"的新体乐府,可是它与"饥者歌其食,劳者歌其事"的《诗经》不同,与"感于哀乐,缘事而发"的汉乐府不同,与"一吟悲一事"的唐代新乐府也不同。它对现实的风雨晦明颇为淡漠,而一心致力于捕捉人性心理结构深层的天光云影。也许只有在超越了衣食住行这些起码的生存需要之后,让心灵处于一种无扰无波的闲暇状态,才是词的创作与欣赏的最佳心境。

词似浅而实深。它不像诗或散文那样,完整地反映即景生情、融情入理的显性的情感流程,它甚至不用那些直接抒情的字面。它只是写梦回酒醒之后,写夕阳下的闲花野草,写暮春时节的斜阳烟柳,写又是一年春草绿的无端怅惘。可是在千百载之后读来,仍如读那清空如话的"古诗十九首",感到"惊心动魄,一字千金"。

词似小而实大。刘熙载《艺概》说词"虽小却好,虽好却小",把他那种爱赏不置而又不无遗憾的心态揭示得多么准确。"小",是说词的题材领域狭窄吧!是的,那些最具词体个性的作品,就是刻红剪翠,伤春伤别,惜流光,思华年,美人迟暮,众芳芜秽,流连光景,惆怅自怜,就这几句话,似乎就把唐宋词的内涵旨趣都说尽了。然而这些却正是人世千古共同的悲哀。这种"绮怨",这种"美丽的感伤",也正是历代读者为之低首倾心的永恒主题。

　　词是"无标题音乐"。王国维《人间词话》说:"诗之《三百篇》、十九首,词之五代、北宋,皆无题也。非无题也,诗词中之意,不能以题尽之也。"这种情形,对于词来说尤为切当。我们说词中抒写的闲愁有两种内涵:一为源于人生短促事实的忧生之嗟,一为根于人性的永恒的企羡与失落,这种勉强指实的解说已经有胶柱鼓瑟之嫌了。各类文学的极致通于诗,诗的极致通于音乐,而音乐的最高境界往往是一种哲学的境界。当然这里所谓哲学不是指抽象的哲理,而是一种带有人生哲理意味的澄明的哲思。大象无形,大音希声,最好的词似乎无主题,实际却因为"触着"人性心理结构深层的最柔软也最敏感的区域,让千载之下的读者仍会悄焉动容,低回不已。

　　苏轼《怀西湖寄晁美叔同年》诗云:"西湖天下景,游者无愚贤。浅深随所得,谁能识其全。"对于宋词的阅读欣赏也是这样,可能会深者得其深,浅者得其浅。而在宋词的审美世界里徜徉一回总不是坏事,也不是苦事。当然,要积累相关知识,提高自身修养,都要有一个过程。我们希望缩短或加速这一过程,但也要在"渐修"的基础上才可能"顿悟"。假如用急功近利或享用"文化快餐"的心理来欣赏宋词,就很难达到预期的效果。因此,在开始我们的"宋词之旅"以前,也希望读者诸君能调整一下心态,从容地品赏宋词之美。

　　如果你已经准备好了,那就让我们一起踏入宋词的审美世界吧!

第一章 体制与格律

词的体制是由其音乐文学的性质所决定的。清代孔尚任《蘅皋词序》说:"夫词,乃乐之文也。"刘熙载《艺概·词曲概》说:"词曲本不相离,惟词以文言,曲以声言耳。"都是在强调词体的歌词性质。词是配合燕乐乐曲而创作的,它的一系列与诗迥然有别的体制特点,都是以燕乐曲调为基础,"依曲定体"的结果。依曲定体,依乐段分片,依曲拍定韵位与句读,审音用字,这就形成了具体的词体及其相应的格律。❶

第一节 词 调

词与诗的不同点之一,就是每首词都有一个词调。从创作角度来说,词与诗的不同点就是按谱填词;这里所谓"谱",就是各种词调的格律形式。

一、词调概说

词调是从曲调发展来的。曲调所规定的是一首歌曲的音乐形式,包括宫调、分片、曲拍等因素。词调规定的则是符合某一曲调的歌词形式,包括长短、分段、韵位、句法以及字声等因素。一个词调就是一种文字和音韵结构的定式。清代万树所作《词律》共收词调660调,1 180余体。连同后来徐本立所作《词律拾遗》、杜文澜所作《词律补遗》,合计共收875调,1 670余体。康熙时王奕清等奉命作《钦定词谱》40卷,共收词调826调,2 306体。词所拥有的如此丰富的体式,是传统的古体诗、近体诗所无法比拟的。在词体节奏旋律与人的复杂微妙情感旋律的对应性上,丰

---

❶ 参见吴熊和《唐宋词通论》第二章,浙江古籍出版社1989年版。

富的词调既为禀性气质不同的词作者提供了很大的可选择性,也为词人根据内在的情感特点来选择最为合适的文字音律图式提供最大的可能性。这就是说不同的词人可以各本其性情选择不同的词调,同一个词人也可以根据情感的变化选择不同的词调。一般来说,宋词中那些极富感染力的传世名作,都是词调的声情与词作者的感情高度谐调一致的作品。

1. 词调的由来

词调名本来是该调最早的歌辞(一般称为"始辞")的题目,后人用此曲调另填新词,久而久之,原来的题目就仅仅成了此一曲调的标识,这就成了词调。词调之得名有多种情况。如《十六字令》、《百字令》,是因篇章字数而得名;《三字令》通体皆为三字句,《字字双》句句皆有叠字,是因句式句法而得名;《甘州子》、《梁州令》、《西平乐》、《扬州慢》之类,是以产生之地而得名;《念奴娇》、《何满子》,是以创调或传调之人而得名。最常见的有两种情况:一是以词中所咏之事物为调名,如白居易的《忆江南》、张志和的《渔歌子》,以及述道情则曰《女冠子》,咏祠庙则曰《河渎神》等,皆因意概括,如今之歌词得名情况相似;另一种常见方式是从前人诗句中截取形象生动的短语为调名。明代都穆《南濠诗话》中写道:

> 昔人词调,其命名多取古诗中语。如《蝶恋花》取梁简文帝"翻阶蛱蝶恋花情",《满庭芳》取柳柳州诗"满庭芳草积",《玉楼春》取白乐天诗"玉楼宴罢醉和春",《丁香结》取古诗"丁香结恨新",《霜叶飞》取老杜诗"清霜洞庭叶,故欲别时飞",《宴清都》取沈隐侯诗"朝上阊阖宫,夜宴清都关"。其间亦有不尽然者。如《风流子》出《文选》。刘良《文选注》曰:"风流,言其风美之声流于天下;子者,男子之通称也。"《荔枝香》、《解语花》,一出《唐书》,一出《开元天宝遗事》。《唐书·礼乐志》载:"明皇幸蜀,贵妃生日,命小部张乐,奏新曲而未有名,会南方进荔枝,遂命其名曰《荔枝香》。"《遗事》云:"帝与妃子共赏太液池千叶莲,指妃子谓左右曰:'何如此解语花也!'"《解连环》出《庄子》。《庄子》曰:"南方无穷而有穷,今日适越而昔来,连环可解也。"《华胥引》出《列子》,《列子》曰:"黄帝昼寝,梦游华胥氏之国。"他如《塞垣春》,"塞垣"二字出《后汉书·鲜卑传》。《玉烛新》,"玉烛"二字出《尔雅》。即此观之,其余可类推也。❶

考证词调的来源,是明清词话中的一项重要内容,后来毛先舒《填词名解》踵事增

---

❶ 丁福保辑:《历代诗话续编》,中华书局2006年版,第1343—1344页。

华,创获更多,当然也有牵强附会之处。

2. 同调异名与同调异体

"同调异名"是指同一个词调具有若干不同的调名。如《忆江南》又名《望江南》、《梦江南》、《江南好》;《相见欢》又名《乌夜啼》、《上西楼》;《菩萨蛮》又名《重叠金》;《贺新郎》又名《金缕曲》,等等。又如同为一调,在冯延巳词中叫《鹊踏枝》,在柳永词中叫《凤栖梧》,而在晏殊词中叫《蝶恋花》。

"同调异体"是说同一个词调有几种"别体"。如《忆江南》、《南歌子》、《江城子》等词调既有单调,也有双调;又如《柳梢青》、《满江红》等可押平声韵,也可押仄声韵之类。别体又表现在字数与句法差异等方面。往往有一些名家名篇在局部突破了原来的格式,但因为词写得确实精彩,所以获得后人的认可,因而形成一些变体。在《词律》、《词谱》等书中,一般以最早或最常用的调式为正格或正体,而把其他字数或句格参差变化者列为"又一体"。了解这样一些基本知识,可以在欣赏评论词时避免一些常识性的错误。

3. 熟调与僻调

在众多词调中,有常用不衰的熟调,也有偶尔一用的僻调。据《全宋词》统计,仅止一词的孤调有 354 调,这些就都属于僻调,而每调填词在 100 首以上的词调共有以下 48 个(调名后的数字指用此调创作的篇数)❶:

序号	词调	篇数	序号	词调	篇数
1	浣溪沙	775	2	水调歌头	743
3	鹧鸪天	657	4	菩萨蛮	598
5	满江红	549	6	念奴娇	535
7	西江月	490	8	临江仙	482
9	减字木兰花	426	10	沁园春	423
11	蝶恋花	416	12	点绛唇	390
13	贺新郎	361	14	清平乐	355
15	满庭芳	330	16	虞美人	304
17	好事近	296	18	水龙吟	295
19	朝中措	259	20	渔家傲	257

---

❶ 此据王兆鹏《唐宋词史论》,人民文学出版社 2000 年版,第 107—108 页;刘尊明《唐宋词综论》(中国社会科学出版社 2004 年版,第 8 页)所列使用频率最高的前 10 种词调与此稍有出入。

(续表)

序号	词调	篇数	序号	词调	篇数
21	卜算子	240	22	谒金门	231
23	玉楼春	211	24	南乡子	205
25	踏莎行	203	26	南歌子	200
27	柳梢青	188	28	蓦山溪	185
29	望江南	183	30	生查子	178
31	鹊桥仙	177	32	浪淘沙	175
33	如梦令	157	34	木兰花慢	153
35	洞仙歌	152	36	诉衷情	146
37	青玉案	137	38	阮郎归	137
39	醉落魄	129	40	摸鱼儿	123
41	瑞鹤仙	120	42	江城子	117
43	感皇恩	109	44	小重山	109
45	八声甘州	108	46	采桑子	108
47	长相思	106	48	醉蓬莱	106

在以上48个词调中，小令占到70%，双调占到100%。这些都有助于我们对宋词创作风貌的全面把握。另外我们也有理由相信，宋词中的常用词调，应该也就是比较好听、比较流行的曲调。

二、词调的分类

词调的分类一般可以有三种角度：一是根据词体分段情况分为单调、双调、三叠、四叠等四种类型；二是按照词的音乐性质分则有令、引、近、慢等名称；三是根据词体字数的多少分为小令、中调、长调等三类。以下分别加以简述。

1. 单调、双调、三叠、四叠

就像现在的歌曲一样，唐宋词也大都分段。有一段、二段、三段、四段四种，而以两段的为主。过去人们对于词段有不同的表述，一般有片、调、叠、阕四种说法。一段体之词称单调，二段体称双调，三段体称三叠，四段体称四叠。而在分析双调之词的时候，又常常会称上片、下片或上阕、下阕。也有人把一首词视为一阕，因而称上半阕、下半阕的。因为关于词的分段在下文"词体"部分还要作具体分析，这里就先介绍到这儿。

2. 令、引、近、慢

令，又称小令、令曲，一般指字句不多的小调短曲。唐白居易《就花枝》诗："歌翻衫袖抛小令"；元稹《何满子歌》"牙筹记令红螺盌"；后蜀花蕊夫人《宫词》："新翻酒令著词章"，均表明令词原出于唐人酒令。关于这一问题，王昆吾著有《唐代酒令艺术》一书，有兴趣者可以参看。❶ 凡属小令的曲调名，唐人多不加"令"字，《教坊记》及其他文献所载唐代小曲多用"子"字。唐人称物之幺小者为"子"，曲名加"子"字，大都是令曲。如《南歌子》、《渔歌子》、《捣练子》之类。到了宋代，渐渐不用"子"字而改用"令"字。如《甘州子》改称《甘州令》。也有唐五代时不加"子"字或"令"字，而在宋代加上"令"字的。如《浪淘沙》、《雨中花》、《卜算子》等调，宋人有时会加上"令"字。这个"令"字本来不属于调名，而只标明该调的令曲性质。如《浪淘沙令》就是《浪淘沙》，二者没有什么不同。

引，本来是古代乐曲的一种名称。古代琴曲有《箜篌引》、《走马引》，见于崔豹《古今注》和吴兢《乐府古题要解》。词调名加"引"字，有两种较为可信的解释。一种解释说："引又与序的意义相近，在曲中有前奏曲、序曲的意思。"❷根据是词调中的引曲多来自大曲，而沈括《梦溪笔谈》卷一记述大曲各个乐遍的演奏次序，依次为序、引、歌。另一种解释说："宋人取唐五代小令，曼衍其声，别成新腔，名之曰引。" ❸依据是宋人以"引"为主的词调，往往与原调有关。如王安石有《千秋岁引》，清万树《词律》注云："荆公此词，即《千秋岁》调添减摊破，自成一体，其源实出于《千秋岁》，非与前调迥别也。"又云："凡题有'引'字者，引申之义，字数必多于前。"这两种说法均能说得通。

近，又称近拍。周邦彦《隔浦莲近拍》与吴文英《隔浦莲近》为同一格式，可知"近"即"近拍"之简称。关于"近"之得名的由来，也有两种解释。一种解释是说以某一曲调为本曲翻制，另成新腔，因与本曲相近而得名。《词谱》卷十六《卓牌子近》注："宋人填词，有犯有近，有促拍有近拍。近者，其腔调微近也。"又卷十八周邦彦《荔枝香近》注："此词之源，亦出柳词。但与柳词较，只前段第三句减二字，第四句减一字，不押韵，第六句添一字，结句减一字，换头起句四字，第二句五字，第四句折腰句法不同耳。故名《荔枝香近》。近者，其腔调相近也。"宋王灼《碧鸡漫志》卷四谈及《荔枝香》词调时说："今歇指、大石两调，皆有近拍，不知何者为本曲。"似亦取由

---

❶ 王昆吾：《唐代酒令艺术》，知识出版社1995年版。
❷ 吴熊和：《唐宋词通论》，浙江古籍出版社1989年版，第96—97页。
❸ 施蛰存：《词学名词释义》，中华书局1988年版，第35页。

本曲变化而相近的意思。另一种解释是说:"近与令、引、慢的区别亦在于音乐上体段、节奏不同。"❶这一种解释与上一种解释的根本区别在于:上一种解释是从加"近"字的新调与不加"近"字的本曲之间的"临近"关系着眼,而此种解释则坚持从词调的音乐性背景上来寻求答案。

引与近两类词调,其长短、字数都介于小令与慢词之间,在小令、中调、长调的三分法流行之后,引与近就被对应性地视为中调。这种着眼于词调字数多少与篇幅长短的分类,抹杀了原初的或内在的音乐性的区别,虽然便于今人把握,其实却是不准确的。

慢,指慢曲子,相对急曲子而言。慢词就是依慢曲所填的词。唐代卢纶《赋姚美人拍筝歌》诗云:"有时轻弄和郎歌,慢处声迟情更多。"《新唐书·礼乐志》论当时乐曲云"慢者过节,急者流荡",均可见"慢"字是就音乐节奏而言的。《词谱》卷十说慢曲"盖调长拍缓,即古曼声之意也"。调长拍缓确是慢曲的特点,所以依据慢曲所填的慢词,也就以篇幅长、韵位疏为基本特点。

慢词一般比较长,但不宜简单地把长调等同于慢词。因为令词中也有长调,如《六幺令》就长达94字。另外,在宋代所有词调中,带有令、引、近、慢字样的只是少数,而不标"慢"字的当然也可能是慢词。尤其是同一个词调,有时加"慢"字而有时不加,如姜夔有《长亭怨慢》,周密、张炎词中均作《长亭怨》,实际格式相同,不能视为两调。

3. 小令、中调、长调

这是一种后起的词调分类法。它抛开了词的音乐背景,仅以词体长短作为分类依据,从词的音乐属性来看,这应是一种十分外行也十分粗糙的分类方法。本来在唐宋时代,词调并无中调、长调之称,只有大词、小词之说。如张炎《词源》卷下说:"大词之料,可以敛为小词,小词之料,不可展为大词。"沈义父《乐府指迷》云:"作大词,先须立间架,将事与意分定了……作小词只要些新意,不可太高远。"宋人提及"小词"的时候,可能有两种含意。如苏轼《与鲜于子骏书》云:"近却颇作小词,虽无柳七郎风味,亦自是一家。"胡仔《苕溪渔隐丛话》卷二称"晏叔原工小词"。这里的"小词"都含有小道、末技之意。而张炎《词源》和沈义父《乐府指迷》均以"大词"与"小词"相对,可见是从体式之长短大小来区分的。

小令、中调、长调之分,始于明代张𬘩所编词谱《诗余图谱》❷,该书按小令、中

---

❶ 吴熊和:《唐宋词通论》,浙江古籍出版社1989年版,第98页。

❷ 按:词分小令、中调、长调,过去一般都认为始于明代顾从敬《类编草堂诗余》。实际顾从敬《类编草堂诗余》刊行于嘉靖二十九年(1550年),而张𬘩《诗余图谱》初刻于嘉靖十五年丙申(1536年),已按小令、中调、长调分为三卷,可知此种说法实始于张𬘩而不是顾从敬。

调、长调分为三卷。卷一收小令 65 调,卷二收中调 49 调,卷三收长调 36 调。整个图谱共收词调 150 调。其中小令最长的一调为《踏莎行》,58 字;中调最长的一调为《夏云峰》,91 字。这种划分本来也只是以意为之,并无依据。而清初毛先舒作《填词名解》,则径称"五十八字以内为小令,五十九字至九十字为中调,九十一字以外为长调,此古人定例"。毛先舒所谓"古人定例",实为大言欺人;其所据者,唯有张綖《诗余图谱》及稍后顾从敬《类编草堂诗余》而已。朱彝尊《词综·发凡》即谓:"宋人编集,歌词长者曰慢,短者曰令,初无中调、长调之目。自顾从敬编《草堂词》以臆见分之,后遂相沿,殊为牵率。"稍后万树在《词律·凡例》中更针对毛先舒的说法提出反驳:"所谓定例,有何所据?若以少一字为短,多一字为长,必无是理。如《七娘子》,有五十八字者,有六十字者,将名之曰小令乎?抑中调乎?如《雪狮儿》,有八十九字者,有九十二字者,将名之中调乎,抑长调乎?"万树精于词律,故能寻出这些同调异体且异体又正好横跨毛先舒所谓小令与中调或中调与长调之间者。万树的驳斥尽管有理,但在词乐失传、令引近慢之称颇难说清的情况下,这种依篇幅字数来划分词调类别的做法却逐渐约定俗成了。后来宋翔凤《乐府余论》就说:"令者,乐家所谓小令也;曰引、曰近者,乐家所谓中调也;曰慢者,乐家所谓长调也。不曰令、曰引、曰近、曰慢,而曰小令、中调、长调者,取流俗易解,又能包括众题也。"这也正如今日小说或电视剧的分类,有人以二万字以下的小说为短篇小说,二万字至十万字者为中篇小说,十万字以上者为长篇小说;又有人称二集以下的电视剧为单本剧,以三至八集者为中篇连续剧,以九集以上者为长篇连续剧。这些分类均无科学的或逻辑的依据,只是简单规定以便把握与表述而已。

三、词调与声情

不同的词调具有不同的节奏与旋律,也就具有不同的声情韵味。因此在词调和所要表现的题旨或情感之间,就有一个相合拍相一致的问题。从词的创作角度来说,也就有一个选择词调的问题。清沈祥龙《论词随笔》说:"词调不下数百,有豪放,有婉约,相题选调,贵得其宜,调合则词之声情始合。"如今从欣赏的角度来说,也要注意词调的声情与词情相谐的情况。

正如后人把词的风格分为婉约与豪放两大家数一样,词调声情最大的分别也在刚柔之别。唐代的宫廷舞曲,即分为健舞与软舞两大类,词曲的情况与之大致相类。元代燕南芝庵《唱论》"凡唱所忌"条说:"男不唱艳词,女不唱雄曲。"艳词与雄曲,也正是两大风格的指称。《唱论》中还对当时北曲所用六宫十一调的声情特点作了概括提示:

仙吕宫唱清新绵邈
南吕宫唱感叹伤悲
中吕宫唱高下闪赚
黄钟宫唱富贵缠绵
正宫唱惆怅雄壮
道宫唱飘逸清幽
大石唱风流蕴藉
小石唱旖旎妩媚
高平唱条拗滉漾
般涉唱拾掇坑堑
歇指唱急并虚歇
商角唱悲伤宛转
双调唱健捷激袅
商调唱悽怆怨慕
角调唱呜咽悠扬
宫调唱典雅沉重
越调唱陶写冷笑❶

这里仅仅开列了十七宫调,关于各自声情特点的表述有些已不大好分别,可见要想把八百多种词调的声情特点概括出来,几乎是不可能的。但相对归类还是比较容易的。清初查继佐《九宫谱定总论》中说:"凡声情既以宫分,而一宫又有悲欢、文武、缓急、闲闹,各异其致。如燕饮、陈诉、道路、军马、酸凄、调笑,往往有专曲。"这里悲欢、文武云云是讲声情特点的对应性,燕饮、陈诉云云是讲词调适应的题材或不同的表现功能。如果对具体词调的声情特点有比较准确的把握,对于词的欣赏显然是有帮助的。

四、词调与词题

词调是填词所用的曲调名,词题则是根据词的文字意义拟立的题目。早期(唐五代直至宋初)的词本来没有词题,只有词调,或者说调即是题。宋黄升《唐宋诸贤

---

❶ 以上录自《中国古典戏曲论著集成》本《唱论》,字句小异处,依《辍耕录》本。

绝妙词选》卷一于李珣《巫山一段云》二词下注曰：

> 唐词多缘题，所赋《临江仙》则言仙事，《女冠子》则述道情，《河渎神》则咏祠庙，大概不失本题之意。尔后渐变，去题远矣。

这就是说，唐代词作的内容与词调的字面意义往往是吻合的。检点唐人所作，这种说法大体是符合实际的。如张志和《渔歌子》(西塞山前白鹭飞)即描述自我的"渔父"形象(故此调又名《渔父》)；白居易《忆江南》即描写江南风光与眷恋之情；刘禹锡《潇湘神》写祭祀湘妃女神情景。又如《思越人》即咏西施，《更漏子》即小夜曲，《捣练子》例作征妇怀人之词，《喜迁莺》则用于贺人及第。如此之类，皆可谓调即是题，调题合一。作为歌曲来说，本来应是曲调与歌辞共生并传的，即任何一首歌曲都必有其原创性的始辞，后来人喜其曲调之美，用其调另填新词，于是原来的歌曲之名就逐渐变成了曲调名。久而久之，新的歌辞内容离原初歌辞旨趣愈来愈远，于是便出现了调与辞不相统一的现象。

歌词与曲调名相悖离的现象，早在魏晋文人拟乐府时代就已经出现了。如果超越燕乐的音乐背景，这就是广义的诗与乐的关系。循此思路扩大学术视野，在萧涤非先生的《汉魏六朝乐府文学史》中，我们就看到这样一段话：

> 汉乐府皆题义相合，如"词"之初起者然：《杨柳枝》便咏杨柳，《竹枝》便咏竹，《渔父》便咏渔翁。至魏则不然。一面以缺乏识乐之人，不得不借用旧曲，一面又以意志内在之要求，复不欲为旧题所囿，于是借题寓意，"著腔子唱好诗"，故乐府之题与义，多判不相谋，如《薤露》本汉丧歌，曹操乃以之咏怀时事，《陌上桑》本汉艳曲，而曹操又以侈言神仙，是皆离开原题而自作新诗者也。❶

后来的诗人当然并不囿于旧题，也会"即事名篇，不复依傍"，并且形成了一场颇有影响的新乐府运动，但这所谓的"新乐府"往往只是保留了乐府诗风格的徒诗，实际上已不复可歌了。宋词则始终不愿失去音乐曲调的托载传播功能，所以也终于没有走到完全无视音乐而"著腔子唱好诗"的地步。

为了弥补歌词内容与词调名判然相离、据词调无以见出词之主题的缺憾，宋人开始在词调之外另加词题或小序。较早为词加题或加注的是苏轼，像《赤壁怀古》

---

❶ 萧涤非：《汉魏六朝乐府文学史》，人民文学出版社 1984 年版，第 125 页。

(调寄《念奴娇》)那样标准的词题,是否当初就有还很难说,而像《更漏子》词调下有"送孙巨源"四字,《望江南》一首调下有"超然台作"四字,例同题注,或可视为简序。至如《水调歌头》"丙辰中秋,欢饮达旦,大醉,作此篇,兼怀子由",则应看作词的小序。到了南宋时期,词调之外另加词题已成为通常现象,即使所写词的内容与词调一致,有时也要加上词题。如曹勋《松隐乐府》中有几首自度曲,调名为《月上海棠》、《隔帘花》、《二色莲》、《夹竹桃》等,词的内容也就是赋咏这些花卉。这样的词本可谓之始辞,其词调也就相当于词题,但作者还要另加上一个题目"咏题"。陈允平写了一首咏垂杨的词,即用《垂杨》作词调,但也又加了一个词题曰"本意"。这表明当时加词题方为合乎规范,不加词题反而不正常了。当然也可能因为曹勋、陈允平这几种词调均为自度曲,他们自然希望自己所创作的乐曲流传,即希望别人也用这些词调来另填新词,所以故意另加词题以突出其"母曲"性质吧!

词题的出现与普及,在词史上有其重要的标志性意义。这表明词已经逐渐由音乐的附庸地位独立出来,开始成为一种新的抒情文学样式了。另外,词题的出现已成为必要,也与词的内涵日益深广有关。早期的令词,篇幅短小而语意明畅,内容亦偏于类型化,词意一听即懂,一览无余,故无赖于词题的标识提示。进入北宋以后,则词的篇幅渐长,内容与结构渐为复杂,个性化程度加强,所以才有必要加词题。但是从整个宋词来看,仍以不加词题者居多。

王国维《人间词话》曾经专门讨论这一问题。他说:"诗之《三百篇》、十九首,词之五代、北宋,皆无题也。非无题也,诗词中之意,不能以题尽之也。自《花庵》、《草堂》每调立题,并古人无题之词,亦为之作题。如观一幅佳山水,而即曰此某山某河,可乎?诗有题而诗亡,词有题而词亡。"王国维的这一段话,有真知灼见,也有偏激之处。一方面,诗词之价值高低,原不系乎题目之标签。《诗经》、《古诗十九首》皆无题,并不影响读者对其内容的感知。而《草堂诗余》给每一首词均加上一个"春恨"、"闺情"之类的题目,既空泛无具体内涵,又限制了读者的思维,确实没有必要。如晚唐、五代、北宋的小令,尤其是那些不写具体情事、表现无名哀乐的作品,其深邃的意境情调,确实不是一般题目所能包容得了的。从这一个方面来说,王国维的见解是深刻的。但从另一方面来说,诗词之有题,亦未必会减损作品的价值。因为自魏晋以来,诗皆有题,北宋以后,词或加题。题目不过说明诗词的主题指向,本来不必完全概括作品旨趣,受题目束缚的只是小家庸人,真正的诗人词人是不会为题目所限的。如老杜诗皆有题,东坡之词亦或加题注,而仍不害其为杰作。从这个角度来看,则王国维又不免偏激绝对乃至于危言耸听了。

第二节　词　体

任半塘先生在其《词曲通义》中把词的体式分为寻常散词、联章者、大遍、成套者及杂剧词五类,实际如联章、大曲、鼓子词、诸宫调等,已经属于词体的组合运用,溢出于词体自身范畴了,所以本节所谓词体,乃专指寻常散词或单曲而言。这也是我们通常所理解的词的基本形式。从体段来说可以分为单调、双调、三叠、四叠四种类型。

一、单　调

乐曲一段而成一调的,称为单调。单调的词大都产生在词史之初期,中唐文人所作词即以单调为多。如张志和《渔歌子》、韦应物《调笑令》、王建《宫中调笑》、刘禹锡《潇湘神》、白居易《忆江南》等。宋人所创制的单调,如寇准《江南春》(波渺渺)、李重元《忆王孙》(萋萋芳草忆王孙),❶是不多见的。王灼《碧鸡漫志》卷五《望江南》下云:"予考此曲,自唐至今,皆南吕宫,字句亦同。止是今曲两段,盖近世曲子无单遍者。"这里的"近世"如果是指宋代,就不免过于绝对了。又唐代教坊曲中有《一片子》,《梅苑》卷八收有宋代莫将所作的咏梅词调为《独脚令》,则是由调名就可看出为一段体。单调的词大都比较短,最短的为《十六字令》,长的也不过30余字,而《渔歌子》、《潇湘神》、《捣练子》等调均为27字,即比一首七言绝句少一字。其他如《南歌子》26字、《江南春》30字等,也都容易使人想见这是在原来七言绝句体歌曲基础上增减变化来的。

二、双　调

乐曲两段而成一调的,称为双调。双调是词曲的基本形式,现存词调的绝大部分为双调。双调的前后两段,一般称为上片、下片,或前阕、后阕。可是也有人认为一首词才是一阕,因此对词的一片只能称上半阕、下半阕。北宋时彭乘《墨客挥犀》载天圣年间有女郎卢氏题词于驿舍壁上,小序称"因成《凤栖梧》曲子一阕"。马令《南唐书》称李后主"尝作《浣溪沙》二阕";又谓冯延巳"作乐章百余阕"。都是以一首词作为一阕。南宋时姜夔词中小序往往用到这个"阕"字。如《庆宫春》序云"因赋

---

❶ 此词一作秦观作,见《类编草堂诗余》卷一,此据黄升《唐宋诸贤绝妙词选》卷七。

此阕",《淡黄柳》序云"因度此阕",也都是以一首词为一阕。而《长亭怨慢》小序云:"予颇喜自制曲,初率意为长短句,然后协以律,故前后阕多不同。"这里所指"前后阕",既不可能是指两个不同的词调,也不可能是指用同一词调写的两首词,却似乎应是指词的上下片了。本来,一曲终了曰阕,故马融《长笛赋》云:"曲终阕尽,余弦更兴。"又《吕氏春秋·古乐篇》云:"昔葛天氏之乐,三人执牛尾,投足以歌八阕。"可是那"八阕",既可以说是八支歌曲,也可以理解为一支套曲的八段。所以,从"阕"字的早期用法来推论词中的一阕当为一调还是一片,似乎是徒劳的。所以在现代词学家的著作中,这两种用法同时存在。

从上下片异同变化来看,双调词的体式可大别为三种情况。

其一,上下片字句格式全同者,称为重头曲。此体本来或为一段体,后来依原曲重奏一遍,于是便由单调化为双调了。比较典型的如《南歌子》(即《南柯子》)、《望江南》、《天仙子》、《江城子》等,唐五代人所作均为单调,而宋人所作就都为双调了。如《南歌子》,晚唐张泌、温庭筠等人所作均为单调,录张泌所作于下:

柳色遮楼暗,桐花落砌香。画堂开处晚风凉,高卷水晶帘额衬斜阳。

北宋时欧阳修、僧仲殊、苏轼等人所作均为双调。录欧阳修一首于下:

凤髻金泥带,龙纹玉掌梳。走来窗下笑相扶,爱道画眉深浅入时无?
弄笔偎人久,描花试手初。等闲妨了绣功夫,笑问鸳鸯两字怎生书?

按此调上下片各26字,三平韵,又均以对句起,想来即是按同一格式再来一遍。

词学界关于"重头"的理解亦有不同。有人以为上下片首句相同的才叫重头。可是如《浪淘沙》、《虞美人》、《卜算子》、《南歌子》、《蝶恋花》、《渔家傲》等调,都不只是上下片首句相同,而是上下片全同。几乎很难找出下片首句与上片首句相同而后边不同的词调,而上下片全同的首句自然也相同,所以我们这里取宽泛的理解。

其二,上下片大体相同而首句不同的,称换头。当然,严格地讲,没有人称此等曲调为"换头曲",而只是称后段的首句或首韵为"换头"。王骥德《曲律》卷一说:"换头者,换其前曲之头,而稍增减其字。"由此来看,换头乃是指词体中的一个部位,而不是像"重头曲"那样指一种曲体形式,所以也有人把"换头"看作"过片"的同义词。换头的词调,常用的有《忆秦娥》、《鹧鸪天》、《好事近》、《阮郎归》、《菩萨蛮》、《醉落魄》、《诉衷情》、《小重山》、《谒金门》、《祝英台近》、《贺新郎》、《满庭芳》、《沁园春》、

《六州歌头》、《八声甘州》、《齐天乐》等。试以晏几道的两首词为例:

> 彩袖殷勤捧玉钟,当年拚却醉颜红。舞低杨柳楼心月,歌尽桃花扇底风。从别后,忆相逢,几回魂梦与君同。今宵剩把银釭照,犹恐相逢是梦中。
> ——《鹧鸪天》
>
> 天边金掌露成霜,云随雁字长。绿杯红袖趁重阳,人情似故乡。　兰佩紫,菊簪黄。殷勤理旧狂。欲将沉醉换悲凉,清歌莫断肠。
> ——《阮郎归》

这两个词调情况相似,过片处都是把一个七字句拆成两个三字句,而其下字句格式与上片全同。这就是典型的换头形式。想来最初也是由单调再叠而成,后来为了增加曲调的变化而作了小的改造。

其三,上下片不同。此类大都为慢曲,如《洞仙歌》、《满江红》、《声声慢》、《长亭怨慢》等。一般是前段较短,后段较长,前段仿佛后段的头,所以又称为"大头曲"。张炎《词源·拍眼》说:"慢曲有大头曲,叠头曲。"大头曲即指此类,而"叠头曲"即指"双拽头"。

三、三　叠

乐曲三段而成一调的,称为三叠。具体又有两种形式,即普通的三段体为一种,特殊的"双拽头"为另一种。

双拽头是三叠词中的一种特殊形式,其特点是前两段比较短,而且句法、音韵全同,好像是第三段的对称之双头,所以又称为"叠头曲"。从形成规律来说,双拽头显然是因为第一段的音谱重复一次,歌词也自然必须配合填写。今存的双拽头三叠词有柳永《安公子》、《曲玉管》,万俟咏《三台》,周邦彦《瑞龙吟》、《绕佛阁》、《塞翁吟》,朱敦儒《踏歌》,姜夔《秋宵吟》等。因为宋代黄升曾专门指出周邦彦《瑞龙吟》词为双拽头,兹即录其词如下:

> 章台路,还见褪粉梅梢,试花桃树。愔愔坊陌人家,定巢燕子,归来旧处。
> 黯凝伫,因念个人痴小,乍窥门户。侵晨浅约宫黄,障风映袖,盈盈笑语。
> 前度刘郎重到,访邻寻里,同时歌舞。唯有旧家秋娘,声价如故。吟笺赋笔,犹记燕台句。知谁伴、名园露饮,东城闲步。事与孤鸿去。探春尽是,伤离意绪。官柳低金缕。归骑晚,纤纤池塘飞雨。断肠院落,一帘风絮。

黄升《唐宋诸贤绝妙词选》卷七选录此词,并注云:"今按此词自'章台路'至'归来旧处'是第一段,自'黯凝伫'至'盈盈笑语'是第二段。此谓之'双拽头'。……今诸本皆于'吟笺赋笔'处分段者,非也。"后代的词谱等书均依其说。可是万树《词律》一面承认《瑞龙吟》是双拽头,一面又主张分为四段。也许他以为分为四段,各段篇幅长短才比较对应停匀吧。可是一旦分成四段(即把"事与孤鸿去"以下看作第四段),即无所谓主体,因此也就如杜文澜所说那样"不能有双拽头之名"了。

因为双拽头在词中较少,容易被忽略或误断。如《曲玉管》、《绕佛阁》、《剑器近》、《安公子》、《秋宵吟》等,在万树《词律》、《康熙词谱》直至近人所作词谱中,仍往往被误作上下两段的双调。

四、四　叠

乐曲四段而成一调的,称为四叠。宋代四叠词较为罕见。郑意娘有《胜州令》1首,215字;吴文英有《莺啼序》3首,每首240字。词调中即以此调为最长。另外如晏几道《泛清波摘遍》,《词律》卷十三以为"此词丰神婉约,律度整齐,当是四段合成"。但并没有得到普遍认可。兹录吴文英《莺啼序》一首,聊备一格。

> 残寒正欺病酒,掩沉香绣户。燕来晚,飞入西城,似说春事迟暮。画船载、清明过却,晴烟冉冉吴宫树。念羁情游荡,随风化为轻絮。　十载西湖,傍柳系骢,趁娇尘软雾。溯红渐、招入仙溪,锦儿偷寄幽素。倚银屏、春宽梦窄,断红湿、歌纨金缕。暝堤空,轻把斜阳,总归鸥鹭。　幽兰旋老,杜若还生,水乡尚寄旅。别后访、六桥无信,事往花萎,瘗玉埋香,几番风雨。长波妒盼,遥山羞黛,渔灯分影春江宿,记当时、短楫桃根渡。青楼仿佛,临分败壁题诗,泪墨惨淡尘土。　危亭望极,草色天涯,叹鬓侵半苎。暗点检、离痕欢唾,尚染鲛绡,亸凤迷归,破鸾慵舞。殷勤待写,书中长恨,蓝霞辽海沉过雁,漫相思,弹入哀筝柱。伤心千里江南,怨曲重招,断魂在否?

歌词而冗长如此,确实会让歌者望而生畏,听者也会闻而生厌。胡仔《苕溪渔隐丛话》后集卷三十九曾说:"如晁次膺《绿头鸭》一词,殊清婉,但尊俎间歌喉,以其篇长惮唱,故湮没无闻。"是的,既然是歌曲,就要有人爱唱、有人爱听,才可能广泛传播。词调中以双调为主,三叠甚少而四叠罕见,也正反映了宋词在传播与欣赏过程中的兴趣规律。

第三节　词　　韵

词的体制特点,同样体现在词韵及其押韵方式上。具体表现在以下三个方面。

一、词韵与诗韵之同异

唐宋人作词,并无专门的词韵。现在所能看到的词韵专书,往往是后起的,是根据前人(主要是宋人)词用韵情况总结出来的。如清代戈载所编《词林正韵》,是现在公认最为严谨可信的,就是"取古人之词,博考互证"(见该书自序),总结归纳而成的。从《词林正韵》来看,词韵与诗韵的最大区别,就是词用韵较宽,相邻韵部可以通押。一般来说,律诗用韵规定较为严苛。唐宋时代通行的诗韵,隋代陆法言编的《切韵》分为193部,宋初陈彭年编的《广韵》分为206部,南宋时平水刘渊编的《壬子新刊礼部韵略》(即"平水韵")虽然作了整合,也分为107部(一本为106部)。而戈载的《词林正韵》以宋词名家名篇推求互证,就在诗韵基础上合并为19部。如以平声东冬、上声董肿、去声送宋合为第一部;以平声江阳、上声讲养、去声绛漾合为第二部,等等。又如在近体诗中,上声和去声一般也是不可通押的,而在词中则不受此限制。如范仲淹《渔家傲》(塞下秋来风景异)一篇,其中"异"、"意"、"计"、"地"、"寐"、"泪"属去声,而"起"、"里"属上声,虽通押而不害其为词中名篇。总之,从宋词用韵情况来看,某些韵部的分合互通,不是出于某人某书的规定,而是表明宋人对这种新起的歌词用韵的通达态度。当然,词韵虽宽,仍有其相应的要求。现在有些人既不熟悉词韵,又不熟悉诗韵,随意拼凑,就不免"厮踢蛮做"之嫌了。

二、押韵方式的丰富变化

一般来说,诗的押韵方式比较单一。比如说,一般是偶数句押韵,韵位的分布均匀而固定。因此,由韵脚勾划出来的节奏群也呈整齐匀称状态。相比之下,词调多达八百余种,其押韵情况各不相同,因此呈现为千变万化的丰富性。

词与诗的押韵方式最为接近的,是那些形体与五七言律诗绝句近似的词调。五言如《生查子》、七言如《木兰花》,还有稍作变化而近似七绝的《捣练子》,和近似七律的《鹧鸪天》。这些词调大都是偶句押韵(第一句亦可押韵,此亦与诗同),一韵到底。如辛弃疾的《鹧鸪天》:

  陌上柔桑初破芽,东邻蚕种已生些。平冈细草鸣黄犊,斜日寒林点暮鸦。
  山远近,路横斜,青旗沽酒有人家。城中桃李愁风雨,春在溪头荠菜花。

  《鹧鸪天》为双调,55字(比七言律诗少一字)。上片四句三平韵,下片五句三平韵。过片的两个三字句大致相当于一个七字句,但"路横斜"的"斜"字亦押韵,所以比首句入韵的律诗多了一个韵位。但从节奏来说,与诗的押韵方式是较为接近的。

  词有不少是一韵到底的,也有不少是换韵的。古体诗当然也可以转韵,尤其是那种辘轳交往的七言歌行体,但它们或四句一换韵,或八句一换韵,大体来说还是比较规整的。而词的换韵则分为多种不同的情况。

  有上下片不同韵者,如《清平乐》,此以晏殊所作为例:

  红笺小字,说尽平生意。鸿雁在云鱼在水,惆怅此情难寄。 斜阳独倚西楼,遥山恰对帘钩。人面不知何处,绿波依旧东流。

  《清平乐》词调,上片例作四仄韵,下片例作三平韵。晏殊这首词,上片"字"、"意"、"寄"为去声"四寘"韵,"水"字为上声"四纸"韵通押;下片为平声"十一尤"。故所谓上下片不同韵,就不仅指上下片各属于不同的韵部,而且包含了平仄的转换。

  有两句一换韵者,如《菩萨蛮》,此以王安石所作为例:

  数间茅屋闲临水,窄衫短帽垂杨里。花是去年红,吹开一夜风。 梢梢新月偃,午醉醒来晚。何物最关情?黄鹂三两声。

  《菩萨蛮》为双调44字,上、下片各四句,词调也是随着韵部的更换而同时平仄转换,上下片各两仄韵,两平韵,韵部递换而平仄递转,流畅中有顿挫。《虞美人》词调亦是如此,而因五言、七言与九言长句交替更显流丽舒展。长调亦有两句一换韵者,如贺铸《小梅花》,20余句而换韵至八次,读来就觉得不免促碎了。

  还有一种特殊的换韵形式,我们可以把它称作"嵌入错叶格"。如李煜的两首《相见欢》:

  林花谢了春红,太匆匆!无奈朝来寒雨晚来风。
  胭脂泪,留人醉,几时重?自是人生长恨水长东。

无言独上西楼,月如钩。寂寞梧桐深院锁清秋。

　　剪不断,理还乱,是离愁。别是一般滋味在心头。

《相见欢》又名《乌夜啼》,虽然只有 36 字,却是一首双调。它在押韵方式上的典型特征,是过片处两个三字句换了另外一个韵部,而且通首来看是五平韵,这里却交错而叶两仄韵。因为这只是一种局部的点缀,所以我们称为"嵌入错叶格"。而之所以要举两首词为例,就是要表明这种现象不是偶然的,而是已成定式了。

　　同样属于"嵌入错叶格"的还有《定风波》,也举两首为例。欧阳炯所作如下:

　　暖日闲窗映碧沙,小池春水浸明霞。数树海棠红欲尽,争忍,玉闺深掩过年华。　　独凭绣床方寸乱,肠断,旧珠穿破脸边花。邻舍女郎相借问,音信,教人羞道未还家。

苏轼所作如下:

　　莫听穿林打叶声,何妨吟啸且徐行。竹枝芒鞋轻胜马,谁怕?一蓑烟雨任平生。　　料峭春风吹酒醒,微冷,山头斜照却相迎。回首向来萧瑟处,归去,也无风雨也无晴。

《定风波》词调,上片三平韵,错叶两仄韵,下片两平韵,前后错叶四仄韵。虽然只是一首 62 字的短歌,其曲调却是颇富于变化的。

　　除以上几种类型外,词中还有一些特殊的押韵方式。虽非普遍之格,却常用作讲贯之资。略举数例,聊备一格。

　　一种叫福唐体或独木桥体,即通首押同字为韵。宋词名家中,颇有作者。录三首如下。一首为黄庭坚《阮郎归·效福唐独木桥体作茶词》:

　　烹茶留客驻雕鞍,月斜窗外山。别郎容易见郎难,有人愁远山。　　归去后,忆前欢,画屏金博山。一杯春露莫留残,与郎扶玉山。

又如辛弃疾《柳梢青》小序云:"辛酉生日前两日,梦一道士话长年之术,梦中痛以理析之,觉而赋八难之辞。"其词曰:

莫炼丹难,黄河可塞,金可成难。休辟谷难,吸风饮露,长忍饥难。　劝君莫远游难,何处有、西王母难。休采药难,人沉下土,我上天难。

又如蒋捷《声声慢·秋声》:

黄花深巷,红叶低窗,凄凉一片秋声。豆雨声来,中间夹带风声。疏疏二十五点,丽谯门,不锁更声。故人远,问谁摇玉珮,檐底铃声。　彩角声吹月堕,渐连营马动,四起笳声。闪烁邻灯,灯前尚有砧声。知他诉愁到晓,碎哝哝、多少蛩声。诉未了,把一半分与雁声。

以上三首,皆有俳谐游戏气味。黄庭坚所作俳谐气味尤重,而蒋捷所作以风声、雨声、砧声、蛩声等等,渲染成一片秋声,应是同字押韵而不失自然的成功例子。至于辛弃疾的《柳梢青》,其中的"难"字作伴唱之和声似乎较为合理,即在读时把"难"字与前文稍稍断开,作一停顿,然后齐声唱叹曰:"难。"如用标点显示,则可作:

莫炼丹,难!黄河可塞,金可成,难!休辟谷,难!吸风饮露,长忍饥,难!劝君莫远游,难!何处有,西王母?难!休采药,难!人沈下土,我上天,难!

这样把劝诫语与唱叹之辞分开,语气也比较通顺了。此体除以上诸首外,还有黄庭坚《瑞鹤仙》一首,系隐括欧阳修《醉翁亭记》,故仍保留原文句式特点,通首以"也"字为韵,即以"环滁皆山也"为首句。其后赵长卿有《瑞鹤仙》(无言屈指也)一首,方岳有《瑞鹤仙》(一年寒尽也)一首,大约都是效山谷体。元好问《遗山乐府》中亦有《阮郎归》独木桥体一首,亦均以"山"字为韵,应该也是受山谷的影响。石孝友《金谷遗音》有《惜双娇》(我已多情)一首,均以"你"字押韵,与辛弃疾《柳梢青》同一风味。

还有一种叫"长尾韵",实际是福唐独木桥体的变体。即全词押韵处仍以同一字收尾(一般为虚字,如"也"、"些"字类),而韵脚却藏在虚字之上。如辛弃疾《水龙吟》,小序云:"用些语再题瓢泉,歌以饮客,声韵甚谐,客皆为之釂。"词云:

听兮清珮琼瑶些,明兮镜秋毫些。君无去此,流昏涨腻,生蓬蒿些。虎豹甘人,渴而饮汝,宁猿猱些。大而流江海,覆舟如芥,君无助、狂涛些。　路险兮山高些,块予独处无聊些。冬槽春盎,归来为我,制松醪些。其外芳芬,团龙片凤,煮云膏些。古人兮既往,嗟予之乐,乐箪瓢些。

这首词从词境到意象,均能明显看出楚辞的影响,"些"字亦为楚辞中常用语气词,因此,尽管"些"字前自有韵脚,加"些"字还是比较自然的。

三、韵位的疏密变化

与诗体韵位的均匀分布不同,词体之韵位往往是疏密变化、错落有致的。诗的押韵方式当然也适应了汉字的音韵特点与审美规律,但诗(尤其是近体诗)的格律是文字格律,词的格律却是以歌曲的曲调为根据的,曲调的变化远远多于文字的变化,故词的押韵方式与韵位的疏密变化更能适应表达多种感情的需要。

从韵位的疏密来看,大体来说,短小的令词韵位一般较密,长调的韵位一般较疏。短调如《忆王孙》、《长相思》、《相见欢》、《醉太平》、《渔家傲》等调,都是句句押韵的。而长调如《水龙吟》,102 字,23 句,只有 8 韵(变格 9 韵);《苏武慢》,107 字,23 句,也只有 8 韵。当然这只是就一般情况而论,长调也有韵位较密的。如《剑器近》,96 字,19 句,却多达 15 韵;《西河》,105 字,18 句,也多达 13 韵。《词谱》卷二十六《留客住》调下注:"宋人长调,以韵多者为急曲子,韵少者为慢词。"因为词调名中带有"慢"字的,大都用韵偏少,所以这种说法应是符合实际的。

就一个具体的词调来说,韵位的疏密变化也有多种不同的情况。有的词调通首停匀,韵位分布较为均匀,使人想见曲调比较平稳,节奏变化不大。如苏轼所作《永遇乐》:

明月如霜,好风如水,清景无限。曲港跳鱼,圆荷泻露,寂寞无人见。纨如三鼓,铿然一叶,黯黯梦云惊断。夜茫茫、重寻无处,觉来小园行遍。　天涯倦客,山中归路,望断故园心眼。燕子楼空,佳人何在?空锁楼中燕。古今如梦,何曾梦觉,但有旧欢新怨。异时对、黄楼夜景,为余浩叹。

又如姜夔自度曲《疏影》:

苔枝缀玉,有翠禽小小,枝上同宿。客里相逢,篱角黄昏,无言自倚修竹。昭君不惯胡沙远,但暗忆、江南江北。想佩环、月夜归来,化作此花幽独。　犹记深宫旧事,那人正睡里,飞近蛾绿。莫似春风,不管盈盈,早与安排金屋。还教一片随波去,又却怨、玉龙哀曲。等恁时、重觅幽香,已入小窗横幅。

这两个词调,从韵位疏密分布来看有相似之处,基本上为三句一韵,韵位分布均匀,给人的感觉是从容、舒展、深沉,整首词是写一种词境或一种情绪,没有大起大落的变化。

而有一些词调则是在一调之中,呈现出局部的疏密变化。如秦观《八六子》:

> 倚危亭,恨如芳草,萋萋划尽还生。念柳外青骢别后,水边红袂分时,怆然暗惊。　无端天与娉婷。夜月一帘幽梦,春风十里柔情。怎奈向、欢娱渐随流水,素弦声断,翠绡香减,那堪片片飞花弄晚,濛濛残雨笼晴。正销凝,黄鹂又啼数声。

《八六子》词调,前短后长,上片6句3平韵,下片10句5平韵。平均二句一韵,属于比较正常的情况。可是在下片的中幅,即自"怎奈向"三个虚字以下,却是五句一韵,与前后韵位分布相比,差别甚大。想来这一段音乐,必是深沉舒缓,与前后的较快节奏构成明显的对比。

更多的词调在韵位分布上呈现出前密后疏的倾向。如李清照《醉花荫》:

> 薄雾浓云愁永昼,瑞脑消金兽。佳节又重阳,玉枕纱厨,半夜凉初透。
> 东篱把酒黄昏后,有暗香盈袖。莫道不消魂,帘卷西风,人比黄花瘦。

又如辛弃疾的《祝英台近》:

> 宝钗分,桃叶渡,烟柳暗南浦。怕上层楼,十日九风雨。断肠片片飞红,都无人管,倩谁劝、流莺声住。　鬓边觑,试把花卜归期,才簪又重数。罗帐灯昏,哽咽梦中语:是他春带愁来,春归何处?却不解、带将愁去。

从这些词来看,韵位的前密后疏,应是适应乐曲节奏的前快后慢,从现代歌曲来看,这种节奏倒是很常见的。

龙榆生在其《词曲概论》中,曾专门论及词的"韵位疏密与表情的关系"。他说:"韵位的疏密,与所表达的情感的起伏变化、轻重缓急,有着不可分割的关系。大抵隔句押韵,韵位排列均匀的,它所表达的情感都比较舒缓,宜于雍容愉乐场面的描写;句句押韵或不断转韵的,它所表达的情感比较急促,宜于紧张迫切场面的描写。"❶韵位之疏密本来是由曲拍决定的,而在词的音乐背景淡化之后,韵字之平仄与韵位之疏密,本身又对词句的文字节奏起着统领与调节作用,这是在词的文字意义之外表达情调的一种辅助性载体,在欣赏词时也应给予一定的注意。

阅读与思考

一、扩大阅读书目

1. 万树:《词律》,上海古籍出版社1984年影印本。
2. 龙榆生:《唐宋词格律》,上海古籍出版社1978年版。
3. 施蛰存:《词学名词释义》,中华书局1988年版。
4. 宛敏灏:《词学概论》,上海古籍出版社1987年版。
5. 吴熊和:《唐宋词通论》,浙江古籍出版社1989年版。
6. 吴丈蜀:《词学概说》,中华书局2000年版。
7. 田玉琪:《词调史研究》,人民出版社2012年版。
8. [日]村上哲见:《唐五代北宋词研究》,陕西人民出版社1987年版。

二、思考与练习

1. 什么叫词调?词调与词题是什么关系?
2. 试以诗、曲为参照,谈词的体制特点。
3. 正如词有许多别称一样,把"词"译为英文也有种种不同的译法:有人译为cipopetry(词—诗),有人译为lyric metres(抒情韵律)。谈谈你的看法,并尝试说明理由。
4. 清代万树《词律》自序中曾说"诗余乃剧本之先声",试从转踏、鼓子词、大曲等通俗文艺形式入手,对万树所提出的命题加以阐述。
5. 吴熊和先生《唐宋词通论》第二章讲词体之形成,讲依乐段分片、依词腔押韵、依曲拍为句、审音用字,等等,试依此思路,谈词与音乐的关系。

---

❶ 龙榆生:《词曲概论》,上海古籍出版社1980年版,第131页。

第二章 发展与分期

从960年后周的殿前都点检赵匡胤在陈桥驿发动兵变,"黄袍加身",建立赵宋王朝开始,到1276年谢太后在临安奉表降元,宋王朝宣告覆灭,赵宋王朝共历时316年。在中国封建社会发展史上,这也许应算是最长的朝代了,比前面的唐朝,后面的明朝与清朝,都要长一些。西汉与东汉加起来虽然号称400年,但那实际上是两个王朝,虽然帝王都姓刘;而北宋与南宋却是实实在在一脉相承的赵家之天下。

宋代是一个积贫积弱的时代,特别是在汉、唐两代恢宏国势的映照之下,更显出一种国势日蹙、气象不振的态势。然而宋代又是中国文化史上最发达也最为成熟的时代,在哲学、史学、科技以及文学艺术等方面都取得了令世人瞩目的伟大成就。作为中国文学史上最受人热爱的宋词,也正是在这三百多年时间里获得长足的发展,并成为宋代文学的代表样式。

第一节 分期回顾

关于宋词的发展分期,自宋人以来,已从不同的角度作过多种探讨。这里选取几种有代表性的说法加以介绍。通过对前人分期之回顾,事实上也就是在从不同的角度来考察宋词的发展。

一、前人的探讨

关于宋词发展分期的最早说法,是南宋时期汪莘提出的"宋词三变"说。他在《方壶诗余·自序》中写道:

> 唐宋以来,词人多矣……余于词所爱喜者三人焉。盖东坡而一变,其豪妙

之气,隐隐然流出言外,天然绝世,不假振作。二变而为朱希真,多尘外之想,虽杂以微尘,而清气自不可没。三变而为辛稼轩,乃直写其胸中事,尤好称渊明。此词之三变。❶

按:汪莘(1155—1227)之为词,与苏、辛一派相近。这里所谓"三变"之说,虽然只是从个人兴趣爱好出发,不是全面客观地考察宋词流变,但他从与艳词相对的一个侧面揭示了宋词的发展变化,对后人考察宋词的发展分期仍具有一定的启示意义。

清代词论繁盛,对宋词的发展变化,多有分期划派之说。因为人们喜欢以唐诗宋词相提并论,而明代高棅《唐诗品汇》把唐诗分为初、盛、中、晚四期又早已得到广泛认可,所以清人往往以词比诗,主张词亦有初、盛、中、晚。尤侗《词苑丛谈序》云:

> 词之系宋,犹诗之系唐也。唐诗有初、盛、中、晚,宋词亦有之。唐之诗由六朝乐府而变,宋之词由五代长短句而变。约而次之,小山、安陆,其词之初乎;淮海、清真,其词之盛乎;石帚、梦窗,似得其中;碧山、玉田,风斯晚矣。

这里提到的宋词名家有所偏失,但其比附唐诗,四个阶段的划分还是清楚的。与尤侗同时代的刘体仁在其词话《七颂堂词绎》中写道:

> 词亦有初、盛、中、晚,不以代也。牛峤、和凝、张泌、欧阳炯、韩偓、鹿虔扆辈,不离唐绝句,如唐之初,未脱隋调也,然皆小令耳。至宋则极盛,周、张、柳、康,蔚成大家。至姜白石、史邦卿,则如唐之中。而明初比唐晚。

所谓"词亦有初、盛、中、晚,不以代也",就是说,他是以初、盛、中、晚的分期框架论词之一体在唐宋元明历代的演进,而不仅仅是论宋词的发展。张其锦《梅边吹笛谱跋》又将慢词与小令分开来论述。论慢词则谓北宋为初唐,南渡为盛唐,宋末为中唐,金元为晚唐。其论小令,则撇开初、盛、中、晚之说,而与诗史相比附:

> 小令:唐如汉;五代如魏晋;北宋欧、苏以上如齐、梁;周、柳以下如陈、隋;南渡如唐,虽才力有余,而古气无矣。

---

❶ 汪莘:《方壶诗余》卷首,《彊村丛书》本。

与张其锦的比况方式相通的,还有陈廷焯《白雨斋词话》卷五:

> 以词较诗,唐犹汉魏,五代犹两晋六朝,两宋犹三唐,元明犹两宋,国朝词亦犹国朝之诗也。

以词史比诗史,陈廷焯的说法更切当些。

着眼于词的发展变化,《四库全书总目·东坡词提要》中的说法更具有词史意义:

> 词自晚唐五代以来,以清切婉丽为宗。至柳永而一变,如诗家之有白居易;至轼而又一变,如诗家之有韩愈,遂开南宋辛弃疾等一派。寻源溯流,不能不谓之别格,然谓之不工则不可。故至今日,尚与《花间》一派并行而不能偏废。

因为只是评价东坡词而不是纵观整个宋词的发展,所以只说到前之柳永与后之稼轩,但纪昀及其他四库馆臣抛开初、盛、中、晚的空泛套话,以宋词名家的词史地位来比况唐诗名家的诗史地位,思路甚新而富于启发意义。

二、胡适三期说

20世纪的词学研究,因为词史类著作的增多与系统意识的增强,大都会涉及宋词的发展与分期问题。1926年,胡适在其《词选·自序》中提出了他的词史观。[1]他说:

> 我以为词的历史有三个大时期:
> 第一时期:自晚唐到元初(850—1250),为词的自然演变时期。
> 第二时期:自元到明、清之际(1250—1650),为曲子时期。
> 第三时期:自清初到今日(1650—1800),为模仿填词的时期。
> 第一个时期是词的"本身"的历史。第二个时期是词的"替身"的历史,也可说是他"投胎再世"的历史。第三个时期是词的"鬼"的历史。

这就是胡适的词学观。在此基础上,他又把第一个时期的唐宋词分为"三个段落":

---

[1] 以下引文均出自《胡适古典文学研究论集》中的《〈词选〉自序》,上海古籍出版社1988年版。

(1) 歌者的词

(2) 诗人的词

(3) 词匠的词

苏东坡以前,是教坊乐工与娼家妓女歌唱的词;东坡到稼轩、后村,是诗人的词;白石以后,直到宋末元初,是词匠的词。

胡适对词这种文体并没有做过系统而深入的研究,但他自具有学术的敏感,这使他能够在短时间的接触濡染中就提出一些颇有建设性的意见来。而且他又非常自信。他在表述了自己的词史观之后说:"这是我对于词的历史的见解,也就是我选词的标准。我的去取也许有不能尽满人意之处,也许有不能尽满我自己意见之处。但我自信我对于词的四百年历史的见地是根本不错的。"是的,胡适把唐宋词分成这样三个段落,以及他对每个段落词的特点的概括,都具有化繁为简、举重若轻的特点,而且具有启发与认知意义。但当他再进一步分说时,就暴露出他浮光掠影、主观率意的缺点了。比如他说苏、辛等人"他们不管能歌不能歌,也不管协律不协律,他们只是用词体作新诗";又如说姜夔、吴文英等人"不是词人,不是诗人,只可叫做'词匠'";又说"他们没有情感,没有意境,却要作词,所以只好作'咏物'的词。这种词等于文中的八股,诗中的试帖;这是一班词匠的笨把戏,算不得文学"。似此则不免口滑,不仅有失公允,从治学态度来说也显得不够严肃了。

三、六期说

更多的词史或词学著作倾向于把宋词的发展分为六期,大致为北宋三期、南宋三期。薛砺若的《宋词通论》(1937年开明书店初版)可以作为这种分期观的代表。在该书第三章"宋词作风的时间分剖"里,作者以"宋词的自然趋变,同时大作家的影响与时代的转变"作为考察与分期的依据,把宋词分为六期,并作了概括说明。摘引如下:

第一期 由宋初一直到仁宗天圣、庆历间,是北宋词的蓓蕾含苞时期。代表作家为晏殊、欧阳修、张先、晏几道。

第二期 由仁宗天圣、景祐以后起,直至英宗、神宗、哲宗三朝,是花之怒放时期,是创造时期,同时也是北宋词最灿烂、最绚丽的时期。代表作家为柳永、苏轼、秦观、贺铸、毛滂。

第三期 由哲宗末年,历徽宗一朝,直至汴京被陷以前止,是"柳永时期"的总集结时期。代表作家为周邦彦、宋徽宗赵佶和李清照。

第四期　约自宣和以后起,直至南渡后庆元间,约七十余年当中。是传统下来的词学史中一个桠枝旁干的怒出,是由苏轼到辛弃疾的一个最光辉的时期。这一时期有两大词派:一派为放达颓废的词人,以朱敦儒为最杰出;还有一派是愤怒的词人和热烈的志士,以辛弃疾为最伟大。

第五期　由嘉泰、开禧间起,是苏辛一派词的终了,姜夔时期的开始。代表作家为姜夔、史达祖、吴文英。

第六期　为南宋末期,是"姜夔时期"的稳定与抬高时期。代表作家为王沂孙、张炎、周密。

这种六期分法,打破了胡适"三段说"的粗糙把握;对宋词的发展作了近距离考察,因而也更接近词史的客观面貌。其他的文学史著作如郑振铎《插图本中国文学史》、龙榆生《中国韵文史》等,也都采用六期分法,只是在各期名目及代表性词人等方面略有出入而已。把他们的主要观点梳理出来,可以列为下表:❶

分期	郑振铎《插图本中国文学史》	薛砺若《宋词通论》	龙榆生《中国韵文史》
1	柳永以前（晏殊、欧阳修、范仲淹）	五代词的集结期（960—1040）（二晏、欧、张）	令词之极盛（晏、欧、范）
2	创造时期（柳永、苏轼、秦观、黄庭坚）	柳永时期（1023—1099）（柳、苏、秦、贺铸、毛滂）	慢词之发展（柳永、张先）
3	深造时期（周邦彦、赵佶、李清照）	柳永总集结期（1023—1126）（同左）	词体之解放（苏轼、黄庭坚、晁补之）
4	奔放时期（张元幹、张孝祥、辛弃疾、陈亮、刘过）	苏轼派抬头期（1120—1195）（同左）	正宗派之建立（秦观、贺铸、周邦彦）
5	改进时期（姜夔、吴文英、高观国、史达祖）	姜夔开始期（1190—1250）（同左）	民族词人之兴起（张元幹、张孝祥、辛、陈、刘）
6	雅正时期（张炎、周密、王沂孙）	姜夔之提高期（1250—1300）（同左）	南宋词人之典雅化（姜、吴、史、张、周、王）

---

❶　此表引自王兆鹏《唐宋词史论》,人民文学出版社2000年版,第6页。

以上的几种分期,也都在一定程度上存在削足适履、剪裁词史以就其主观给定的发展模式的倾向。比如说,几乎所有的文学史、词史,都把晏殊、欧阳修放在"宋初词坛"来论述,而把柳永放在第二个时期,而事实上是柳永比他们二人都要年长。词学界考证柳永生年有 971 年、980 年、984 年、987 年诸说,❶即使我们按照唐圭璋先生的考证定其生年为 987 年,那他也比晏殊(991—1055)略长,而和比他晚生 20 年的欧阳修(1007—1072)相比则差不多分属两代人了。而且我们还知道柳永景祐元年(1034 年)方及第,❷而"及第已老",那么他致力于词的创作应远在这之前。甚至是当欧阳修以荻秆画地学字的时候,晏殊还在秘阁读书的时候,柳永就已经是伶工歌妓追逐的著名词人了。可是就在人们已知柳永生年早于晏殊和欧阳修之后,却仍然坚持把晏、欧放在宋初词坛,把柳永放在晏、欧之后的第二个阶段,就因为晏、欧是继承南唐冯延巳词风且以小令创作为主的,而柳永在词调的创制、题材的开拓等方面多有创辟,而且又是以长调创作为主的,所以按照先小令后长调的惯性思维,仿佛就该晏、欧在前,柳永在后。同样,把基本同时的周邦彦与秦观、贺铸分开而划入后一时期,把姜夔与辛弃疾等分开而划入南宋后期,似乎也不是因为时代、年辈关系,而是因为这样更符合周邦彦结北开南的词史地位,符合姜夔统领南宋后期一个被人为地勾勒出来的格律词派的情形,即符合一个人们主观给定的词史框架的缘故。人们似乎只能适应一个单纯的、清一色的共时性词坛,而不能接受同时词坛上小令与慢词共生、婉约与豪放并存的局面。事实上,各类词史所勾勒、展示出来的词史面貌,与宋词当初的原生状态相比,已经在相当程度上被提纯或被简化了。当我们追索词史发展脉络的时候,我们总想通过挖掘、勾勒形成一条不断不复、不枝不蔓的词史线索来,而事实上词史却是按照"复调"法则组织起来的一个五音繁会的乐章,一个被时代因素和词人个性率意点染出来的五彩斑斓的画卷。

四、王兆鹏新六期说

因为有鉴于以上的一些偏失,王兆鹏在他的《唐宋词史论》中提出了宋词六段

---

❶ 李思永《柳永家世生年新考》(《文学遗产》1986 年第 1 期)谓柳永约生于开宝四年(971 年);李国庭《柳永生年及行踪考辨》(《福建论坛》1981 年第 5 期)谓柳永生于太平兴国五年(980 年)前后;林新樵《柳永生年小议》(《福建师范大学学报》1981 年第 4 期)谓柳永生于雍熙元年(984 年)左右;唐圭璋《柳永事迹新证》(《文学研究》1957 年第 3 期)谓柳永约生于至道三年(987 年)。另外,吴熊和先生《从宋代官制考证柳永的生平仕履》一文曾经提出一个设想,谓柳永景祐元年方及第,或是依特奏名"进士五举年五十"这一条应试的,亦可参考。

❷ 柳永及第之年,旧无定论,吴熊和先生《从宋代官制考证柳永的生平仕履》一文,根据《续资治通鉴长编》卷一一六的记载,已考定为景祐元年。

分期的"修正版"。他对以往词史分期的重大调整,在于淡化了分体别派的意识,而充分注重词人群体的共时性原则。按照这种原则,柳永和晏、欧就同在一段,周邦彦与苏、黄同在一段,一向被单独描述的李清照也与叶梦得、朱敦儒、李纲、张元幹等同在一段,姜夔也与辛弃疾被划归同一段落。他把这种分期方法称之为"代群分期法"。于是形成了如下的"宋词代群分期表":❶

分期	时　　代	词人群及代表词人
1	承平时代(1017—1067)	台阁词人群　柳永、张先、范仲淹、晏殊、欧阳修
2	变革时代(1068—1125)	元祐词人群　苏轼、黄庭坚、秦观、贺铸、周邦彦
3	战后时代(1110—1162)	南渡词人群　叶梦得、朱敦儒、李清照、李纲、张元幹
4	中兴时代(1163—1207)	中兴词人群　辛弃疾、陆游、陈亮、刘过、姜夔
5	苟安时代(1208—1265)	江湖词人群　刘克庄、吴文英、陈人杰、孙惟信、黄升
6	亡国时代(1252—1310)	遗民词人群　周密、刘辰翁、王沂孙、张炎、蒋捷

　　这是对过去流行百年之久的宋词分期的一种突破与超越。讲词史而注重词人年代,本来就是题中应有之义。如柳永、姜夔之"代群"变动,也只是回归历史本然之必然。这些都是值得肯定的。但作者在强化时间概念的同时也强化了"群"的概念,为了使这些词风各呈异彩的词人有一个归属感,他又概括出六个"词人群"的名目。本来,所谓"代群分期法",强调的是同代之群,所以,把叶梦得等人称之为"南渡词人群"是可以的,但把浪迹四海的柳永(尽管他也做过屯田员外郎)与晏、欧等人并称为"台阁词人群",就显然并不妥当了。因为文学史研究中早就形成了与"流派"宛转关生的"群体"概念,而要把这些政治倾向、人生姿态、创作风度各不相同的词人概括成一个群体名目来,几乎是不可能的。也许,要下一点功夫,在柳永与晏、欧之间,在姜夔与辛弃疾之间,找出一些相近相通因素是可能的,但却是不必要的。换个角度说,在同一时代的词坛上,既有柳永这样致力于通俗的慢词创作的市井词人,也有晏、欧这样位居宰辅而染指小词创作的台阁词人,正可以见出当日词坛的多姿多彩,有什么不好呢?另外,因为把北宋三期压缩成了两期,而南宋又多出来一个"江湖词人群"来,故孙惟信、黄升等人亦有幸成为一个代群的代表性词人,无论从创作成就还是从声名影响来看,似乎与其他各期的代表词人都不在一个水平线上。

---

❶　此表选自王兆鹏《唐宋词史论》第48页,原表中"代表词人"仅列姓氏,此列全名。

第二节 北宋词坛

从宋太祖赵匡胤建隆元年(960年)到宋钦宗靖康二年汴京陷落,前后共经九帝166年,北宋词的发展可以大致划分为三个时期。现把各期词的概况及代表词人简介如下。

一、宋初六十年:词坛的寂寥期

宋初的五六十年,是词史上的寂寥期。王灼《碧鸡漫志》卷一说:"国初平一宇内,法度礼乐,寖复全盛,而士大夫乐章顿衰于前日。"这是因为词与其他那些个人性的案头文学不同,在战乱的创伤尚未平复之时,词人乐工都还没有放声歌唱的心情,客观上也缺少娱乐升平的环境。这一时期,见于《全宋词》的仅有十余位作者,30多首词作。所以一些词史类论著不把它单独看作一个阶段,而径从晏殊、欧阳修讲起,这也就造成了晏、欧等人为宋初词家的误导与错觉。事实上在晏殊、欧阳修登上词坛的仁宗时代,宋代开国已经半个多世纪了。无论怎样宏观远眺,把他们看成宋初词人也是不合适的。而在这之前的五六十年,尽管词坛上较为冷清,亦自为词史上的一段光景,一笔抹杀或忽略不计都是不可取的。比较令人费解的是传为李清照所作的《词论》,其中说:"逮至本朝,礼乐文武大备,又涵养百余年,始有柳屯田永,变旧声作新声,出《乐章集》,大得声称于世。"把柳永视为宋代第一个大词人并没有错,但把柳永的时代安放在入宋"百余年"后,未免太"不靠谱"了。李清照与柳永的时代相去未远,假如《词论》真是她所作,她不可能产生如此之大的记忆误差。很多人怀疑《词论》不是李清照所作,此亦为疑点之一。

在这一时期,有几个作家及其作品值得提一下。

王禹偁(954—1001),字元之,济州巨野(今属山东)人。他的词存下来的只有一首《点绛唇》:

> 雨恨云愁,江南依旧称佳丽。水村渔市,一缕孤烟细。　　天际征鸿,遥认行如缀。平生事,此时凝睇,谁会凭栏意。

王禹偁太平兴国八年(983年)中进士,次年知长洲县(今江苏省苏州市)。这首词写江南风光,应是作于长洲令任上。在词中抒写自己的抱负,唐五代词中极少,宋初也很少。因为这在当时被认为是诗的题材。王禹偁当时刚过而立之年，登高远望，便有顾盼自雄之意。当时所写的诗中即云："何当升大用，吾道始辉光"（《寄主客安员外十韵》），就表现了他施展身手、经世济时的人生理想。所以这里凭栏感慨，情调高旷沉郁，在宋初词坛上别具一格。夸张一点说，或可称为宋词"登高感愤之祖构"。后来他的同乡辛弃疾在建康登高远望，就写了一首意境非常相近的《水龙吟·登建康赏心亭》。虽然一为小令，一为长调；一在苏州，一在建康；可是两人都是山东人，又都是在江南登高，辛弃疾提到的张翰（季鹰）又正是苏州人，所谓"凭栏一片风云气，来作神州袖手人"❶，两人的感慨亦正相通。

潘阆（？—1009），字逍遥，大名（今属河北）人。他写了10首《酒泉子》，回忆描述杭州景色，在词中属"联章体"。后来欧阳修写了10首《采桑子》咏颍州西湖景色，可能就从他这里受到启发。录其忆西湖一首如下：

　　长忆西湖，尽日凭栏楼上望。三三两两钓鱼舟，岛屿正清秋。　　笛声依约芦花里，白鸟成行忽惊起。别来闲整钓鱼竿，思入水云寒。

《酒泉子》10首，"长忆观潮"一首，以描绘生动、气势渲染取胜，这首词的特色则在于取境用笔，萧疏如画。当时人所喜爱，更在于结尾处的隐逸之思。据说石延年（曼卿）曾使人绘成图画，苏轼曾书于玉堂屏风，可见当时影响。

林逋（967—1028），字君复，钱塘（今杭州市）人。隐居西湖之孤山，二十年足不及城市。真宗闻其名，诏长吏岁时存问，卒后赐谥和靖先生。林逋诗为晚唐体，《山园小梅》最著名。其中名句"疏影横斜水清浅，暗香浮动月黄昏"，尤为传诵。《全宋词》题为《瑞鹧鸪》而收入，盖因《瑞鹧鸪》词调亦为七言八句体，实际从神理意味来看，还是应看作七言律诗。清人谭莹《论词绝句一百首》有一首专写林逋：

　　萋萋芳草遍天涯，何预孤山处士家。
　　更谱长相思一曲，未应孤冷伴梅花。

林逋的词流传甚少而不乏名作，这里提到的就有两首。一首是以咏草著称的《点绛唇》：

---

❶　此为晚清诗人陈三立集外残句，见钱仲联《近代诗钞》，江苏古籍出版社1993版，第900页。

> 金谷年年,乱生春色谁为主。余花落处,满地和烟雨。　又是离歌,一阕长亭暮。王孙去,萋萋无数,南北东西路。

这是一首较早的咏物词。《全宋词》中有调无题,后代选本则往往以"草"字为题。阮阅《诗话总龟》和魏庆之《诗人玉屑》尤以其终篇不露一"草"字为含蓄雅洁。春草意象,自淮南小山《招隐士》写过"王孙游兮不归,春草生兮萋萋"之后,就成为抒写离别之情的常用点缀物了。白居易《赋得古原草送别》:"又送王孙去,萋萋满别情"再一次强化了它的"语码"功能,于是在离别之路上,它就一次又一次地"萋萋刬尽还生"了。

另一首为表现男女相思离别之情的《长相思》:

> 吴山青,越山青,两岸青山相送迎,谁知离别情。　君泪盈,妾泪盈,罗带同心结未成,江头潮已平。

据说,林逋一生未曾婚娶,在孤山种梅养鹤,因有"梅妻鹤子"之称。这样一个孤高的处士却能写出这样缠绵的相思之词来,也是一种耐人寻味的现象。

范仲淹(989—1052),字希文,吴县人(今苏州市)人。卒谥文正。范仲淹存词只有5首,可是在历代词选与词话中,他被选与被评的频率使他可以跻身于宋词名家之列。这是因为范仲淹的词至少在两个观察点上具有词史意义。首先,他的《苏幕遮》"碧云天,黄叶地,秋色连波,波上寒烟翠……",还有他的《御街行》"都来此事,眉间心上,无计相回避"等等,充分显示了一个治世之能臣的绮怀艳思,同时也可以说是显示了词为艳科的文体个性。其他如寇准、韩琦、司马光等名臣大儒也写了一些婉媚的小词。对于这种现象,前代词学家常用"人非太上,未免有情",或"情之所钟,贤者不免"之类说法来解释。然而此前亦有大贤,此后亦有大儒,为何他们都没有写出这样的艳词或艳诗呢?合理的解释应是,在词日渐流行之时,是词的艺术魅力使这些名公大臣偶生染指之心,并且不自觉地敛情约性以就词为艳科的本色。范仲淹的婉约词写得较为当行出色,所以具有词史典型之意义。其次,范仲淹的《渔家傲》(塞下秋来风景异),苍凉悲壮,气象开阔,在宋代早期词坛上亦可谓一种异响。尽管其中的"燕然未勒归无计"或"将军白发征夫泪"不无乡愁与感伤,但词中所展示的长烟落日、重峦叠嶂的边地风情,给人的感觉不是悲观消沉,而是苍凉悲壮。这和小说创作中"形象大于思想"的情形颇相类似。魏泰《东轩笔录》卷十一记载:

> 范文正公守边日,作《渔家傲》乐歌数阕,皆以"塞上秋来"为首句,颇述边镇之劳苦。欧阳公尝呼为穷塞主之词。及王尚书素出守平凉,文忠亦作《渔家傲》一词送之,其断章曰:"战胜归来飞捷奏,倾贺酒,玉阶遥献南山寿。"顾谓王曰:"此真元帅之事也。"

欧阳修所作词今不可见,单就这三句来看,不过徒作大言而已,比范仲淹所作要差得远了。

二、仁宗时代:宋词的发展期

宋仁宗赵祯也许算不得一个雄才大略的君主,但他在位四十年间,却造就了宋代文化的繁荣。也正是在仁宗时代,柳永、张先、晏殊、欧阳修以及其他一批在政界与文坛都颇有地位的词人,共同造就了宋词的繁荣局面。

柳永(987?—1055后),字耆卿,初名三变,崇安(今属福建)人。在宋初名家词人中,柳永的年代最早。据吴熊和先生考证,柳永作词始于真宗时期,如其《巫山一段云》、《玉楼春》等,就作于真宗大中祥符年间。❶ 他是宋代第一个专力为词的人,对宋词也最多开创之功。

第一是慢词的创制。由唐五代至柳永之前,传世的慢词总共不过十多首,而在柳永的《乐章集》213首词中,慢词就多达一百余首。在他所用的127个词调中,与唐五代相同的只有二十几个,而据《词律》、《词谱》等书考证,柳永创制词调达95个。这其中有不少是"因旧曲作新声"者,但在教坊曲或敦煌曲中本为小令者,在柳永手中都衍为长调了。如《长相思》本只有36字,柳永展衍为103字;《浪淘沙》本双调54字,柳永度为三叠144字。而他所创制的《戚氏》,更是长达212字。

第二,与慢词的创制同时,柳永创造性地把铺叙手法引入词的创作。晚唐五代的令词往往只是描写一种情境或片断,缺少流动变化,或者说早期之词本来就不追求叙事与写景的铺陈描写。而柳永因为慢词开拓了描写的空间,或铺叙空间景物,或展衍事件层次,于是创造了一整套的章法与技巧,于传统词法可谓别开生面。李之仪《跋吴思道小词》就说过,作词本应"以《花间集》中所载为宗,然多小阕,至柳耆卿,始铺叙展衍,形容盛明,千载如逢当日"。刘熙载《艺概·词曲概》亦称道"耆卿词细密而妥溜,明白而家常,善于叙事,有过前人"。

第三是题材的开拓。柳永当然写了不少艳词。他写闺怨,咏美人,恣游冶,忆

---

❶ 吴熊和:《唐宋词通论》,浙江古籍出版社1989年版,第193页。

欢情,这是敦煌曲子词和《花间集》中原本就有的题材类型,而柳永的俗词多在这一类。但他尤工于羁旅行役之词,这方面的题材可以说是他的新开拓,柳词中格调较高的多在此类。赵令畤《侯鲭录》卷七记苏轼云:

> 世言柳耆卿曲俗,非也。如《八声甘州》云:"霜风凄紧,关河冷落,残照当楼。"此语于诗句不减唐人高处。

实际上,在柳永的羁旅行役之词中,类似的佳作还有很多。如《曲玉管》(陇首云飞)、《雨霖铃》(寒蝉凄切)、《卜算子》(江枫渐老)、《夜半乐》(冻云黯淡天气)、《玉蝴蝶》(望处雨收云断)、《倾杯》(鹜落霜洲)等名篇,皆可谓不愧前人。

后人对于柳永词的不满,主要在于他的词"浅近卑俗"。柳永词中确有俚俗乃至庸俗之作,但这样的词是少数,不足以动摇柳永的名家地位。周济《介存斋论词杂著》说:"耆卿乐府多,故恶滥可笑者多,使能珍重下笔,则北宋高手也。"说得很对。但应该说,即使删去那些冗滥之词,柳词中的佳篇还是很多的,他也仍然是北宋高手。另外应加分剖的是,正因为柳永的谐俗性质,才使他在当时拥有最多的受众。叶梦得《避暑录话》所谓"凡有井水饮处,即能歌柳词",不仅说明柳词广为传播,同时也表明词在那时已赖柳永的创作推动,成为广大民众最喜爱的艺术形式了。假如没有这种词的传播与消费的盛况,就不会有那么多的文人投身词的创作,词繁荣的速度或程度也就要大打折扣了。从这个角度来说,柳永词的谐俗亦不尽可非。

张先(990—1078),字子野,乌程(今浙江吴兴)人。《全宋词》中收其词150余首。张先与柳永基本同时,而从词坛声名来看,却几乎为两代人。盖柳永得名早,仁宗初期已为词坛名家;又岂止为名家,几乎是一枝独秀。而张先作词,多在晚年。从吴熊和、沈松勤《张先集编年校注》(浙江古籍出版社1996版)来看,张先现存词作于皇祐、嘉祐至熙宁年间(1049—1078)为多。如《天仙子》作于庆历年间秀州判官任上,在集中已算较早的作品,而张先那时也早已年过半百了。再加上苏轼与张先来往唱酬颇多,苏轼初学作词,似乎就有张先影响与恐惠的因素。实际苏轼比张先小近50岁,是地道的忘年交,但在一般读者心目中,也就觉得张先行辈比苏轼同时而略早而已。晚清陈廷焯评词,于张先独加青眼。《白雨斋词话》卷一云:

> 张子野词,古今一大转移也。前此则为晏、欧,为温、韦,体段虽具,声色未

开。后此则为秦、柳,为苏、辛,为美成、白石,发扬蹈厉,气局一新,而古意渐失。子野适得其中,有含蓄处,亦有发越处,但含蓄不似温、韦,发越亦不似豪苏腻柳。规模虽隘,气格却近古。自子野后,一千年来,温、韦之风不作矣,益令我思子野不置。

这一段话说张先有所开创而不失古意,大致是对的,但说"前此则为晏、欧","后此则为秦、柳",却把除秦观之外的三人年代都搞颠倒了。

张先与柳永,又分别属于不同的文化圈子。柳永一天到晚与伶工歌妓厮混,周围不过虫娘、酥娘等勾栏艺妓而已。张先来往唱酬的却都是颇有誉望的士大夫。其词题或词序中出现的有赵抃(阅道)、唐洵(彦猷)、郑獬(毅夫)、蔡襄(君谟)、李常(公择)、杨绘(元素)、孙觉(莘老)、陈襄(述古)等。当然,交往唱酬最多的还是晏殊和苏轼。晏殊于皇祐二年(1050 年)以观文殿大学士知永兴军,辟张先为通判,宾主相得。我们看张先《木兰花·晏观文画堂席上》、《碧牡丹·晏同叔出姬》、《玉联环·送临淄相公》等,可以想见二人交谊。联系到晏殊当面拒斥柳永的情形,可知张先与晏、欧等人虽作小词,仍然属于上流的文化圈子,而柳永虽然也出自书香门第,却早已从上流社会中自我放逐出来了。

柳、张异同,宋人亦有所论列。吴曾《能改斋漫录》卷十六引晁补之《评本朝乐章》云:"张子野与柳耆卿齐名,而时以子野不及耆卿;然子野韵高,是耆卿所乏处。"这个评价把握得比较准确。从词的流传之广来说,"子野不及耆卿";从词的格调来说,柳永不如张先。试以张先《谢池春慢·玉仙观道中逢谢媚卿》一词为例:

缭墙重院,时闻有、莺啼到。绣被掩余寒,画阁明新晓。朱槛连空阔,飞絮知多少。径莎平,池水渺。日长风静,花影闲相照。　　尘香拂马,逢谢女、城南道,秀艳过施粉,多媚生巧笑。斗色鲜衣薄,碾玉双蝉小。欢难偶,春过了。琵琶流怨,都入相思调。

这首词从基本题材来说是写艳情,也就是说,这是柳永词中最常见的题材。单看词中对谢氏的色相描写,其俗艳之感并不下于柳词,可是"欢难偶,春过了。琵琶流怨,都入相思调"数句,并不停留于色相色欲,而是升华到一种颇具审美意味的绰约风姿了。另如《一丛花令》的结拍:"沉恨细思,不如桃杏,犹解嫁东风",亦具有同样的审美效果。而这样的词句在柳永词中是很难见到的。所谓"子野韵高",也正体现在这样一些升华之处。

晏殊(991—1055),字同叔,江西临川人。幼以神童著称。真宗景德二年(1005年)15岁时,赐同进士出身。历居显职。先后除参知政事,进枢密使,加同平章事。卒谥元献。晏殊著作极富。《宋史》本传说他有《文集》240卷,他的门生宋祁《笔记》说他晚年编集其诗,乃过万篇,为唐人以来所未有。可惜身后诗文散佚,仅存《晏元献遗文》2卷。在今日看来,晏殊仿佛是以专门词人名世的,而《全宋词》所收其《珠玉词》一百余首,不仅是诗余,亦是政事文章之余。焦循《易余龠录》云:"一代有一代之所胜,舍其所胜以就其所不胜,皆寄人篱下者也。"晏殊的诗文散佚而词独得以保全,也在一定程度上显示了文学史"喜新厌旧"的淘汰规律。

论北宋名家词,一向以晏、欧相提并论。刘熙载《艺概》说:"冯延巳词,晏同叔得其俊,欧阳永叔得其深。"王国维《人间词话》说:"冯正中词,虽不失五代风格,而堂庑特大,开北宋一代风气。"实际词脉一线,尤在晏、欧二人。晏殊对冯延巳词风的继承,主要在于他一直执着于表现人生短促、年华易逝的哀感,而这种意识往往并不诉诸理性,而只是一种流连光景、惆怅自怜的感伤情绪。在冯延巳词中,往往表现为黄昏月下、怅然独立的寂寞,如"独立小桥风满袖,平林新月人归后"(《鹊踏枝》);"残酒欲醒中夜起,月明如练天如水"(《鹊踏枝》);"小堂深静无人到,满院春风,惆怅墙东,一树樱桃带雨红"(《采桑子》)。而在晏殊词中,他更喜欢从梦回酒醒切入,表达对人生底蕴的偶然"触着"的悸动与迷惘。如"玉钩阑下香阶畔,醉后不知斜日晚"(《木兰花》);"一场愁梦酒醒时,斜阳却照深深院"(《踏莎行》);还有"绿酒初尝人易醉,一枕小窗浓睡"之后的"紫薇朱槿花残,斜阳却照阑干"(《清平乐》)。这是一种无端而来的闲愁,一种与现实生活无关的莫名哀感,它在饮酒作乐时潜伏在人心的底层,而在梦回酒醒时却会因一缕斜阳或管弦之声而激起。这样的词心词境,深造精微,若以"无病呻吟"视之,不啻痴人说梦。郑骞《成府谈词》云:"晏、欧词虽不能如苏、辛等几于每事皆可写入,而堂庑气象,决非花间所能笼罩。张皋文'尊体'之说,为词坛正论,欲于五代宋初求能尊体者,正中、二主与晏、欧皆是。能深刻真挚以写人生,即是尊体,非必缠绵忠爱。"❶这才是深知词家三昧的有得之见。

同样是感慨人生苦短,晏殊的词却似乎达到一种清澄圆融的境界。他不像《古诗十九首》那样大声慨叹"生年不满百,常怀千岁忧",甚至也不像冯延巳词那样过于悽婉悲凉。他的词风流闲雅,温润秀洁,既显示了对人生之美的深情眷恋,又能面对人生悲剧镇定自持地凝眸深赏。这是一种以诗意的态度玩味人生的风度与境界。

---

❶ 吴熊和主编:《唐宋词汇评·两宋卷》,浙江教育出版社2004年版,第146页。

欧阳修(1007—1072),字永叔,号醉翁,晚号六一居士,庐陵(今江西吉安)人。欧公以"一代儒宗,风流自命",主盟北宋文坛数十年,在诗、词、文三体创作上都取得了很高的成就。然而自曾慥《乐府雅词序》提出"当时小人或作艳曲,谬为公词",陈振孙《直斋书录解题》亦云"欧阳公词多有与《花间》、《阳春》相混,亦有鄙亵之语厕其中,当是仇人无名子所为也"。后人遂动辄以为伪作,其实不然。如《南歌子》:

凤髻金泥带,龙纹玉掌梳。走来窗下笑相扶,爱道画眉深浅入时无?
弄笔偎人久,描花试手初。等闲妨了绣功夫,笑问鸳鸯两字怎生书?

此词亦自香艳,却不涉狭邪。其情景有如沈复《浮生六记》中的《闺房记乐》,馨香可人。我们深信写作此词的欧阳修,也正是那个写过《朋党论》、《与高司谏书》的欧阳修。

欧阳修的《六一词》,调式丰富而多有发展。如《蝶恋花》(庭院深深深几许)、《诉衷情》(清晨帘幕卷轻霜)等婉约名篇,仍用代言体,也仍然是表达传统的伤春伤别情调。然而如《采桑子》:

十年前是尊前客,月白风清。忧患凋零,老去光阴速可惊。　鬓华虽改心无改,试把金觥。旧曲重听,犹似当年醉里声。

又如《浪淘沙》:

把酒祝东风,且共从容。垂杨紫陌洛城东。总是当时携手处,游遍芳丛。
聚散苦匆匆,此恨无穷。今年花胜去年红。可惜明年花更好,知与谁同?

还有《朝中措》(平山栏槛倚晴空)、《浣溪沙》(堤上游人逐画船)等,表现的乃是诗中常见的人生感慨,已可谓变伶工之词为士大夫之词了。冯煦《蒿庵论词》称其"疏隽开子瞻,深婉开少游",开少游者或许不止一人,而"疏隽开子瞻"者则非公莫属。即以上面提到的词来看,其胸次之高旷,思路之颖脱,均可视为苏轼词的出蓝之助。

三、北宋后期:宋词的兴盛期

假如要把宋词的发展与唐诗相比附的话,也许只有这个时期可称为"盛宋"。词的繁荣有一个明显的标志,就是词由少数文人手中解放出来,变成了人人能写、人人爱写的一种"新乐府"形式了。在晏殊的时代,做宰相而写小词还要防人说闲话,而在这个时代,不能写小词就会被人看成落伍或"不韵"了。连司马光这样的正人端士,也能写出"宝髻松松挽就,铅华淡淡妆成"、"相见争如不见,有情何似无情"(《西江月》)之类的绮语来,也就可以想见词的魅力与普及程度了。而词在这时最大的变革与发展,就是词已基本摆脱了原先的音乐附庸地位,而成为一种个人性的抒情诗体了。主要标志就是词中的抒情主人公不再是类型化的伤春伤别的女子,不再是"代言"式的化装表演,所表达的也是作者现实中的个性化的情感了。这一时期的代表性词人,有开宗立派的苏轼,有在继承传统的过程中各自名家的晏几道、秦观、贺铸,还有上结北宋、下开南宋的周邦彦。其他如黄庭坚、晁补之、毛滂等人,本来也都足称名家,只是有上述词人的光环所掩,他们也就只好委屈地退为衬托之背景了。

　　苏轼(1036—1101),字子瞻,号东坡居士,眉山(今属四川)人。苏轼在宋词发展史上的最大影响,是他率先把个性化、风格化的作风引入词坛。词是一种较为晚起的音乐文学体裁,但它在晚唐五代,已经形成了香艳婉约的文体风格。这种风格本来是由文人造成的,但它一旦约定俗成,成为众所认可的审美规范,便对后来词人的创作构成一种极具暗示性与约束力的艺术假定性。仿佛词的功能价值就在于刻红剪翠,表现男女之间的相思别情。而且不止是应该如此,几乎是只能如此;稍不如格,便觉龃龉。因此我们看晚唐五代词人的作品,在风格趋向上便显示出惊人的一致性。譬如一部《花间集》,那500首词的面目气韵是如此相似,仿佛是看古代的仕女图,或者就是面对一样装束的500宫女;一样的珠光宝气,意态雍容,以至于很难寻出差别来。假如当初便泯去词人的姓名,我们很难想象那会是出身、个性完全不同的18个词人的作品合集。当然,这只是就唐五代词的总体情况而论,其中有一些著名词人,当然不能说全无个性。温庭筠之绮艳,韦庄之清丽,冯延巳之感伤,尤其是李后主的亡国之痛,自然是各有其特色。但是,他们的作风也仍然在词体风格的笼罩下,或者说是在词的文体个性所允许的范围之内。清代著名词论家周济评诸家词曰:"毛嫱、西施,天下之美妇人也:严妆佳,淡妆亦佳,粗服乱头,不掩国色。飞卿,严妆也;端己,淡妆也;后主,则粗服乱头矣。"这里论温庭筠、韦庄、李后主三家词的风格,可谓善于形容。然而这三家词的风格,不论相去多远,有一点却是可以肯定的:严妆、淡妆或粗服乱头,毕竟都是女子,所体现的都是女性美。而苏轼词一出,则是须眉丈夫突入红粉队中,是一片莺声燕语之中"铁骑突出刀枪鸣",是关西大汉绰铁板,唱"大江东去"!因此他给当时词坛带来的喧哗与骚动,以及随之掀起的本色正变之争,都是自然而且必然的。

苏轼对传统词风的变革，虽然不无有意变革的想法，但更主要的是其天才闳放、不受羁束的创作个性使之然。有人说他是"以诗为词"，又有人说他是"以文为诗"；但他的散文中又蕴含着浓郁的诗意，正不妨说他是"以诗为文"。事实上，各种文体的相互渗透既是宋代文学的重要表征之一，而苏轼那种特出的创作个性又足以冲破一切成法的桎梏，使文体风格趋于淡化，并使个人风格成为各体文学共有的特性。特别是当熙宁五年（1072年）前后苏轼开始写词时，他不仅已经成为朝野皆知的著名文人，而且创作个性已经趋于成熟和定型了。在这种情况下开始从事词的创作，与那些少小时便流连坊曲的词人自然不同。而且他无意于以词人自命，他不在乎人们怎么评价他。词之于苏轼，不过是他用以自娱的手段。他只是顺着自己的性子，毫无顾忌地去写，用他自己的大本嗓子，唱他自己随口哼出的歌，于是就有了那些富有个性的词章。不管你说那是豪放，是旷达，还是别的什么风格，总之是不同于前人。有时他出于好奇，或者是因为好玩，也许还不无逞才的意识，即所谓"毛嫱西施，净洗脚面，与天下妇人斗好"，也来"反串"式地按照传统的婉约词风进行创作，于是就有了那些仍然带有东坡个性的婉约词。或者也可以说，是苏轼创作个性与词体个性的相互作用，才造成了苏词创作中豪放与婉约词风的双重变奏。

苏词的雅化或士大夫化，首先来自于抒情旨趣的转移。如他的诗、文一样，对人生的吟味和人生哲理的探索，也是东坡词的基本主题。旧时文人称他为"坡仙"，说他超然高妙、胸无纤尘、不食人间烟火，等等，那是从鄙薄名利、解脱挚缚的特定角度来说的，其实他比任何人都更执着于人生。他的作品，往往平淡中见奇警，旷达处见悲凉，与旷达相表里的是对于人生痛苦的索解和带有悲剧意味的人生感喟。读《木兰花令·次欧公西湖韵》："佳人犹唱醉翁词，四十三年如电抹"，语气未重而觉惊心动魄。读《鹧鸪天》："殷勤昨夜三更雨，又得浮生一日凉"；《望江南》"休对故人思故国，且将新火试新茶"，可以感知他执定现实人生的澄明态度。而读其《水龙吟》："推枕惘然不见，但空江、月明千里"；《临江仙》："酒阑清梦觉，春草满地塘"，则更能感受到具有参禅悟道意味的空明境界。

晏几道（1037—1110），字叔原，号小山，临川（今属江西）人。晏殊47岁时才有了这个儿子，故旧称其为"贵人暮子"❶。晏几道之为人，应与宋玉、杜牧、唐寅、苏曼殊等多情才子为一系列，一方面是孤标傲世，一方面又是锐感多情。黄庭坚《小山词序》云：

---

❶ 晏几道生年旧无定论，近时乃据《东南晏氏重修宗谱》得以确定。参见涂木水《关于晏几道的生卒年及排行》，《文学遗产》1987年第1期。

> 余尝论叔原，固人英也，其痴亦自绝人。爱叔原者，皆慍而问其目，曰："仕宦连蹇，而不能一傍贵人之门，是一痴也；论文自有体，不肯一作新进士语，此又一痴也；费资千百万，家人寒饥，而面有孺子之色，此又一痴也。人百负之而不恨，已信人，终不疑其欺己，此又一痴也。"乃共以为然。

黄庭坚是以贬语作赞语，所谓"四痴"，实为四美。黄庭坚又说他"磊隗权奇，疏于顾忌"，"常欲轩轾人而不受世之轻重"；"平生潜心文艺，玩思百家，持论甚高，未尝以沽世"。这些也都会使人想到整日价杂学旁搜而不问仕途经济的贾宝玉。如此"不知自重"，再加上他未成年时晏殊即已去世，所以他也就被从上层社会放逐到歌儿舞女队中了。晏几道《小山词自序》中写道：

> 始时沈十二廉叔、陈十君龙家，有莲、鸿、蘋、云，工以清讴娱客。每得一解，即以草授诸儿，吾三人持酒听之，为一笑乐。已而君龙疾废卧家，廉叔下世，昔之狂篇醉句，遂与两家歌儿酒使，俱流转于人间。……追惟往昔过从饮酒之人，或枕木已长，或病不偶，考其篇中所记悲欢离合之事，如幻如电，如昨梦前尘，但能掩卷怃然，感光阴之易迁，叹境缘之无实也。

这一篇充满深情与人生感慨的美文，其追怀眷恋与幻灭之感，使人想到张岱《陶庵梦忆序》，和《红楼梦》开头"今风尘碌碌，一事无成"那一段序引之语。

也正是因为有这样的个性、这样的遭际，晏几道才会以他全部的生命与激情投入词的创作。故历来论其词者，皆以情胜为贵。陈廷焯《白雨斋词话》卷七云："李后主、晏叔原皆非词中正声，而其词则无人不爱，以其情胜也。情不深而为词，虽雅不韵，何足感人。"冯煦《蒿庵论词》云："淮海、小山，真古之伤心人也，其淡语皆有味，浅语皆有致。求之两宋词人，实罕其匹。"夏敬观《映庵词评》云："晏氏父子，嗣响南唐二主，才力相敌，盖不特词胜，尤有过人之情。叔原以贵人暮子，落拓一生，华屋山邱，身亲经历，哀丝豪竹，寓其微痛纤悲，宜其造诣又过于父。"现代学者郑骞《成府谈词》亦云："小山词境，清新凄婉，高华绮丽之外表，不能掩其苍凉寂寞之内心，伤感文学，此为上品。"又曰："小山词伤感中见豪迈，凄凉中有温暖，与少游之凄厉幽远异趣。小山多写高堂华烛、酒阑人散之空虚，淮海则多写登山临水、栖迟零落之苦闷。二人性情家世环境遭遇不同，故词境亦异，其为自写伤心则一也。"晏几道词中也写了不少的女子，以及彼此相爱、目挑心招的情形，但他给人的感觉却不是生活放荡，而是一个天生的情种。他没有占有欲或者邪念，而只是对这些明慧可爱的少女持审美欣赏的态度。何况其词又不仅情深,而又隽美风流。如《木兰花》:"紫骝认得旧游踪,嘶过画桥东畔路";《蝶恋花》:"月细风尖垂柳渡,梦魂长在分襟处";《临江仙》:"落花人独立,微雨燕双飞";《生查子》:"无处说相思,背面秋千下",真是天生好言语。晏几道在历代词选词评中能够跻身"十大词人"之列,❶应是实至名归,全无其他偶然因素的。

秦观(1049—1100),字少游,号淮海居士,高邮(今属江苏)人。秦观似乎是一个天生的词人。《四库全书总目·〈淮海词〉提要》就说:"(秦)观诗格不及苏黄,而词则情韵兼胜,在苏黄之上。"这看起来是说各有偏胜或各有专工,其实正是一个问题的两面。宋代的《王直方诗话》记载:"东坡尝以所作小词示无咎、文潜,曰:何如少游?二人皆对曰:少游诗似小词,先生小词似诗。"敖陶孙《诗评》曰:"秦少游如时女步春,终伤婉弱。"元好问《论诗绝句》先引其《春日绝句》"有情芍药含春泪,无力蔷薇卧晓枝",然后说:"拈出退之山石句,始知渠是女郎诗。"这些都表明,秦观的情感个性宜于词而不宜于诗。用于诗则不免"女郎诗"之讥,用于词则正见本色当行。苏、黄等人当然亦能词,也写了一些好的婉约词,但读他们的词作,总有敛情约性或化装表演之感,而秦观则是纯任天然,却又正见词之本色。假如说苏轼对于词的革新主要体现为题材的开拓与词风之转变,秦观则是在词的传统题材与风格上的净化与提高。他仍然写男女之情,相思离别,但是却远离冶叶倡条,浮花浪蕊;其深情远韵,妩媚而不失风度。刘熙载《艺概》说:柳永词"绮罗香泽之态,所在多有,故觉风期未上耳";"美成词富艳精工,只是当不得个贞字"。相比之下,柳、周词是俊,秦观词是美;柳、周词俊在词句,在眉目,秦观词美在意态,在风韵。

秦观是婉约词的正宗,也是婉约词之极致。此前的词虽有佳作,犹觉功力火候未到,不能篇篇精美,句句相称;以后的词人又往往流于刻露,有雕琢之痕。秦观词则是炉火纯青,情韵兼胜,流利轻圆,咀嚼无滓。在他的词中,没有一个不和谐的意象,没有一篇不圆成的结构,没有一个生硬的词句。仿佛每一个字都经过选择与熔炼,字面光洁,音韵和美,意象晶莹。如《望海潮》(梅英疏淡)、《八六子》(倚危亭)、《满庭芳》(山抹微云)、《鹊桥仙》(纤云弄巧)、《千秋岁》(水边沙外)、《踏莎行》(雾失楼台)等词,都是历来传诵的名篇。像这样的名作,有一二首便足名家,而在《淮海词》中几乎比比皆是。

贺铸(1052—1125),字方回,晚年号庆湖遗老,卫州共城(今河南汲县)人。他是一个创作很勤奋的人。陆游《老学庵笔记》说他"诗文皆高,不独工长短句也",潘大

---

❶ 王兆鹏:《宋代词人历史地位的定量分析》,参见《唐宋词史论》,人民文学出版社 2000 年版。

临赠诗亦有"诗束牛腰藏旧稿"之句。但他的诗宋时已不多见,文集亦散佚无传。他的词作亦很丰富。程俱所作《宋故朝奉郎贺公墓志铭》说他有乐府辞500首,今存284阕。即便如此,在北宋词人中,其作品的数量也算较为可观的了。

  从宋词的发展来看,贺铸词值得关注的有两个方面。其一是喜用前人成句,尤其是中、晚唐人诗句,词集中比比皆是。叶梦得《贺铸传》说他"尤长于度曲,掇拾前人所遗弃,少加隐括,皆为新奇。常言吾笔端驱使李商隐、温庭筠常奔命不暇"。本来,宋人用前人诗句入词,亦犹元明散曲作家以宋人词句入曲,或可称为"异体相袭",本不足为病的。如隋炀帝诗"寒鸦千万点,流水绕孤村",秦观化入其《满庭芳》;五代翁宏诗"落花人独立,微雨燕双飞",晏几道用于其《临江仙》,不仅不以为病,而且更见精彩。但贺铸变本加厉,不知节制,就有点过火了。如其《小梅花·行路难》上片:

  缚虎手,悬河口,车如鸡栖马如狗。白纶巾,扑黄尘,不知我辈可是蓬蒿人。衰兰送客咸阳道,天若有情天亦老。作雷颠,不论钱,谁问旗亭美酒斗十千。

又如《水调歌头·台城游》下片:

  访乌衣,成白社,不容车。旧时王谢,堂前双燕过谁家?楼外河横斗挂,淮上潮平霜下,樯影落寒沙。商女篷窗隙,犹唱后庭花。

前一例交错用李贺、李白诗组合而成,后一例则化用刘禹锡和杜牧诗句。与前述晏几道、秦观用前人诗句作小点缀不同,贺铸则是全用前人诗句隐括而成"百衲衣"了。前人或以肯定态度称其善偷,其实这已不是真正意义上的创作,而是拆东补西做带,虽有剪裁熔炼之功,总落第二义。王国维《人间词话》删稿云:"北宋名家,以方回为最次。其词如历下、新城之诗,非不华瞻,惜少真味。"王国维很少以这样直截尖刻的语气贬斥前人,他之所以毫不假借,也许正因为贺铸这种摹拟剽掠的作风已近于游戏文字,既无真性情,也就称不得创作了。

  贺铸词的另一个特点是婉约与豪放兼容并举。其婉约或艳冶的一面自不必说,而其豪放词无论是作品的数量还是豪放的程度,都超过了他所崇拜的苏轼。如《六州歌头》(少年侠气)、《小梅花》(缚虎手)、《小梅花》(城下路)、《水调歌头》(南国本潇洒)等篇,均可视为稼轩词派先声。夏敬观《手批东山词》于以上诸词评点中,一再强调稼轩豪迈之处,从东山词脱胎。并于贺铸《青玉案》(凌波不过横塘路)词后评曰:"稼轩浓丽之处,从此脱胎。细读《东山词》,知其为稼轩所师也。世但言苏、辛为一派,不知方回,亦不知稼轩。"也许夏敬观夸大了贺铸对稼轩的影响,而这种影响则是确实存在的。

贺铸词亦自有佳作。除了久负盛名的《青玉案》之外,下面一首《浣溪沙》也是深受读者喜爱的佳作:

> 楼角初销一缕霞,淡黄杨柳暗栖鸦。玉人和月摘梅花。　　笑捻粉香归洞户,更垂帘幕护窗纱。东风寒似夜来些。

陈匪石《宋词举》评曰:"此种小令,从唐乐府之七言绝句脱胎而来,全以比兴出之。言景不言情,而情之所寄于言外得之,上也。言情而以景融人,用吞吐之辞,见含蓄之妙,耐人咀嚼,余味盎然,次也。方回此作,纯是唐五代遗音,通首不见一情语,而深厚之味,绵邈之情,必几经讽咏始能领会。"唐圭璋《唐宋词简释》云:"此与少游'漠漠轻寒'一首,同为美妙小品。惟少游写人情沉郁悲凉,而此则有潇洒出尘之致耳。"

周邦彦(1056—1121),字美成,号清真居士,钱塘(今浙江杭州)人。在宋词发展史上,尤其是在北宋词与南宋词嬗变的交会点上,周邦彦是一个里程碑式的人物。《四库全书总目·〈东坡词〉提要》中云:"词自晚唐五代以来,以清切婉丽为宗,至柳永而一变,如诗家之有白居易;至轼而又一变,如诗家之有韩愈,遂开南宋辛弃疾一派。"因为是论东坡词,所以只到苏轼为止,未及宋词之三变。实际上,在宋词发展史上,当然还有其他富于开拓性的关键词人。缪钺先生《诗词散论·论词》中即云:

> 在宋词流变中,有开拓之功者数人,曰柳永、苏轼、周邦彦、辛弃疾、姜夔。北宋词浑雅,南宋词精能。由浑雅变精能,周邦彦是一大关键。

这是很有见地的看法。在周邦彦之前的词人,自然也各有各的讲究、各有各的法度,但总起来看,仍以自然浑成为旨归。周邦彦也追求浑成,但那是精心安排匠心经营的浑成,不是天然的浑成。事实上,周邦彦在南宋词人的心目中,就已经成了词法的典范。沈义父《乐府指迷》就说他"下字运意,皆有法度",后来周济更把他看成词法的"集大成者"。《介存斋论词杂著》云:"美成思力,独绝千古,如颜平原书,虽未臻两晋,而唐初之法,至此大备,后有作者,莫能出其范围矣。"陈廷焯《白雨斋词话》卷二说:"词法之密,无过清真;词格之高,无过白石;词味之厚,无过碧山。词坛三绝也。"在这所谓"词坛三绝"之中,后二绝或有争议,王沂孙尤未足当词味之厚的说法,但说"词法之密,无过清真",无论古人、今人,皆无异议。当朱祖谋、王国维等人把周邦彦推为词中老杜的时候,也应该是就词法而言的。周邦彦身后有那么多的追随者,也是因为《清真词》集中体现了词的法度与技巧。因为有法度,故可学,像李煜、苏轼那样靠性情与才气写词,后人是无从步趋的。

周邦彦的法度主要体现在两个方面:一是音律,二是章法。

周邦彦精通音乐。他的室名取名为"顾曲堂",亦足见他对音乐的自负。据说三国时周瑜精于音律,每听歌女弹唱,有差误处则注目而视,故谚曰:"曲有误,周郎顾。"中唐时李端《听筝》诗云:"欲得周郎顾,时时误拂弦。"尤能曲写女儿心事。周邦彦精音乐而又姓周,故以周郎自比,可见其自负自喜心态。周邦彦创制词调,主要有两种途径:一是在大晟府时,以旧有曲调为基础,通过组合变化,增演慢、引、近、犯等;二是以民间曲调为基础加以改造升华,即"变旧曲作新声"。据王国维等人的研究,周词中用"大晟新声"(新的乐律)创制的词调很少,其所用词调大多属于俗乐范围。周邦彦创制新调的数量不如柳永多,但远比柳永的影响大。柳永所创词调如《竹马儿》、《昼夜乐》、《佳人醉》等,柳永之后即成绝响。周邦彦以他词坛领袖而兼乐坛提举的地位,在词调的创制与词律的规范化方面作出了重要贡献,同时也使他所创制的词调成为当时以至后来递相沿用的曲调。邵瑞彭《周词订律序》云:"宋世大晟府创自庙堂,而词律未造专书,即以清真一集为之仪埻。"这就是说,在南宋时期,在词谱、词律之类专书产生之前,《清真词》是被作为词律来看待的。南宋方千里、杨泽民各有《和清真词》一卷,均以周邦彦词平仄格律为标准。

周邦彦在柳永创制慢词的基础上,进一步完善丰富了慢词的章法。词史上柳、周并称,主要是从慢词的作法继承发展关系着眼的。柳永以长于铺叙著称,一是铺陈景物,二是叙述事件或行踪。由小令发展为慢词,必然要增加叙述与描写,所以铺叙成为慢词的基本特征。但随着慢词的发展,柳永的铺叙手法也暴露了一些缺点:一是铺叙展衍,备足无余,缺少含蓄之余味;二是上景下情的结构,或今、昔、今的思维模式,看上去段落井然,章法却失之于单调和模式化。周邦彦十分理性地看到了柳永词的缺点,而努力使词的章法更为曲折、缜密、繁复而富于变化。他的主要方法是打破结构的方整界限,以参差、错综求变化。在他的词中,写景、叙事、抒情彼此交融,难于截然分切;当下光景、对过去情事的回忆和对未来的想象,也是回环往复,不循故辙。另外,他还注意从意义词脉与句法节奏两个方面,使顺中有逆、流丽中有顿挫,读来便不会一泻直下或一览无余。如《瑞龙吟》(章台路)、《兰陵王》

(柳阴直)，都是典型的例子。

除了创调与章法两个方面的主要成就之外，前人称道周邦彦的还有两个方面。

一是善于融化唐人诗句，在这方面，他比贺铸更能把握得住分寸。陈振孙《直斋书录解题》卷二十一说《清真词》"多用唐人诗隐括入律，浑然天成"。刘肃《陈元龙集注〈片玉集〉序》说："周美成以旁搜远绍之才，寄情长短句，缜密典丽，流风可仰。其征辞引类，推古夸今，或借字用意，言言皆有来历，真足冠冕词林。"张炎《词源》卷下曰："美成负一代词名，所作之词，浑厚和雅，善于融化诗句。"又称其"采唐诗融化如自己者，乃其所长"。沈义父《乐府指迷》亦云："凡作词当以清真为主……往往自唐宋诸贤诗句中来，而不用经史中生硬字面，此所以为冠绝也。"因为后来人评价周邦彦词，即很少以用前人诗句为其特长，看来宋人与后人评价标准体系有所不同。若以独立的诗词创作来看，本应重视其原创性，用前人语句，即使不可非，似亦不必提倡；但作为歌词来看，融化前人名句往往讨好。君不见当今之流行歌曲，于唐诗宋词名句割截嵌入，即往往赢得掌声与喝彩。以今例古，想即如此。

二是言情体物，善于巧言切状。强焕《片玉集序》称其"抚写物态，曲尽其妙"；郑文焯《清真词校后录要》说"美成词切情附物"；王国维《人间词话》说"美成深远之致，不及欧、秦，唯言情体物，穷极工巧"，称道的都是这一特点。如《苏幕遮》："叶上初阳干宿雨，水面清圆，一一风荷举"；《风流子》："新绿小池塘，风帘动，碎影舞斜阳"；《玉楼春》："烟中列岫青无数，雁背夕阳红欲暮"；《大酺》："润逼琴丝，寒侵枕障，虫网吹黏帘竹"等等，皆可谓体物入微，巧言切状。南宋词写景咏物，亦颇致力于此，或即受周邦彦的启发导引。

除以上所述苏、晏、秦、贺、周等人之外，还有一些在词的创作上颇有成就的词人，他们各骋才气，共同造就了北宋后期"盛宋"词坛气象。

黄庭坚(1045—1105)，字鲁直，号山谷道人，分宁(今江西修水)人。他是"苏门四学士"之一，其词今存190余首。传为陈师道所作《后山诗话》曰："今代词手，惟秦七、黄九耳，唐诸人不逮也。"其实就词而论，黄庭坚远不如秦观，陈师道之所以秦、黄并称，应是由于山谷诗名的映照，遂对其词亦加青眼。刘熙载《艺概》曰："黄山谷词，用意深至，自非小才所能办。惟故以生字、俚语侮弄世俗，若为金元曲家滥觞。"黄庭坚词有两大缺点：一是用俚语俗字，插科打诨，以游戏态度出之，可谓以曲为词之先声；二是用生字涩句，生硬槎牙，与其诗一样，颇有偃蹇横放之致。然当其高处，亦确实与东坡词境相近。兹录《水调歌头》一首：

瑶草一何碧？春入武陵春。溪上桃花无数，花上有黄鹂。我欲穿花寻路，直入白云深处,浩气展虹霓。只恐花深里,红露湿人衣。　　坐玉石,欹玉枕,拂金徽。谪仙何处?无人伴我白螺杯。我为灵芝仙草,不为朱唇丹脸,长啸亦何为?醉舞下山去,明月逐人归。

这首词清旷雅洁,颇有坡仙风味,上片尤俊快。这表明黄庭坚只要有意摆落俳谐气味,他就能写出好词来。而且凭他的才力与个性,他也是最可能追步东坡而得其仿佛的人。

晁补之(1053—1110),字无咎,济州巨野(今属山东)人。"苏门四学士"之一。《全宋词》录存其词167首。王灼《碧鸡漫志》卷二云:"晁无咎、黄鲁直皆学东坡,韵制得七、八。"刘熙载《艺概》卷四云:"东坡词,在当时鲜与同调,不独秦七、黄九别成两派也。晁无咎坦易之怀,磊落之气,差堪骖靳。然悬崖撒手处,无咎莫能追蹑矣。"在苏门弟子中,晁补之的词风还是比较接近苏轼的。录其《摸鱼儿·东皋寓居》一首:

买陂塘、旋栽杨柳,依稀淮岸湘浦。东皋嘉雨新痕涨,沙嘴鹭来鸥聚。堪爱处,最好是、一川夜月光流渚。无人独舞。任翠幄张天,柔茵藉地,酒尽未能去。　　青绫被,莫忆金闺故步。儒冠曾把身误。弓刀千骑成何事?荒了邵平瓜圃。君试觑,满青镜、星星鬓影今如许!功名浪语。便似得班超,封侯万里,归计恐迟暮。

这首词境界清空,意气旷放,上片似东坡而下片似稼轩。刘熙载《艺概》卷四曰:"无咎词堂庑颇大。人知辛稼轩《摸鱼儿》'更能消几番风雨'一阕,为后来名家所竞效,其实辛词所本,即无咎《摸鱼儿》'买陂塘、旋栽杨柳'之波澜也。"

僧仲殊,生卒年不详,俗姓张名挥,安州(今湖北安陆)人。曾举进士,后出家为僧。与苏轼交往唱酬,《唐宋诸贤绝妙词选》说他有词7卷,今仅存70余首。黄升曰:"仲殊之词多矣,佳者固不少,而小令为最,小令之中,《诉衷情》一调又其最。盖篇篇奇丽,字字清婉,高处不减唐人风致也。"兹录其《南柯子》一首:

十里青山远,潮平路带沙。数声啼鸟怨年华。又是凄凉时候在天涯。
白露收残月,清风散晓霞。绿杨堤畔问荷花:记得年时沽酒那人家?

这首词音韵清婉和美,上下片之末的两个长句尤觉摇曳生姿。末以问语作结,情韵悠然。

毛滂(1061—?),字泽民,号东堂,衢州江山(今属浙江)人。有《东堂词》,今存词200首有余。录其《惜分飞·富阳僧舍作别语》一首:

> 泪湿阑干花著露,愁到眉峰碧聚。此恨平分取,更无言语空相觑。　断雨残云无意绪,寂寞朝朝暮暮。今夜山深处,断魂分付潮回去。

这首词颇有晚唐五代小令风味,虽为用心之作,却能出之自然。首句用白居易"玉容寂寞泪阑干,梨花一枝春带雨"诗意,次句则化用张泌《思越人》词"黛眉愁聚春碧"之句。卒章意兼比赋,但觉烟水迷离,情韵尤胜。

第三节　南宋词坛

这里所谓"南宋词"是一个较为宽泛的概念。一方面是把李清照、叶梦得、朱敦儒等两宋之交的词人均划入南宋前期,另一方面又把周密、张炎、蒋捷、王沂孙等由宋入元的"遗民词人"划入南宋后期,所以从词人、词作数量来看,南宋词远多于北宋词。

从宋朝国祚来看,南宋与北宋一脉相承,都是一个赵姓王朝,只不过是国土变小了,国都从汴京(开封)迁到了杭州。但从两宋词的精神内涵与艺术风格来看,南宋词又与北宋词有着很大的差别。从词体自身的进化来说,由短章小令到长调慢词,由应歌之词到案头之作,由本色天然到人工安排,这是一种文体自身发展的逻辑周期。而从时代巨变对词体创作的影响来看,靖康国难与退守江左的现实,不仅影响到与现实较为贴近的散文与诗的创作,对词的主体精神、创作姿态、艺术风貌等等也产生了不可回避的巨大影响。神州陆沉的深悲巨痛,强力楔入词的自然演变进程,并在一定程度上改变了词的走向。它促进了词的诗化,强化了词关注现实、干预现实的功能,同时也使豪放悲慨、沉郁顿挫等等非婉约词风,从词的变格别调的附庸地位解脱出来,得到了广大词人的认可与发展。南宋词的发展走向,正是时代巨变与词体自身发展逻辑彼此乘除的结果。

南宋词坛,也可以大致分为三个时期。

一、南渡时期：词的变调

从时代来说,这一时期主要指宋高宗赵构在位的数十年时间;而从词人来说,则大多是身际两宋、由汴京旧都漂泊到东南来的文人。家国盛衰之感,荆棘铜驼之悲,形于词章,遂使宋词一改传统的婉约艳情之主题情调,变为郁怒情深的悲愤,或幽忆怨断的悲凉。词在这时就逸出了文体自然演化的轨道,而被时代的无形巨手所箝制了。

关于这一时期的词坛风会,杨海明先生别致地划分为三个"音区":一是"伤感词",这是南宋前期词坛的"低音区",主要以李清照词为代表;二是"愤慨词",这是南宋前期词坛的"高音区",主要以李纲、赵鼎、胡铨、张元幹等人为代表;三是"隐逸词",这是南宋前朝词坛的"尘外音",主要以朱敦儒、叶梦得等人为代表。❶ 王兆鹏先生的思路与此相通而分类不同。他认为这一代词人又可分为三个创作阵营或三种创作类型:一是愤世与救世的志士词人群,大多爱国词人均在此列;二是遁世与玩世的隐士词人群,其中包括周紫芝、吕渭老、杨无咎等人;三是颂世和谀世的宫廷词人群,其中包括康与之、曹勋、史浩、曾觌、张抡等人。❷ 我们则认为,对词人群体进行大致归类只是为了便于把握,而事实上,在相当数量的词人作品中,都有悲慨与感伤杂糅、进取之志与隐退之思交相出现的情况。至于所谓隐士词人和宫廷词人,无论是从作品的质还是从其影响来看,根本不足构成与词坛主流并立分流的态势,三者平列似乎也太抬举他们了。何况他们词中也不乏悲慨现实之作。比如曾觌,他写过应制之作《壶中天慢》,并以"何劳玉斧,金瓯千古无缺"的谀词受到赏赐,可是他也写过《金人捧露盘·庚寅岁春奉使过京师感怀作》,其中的故国黍离之悲也是很感人的。

着眼于词的创作成就,此期值得介绍的词人是李清照、叶梦得、朱敦儒、陈与义和张元幹。

李清照(1084—1155 年),号易安居士,章丘(今属山东)人。她是中国文学史上最负盛名的女作家,在词史上更是首屈一指的女词人。沈谦《填词杂说》云:"男中李后主,女中李易安,极是当行本色。"王士禛《花草蒙拾》则说:"婉约以易安为宗,豪放惟幼安称首。"无论是"二李"还是"二安",都得数到李清照。从历代词选和词

---

❶ 参见杨海明《唐宋词史》第十章,江苏古籍出版社 1987 年版。
❷ 参见王兆鹏《唐宋词史论》,人民文学出版社 2000 年版。

评资料来看,李清照毫无争议地置身于两宋十大词人之列,❶也仿佛为李调元《雨村词话》中"不徒压倒巾帼,直欲俯视须眉"的说法提供了有力的佐证。李清照的文学天才首先表现在各种文体兼工。各种版本的《宋文选》都会选录她的《金石录后序》,各种版本的《宋诗选》也都会选入她的诗作。我们看流传下来的李清照画像,那是一个纤细柔弱的"人比黄花瘦"的女子形象;可是我们读她的《夏日绝句》:"生当作人杰,死亦为鬼雄。至今思项羽,不肯过江东";读她的七古大篇《和张文潜浯溪中兴颂》:"五十年功如电扫,华清花柳咸阳草。五坊供奉斗鸡儿,酒肉堆中不知老……"是那样的大笔如椽,气势健举,使人疑心它是否真的出自一个弱女子的手笔。她哪来那么大的见识,那么黄钟大吕般的声气,真真是不可思议。

最能充分展示李清照才气的还是她那些风致隽美的词作。靖康国难的那一年(1126年),李清照43岁;建炎三年(1129年)赵明诚去世时,她46岁。国破与家亡的双重打击,就发生在战乱初起的数年之间。此后她就孤身一人,辗转流徙在东南的台州、温州、越州等地,在凄苦光景中又度过了二十余年。因为有这样的身世遭际,李清照前期与后期的词作,也自然体现出截然不同的风格特点。

前期词作塑造了一个天真无邪、活泼开朗、富于才思的少女、少妇形象,基本风格是妍丽明快。如《点绛唇》:

蹴罢秋千,起来慵整纤纤手。露浓花瘦,薄汗轻衣透。　　见有人来,袜划金钗溜。和羞走,倚门回首,却把青梅嗅。

因为词的创作一向有"代言"的传统作风,所以尽管李清照是以女性词人来写女性形象,我们也不主张把词中人物形象与实际生活中的词人画等号。更何况这首词也是以韩偓《偶见》诗"见客入来和笑走,手搓梅子映中门"为原型的二度创作。但我们却始终认为,词中妍丽明快的艺术形象与清新韶雅的可人风度,事实上是词人健康聪颖的思想情调与审美趣味的直接呈现。"露浓花瘦"四字不是写景,仍是写人,是"薄汗轻衣透"的虚拟与美化,其修辞手法使人想到"梨花一枝春带雨"。又如《如梦令》:

常记溪亭日暮,沉醉不知归路。兴尽晚回舟,误入藕花深处。争渡,争渡,惊起一滩鸥鹭。

---

❶ 参见王兆鹏《唐宋词史论》第二章第一节"宋代词人历史地位的定量分析",人民文学出版社2000年版。

这首词也是写少女生活,也是那么活泼而富于情趣。假如我们以李清照创作的诗、词以及《金石录后序》中的有关描写来连缀成一个传记体影片的话,在她后半生孤独困苦的境地里,上面词中所写的"误入藕花深处""惊起一滩鸥鹭"的承平、幸福、欢快的"镜头",会一次又一次地"闪回",用以慰藉她后半生孤独落寞的心田与灵魂。

在前期作品中,正如在生活中那样,当然也并不全是欢快活泼之作,也有愁怨与忧郁,如《醉花荫》:

薄雾浓云愁永昼,瑞脑销金兽。佳节又重阳,玉枕纱橱,半夜凉初透。东篱把酒黄昏后,有暗香盈袖。莫道不销魂,帘卷西风,人比黄花瘦。

《醉花荫》结尾三句为脍炙人口的佳句。其妙处在于以"莫道"二字唤起,然后翻转,透过,遂觉隽妙而富于韵致。像这样的一些词,尽管也写了相思离别的感伤,但绝不像后期的愁苦那般浓重。我们甚至可以说,这些绮怨的小词,正显示了女词人的风流才调与敏感多情。这是一种"甜蜜的忧郁",与后期那种国破家亡的惨痛是不可同日而语的。

"靖康"之后,国破而家亡,李清照备遭丧乱流离之苦,词风一变而为凄婉悲凉。如《永遇乐》:

落日熔金,暮云合璧,人在何处。染柳烟浓,吹梅笛怨,春意知几许。元宵佳节,融和天气,次第岂无风雨。来相召,香车宝马,谢他酒朋诗侣。　　中州盛日,闺门多暇,记得偏重三五。铺翠冠儿,捻金雪柳,簇带争济楚。如今憔悴,风鬟雾鬓,怕见夜间出去。不如向,帘儿底下,听人笑语。

因为前后期生活反差太大,李清照后期词中常用对比、映带之法,以旧日的承平欢乐与温馨生活反衬眼下的孤独与凄凉。《南歌子》:"旧时天气旧时衣,只有情怀不似旧家时";《武陵春》:"物是人非事事休,欲语泪先流",皆致慨于今昔之别。这首《永遇乐》因在他乡又逢元宵佳节而兴感,而元宵节在宋代是最为盛大的节日,所以在由北入南文人的故都春梦中,关于元宵节的回忆为最多。从某种程度来说,元宵节的游乐场面已成为承平盛世的一种象征或载体了。李清照以孤独之身,流落他乡,当元宵佳节而听人笑语,她的痛苦与寂寞可想而知。至于《声声慢》以白描手法,写出一种茕独恓惶之景况,在后期词作中亦具有代表性。

叶梦得(1077—1148),字少蕴,吴县(今江苏苏州)人。吴兴家中有石林园,因号石林居士。有《石林词》一卷,存词103首。其词不作剪红刻翠之语,风格与东坡词风相近。如《水调歌头》数首、《临江仙》数首,皆有潇洒放旷之致。《鹧鸪天》一词,把苏轼《次韵刘景文》七绝取三句入词,亦可见其着意追步东坡的意趣。《念奴娇》(雪峰横起)一词,用东坡《赤壁怀古》词原调原韵,更可见追仿东坡之迹。因为是登临北固山怀古,故以孙郎(孙权)为主。读"万里云屯瓜步晚,落日旌旗明灭",英词壮采,上承东坡而下开稼轩,正好视为苏、辛之词的过渡。又如《虞美人·雨后同干誉、才卿置酒来禽花下作》:

> 落花已作风前舞,又送黄昏雨。晓来庭院半残红,惟有游丝千丈胃晴空。
> 殷勤花下同携手,更尽杯中酒。美人不用敛蛾眉,我亦多情无奈酒阑时。

流连光景而不作惆怅自怜、顾影徘徊之态,感慨人生短促而出之以审美的态度,这正是东坡式的人生姿态。此词似东坡,而在神不在貌。假如说不必执定共时性原则而承认确有一个东坡词派,那么叶梦得堪称东坡词派之后劲。

朱敦儒(1081—1159),字希真,号岩壑,河南(今河南洛阳)人。有词集《樵歌》3卷,《全宋词》录存其词246首。《樵歌》一集,从词人的精神意态到词的风格气象,可以区分为三种"音乐动机"。

一种是"摇首出红尘"的"尘外之想"。汪莘《方壶诗余自序》称苏东坡、朱希真和辛稼轩为宋词之三变,后来梁启勋《词学》亦云:"计两宋三百二十年间,能超脱时流、飘然独立者,得三人焉。在北宋则有苏东坡……在北宋与南宋之间则有朱希真……在南宋则有辛稼轩。"此说显然以汪莘说法为依托,但称此三人为"超脱时流,飘然独立"者,既不违背传统的正变说,又对此三人独表推崇,比汪莘的说法更为准确。当然,以朱敦儒置于苏、辛二公之间,也似乎有过誉之嫌。张端义《贵耳集》说朱敦儒的《鹊桥仙》词"横放消瘦一如无,但空里疏花数点","语意奇绝","如不食烟火人语";黄升《中兴以来绝妙词选》卷一说他"天资旷远,有神仙风韵";与汪莘所谓"尘外之想",所指的是同一个意思。这方面的代表作是《好事近·渔父词》5首,此选录一首:

> 摇首出红尘,醒醉更无时节。活计绿蓑青笠,惯披霜冲雪。　晚来风定钓丝闲,上下是新月。千里水天一色,看孤鸿明灭。

梁令娴《艺蘅馆词选》引梁启超语:"五词飘飘有出尘想,读之令人意境翛远。"

另一种是闲适冲淡的悟道述理之作。最有代表性的为《西江月》二首：

> 世事短如春梦，人情薄似秋云。不须计较苦劳心，万事原来有命。　幸遇三杯酒好，况逢一朵花新。片时欢笑且相亲，明日阴晴未定。

> 日日深杯酒满，朝朝小圃花开。自歌自舞自开怀，且喜无拘无碍。　青史几番春梦，黄泉多少奇才。不须计较与安排，领取而今现在。

黄升《中兴以来绝妙词选》评曰："《西江月》二曲，辞浅意深，可以警世之役役于非望之福者。"评价确当。若把这两首词放在宋词发展史程中来看，其中所表达的居易俟命、及时行乐、反对行险侥幸的人生姿态与人生哲理，在词中还是富于新意的。而明人对此种见识与理趣特别欣赏，选家多选，作词者多仿，遂使诗中"击壤体"在明词中变体而繁衍。尤其耐人寻味的是，明代"三言"、"二拍"等小说，以及反映世俗生活的戏曲，尤其爱用这两首词以及这一类词作为人物"上场诗"或叙事中的穿插，终于使得这些曾有新意的小词变得俗浅可憎了。

第三种是有感于时代变迁的忠愤之词。代表作为《相见欢》：

> 金陵城上西楼，倚清秋。万里夕阳垂地大江流。　中原乱，簪缨散，几时收。试倩悲风吹泪过扬州。

这首词当作于建炎元年(1127年)春，朱敦儒时在六朝故都金陵。那时正是靖康国难尚未平复之时，词人登高望远，自饶悲慨。难得的是以小令而具有雄大的笔力和苍凉的气韵。

朱敦儒的词多用白话口语，写世俗生活，当时称为"樵歌体"。吴儆有《蓦山溪·效樵歌体》，开头曰"清晨早起，小阁遥山翠"，结尾曰："花下石，水边亭，醉便颓然睡。"看来他所理解的"樵歌体"正是以口语为主要特色的。

陈与义(1090—1138)，字去非，号简斋，洛阳(今属河南)人。他主要以诗著称，为"江西诗派"三宗之一。其词有《无住词》一卷，《全宋词》录存18首。黄升《中兴以来绝妙词选》卷一说他："词虽不多，语意超绝，识者谓其可摩坡仙之垒也。"从他的词来看，其于东坡词，亦确有心摹手追之意。如《虞美人》(大光祖席，醉中赋长短句)：

> 张帆欲去仍骚首,更醉君家酒。吟诗日日待春风,及至桃花开后却匆匆。歌声频为行人咽,记著尊前雪。明朝酒醒大江流,满载一船离恨向衡州。

按:苏轼在扬州别秦观所作《虞美人》词有"无情汴水向东流,只载一船离恨向西州",陈与义不知是有意借用还是久习而忘,总之可见他追步东坡的意思。而且不只此二句,上片后二句尤有东坡风味。又如《临江仙》:

> 高咏楚词酬午日,天涯节序匆匆。榴花不似舞裙红。无人知此意,歌罢满帘风。 万事一身伤老矣,戎葵凝笑墙东。酒杯深浅去年同。试浇桥下水,今夕到湘中。

从字面意象到句法情调,也都极像东坡词。其他如另外二首《虞美人》:"洛阳城里又东风,未必桃花得似旧时红。""酒阑明月转城西,照见纱巾藜杖带香归。"亦可见东坡式的惆怅与东坡式的洒脱。

陈与义写得最好的词当然还是那首备受称道的《临江仙》(夜登小阁,忆洛中旧游):

> 忆昔午桥桥上饮,坐中多是豪英。长沟流月去无声。杏花疏影里,吹笛到天明。 二十余年如一梦,此身虽在堪惊。闲登小阁看新晴。古今多少事,渔唱起三更。

这首词感慨于今昔对比。昔日是承平光景,而今则是乱后流落他乡;昔日是青春少年才华艳发,而今则已壮心消磨殆尽。两两相形,百感交集,多少事欲说还休,却道是"闲登小阁看新晴",遂使悲凉感慨见于言外。既隽快,又沉郁,确为佳作。

张元幹(1091—1161),字仲宗,号芦川居士,永福(今福建永泰)人。有《芦川词》,《全宋词》录存其词185首。靖康元年(1126年)时为李纲行营幕僚,李纲罢官,元幹亦遭贬逐。绍兴八年(1138年),李纲上书反对宋金议和,罢居福建长乐。张元幹在福州,作《贺新郎·寄李伯纪丞相》:

> 曳杖危楼去。斗垂天、沧波万顷,月流烟渚。扫尽浮云风不定,未放扁舟夜渡。宿雁落、寒芦深处。怅望关河空吊影,正人间、鼻息鸣鼍鼓。谁伴我,醉中舞。 十年一梦扬州路。倚高寒、愁生故国,气吞骄虏。要斩楼兰三尺

剑,遗恨琵琶旧语。谩暗拭、铜华尘土。唤取谪仙平章看,过苕溪、尚许垂纶否。风浩荡,欲飞举。

绍兴十年(1140年),胡铨(字邦衡)因反对议和得罪秦桧而被除名,送新州(今广东新兴)编管。张元幹又作《贺新郎·送胡邦衡待制》:

梦绕神州路。怅秋风、连营画角,故宫离黍。底事昆仑倾砥柱,九地黄流乱注。聚万落、千村狐兔。天意从来高难问,况人情、老易悲如许。更南浦,送君去。　凉生岸柳催残暑,耿斜河、疏星淡月,断云微度。万里江山知何处,回首对床夜语。雁不到、书成谁与。目尽青天怀今古,肯儿曹、恩怨相尔汝。举大白,听金缕。

张元幹因这两首词忤怒秦桧而被除名,亦以此而得名。蔡勘《芦川居士词序》说他"喜作长短句,其忧国忧君之心,愤世嫉邪之气,间寓于歌咏"。《四库全书总目》卷一九八《芦川词》提要称"其词慷慨悲凉,数百年后,尚想其抑塞磊落之气",均指此类作品。如果说叶梦得、朱敦儒、陈与义是在追步苏轼之后尘,张元幹则可以说是辛派词人的先锋。词在这时已不仅冲破了伤春离别的"艳科"藩篱,而几乎成了指斥时弊、干预政治的利器了。

二、南宋中期:二派分流

南宋中期的词坛,因为词人对待时事政治的不同态度,自然分成了两大词人群落,他们的词作也自然形成两种完全不同的艺术风貌。

一个群体是以辛弃疾为代表的辛派词人,重要词人有陈亮、张孝祥、刘过、陆游等。他们上承南渡初期的李纲、赵鼎、张元幹等人,胸有大志,以气节自许,既以救国图强、收复失地作为自己的人生追求,也以此作为文学创作的基本主题。从政治上来说他们属于主战派,从词风上来说属于豪放派。事实上,由于君主的昏庸和权贵们的忮忌,他们的主张不可能付诸实施。所以在他们的词中,往往一面是豪放热烈,一面是抑郁悲凉。因为激情难抑一吐为快,往往来不及从容地雕琢,这使得他们的词一方面应和着时代的脉搏,具有金鼓画角鼓舞斗志的功能,同时也容易失之于质直粗糙。而当他们涉世愈深、百炼钢化为绕指柔,在艺术表现上有意以旷达闲适掩盖愤慨忧伤的时候,他们的词反而会具有更加深永的艺术感染力。

另一个群体是以姜夔为代表,以史达祖、高观国、卢祖皋等人为羽翼的姜派词人。他们与现实政治保持着一定距离,以词为陶写性情之具,更看重词的艺术性。因为他们谨守音律,所以过去有的书中把他们称为格律派或风雅派。在慢词、咏物词的艺术技巧方面,他们以其力求精工的创作态度,作出了更大的贡献。

辛弃疾(1140—1207),字幼安,号稼轩,历城(今山东济南)人。中原沦陷时,他率众抗金,高宗绍兴三十二年(1162年)奉表归宋。此后在事业与仕途上,他因为胸怀大志而不为庸人所容,欲有所为而终不能为,言官告讦,屡起屡仆,最终还是赍志以殁。辛弃疾不是一个传统意义上的文人,而是一个能治军也能治世,富于英雄才略的文武全才。正是这种英雄本色,造就了他那些龙腾虎掷、气魄雄大的英雄之词。范开《稼轩词序》开头一段说:

> 器大者声必闳,志高者意必远。知夫声与意之本原,则知歌词之所自出。是盖不容有意于作为,而其发越著见于声音言意之表者,则亦随其所蓄之浅深,有不能不尔者存焉耳。

这就是说,辛弃疾的英雄之词或豪迈之词,正是其人英雄本色由内而外的必然表现。陈廷焯《白雨斋词话》卷一说:"稼轩词仿佛魏武诗,自是有大本领、大作用人语。"也是把词风与人品联系起来的探本之论。

辛弃疾是两宋词坛上存词最多的人,其词集名《稼轩长短句》,《全宋词》录存其词629首。

爱国主义、英雄主义精神,是辛词豪迈词风的基调。我们读他的《破阵子·为陈同甫赋壮词》、《永遇乐·京口北固亭怀古》,读他的"袖里珍奇光五色,他年要补天西北"(《满江红》),"要挽银河仙浪,西北洗胡沙"(《水调歌头》),这些"壮词"抚时感事,磊落英多,以英雄自许或以英雄许人,充分展示了辛弃疾的英雄本色与报国豪情。然而现实是无处请缨,壮志难酬,故稼轩词中也时常流露出英雄失路的悲愤与哀伤。我们读他的《鹧鸪天》:"却将万字平戎策,换得东家种树书";《水调歌头》:"雕弓挂壁无用,照影落清杯";《木兰花慢》:"落日胡尘未断,西风塞马空肥";《念奴娇》:"醉里重揩西望眼,惟有孤鸿明灭。万事从教,浮云来去,枉了冲冠发",会为这个"大仇不复,大耻不雪,平生志愿,百无一酬"[❶],却在无休止的告讦中伤、流言蜚语中耗尽壮心的志士词人扼腕叹息。当然,即使是这一类词,也自有其廉顽起懦的作用。为了平息创伤,消弭悲愤,词人有时也会穿插描绘田园风物,抒写啸傲溪山的

---

❶ 谢枋得:《祭辛稼轩先生墓记》,《叠山先生文集》卷七,文渊阁四库全书本。

闲适旷放情趣。于是我们可以读到《西江月》:"稻花香里说丰年,听取蛙声一片";《清平乐》:"最喜小儿无赖,溪头卧剥莲蓬";《水调歌头》:"竹树前溪风月,鸡酒东家父老,一笑偶相逢";还有《鹧鸪天》:"城中桃李愁风雨,春在溪头荠菜花。"幸有这些令人舒心惬意的风物情趣,才能平息词人心头的怨愤。有人说,后面二句似乎是从刘禹锡《杨柳枝》"城东桃李须臾尽,争似垂杨无限时"二句变化来的,那又怎么样呢?辛词即使有所本,仍以创变为主,故不足病。而且,假如读辛词而想到刘禹锡的诗句,那就更好了,因为这二句就不仅是写景,而因寄寓了词人的思想感情而变得更为丰厚深永了。

辛弃疾继承苏轼词风而又多所开创。陈廷焯《白雨斋词话》关于苏、辛异同多有论述。如卷一说:"苏、辛并称,然两人绝不相似。魄力之大,苏不如辛;气体之高,辛不逮苏远矣。"又卷六云:"东坡心地光明磊落,忠爱根于性生,故词极超旷而意极平和。稼轩有吞吐八方之概,而机会不来,正则可以为郭、李,为岳、韩,变则桓温之流亚,故词极豪雄而意极悲郁。苏、辛两家各自不同。"这些说法都颇有见地。王国维《人间词话》更善于概括,曰:"东坡之词旷,稼轩之词豪。"实际上,词风的变化根植于创作主体的变化。假如说在东坡词中,抒情主人公已由闺阁女子一变而为文人学士,那么到了稼轩词中,抒情主人公则又由一般意义的文人一变而为豪杰志士了。在辛词中,当然也有怀才不遇、性行高洁的文人墨客如屈原、贾谊、陶渊明,而作为他人生理想寄植体的,还是姜尚、孙权、刘裕、谢安那些建立不世之功的英雄豪杰。因为有了这样的主体定位,然后才是"迭嶂西驰,万马回旋,众山欲东"(《沁园春》),"举头西北浮云,倚天万里须长剑"(《水龙吟》)那样形象飞动、气势壮阔的词境,才是"看试手,补天裂"(《贺新郎》),"了却君王天下事"(《破阵子》)那样志在恢复的词心,才有豪放与悲凉间奏或杂糅的词品词风。当然,是时代巨变造就了作为词人的辛弃疾,而辛弃疾又感应着时代的心理造就了一代词风。

张孝祥(1132—1169),字安国,号于湖居士,历阳(今安徽和县)人。高宗绍兴二十四年(1154年)进士第一,即上疏言岳飞冤案,得罪秦桧,其后因主战而屡起屡罢,卒年仅38岁。有《于湖集》40卷,《全宋词》录存其词223首。绍兴三十二年(1162年)张浚任建康留守时,张孝祥曾在其酒宴上作《六州歌头》一阕:

长淮望断,关塞莽然平。征尘暗,霜风劲,悄边声。黯销凝。追想当年事,殆天数,非人力,洙泗上,弦歌地,亦膻腥。隔水毡乡,落日牛羊下,区脱纵横。看名王宵猎,骑火一川明。笳鼓悲鸣,遣人惊。　　念腰间箭,匣中剑,空埃蠹,竟何成。时易失,心徒壮,岁将零。渺神京。干羽方怀远,静烽燧,且休兵。

冠盖使,纷驰骛,若为情。闻道中原遗老,常南望、翠葆霓旌。使行人到此,忠愤气填膺,有泪如倾。

《六州歌头》词调连续用三字句,声情激壮。张孝祥这首词,读来尤有踔厉风发、唾壶击缺之慨。南宋人作《朝野遗记》载:"安国在建康留守席上赋此,歌阕,魏公为罢席而入。"魏公即张浚,他是当时主战派的旗帜性人物,所以对张孝祥的悲愤心情别有会心。

乾道二年(1166年)中秋,张孝祥由静江知府任上罢归至洞庭,写下他另外一首名作《念奴娇·过洞庭》:

洞庭青草,近中秋、更无一点风色。玉鉴琼田三万顷,著我扁舟一叶。素月分辉,明河共影,表里俱澄澈。悠然心会,妙处难与君说。　　应念岭海经年,孤光自照,肝胆皆冰雪。短发萧骚襟袖冷,稳泛沧浪空阔。尽吸西江,细斟北斗,万象为宾客。扣舷独笑,不知今夕何夕。

魏了翁《鹤山题跋》卷二有《跋张于湖〈念奴娇〉词真迹》云:"张于湖有英姿奇气,著之湖湘间,未为不遇。洞庭所赋,在集中最为奇特。方其吸江酌斗、宾客万象时,讵知世间有紫微青琐哉!"这是说张孝祥已达超凡脱俗之境界,故能唾弃功名利禄。紫微、青琐,均代指帝王宫殿,这里用作功名利禄之象征。在传统词学观看来,上一首《六州歌头》犹不免近于粗豪,而这首《念奴娇》却似乎尽除杂滓与烟火气,读之亦有"表里俱澄澈"之感,所以更为人激赏。《于湖集》卷十四还有一篇短文《观月记》,为其同时所作,与词可以相互映发。

陈亮(1143—1194),字同甫,号龙川,婺州永康(今属浙江)人。其为人才气超迈,喜谈兵,下笔数千言立就。隆兴初年(1163年)曾上《中兴五论》,淳熙五年(1178年)六次诣阙上书,极论时事,为大臣交沮而不果。绍熙四年(1193年)进士第一,授签书建康府判官,未至官而卒。他与辛弃疾为挚友,其人品遭际亦约略相似。其《贺新郎·寄幼安见怀韵》写道:"树犹如此堪重别。只使君从来与我,话头多合。行矣置之无足问,谁换妍皮痴骨,但莫使伯牙弦绝。"可以想见他与辛弃疾相知之深。其词以气概胜。有人说他才甚高而学驳,词亦不免粗豪,自然不能说毫无道理;然而若以儒生目陈亮,或以婉约宗风论陈亮词,正无异于方枘圆凿。张德瀛《词征》卷五曰:

> 陈同甫幼有国士之目,孝宗淳熙五年,诣阙上书,于古今沿革政治得失,指事直陈,如龟之灼。然挥霍自恣,识者或以夸大少之。其发而为词,乃若天衣飞扬,满壁风动。惜其每有成议,辄招妒口,故肮脏不平之气,辄寓于长短句中。读其词,益悲其人之不遇已。

这才是对待古人应有的"理解之同情"。事实上,南宋的政坛与词坛也正需要一些叱咤风云的血性汉子。陈亮词中所谓"行矣置之无足问,谁换妍皮痴骨",表明他当时也听到过关于自己性格粗硬质直的批评,只是他不肯阉然媚世而已。

陈亮有《龙川词》,《全宋词》录存74首。其中最具有辛派词人特点的是《水调歌头·送章德茂大卿使虏》:

> 不见南师久,谩说北群空。当场只手,毕竟还我万夫雄。自笑堂堂汉使,得似洋洋河水,依旧只流东。且复穹庐拜,会向藁街逢。　　尧之都,舜之壤,禹之封。于中应有,一个半个耻臣戎。万里腥膻如许,千古英灵安在,磅礴几时通。胡运何须问,赫日自当中。

章德茂即章森,他于淳熙十二年(1185年)被派遣北上贺金主生辰,陈亮这首词即为送他出使金国时的作品。陈廷焯《白雨斋词话》卷一称此词"精警奇肆,几于握拳透爪。可作中兴露布读,就词论,则非高调"。事实上,可作中兴露布或伐金檄文读,正是这首词特定的功能特点。

陈亮也有一些摧刚为柔、风格婉约的词作,而这样的词作往往受到后代词人或选家的好评。如《水龙吟·春恨》:

> 闹花深处层楼,画帘半卷东风软。春归翠陌,平莎茸嫩,垂杨金浅。迟日催花,淡云阁雨,轻寒轻暖。恨芳菲世界,游人未赏,都付与、莺和燕。　　寂寞凭高念远。向南楼、一声归雁。金钗斗草,青丝勒马,风流云散。罗绶分香,翠绡封泪,几多幽怨。正销魂,又是疏烟淡月,子规声断。

好作壮词的陈同甫,居然也能写出这般婉约风味的词来,或许不免使人诧异。然而知人论世,读者会深信他在传统的伤春伤别题材中别有寄托。尤其是"恨芳菲世界,游人未赏,都付与、莺和燕"数句,更是别饶感慨。刘熙载《艺概》称此数句"言近旨远,直有宗留守大呼渡河之意"。也许比拟太重,然而思维路径却是对的。

刘过(1154—1206),字改之,号龙洲道人,吉州太和(今属江西)人。多次应举未第,终生未仕。曾上书朝廷,言恢复之策。漂泊江淮间,陆游、辛弃疾、陈亮等人以其同气类,折节与交。陆游有《赠刘改之秀才》诗,中有"放翁七十病欲死,相逢尚能刮眼看"之句。陈亮《赠刘改之》诗中云:"胸中磊块浇不下,时吐劲气嘘青红";"安能规行复矩步,敛袂厌厌作新妇",可以想见诸人气味相投之慨。黄升《中兴以来绝妙词选》卷五说刘过为"稼轩之客","词多壮语,盖学稼轩者也"。刘熙载《艺概》云:"刘改之词,狂逸之中,自饶俊致,虽沉着不及稼轩,足以自成一家。"有《龙洲词》,《全宋词》录存77首。

刘过词中最为奇恣的篇什是《沁园春·寄稼轩承旨》:

> 斗酒彘肩,风雨渡江,岂不快哉。被香山居士,约林和靖,与东坡老,驾勒吾回。坡谓西湖,正如西子,浓抹淡妆临镜台。二公者,皆掉头不顾,只管衔杯。　　白云天竺飞来。图画里、峥嵘楼观开。爱东西双涧,纵横水绕,两峰南北,高下云堆。逋曰不然,暗香浮动,争似孤山先探梅。须晴去,访稼轩未晚,且此徘徊。

据岳珂《桯史》卷二记载,这首词作于宁宗嘉泰三年(1203年),当时辛弃疾在杭州,招刘过往游。刘过以事不及行,"因效辛体《沁园春》一词并缄往",可见这是一首以词代简之作。其怪奇之处在于把唐宋两代曾经与杭州西湖有缘的白居易、林逋、苏轼都招邀一起,且又各发议论,虽有调侃玩世之意,却不涉俚俗。这首词有稼轩风味而又别出心裁,岳珂虽讥为"白日见鬼",亦可视为词坛佳话。俞陛云《唐五代两宋词选释》评曰:"借苏、白、林三人之语,往复成词,逸气纵横。如宜僚弄丸,靡不如意。虽非正调,自是创格。"可谓的评。

刘过的词也并非一味粗豪,亦有清隽淡远之作。如《唐多令》:

> 芦叶满汀洲,寒沙带浅流。二十年、重过南楼。柳下系舟犹未稳,能几日、又中秋。　　黄鹤断矶头,故人今在不。旧江山、浑是新愁。欲买桂花同载酒,终不似、少年游。

此词饶有感慨而长于控束,词旨豪逸而跌宕疏隽,这是豪放词派词人中时复一遇的佳作。清代先著《词洁辑评》卷二与陈与义《临江仙》(忆昔午桥桥上饮)并称为"数百年来绝作"。陈廷焯《词则·放歌集》卷二亦云:"词意凄感而句调浑成,似此亦升稼轩之堂矣。"

陆游(1125—1209),字务观,号放翁,越州山阴(今浙江绍兴)人。他主要以诗人名世,其词确为诗之余事。《全宋词》录存其词145首。也许是其性情中所寓之柔气类发于词的缘故吧,陆游词中既有与稼轩词风格相似的英雄之词,也有纤秾婉约的柔情之词。刘克庄《后村诗话》续集卷四云:"放翁长短句,其激昂感慨者,稼轩不能过;飘逸高妙者,与陈简斋、朱希真相颉颃;流丽绵密者,欲出晏叔原、贺方回之上,而歌之者绝少。"杨慎《词品》卷五说"放翁词纤丽处似淮海,雄慨处似东坡"。谭献《复堂词话》云:"放翁秾纤得中,精粹不少,南宋善学少游者惟陆。"可见陆游虽然不是专力为词,其词作却呈现出多种风格,并非一味粗豪者可比。其《朝中措·梅》(幽姿不入少年场)、《卜算子·咏梅》(驿外断桥边),借梅写照,写出一派清标孤恨;《水调歌头·多景楼》(江左占形胜)、《诉衷情》(当年万里觅封侯),慷慨悲凉,与稼轩风味相似;至于《好事近》、《鹧鸪天》诸作,则显出闲适冲淡的另一面。《钗头凤》(红酥手)一词,其本事出于附会,唐婉答词更是后人伪托,然而因为这一段美丽感伤的故事,遂使这一首本来较为一般的词不胫而走,家传户诵,俨然名作了。

陆游与稼轩词风相合者,不仅在豪放一路。如《水龙吟·春日游摩诃池》:

摩诃池上追游路,红绿参差春晚。韶光妍媚,海棠如醉,桃花欲暖。挑菜初闲,禁烟将近,一城丝管。看金鞍争道,香车飞盖,争先占、新亭馆。 惆怅年华暗换。黯销魂、雨收云散。镜奁掩月,钗梁拆凤,秦筝斜雁。身在天涯,乱山孤垒,危楼飞观。叹春来只有,杨花和恨,向东风满。

这首词作于淳熙年间,陆游当时在范成大幕府,摩诃池为蜀中名胜。关于这首词,清代黄苏《蓼园词选》评曰:"放翁一生忧国之心,触处流出,无非一腔忠爱。此词辞虽含蓄,而意极沉痛。盖南渡国步日蹙,而上下安于逸乐,所谓一城丝管、争占亭馆也。次阕自叹年华已晚,身安废弃,流落天涯,不能为力也。结句'恨向东风满',饶有沉雄郁勃之致,跃跃纸上。"如此读词,方得放翁本意;若把这种词与秦观、贺铸词相比附,则徒见其形似。周济《宋四家词选目录序论》称稼轩"敛雄心,抗高调,变温婉,成悲凉",陆游这首词约略近之。

在南宋中期,与辛派词人同时而稍后,还有以姜夔为首的另一个词人群体。朱彝尊《黑蝶斋诗余序》这样写道:"词莫善于姜夔,宗之者张辑、卢祖皋、史达祖、吴文英、蒋捷、王沂孙、张炎、周密、陈允平、张翥、杨基,皆具夔之一体。"这是一个历时性的流派阵容,吴文英已到南宋后期,张翥、杨基更迟至元、明时代了。而张辑、卢祖皋、史达祖、高观国诸人,既与姜夔大致同时,词风亦复相似,可以看作一个词人群体。他们与辛派词人的区别,首先是人生志趣的区别。如果说辛派词人大都是爱国志士,这一派则大致可视为词坛上的"江湖派"。张辑所作《沁园春》词中即谓:"人间世,江湖诗友,号我东仙。"他们与政治保持一定的距离,不去自觉担承什么时代的使命,在词的创作方面倒是有点为艺术而艺术的味道,有兴趣也有时间去从容地精雕细琢。这使得他们的词一方面缺乏强烈深刻的思想感情,而从艺术性来看却不乏名篇隽句。这是一种生存姿态,也是一种创作风度。姜夔正是这一群体的杰出代表。

姜夔(1155?—1209),字尧章,号白石道人,鄱阳(今江西波阳)人。年少时侍父居汉阳,20岁后北游淮楚,南及潇湘,后客居合肥。淳熙十三年(1186年)客居长沙,名诗人萧德藻欣赏其文才,以侄女嫁之。次年依萧德藻居湖州。绍熙二年(1191年)赴苏州访范成大,作《暗香》、《疏影》。自绍熙四年(1193年)依贵胄张鉴居十年。晚年居杭州西湖,卒葬西马塍。其词集为《白石道人歌曲》,其中17首附有工尺谱,是唯一完整流传至今的宋代词乐文献。《全宋词》录存其词81首。

这是一个身无长物、飘然来去的词人。张炎《词源》说"姜白石词如野云孤飞,去留无迹","不惟清空,又且骚雅",又郭麐《灵芬馆词话》卷一称其"一洗华靡,独标清绮,如瘦石孤花,清笙幽磬",是论其词,亦可移用于其人。刘熙载《艺概》评曰:"姜白石词幽韵冷香,令人挹之无尽。拟诸形容,在乐则琴,在花则梅也。"也可以延伸一点说,在乐则琴,箫亦可,但不可为唢呐;在花则梅,菊亦可,但不可为牡丹。他的词最重格调,致力于追求清空幽寒、远离尘俗的境界。如《点绛唇》:"数峰清苦,商略黄昏雨";《惜红衣》:"高树晚蝉,说西风消息";《念奴娇》:"嫣然摇动,冷香飞上诗句";《踏莎行》:"淮南皓月冷千山,冥冥归去无人管",最能体现他铸词造境的特点。兹选录其自度曲《扬州慢》一首。词前小序曰:"淳熙丙申至日,余过维扬。夜雪初霁,荠麦弥望。入其城则四顾萧条,寒水自碧,暮色渐起,戍角悲吟。余怀怆然,感慨今昔,因自度此曲。千岩老人以为有黍离之悲也。"其词曰:

淮左名都,竹西佳处,解鞍少驻初程。过春风十里,尽荠麦青青。自胡马、窥江去后,废池乔木,犹厌言兵。渐黄昏,清角吹寒,都在空城。　　杜郎俊赏,算而今、重到须惊。纵豆蔻词工,青楼梦好,难赋深情。二十四桥仍在,波心荡、冷月无声。念桥边红药,年年知为谁生?

扬州自隋开运河后,成为南北水路交通要道,因之商贾云集,四方辐辏,歌楼舞榭,林立其间。及宋南渡,与金隔淮河相守,于是昔日繁华都会,一变而成边徼。宋高宗在位期间,金人曾两次渡淮南侵,扬州城也经历了两次焚掠,使这个繁华的都市再度成为黍离麦秀的"芜城"。姜夔于孝宗淳熙三年丙申(1176年)重过扬州,那时距扬州城两次被掠已经十有余年,然而由于创巨痛深,扬州仍然未能恢复旧日的繁华。这首词感慨今昔,伤时悯乱,虽然只是写一己之感受,却自然反映了时代的侧影。陈廷焯《白雨斋词话》卷二称"自胡马窥江去后"以下数句,写兵焚后情景逼真。尤其是"犹厌言兵"四字,"包括无限伤乱之语,他人累千百言,亦无此韵味"。俞陛云《唐五代两宋词选释》评曰:"凡乱后感怀之作,词人所恒有,白石之精到处,凄异之音,沁入纸背,复能以浩气行之,由于天分高而蕴藉深也。"姜夔作词,长于用字面淡远、音节清刚的语汇,表现清空幽寒的境界,这首词题材与风格天然凑泊,词心词境谐和统一,在白石词中亦为妙手偶得的佳作。

三、南宋后期:萧瑟秋韵

南宋后期的词坛上,本不乏名家与名篇,只是由于国势危弱,风雨飘摇,词林中也弥漫着一派萧瑟秋韵。刘克庄、刘辰翁等人作为稼轩词派的后劲,犹能慷慨悲歌;而吴文英以及宋末的周密、王沂孙、张炎、蒋捷等文士之词,虽然在艺术上颇极人工天巧,而在精神意态上却更觉颓唐与悲凉了。

刘克庄(1187—1269),字潜夫,号后村,莆田(今属福建)人。词集名《后村长短句》,一作《后村别调》,《全宋词》收录其词269首。张炎《词源》谓:"潜夫负一代时名,《别调》一卷,大约直致近俗,效稼轩而不及者。"晚清冯煦《蒿庵论词》则云:"后村词,与放翁、稼轩,犹鼎三足。其生于南渡,拳拳君国,似放翁;志在有为,不欲以词人自域,似稼轩。"虽然褒贬意味有别,皆有见地。我们读他的《沁园春·梦孚若》:"天下英雄,使君与操,余子谁堪共酒杯",以及《贺新郎·送陈真州子华》"记得太行山百万,曾入宗爷驾驭"等等,会觉得无论是他以英雄才调自赏的姿态,还是词的风调气概,都显然受辛弃疾的影响。至如《玉楼春》:"男儿西北有神州,莫滴水西桥畔泪",则隽快而又沉郁,置于《稼轩长短句》中,亦可谓楮叶难辨了。

也许因为刘克庄粗豪过于稼轩,后来词选词评往往偏赏其温婉之作。如《贺新郎·席上闻歌有感》:

> 妾出于微贱。少年时、朱弦弹绝,玉笙吹遍。粗识国风关雎乱,羞学流莺百啭。总不涉、闺情春怨。谁向西邻公子说,要珠鞍、迎入梨花院。身未动,意先懒。　　主家十二楼连苑。那人人、靓妆按曲,绣帘初卷。道是华堂箫管

唱,笑余鸡坊拍衮。回首望、侯门天远。我有平生离鸾操,颇哀而不愠微而婉。聊一奏,更三叹。

后村词于传统婉约词风来看为"别调",故李解元《雨村词话》卷三谓其"自名《别调》,不辜也"。而这首词以叙事代言之体,作含蓄委婉之词,于后村词中又别具一格。清代的先著、程洪《词洁》选了这首词,并大加赞叹说:"后村此调埋没于断楮敝墨之中,从前无有人拈出,真风骚之遗,不当仅作词观也。若情深而句婉,犹其余事。"俞陛云《唐五代两宋词选释》亦盛赞曰:"以天涯沦落之身,而申礼自持若是,似寒梅一枝,独立于盛雪严风之际,较商妇琵琶,别有一种感叹。托彼美以通辞,表余心之高洁,如怨如诉,绝妙词也。"是的,这首词的叙事风调,会使读者想到白居易《琵琶行》,想到《陌生桑》、《节妇吟》之类的乐府诗,与晚唐五代的闺情词亦有微别,故读来别具风味。刘克庄另有《清平乐·赠陈参议师文侍儿》,写侍儿歌舞风流有云:"贪与萧郎眉语,不知舞错伊州",虽然有唐代李端诗"欲得周郎顾,时时误拂弦"为本,仍然堪称本色佳句,妩媚可人。

刘辰翁(1232—1297),字会孟,号须溪,吉州庐陵(今江西吉安)人。景定三年(1262年)进士。曾入文天祥幕府,参与抗元斗争。宋亡后,隐居故乡庐陵山中,专门从事著述。《全宋词》录存其词354首。况周颐《蕙风词话》卷二评曰:"须溪词,风格遒上似稼轩,情辞跌宕似遗山。有时意笔俱化,纯任天倪,竟能略似坡公。往往独到之处,能以中锋达意,以中声赴节。世或目为别调,非知人之言也。"兹录其亡国后所作《柳梢青·春感》一首:

铁马蒙毡,银花洒泪,春入愁城。笛里番腔,街头戏鼓,不是歌声。　　那堪独坐青灯。想故国、高台月明。辇下风光,山中岁月,海上心情。

从"山中岁月"一句可知,这是刘辰翁入元之后隐居故乡庐陵山中时所作。他想象故都临安往年春来时是多么美丽繁华的景象,而现在街头上看到的是北兵的铁马,听到的是北人的番腔,却再也听不到西湖边曼妙的笙歌了。结尾三句类似于电影的平行蒙太奇。"辇下风光"写故都的物是人非,"山中岁月"写自我隐居的生活,"海上心情"则表达对沿海一带抗元义士的关切之情。全词纯任想象,意境空灵,小词能有沉郁苍凉之致,尤为难能可贵。

吴文英(生卒年不详),字君特,号梦窗,四明(今浙江宁波)人。终身游幕,多居苏、杭、越之地。略可考定其绍定五年(1232年)为苏州仓台幕,淳祐十年(1250年)

前后入吴潜幕,景定元年(1260年)前后为嗣荣王赵与芮门客。约卒于理宗景定(1260—1264)年间。词有《梦窗甲乙丙丁稿》4卷。《全宋词》录存341首。时人尹焕叙其词,称:"求词于吾宋,前有清真,后有梦窗,此非焕之言,天下之公言也。"❶訾点梦窗词者,前有张炎,后有王国维。张炎《词源》标榜清空,谓"词要清空,不要质实。清空则古雅峭拔,质实则凝涩晦昧。姜白石词如野云孤飞,去留无迹。吴梦窗词如七宝楼台,眩人眼目,碎拆下来,不成片断"。王国维《人间词话》曰:"梦窗之词,余得取其词之一语以评之,曰'映梦窗,零乱碧'。"然而其词则卓然为南宋一大家。《四库全书总目·梦窗稿提要》云:"词家之有文英,有如诗家之有李商隐也。"周济《宋四家词选目录序论》称:"梦窗奇思壮采,腾天潜渊,返南宋之清泚,为北宋之沉挚。"戈载《宋七家词选》评曰:"梦窗从吴履斋诸公游,晚年好填词,以绵丽为尚,运意深远,用笔幽邃,炼字炼句,迥不犹人。貌观之雕缋满眼,而实有灵气行乎其间。细心吟绎,觉味美方回,引人入胜,既不病其晦涩,亦不见其堆垛,此与清真、梅溪、白石并为词学之正宗,一脉真传,特稍变其面目耳。犹之玉溪生诗,藻采组织,而神韵流转,旨趣永长,未可妄讥其獭祭也。"然而梦窗词选语用事,亦确有晦涩之病,不必曲为之讳。从词体自身进化来看,词至宋末梦窗诸家,既臻极致,亦现顿衰之意。郑骞先生《成府谈词》云:"梦窗词为倚声变调。梦窗以前,未有如是雕琢者。凡一种文体至极盛将衰之时,多以雕镂刻画为工。词至有宋末年,已渐老熟,正合有此一格,以结三百余年之局。"似此把梦窗词放在词史上来观照,最为允当。

梦窗词中有婉雅之作,如《风入松》(听风听雨过清明);亦有疏快之作,如《唐多令》(何处合成愁),却并不能代表梦窗丽密质实的典型风格。如《宴清都》(绣幄鸳鸯柱)、《三姝媚》(湖山经醉惯)等篇,较能反映其密丽惝恍的特色,然或不免于涩。这里选录其既有梦窗特色又较为隽快的一首《八声甘州·陪庾幕诸公游灵岩》:

渺空烟四远,是何年、青天坠长星。幻苍崖云树,名娃金屋,残霸宫城。箭径酸风射眼,腻水染花腥。时靸双鸳响,廊叶秋声。　宫里吴王沉醉,倩五湖倦客,独钓醒醒。问苍波无语,华发奈山青。水涵空、阑干高处,送乱鸦、斜日落渔汀。连呼酒,上琴台去,秋与云平。

这首词属登临怀古之词,但他不是一段写史事,一段写感叹,而是充分调动联想,化实为虚,把灵岩风物与吴王西施的历史故事相融合,使得耳目闻见全都充满历史的

---

❶ 黄升《中兴以来绝妙词选》卷十引,中华书局1958年版,第354页。

沧桑之感。"时敧双鸳响,廊叶秋声",写得恍惚,如游人的幻觉,更如电影中常见的"闪回"手法。歇拍二句以景作结,而凭高吊古,苍茫四顾之状,跃然纸上。

周密(1232—1298),字公谨,号草窗,祖籍济南,南渡后定居吴兴,遂为湖州人。宋亡后寓居杭州,不仕元朝。其词集名《蘋洲渔笛谱》,一名《草窗词》,《全宋词》录存153首。周密早年曾从姜夔游,从其词作来看,亦颇延清真、白石一路。清代周济《宋四家词选序论》称"草窗镂冰刻楮,精妙绝伦,但立意不高,取韵不远,当与玉田抗行,未可方驾王(沂孙)、吴(文英)也"。戈载《宋七家词选·周公谨词选跋》则称"其词尽洗靡曼,独标清丽;有韵倩之色,有绵渺之思,与梦窗旨趣相侔,二窗并称,久矣无忝"。录其《高阳台·寄越中诸友》一首:

> 小雨分江,残寒迷浦,春容浅入蒹葭。雪霁空城,燕归何处人家?梦魂欲渡苍茫去,怕梦轻、翻被愁遮。感流年,夜汐东还,冷照西斜。　　萋萋望极王孙草,认云中烟树,鸥外春沙。白发青山,可怜相对苍华。归鸿自趁潮回去,笑倦游、犹是天涯。问东风,先到垂杨,后到梅花?

周密在宋亡后,因吴兴家破而寄居杭州,他的友人王沂孙等曾居住于越州(今浙江绍兴)。王沂孙词中有《高阳台·和周草窗寄越中诸友韵》,即是对这首词的和答之作。周密也有故国之思与沦落之愁,但他仍然保持着含蓄蕴藉的艺术风格。本来是要写蒹葭刚冒新芽,却说"春容浅入蒹葭";本来是要写战后的萧条气象,却说"雪霁空城,燕归何处人家",都能见出他笔致的婉曲细腻。

王沂孙(生卒年不详),字圣与,号碧山,会稽(今浙江绍兴)人。他与周密、张炎多交往唱酬,也是《乐府补题》的作者之一。因他入元后曾做过庆元路学正,所以曾引起后人的褒贬争议。他的词以咏物之作为工,在讲究寄托的常州词派看来,处处是故国旧君之思。所以周济、陈廷焯等人对他的词评价甚高。周济《宋四家词选目录序论》说:"问途碧山,历梦窗、稼轩,以还清真之浑化,余所望一世之为词人者盖如此。"把他看成宋代屈指可数的词家之一。陈廷焯《白雨斋词话》卷二把他与清真、白石并称为"词坛三绝",甚至说他的词品"已臻绝顶,古今不可无一,不能有二"。而胡适《词选》中则说:"清代的词人张惠言、周济等皆极推崇王沂孙。……其实我们细看今本《碧山词》,实在不足取。咏物诸词至多不过是晦涩的灯谜,没有文学的价值。"如此把王沂孙及南宋的咏物词一笔抹杀,则又不免矫枉过正了。胡适还引张炎挽王沂孙的《琐窗寒》词"蝴蝶一生花里,想如今、醉魂未醒,夜台梦语秋声碎"等句说:"这样一只花蝴蝶,遭际亡国之变,有点感慨,如《高阳台》一词所表示,那是很自然的。我们正不必去探求什么微言大义。"对宋代人评价褒贬的反差如此之大,王沂孙可说是一个典型的例子。兹录其《齐天乐·蝉》一首:

> 一襟余恨宫魂断,年年翠阴亭树。乍咽凉柯,还移暗叶,重把离愁深诉。西窗过雨,怪瑶佩流空,玉筝调柱。镜暗妆残,为谁娇鬟尚如许? 铜仙铅泪似洗,叹携盘去远,难贮零露。病翼惊秋,枯形阅世,消得斜阳几度。余音更苦。甚独抱清高,顿成凄楚。谩想薰风,柳丝千万缕。

这首词借咏蝉抒写家国沦亡之感,寄托之意显然,而妙在物态与人情天然相合,形神兼备。上片以描写寒蝉的声态为主,以凉柯、暗叶渲染烘托,以断魂、离愁移情外化,写出蝉声之悲凉,也就写出了词人的亡国之痛。下片稍为宕开,以金铜仙人辞汉之典故暗示国破主迁,又借蝉之"病翼惊秋,枯形阅世"来传达自己亡国遗民零落栖迟的痛苦。结末写蝉之清高与凄凉,亦正是主体人格心境之写照。如此则物与人在不即不离之间,正符合咏物词的创作法则。至于陈廷焯《大雅集》说此词为王昭仪(王清惠)而作,端木埰《词选批注》又以宋亡史实节节比附,皆不免胶柱鼓瑟之弊。刘永济《微睇室说词》针对端木埰的索引比附之说,提出一条词的解读原则,即"读者体会作者之志,不可横生枝节,搀入主观,方合于孟子'以意逆志'之论"。当然,端木埰之所以于宋季诸家词心有戚戚焉,亦如刘永济先生所说:"盖端木生当清末,目睹清廷于庚子八国联军入京之后,仍然歌舞升平,心有感触,故于读此词时一发泄之,遂不免搀入个人主观感觉也。"

蒋捷(生卒年不详),字胜欲,号竹山,阳羡(今江苏宜兴)人。咸淳十年(1274年)进士,宋亡后遁迹不仕。有《竹山词》,《全宋词》录存74首。一般词学论著总是把他列入姜夔一队中去,实际他有些词疏快而近于豪放,亦可见出辛稼轩的影响,故词家抑或以辛、蒋并称。以后来的元、明词作逆向观照,蒋捷词的一大特色,是他好用俚词口语,似乎有意要重返民歌小调的生气与风趣。他的名作如《一剪梅·舟过吴江》(一片春愁待酒浇)、《虞美人·听雨》(少年听雨歌楼上),均有民歌小曲风味。在这条道上走得更远的如《解佩令·春》:

> 春晴也好,春阴也好,著些儿、春雨越好。春雨如丝,绣出花枝红袅。怎禁他、孟婆合皂。 梅花风小,杏花风小,海棠风、蓦地寒峭。岁岁春光,被二十四风吹老。楝花风、尔且慢到。

又如《霜天晓角》：

> 人影窗纱，是谁来折花？折则从他折去，知折去、向谁家。　　檐牙，枝最佳，折时高折些。说与折花人道：须插向、鬓边斜。

相对于敦煌曲子词而言，这些词似有返祖归宗之意；而对于元明时代那些散曲化或民歌化的词来说，这样的词似乎已开先声。唐圭璋先生《读词札记》曰："竹山小词，极富风趣，诗中之杨诚斋也。"亦可谓谈言微中。

张炎（1248—1320?），字叔夏，号玉田，又号乐笑翁。祖籍凤翔，南渡后居临安（今浙江杭州）。他是南宋名将循王张俊六世孙，词人张镃的曾孙。宋亡后流落江湖，以卖卜为生。其词大多作于宋亡之后，故多抒写亡国之痛，哀怨感人。词集名《山中白云词》，《全宋词》录存302首。他同时又是一个词学家，著有《词源》2卷，卷上论音律，卷下论风格。推尊姜夔，力主清空，在词史上有很大影响。遗民诗人舒岳祥曾作《赠玉田序》，称其"诗有姜尧章深婉之风，词有周清真雅丽之思，画有赵子固潇洒之意"，可知他于诗词之外，亦兼擅丹青。清初浙西词派标榜南宋，推崇姜（夔）、张（炎），遂使康熙词坛呈现出"家白石而户玉田"之盛况。朱彝尊《解佩令·自题词集》且云："不师秦七，不师黄九，倚新声、玉田差近。"他的名作《南浦·春水》久负盛名，实际上并无精警过人之处，不过婉约妥帖而已。录其《高阳台·西湖春感》一首：

> 接叶巢莺，平波卷絮，断桥斜日归船。能几番游，看花又是明年。东风且伴蔷薇住，到蔷薇、春已堪怜。更凄然，万绿西泠，一抹荒烟。　　当年燕子知何处，但苔深韦曲，草暗斜川。见说新愁，如今也到鸥边。无心再续笙歌梦，掩重门、浅醉闲眠。莫开帘，怕见飞花，怕听啼鹃。

这首词应是宋亡以后重到西湖所作，一种凄凉怨慕之情跃然纸上。"能几番游，看花又是明年"，即谓今岁花已凋残；下文"万绿西泠"，即谓红瘦而尽也。又"东风且伴蔷薇住，到蔷薇，春已堪怜"，转折顿宕，与稼轩词"是他春带愁来，春归何处，却不解带将愁去"韵致相似。过片"当年燕子知何处"，用刘禹锡"旧时王谢堂前燕"诗意，见今昔盛衰。所谓"风景不殊，举目有山河之异"，西湖春色依旧，而在亡国之人看来，飞花溅泪，啼鹃惊心，故不如不闻不见也。亡国之音哀以思，而妙在音节谐婉，不作激迫之词。

阅读与思考

一、扩大阅读书目

1. 薛砺若:《宋词通论》,上海书店 1985 年影印本。
2. 吴熊和:《唐宋词通论》第四章《词派》,浙江古籍出版社 1985 年版。
3. 杨海明:《唐宋词史》,江苏古籍出版社 1987 年版。
4. 陶尔夫、诸尔忆兵:《北宋词史》,黑龙江人民出版社 2005 年版。
5. 陶尔夫、刘敬圻:《南宋词史》,黑龙江人民出版社 1992 年版。
6. 王兆鹏:《唐宋词史论》,人民文学出版社 2000 年版。
7. 邓乔彬:《唐宋词艺术发展史》,河北人民出版社 2010 年版。

二、思考与练习

1. 前人关于宋词的发展分期有多种说法,结合本章内容,谈谈你对这个问题的看法。
2. 简述北宋词的发展历程,并简述其间的重要词人及其创作特色。
3. 简述南宋词的发展历程,并简述其间的重要词人及创作特色。
4. 前人关于两宋词(北宋词与南宋词)的优劣异同有不同看法(参看第四章第四节)。你喜欢北宋词还是南宋词(当然也可以都喜欢)? 试结合词人词作,谈谈你的看法。

第三章 主题与题材

过去谈论词的文体个性,往往会偏重词的长短句形式,实际上,词有别于诗、曲之处,不仅在于外在的形式差异。在反映生活、表情达意方面,诗、词、曲各有擅场。这层意思,清代词学家已有表述。如清初刘体仁《七颂堂词绎》中即云:"词中境界,有非诗之所能至者,体限之也。"又曰:"诗之不得不为词也,非独《寒夜怨》之类,以句之长短拟也。老杜《风雨见舟前落花》一首,词之神理备具,盖气运所至,老杜亦忍俊不禁耳。"后一段话意思是说,词之所以应运而生,不仅在于其长短句形式与诗有别,而是自有其与诗不同的神理,这也就是诗所难至的"词中境界"。朱彝尊《陈纬云红盐词序》亦云:"词虽小技,昔之通儒巨公往往为之。盖有诗所难言者,委曲倚之于声,其辞愈微,而其旨益远。"自唐宋以至于清代,词一直被看作小道末技,那么一些"通儒巨公"为什么乐此不疲或不自矜重呢?朱彝尊的答案是,这是因为词有其超越诗的表现能力的独特功能。查礼《铜鼓书堂词话》把这层意思说得更清楚,道是:"情有文不能达,诗不能道者,而独于长短句中可以委婉形容之。"生于清季的王国维又对此种认识进一步提升概括,曰:"词之为体,要眇宜修。能言诗之所不能言,而不能尽言诗之所能言。诗之境阔,词之言长。"所谓"能言诗之所不能言",即"词之言长";所谓"不能尽言诗之所能言",即"诗之境阔"之义。王国维既云"诗之境阔",其潜台词则有"词之境窄"之意,所以不明言之,而与"词之言长"相对作互文,是为了强调各有所长。其实说词之境窄,正如说词有其专擅,原不必视为缺点。历来论宋词者,凡是于词的题材疆域有所开拓者,必大力叫好,其实这正如"以诗为词"一样,自有其内在的"度"的规定性。否则,一切对于词的功能拓展的努力,往往会导致词体个性的消解;而词一旦失去其专擅或独诣,它也就失去存在的理由了。

一种艺术形式的产生,总是和一定的内容相适应的。本来是内容在先,是内容呼唤着形式,而形式一旦趋于完美而定型,就会保持一定的稳定性,从而反过来制约题材的取舍与主题的表现。词的产生和发展似有一种连环制约的关系：先是宛转流丽的音乐要求与之相应的情调，这种情调又启示和制约着词人的取材造境。即声情制约着词情，词情制约着题材。文体各有分工，也各有擅场。词体个性表现在对题材的取舍上，就是词人只对某一类题材保有高度的敏感与创作冲动，而这种题材也只有用词这种体裁才能得到最完美的表现。虽然就整个宋词而言，词也几乎达到"无意不可入、无事不可言"的地步了，但那并不是最重要的，甚至也不值得称道；我们感到欣幸的是，宋代词人充分运用词这种新兴的而富于独特表现力的诗体形式，使那些只宜于用词（而不宜于其他文体）来表现的题材与主题，得到了形式与内容高度统一的完美表现。

关于宋词的题材与主题，已经有不少学者作了梳理归纳。如王兆鹏主编的《唐宋词分类选讲》（高等教育出版社2007年版），从题材内容角度把唐宋词分为爱情相思、闲情逸趣、豪情壮志、都市风情、乡村田园、时令节序、自然山水、咏物写意、怀古咏史等九大类别。许伯卿《宋词题材研究》（中华书局2007年版），更把宋词题材细分为艳情、闺情、写景、交游等36类。我们承认这些归纳概括都有一定的道理。但这里想强调的是，词毕竟是一种具有特殊的功能指向的文体，刘熙载说它"虽小却好"，王国维与"诗之境阔"相对称其"境窄"而"言长"，都表明词具有独特的文体个性。因此我们在分析词的表现功能与审美特质时，就必须强调词别是一家，暂时抛开求全罗列的动机，遗形取神，去抉发其在中国文化史、文学史上所提供的不可或缺、不可取代的独特质素。假如从宋词中抽去咏史、怀古、边塞、哲理、山水、田园等等内容，宋词之为宋词者自在；而一旦把爱情或艳情、闲情词抽去，宋词的词心、词境及其审美特质也就不复存在了。由此可见，宋词在题材与主题方面的特点，还是在于它与女性、爱情相关的"绮怨"题材和感伤情调，在于它与落花斜阳相伴随的"弱德之美"。

鉴于上述想法，在本章中，我们不想把宋词中有所表现的各类题材加以梳理归类，然后一一加以阐述。那样不仅会浪费篇幅与读者的时间，也会淡化或遮蔽宋词的功能与题材特点。我们要加以揭示的是那些最宜于用词来表现，也最能展现词体个性魅力的题材与主题。这就是基于人类本性的艳情词，由艳情升华提纯的闲愁词，以及与咏物诗有别在词中又自成体系的咏物词。至于诗中常见的山水田园、咏史怀古等等，这里就存而不论了。

第一节 艳情词

"艳"是词的本性。对于晚唐五代词来说,艳情是词的题材特征,也是词的文体个性中最抢眼的特色。甚至连词婉约妩媚的风格也可以说是由这种题材天然决定的。南宋时汪莘《方壶诗余自序》说:"唐宋以来,词人多矣,其词主乎淫。"沈义父《乐府指迷》说:"作词与诗不同……不着些艳语,又不似词家体例。"清先著《词洁》说:"词之初起,事不出于闺帏。"都是在讲词初起时以男女情事为基本题材范围。

"艳"之本义指女色。《左传·桓公元年》载:"宋华父督见孔父之妻于路,目逆而送之,曰:'美而艳'。"杜预注曰:"色美曰艳"。此注不确,《左传》原文曰"美而艳",可见"艳"与美相差而有别。美指容貌,艳当指风韵。从华父督的神情来看,此处的"艳"似有今之所谓性感意味。

以"艳"字品题诗风,始于对南朝诗的评价。郭茂倩《乐府诗集》卷六十一《杂曲歌辞序》云:"艳曲兴于南朝,胡音生于北俗。"胡应麟《诗薮·六朝》云:"大抵六朝文士,搜索艳题,一时闺阁传闻,辄形楮墨。如《子夜》、《孟珠》、《前溪》、《长乐》之类。"又骆宾王有《艳情代郭氏赠卢照邻》诗,白居易《长安道》诗云:"花枝缺处青楼开,艳歌一曲酒一杯",均可使人想见"艳"字与女性乃至色情的连带关系。欧阳炯《花间集叙》称"自南朝之宫体,扇北里之倡风",既承认了词与南朝宫体诗的渊源关系,也揭示了词以女性描写为工的题材特征。在这种背景下,早期的词往往被称为艳词,就是很自然的事了。如《旧唐书·温庭筠传》说温"士行尘杂,不修边幅,能逐弦吹之音,为侧艳之词"。《新唐书》本传亦称他"多作侧辞艳曲"。孙光宪《北梦琐言》卷六载:"晋相和凝,少年时好为曲子词,布于汴洛。洎入相,专托人取拾焚毁不暇。然相公厚重有德,终为艳词玷之。契丹入夷门,号为'曲子相公'。"沈括《梦溪笔谈》亦云:"和鲁公凝有艳词一编,名《香奁集》。"这里称词为"艳词",即意在突出词好写乃至专写男女情事的特点。即以和凝词而论,我们看他的《临江仙》:"肌骨细匀红玉软,脸波微送春心。娇羞不肯入鸳衾,兰膏光里两情深。"《何满子》:"正是破瓜年纪,含情惯得人饶。桃李精神鹦鹉舌,可堪虚度良宵。却爱蓝罗裙子,羡他长束纤腰。"以及《天仙子》:"柳色披衫金缕凤,纤手轻捻红豆弄";《柳枝》:"醉来咬损新花子,拽住仙郎尽放娇";亦确实颇有色情意味。其他如温庭筠《南歌子》"偷眼暗形相";《南歌子》"花里暗相招";韦庄《菩萨蛮》:"翠屏金屈曲,醉入花丛宿";《归国谣》"睡觉绿鬟风乱,画屏云雨散"等等,也是如此。至如欧阳炯《浣溪沙》"宛风如舞透香肌","有情无力泥人时",毛熙震《浣溪沙》:"半醉凝情卧绣茵,睡容无力卸罗裙",虽曰"无力",实是着力刻画女性的怀春情态。

词到了宋代,随着士大夫整体性加入词人队伍,离俗向雅、推尊词体的努力成为两宋词史发展的内在动力。虽然在柳永乃至欧阳修、秦观词中,还有一些色情、性感的描写,而从总体来看,词的境界与格调在不断地得到提纯与净化。然而,宋代文人在想要表现绮怀艳思的时候,他们首先想到的文体还只能是词,换个说法就是,词最擅长表现的还是艳情。钱锺书先生在《宋诗选注·序》中指出:

> 宋代五七言诗讲"性理"或"道学"的多得惹厌,而写爱情的少得可怜。宋人在恋爱生活里的悲欢离合不反映在他们的诗里,而常常出现在他们的词里。如范仲淹的诗里一字不涉及儿女私情,而他的《御街行》词就有"残灯明灭枕头欹,谙尽孤眠滋味;都来此事,眉间心上,无计相回避"这样悱恻缠绵的情调,措词婉约,胜过李清照《一剪梅》"此情无计可消除,才下眉头,又上心头"。据唐宋两代的诗词看来,也许可以说,爱情,尤其是在封建礼教眼开眼闭的监视之下那种公然走私的爱情,从古体诗里差不多全部撤退到近体诗里,又从近体诗里大部分迁移到词里。❶

事实上,到了北宋时代,既然如范仲淹、韩琦、司马光这样一些正人君子都会写出爱情词来,写爱情已不再被视为狭邪,用词写爱情也不再被看作"公然走私"了。

宋代的艳情词可以大别为艳词与爱情词两种类型。

一、宫体余风之艳词

这类词偏重于刻画女性色相、感官刺激以及男女偷期欢会,虽无直接的性描写,却有裸露的性意识。老实说,把这类词称为宫体余风是不太公平的。虽然欧阳炯《花间集叙》说过"自南朝之宫体,扇北里之倡风"那样的话,其实这是词在"花间"、"尊前"熏习出来的风流秉性,与宫体诗已没有多少瓜葛了。这种词也许正是本色艳词,但一偏于情欲,便难言格调。如柳永《菊花新》(欲掩香帏论缱绻)、《小镇西》(意中有个人),欧阳修《南乡子》(好个人人),贺铸《薄幸》(淡妆多态)之类,虽有韵语、意象等层层纱帐的遮蔽效果,仍有情欲气味。这类词不足以言词之魅力,却足以影响词人形象,故此处不拟征引。

---

❶ 钱锺书:《宋诗选注·序》,人民文学出版社1982年版,第9—10页。

同样面对艳情题材,聪明而又爱惜羽毛的词人会换一种处理方式,即把那些艳而近俗的场面镜头处理到幕后去,从而达到一种典雅化、含蓄化的艺术效果。如张先《一丛花令》:

> 伤高怀远几时穷,无物似情浓。离愁正引千丝乱,更东陌飞絮濛濛。嘶骑渐遥,征尘不断,何处认郎踪。　　双鸳池沼水溶溶,南陌小桡通。梯横画阁黄昏后,又还是斜月帘栊。沉恨细思,不如桃杏,犹解嫁东风。

这是张先的名作之一。范公偁《过庭录》说:"张子野郎中《一丛花》词云云,一时盛传,欧阳永叔尤爱之,恨未识其人。子野家南地,以故至都,谒永叔,阍者以通,永叔倒屣迎之,曰:'此乃桃杏嫁东风郎中!'"又宋祁曾呼张先为"云破月来花弄影郎中",以与其"红杏枝头春意闹尚书"相比并,其实"花弄影"自是俊语,"桃杏嫁东风"尤富情韵,两者难分高低。

在这首词的背后,据说隐含着一段艳情故事。宋杨湜《古今词话》记曰:"张先字子野,尝与一尼私约。其老尼性严,每卧于池岛中一小阁上,俟夜深人静,其尼潜下梯,俾子野登阁相遇。临别,子野不胜惓惓,作《一丛花》词以道其怀云云。"杨湜所撰《古今词话》原本久佚,只散见于各书称引。这一段见于宋皇都风月主人所作小说集《绿窗新话》卷上,更类似小说家言,原不足凭信。可是南宋初年程垓《书舟词》中有一首《孤雁儿》,其词曰:"双鬟乍绾横波溜,记当日,香心透。谁教容易随鸡飞,输却春风手。天公元也,管人憔悴,放出花枝瘦。　　几宵和月来相就,问何处,春山斗。只应深锁婵娟,枉却娇花时候。何时为我,小梯横阁,试约黄昏后。"看其歇拍数句,显然是从张先《一丛花》词句化来。而程垓在词调下注曰:"有老尼从而复出者,戏用张子野事赋此。"既称"张子野事"而不说是"用张子野词意",看来程垓是把《古今词话》中的记载,坐实为张先与女尼的一段艳遇了。❶ 现在我们看来,这段艳情故事恐怕还是出于杨湜子虚乌有的杜撰。试想一个偷期幽会而侥幸成功的人,一面惴惴不安地提防老尼的监视窥探,一面却还能在逃跑之前从容地写一首情词送给他的情人,这显然是不可信的。更何况词为代言之体,如"何处认郎踪"、"犹解嫁东风"之类,纯为女性口吻,即便附会亦难以自圆其说。

---

❶ 按:现代学者萧涤非先生亦认为《古今词话》的记载确实可信,并称"因为作者用'桃杏凡花'来比喻世间儿女,这就微妙地反衬出词中人物原是一个出家持戒的比丘尼的身份,而不是普通的女子"。参见萧涤非《解放集·张先一丛花本事辨证》,又见吴熊和、沈松勤《张先集编年校注》第113页注引。

那么杨湜为何不去附会其他词人的其他词作,而偏要以此词"腌臜"张先呢?这当然不是因为杨氏于张先有何私人怨恨,而是因为这首词的"戏剧性"描写启发了杨湜的想象。一般看来,这首词的风格意象,与同时的晏殊、欧阳修的词没有什么不同。然而过片数句,"双鸳池沼水溶溶,南北小桡通。梯横画阁黄昏后,又还是斜月帘栊。"写得那么真切、那么具体,完全是一种戏剧化或故事化的描写。它使我们想到南朝乐府民歌《莫愁乐》中的"艇子打两桨,催送莫愁来",想到白居易《井底引银瓶》中的"妾弄青梅凭短墙,君骑白马傍垂杨;墙头马上遥相望,一见知君即断肠",想到《西厢记》中的"待月西厢下,迎风户半开。隔墙花影动,疑是玉人来。"……总之,这几句描写虽然着墨无多,却极具可生发、可延伸的暗示性。它使人觉得这背后隐藏着一个呼之欲出的艳遇故事。也许张先年轻时确有这样的幽会阅历;这种阅历和杨湜所编的比丘尼故事也许全不相干,但小桡划水、梯横画阁的情境,并不是随便哪个词人都能想得出来的。

手法相似而更具有现代的电影镜头功能意味的是欧阳修的《临江仙》:

> 柳外轻雷池上雨,雨声滴碎荷声。小楼西角断虹明,阑干倚处,待得月华生。　燕子飞来窥画栋,玉钩垂下帘旌。凉波不动簟纹平。水精双枕,傍有堕钗横。

关于这首词,据说也有所谓"本事"。宋钱愐《钱氏私志》写道:

> 欧阳文忠任河南推官,亲一妓。时先文僖(按指钱惟演)罢政,为西京留守,梅圣俞、谢希深、尹师鲁同在幕下,惜欧有才无行,共白于公,屡微讽而不之恤。一日宴于后园,客集而欧与妓俱不至。移时方来,在坐相视以目。公责妓云:"未至,何也?"妓云:"中暑,往凉堂睡着,觉而失金钗,犹未见。"公曰:"若得欧阳推官一词,当为偿汝。"欧即席云云,坐皆称善。遂命妓满酌觞欧,而令公库偿其失钗。

按钱愐为钱惟演之重孙,与欧阳修有私怨,故《钱氏私志》中往往丑诋欧阳修。这一段记载尤不可信,不惟道听途说,直是恶意秽人。之所以这样说,倒不是必欲为欧阳公讳,而是钱氏所说与情事不符。首先,梅尧臣(圣俞)、谢绛(希深)、尹洙(师鲁)与欧阳修都是来往密切的挚友,说他们"惜欧有才无行",且又"共白于公",即联名向上司钱惟演打欧阳修的小报告,于情于理都是不可能的。其次,据钱氏记载,当日钱惟演命欧阳修作词饮酒,席间是十分欢洽的,若是要借机整治欧阳修,就全然不是这一番景象了。另外,欧阳修若真的与此妓有染,也绝不会写"水精双枕,傍有堕钗横"那样对男女偷情富有暗示性的句子的。这首词也是把故事处理到幕后去,与今日电影手法十分相似。写男女偷情幽会而能不失清新韶雅,是因为把幽会情景处理到幕后去了,这不仅是手法问题,在背后的或深层的是美学原则和格调追求。张先与欧阳修的这种手法或技巧,对后人具有重要的启示意义。

二、一般意义的爱情词

"艳词"是一个既宽泛又具有包容性的概念。宋词中的精华与糟粕几乎都反映在"艳词"之中。所谓糟粕,是指那些在宫体诗余绪的道路上走得更远,因沉迷于情色描写而格调低下的俗词。它们还属于艳词,但处于艳词中最"艳"也最俗的一极。所谓精华,是指那些表现爱情主题的传世名篇。中国式的爱情,只有在这种长短句错落、单双音节错落、韵位错落的词体形式中,才能得以最充分、最完美的表现。这不仅因为如钱锺书先生所说,当时的社会只允许用词来表现爱情,更是因为那种中国式爱情的既刻骨铭心又缠绵婉约的风度与情调,只有用词这种形式才能表现出来。宋代的爱情词当然不尽为精华,宋词的精华当然也并非都是爱情词;无论是山水田园、咏史怀古,还是靖康国难后带有主流或正声意味的爱国词,都有很多名篇佳作。但我们一想到宋词这种艺术形式,还是首先会想到那些以表现爱情为旨趣的名篇与名句。这种自然反应,正是建立在长期以来宋词审美欣赏积淀的基础之上的。

和后来戏曲中那种千篇一律的大团圆结局不同的是,宋词中很少描写恋人、情人、夫妻长相聚首、耳鬓厮磨的于飞之乐。像张先《菩萨蛮》词中"含笑问檀郎,花强妾貌强?",欧阳修《南歌子》词中"走来窗下笑相扶,爱道画眉深浅入时无"那样的"闺房记趣"之作,在词中是较为少见的。志得意满不可能产生真正的艺术品,个人的欢乐餍足不具有艺术感染力,而只有刻骨铭心的离别相思之情才能引起读者的共鸣。

在宋词中,爱情词有多种表现形式。有的是间接渲染,有的是直接描写。间接渲染的类型有两种:一为闺情,一为伤春。直接描写的则可以分为三类:一为伤别;二为相思;三为伤逝。以下试逐一分说。

1. 闺情之词

闺情之词的主人公是少女,抒情的内涵是怀春或思春。她可能有其怀思的对像,也可能只是一种"不言不语厌厌地"春情萌动。广义的闺情词也包括思妇伤别

念远之词,但思妇念远与少女怀春还是有区别的,这里仍取狭义的理解。选录三首《浣溪沙》:

> 闲弄筝弦懒系裙,铅华消尽见天真。眼波低处事还新。 怅恨不逢如意酒,寻思难值有情人。可怜虚度琐窗春。
>
> ——晏几道
>
> 绣面芙蓉一笑开,斜飞宝鸭衬香腮。眼波才动被人猜。 一面风情深有韵,半笺娇恨寄幽怀。月移花影约重来。
>
> ——李清照
>
> 雨歇花梢月正明,映帘人静绣灯昏。鸳鸯成字便停针。 笑启玉奁明酒晕,缓寻金叶熨香心。一春情绪此时深。
>
> ——黄时龙

这三首小词在手法上颇有异曲同工之妙,都是以情态描写揭示其微妙的心理活动。李清照的"眼波才动被人猜",尤可见少女怀春时的明眸善睐与痴情娇态。黄时龙字同甫,号野桥,生平不详,《阳春白雪》选其词3首,这首《浣溪沙》即为其中之一。"鸳鸯成字便停针",以"特写镜头"彰显细节,也是以行为动作传达内心隐曲之手法。

2. 伤春之词

伤春之词与闺情词相通相近。其特点是以春残花落作为抒情载体,众芳芜秽,美人迟暮,流连光景,惆怅自怜,是这一类词最常见的情感轨迹。闺情词与伤春词不同的是,闺情词可以伤春,却也可能悲秋;伤春词与闺情词不同的是,伤春之人可以是女性,却也可能是男性。至于二者的相同之处,那就是无论伤别念远,还是惜流光思华年,总之还都是男女两性之间的感情关系,是爱情的"移宫换羽"式的变奏曲。这里也选录三首。先来看张先的《千秋岁》:

> 数声鶗鴂,又报芳菲歇。惜春更把残红折。雨轻风色暴,梅子青时节。永丰柳,无人尽日花飞雪。 莫把幺弦拨,怨极弦能说。天不老,情难绝。心似双丝网,中有千千结。夜过也,东窗未白凝残月。

张先写情词颇多名句,如《一丛花令》开头的"伤高怀远几时穷?无物似情浓";《木兰花》词中的"人生无物比多情,江水不深山不重",和本词中的"天不老,情难绝",都是把情(实际是爱情)看成人性中最基本的构成要素,故一再渲染,推向极致。

"莫把幺弦拨",应稍加分说。幺弦为琵琶的第四弦,因其最细,故称幺弦。琵琶是燕乐中常用乐器,故词中常常提及。盖第四弦之音幽细,长于表现幽怨之情。故后来辛弃疾《贺新郎》词亦云:"愁为倩,幺弦诉。"另外如"心似双丝网,中有千千结",也是取譬新警的名句。

再来看秦观《画堂春》:

> 落红铺径水平池,弄晴小雨霏霏。杏园憔悴杜鹃啼,无奈春归。　柳外画楼独上,凭栏手捻花枝。放花无语对斜晖,此恨谁知?

同样是写伤春,晏殊《浣溪沙》词的"满目山河空念远,落花风雨更伤春",欧阳修《玉楼春》词的"人生自是有情痴,此恨不关风与月",都有对生活事象抽象概括的意味,秦观却只是采用白描手法,把伤春情绪表现得更为幽微深婉。尤其是结句"放花无语对斜晖,此恨谁知?",不说伤别念远,也不说华年逝水,却以"无语"获得更丰厚的感情内涵,故沈谦《填词杂说》称此等结句为"以迷离称隽"。

再来看辛弃疾的一首《祝英台近·晚春》:

> 宝钗分,桃叶渡,烟柳暗南浦。怕上层楼,十日九风雨。断肠片片飞红,都无人管,更谁劝、啼莺声住。　鬓边觑,试把花卜归期,才簪又重数。罗帐灯昏,哽咽梦中语。是他春带愁来,春归何处?却不解带将愁去。

陈廷焯《白雨斋词话》卷一曾说:"稼轩最不工绮语",这首词可作为反证之一例。沈谦《填词杂说》即云:"稼轩词以激扬奋厉为工,至'宝钗分,桃叶渡'一曲,昵狎温柔,魂销意尽,才人伎俩,真不可测。"结句连锁顿挫,宛转关生,虽有赵彦端《鹊桥仙》词"春愁原自逐春来,却不步随春归去"在前,而稼轩因句式变化,更有流转顿挫的韵味。

3. 伤别之词

伤别之词是唐宋词中的一个大类。一般来说,写离别之情并不是词的专利。因为别情乃是人类情感的一种基本类型,所以在前代诗文中早已有了充分的表现。"行行重行行,与君生别离",《古诗十九首》的直言咏叹号称"惊心动魂,一字千金";"海内存知己,天涯若比邻",王勃《送杜少府之任蜀川》已从离别的伤感化为澄明的哲思;"春草碧色,春水渌波,送君南浦,伤如之何!",江淹《别赋》于种种离别境界更有集成之意。应该说,从秦汉、六朝以至唐代,以离别为主题的诗文已经够多的了,与离别相关的意象、语汇也差不多被历代才人挖掘淘漉净尽了,没有多少天然好言语可供驱遣了。那么宋代词人又如何能在伤别题目下开拓出自己的大片疆土呢?这是因为,前代诗文所写的离别(除了晚唐李商隐等人之外),大都是同性友人之间的分别,而同性友人之间的感情,无论多么真挚深厚,一般也都不如异性爱人之间的那种感情来得缠绵,来得深彻心骨。而宋代的伤别之词,大都是以表现情人恋人的别离为擅场的。这就使得他们一方面继承了前代表现离别的诗文遗产,一方面又有新鲜的情思姿态和创作激情,从而在艺术与审美境界的创造上构成对前代诗文艺术的丰富和补充。

让我们来看一些脍炙人口的名篇。柳永《雨霖铃》:

> 寒蝉凄切,对长亭晚,骤雨初歇。都门帐饮无绪,留恋处、兰舟催发。执手相看泪眼,竟无语凝噎。念去去、千里烟波,暮霭沉沉楚天阔。　　多情自古伤离别,更那堪冷落清秋节。今宵酒醒何处?杨柳岸、晓风残月。此去经年,应是良辰好景虚设。便纵有千种风情,更与何人说?

这是伤别之词的代表作之一。看"都门帐饮",会使我们想到江淹《别赋》中的"帐饮东都,送客金谷";看"多情自古伤离别",可知柳永在准备抒写别情时就想到了前代题咏别情的诗文名篇。像辛弃疾《贺新郎·别茂嘉十二弟》中所写到的马上琵琶、河梁万里之类,柳永肯定也都想到了。可是柳永仍然给我们展示了一种全新的艺术境界。"执手相看泪眼,竟无语凝噎",便是前人不曾道出的警句。逐层的铺叙更渲染出一种戏剧性的氛围,"念去去千里烟波"、"今宵酒醒何处"、"此去经年",三次从别后设想,层层递进,虚步生姿,也是过去诗文中很少见到的手法。再加上"杨柳岸、晓风残月"凄清境界的点染,便造成了这一首咏别词的绝唱。

欧阳修的《踏莎行》又是另外一种写法:

> 候馆梅残,溪桥柳细,草薰风暖摇征辔。离愁渐远渐无穷,迢迢不断如春水。　　寸寸柔肠,盈盈粉泪,楼高莫近危阑倚。平芜尽处是春山,行人更在春山外。

江淹《别赋》有云:"闺中风暖,陌上草薰。"欧阳修此词则云"草薰风暖摇征辔",亦可想见江淹《别赋》在别情母题演化史上的地位与影响。但欧阳修也绝不会拆东补西以敷衍成篇,他也有他的新创造。俞陛云《唐五代两宋词选释》评曰:"唐宋人诗词中,送别怀人者,或从居者着想,或从行者着想,能言情婉挚,便称佳构。此词则两面兼写。前半首言征人驻马回头,愈行愈远,如春水迢迢,却望长亭,已隔万重云树。后半首为送行者设想,倚栏凝睇,心倒肠回,望青山无际,遥想斜日鞭丝,当已出青山之外,如鸳鸯之烟岛分飞,互相回首也。以章法论,候馆、溪桥言行人所经历;柔肠、粉泪言思妇之伤怀,情同而境判,前后阕之章法井然。"词的分段(片)是词的体制的重要特点。《生查子》不同于五言律诗,《玉楼春》不同于七言律诗,很大程度上赖于双调之词的段落感。欧阳修这首词充分利用上下片对照的章法,"两面兼写",故成佳作。诗中当然也可能采用"少妇城南欲断肠,征人蓟北空回首"(高适《燕歌行》)那种类似于"平行蒙太奇"的组接方式,但词既分上下片,亦仿佛男女声对唱,采用这种两面兼写的手法就更自然,也更方便了。

再来看秦观的《满庭芳》:

山抹微云,天粘衰草,画角声断谯门。暂停征棹,聊共引离尊。多少蓬莱旧事,空回首、烟霭纷纷。斜阳外,寒鸦数点,流水绕孤村。　　销魂。当此际,香囊暗解,罗带轻分。漫赢得青楼,薄幸名存。此去何时见也,襟袖上、空惹啼痕。伤情处,高城望断,灯火已黄昏。

秦观词善写别情。他的《八六子》:"倚危亭,恨如芳草,萋萋刬尽还生";《江城子》:"西城杨柳弄春柔"等等,都是一读便让人心醉神迷的佳句。这首《满庭芳》更是历来传诵的名篇。据说苏轼当时即呼秦观为"山抹微云君"(《艺苑雌黄》),秦观的女婿范仲温对人作自我介绍而曰:"某乃'山抹微云'女婿也"(《铁围山丛谈》),虽似戏言,亦可使人想见其风靡一时的情景。晁补之亦盛赞"斜阳外,寒鸦数点,流水绕孤村"数句,道是"虽不识字人,亦知是天生好言语"(《侯鲭录》)。实际上,秦观此词之佳,原不在炼字铸句,而在全篇浑成。他不像柳永《雨霖铃》词那样逐层铺叙而颇有戏剧性,也不像周邦彦《蝶恋花》"唤起两眸清炯炯"那样逼近刻画,而是仍然保持其一贯的委婉含蓄的风格。"多少蓬莱旧事,空回首、烟霭纷纷",才触即转,将"多少蓬莱旧事"消弭在纷纷烟霭之中。不去回忆实是不忍——重温。李商隐《锦瑟》诗云"此情可待成追忆,只是当时已惘然",这首词所展示的正是一种惘然而氤氲的情调。暮霭渐浓,灯火昏黄,再加上往事的迷离与离别的怅惘,读者也与词人一起沉醉于这凄美的艺术境界了。

4. 相思之词

男女相思之情,在前代诗文中几乎可说是禁区。它在汉魏六朝乐府民歌中多有表现,而在文人笔下则甚为少见。王维的《相思》(红豆生南国)既是咏物,而且也是以拟乐府民歌的形式出现的。只有到了唐宋词中,男女相思之情才得到直接的、正面的充分展现,也为中国古代的爱情主题掀开了绮丽妩媚的一页。

先来看柳永的一首《蝶恋花》:

> 伫倚危楼风细细,望极春愁,黯黯生天际。草色烟光残照里,无言谁会凭栏意。　拟把疏狂图一醉,对酒当歌,强乐还无味。衣带渐宽终不悔,为伊消得人憔悴。

柳永这首词写的是相思之苦,可他在前边一直不点明题旨。伫倚高楼,凭栏远望,假若在《稼轩长短句》中,我们一定会想到吴钩,想到金瓯残缺之类情事的。可这是在百年承平的北宋,而且又是在才子词人柳三变的笔下,所以和那些全没有关系。而且他的"春愁",是在"草色烟光残照里"生发出来的,而春草又往往是离别之词不可或缺的意象。《楚辞·招隐士》曰:"王孙游兮不归,春草生兮萋萋。"李煜《清平乐》词曰:"离恨恰如春草,更行更远还生。"可知那长满春草的小径,也就成了联结闺中人与远行者的一条纽带。从另外一条意象线索来说,南朝江总妻《赋庭草》诗云:"雨过草芊芊,连云锁南陌。门前君试看,是妾罗裙色。"五代词人牛希济《生查子》更进一步说:"记得绿罗裙,处处怜芳草",所以柳永的春愁,也可能是睹芳草而忆罗裙呢。直到篇末,作者才点出他的"春愁"与凭阑之意,乃是一种无法排解而甘为憔悴的相思之情。尽管柳永词中不少薄幸狎邪之词,而他能道出"衣带渐宽终不悔,为伊消得人憔悴"这样深情的词句来,也足令人刮目相看了。所以连王国维也称许为"其专作情语而绝妙者","求之古今人词中,曾不多见"。❶

再来看晏几道的一首《鹧鸪天》:

> 彩袖殷勤捧玉钟,当年拚却醉颜红。舞低杨柳楼心月,歌尽桃花扇底风。从别后,忆相逢。几回魂梦与君同。今宵剩把银釭照,犹恐相逢是梦中。

这首词写的是别后相逢。据瞿佑《归田诗话》说,"舞低杨柳楼心月,歌尽桃花扇底风"二句,"勾栏中多用作门对",可以想见它的影响。而这首词最出色的地方还在后二句。有人说晏几道这两句出自杜甫《羌村三首》其一"夜阑更秉烛,相对如梦

---

❶ 王国维:《人间词话删稿》,《词话丛编》,中华书局1986年版,第4257页。

寐";实际意味相似的还有司空曙《云阳馆与韩绅宿别》诗中的"故人江海别,几度隔山川;乍见翻疑梦,相悲各问年"。然而晏几道词与其不同处,在于老杜、司空曙只写出了久别重逢的惊喜,而晏几道则借此惊喜更反衬出离别相思之苦。所谓"剩把",即只顾把,一次又一次地端起烛台,近距离地凝视对方的面容。之所以如此,乃是"犹恐"这番欢会又和过去多次的相见一样仍是一梦耳。陈匪石《宋词举》评析说:"'今宵'一转,更非非想:前边梦且疑真,今也真转疑梦。'剩把'、'犹恐'四字,略作曲折,一若非灯可证,竟与前梦无异者。笔特夭矫,语特含蓄。其聪明处更非凡夫所能跂望。"刘体仁《七颂堂词绎》说由晏几道这两句与老杜诗句相比较,可见"诗与词之分疆",大概是说词比诗更深婉,也更细腻吧!

再来看贺铸的《浣溪沙》:

闲把琵琶旧谱寻,四弦声怨却沉吟。燕飞人静画堂深。　　欹枕有时成雨梦,隔帘无处说春心。一从灯夜到如今。

和前两首词不一样,这首《浣溪沙》是以第三人称视点所写的叙事体。词中的主人公是一个少女,她在元宵之夜观灯时遇见了一位意中人,从此以后却无由再见。百无聊赖中,她闲抚琵琶,弹奏旧曲,以寄托她的相思之情。"四弦",指琵琶的第四弦,即幺弦。张先《千秋岁》"莫把幺弦拨,怨极弦能说",可以作为"四弦声怨"的注脚。"雨梦"是云雨梦的略语。宋玉《高唐赋》言楚王梦与神女相会高唐,神女自谓"旦为朝云,暮为行雨,朝朝暮暮,阳台之下"。这里是说这个女子有时梦中与情人欢会,醒来后却更添惆怅。这似乎是一个单相思的故事,好在叙事从容,不动声色,读到结句才能理清意脉。

5. 伤逝之词

伤别之词虽然感伤幽怨,而所怀思的人即使远在天涯海角,总还有他日相见之可能;而伤逝则意味着爱恋之人不复存在。具体又可分为两种。一种为悼亡词。如苏轼《江城子》:

十年生死两茫茫,不思量,自难忘。千里孤坟,无处话凄凉。纵使相逢应不识,尘满面,鬓如霜。　　夜来幽梦忽还乡,小轩窗,正梳妆。相顾无言,惟有泪千行。料得年年肠断处,明月夜,短松岗。

又如贺铸《鹧鸪天》:

> 重过阊门万事非，同来何事不同归。梧桐半死清霜后，头白鸳鸯失伴飞。原上草，露初晞，旧栖新垅两依依。空床卧听南窗雨，谁复挑灯夜补衣。

苏轼《江城子》是为悼念妻子王弗而作，贺铸《鹧鸪天》是为悼念其妻赵氏而作，两首词都体现了恩爱夫妻之间生死暌隔的深哀巨痛。

另外一种伤逝之词介乎悼亡与离别之间，词人并不点明他所怀思的对象究竟是死去还是另有所适了，但总之是相见无由，只能在追忆中重温那一缕缱绻之情了。如晏几道《临江仙》：

> 梦后楼台高锁，酒醒帘幕低垂。去年春恨却来时，落花人独立，微雨燕双飞。　　记得小蘋初见，两重心字罗衣。琵琶弦上说相思。当时明月在，曾照彩云归。

晏几道《小山词自序》中云："追惟往昔过从饮酒之人，或垅木已长，或病不偶，考其篇中所记悲欢合离之事，如幻如电，如昨梦前尘，但能掩卷怃然，感光阴之易迁，叹境缘之无实也。"怀旧与伤逝，是晏几道词中突出的创作动机与创作旨趣。小蘋，是晏几道《小山词自序》中提到的莲、鸿、蘋、云四个歌女之一，我们看《小山词》中《木兰花》："小蘋若解愁春暮，一笑留春春也住"；《玉楼春》："小蘋微笑尽妖娆"，可以想见她是一个天真烂漫、妩媚多情的女子。陈匪石《宋词举》有云："宋初小词每用歌姬名，东山、淮海以后，语惟求典，不复用矣。"❶这就是说，小蘋是实名，生活中实有其人，而不同于萧娘、谢娘之为类型化的名字。晏几道这首词，先从梦回酒醒切入追忆，然后定格在去年暮春时节小蘋离去时的光景；过片再向前追忆初见小蘋的第一印象，"两重心字罗衣"，"琵琶弦上说相思"；而结句由小蘋的形象化入当空的皓月。"当时明月在，曾照彩云归"，其句法有意错综今昔，意谓"当时""曾照彩云归"的明月仍在，而彩云——小蘋其人已不可复见了。彩云，是美丽而薄命女子的象征。中唐时有少女姓苏，名简简，殊姿异态，美艳无比，13岁时未嫁而亡，白居易为作《简简吟》，有云："大都好物不坚牢，彩云易散琉璃脆。"由此出典来看，小蘋很可能不是一般的离别，而是如彩云归天一般仙逝了。

再来看吴文英的《风入松》：

---

❶ 陈匪石：《宋词举》（外三种），江苏古籍出版社2002年版，第155页。

听风听雨过清明,愁草瘗花铭。楼前绿暗分携路,一丝柳、一寸柔情。料峭春寒中酒,交加晓梦啼莺。　　西园日日扫林亭,依旧赏新晴。黄蜂频扑秋千索,有当时、纤手相凝。惆怅双鸳不到,幽阶一夜苔生。

　　这首词不是一般意义的伤春之词,而是伤逝怀人。过片所提到的"西园",不是汉代上林园的别称,也不是曹操在邺都所建的西园,而是吴文英寓居之地,梦窗词中曾屡次提到这个地方。如《风入松》咏桂:"暮烟疏雨西园路,误秋娘、浅约宫黄";《莺啼序》咏荷:"残蝉度曲,唱彻西园,也感红怨翠";而看他的《浪淘沙》:"往事一潸然,莫过西园",则可知西园曾是他与爱人寓居之处,和这首《风入松》词中西园感逝的情调也就颇为相合了。上片把伤逝之情打并入伤春意绪。庾信有《瘗花铭》,这里是化用,亦犹言"葬花辞"。但下句就提到"楼前绿暗分携路",可见不仅是伤春、惜花,同时也是在借春残花落而感念那个曾经在西园同居的"如花美眷"。过片才点出"西园"这一片伤心地来,"依旧赏新晴"的"依旧"大有深意,其功能正有如晏殊《浣溪沙》"一曲新词酒一杯,去年天气旧亭台"的新旧对比。同样是暮春新晴天气,同样是西园林亭光景,可是那荡秋千的人儿已经不在了;蜜蜂不断地扑向秋千索,是因为秋千索上还有她纤手的香味存留吧!"黄蜂"二句,最能见出词的幽微细腻的文体个性。谭献《词辨》曰:"此是梦窗极经意词,有五季遗响。'黄蜂'二句,是痴语,是深语。"陈洵《海绡说词》亦云:"见秋千而思纤手,固因蜂扑而念香凝,纯是痴望神理。"这首词写得深情而委婉,近于五代北宋风格,与梦窗词丽密而不免晦涩的主导风格不同。

第二节　闲愁词

　　很多词学家都坚信,词作为一种独特的文学形式,有着诗文等文体所不具有的独特的抒情功能。这种观点在历代词论中并不很突出,但它却是相当重要的。因为只有证明了这一点,才能从根本上解释词体产生的必然性和存在的必要性,也才能触及词体个性中最幽眇精微的部分。这比那些因为爱词而欲推尊词体,因为要推尊词体而争强好胜、意气用事地种种辩解都更有实际意义。在本章开头,我们曾经征引刘体仁、朱彝尊、查礼、王国维等人关于词的表现功能的表述。这些说法,相通亦复相近,与那些漫无边际、不得要领的尊体之论相比,这些才是有得之见。接下来我们更感兴趣的话题是,"词中境界,有非诗之所能至者",那是些什么样的境界呢？那些"委曲倚之于声,其辞愈微,而其旨益远"的"诗所难言者",又是些什么样的感情呢？那些"文不能达,诗不能道,而独于长短句中可以委婉形容之"的"情",是指的哪一种情呢？王国维所谓"词之言长",又长在何处呢？缪钺先生《论词》有言："抑词之所以别于诗者,不仅在外形之句调韵律,而尤在内质之情味意境。……诗之所言,固人生情思之精者矣,然精之中复有更细美幽约者焉,诗体又不足以达,或勉强达之,而不能曲尽其妙,于是不得不别创新体,词遂肇兴。"接着缪钺先生的话来说,所谓人生情思之精者,那些诗体不足以达,或勉强达之而不能曲尽其妙的"更细美幽约"的情思,又是一些什么样的情思呢？

一、闲愁与词心

循着前面所引词论的踪迹,我们可以在其上下文背景中寻得一些消息。如刘体仁《七颂堂词绎》中说"词中境界,有非诗之所能至者,体限之也",但是他下面接着说："大约自古诗'开我东阁门,坐我西间床'等句来。"可就使我们感到莫名其妙了。"开我东阁门,坐我西间床"出自北朝民歌《木兰辞》,这是一种古朴风趣的民歌境界,与词中境界很难说能有多少相通之处。刘体仁在一个大判断之后,跟着来这么一句,反倒把我们搞糊涂了。好在《七颂堂词绎》中还有这么一段：

> 诗之不得不为词也,非独《寒夜怨》之类,以句之长短拟也。老杜《风雨见舟前落花》一首,词之神理备具。盖气运所至,老杜亦忍俊不禁耳。观其标题曰"新句",曰"戏为",其不敢偭背大雅如是,古人真自喜。

这里是说,词之所以为词,不仅在于其长短句的形式特征,而是自有其神理。既然提到了老杜的《风雨见舟前落花》一诗,我们也就不妨引录来一看。诗题为《风雨看舟前落花戏为新句》,全诗如下：

> 江上人家桃树枝,春寒细雨出疏篱。
> 影遭碧水潜勾引,风妒红花却倒吹。
> 吹花困懒傍舟楫,水光风力俱相怯。
> 赤憎轻薄遮入怀,珍重分明不来接。
> 湿久飞迟半欲高,萦沙惹草细于毛。
> 蜜蜂蝴蝶生情性,偷眼蜻蜓避伯劳。

此诗为大历五年(770年),即杜甫去世的那一年春天所作,可见诗人垂老流落而不失风趣。"影遭"二句说花落是因为碧水勾引,风妒倒吹。"赤憎"二句仇注:"有似憎平日之轻薄遮怀,而珍重不肯近人者。"赤憎,珍重,皆是说花的主观情志。后二句仇注:"'生情性'之生,'乃生熟之生';"蜂蝶素恋花香,今见堕于沙草,则性情顿觉生疏"。"蜻蜓偶过花间,有似偷眼旁观者,一遇伯劳,却又仓卒避去。"在老杜诗集中,题为"戏作"的诗有20余首,一般来说,这类诗都在一定程度上突破了诗的传统规范。这首诗把桃花、水、风以及蜜蜂、蝴蝶等都写得有情有性,且又有"勾引"、"入怀"等字眼,在慎重的诗人看来,显然有出格之嫌,故曰"戏为新句"。但也不过如此而已。沈义父《乐府指迷》云:"作词与诗不同,纵是花卉之类,亦须略用情意,或要入闺房之意。……如只直咏花卉,而不着些艳语,又不似词家体例。"刘体仁说老杜此诗"词之神理备具",实际上也不过略用情意而已。那还只是大历初年,还没到词"应运而生"的时代。也许只有到了夕阳迟暮的晚唐时代,到了敏感多情的玉溪生诗中,才可能"词之神理备具"吧!

再来看查礼《铜鼓书堂词话》,他在"情有文不能达,诗不能道者,而独于长短句中可以委婉形容之"一句之后,即举宋代词人黄孝迈词作为例:

> 如黄雪舟(孝迈)自度《湘春夜月》一解"伤春"云:"可惜一片清歌,都付与黄昏。欲共柳花低诉,怕柳花轻薄,不解伤春。"又云:"空樽夜泣,青山不语,残月当门。翠玉楼前,惟是有一陂湘水,摇荡湘云。"又云:"这次弟,算人间没个并刀,剪断心上愁痕。"又《水龙吟·暮春》云:"店舍无烟,关山有月,梨花满地。二十年好梦,不曾圆合,而今老,都休矣。"又云:"柔肠一寸,七分是恨,三分是泪。"又云:"待问春怎把千红,换得一池绿水。"

按:黄孝迈为南宋后期人,周密《绝妙好词》卷四录其词二首,即查礼所引录者。这两首词所表现的是伤春情绪,也可说是闲愁。查礼所谓"文不能达,词不能道者",或即指此种情绪而言。

除上述诸家外,还有一个对词的艺术个性深有解会的词家,就是清季著名词人况周颐。《蕙风词话》卷一云:

> 吾听见雨,吾览江山,常觉风雨江山外有万不得已者在。此万不得已者,即词心也。而能以吾言写吾心,即吾词也。此万不得已者,由吾心醞酿而出,即吾词之真也,非可强为,亦无庸强求,视吾心之醞酿何如耳。

> 人静帘垂,灯昏香直,窗外芙蓉残叶,飒飒作秋声,与砌虫相和答。据梧瞑坐,湛怀息机,每一念起,辄设理想排遣之。乃至万缘俱寂,吾心忽莹然开朗如满月,肌骨清凉,不知斯世何世也。斯时若有无端哀怨,枨触于万不得已,即而察之,一切境象全失,唯有小窗虚幌、笔床砚匣,一一在吾目前,此词境也。
>
> 吾苍茫独立于寂寞无人之区,忽有匪夷所思之一念,自沉冥杳霭中来,吾于是乎有词。泊吾词成,则于顷者之一念若相属若不相属也。而此一念,方绵邈引演于吾词之外,而吾词不能殚陈,斯为不尽之妙。非有意为是不尽,如书家所云无垂不缩,无往不复也。

况周颐这三段话,结合自己的创作感受来谈词心词境,颇有发覆表微之功。注意他强调的万不得已、无端哀怨、匪夷所思的特点,这就是要排除生活中各种浅薄的纷杂是非,突破内心世界的沉冥杳霭,而进入一种静穆澄明的境界。这就是词境,而在这种境界中"触着"的一点无端哀怨,就是词心,也就是一首好词酝酿之初的一点精气灵光。它比一般的诗心、诗境更深,也更虚,王国维所谓"词之言长",应该就是指这种既虚且深的抒情特点。

二、闲愁词的特点

我们所说的"闲愁",就正是指这种超越了生活中浅薄琐屑是非纷争的无端哀怨;而这种表现"闲愁"的词,也正是最能体现词体独特功能价值的作品。

中国诗歌理论批评史上有一个源远流长的观点,叫作"诗穷而后工"或"悲愤出诗人"。早在先秦时期,如《庄子·渔父》中的"强哭者虽悲不哀",宋玉《九辩》中的"坎廪兮贫士失职而志不平",已隐然成为这一命题的先声。其后司马迁在《报任少卿书》中明确提出:前代所传下来的不朽之书,"大抵圣贤发愤之所为作也",这就是后人反复称引的"发愤著书说"。因为它既揭示了文学创作的一种规律性现象,又代表着失意文人的普遍心态和价值取向,故而得到后代文人的共鸣,并且不断融进自己的遭际感受而加以补充阐发。李白《古风》其一所谓"哀怨起骚人",韩愈《送孟东野序》所谓"不平则鸣",都含有这层意思。在《荆潭唱和诗序》中,韩愈对此观点又作了进一步的发挥:"夫和平之音淡薄,而愁思之音要妙,欢愉之辞难工,而穷苦之言易好也。是故文章之作,恒发于羁旅草野。至若王公贵人,气满志得,非性能而好之,则不暇以为。"其他如白居易《序洛诗》所谓"文士多数奇,诗人尤命薄",苏轼《次韵仲殊雪中游西湖》"秀语出寒饿,身穷诗乃亨",以及欧阳修《梅圣俞诗集序》、陆游《澹斋居士诗序》等等,也都表达了类似的观点。如此异代同感,千古一辞,说明这既是一条久经证实的创作规律,也是中国诗学的一个基本命题。

然而,随着词的产生发展,大批达官贵族乃至帝王词人的出现,对这个传统诗学命题构成了不容忽视的悖论。如南唐中主李璟、后主李煜、宰相冯延巳,以及北宋时期的晏殊、欧阳修等人,都留下了大量脍炙人口的名篇佳句。他们不是怀才不遇穷愁潦倒的失志之士,而是志得意满位极人臣的幸运者。高门大第,肥马轻裘,金厄玉食,娇妻美妾,他们已经得到了那个时代所能提供的一切物质的与精神的享受。按照上述的命题推论,他们不应该再有什么遗憾与愁苦,也不可能写出具有生命力的好词来。而事实却恰恰相反。从另一面来说,唐宋名家词人中,布衣寒士极少。故尤侗在《三十二芙蓉词序》中列举唐宋巨公词人,然后推论说:"岂惟词不能穷人,殆达者而后工也。"

对于这种似乎反常的文学现象,究竟该如何解释呢?

检点一下过去的论著,似乎有过两种说法。一种观点认为,这些词人原是脑满肠肥的贵族官僚,他们是吃腻了山珍海味而胖得发愁或闲得无聊,无愁言愁,不病曰病,不过是想借愁苦的清涩之味来冲淡一下酒宴之后的油腻而已。这种观点在二十世纪的二三十年代胡适等人的论著中已经初见端倪,而在新中国成立后一度发展得更为偏激刻薄。另一种观点与此相通,即认为这些词作并没有什么深刻切实的思想内涵,只是因为艺术上比较精致工巧,所以赢得了读者的"错爱"。这种观点在五六十年代曾经风行一时,其实则大谬不然。从来没有思想浅薄或缺乏情感而仅凭艺术技巧传诵不衰的作品。反过来说,凡是具有生命力的作品,必定在某一方面表现出了人性心理结构中某种深刻而永恒的意蕴。

这些贵族词人,从社会属性来说,属于剥削阶级、统治阶级,当他们写诗作文时,也许很难突破其阶级的与时代的局限,而当他们以词体形式写出内心深处的无端哀怨时,这些词就在共同人性的大范畴中,成为表现人类千古共同之悲哀的作品了。无论是哪个时代的读者,无论是属于哪个社会阶层,读这些词都会引起共鸣,这本身就体现了闲愁的超阶级性与永恒性。

在唐宋词中,"闲愁"或称"闲情",如冯延巳《鹊踏枝》:"谁道闲情抛掷久,每到春来,惆怅还依旧。"或称"春愁"、"春恨",如李璟《应天长》:"昨夜更阑酒醒,春愁过却病。"《摊破浣溪沙》:"手卷真珠上玉钩,依前春恨锁重楼。"冯延巳《鹊踏枝》:"缭乱春愁如柳絮,悠悠梦里无寻处。"孙光宪《生查子》:"春病与春愁,何事年年有?"有的时候,词人即直接称为"闲愁",如贺铸《青玉案》:"试问闲愁都几许?"上述各例,用语不同,所表现的却是同样的主题。当然,同样用"闲愁"一词,具体内涵亦有不同。如李清照《一剪梅》:"一种相思,两处闲愁",明显是指爱情。

要对"闲愁"的内涵加以准确的界说,首先必须把它与其他相似相连的概念剥离开来,否则就难免缠夹不清。

首先,"闲愁"不同于男女相思之情。陶渊明曾作《闲情赋》,昭明太子所谓"白璧微瑕"者,即以"闲情"指代男女私相慕悦之情。在唐宋词中,这种用法仍然存在。从词源学的角度来说,"闲愁"或即由"闲情"化出,但其内涵发生了演变。词人虽然仍在沿用美人云逝、相思离别的传统意象和抒情框架,但所抒写的却已不再是对某一个现实中女子的怀思,而是表现内心的某种失落感。在唐宋词中,有大量的描写男女之情的艳情之词,也有不少抒发无名哀乐的闲愁之词。这两类词格律声色大同,而神理意趣迥异。写艳情则为赋,抒闲愁则为兴。王国维所谓"词之雅郑,在神不在貌",正好说明这两类词的区别。

其次,闲愁之词,往往以伤春伤别为抒情的依托,但伤春伤别之词并非都在抒写"闲愁"。比如同是伤春,有的旨在抒写时代的哀感,有的重在身世之悲。晏殊与辛弃疾的伤春,李清照前后期的伤春,都有截然不同的旨趣。又如伤别之词,在韦庄、柳永等人词中是真的伤别念远,而在冯延巳、晏殊、欧阳修等人词中,往往是以伤别作为抒情的契机,以一个美丽凄幻的形象来传达心灵的某种境界。或者可以说,伤别之词,有的是真的惜别念远,有的是另有寄托;而伤春之词,皆有寄托,区别只是一种寄托具体著实,近于比,另一种寄托则是朦胧含浑,近于兴。唐宋词的"闲愁"主题,往往就存在于另有寄托的伤别之词和近于兴的伤春之词中。

作为情感的一种表现形态,"闲愁"具有下列三个方面的基本特性。

其一,"闲愁"与一般具体著实的愁苦不同,它无关乎生理的痛苦或物质生活的需要。人之愁苦,与生俱来。李后主《子夜歌》(《菩萨蛮》)所谓"人生愁恨何能免",确是伤心悟道之言。一般人所谓愁苦,往往因境因事而生,而"闲愁"却是一种不可得而名的"无名哀乐"。譬如饥不得食、寒而无衣、宦海风波、家国兴衰、悼亡伤逝、恨别念远,这种种情况引起的愁苦都和自身利益密切相关,都称不得"闲愁"。平民的歌谣是"饥者歌其食,劳者歌其事",布衣寒士抒发的是感士不遇的不平之鸣,身家不幸的诗人咀嚼一己之悲欢,生逢乱世的诗人则着意于伤时悯乱,这样的诗词也是"感于哀乐,缘事而发",当然也不是"闲愁"。只有那些既有优越的生活条件,又不乏伤生忧世之心的词人,才可能撇开现实的纷华喧嚣,把感情的触角伸到意识的深处,使人类心灵中常存永在的一份悲凉得以表现出来。因为这种愁绪是以人生的缺憾为基因,它与现实的联系更为渺茫潜隐,在人性心理结构中属于更深的层次。这既是"闲愁"的基本特征,也是闲愁能够超越时代而魅力长存的根本原因。

"闲愁"的第二个特征,在于它那轻淡缥缈的表现形态。它不是国破家亡、生离死别那种撕心裂肺的痛苦,也不是感士不遇、志不获聘那种唾壶击缺的郁怒。它是一缕飘忽不定的怅惘的情绪,那么轻,那么淡,只有灵根慧性的词人才能感受得到、表现得出。要为这样的"闲愁"传神写照,自然要选择空灵淡雅的意象和轻倩婉约的艺术风格。如李煜《菩萨蛮》:"宴罢又成空,梦迷春雨中。"冯延巳《鹊踏枝》:"缭乱春愁如柳絮,悠悠梦里无寻处。"晏殊《木兰花》:"长于春梦几多时,散似秋云无觅处。"秦观《浣溪沙》:"自在飞花轻似梦,无边丝雨细如愁。"正是对闲愁境界的最佳摹状。读这种小词,感受到的不是情感的冲击力,而是情调的熏染。仿佛一种氤氲空蒙的雾气,弥漫在周身,浸润着灵魂,使人沉入一种恬淡的悲感之中。

其三,"闲愁"又往往具有无端而来、不期而至的特点。它不像那些现实的愁苦具有直接的背景原因,而是如游丝浮萍,无根自生;如海市蜃楼,弹指顿现。曹丕《善哉行》其二云"高山有崖,林木有枝;忧来无方,人莫之知",最足以形容此种况味。况周颐《蕙风词话》所谓"万不得已"、"匪夷所思"、"无端哀怨"等等,已经充分揭示了这一特点。

表现在词中,又有三种情况。

一是对美景而生愁。假如说是高秋九月,草木凋零,或是暮春时节,落花狼藉,那么睹物伤情,犹可说是正常的心理反应。但在很多词人笔下,却是对大好春光无端成愁。如冯延巳词中"日日花前常病酒,不辞镜里朱颜瘦";"细雨湿流光,芳草年年与恨长";"惆怅墙东,一树樱桃带雨红",皆是。

二是乐极生悲。"闲愁"之触发契机,往往在歌舞欢宴之后、梦回酒醒之时。如李璟《应天长》:"昨夜笙歌容易散,酒醒添得愁无限。"晏殊《踏莎行》:"一场愁梦酒醒时,斜阳却照深深院。"张先《天仙子》:"水调数声持酒听,午醉醒来愁未醒。"这是闲愁词的典型情境,而以常理观之,也是悖于人情的。

三是常作痴语,没要紧语。世传李璟问冯延巳:"'吹皱一池春水',干卿底事?"虽是玩笑,原不是无谓之词。试想春风徐徐,碧水粼粼,正是赏心悦目的景致,词人对之生愁,自是伤心人别有怀抱。又如晏殊"夕阳西下几时回"、张先"送春春去几时回",看上去也都是一些愚不可及的痴语,而这种痴语正显示了闲愁词无理而妙的特点。

三、闲愁词的内涵

"闲愁"如心潭深处的天光云影,如和风轻拂水面的波光涟漪,在这里,一切景语皆情语(事实往往是除了景语更无情语),一切形式皆为内容。因此,要想对"闲愁"的内涵加以分说,是很困难的事情。这里必欲指定,则可以说有两种内涵:一为源于人生短促事实的忧生之嗟，一为根于人性的永恒的企羡与失落。

前代学人论词，或重技巧，或重寄托，两者皆不无偏颇。唯有那些不专以词论词、注重情感体验的学者，最能洞悉深微，抉发闲愁词的旨趣。刘熙载《艺概》云："韦端己、冯正中诸家词，留连光景，惆怅自怜，盖亦易飘飏于风雨者。"王国维《人间词话》评李璟词"菡萏香销翠叶残，西风愁起绿波间"，说是"大有众芳芜秽、美人迟暮之感"。现代词学家叶嘉莹先生亦云，冯正中与大晏、欧阳诸家词，从表面看去不过是伤春离别，但其中却蕴含着"一种对时光年华流逝的深切的慨叹和惋惜"。这些都可以说是对唐宋词之"闲愁"主题的感悟与把握。他们既不落于相思离别的浅见，又不拘于常州词派的比附之说，可谓得闲愁词之神理者。

质而言之，闲愁的根本起因在于人生的缺憾，用旧有的说法就叫忧生之嗟，即由人生短促的悲剧事实引发的情绪反应。这既是人生哲学的永恒命题，也是中国文学的基本母题。如果为"闲愁"主题追根溯源，可以看到前代诗文对这一主题的表现，有三种情况。

一是直言咏叹。如《古诗十九首》中的"人生天地间，忽如远行客"；"人生寄一世，奄忽若飙尘"；"人生忽如寄，寿无金石固"等等。又如陆云《岁暮赋》："悲人生之有终兮，何天道而无极"；张协《登北邙赋》："何天道之难穷，悼人生之危浅"；王勃《滕王阁序》："天高地迥，觉宇宙之无穷；兴尽悲来，识盈虚之有数"。向下直到苏轼《赤壁赋》，思路都是以宇宙之永恒无限与人生之短促渺小相对照。凡此种种，都属忧生之嗟。不过由于悲剧气氛较为浓重，似乎不宜用"闲愁"名之，实质上是同一主题的不同呈现。

二是及时行乐。由人生短促的逻辑起点，可以引发出多种思维取向。最先想到的是求仙学道，企求长生不老。理智的文人（如陶渊明）很快就发现此路不通，否定了这种祈望与努力。随之而来的便是及时行乐的社会思潮。王瑶先生曾在《中古文学论集》中敏感地指出，魏晋人本想借服食求仙以增加生命的长度，认识到此路不通后便想及时行乐以增加生命的浓度。这种思潮在魏晋时较为普遍，因此被视为生命意识觉醒的时代。实际上同样的思维取向在《诗经》时代已见滥觞。如《诗经·蟋蟀》："今我不乐，日月其除。……今我不乐，日月其迈。……今我不乐，日月其慆。"又《车邻》："今者不乐，逝者其耋。""今者不乐，逝者其亡。"可谓及时行乐主题之祖构。至如陆机《短歌行》："来日苦短，去日苦长；今我不乐，蟋蟀在房。……短歌有咏，长夜无荒。"显然是《诗经·蟋蟀》篇主题的复现。

三是及时进取。有志之士，会由人生短促的事实，想到及时建功立业，借青史留名，以延长自己的精神生命。故用舍行藏之际，常有时不我与之感，这是忧生之嗟向积极方向延伸出来的变奏曲。孔子观水有"逝者如斯"之叹,正是"君子疾没世而名不章"之意。屈原《离骚》于此更是低回咏叹,三复斯言:"汨余若将不及兮,恐年岁之不吾与";"日月忽其不淹兮,春与秋其代序;惟草木之零落兮,恐美人之迟暮";"老冉冉其将至兮,恐修名之不立";"及年岁之未晏兮,时亦犹其未央;恐鹈鴃之先鸣兮,使夫百草为之不芳"。这就是王国维"美人迟暮,众芳芜秽"之所本。又如阮籍《咏怀》(四言)"灼灼春华,绿叶含丹;日月逝矣,惜尔华繁";陶渊明《饮酒》"日月掷人去,有志不获骋;念此怀悲凄,终晓不能静";以及杜甫《江上》"勋业频看镜,行藏独倚楼"等等,可谓才人志士,异代同慨。

由上可知,忧生之嗟,其来久矣。人生短促的悲感,实是与人生相与俱来的一种情感基型,以其无关于衣食住行、国计民生,或可称为"闲愁",其实正是人生之大哀。故古来骚客哲人,无不于此感慨万端。逮至晚唐五代与北宋,封建社会已呈下落之势。悲凉之雾,遍布华林,大厦将倾,非一木可支。时势所迫,风会所趋,使得忧生之嗟的传统主题,与衰世难佐、功业无成的苦闷心理,汇合成一片哀音。唐宋词中的"闲愁"主题,就是这种历时性与共时性相乘除的产物。

值得强调的是,由晚唐北宋特定的文化心理氛围以及词体的艺术个性所决定,这种忧生之嗟在唐宋词中表现得不是那么直接、那么浓重、那么理智、那么单纯,词人们仿佛没有意识到自己是在为生命的迅速无常而感伤,抑或是有意避免那些陈旧的语汇,他们只是描写岁时节物的推移变化,捕捉刹那间心灵的悸动,把那无端涌来的怅惘的情绪,用意象和节奏固定下来,从容地欣赏玩味。前代文人还在力求解脱,一感到人生无常的哀感袭来,马上用及时行乐之类的想法来排遣。词人则越过了这个阶段,知道这种由人性心理结构的深层潜露出来的悲剧意识,既逃不脱也压不下,因而转为镇定自持地凝眸深赏,从而为人生弹奏出一曲曲美艳凄婉的哀歌。

人生是美好的,而最美的是青春时光;人生是短暂的,而青春更为短暂。因此,词人更多地由对生命的留恋转向对华年的咏叹与追忆。表现在词中,就是大量的伤春之词。所谓伤春,只是对这类词表层意象的概括,实际上表现的是对青春眷恋而挽留不住的感伤。常州词派说词,胸中横亘美人香草的比兴传统,深文周纳,牵强比附,总要说成忠君爱国之思。而现代读者不耐于涵咏体味,又一概视为相思怀人之作。可知解人正不易得,而且暮遇之,则有叶嘉莹先生。她说,冯延巳《鹊踏枝》"梅落繁英千万片,犹自多情,学雪随风转","仅此三句,便写出了所有有情之生命面临无常之际的缱绻哀伤,这正是人世千古共同的悲哀"。又说李璟《山花子》开端七字("菡萏香销翠叶残"),"已经足以造成一种感发的力量,使人引起对珍美之生命的零落凋伤的一种悼惜之情"。又评晏殊《踏莎行》(细草愁烟)词云："可能会有人认为,晏殊这里无非是表现了一种伤春的情绪……(然而)在晏殊的伤春情绪中,实在是有一种对时光年华流逝的深切的慨叹和惋惜存在,而且更在极幽微的情思的叙写中,流露出了很深挚又很高远的一份追寻向往的心意。这种情意虽然表面看来也许只不过是伤春怀人之情而已,但是隐然间却可以使读者的心灵感受到一种提升的作用,这种言外的引人感发联想的作用,正是词这种韵文所值得注意的一种特质和成就。"❶叶嘉莹先生说词,深得《人间词话》之遗意与其师顾随的真传,注重感发联想,善于通过词人一己之寂寞心,来诠释人性和人生,使古典之词焕发出一种生生不已的感人力量。我们读正中、二主、二晏诸家词,常觉眼底心中,有此况味,而苦于云烟渺茫,体认不切。如今有叶嘉莹先生的解说导引,然后再读"河畔青芜堤上柳"、"细雨湿流光"、"紫薇朱槿花残,斜阳却阑干"一类词句,便恍如进入参悟人生的禅悦境界。前代诗人笔下那么沉重的忧生之嗟,在这里化为圆融的观照,虽然不免忧伤,却是人生之至味。这种"闲愁"犹如茶叶,不比酒饭可以醉,可以饱,但它特有的清涩之味,却可以滋养人的性灵。

  闲愁的内涵之二,是人性心理结构之深层的企羡与失落。人的天性中含有一种企羡的动机与能力。它是人类进化的结果,又是人类进化的原动力,同时也是人生痛苦的一大根源。偏是这种有涯的人生,却会生出无涯的企羡来,遂使人生短促的悲剧事实之外,又多了一层悲剧的因子。一方面,如俗语所谓"人心无尽",说明这是人类共有的一种心理势能。从另一方面来说,越是富有知识而敏感多思的人,这种企羡的意识愈强,因此也更多失落的痛苦。与"人心无尽"相对的格言是"知足常乐",但越是智慧超卓的人就越难于满足,很多杰出的人才在胜利后感到没有对手的悲哀,或在成功后感受到更大的空虚,甚至因此自杀,也许可以从这个角度得到解释。在歌德的诗剧《浮士德》中,那个诱惑浮士德博士的魔鬼,似乎就是这种永恒企羡的象征。而浮士德在经历了种种追求与幻灭的悲哀之后,终于在得到"智慧的最后断案",要尽量享受那"最高的一刹那"时,倒在地上与世长辞了。这种宏大的艺术构思,可以说是对人生永远向往、不懈追求的赞美,也可以说是对人生徒劳挣扎的一种诗意的嘲弄。

  这种无涯的企羡与失落感,作为唐宋词"闲愁"主题的基本内涵之一,在中国前期心理文化史上也是渊源有自的。基本表现方式有两种。

  一种是以赋的手法正面描述,具体表现为乐极生悲。如《礼记·乐记》:"乐极

---

❶ 参见《唐宋词鉴赏辞典》,上海辞书出版社1988年版,第80、120、431页。

则忧。"又《曲礼》:"乐之所生,哀亦至焉。"既然概括得如此简洁明晰,说明此种心理现象早已引起人们的注意。又如《庄子·知北游》云:"山林与,皋壤与,使我欣欣然而乐与,乐未毕也,哀又继之。"宣颖和尚的《南华真经解》谓此数句为一篇《兰亭集序》所从出,实在很有见地。《淮南子·原道训》以赋的铺陈描写的手法,把这种心理现象加以渲染放大:"建钟鼓,列管弦,席毡茵,傅旄象。耳听朝歌北鄙靡靡之音,目齐靡曼之色,陈酒行觞,夜以继日,强弩弋高鸟,走犬逐狡兔。此其为乐也,炎炎赫赫,怵然有所诱慕。解车休马,置酒撤乐,而心忽然若有所丧,怅然若有所亡也。"这里由听乐饮酒到大规模的狩猎,穷奢极欲,淋漓尽致,然后即是乐极生悲,怅然若失。张衡《西京赋》似乎受其影响,在宴饮田猎一段铺张描写之后,亦云:"于是众变极,心酲醉,盘乐极,怅怀萃。"而葛洪《抱朴子·内篇·畅玄》所谓"然乐集则哀集,至盈必有亏,故曲终则叹发,宴罢则心悲也。实理势之攸召,犹影响之相归也",更似乎意在对前人感性的描述加以理性的总结。为什么会"乐极生忧"呢?王羲之《兰亭集序》中的"所之既倦,情随事迁",颇能道出个中奥秘。如听乐观舞、饮宴田猎之类,都是一般人所追求的乐事,但此类物质享受与感官刺激是难得持久的。因此,"乐极生悲"乃是因为"乐极"之后仍有所企羡,但又想不出更好的享乐方式来,从而觉得人生之乐不过如此,故仍有不满足不圆成的戚戚之憾。唐宋词人对春景而伤怀、欢宴后而生悲,与上述种种描写所展示的心理轨迹是一样的。

另一种表现方式,是以象征的手法,把内心渺茫的希冀与无涯的企羡,表现为对一个虚无缥缈的美女恋人的追求。如《诗经·蒹葭》:"蒹葭苍苍,白露为霜,所谓伊人,在水一方。溯洄从之,道阻且长;溯游从之,宛在水中央。"又如《汉广》:"汉有游女,不可求思;汉之广矣,不可泳思;江之永也,不可方思。"陈启源《毛诗稽古编》注曰:"夫说(悦)之必求之,然惟可见而不可求,则慕说益至。"可见而不可求,显然不是一般尘世男女的恋歌,而是以此比况心中若有所思若有所亡的一种情感境界。又如张衡《四愁诗》:"我所思兮在桂林,欲往从之湘水深,侧身南望涕沾襟……"阮籍《咏怀》:"西方有佳人,皎若白日光。……寄颜云霄间,挥袖凌虚翔。飘摇恍惚中,流盼顾我傍。悦怿未交接,晤言用感伤。"还有曹植那篇文采纷披、意象要眇的《洛神赋》,所描述的也是此种境界。

由上可见,自先秦以还,早已形成了一个源远流长的比兴传统,即以一个可望而不可即的女性形象来表现心中常存的无涯的企羡。这种企羡往往是超出现实的想入非非,是不循思维故辙的奇思逸想。它不像一般的功名利禄的追求,可以到手也可以满足;它就像西方浪漫主义诗人追求的蓝色的小花朵,一到手就枯萎了,因此使人陷入一种永远追求与不断失望交错的心理困境。冯延巳词云:"为问新愁,何事年年有？"实际上，所谓"新愁"，不过是内心深处无意识的重新呈露，只是触发契机不同而已。由于这类诗词的意象与旨趣之间并无必然的联系，所以从古至今，多有曲解。或以为伤逝怀人，或视为代言之体；喜穿凿者谓《洛神赋》为感甄氏而作，求寄托者又说是以男女比君臣。虽然古有"诗无达诂"之说，谭献亦有"作者之用心未必然，读者之用心何必不然"之论，但这只能说明在文学欣赏中存在见仁见智的现象，而不能因此放弃对作品本旨的探求，更不能以此作为随心所欲牵强比附的借口。钱锺书先生《管锥编》引《蒹葭》、《汉广》二诗之后云："二诗所赋，皆西洋浪漫主义所谓企慕（Xehnsucht）之情境也。"[1]并举古罗马诗人桓吉尔的名句"望对岸而伸手向往"，以及但丁《神曲》中美人隔河而笑，相去三步，如阻沧海的描写，说明以此种意境表现企慕心理，不仅古来多有，而且中西皆然。

在唐宋词中，情况比较复杂。从文字表面看去，相思怀人之作极多。这其中有一些确为相思之词，确有所念之人，但也有很多是借用这种传统的抒情模式，来表达内心无定指的企羡与孤寂的心境。词人之所以不约而同地采取此种构思，一是因为前此诗史上早已形成了借秋水伊人表现企慕心态的传统，二是因为词体本身要眇宜修宛媚可人的艺术个性。（当然，这也和男性词人的深层意识有关，假如词人多是女性，她们也许会把自己无涯的企羡寄托在一个白马王子或江湖侠士身上。）周济说秦观善于将身世之感打并入艳情，其实早在秦观以前，艳情词中已含有多种情感的分子，不再是单纯的男女之情了。但是要把词人的深层寄托与表层意象剥离开来，并不是一件容易的事。如韦庄《荷叶杯》"记得那年花下，深夜，初识谢娘时"；《女冠子》："四月十七，正是去年今日，别君时"；晏几道《临江仙》"记得小蘋初见，两重心字罗衣"等等，这一类词，于相识相别的时间、地点、人物形象，言之凿凿，当然是真的相思怀人之作。但这类词毕竟是少数，更多的词则无明显的辨识标记，只有靠读者意会。

在宋代，最典型的闲愁词出自晏殊的《珠玉词》，而晏殊乃是南唐冯延巳的私淑弟子。为了充分展示闲愁词的特点，这里且突破宋词领地，把冯延巳的几首代表作一并抄录在这里。最具代表性的当然是冯延巳最拿手的《鹊踏枝》：

> 梅落繁枝千万片，犹自多情，学雪随风转。昨夜笙歌容易散，酒醒添得愁无限。　　楼上春山寒四面，过尽征鸿，暮景烟深浅。一晌凭阑人不见，鲛绡掩泪思量遍。

---

[1] 钱锺书：《管锥编》（第一册），中华书局1979年版，第123、124页。

谁道闲情抛掷久,每到春来,惆怅还依旧。日日花前常病酒,不辞镜里朱颜瘦。　河畔青芜堤上柳,为问新愁,何事年年有?独立小桥风满袖,平林新月人归后。

几日行云何处去?忘却归来,不道春将暮。百草千花寒食路,香车系在谁家树。　泪眼倚楼频独语,双燕来时,陌上相逢否?撩乱春愁如柳絮,悠悠梦里无寻处。

六曲阑干偎碧树,杨柳风轻,展尽黄金缕。谁把钿筝移玉柱,穿帘海燕双飞去。　满眼游丝兼落絮,红杏开时,一霎清明雨。浓睡觉来莺乱语,惊残好梦无寻处。

这些词从表面看来,无非是闺怨相思,伤春伤别,可是历代词家都感到它们郁伊惝恍,义兼比兴,也就是说它们并不真的是写离别相思的儿女情长;但我们却也不认为这是因为冯延巳身仕偏朝,又丁末世,故其词所表现的乃是家国忧危之感。刘熙载《艺概》卷四称其"留连光景,惆怅自怜,盖亦易飘飏于风雨者";冯煦《四印斋刻阳春集序》称其"俯仰身世,所怀万端,缪悠其词,若显若晦,揆诸六义,比兴为多";蔡嵩云《柯亭词论》曰:"正中词难学,在其轻描淡写不用力处。一着浓缛字面,即失却《阳春》本色。"在众多评述中,这几家最能作探本之论。俞陛云说:"凡词家言情之作,如韦端已之忆宠姬,吴梦窗之怀遣妾,周清真之赋柳枝娘,皆有其人。冯词未能证实,殆寄托之辞,南唐末造,冯蒿目时艰,姑以愁罗恨绮之词寓忧盛危明之意耳。"❶这种思维取向也许是对的,但不可过于坐实。

事实上,要证明冯延巳这些言情之作,究竟是实有其怀思的对象,还是寄托之辞,并不需要有关本事的文献记载,而是从其风格就可判定。冯延巳词中也有写实风格的篇什,如《鹊踏枝》:"几度凤楼同欢宴,此夕相逢,却胜当时见。"《菩萨蛮》:"娇鬟堆枕钗横凤,溶溶春水杨花梦。"《归国谣》:"香闺寂寂门半掩,愁眉敛,泪珠滴破胭脂脸。"这些才是对现实生活近距离的摹写,其香艳情调浮于纸面,与前举闲愁词不是微别,而是风格路数的不同。叶嘉莹先生指出冯延巳词,"从表面看来,似乎也未曾脱除五代一般小令的风格,其所叙写者,也不过仅是一些闺阁园亭之景,伤春

---

❶ 俞陛云:《唐五代两宋词选释》,冯延巳《鹊踏枝》(花外寒鸡天欲曙)一词评点语。

怨别之情而已。然而若就其内容之意境言之,则冯词却实在已形成了一种重要的开拓。……盖词之初起原为歌筵酒席间之艳词,本无鲜明之个性及深刻之意境可言。温庭筠词意象之精美虽足以引起读者美感之联想,然而却缺乏主观抒情的直接感发之力,韦庄词虽具有主观抒情的直接感发之力,然而却又过于被个别之情事时地所拘限,至冯词之出现,则一方面既富有主观抒情的直接感发之力,而另一方面却又能不被个别之人物事情所拘限,而传达出了一种丰美的感发和联想。这种特色曾经影响了北宋初年的晏殊、欧阳修诸人,使令词之发展进入了一个意蕴深美、感发幽微的境界,是中国词之发展史中一项极为可贵的成就。"❶冯延巳的词史地位,正是由他所开创的这种抒情范式所决定的。

再来看一下晏殊抒写"闲愁"的词章,我们就会发现,《珠玉集》与《阳春集》,竟有着如此密切的关联与如此相似的抒情风格。先来看与冯延巳词同调亦复同韵的《鹊踏枝》(《蝶恋花》):

> 槛菊愁烟兰泣露,罗幕轻寒,燕子双飞去。明月不谙离恨苦,斜光到晓穿朱户。　　昨夜西风凋碧树,独上高楼,望尽天涯路。欲寄彩笺兼尺素,山长水阔知何处?

陈廷焯《大雅集》卷二评曰:"缠绵悱恻,雅近正中。"实际上,岂止是"雅近",简直如出一手。王国维《人间词话》曰:"'我瞻四方,蹙蹙靡所骋',诗人之忧生也,'昨夜西风凋碧树,独上高楼,望尽天涯路'似之。'终日驰车走,不见所问津',诗人之忧世也;'百草千花寒食路,香车系在谁家树'似之。"王国维别具会心地读出忧生忧世的意蕴来,而以冯延巳与晏殊的两首《鹊踏枝》拈连并提,这也正说明了二者之间的相似性。

再来看两首风格相近的作品。《清平乐》:

> 金风细细,叶叶梧桐坠。绿酒初尝人易醉,一枕小窗浓睡。　　紫薇朱槿花残,斜阳却照阑干。双燕欲归时节,银屏昨夜微寒。

又《踏莎行》:

> 小径红稀,芳郊绿遍,高台树色阴阴见。春风不解禁杨花,濛濛乱扑行人

---

❶ 《唐宋词鉴赏辞典》,上海辞书出版社1988年版,第78页。

面。　　翠叶藏莺，朱帘隔燕，炉香静逐游丝转。一场愁梦酒醒时，斜阳却照深深院。

这两首词的相似之处，在于只有景语而无情语。俞陛云《唐五代两宋词选释》评《清平乐》一首曰："纯写秋来景色，惟结句略含清寂之思，情味于言外求之，宋初之高格也。"唐圭璋《唐宋词简释》评《踏莎行》曰："此首通体写景，但于景中见情。……'一场'两句，写到酒醒以后景象，浑似梦寐，妙不着实字，而闲愁可思。"况周颐《蕙风词话》卷二曰："盖写景与言情，非二事也。善言情者，但写景而情在其中。"而这种情况，唯用于抒写闲愁最为适宜。盖写具体之愁思哀怨，不形诸语言则人不可知；而"闲愁"之为情，本来就难以捕捉，须以景物为载体。词人当情与景天然凑泊时方有创作冲动，而据实写出眼前景物即可传达其心中之境界，若抛开眼前的夕阳残花，直抒胸臆，则未免着力，闲愁也就渺不可寻了。

为了与这类闲愁词形成参照，我们也来看晏殊另一种风格的《浣溪沙》：

玉碗冰寒滴露华，粉融香雪透轻纱。晚来妆面胜荷花。　　鬓鬙欲迎眉际月，酒红初上脸边霞。一场春梦日西斜。

很明显，这首词写得直露、秾艳而近俗。这是对生活实景的近距离的观察与描绘，使人感到晏殊确实是在为现实中某个女子写照。而前引三首词则显得含蓄、邈远而有出尘之致。也许可以这样说，真正的相思怀人之词，对过去情事的追忆具有一定的情节性，描写所思之人具有个性化特征，形象具体可感，使人觉得词人含毫运思之时，其心头眼底，确实有其怀思之对象。字里行间，亦含有一种切近实在的世俗生活气息。而借相思离别情境来表现内心之企慕与孤寂的词，则用笔含浑，郁伊惝恍。其所怀思之人眉目不省，却自觉如姑射仙人，超凡脱俗。其境界亦仿佛尘世所无，而有空山无人、水流花开之禅意。探索这类词的旨趣，当如九方皋相马，于骊黄牝牡之外解会。

闲愁词的魅力自然与其艺术表现有关，但从根本来说，主要在于它反映了人性心理结构的深层意识。

闲愁词的基本内涵，忧生之嗟与无涯的企羡，都是对人生最根本问题反思的产物。忧生之嗟源于对死亡问题的观照。经历了人类进化史上对死亡的本能的恐惧、长生的幻想、及时行乐的自我排遣等阶段之后，达到感性与知性的统一，形成悲凉而复旷达、自尊而又自伤的心态和观照方式。无涯的企羡起于对生存意义的观照。词人们感到了人生的缺憾,欲求安身立命之处而未得,因而在沉静幽邃的词境中,表现为一种徒劳的挣扎与渺茫的希冀。这种心态与主题自然带有时代的印记,然而时代的气候氛围只是外因。通古今而观之,由于这种主题触及了人性心理结构中比较稳定的深层意识,对于千百年后的读者,仍可以激起感发与共鸣,因而具有较为长久的艺术生命力。

文学就是人学。文学作品的价值,在很大程度上取决于反映人性的深度与广度。人类有多种情感基型,文学也因此具有多种母题。如感士不遇、黍离之悲、去国怀乡、忧生伤逝之类,都是源远流长的文学母题。文学母题由于涵盖面不同而有大小之分,由于触及人性心理结构的层次不同而有深浅之别。涵盖面愈大,引起的共鸣愈广;揭示人性愈深,作品的生命力愈长久。闲愁词多出于封建贵族词人之手,却能赢得现代读者的爱赏,应该从这个角度来认识,单讲艺术性是舍本逐末不能服人的。

别林斯基曾经说过:"任何伟大的诗人之所以伟大,是因为他的痛苦和幸福深深植根于社会和历史的土壤里,他从而成为社会、时代以及人类的代表和喉舌。"❶长期以来,我们总是过于强调诗人是阶级的代表、时代的器官,而对其作为"人类的器官和代表"这一特殊功能缺乏认识。因此只认为像"饥者歌其食,劳者歌其事"那样的民间歌谣,杜甫的"三吏"、"三别",白居易的"新乐府",元好问的"丧乱诗"等等,才是具有现实意义的佳作,而闲愁词则是贵族词人的无病呻吟。事实上,正因为这些词人摆脱了饥寒之苦、坎坷不遇等等现实的烦恼,才可能有闲暇和兴趣来仔细端详自己的内心世界,捕捉到意识深处纤微幽渺的旋律和姿态,写出忧生之嗟和无涯的企羡等"人世千古共同的悲哀"。这些就是闲愁词的价值所在,魅力所在。事实上,50 年代末关于李后主词艺术生命力的讨论,已经触及这个方面,只不过由于政治气候的原因,当时未能"打通后壁说话"而已。如今,"文学是人学"已成为普遍认可的命题,再来提倡人本主义的文学批评也应该是顺理成章的了。

第三节　咏物词

也许很难说咏物是词人的专利或专擅,因为咏物诗不仅早占先机,也确实对咏物词构成了可资借鉴的遗产,咏物词必然会有意无意间从咏物诗那里受到启示与

---

❶　别列金娜选辑:《别林斯基论文学》,梁真译,新文艺出版社 1958 年版,第 26 页。

影响。然而,这里之所以把咏物看作词的题材方面的特色之一,乃是因为咏物词确实别具风采。其数量既多,写法又自成一格,足以自成一种题材系列与创作范式了。例如,当我们读到周邦彦的《六丑·蔷薇谢后作》:"长条故惹行客,似牵衣待话,别情无极";读到姜夔的《暗香》:"翠尊易泣,红萼无言耿相忆";读到史达祖的《双双燕·咏燕》:"还相雕梁藻井,又软语商量不定";读到张炎的《解连环·孤雁》:"写不成书,只寄得、相思一点",那一种传神写照的工笔细描,那一种风流妩媚的格调韵致,确实提供了咏物诗所不曾有过的抒写方式与审美感受。

关于咏物诗,《四库全书总目》卷一六八关于元代谢宗可所撰《咏物诗》提要云:

> 昔屈原作《桔颂》,荀况赋蚕,咏物之作,萌芽于是,然特赋家流耳。汉武之天马,班固之白雉、宝鼎,亦皆因事抒文,非主于刻画一物。其托物寄怀见于诗篇者,蔡邕咏庭前石榴,其始见也。沿及六朝,此风渐盛,王融、谢朓,至以唱和相高,而大致多主于隶事。唐宋两朝,则作者蔚起,不可屈指计矣。其特出者,杜甫之比兴深微,苏轼、黄庭坚之譬喻奇巧,皆挺出众流。其余则唐尚形容,宋参议论,而寄情寓讽,旁见侧出于其中。其大较也。中间如雍鹭鸶、崔鸳鸯、郑鹧鸪,各以摹写之工,得名当世。而宋代谢蝴蝶等,遂一题衍至百首,但以得句相夸,不必缘情而作,于是别歧为诗家小品,而咏物之变极矣。

这是一段压缩的咏物诗小史,要把它详细展开足可作一篇博士学位论文。这里引录其文,主要是为下文论及咏物词时提供一些背景参照。值得提出的是,这里提到的"刻画一物"、"托物寄怀"、"主于隶事"等不同的创作旨趣,在后来的咏物词中几乎也都有表现。又王夫之《姜斋诗话》中有云:

> 咏物诗,齐梁始多有之。其标格高下,犹画之有匠作,有士气。征故实,写色泽,广比譬,虽极镂绘之工,皆匠气也。又其卑者,饾凑成篇,谜也,非诗也。……至盛唐以后,始有即物达情之作。

这里对咏物诗的几种类型也作了大致概括。其以饾凑诗谜为卑下,以镂绘色相为匠气,而以即物达情为尚,与后来四库馆臣的看法也是一致的。

宋代咏物词数量较多。据路成文博士的统计,有 3200 余首,占现存全部宋词的 15% 强。❶ 尽管他所使用的咏物词概念或不免宽泛,其中有一些并非作意咏物的词

---

❶ 路成文:《宋代咏物词史论》,商务印书馆 2005 年版,第 1 页。

亦被网罗在内。但即使去掉这些"边缘化"的准咏物词，其数量也仍然是相当可观的。如果对这些作品逼近考察，会发现各位词人在创作旨趣、创作手法等方面，又呈现出种种狡狯变化。为了便于把握，这里还是取一种最基本的把握方式，即把咏物词分为两大类型：一种重在摹写物态，一种重在抒情言志。清代李重华《贞一斋诗说》有云："咏物诗有两法：一是将自身放顿在里面，一是将自身站立在旁边。"❶说得很通俗，却很有概括性。"将自身放顿在里面"即是侧重于主观抒情，"将自身站立在旁边"即是侧重于摹写物态。王国维《人间词话》所谓："有有我之境，有无我之境。……有我之境，以我观物，故物皆著我之色彩。无我之境，以物观物，故不知何者为我，何者为物。"也是把境界分为偏于主观与偏于客观的两大类型。值得提出的是，两宋时代咏物词的发展，体现在题材物象的拓展、手法技巧的丰富等多个方面，但不宜把咏物词分为几种范型或几种创作姿态，而又削足适履地强与几个发展阶段整合组配。因为北宋咏物词中也有侧重抒情言志者或遗形取神者，南宋词也有穷形尽相摹写物态者，如史达祖、王沂孙、高观国诸人，甚至恰恰是以摹写工巧而受人称道的。因此，有意无意间舍弃那些并非偶然的"不适用"词例，去主观建构一种发展规律或发展模式，其实是不科学的。

一、尽物之态与穷物之情

咏物诗词，顾名思义，本当以摹写客观对象物为职志。即使是后起的借物寓情或托物言志之作，也必然以体物切情为前提。而以摹写题咏对象为工的词，又可以细分为两小类。清代俞琰在其所编《咏物诗选·自序》中写道：

> 诗感于物，而其体物者不可以不工，状物者不可以不切。于是诗有咏物一体，以穷物之情，尽物之态。

这里所说，有体物与状物之别。状物之词，力求穷形尽相，即"尽物之态"；体物之词，潜心于物，以揣以摹，以"穷物之情"。这是两种审美追求，也自然形成两种艺术风貌。

为了便于读者把握，试选同一题材而不同写法的词作来对照体会。手边现成的例子是章楶与苏轼两种同调亦复同题材的作品：

---

❶ 《清诗话》，上海古籍出版社1963年版，第930页。

燕忙莺懒芳残,正堤上柳花飘坠。轻飞乱舞,点画青林,全无才思。闲趁游丝,静临深院,日长门闭。傍珠帘散漫,垂垂欲下,依前被、风扶起。　　兰帐玉人睡觉,怪春衣、雪沾琼缀。绣床旋满,香球无数,才圆却碎。时见蜂儿,仰粘轻粉,鱼吞池水。望章台路杳,金鞍游荡,有盈盈泪。

——章楶《水龙吟·杨花》

似花还似非花,也无人惜从教坠。抛家傍路,思量却是,无情有思。萦损柔肠,困酣娇眼,欲开还闭。梦随风万里,寻郎去处,又还被、莺呼起。　　不恨此花飞尽,恨西园、落红难缀。晓来雨过,遗踪何在?一池萍碎。春色三分,二分尘土,一分流水。细看来,不是杨花,点点是离人泪。

——苏轼《水龙吟·和章质夫杨花韵》

章楶(1027—1102),字质夫,建州浦城(今属福建)人。宋英宗治平二年(1065年)进士,累官至枢密直学士。今存词二首。这两首词所咏的是一种最平常的事物——柳絮,又称杨花。虽然也称为花,其色香皆不足称。韩愈《晚春》诗云:"杨花榆荚无才思,惟解漫天作雪飞",是唐诗中咏柳絮的名句;章质夫"全无才思"云云,即本韩愈诗句而来。《群芳谱》谓柳絮"随风飞舞","入池沼,隔宿化为浮萍",虽然没有科学依据,倒是有些意思。苏轼在"晓来雨过,遗踪何在?一池萍碎"后面有注曰:"杨花落水为浮萍,验之信然。"看来他对这个有些凄美意味的说法是信以为真的。

这两首咏物词,章质夫之作为原唱,东坡之词为和作。孰优孰劣,前人有过争议。晁冲之以为"东坡如毛嫱、西施,净洗却面,与天下妇人斗好,质夫岂可比"❶。意思是说,苏轼好比上古时候的毛嫱、西施,本来就是倾国倾城的美人,如今却来膏沐熏香,刻意打扮,来与一般长相的妇人比美,质夫当然无法与之相比了。后来王国维《人间词话》亦云:"东坡《水龙吟》咏杨花,和韵而似原唱;章质夫词,原唱而似和韵。才之不可强也如是。"这也是认为东坡的和作明显优于质夫之原作。但也有人为章质夫鸣不平。魏庆之《诗人玉屑》在引录晁冲之的说法以后云:"余以为质夫词中,所谓'傍珠帘散漫,垂垂欲下,依前被、风扶起',亦可谓曲尽杨花妙处。东坡所和虽高,恐未能及。诗人议论不公如此。"朱弁《曲洧旧闻》亦云:"章质夫《杨花词》,命意用事,潇洒可喜。东坡和之,若豪放不入律吕。徐而视之,声韵谐婉,反觉章词有织绣工夫。"❷魏庆之是说质夫词善于形容,朱弁以为其词思致细密(织绣工

---

❶ 魏庆之:《诗人玉屑》卷二十一,古典文学出版社1958年版,第476页。
❷ 朱弁:《曲洧旧闻》卷五,中华书局1985年版,第40页。

夫),这些当然都是章词的好处。但在如今看来,这两首词正代表了咏物词的两种写法。章词状物工切,能尽柳絮之态;苏词体物为工,能传柳絮之神。质夫词作为原唱,自占地步,所谓"轻飞乱舞"、"闲趁游丝"等等,刻画柳絮种种形态,可谓穷形尽相。苏轼和作在后,若要在刻画形容上与质夫争胜,虽然才大,亦当瞠乎其后。不知是质夫词歇拍处"章台路杳,金鞍游荡"之逸韵启发了苏轼,还是杨花那种轻柔漂泊的形态正好比况幽怨缠绵的思妇形象,苏轼从"和作"窘境下跳出来,另出新意,同样达到了挥洒自如的创作境界。开头两句之后,即采用拟人化手法,把对柳絮的描写化为对一个荏弱而多情的思妇形象的塑造。"萦损柔肠,困酣娇眼",是柳絮还是思妇,离合莫辨。下片既写柳絮,又关合着伤春与怀人。盖柳絮飘时正当暮春时节,故柳絮亦可视为春色之象征。"春色三分"数句是说,柳絮三分之二飘落地上,变成尘土,三分之一落入水中,化为浮萍,春天也随着消逝了。又因为传统的伤春之词往往与怀人联系在一起,所以结尾处说:那随风飘舞的柳絮,似乎不是杨花,而是离人的点点眼泪!这样,苏轼就把咏物词与抒情词巧妙地结合起来,不在刻画柳絮形态上与章氏争强斗胜,而是在渲染情韵上做足了文章。

作为两种写法的范例,我们再来看两首咏梅词:

> 红粉苕墙,透新春消息,梅粉先芳。奇葩异卉,汉家宫额涂黄。何人斗巧,运紫檀、剪出蜂房。应为是、中央正色,东君别与清香。　　仙姿自称霓裳。更孤标俊格,非雪凌霜。黄昏院落,为谁密解罗囊?银瓶注水,浸数枝、小阁幽窗。春睡起,纤条在手,厌厌宿酒残妆。
>
> ——张先《汉宫春·蜡梅》

> 玉骨那愁瘴雾,冰肌自有仙风。海仙时遣探芳丛,倒挂绿毛幺凤。　　素面常嫌粉涴,洗妆不褪唇红。高情已逐晓云空,不与梨花同梦。
>
> ——苏轼《西江月》

这两首词所题咏的都是梅花。张先所咏为蜡梅,苏轼所咏为白梅。而区别不在于梅的品种花色,而在于创作旨趣各异。张先采用铺叙手法,层层描绘,力求展示蜡梅绰约的风姿、诱人的清香及其凌霜傲雪的孤标俊格。蜡梅是黄色的,而黄色在古代中国是最尊贵的颜色。旧以五行、五方与五色相配,东方为木为青色,南方为火为红色,西方为金为白色,北方为水为黑色,而中央为土为黄色。这里突出"中央正色",也是紧扣蜡梅的特点。最后写美人睡起赏花,使花枝人影,交相辉映,也是宋代咏花词的常见手法。沈义父《乐府指迷》所谓:"作词与诗不同,纵是花卉之类,亦须略用些情意，或要入闺房之意。……若只直咏花卉，而不着些艳语，又不似词家体例。"这不是以花比女子的旧套俗格在起作用，而是"词为艳科"的传统使然。

苏轼《西江月》也是一首咏物词，写于他贬居广东惠州时。明人杨慎《词品》中甚至说："古今梅词，以坡仙'绿毛幺凤'为第一。"但苏轼并没有在刻画梅花形态方面下功夫。正面描写也许只有"素面常嫌粉涴，洗妆不褪唇红"二句。惠洪《冷斋夜话》说："岭外梅花与中国异，其花几类桃花之色，而'唇红'最著。"苏轼首先歌颂梅花的玉骨冰肌，虽然生在岭南，却不畏蛮烟瘴雨。又说海上仙人也为之神往，特意派遣珍禽幺凤前来探寻。幺凤又名桐花凤，是岭南特有的一种俊美的小鸟。苏轼《次韵李公择梅花》诗云："故山亦何有？桐花集幺凤。"又《再和松风亭上梅花盛开》诗自注云："岭南珍禽有倒挂子，绿毛，红喙，如鹦鹉而小，自东海来，非尘埃中物。"正好与词中所写相合。这里以特写镜头写梅花枝头"倒挂绿毛幺凤"，意在用这东海仙禽来衬托梅花之孤标绝俗、离世独立的高洁形象。白梅与梨花相似，但当梨花开时，梅花早已凋谢。所以词的结尾说"高情已逐晓云空，不与梨花同梦"，也是在强调梅花与凡花不同的高洁品格。

据惠洪《冷斋夜话》和王楙《野客丛书》记载，苏轼这首词是为悼念侍妾朝云而作。朝云随苏轼贬徙岭南，绍圣三年（1096 年）七月病逝于惠州。苏轼《悼朝云》诗中有"伤心一念偿前债，弹指三生断后缘"的沉痛诗句，可以想见他对朝云的真挚感情。据此看来，这首词就不是一般意义上的咏物词，而是以咏物为凭借的悼亡词。词中形貌刻画少而人格化意味甚浓，从这里也可以得到合理的解释。

"尽物之态"与"穷物之情"两种写法，并没有高下优劣之分。斤斤于形似或许并不可取，而摹写物态却也是咏物词的本分。谢章铤《赌棋山庄词话》云："夫咏物南宋最盛，亦南宋最工。"又蒋敦复《芬陀利室词话》云："唐五代北宋人词，不甚咏物，南渡诸公有之，皆有寄托。"这两种说法，谢章铤的说法大致合乎实际，而蒋敦复说南宋咏物词"皆有寄托"则未免过当。蒋氏所谓"白石、石湖咏梅，暗指南北议合事"，恐怕只能是个人看法。事实上，在南宋咏物词名篇中，有寄托的乃是少数。

南宋咏物词名篇，最有名的莫过于史达祖《双双燕·咏燕》：

> 过春社了，度帘幕中间，去年尘冷。差池欲住，试入旧巢相并。还相雕梁藻井，又软语商量不定。飘然快拂花梢，翠尾分开红影。　　芳径，芹泥雨润。爱贴地争飞，竞夸轻俊。红楼归晚，看足柳昏花暝。应自栖香正稳，便忘了、天涯芳信。愁损翠黛双蛾，日日画栏独凭。

这是咏物词中的名篇,历代词家无不赞美备至。如王世贞《弇州山人词评》曰:"史邦卿《题燕》曰:'差池欲住,试入旧巢相并。还相雕梁藻井,又软语、商量不定。'可谓极形容之妙。"王士禛《花草蒙拾》云:"仆每读史邦卿《咏燕》词:'又软语、商量不定。飘然快拂花梢,翠尾分开红影',又'红楼归晚,看足柳昏花暝',以为咏物至此,人巧极天工矣。"又陈匪石《宋词举》云:"梅溪咏物,如《春雨》、《春雪》及此词,均极体物之工,古今传诵。"俞平伯《唐宋词选释》亦云:"本篇为咏物一体极规矩工整之作。"当然,也有人以为中有寄托,非仅咏燕,但这不过是"读者之用心何必不然"而已,求之于词内词外,均无可证明。

又如姜夔的《齐天乐》咏蟋蟀:

庾郎先自吟愁赋,凄凄更闻私语。露湿铜铺,苔侵石井,都是曾听伊处。哀音似诉。正思妇无眠,起寻机杼。曲曲屏山,夜凉独自甚情绪? 西窗又吹暗雨,为谁频断续,相和砧杵。候馆迎秋,离宫吊月,别有伤心无数。豳诗漫与。笑篱落呼灯,世间儿女。写入琴丝,一声声更苦。

这首词后来被视为咏物绝唱。清先著《词洁辑评》卷三曰:"咏物一派,高不能及。石帚此种亦最可法,分明都是泪。"谢章铤《赌棋山庄词话》卷二曰:"咏物词,虽不作可也,别有寄托如东坡之咏雁,独写哀怨如白石之咏蟋蟀,斯最善矣。"其实这首词亦只是咏蟋蟀,并无其他寄托。蟋蟀自身难施笔墨,乃从思妇、捣衣女、候馆旅客、离宫宫女等各种伤心人周匝渲染。末尾又"以无知儿女之乐,反衬出有心人之苦,最为入妙"[1]。

对南宋咏物词推崇备至的还有吴衡照,其《莲子居词话》卷一写道:

咏物虽小题,然极难作,贵有不粘不脱之妙,此体南宋诸老尤擅长。姜白石蟋蟀云:"候馆迎秋,离宫吊月,别有伤心无数。"高竹屋梅云:"云隔溪桥人不度,的皪春心未纵。""又开遍西湖春意烂,算群花正做江山梦。"史梅溪春燕云:"还相雕梁藻井,又软语商量不定。飘然快拂花梢,翠尾分开红影。"王碧山春水云:"别君南浦,翠眉曾照波痕浅。再来涨绿迷旧处,添却残红几片。"蝉云:"病翼惊秋,枯形阅世,消得斜阳几度。"樱桃云:"荐笋同时,叹故园春事,已无多了。贮满筠笼,偏暗触、天涯怀抱。漫想青儿初见,花荫梦好。"张玉田春水

---

[1] 陈廷焯:《白雨斋词话》卷二,《词话丛编》本。

云:"和云流出空山,甚年年净洗,花香不了。"孤雁云:"写不成书,只寄得相思一点。"数语刻画精巧,运用生动,所谓空前绝后矣。

由是可见,当清人对南宋咏物词大加赞赏的时候,他们心目中的咏物圣手,还是那些善于刻画物态的词人,他们所提到的名篇佳句,也是以状物工切见长的。

二、托物言志与因物寄情

如果说前一类咏物词是以摹写客观物象为主,这一类咏物词则是以表现主观情志为主。摹写物象,也有穷物之情、传物之神的说法,如王国维《人间词话》称冯延巳"细雨湿流光"能摄春草之魂,又称周邦彦《苏幕遮》词"叶上初阳干宿雨,水面清圆,一一风荷举"为"真能得荷之神理者",事实上这里所说的还是对于物态的刻画。至于抒情言志,则是指词人以所咏之物作为抒情之凭借或言志之载体,虽然也以切合物之情态为前提,却以表现人之主观情趣为追求。

托物言志之词,于所咏之物往往有所拣择。一般的咏物词,可以分题拈韵,随便什么物事,皆可以描绘其形象,摭拾相关典故,因其材质特点而点染些情趣,宛然成章,不为难事。而要托物言志,则必先选择符合自己人格理想的象征物,然后寓主意于客位,才能达到主体情志与客体特点的浑成统一。宋人咏物词既以题咏花草者为多,这里就来选择咏梅与兰的词来作为例子。

宋人爱梅。在《全宋诗》近30万首作品中,咏梅诗当不下万首;在宋词中,咏梅词亦不下数百首。这其中有专意刻画梅之形态色香的作品,也有很多借梅言志之作。陆游的《卜算子·咏梅》也许是这方面较为有名的作品,而在这种写法上具有发凡起例意味的作品却是朱敦儒的一首《卜算子》:

> 古涧一枝梅,免被园林锁。路远山深不怕寒,似共春相躲。　　幽思有谁知,托契都难可。独自风流独自香,明月来寻我。

就词论词,这首词也许称不得佳作。语言未免直白,也缺少些顿宕。但把它放在咏物词系列里,则其对于陆游等人的影响都是显而易见的。这首词上下片观察点有变化。上片是从旁观者角度,写梅花的处境;下片词人分身入梅,借梅言志。从意趣上看,上片是抒写洁身自好隐居避世的情趣,下片是表现孤独落寞、无人理解的苦闷。梅花不在园林而在深山古涧,路远山高,自然无人观赏,然而也因此得近自然,少受束缚。梅花的这种处境显然与词人相似,所以这古涧寒梅的形象也可以说是词人的自我写照。"似共春相躲"也就是陆游所谓"无意苦争春"之意。古涧的"古"字与"春"字相对,"古"乃古淡、古拙、背时之意,"春"则隐指功名利禄。从上片中"免被园林锁"一句来看,词人对梅花(实即自我)的处境是肯定的,是庆幸的,但是词的下片,则表现了词人幽思无诉、托契难可的苦闷。朱敦儒早年隐居不仕,后来曾一度与秦桧接近,受到士林非议。但是金人入侵后,他在词中表现了比较强烈的爱国精神。这首词作于何时不可确考,但所反映的苦闷情绪还是可以理解的。末句"明月来寻我"的"我",所指当然是梅花,实际也是在故意追求梅之与"我"二而一之的迭合效果。

再来看陆游《卜算子·咏梅》:

驿外断桥边,寂寞开无主。已是黄昏独自愁,更著风和雨。　　无意苦争春,一任群芳妒。零落成泥碾作尘,只有香如故。

历来咏叹梅之高洁者,往往置梅于幽壑绝壁,以见其出尘绝俗之姿。陆游这首词所写的梅花,却是生在"驿外断桥边"。桥既已断,则无人经行,梅开梅落,也就无人观赏。这句或系写实,却能从中见出词人流落不偶之慨。"开无主"三字,颇堪玩味。杜甫《江畔独步寻花七绝句》之一云"桃花一簇开无主",当为此语所本。"开无主"即为谁开、有谁赏之意。杜甫《哀江头》云:"江头宫殿锁千门,细柳新蒲为谁绿?"韩愈《榴花》诗云:"可怜此地无车马,颠倒青苔落绛英。"白居易《下邽庄南桃花》:"日暮风吹红满地,无人解惜为谁开?"李贺《北园新笋》之二:"无情有恨何人见?露染烟啼千万枝。""开无主"三字,与以上诸诗情趣相通,惜花叹美,实根于惆怅自怜。"已是黄昏独自愁,更著风和雨",进一步渲染境界之凄清。驿外断桥边,已可见其孤独冷落,何况又是黄昏,更兼风雨。"独自愁",仍是说梅,不是说自己。在这首词中,词人隐身于梅花,一直未露面。

下片体物言志。"无意苦争春",正如作者《朝中措·梅》词中的"幽姿不入少年场","春"字隐含繁华场中功名利禄之意。无意争春,"群芳"还妒什么呢?因为梅花太美了、太高洁了,有它在,众花就显得黯然无色,它们自然要妒。其实这里的"群芳",正是"众秽"的别称。群小妒贤,无能鼠辈妒才,自古皆然。陆游即使不去追名逐利,也仍然会遭到非难和诽谤。结尾两句,表现了词人卓然的操守。既然深藏自爱仍不免遭妒,那么也只好任其自然了。即使才智不能施展,高洁的人格精神却是永远不死的。这首词,从开头为梅(实际上是为自己)抱屈,到结尾自勉自励,反映了词人一个完整的情感流程。在这里,感性与理性交织,梅花与词人同体,梅花不仅是审美对象,也是词人人格形象的化身。词人通过对梅花的礼赞,更清醒地认识到自己的价值,确定了自己的人生态度,从而摆脱了痛苦,使倾侧的心灵达到更高层次的平衡。

陆游的另一首《朝中措·梅》,基调与此相似,而主体意识更强,咏物气味则更淡了:

> 幽姿不入少年场,无语只凄凉。一个飘零身世,十分冷淡心肠。　江头月底,新诗旧梦,孤恨清香。任是东风不管,也曾先识东皇。

这首词并不着力刻画梅之形貌,但确实是一首咏梅词。全篇遣词造句,意趣神色之间,梅之与人,离合莫辨。起句"幽姿不入少年场",其意略同作者《卜算子·咏梅》词中的"无意苦争春"。所以"不争"、"不入"者,乃为洁身自好。幽姿者,美姿也。"幽"字有沉静淡泊意味,与歌舞喧闹的"少年场"相对。此句看似平直,其实赋中兼比,是赞梅,也是自赏。以下三句,转为自怜自伤。"无语"二字,大有感慨,盖当时之国事、身世,皆有不可说者。北方金、元厉兵秣马,虎视眈眈,而南宋朝廷,主和议者多,主战者少。一般权贵只知追名逐利,求田问舍。国事如此,夫复何言!从作者身世来说,虽然具体背景不可得知,但显然未受重用。既肯定身为"幽姿",理应洁身自好,清贫自守,不同流俗,佳人高士,大多如此。然而作者用事心切,不耐寂寞,既不愿溷同于恶禽臭物,而僻处一隅,又不免感伤,此种矛盾心情,亦为难说。再进一步说,即使满腹忠言谠论,词人独立苍茫,又与何人说?故云"飘零身世"、"冷淡心肠"。下片"江头月底"三句,是写梅花风韵,也是诗人自我写照。漫步于江边月下,梅花疏影横斜,清香四溢,是诗境,也是梦境。几句把梅花与词人清绝愁亦绝的况味传出。结尾两句,掩映前文,故作自赏之语,以冲破前边凄凉感伤的情调。"东皇",与东君、青帝一样,指花神,此处借代明君、圣主。意谓梅花虽然未逮称春,却是蒙受花神眷顾,遣其先开,早占年芳。陆游早年曾受知于宋孝宗,称其多闻力学,授枢密院编修等职。这里虽作自负语、傲岸态,然而正如李广罢官后过霸陵自称"故李将军"一样,心情仍是悲凉的。

借咏梅而言志的,还有刘克庄《沁园春·梦中作梅词》:

> 天造梅花,有许孤高,有许芬芳。似湘娥凝望,敛君山黛;明妃远嫁,作汉宫妆。冷艳谁知,素标难衮,又似夷齐饿首阳。幽雅意,纵写之缣楮,未得毫芒。　曾经诸老平章。只一个孤山说影香。便诏书存问,漫招处士,节旄尽

落,早屈中郎。日暮天寒,山空月堕,茅舍清于白玉堂。宁淡杀,不敢凭羌笛,告诉凄凉。

宋代诗人、词人都爱咏梅,而刘克庄与梅花可谓最有缘分。其初为建阳令时,曾作《落梅》诗,中有句云:"东风谬掌花权柄,却忌孤高不主张。"被指为讪谤而罢官十年。后又作《病后访梅》诗云:"梦得因桃却左迁,长源为柳忤当权;幸然不识桃与柳,也被梅花累十年。"梦得,是中唐诗人刘禹锡的字,咏桃左迁事见其所作《再游玄都观》诗的小序。长源,是盛唐诗人李泌的字,他曾因诗中有"青青东门柳,岁晏复憔悴"之句而得罪当时权贵杨国忠。事见《唐诗纪事》卷二十七。刘克庄虽然因咏梅而罢官,却对梅花一往情深,并引以为自豪。他写了不少咏梅诗词,都是借梅花自抒怀抱。这一首咏梅词,正体现了他不求名利、淡泊自守的人格精神。作者自云是"梦中作",其实他是相当清醒理智的。词的上片,主要写梅花孤高、冷艳、幽雅的品格节操。起三句总提,谓梅花之孤高与清香,乃天造地设,禀性如此。有屈原《橘颂》"后皇嘉树"、"受命不迁"的意味。以下通过湘娥、明妃、伯夷、叔齐等历史传说中的人物形象,对梅花作渲染烘托。下片因及前代咏梅之作,生发议论。"曾经诸老平章。"诸老,犹言诸前辈。"平章",即评论。"只一个孤山说影香。便诏书存问,漫招处士",这是说林逋。林逋隐居杭州西湖小孤山,以种花养鹤自乐,足迹20年不及城市。真宗皇帝下诏存问,辞官不做。林逋写了不少咏梅诗词,《山园小梅》诗中的名句"疏影横斜水清浅,暗香浮动月黄昏"最为流传。"孤山说影香",指此。"节旄尽落,早屈中郎",是指苏武。汉武帝时,苏武以中郎将出使匈奴,因事被囚,始终不屈。在北海持汉节牧羊,卧起操持,节旄尽落,19年后才得回汉。事见《汉书·苏武传》。以上几句,把林逋与苏武相比并,是说朝廷不必虚假地下诏存问,实际上任凭有节操之士潦倒于困境。"日暮天寒,山空月堕,茅舍清于白玉堂。"前两句暗用杜甫《佳人》诗意,以空谷佳人比梅花。后一句,茅舍指寒素之家,白玉堂指富贵门第,二者对举,可见作者守道安贫,不阿权贵的志趣。"宁淡杀,不敢凭羌笛,告诉凄凉。"淡杀,意为极端冷落。不敢,实是不愿。笛曲中有《梅花落》,故云"不敢凭羌笛,告诉凄凉"。这句是说,宁愿悄悄地零落,而不愿接受同情和怜悯。这首词把咏物与言志融为一体。既借人来比梅花,又以梅花自况。堪与梅花作比的人,也就是作者心目中的人格典范,故赞美梅花也就是自我肯定。词中既表现了作者超拔脱俗的志趣,也对当政者有所讥刺。前人因为其中用了明妃、苏武的典故,以为旨在寄托家国安危之思,其实是郢书燕说,牵强附会。

除了梅花之外,兰草也常被作为高洁人格的象征物。兰草原生于林泉山涧之处,清艳含娇,幽香馥郁,号称"香祖",又被誉为"花中君子","空谷佳人",并与松、竹、梅三友合称四君子。早在屈原《离骚》中,兰草就已成为幽人志士的象征性饰物了。陈朝周弘让有《山兰赋》,其中写道:"爱有奇特之草,产于空崖之地。仰鸟路而裁通,观行迹而莫至。挺自然之高介,岂众情之服媚。"这是赋体写法,自然以客观描写为主,然而后二句已经颇有人格评价意味了。由于长期的人文积淀已形成思维定势,宋词中的咏兰之作差不多都有托物言志的意味。这里选三首作品。先来看曹组《卜算子·兰》:

　　松竹翠萝寒,迟日江山暮。幽径无人独自芳,此恨凭谁诉?　　似共梅花语,尚有寻芳侣。著意闻时不肯香,香在无心处。

曹组是两宋之交词人,字元宠,颍昌(今河南许昌)人。王灼《碧鸡漫志》卷二说他"潦倒无成,作《红窗迥》及杂曲数百解,闻者绝倒,滑稽无赖之魁也"。况周颐《历代词人考略》卷二十三则云:"宋曾慥《乐府雅词》录曹元宠词三十一首,据晦叔《漫志》谓元宠滑稽无赖之魁。今就《雅词》所录审之,唯《相思令》、《品令》、《醉花阴》三首稍涉俚谚,自余皆雅正入格,尤有疏爽冲淡之笔,讵可目之曰滑稽,诋之为无赖邪?"这可能是一种"金银盾"现象,即王灼与况周颐各见其一面。曾慥《乐府雅词》既专选其雅词,而其余的滑稽俳谐词大都没有流传下来,所以当时人与后世人所看到的是两个截然不同的曹组。盖曹组与温庭筠、晏几道等人有些相似,既有涉于狭邪不自矜重的一面,又有任性重情真率自然的一面。即以这首咏兰词而论,又岂是滑稽无赖之徒所能写得出来的。这里提到松、竹与梅花,显然有与兰并称四君子的意味。上片将兰比为幽居寒林的佳人,寂寞冷落,孤芳自赏,颇有屈原《离骚》"惟草木之零落兮,恐美人之迟暮"的意味。下片则着意强调兰花不事张扬、贞洁自葆的品性。兰花之香气,不是浓烈的富贵之香,而是若有若无、似隐似显的幽香。这是兰的特性,同时也显示了作者的人格情操。

再来看向子諲的《浣溪沙·宝林山中见兰》:

　　绿玉丛中紫玉条,幽花疏淡更香绕。不将朱粉污高标。　　空谷佳人宜结伴,贵游公子不能招。小窗相对诵《离骚》。

向子諲(1085—1152),字伯恭,自号芗林居士。他是李纲的政友,建炎四年(1130年)在长沙率领军民抗金,极大地鼓舞了当时的抗金士气。陈与义《伤春》诗所谓

"稍喜长沙向延阁,疲兵敢犯犬羊锋",就是赞美他的。后因反对和议得罪秦桧,致仕家居15年。这首词也是体物言志之作,但它不像有些词人刻意寄托,只是要言志抒情,全无咏物的兴趣;他是在"宝林山中见兰"有感而赋,虽然寄托之意显然,却是物态与人情天然凑泊,所以写来自然浑成。开头二句用赋笔,写深山幽兰淡雅的风姿与清香。以下则重点渲染其不同流俗的高洁品格。末句"小窗相对诵《离骚》",是说词人自己对兰而诵《离骚》。因为屈原《离骚》中对兰花多有赞叹之词,所以这里亦把屈原引为莫逆知交。意谓屈原爱兰,"我"亦爱兰,于是"我"之人生追求,乃因兰花之品性而与屈子之人格绾合统一了。

再来看张炎《国香·赋兰》:

> 空谷幽人,曳冰簪雾带,古色生春。结根未同萧艾,独抱孤贞。自分生涯淡薄,隐蓬蒿、甘老山林。风烟伴憔悴,冷落吴宫,草暗花深。　　霁痕消蕙雪,向崖阴饮露,应是知心。所思何处?愁满楚水湘云。肯信遗芳千古,尚依依、泽畔行吟。香痕已成梦,短操谁弹?月冷瑶琴。

张炎这首词亦为托物言志。开头"空谷幽人"四字,便足以展示兰花的高洁清雅,其他花草移用不得。又所谓"独抱孤贞"、"甘老山林"云云,既是在赞美兰花,又可视为词人的自勉自励。下片因兰而念及泽畔行吟的屈子,缅怀其高风亮节,称赞他流芳千古。因为兰花是屈子之所爱,屈子亦可谓兰花之知己,所以称美兰花与礼赞屈子,实际上显示了同样的审美价值取向。

因物寄情之词,往往介于咏物与抒情之间。即词中所咏之物并不是真正意义的题咏对象,而只是引发回忆或联想的触媒。它是作为抒情的凭借而存在的,因此也可以看作词人构思与抒情的道具。周邦彦的咏物词,往往具此特点。如《兰陵王·柳》:

> 柳阴直,烟里丝丝弄碧。隋堤上、曾见几番,拂水飘绵送行色。登临望故国,谁识京华倦客。长亭路,年去岁来,应折柔条过千尺。　　闲寻旧踪迹,又酒趁哀弦,灯照离席。梨花榆火催寒食。愁一箭风快,半篙波暖,回头迢递便数驿。望人在天北。　　凄恻,恨堆积。渐别浦萦回,津堠岑寂。斜阳冉冉春无极。念月榭携手,露桥闻笛。沉思前事,似梦里,泪暗滴。

这首词,有的版本以"柳"为题,有的则不加题,但时常被作为咏物词来看。假如只看第一叠,曰柳阴,曰隋堤,又是"拂水飘绵",又是"应折柔条过千尺",确实都是在写柳。然而正如陈洵《海绡说词》而言,此词乃"托柳起兴,非咏柳也"。故以下二叠,乃专写离别,而与柳似乎全然无干了。陈匪石《宋词举》评曰:"以'柳'命题却说别情,咏物而不说物,专说与物相关之事,此亦兴体作法。视《六丑》、《花犯》为别一机杼,更与《乐府补题》不同。"此与《乐府补题》意在言外专主寄托的路数自是不同,而与《六丑》、《花犯》相去实不甚远。再来看《六丑·蔷薇谢后作》:

> 正单衣试酒,怅客里、光阴虚掷。愿春暂留,春归如过翼,一去无迹。为问花何在,夜来风雨,葬楚宫倾国。钗钿堕处遗香泽。乱点桃蹊,轻翻柳陌。多情为谁追惜,但蜂媒蝶使,时叩窗隔。　　东园岑寂,渐蒙笼暗碧。静绕珍丛底,成叹息。长条故惹行客,似牵衣待话,别情无极。残英小、强簪巾帻。终不似,一朵钗头颤袅,向人欹侧。漂流处、莫趁潮汐。恐断红、尚有相思字,何由见得。

这首词倒是紧扣谢后之蔷薇来写的,但其旨趣显然不在摹写物态,而是通过惜花伤春,寄寓身世飘零之感。上片写春归花落,一去无迹,难以追寻,感叹自我滞留他乡,光阴易逝,不胜寂寞惆怅之感。下片写东园悼花,词人独自踯躅于蔷薇丛下,长条牵衣,落红满地,不禁勾起对往事别情的回忆。尽管李重华说过:"咏物诗有两法:一是将自身放顿在里面,一是将自身站立在旁边。"但他之所谓"站立在旁边",不过是说以摹写客观物态为主而已。像周邦彦《六丑》这样,创作主体(词人)与所咏之物(蔷薇)同在一个画面中,就已然不是咏物词的典型写法了。黄苏《蓼园词选》评曰:"自叹年老远宦,意境落寞,借花起兴。以下是花是自己,比兴无端,指与物化,奇情四溢,不可方物,人巧极而天工生矣。"周济《宋四家词选》评曰:"不说人惜花,却说花恋人。不从无花惜春,却从有花惜春。不惜已簪之残英,偏惜欲去之断红。"陈匪石《宋词举》亦云:"此词非咏落花,乃落后之'追惜',命意全在此处。"总之,这首词的旨趣不是咏花,而是惜花,是借惜花来表达惆怅自怜的心绪。故篇中所写谢后之蔷薇,亦不过是其抒情之凭借而已。

再来看周邦彦的《花犯》:

> 粉墙低,梅花照眼,依然旧风味。露痕轻缀。疑净洗铅华,无限佳丽。去年胜赏曾孤倚,冰盘同宴喜。更可惜、雪中高树,香篝薰素被。　　今年对花最匆匆,相逢似有恨,依依愁悴。吟望久,青苔上、旋看飞坠。相将见、脆丸荐

酒,人正在、空江烟浪里。但梦想、一枝潇洒,黄昏斜照水。

这首词虽未加题,但一望可知是咏梅花。而且不像《兰陵王·柳》那样只是开头咏柳,以下便撇开柳而径自写离别;这首词可是从头到尾,一直紧扣梅花来写的。但词人又不是单纯的咏梅。和《六丑》一样,这首词也是把自我与梅花置于同一抒情空间或同一画面里。去年赏花,今年对花,明年想花,看上去关注的是梅,实际是借梅花来表达自己漂泊无着的苦闷。黄苏《蓼园词选》评曰:"愚谓此词为梅词第一。总是见宦迹无常,情怀落寞耳。忽借梅花以写,意超而思永。言梅犹是旧风情,而人则离合无常。去年与梅共安冷淡,今年梅正开,而人欲远别,梅似含愁悴之意而飞坠;梅子将圆,而人在空江中,时梦想梅影而已。"陈廷焯《云韶集》曰:"此词非专咏梅花,以寄身世之感耳。"张伯驹《丛碧词话》曰:"清真《花犯》词之妙,正与《兰陵王》同。明是离别之事,而即咏柳;明是离别之事,而即咏梅。所以能纡徐反复,更尽离情之惨。"此数家都看出了这首词(实际也包括周邦彦其他几道咏物词)与一般咏物词的不同点,那就是即物生情,以咏物为抒情的手段。正如说秦观善于把身世之感打并入艳情一样,周邦彦则善于把身世之感打并入于咏物,从而造成了咏物词的别样写法。

姜夔的《暗香》自来被视为咏梅名篇,其实和周邦彦《花犯》机杼相似,梅花也只是抒情的凭借而已。录其词如下(小序从略):

旧时月色,算几番照我,梅边吹笛。唤起玉人,不管清寒与攀摘。何逊而今渐老,都忘却、春风词笔。但怪得、竹外疏花,香冷入瑶席。　江国,正寂寂。叹寄与路遥,夜雪初积。翠尊易泣。红萼无言耿相忆。长记曾携手处,千树压、西湖寒碧。又片片、吹尽也,几时见得。

《暗香》、《疏影》二篇,为白石同时所作,又都以梅为题材,故历来并称,视同双璧。其实二词构思不同。《疏影》一篇,确是在写梅花,然而铺排昭君、寿阳公主等等许多典故,与稼轩《贺新郎》(绿树听鹈鴂)铺排离别事相类,其词音节婉雅而实无高妙之处。《暗香》一篇,则借梅花以抒写别情,构思全从周邦彦《花犯》来。先著《词洁》引二词中语作比较,然后说"尧章思路,却是从美成出,而能与之埒,由于用字高,炼句密,泯其来踪去迹也"。窥破白石依托变化手段,可谓具眼。这首词历来也被视为咏物名篇。张炎《词源》卷下曰:"词之赋梅,惟姜白石《暗香》、《疏影》二曲,前无古人,后无来者,自立新意,真为绝唱。"王又华《古今词话》曰:"沈伯时《乐府指迷》论填词咏物不宜说出题字,余谓此说虽是,然作哑谜亦可憎,须令在神情离即间乃佳。如姜夔《暗香》咏梅云'算几番照我,梅边吹笛',岂害其佳?"其实姜夔词一开头即从回忆切入,是忆梅而非赋梅。近人刘永济先生《唐五代两宋词简析》分析此词说:"词虽咏梅而非敷衍梅花故实,盖寄身世之感于梅花,故其辞虽不离梅而又不黏着于梅。……此种写法,在技术上,合于诗人比兴之义,而以身世之感贯穿于咏梅之中,似咏梅而实非咏梅,非咏梅又句句与梅有关,用意空灵,此石湖所以把玩不已也。"盖因物寄情之词,所因之物一定是词人感情阅历中具有重要地位的事物,词之优劣往往视此种感情酝酿深浅而定。因此,把这类词仅仅作为咏物词来分析评价,也是不妥当的。

阅读与思考

一、扩大阅读与书目

1. 龙榆生:《唐宋名家词选》,上海古籍出版社 1980 年版。
2. 喻朝刚、周航:《新编分类两宋绝妙好词》,吉林文史出版社 1992 年版。
3. 詹安泰:《詹安泰词学论稿》第六章《论寄托》,广东人民出版社 1984 年版。
4. 唐正果:《风骚与艳情》,上海文艺出版社 2001 年版。
5. 杨海明:《唐宋词与人生》,河北人民出版社 2002 年版。
6. 邓乔彬:《宋词与人生》,上海古籍出版社 2001 年版。
7. 王兆鹏主编:《唐宋词分类选讲》,高等教育出版社 2007 年版。

二、思考与练习

1. 试以诗为参照,谈词的文体个性与表现功能。
2. 宋代沈义父《乐府指迷》说:"作词与诗不同……不着些艳语,又不似词家体例。"他这里所说的"词家体例"当如何理解?试结合唐宋词的创作背景与题材特点加以说明。
3. 清代查礼《铜鼓书堂词话》曾说:"情有文不能达、诗不能道者,而独于长短句中可以委婉形容之。"那么这种"文不能达、诗不能道者",主要是指什么样的思想感情?试结合宋词中的名篇加以说明。

第四章 风格与流派

在文学批评领域,风格与流派是两个相通相近的术语。因为关系太密切了,前人在观察或表述时往往混为一谈。一个手边现成的例子就是关于婉约与豪放的表述。明人张綖说:"词体大略有二:一体婉约,一体豪放……"❶他明明用的是"体"(而不是派),而"体"在魏晋以来就被视为语体风格的代名词了。可是到了清初,王士禛《花草蒙拾》却说:"张南湖(按即指张綖)论词派有二,一曰婉约,一曰豪放……"明明是称引张綖的说法,却"若不经意"地把"体"换成了"派"。结果惹得现代词学家同声讨伐。事实上,我们看一下历代词话,就会发现"体"、"派"混用者自来多有,正不独渔洋为然。如郭麐《灵芬馆词话》卷一有一段话,始而说"词之为体,大略有四",把四体缕述完了之后则说"溯其派别,不出四者",其体派混称,即体即派,都是显而易见的事。又如陈廷焯《白雨斋词话》卷八曰:"唐宋名家,流派不同,本原则一。论其派别,大约温飞卿为一体……"以下罗列韦端己、冯正中等共十余体。这里的"体"当然也应理解为风格,而陈廷焯也显然是因体而别派的。更有意思的是邓廷桢《双砚斋词话》,其文曰:

> 世称词之豪迈者,动曰苏、辛,不知稼轩词自有两派,当分别观之。如《金缕曲》之"听我三章约","甚矣吾衰矣"二首,及《沁园春》、《水调歌头》诸作,诚不免一意迅驰,专用骄兵。若《祝英台近》之"是他春带愁来,春归何处,却不解将愁带去";《摸鱼儿》发端之"更能消几番风雨,匆匆春又归去";结语之"休去倚危栏,斜阳正在、烟柳断肠处";《百字令》之"旧恨春江流不尽,新恨云山千叠";《水龙吟》之"楚天千里清秋,水随天去秋无际。遥岑远目,献愁供恨,玉簪螺髻";《满江红》之"怕流莺乳燕,得知消息";《汉宫春》之"年时燕子,料今宵、梦到

---

❶ 见张綖《诗余图谱》"凡例"后"附识",明嘉靖十五年刻本。

西园";皆独茧初抽,柔毛欲腐,平欺秦、柳,下轹张、王。宗之者固仅袭皮毛,诋之者亦未分肌理也。

邓廷桢的意思是说:世人往往把辛弃疾与苏轼一起视为豪迈词的代表,实际稼轩词中有豪迈者,亦有婉约者,其婉约之作未为少数,而从艺术性看来,也未必就不如柳永、秦观、张炎、王沂孙。明明是说稼轩词中包含有豪放与婉约两大风格,却说成是"稼轩词自有两派",其体派混同,更是显而易见的事。

我们认为,风格与流派是两个相互关联的范畴,却不可混用。在一个风格鲜明的词人身边或身后可能会形成一个词派;一个创作倾向与风格相同或相近的词人群体也可能形成一个词派;考察一个词派的兴衰或有无,风格之同异也是重要的切入点。就宋词而言,风格与流派的关系,主要表现在这样一些方面。

第一节　宋词风格概说

风格,在中国古代文论中往往称为"体"。刘勰《文心雕龙》中的《体性》篇,就是古代文学风格论的奠基之作。他认为,尽管作家个性不同,如"才有庸隽,气有刚柔,学有浅深,习有雅郑","若总其归途,则数穷八体",即可以概括为八种主要风格:"一曰典雅,二曰远奥,三曰精约,四曰显附,五曰繁缛,六曰壮丽,七曰新奇,八曰轻靡。"又如同时萧子显所作《南齐书·文学传论》,亦云"今之文章,作者虽众,总而易论,略有三体",而这三体则分别以谢灵运、傅咸、鲍照等人为代表,显然也是指三种风格。唐代皎然《诗式》中"辨体有一十九字",如"风韵朗畅曰高","体格闲放曰逸",也是论诗的风格。在这种文论背景下,词史上出现"花间体"、"易安体"、"稼轩体"种种名目,也就是十分自然的了。

一、词的风格层级

就词之一体而言,风格可以分多个层面来谈。

首先,有文体风格,即词与诗、曲有别的风格。李之仪《跋吴思道小词》说:"长短句于遣词中最为难工,自有一种风格,稍不如格,便觉龃龉。……大抵以《花间集》中所载为宗。"就是讲词体个性化的风格。又如沈义父《乐府指迷》云:"下字欲其雅,不雅则近乎缠令之体;用字不可太露,露则直突而无深长之味;发意不可太高,高则狂怪而失柔婉之意。"明代何良俊《草堂诗余序》云:"诗余以婉丽流畅为美。

如周清真、张子野、秦少游、晏叔原诸人之作,柔情曼声,摹写殆尽,正词家所谓当行,所谓本色。"王世贞《艺苑卮言》云:"词须婉转绵丽,浅至儇俏,挟春月烟花,于闺襜内奏之。一语之艳,令人魂绝;一字之工,令人色飞,乃为贵耳。至于慷慨磊落,纵横豪爽,抑亦其次,不作可耳。"王骥德《曲律》卷四云:"词曲不尚雄劲险峻,只一味妩媚闲艳,便称合作。"沈际飞《草堂诗余四集序》云:"词贵香而弱,雄放者次之。"其他如"词为艳科","诗庄词媚"云云,以及"别是一家"之说,"本色"、"当行"之论,谈的是词体个性,而往往离不开词体的风格特色。

其次,有时代风格。如王国维《人间词话》云:"冯正中词,虽不失五代风格,而堂庑特大,开北宋一代风气。"这里所谓"五代风格",是超越"花间"与南唐各家词风的大概念,正如"北宋一代风气"包括了更多词人家数,然而举大略小,异中求同,五代词风与北宋词风仍有分别。这种分别也许有时代动乱或承平光景的影响,但更多的是词自身逻辑发展之必然。其他如周济《介存斋论词杂著》云:"飞卿酝酿最深,故其言不怒不慑,备刚柔之气。针线之密,南宋人始露痕迹,《花间》极有浑厚气象。"谢章铤《赌棋山庄词话续编》卷五云:"北宋不袭南唐之貌,而或失之过刚。南宋则力矫北宋刚劲险率之弊,而常流于纤腻。"沈曾植《菌阁琐谈》云:"《卮言》谓《花间》犹伤促碎,至南唐李主父子而妙。殊不知促碎正是唐余本色。所谓北宋之境界,有非诗之所能至者,此亦一端也。五代之词促碎,北宋盛时啴缓,皆缘燕乐音节蜕变而然。"如此等等,都是讲词在不同发展阶段的风格。

其三,有群体风格。如王灼《碧鸡漫志》卷二说晁补之、黄庭坚诸人皆学苏轼,"韵制得七、八";又说沈唐、李甲、孔夷等人"源流从柳氏来",就是说这两个群体各自拥有大体相近的风格。因为同风格之群体往往也就可以视为流派,所以此处不拟详细举例。

其四,有个人风格。宋人词籍序跋或词前小序中提到的个人风格约有十数体,如:柳永体、东坡体、山谷体、易安体、朱希真体(即樵歌体)、稼轩体、白石体、玉林体,等等。此外,如周密《效颦十解》中有"拟蒲江"(卢祖皋)、"拟梅溪"(史达祖)、"拟东泽"(张榘)、"拟花翁"(孙惟信)等。拟者,仿也,效也,拟某人即仿效某人风格,故此虽未加"体"字,实际上是作为一种个人化风格来标榜的。当然,并不是因为宋人拈出而标榜便成一家,宋人未提及便不足称体。应该说,宋代的著名词人,如上面未曾提及的晏殊、欧阳修、秦观、贺铸、周邦彦、吴文英、王沂孙、张炎等人,无不有其一段精光,亦无不有其个人风格。

对于一个作品较为丰富的词人来说,他可能并不只是单纯地拥有一种风格。事实上,个人风格鲜明而单纯,往往是名家而不是大家。大家则必奄有众体。王安石论杜诗曰：

> 至于甫，则悲欢穷泰，发敛抑扬，疾徐纵横，无施不可。故其诗有平淡简易者，有绮丽精确者，有严重威武若三军之帅者，有奋迅驰骋若泛驾之马者，有淡泊简静若山谷隐士者，有风流蕴藉若贵介公子者。盖公诗绪密而思深，观者苟不能臻其阃奥，未易识其妙处，夫岂浅近者所能窥哉！此甫所以光掩前人而后来无继也。❶

这才是杜甫，这才是大家。而如李贺之冷艳奇诡、贾岛之清幽瘦硬，风格未尝不鲜明，然而也只能跻身于名家之列。宋词也是如此。著名词人，几乎都不只是一副笔墨。欧阳修词，主导风格当为婉约，而冯煦《蒿庵论词》则称其"疏隽开子瞻，深婉开少游"；柳永词有其谐俗的一面，而苏轼亦称其《八声甘州》"霜风凄紧，关河冷落，残照当楼"数句，"不减唐人高处"；苏轼词以豪放或旷达著称，但王士禛《花草蒙拾》云："'枝上柳绵'，恐屯田绮靡，未必能过。"贺裳《皱水轩词筌》亦云："苏子瞻有铜琵铁板之讥，然其《浣溪沙·春闺》曰：'彩索身轻常趁燕，红窗睡重不闻莺。'如此风调，令十七八女郎歌之，岂在'晓风残月'之下？"又如陆游、杨慎《词品》卷五称其"纤丽处似淮海，雄慨处似东坡"。至于辛弃疾之词，更是转益多师，兼备众体，绝不是豪放二字所能范围得了的。总之，在宋词的百花园中，虽然不像诗的园地里那样奇花异草，万紫千红，但在总体风格色调之下，仍然有着丰富细腻多姿多彩的变化。

二、宋词的风格类型

关于宋词的基本风格类型，粗分者分为婉约、豪放二体，细分者缕列二十四词品，其余又有分为四种、八种之不同。为了给读者欣赏宋词提供一点背景知识，这里择要加以介绍。

1. 二体说

明张綖《诗余图谱》"凡例"后附识之语说：

> 词体大略有二：一体婉约，一体豪放。婉约者欲其词情蕴藉，豪放者欲其气象恢宏。盖亦存乎其人。如秦少游之作，多是婉约，苏子瞻之作，多是豪放。

---

❶ 胡仔《苕溪渔隐丛话》前集卷六引陈正敏《遯斋闲览》引王安石语，人民文学出版社1962年版，第37页。

大抵词体以婉约为正。

关于婉约与豪放两大流派，下文还将专门辨析，所以这里不拟涉及流派问题，也不想涉及正变优劣之争。作为两大风格类型来说，现在学者多以为这一对概念太粗放，不足以揭示宋词风格的丰富与变化。这样说当然不无道理，但正如姚鼐把古文辞风格分为阳刚、阳柔二体一样，唯其粗放，所以具有涵盖功能。宋人所谓十七八女孩儿，执红牙拍板，唱"杨柳岸晓风残月"，关西大汉执铁板，唱"大江东去"，此类轶事隽语之所以广为流传，也正因为两种极端的风格相映成趣。今人尽管诋訾婉约与豪放的二分法不科学，不妥当，而历明清以至现当代广大读者，无不知宋词有婉约与豪放两大风格，宋词的不少名家名作即因此框架而便于附载与流传，则此种二体说已自发挥了不可替代的功能。

2. 三体说

清代高佑釲《陈其年湖海楼词序》记顾咸三语：

> 宋名家词最盛，体非一格。苏、辛之雄放豪宕，秦、柳之妩媚风流，判然分途，各极其妙。而姜白石、张叔夏辈，以冲淡秀洁，得词之中正。

又清代江顺诒《词学集成》卷五引蔡小石《拜月词序》云："词胜于宋，自姜、张以格胜，苏、辛以气胜，秦、柳以情胜，而其派乃分。"谢章铤《赌棋山庄词话续编》卷四亦云："北宋词人原只有艳冶、豪荡两派，自姜夔、张炎、周密、王沂孙方开清空一派，五百年来以此为正宗。"虽然顾咸三称体，蔡小石、谢章铤称派，实际上诸说相合，都是在婉约、豪放两大风格家数之外，再加上姜白石清刚（或清空）一体。

3. 四体说

这里所谓"四体说"是以郭麐的说法为主，不是周济的"四家说"。郭麐是对宋词作整体观照，然后归纳为四种基本风格。周济则是从词法的角度，又从学词步骤考虑，选取周邦彦、辛弃疾、王沂孙、吴梦窗四家作为学词的典范。故此四家不宜视为四种风格或四种流派的代表。郭麐《灵芬馆词话》卷一云：

> 词之为体，大略有四：风流华美，浑然天成，如美人临妆，却扇一顾，《花间》诸人是也，晏元献、欧阳永叔诸人继之；施朱傅粉，学步习容，如宫女题红，含情幽艳，秦、周、贺、晁诸人是也，柳七则靡曼近俗矣；姜、张诸子，一洗华靡，独标清倚，如瘦石孤花，清笙幽磬，入其境者，疑有仙灵，闻其声者，人人自远，梦窗、

竹窗,或扬或沿,皆有新隽,词之能事备矣;至东坡以横绝一世之才,凌厉一世之气,间作倚声,意若不屑,雄词高唱,则为一宗,辛、刘则粗豪太甚矣。其余幺弦孤韵,时亦可喜,溯其派别,不出四者。

这一段话,虽然前面称体,后面称派,有体派混用之嫌,但看其形容文字,还是以描述界定四大风格类型为主的。与以上的"三体说"相比较,只不过是把传统的婉约词风按北宋前、后期又一分为二而已。把晏、欧与周、秦诸人划开,是因为晏、欧上承晚唐五代,风格浑成自然,犹刘熙载《艺概·词曲概》称宋祁词犹为"宋初体"也。

4. 八体说

此说出于现代词学家詹安泰先生。他在《宋词风格流派略谈》一文中写道:

> 照我的浅见,宋词的艺术风格,可归纳为:真率明朗、高旷清雄、婉约清新、奇艳俊秀、典丽精工、豪迈奔放、骚雅清劲、密丽险涩等派,每派各有代表作家和附属作家。❶

为求醒目,这里把詹安泰先生对每一种风格流派的说明概括为下表:

序号	风格类型	代表词人	其他词人
1	真率明朗	柳永	沈唐、李甲、孔夷、孔处度、晁元礼、曹组
2	高旷清雅	苏轼	黄庭坚、晁补之、叶梦得、朱敦儒、陈与义
3	婉约清新	秦观、李清照	赵令畤、谢逸、赵长卿、吕渭老
4	奇艳俊秀	张先、贺铸	王观、李廌、李之仪、周紫芝
5	典丽精工	周邦彦	万俟咏、晁端礼、徐伸、田为
6	豪迈奔放	辛弃疾	陆游、陈亮、刘过、刘克庄
7	骚雅清劲	姜夔	史达祖、高观国、周密、王沂孙、张炎
8	密丽险涩	吴文英	尹焕、黄孝迈、楼采、李彭老

詹安泰也是把风格与流派"捆绑"在一起来谈,但他对风格类型、代表词人与群体词的三者关系处理较为妥当,故而在词学界颇受认可。

除上述几种说法外,还有一些分体别派的说法,或者不足成为一说,或者当于下一节谈流派时再说更为合适,这里就不再列举了。

---

❶ 詹伯慧编:《詹安泰词学论集》,汕头大学出版社1997年版,第66页。

三、常用风格术语

在宋词的批评鉴赏方面,有一些常用的风格术语。除了婉约与豪放之外,还有雅正、浑成、平淡、自然、清空、质实,等等。这些术语,也可以分为两类。一类是对词的总体的或正面的要求,不是普通的个人风格。如雅正、浑成。这就如同要求人要服装整洁,举止得体。尽管也有不修边幅者,但服装不整洁、举止不得体总不是值得肯定的。同样,如果某人的词被认为不雅正或不浑成,那就是明显的否定性评价,不能视为个人风格了。另一类如平淡、自然,乃至尖新、质实,等等,则可以说是宋词中基本的风格类型。如李清照词曾被指为尖新,吴文英词被认为是质实的代表,但他们仍然是宋词名家。也许有人不喜欢他们的词风,但要否定他们却是不妥当的。

1. 雅正

或称骚雅,或曰醇雅,总之是以雅为标榜。此所谓雅,是雅郑之雅,亦即雅俗之雅。南宋初年王灼《碧鸡漫志》卷一即云:"或问雅郑所分,曰'中正则雅,多哇则郑',至论也。"按:"中正则雅,多哇则郑",出于汉代扬雄《法言·吾子》,李轨注曰:"多哇者,淫声繁越也。"雅与郑是相对立的,而扬雄这两句却是互文,中正犹言正直,是指情志而言;多哇则指音乐形式而言。这也就是说,雅俗之分,不仅涉及形式与风格,也涉及思想内容。南宋初年所编词集,如曾慥《乐府雅词》、鲖阳居士《复雅歌词》,以及佚名《典雅词》等,竞以"雅词"为尚,可觇当时词坛风会。及至南宋末年,著名词人兼词学家张炎更进一步对雅正的标准作了具体阐述。他说:

> 词欲雅而正,志之所之,一为情所役,则失雅正之音。耆卿、伯可不必论,虽美成亦有所不免。如"为伊泪落",如"最苦梦魂,今宵不到伊行",如"天便教人,霎时得见何妨",如"又恐伊寻消问息,瘦损容光",如"许多烦恼,只为当时,一晌留情",所谓淳厚日变成浇风也。

又云:

> 辛稼轩、刘改之作豪气之词,非雅词也,于文章余暇,戏弄笔墨,为长短句之诗耳。

从这两段话来看,张炎之所谓雅正,一是与侧艳之词相对,这是传统的雅词内涵;二是与豪气词相对，此则不仅要雅正，而且要婉约。结合他的另外一些论述来说，欲求雅正，一方面是要避免"言情或失之俚"，以为"邻乎郑卫，与缠令何异"；另一方面是要避免"使事或失之伉"，避免"叫嚣使气"。在张炎看来，雅词的典范就是姜夔词，所以他赞叹姜词"不惟清空，又且骚雅"。清代浙派词人以姜、张为标榜，故汪森《词综序》曰："鄱阳姜夔出，句琢字炼，归于醇雅。"醇雅即醇厚而雅正，这和温柔敦厚的诗教气味更近了。

2. 浑成

浑成的本意是指天然生成，自然而然。晋葛洪《抱朴子·畅玄》："恢恢荡荡，与浑成等其自然；浩浩茫茫，与造化均其符契。"又宋代朱熹《朱子语类》卷七十四云："且如'尧舜性之'，是其性本浑成。"用于文学作品的批评鉴赏，往往是形容浑然一体、不见雕凿的艺术风貌。宋人始用"浑成"赞美周邦彦的词，主要是指他用唐人诗句而与全篇浑然一体，无割截嵌入、饾饤拼凑之感。如陈振孙《直斋书录解题》卷二十二说周邦彦词"多用唐人诗句隐括入律，浑然天成。"张炎《词源》卷下谓："美成词只当看他浑成处，于软媚中有气魄，采唐诗融化如自己者，乃其所长。"都是以周邦彦词为浑成的典范。又传为李清照所作《词论》云："又有张子野、宋子京兄弟、沈唐、元绛、晁次膺辈继出，虽时有妙语，而破碎何足名家。"这里的"破碎"当是指诸家词中时有一二妙语抢眼，而全篇不侔，即不能浑然一体，也就是不浑成。到了清代，词论家们进一步把浑成作为评词的普遍化标准。不过他们有意无意间淡化了陈振孙、张炎所说的"融化唐人成句如己出"的意思，而更强调浑然天成的整体感。如王又华《古今词论》引毛稚黄（先舒）之语曰：

> 词家意欲层深，语欲浑成。作词者大抵意层深者，语便刻画，语浑成者，意便肤浅，两难兼也。或欲举其似，偶拈永叔词云："泪眼问花花不语，乱红飞过秋千去"，此可谓层深而浑成。何也？因花而有泪，此一层意也；因泪而问花，此一层意也。花竟不语，此一层意也；不但不语，且又乱落，飞过秋千，此一层意也。人愈伤心，花愈恼人，语愈浅，而意愈入，又绝无刻画费力之迹，谓非层深而浑成耶？

这就是说，好词既要深刻宛曲，又要浑然天成，使人读来只觉意味深永，却又不见刻意安排的痕迹。这是词创作中一种很高的艺术境界。晚唐五代词多有浑成之作，然往往少层折层深之趣；及至南宋人，则层次转折甚多，若求浑成却又难能可贵了。

浑成又称浑厚。张炎《词源》卷下称周邦彦词"浑厚和雅，善于融化诗句"。从上下文语境来看,浑厚与浑成内涵相同。清代周济喜用厚薄论词,故好用浑厚而不用浑成。《介存斋论词杂著》论温庭筠则曰:"《花间》极有浑厚气象,如飞卿则神理超越,不复可以迹象求矣。"又论周邦彦词曰:"钩勒之妙,无如清真,他人一钩勒便薄,清真愈钩勒愈浑厚。"又或称"浑涵"。如周济《介存斋论词杂著》论两宋词优劣说:"南宋则下不犯北宋拙率之病,高不到北宋浑涵之诣。"又陈廷焯《白雨斋词话》卷六云:"词贵浑涵,刻挚而不能浑涵,终属下乘。"又或单称"浑"。如冯煦《蒿庵论词》说,周邦彦词之胜史达祖词,"又在浑之一字。词至于浑,而无可复进矣。"由宋人的浑成,到清人的浑厚、浑涵、浑,意趣本相近似,因为词愈到后来愈不浑成,所以清人加意强调,到了晚清冯煦笔下,就由词的基本要求而变为词的最高境界了。

3. 清空与质实

这是一对相与俱来的批评范畴。语出张炎《词源》卷下:

> 词要清空,不要质实;清空则古雅峭拔,质实则凝涩晦昧。姜白石词如野云孤飞,去留无迹;吴梦窗词如七宝楼台,眩人眼目,碎拆下来,不成片段,此清空质实之说。

清空本指清朗空明的境界。如苏轼《庐山二胜·开先漱玉亭》诗:"乱沫散霜雪,古潭摇清空。"又《书王定国所藏〈烟江叠嶂图〉》诗:"江山清空我尘土,虽有去路寻无缘。"张炎拈出清空一词作为词的理想境界,并以姜夔词作为清空风格的代表。他认为:"白石词如《疏影》、《暗香》、《扬州慢》、《一萼红》、《琵琶仙》、《探春》、《八归》、《淡黄柳》等曲,不惟清空,又且骚雅,读之使人神观飞越。""神观"指人的精神意态。《新唐书·裴度传》说:"(裴)度退然才中人,而神观迈爽,操守坚正,善占对。"宋陈善《扪虱新话》曰:"(张文定、苏东坡)二公平生学道,性地饨一,神观清净,于一食顷遂见前世。"张炎所谓"神观飞越",有潇洒出尘、摆脱凡庸之意。姜夔词力避秾艳,故境界清疏;力避软媚,故音节情刚;力避丽密质实,故意象境界空灵蕴藉。这些因素交融互渗,遂造就了他清空骚雅的审美趣味与艺术风格。

关于质实的风格,张炎以吴文英词为代表。他认为在梦窗词中,如《唐多令》(何处合成愁),亦可谓疏快而不质实,可惜集中无多。又说如《声声慢》词"檀栾金碧,婀娜蓬莱"之类,恐亦太涩。可见所谓质实,是与空灵疏快相对。质实则窒滞,窒滞则晦涩。吴文英词意象稠叠,又好用丽字代字,僻典奥典。也许是因为力避巧丽轻快,而不觉沦为繁缛密丽与晦涩滞闷。

南宋以来,姜白石与吴梦窗身后都有无数的追随者。浙派词人推尊姜、张,故朱彝尊《词综·发凡》称"姜尧章氏最为杰出"。而吴梦窗词,在晚清时尤受激赏。周济《介存斋论词杂著》称:"梦窗每于空际转身,非具大神力不能。梦窗非无生涩处,总胜空滑。况其佳者,天光云影,摇荡绿波,抚玩无致,追寻已远。"《宋四家词选目录叙论》更称"梦窗奇思壮采,腾天潜渊,返南宋之清泚,为北宋之秾挚"。也许近代词家于吴文英不无偏好,故于《梦窗词》不免揄扬过甚。但平心而论,质实亦自是一种风格。张炎作为读者自然可以有自己的喜好,但作为词学家力主清空而否定质实却是不必要的。

因为姜、吴的清空与质实之别,颇有似于晚唐温、韦之别,所以词学家论及白石、梦窗异同,亦每有上溯温、韦之意。周济《介存斋论词杂著》以美女妆束论词,谓飞卿严妆,端己淡妆,陈洵《海绡说词》即谓"飞卿严妆,梦窗亦严妆"。王国维《人间词话》云:"'画屏金鹧鸪',飞卿语也,其词品似之;'弦上黄莺语',端己语也,其词品亦似之。"亦含有密丽与清疏的对比意味。蔡嵩云《柯亭词论》则径称"温派秾艳,韦派清丽";夏承焘亦称:"温庭筠'密而隐',韦庄'疏而显'。"❶唐圭璋先生说:"玉田评梦窗词云:'梦窗词如七宝楼台,炫人眼目,碎拆下来,不成片段。'余则谓飞卿词亦如七宝楼台,炫人眼目,但碎拆下来,亦皆为零金剩璧,炫人眼目如故耳。"❷无论是论温、韦而下及姜、吴,还是论姜、吴而上溯温、韦,总之是认定他们之间有着传承或偶合关系。实际上,姜夔无意于追步韦庄,吴文英的词法与温庭筠更有极大的差别;引譬连类自无不可,但有的学者把温飞卿与吴梦窗并称密派,把韦端己与姜白石并称疏派,就不免牵强或多事了。

4. 平淡(自然)与尖新(险丽)

平淡本来用以指人的性格自然淡泊,与偏邪、怪诞、做作相对。三国时刘劭《人物志·九征》曰:"是故观人察质,必先察其平淡,而后求其聪明。"又《晋书·郗鉴传》曰:"彦辅道韵平淡,体识冲粹。"皆指人的自然禀性或内在气质而言。

平淡用于诗文品藻,往往与本色、自然相近相通,而与奇崛、尖新相对。唐韩愈《送无本师归范阳》诗曰:"奸穷怪变得,往往造平淡";宋文天祥《跋胡琴窗诗卷》曰:"或谓游吾山如读少陵诗,平淡奇崛,无所不有。"是以平淡与奇崛相对。词评中用平淡,往往有自然、本色而远离人工雕琢的意味。如宋张端义《贵耳集》评李清照《永遇乐》词"于今憔悴,风鬟雾鬓,怕见夜间出去"数句时说:此"皆以寻常语度入音律,炼句精巧则易,平淡入妙者难"。是以平淡与精巧相对。又清代贺裳《皱水轩词

---

❶ 夏承焘:《唐宋词欣赏》,百花文艺出版社 1980 年版,第 20 页。
❷ 唐圭璋:《词学论丛·温韦词之比较》,上海古籍出版社 1980 年版。

笺》评宋无名氏《青玉案》词有云:"语淡而情浓,事浅而言深,真得词家三昧,非鄙俚朴陋者可冒。"陈廷焯《白雨斋词话》卷五曰:"唐人词所传不多,然皆见作意,即于平淡直率之中,亦觉言近旨远。"这两种说法,对于正确地理解把握"平淡"这个风格术语,具有重要的启示意义与纠偏功能。平淡往往表现为朴素自然的语体风格,故乍看与"鄙俚朴陋"相近。贺裳所谓"非鄙俚朴陋者可冒",也正说明有人误把鄙俚朴陋与平淡自然混为一谈了。只有平淡中有深情远韵,才是值得提倡、值得赞许的。

"平淡"与"自然"相通相近,但各有偏重。平淡与奇崛尖新相对,而自然与人工雕琢、矫揉造作相对。《二十四诗品》中有"自然"一品,其赞语曰:

俯拾即是,不取诸邻。与道俱往,著手成春。
如逢花开,如瞻岁新。真与不夺,强得易贫。
幽人空山,过雨采蘋。薄言情语,悠悠天钧。

这里虽然是用诗的语言、诗的境界来形容"自然"的诗品,也仍然能传达出自然而然、不矫情不费力的从容意味。清代孙联奎《诗品臆说》笺云:"自然,对造作武断言。心机活泼,脱口如生,生香真色,岂关捏造。此境前则陶元亮,后则柳柳州、王右丞、韦苏州,各极自然之趣。"又杨廷芝《廿四诗品浅解》曰:"自然则当然而然,不知其所以然而然。"❶皆可谓口吻调利,善于解说。

宋代最早用"自然"概念评词的,还是张炎。其《词源》卷下有云:"至若陈简斋'杏花疏影里,吹笛到天明'之句,真是自然而然。"张炎的词学弟子陆行直《词旨》中亦云:"词不用雕刻,刻则伤气,务在自然。"自此之后,"自然"就成了评词的标准之一。彭孙遹《金粟词话》云:"词以自然为宗,但自然不从追琢中来,亦率易无味。如所云绚烂之极,仍归平淡。若使语意淡远者稍加刻画,镂金错采者渐近天然,则骎骎乎绝唱矣。"田同之《西圃词说》引宗元鼎(梅岑)语曰:"词以艳丽为工,但艳丽中须近自然本色为佳。"这两人一正一反,所强调的内容正好具有互补功能。彭孙遹强调的是求自然不能拒绝精心推敲,否则就会落于率易无味;宗元鼎是说求艳丽仍须近自然本色,否则就会留下人工雕琢的痕迹。又沈祥龙《论词随笔》云:"词以自然为尚。自然者,不雕琢,不假借,不著色相,不落言诠也。古人名句,如'梅子黄时雨','云破月来花弄影',不外自然而然而已。"说得也很精彩。但是如贺铸《青玉案》结拍的"试问闲愁都几许,一川烟草,满城风絮,梅子黄时雨";如张先《天仙子》中的

---

❶ 二说并见《司空图诗品解说二种》,齐鲁书社 1980 年版。

"云破月来花弄影",读来自是天然俊语,实际上则不可能是冲口而出,俯拾即是,而应是"清雕琢"的结果。

与平淡(自然)相对的风格术语是尖新。尖新有争难斗巧、生新出奇意味。唐姚合《和座主相公西亭秋日即事》诗云:"酒浓杯稍重,诗冷语多尖。"这里的"尖"实即"尖新"之意。又如敦煌曲子辞《内家娇》:"善别宫商,能调丝竹,歌令尖新。"晏殊《山亭柳·赠歌者》词:"家住西秦,赌博艺随身。花柳上,斗尖新。"都有生新出奇的意思。

词体介于诗、曲之间,不必如诗那样求典重,亦不可如散曲那样求谐俗。故词人风格路数不同,或以本色自然为尚,或以尖新工巧求胜,要在掌握其分寸而已。王灼《碧鸡漫志》卷二说李清照词"轻巧尖新,姿态百出",摘引来看不知是褒是贬,联系上下文背景看则隐然有讽意。然而如张端义《贵耳集》卷上评李清照《声声慢》"守着窗儿,独自怎生得黑",曰"黑字不许第二人押";胡仔《苕溪渔隐丛话》前集卷六〇评其《如梦令》"绿肥红瘦"三句曰:"此语甚新";刘体仁《七颂堂词绎》评其《声声慢》"怎一个愁字了得"等语曰:"深妙稳雅,不落蒜酪,亦不落绝句,真此道本色当行第一人也。"由此可见,尖新而能出之自然,就不仅不足为病,而是难能可贵的了。如秦观《满庭芳》之"山抹微云,天黏衰草",张炎《解连环·孤雁》之"写不成书,只寄得相思一点"之类,不都正以其尖新而受人称道吗?

与"尖新"相近的是"险丽"。明王世贞《艺苑卮言》评宋词云:

> 王元泽(雱)"恨被榆钱,买断两眉长斗",可谓巧而费力矣。史邦卿(达祖)"作冷欺花,将烟困柳",殆尤甚矣。然与李汉老(邴)"叫云吹断横玉",谢勉仲(懋)"染云为幌",美成(周邦彦)"晕酥砌玉",鲁直(黄庭坚)"莺嘴啄花红溜,燕尾点波绿皱",俱为险丽。

相比之下,尖新与险丽,意味相通而程度不同。或者可以说,尖新犹可,险丽则过矣。尖新可以说是词体个性特色的一个方面,而尖新之甚为险丽,就不值得称道了。周济《介存斋论词杂著》曰:"梅溪(史达祖)甚有心思,而用笔多涉尖巧,非大方家数。"评价准确而深刻。想来词至南宋,本色自然的好言语已被晚唐北宋人用尽,若是纯仍自然,恐只能随人脚踪,平淡无奇而已,故欲求新创,势必走上争难斗巧、尖新险丽一路。若能有深刻的立意和丰富的感情,则尖新亦是特色。如果只是在生新出奇上用心思,就会入于佻达浅薄,路头一差,即使间有小巧可观,也就不足为训了。

第二节 宋词流派概说

"流派"既是中国古代文学批评常用的术语,又是一个颇具现代意味的概念。在词学史上,流派往往简称为"派",这和"流派"完全是同一概念的不同表述。"派"的本意是江河的支流。如唐张乔《宿江叟岛居》诗:"数派分潮去,千樯聚日来。"苏轼《玉津园》诗:"碧水东流还旧派,紫坛南峙表连冈。"用于文学批评,仍侧重其源流承传关系。如南宋滕仲因跋郭应祥《笑笑词》,谓"词章之派,端有自来,溯源徂流,盖可考矣。昔张于湖一传而得吴敬斋,再传而得郭遁斋。源深流长。故其词或如惊涛出壑,或如绉縠纹江,或如净练赴海,可谓冰生于水而寒于水矣"❶。这是说郭应祥(号遁斋)之词出于吴镒(吴敬斋),吴镒之词出于张孝祥(号于湖)。这是最早以"派"论词的文字,其寻源溯流的表述方式,也显示了"派"的概念正是从江河支流的比喻意义上生发出来的。后来如王士禛《花草蒙拾》所谓"张南湖论词派有二",或"名家当行,固有二派",谢章铤《赌棋山庄词话续编》卷四所谓"北宋词人原只有艳冶、豪荡两派"等等,都表明"派"作为一个文学批评术语,已经相当成熟而稳定了。当然也有径称"流派"的。如陈廷焯《白雨斋词话》卷八就说:"唐宋名家,流派不同,本原则一。"这里强调的是多派而一源,显然也是用其"支流"、"支派"的意思。

我们说文学流派是一个具有现代意味的批评术语,是说今人所用的流派概念,与古代是有些不同的。如《中国大百科全书》"中国文学"卷在解释"文学流派"时说:"文学发展过程中,一定历史时期内出现的一批作家,由于审美观点一致和创作风格类似,自觉或不自觉地形成的文学集团和派别,通常是有一定数量和代表人物的作家群。"❷这和古代的"流派"概念相比,区别在于,古人强调的是历时性的源流继承关系,而现代意义的文学流派强调的是共时性的具有相同或相似创作倾向的群体。也许正是因为这一点微妙的区别,造成了文学流派认定的不同看法。

一、宋词流派的泛化

早在20世纪20年代,胡云翼就曾说过:"讲到宋词的派别及其分类,虽不是新

---

❶ 滕仲因:《笑笑词跋》,张惠民编《宋代词学资料汇编》,汕头大学出版社1993年版,第233页。
❷ 《中国大百科全书·中国文学》,中国大百科全书出版社1986年版,第952页。

的研究,却是古人所最不注意的。"❶宋人及明清人偶尔提到宋词的派别,要么是讲正统(本色)与别派,要么是讲婉约与豪放,举大略小,不过两派三派而已。而今人则不断"发掘"出新的词派来,八派、十派而不止。当然,这可能是研究深入细化的结果,是逼近考察的结果。不管怎么说,对词史细部的扫描放大,总会有助于促进我们对宋词的认识。但是话又说回来,并不是任一群体、任一风格都会形成流派,流派也未必是越多越好。现代人不断"发掘"、"勾勒"或追封一些词派,在我们看来,已经显示了一种关于宋词流派认定的泛化趋势了。

在宋人当中,最早作辨体析派之论的是南宋初年的王灼。其《碧鸡漫志》卷二"各家词短长"一段写道:

> 王荆公长短句不多,合绳墨处,自雍容奇特。晏元献公、欧阳文忠公,风流蕴藉,一时莫及,而温润秀洁,亦无其比。东坡先生以文章余事作诗,溢而作词曲,高处出神入天,平处尚临镜笑春,不顾侪辈。或曰:"长短句中诗也。"为此论者,乃是遭柳永野狐涎之毒。诗与乐府同出,岂当分异?若从柳氏家法,正自不分异耳。晁无咎、黄鲁直皆学东坡,韵制得七八。黄晚年间放于狭邪,故有少疏荡处。后来学东坡者,叶少蕴、蒲大受亦得六七,其才力比晁、黄差劣。苏在庭、石耆翁入东坡之门矣,短气踔步,不能进也。赵德麟、李方叔皆东坡客,其气味殊不近;赵婉而李俊,各有所长。晚年皆荒醉汝、颍、京、洛间,时时出滑稽语。贺方回、周美成、晏叔原、僧仲殊各尽其才力,自成一家。贺、周语意精新,用心甚苦。毛泽民、黄载万次之。叔原如金陵王、谢子弟,秀气胜韵,得之天然,将不可学。仲殊次之,殊之赡,晏反不逮也。张子野、秦少游俊逸精妙。少游屡困京、洛,故疏荡之风不除,陈无己所作数十首,号曰"语业",妙处如其诗,但用意太深,有时僻涩。陈去非、徐师川、苏养直、吕居仁、韩子苍、朱希真、陈子高、洪觉范佳处亦各如其诗。王辅道、履道善作一种俊语,其失在轻浮。辅道夸捷敏,故或有不缜密。李汉老富丽而韵平平。舒信道、李元膺,思致妍密,要是波澜小。谢无逸字字求工,不敢辄下一语,如刻削通草人,都无筋骨,要是力不足。然则独无逸乎?曰:类多有之,此最著者尔。宗室中,明发、伯山久从汝、洛名士游,下笔有逸韵。虽未能一一尽奇,比国贤、圣褒则过之。王逐客才豪,其新丽处与轻狂处,皆足惊人。沈公述、李景元、孔方平、处度叔侄、

---

❶ 胡云翼:《论宋词的派别及其分类》,选自中华书局 1926 年出版的《宋词研究》,此引自"20 世纪中国学术文存"《词曲研究》,湖北教育出版社 2004 年版,第 85 页。

晁次膺、万俟雅言,皆有佳句,就中雅言又绝出。然六人者,源流从柳氏来,病于无韵。雅言初自集分两体,曰雅词,曰侧艳,目之曰胜萱丽藻。后召试入官,以侧艳体无赖太甚,削去之。再编成集,分五体,曰应制,曰风月脂粉,曰雪月风花,曰脂粉才情,曰杂类,周美成目之曰"大声"。次膺亦间作侧艳。田不伐才思与雅言抗行,不闻有侧艳。田中行极能写人意中事,杂以鄙俚,曲尽要妙,当在万俟雅言之右。然庄语辄不佳。尝执一扇,书句其上云:"玉蝴蝶恋花心动。"语人曰:"此联三曲名也,有能对者,吾下拜。"北里狭邪间横行者也。宗室温之次之。长短句中,作滑稽无赖语,起于至和。嘉祐之前,犹未盛也。熙丰、元祐间,兖州张山人以诙谐独步京师,时出一两解。泽州孔三传者,首创诸宫调古传,士大夫皆能诵之。元祐间,王齐叟彦龄,政和间,曹组元宠,皆能文,每出长短句,脍炙人口。彦龄以滑稽语噪河朔。组潦倒无成,作《红窗迥》及杂曲数百解,闻者绝倒,滑稽无赖之魁也。夤缘遭遇,官至防御史。同时有张衮臣者,组之流,亦供奉禁中,号"曲子张观察"。其后祖述者益众,嫚戏污贱,古所未有。❶

这一段话对北宋近60个词人作了评点,而其中大致同时、风格亦大约相同的词人群体有两个:一个是追随柳永的沈唐(公述)、李甲(景元)等人,再一个就是追随苏轼的晁补之(无咎)、黄庭坚(鲁直)等人。所以吴熊和先生《唐宋词通论》中云:"这无异是勾勒出了苏轼、柳永两大词派。"王灼虽然没有提出流派概念来,但从客观效果来说则确是如此。

清人论宋词,以分为两派或三派者居多。分为两派者,除了王士禛的婉约、豪放二派说之外,还有厉鹗的"南宗、北宗"说。其《樊榭山房全集》卷四《张今涪红螺词序》中云:

> 尝以词譬之画,画家以南宗胜北宗。稼轩、后村诸人,词之北宗也;清真、白石诸人,词之南宗也。

这实际上可说是正宗别调说的另一种表述方式。分为三派者,除了上节所引顾咸三、蔡小石之语分为苏辛、秦柳和姜张三派之外,另有汪懋麟的三派说。汪氏所撰《梁清标棠村词序》中云:

---

❶ 唐圭璋辑:《词语丛编》,中华书局1986年版,第83—84页。

> 予尝论宋词有三派：欧、晏正其始；秦、黄、周、柳、姜、史，李清照之徒备其盛；东坡、稼轩，放乎言之矣。其余子，非无单词只句可喜可诵，苟求其继，难矣哉！

汪懋麟有《锦瑟词》一卷，陈乃乾收入《清名家词》，但其诗学深而词学浅，这一段话把秦、黄、周、柳、姜、史及李清照划为一派，把握就很粗糙。大致说来，他的三派说是在宽泛意义的婉约派与豪放派之外，再加上宋初的晏殊、欧阳修一派。刘熙载《艺概·词曲概》中称"宋子京词是宋初体"，汪氏所谓"欧、晏正其始"，大概也就是"宋初体"之意吧。

清代词论家中，于宋词分体别派最细的是晚清的陈廷焯。《白雨斋词话》卷八云：

> 唐宋名家流派不同，本原则一。论其派别，大约温飞卿为一体，皇甫子奇、南唐二主附之；韦端己为一体，牛松卿附之；冯正中为一体，唐五代诸词人以暨北宋晏、欧、小山等附之；张子野为一体；秦淮海为一体，柳词高者附之；苏东坡为一体；贺方回为一体，毛泽民、晁具茨高者附之；周美成为一体，竹屋、草窗附之；辛稼轩为一体；史梅溪为一体；吴梦窗为一体；王碧山为一体，黄公度、陈西麓附之；张玉田为一体。

这里说的是流派，实际上是在论风格。惟某人后有某某附之，似有因体成派之意。但把温庭筠和皇甫松、李璟、李煜划归一派，也让人觉得很难接受。因为陈廷焯的说法带有很大的随意性或个人色彩，所以这种说法在当时或以后没有得到多少认可与应和，也是很自然的事。

进入20世纪以来，现代词学家们对于宋词的析体别派表现出了前所未有的浓厚兴趣。薛砺若《宋词通论》是新中国成立以前所出版的一种比较具有现代意识的词史论著，这里面所提到的不少词派都是前人未曾提到的。他把宋词的发展分为三个时期，其中，仅在第二期就勾勒出了五大词派。这一章的题目是"柳永时期的意义与五大词派的并起"，而所谓五大词派，指的是"浅斟低唱的柳三变"、"横放杰出的苏轼"、"集婉约之成的秦观"、"艳冶派的贺铸"、"潇洒派的毛滂"。其他各章中，如"集大成的周邦彦"，南宋初年的"颓废的诗人"、"愤世的诗人"等等，虽未以流派命名，但显然也是作为实际的流派看待的。何况在此之后，还有姜夔为首的"风雅派"和以稼轩为首的"辛派词人"呢！

在近年来出版的宋词研究著作中,从宋词流派研究的角度来说,最引人注目的是刘扬忠先生的《唐宋词流派史》。在这部书中,刘扬忠先生在宋词部分一共开列了以下12个词派:

1. 以二晏一欧为骨干的北宋江西词派
2. 以柳永为开山祖的俚俗词派
3. 以诗为词、清疏旷达的东坡词派
4. 以周邦彦为代表的大晟词派
5. 北宋晚期的俳谐词派
6. 慷慨悲壮的英雄豪杰词派
7. 由感伤转入旷达的学苏派
8. 代表南宋前期审美主潮的稼轩词派
9. 清空骚雅的姜、张词派
10. 南宋中后期的学清真派
11. 丽密质实的梦窗词派
12. 宋末元初的江西词派

刘扬忠先生开列的这些词派,很多给人耳目一新之感。具体来看,他之所以能在传统的二派、三派说基础上推出这么多的流派,主要有两种推衍方式:一是细化,二是增补。细化者,如把以前的通前后而言之的"苏辛词派"分解为东坡词派、学苏派和稼轩词派三个词派;又如过去把南宋中后期的姜夔、吴文英等词人泛称为"格律派"或"风雅派",这里也分解成了"姜张词派"、"学清真派"和"梦窗词派"。所谓"增补",如其一头一尾所列的两个"江西词派",就是过去很少提到的。当然,刘扬忠先生所缕述的各个词派,大都有前人的说法为因由或依据,但他爬罗剔抉,搜奇抉逸,博采各种说法而集其大成,遂使宋词流派呈现出瓜瓞绵绵、前后相望之势。事实上如刘扬忠先生自序所云:此书实不仅为介绍唐宋词流派,而是"力图将此书写成一部以流派演变史为主的新型唐宋词史"。所以我们从这部书中,可以看到唐宋词史上的所有重要词人;而事实上唐宋时期的重要词人,有许多人都是特立独行之士,并不一定在各个流派的牢笼之内。我们看书中这样一些标题,如"笃守本色而又各树一帜的三位婉约词名家"(张先、秦观、贺铸)、"开径独行的女词人李清照"等等,就知道作者意在展示"连续的"词史,而不仅是在描述词派了。

在这些词派中,有一些似乎颇有根据,其实也很靠不住。如"大晟词派"。据王国维《清真先生遗事》考证,先后在大晟府供职的词人,有徐伸、田为、姚公立、晁冲之、江汉、万俟咏、晁端礼等,这也就是大晟词派的主要成员。在这七人中,姚公立无词作流传,徐伸、江汉各存词一首,田为存词 6 首,均很难判定其风格趋向。成就较大的万俟咏、晁端礼二人,王灼《碧鸡漫志》均划归柳永词派。就是晁冲之,况周颐《历代词人考略》卷十六亦称其慢词"纡徐排调,略似柳耆卿"。由此可见,把这些人"隐括"为"大晟词派",从风格来说并无多少依据,而仅仅因为他们均曾在大晟府供职而已。

又如所谓"江西词派",虽然有清人说法为因由,其实亦不足为据。厉鹗《论词绝句十二首》之九说:"不读凤林书院体,岂知词派有江西。"自注云:"元《凤林书院词》三卷,多江西人。"这里所谓"凤林书院词"指的是元初庐陵(今江西吉安)凤林书院所刻《名儒草堂诗余》,这是一部颇具地域特色的词选,其中如刘辰翁、罗志仁、文天祥等一批词人均为江西人。但这些人词的风格差别很大。如果说他们的词风异中有同的话,那也是因为他们大都是亡宋之遗民,而不是因为他们是江西人的缘故。宋初的所谓江西词派,更是以籍贯划派的结果。如刘毓盘《词史》第四章中云:"晏、欧二家,则以专力为之,晏家临川,欧家庐陵,王安石、黄庭坚皆其乡曲小生,接足而起,词家之西江派,尤早于诗家。"❶晏、欧词风固然相近,然仅二人尚不足称派,于是向下牵连王安石与黄庭坚,其实王、黄二人词与晏、欧之词,相去又岂可以道里计。假如只考虑籍贯地域,那么我们可以称张先、周邦彦等人为浙派,称柳永、胡寅等人为闽派,称苏轼、陈慥等人为川派,称晁补之、李清照等人为鲁派……如此重地域而不重风格,这样划分流派也就没有什么意义了。

除了以上各家列举的词派之外,近年来还有一些词家,不断挖掘或"追封"一些新的词派。如刘熙载《艺概·词曲概》偶然提到"张子野始创瘦硬之体",以与宋初词风相区别,有的学者就准此推衍,曰:

>"瘦硬体"是介于柳苏之间的一种词体,主要代表作家有张先、范仲淹、晏殊、欧阳修等,他们多为北宋前期的士大夫精英,不满意于温柳之香软肥俗,因而尝试借鉴诗体作法,化俗为雅,凝长为短,打破柳词奠基的词体通俗化的种种模式,因而称之为"瘦硬体"。❷

这也许说不得"增字解经",但却使人想到"肉骨生象"的说法。刘熙载只是新创一体,这里却推衍出了一个"阵容齐整"的词派来。下面还说,晏殊是"瘦硬体"的

---

❶ 刘毓盘:《词史》,上海书店 1985 年影印本,第 68 页。
❷ 王洪:《走向古典》,中国社会科学出版社 2002 年版,第 40 页。

中坚，欧阳修是承上启下，由瘦硬体向东坡体过渡，等等。其实，在一般人看来，晏殊、欧阳修的词既不"瘦"，也不"硬"，即使说他们不是一味软媚，那总也瘦不过山谷，硬不过白石；把晏、欧作为瘦硬体的中坚人物，虽有意出新却难以服人。

另外也有一些学者，如同贺铸喜欢给原有词调另起新名一样，喜欢对原有词派说法"注册"一个新的商标。例如因为前人指出白石清疏，梦窗丽密，就分别称以姜白石为代表的词派为疏派，称以吴文英为代表的词派为密派；又有人以为过去称以柳永为代表的词派叫"柳永词派"或"俚俗词派"，皆不足以揭示此派的主导风格，因命新名曰"颓放词派"。事实上，一味从古固不必，而似此标新立异则不免"尖新"之感。

总之，浏览近年来的词学著作，会给人一种感觉，在宋词研究领域（事实上不仅是宋词领域），研究者似乎认为流派越多越好，或者说不少研究者总在祈望发掘出新的词派来。唐弢先生在几十年前指出的"硬凑流派"的现象，已从现代文学蔓延到古代文学领域来了。唐弢先生说：

> 我们说流派，一定要注意从风格（包括内容和形式）上鉴别。不能一讲流派，就这也是流派，那也是流派。硬凑流派不行。我感到近来把流派划得太多了。流派是自然形成的，不是人为滥划的。❶

当然，人们在发掘或追封新的宋词流派时，大都会找到一点因由，但这不是自然发现、妙手偶得，而是壁痕成画、按图索骥的结果。之所以产生这种"流派越多越好"的意识以及"硬凑流派"的现象，可能还是因为过去流传已久的一种似是而非的说法，即众多文学流派的出现标志着文学的繁荣。事实上这是一个伪命题。检点一下中国文学史就可看出，唐代文学很繁荣，而唐代并没有几个真正意义上的文学流派。明代自觉"拉帮结派"形成的标准的文学流派很多，首领、群体、口号等等一应俱全，而明代文学的成就却并不高。只能说文学流派的产生是文学史发展到一定阶段的产物，而与文学的繁荣与否并没有必然的联系。

学术界也有人认为，宋代词坛上有群体和群体风格，却并无流派可言。施蛰存先生就说过："婉约、豪放是风格，在宋词中未成派……北宋词只有'侧艳'和'雅词'二种风格。论南宋词，稼轩是突出人物，然未尝成派。"❷谢桃坊亦云："宋代词和词

---

❶ 唐弢：《艺术风格与文学流派》，《社会科学战线》1983年第4期。
❷ 见施蛰存、周楞伽《词的"派"与"体"之争》，《西北大学学报》1980年第3期。

论家们虽然具有风格类型的概念和群体风格的意识,他们也重视个体风格的批评;这些固然是构成文学流派的要素,然而在宋词发展过程中却始终没有使这些要素发展为一个流派。"❶一方面认为宋词流派有十余个之多,另一些人却认为一个真正的流派也没有,这是两个极端。这两种截然对立的意见至少也可以说明,宋代词坛上的所谓流派并不是那么典型的,否则就不会见仁见智形成如此之大的反差了。

二、宋词四大流派

以前人的说法为基础,以共时性词人群体风格趋同性为主要标志,宋代词坛上主要有四个流派。以下试作简明勾勒辨证。

1. 柳永词派

这是一个以师承"柳氏家法"而形成的词派,也有人从风格角度称为俚俗词派。柳永有俗词,也有雅词,但宋人一致认定柳词的特点就是"俗"。传为李清照所作《词论》说他的词"虽协音律,而词语尘下";王灼《碧鸡漫志》说"惟是浅近卑俗,自成一体,不知书者尤好之";严有翼《艺苑雌黄》说"彼其所以传名者,直以言多近俗,俗子易悦故也";徐度《却扫编》卷下说"其词虽极工致,然多杂以鄙语,故流俗人尤喜道之";黄升《唐宋以来绝妙词选》卷五说他"长于纤艳之词,然多近俚俗,故市井之人悦之";沈义父《乐府指迷》说"康伯可、柳耆卿音律甚协,句法亦多有好处,然未免有鄙俗语"。如此异口同声,可见柳永虽有雅词,而当时市井流传,更多的是其俗词。这里所谓"俗",不是粗俗之俗,也不是俚俗之俗。就是说不是俗在语言风格,而是俗在通俗文学的市民情趣。钱斐仲《雨华庵词话》云:"柳七词中,美景良辰,风流怜惜等字,十调九见。"《四库全书总目》关于《乐章集》提要云:"盖词本管弦冶荡之音,而永所作旖旎近情,故使人易入。虽颇以俗为病,然好之者终不绝也。"这就是说,柳词之俗,主要是艳情之俗套,是"愿奶奶兰心蕙性",佳人才子、莲脸粉腮一类市民文学之俗。王灼《碧鸡漫志》卷二说:"沈公述,李景元,孔方平、处度叔侄,晁次膺,万俟雅言,皆有佳句,就中雅言又绝出。然六人者,源流从柳氏来,病于无韵。"这些人生活在北宋中后期,比柳永可以说晚了一个时代。王灼所谓"源流从柳氏来",就是说这是一个因追步柳永词风而形成的词派。

晁端礼、万俟咏皆曾在大晟府任职,当入"大晟词派",相关论述亦较多,这里对其他几位词人略作介绍。

沈唐,生卒年不详,字公述。他曾为韩琦门客,又曾作《望海潮上太原知府王君

---

❶ 谢桃坊:《宋词流派及风格问题商兑》,收入其论文集《宋词辨》,上海古籍出版社 1999 年版。

觌尚书》一词,王君贶即王拱辰,其知并州在皇祐元年(1049年)至皇祐四年(1052年)之间,于此可以想见,沈唐生活年代乃与柳永同时而略晚。《全宋词》据《乐府雅词》、《唐宋诸贤绝妙词选》等录其词4首,断句二则,《全宋词补辑》另辑录其词1首。传为李清照《词论》把沈唐与张先、宋祁、元绛、晁端礼等人一起评述,亦表明在北宋词坛上,沈唐还是有些地位的。沈唐当时最传诵的词为《念奴娇》:

> 杏花过雨,渐残红零落,胭脂颜色。流水飘香人渐远,难托春心脉脉。恨别王孙,墙阴目断,手把青梅摘。金鞍何处,绿杨依旧南陌。　消散云雨须臾,多情因甚,有轻离轻拆。燕语千般,争解说、些子伊家消息。厚约深盟,除非重见,见了方端的。而今无奈,寸肠千恨堆积。

这首词上片写景,下片言情,从意脉到字面,都与柳词相似。置于《乐章集》中,亦真的是楮叶莫辨。他的另一首《望南云慢·木芙蓉》亦是如此。当王灼把沈唐列入柳氏源流一队中的时候,这样的艳情词显然构成了有力的佐证。沈唐另有一首《望海潮》,也完全是对柳永同调词的规仿之作:

> 山光凝翠,川容如画,名都自古并州。箫鼓沸天,弓刀似水,连营十万貔貅。金骑走长楸,少年人一一,锦带吴钩。路入榆关,雁飞汾水正宜秋。追思昔日风流,有儒将醉吟,才子狂游。松偃旧亭,城高故国,空余舞榭歌楼。方面倚贤侯。便恐为霖雨,归去难留。好向西溪,恣携弦管宴兰舟。

试把这首词与柳永《望海潮》(东南形胜)一首对读,便可知它们的结构布局与声容气象多么相似。柳永写的是杭州,沈唐写的是并州(太原),城市面貌相差很大,可是两首词却依然神似。明人杨慎《词品》卷五称金人邓千江上兰州守《望海潮》一词,"全步骤沈公述上王君贶一首",应该说很有见地,但不知沈氏《望海潮》乃是从柳永一脉传来。总之,以沈唐归属柳永词派,是有充分依据的。

李甲,生卒年不详,字景元,号华亭逸人,华亭(今上海松江)人。能诗善画,尤工于词。与苏轼交往唱和。《携李诗系》卷二录其《题竹和东坡韵》七绝一首。《苏轼诗集》卷四十八有《题李景元画》:"闻说神仙郭恕先,醉中狂笔势澜翻。百年寥落人何在?只有华亭李景元。"于其画推崇甚至。又厉鹗《宋诗纪事》录李甲《题画》诗云:"谁泼烟云六尺绡,寒山秋树晚萧萧。十年来往吴淞口,错认溪南旧板桥。"可以想见其水墨淡逸的画风,其诗亦有韵致。这些都表明李甲本非俗人,至于其追步柳永的词风,那是因为当时风会如此。以雅词为标榜的曾慥《乐府雅词》录其词8首,也可以使人想见他的词原是雅俗并陈的,只是除了这8首"雅词"之外,别的词大都失传了。《全宋词》录其词9首,多出来的一首《少年游》采自《梅苑》卷十,还是把署名李景先视作李景元之误而权且收入的。然而就是从这8首词来看,把李甲视为柳永词派中人亦为不诬。兹录其颇受好评的《帝台春》一首:

> 芳草碧色,萋萋遍南陌。暖絮乱红,也知人、春愁无力。忆得盈盈拾翠侣,共携赏、凤城寒食。到今来,海角逢春,天涯为客。 愁旋释,还似织;泪暗拭,又偷滴。谩伫立,遍倚危阑,尽黄昏,也只是、暮云凝碧。拼则而今已拼了,忘则怎生便忘得。又还问鳞鸿,试重寻消息。

据《高丽史·乐志》此首作无名氏词,明代蒋一葵《尧山堂外纪》卷四十一又误作李璟词,但南宋初曾慥《乐府雅词》卷下作李甲词,应无疑问。"拼则而今已拼了,忘则怎生便忘得"二句,口语直述,亦可视为柳永词风。

孔夷,生卒年不详,字方平。北宋诗僧参寥《参寥子诗集》卷十一有《孔子韶方平与其侄处度相访于香山作此诗以赠之》诗,或当以子韶为号。汝州龙兴(今河南宝丰)人。绝意仕进,与李廌为诗酒侣。自号滍皋渔父,又隐名为鲁逸仲。曾辑词选《兰畹曲会》,不传。王灼《碧鸡漫志》卷二曰:"《兰畹曲会》,孔宁极先生之子方平所集,序引称无为、莫知非,其自作者称鲁逸仲,皆方平隐名,如子虚、乌有、亡是之类。"据此可知黄升《花庵词选》所选鲁逸仲,实即孔方平之化名。《全宋词》据《花庵词选》录存其词3首。皆为慢词,黄升称其"词意婉丽,似万俟雅言"。实际上仅能判定其大致风格祈向,至于说似柳、似周抑或似秦观,仅凭这3首词均不足判定。录其较佳者《南浦·旅怀》一首:

> 风悲画角,听单于、三弄落谯门。投宿骎骎征骑,飞雪满孤村。酒市渐阑灯火,正敲窗、乱叶舞纷纷。送数声惊雁,乍离烟水,嘹唳度寒云。 好在半胧溪月,到如今、无处不销魂。故国梅花归梦,愁损绿罗裙。为问暗香闲艳,也相思、万点付啼痕。算翠屏应是,两眉余恨倚黄昏。

这首词遣词琢句,精致而警峭。其用韵与意象,与秦观《满庭芳》(山抹微云)一词相近,但不知孰先孰后耳。若方之柳永,亦当为柳词中雅洁者。

孔榘,生卒年不详。字处度,工词,与叔父孔夷齐名。南宋初黄大舆编咏梅词选曰《梅苑》,录其词 2 首,《全宋词》据以录入,即今亦仅存此 2 首。王灼以其归入柳永词派,绝不会只凭这两首咏梅词,而他可能有的艳情词作,今已不可复见了。录其《鼓笛慢》一首:

数枝凌雪乘冰,嫩英半吐琼酥点。南州故苑,何郎遗咏,风台月观。疏影横斜,暗香浮动,水寒云晚。笑浮花浪蕊,娇春万里,空零落,愁莺燕。　　游子寂寥暮景,向天边、几回相见。玉人纤手,殷勤攀赠,欲行微盼。越使归来,汉宫妆罢,昭华流怨。念湘江梦杳,窗前疑是,此情何限。

这是一首比较单纯的咏梅词,化用了"疏影横斜、暗香浮动"等写梅名句,编织进何逊咏梅、陆凯赠范晔诗等咏梅典故。从立意构思来说无大过人处,然而工稳熨帖,亦当为可读之作。

2. 东坡词派

东坡词派由两类人构成。一类是他的及门弟子,如晁补之和黄庭坚。晁补之可以说是有意追随,黄庭坚则是气质相近又加上耳濡目染,不求似而自合。另一类是北宋与南宋之交的后进词人,如叶梦得与陈与义。他们也无意于追仿东坡,但当南渡之后,世事沧桑,人多感慨,沿柳、周一途则不足以抒写牢骚郁怒,再加上元祐党禁之后,东坡已成士大夫景仰心仪的偶像,于是词风自然倾向于东坡范式。至于王灼《碧鸡漫志》卷二所列举的蒲大受、苏在庭、石耆翁等人,在词史上早已湮没不彰,这里就不再介绍了。

在"苏门四学士"中,以秦观的成就为最高,但他与乃师词风并非一路。张耒作词甚少而成就不大,可以不论。唯有黄庭坚与晁补之的词风和东坡相近。王灼《碧鸡漫志》卷二说:"晁无咎、黄鲁直皆学东坡,韵制得七八。"况周颐《蕙风词话》卷二说:"有宋熙丰间,词学称极盛。苏长公提倡风雅,为一代山斗。山谷、无咎皆工倚声,体格与长公为近。"这些说法是对的,然而又不够准确。即异中求同,黄、晁二家词皆有与东坡相似处;同中求异,黄、晁二家又有许多不同。

黄庭坚存词 192 首。单从数量上来说,比秦观、晁补之,甚至比专门词人周邦彦、李清照等还要多。但他似乎一直把词看作诗文之余事,从未想过以词得名或以词与人争胜。刘熙载说他"故以生字俚语侮弄世俗",冯煦说他词中多有"亵浑之作",其实都反映了他以词为戏的态度。另外,黄庭坚倔强的个性也决定了他特立独行的创作风度。其《题乐毅论后》诗云:"随人作计终后人,自成一家始逼真。"他在诗与书法方面都与东坡并称,但两家风格相去甚远。在词作方面也是如此。缪缪钺先生《论黄庭坚词》一文引首绝句云:"平生不愿随人后,书法诗篇见异才。余事填词犹倔强,门墙肯傍大苏来?"❶末句中的"肯"字当训为"岂"或"岂肯"之意。如苏轼《赠写御容妙善师》:"平生惯写龙凤质,肯顾草间猿与獐";杨万里《寄周舍人子充》诗:"省斋先生太高寒,肯将好诗博好官";都是此种用法。黄庭坚于苏轼极为亲近又极为尊敬,但在诗词创作上不肯亦步亦趋,这既是个性问题,从事文学艺术创作亦正当如此。

那么黄庭坚又何以会与东坡词风相近呢? 这首先在于以诗为词的创作态度。李之仪说词"自有一种风格",李清照说"词别是一家",而苏轼有时拿词当诗来写,黄庭坚则几乎从来都是以诗为词的。单是在"词的诗化"这一点上,二人就已经有几分相似之处了。《后山诗话》说:"子瞻以诗为词,如教坊雷大使之舞,虽极天下之工,要非本色。"晁补之则说:"黄鲁直间为小词,固高妙,然不是当行家语,乃著腔子唱好诗也。"对于苏、黄二家的批评,竟是如此的口吻毕肖,正表明以诗为词是二家的共同特点。进一步来说,他们在以诗为词的同时,也就在变伶工之词为士大夫之词,而他们的胸怀襟抱与审美趣味又是相通相近的,这是使得山谷词与东坡词自然谐合的深层原因。除了人们常提到的《水调歌头》(瑶草一何碧)、《鹧鸪天》(黄菊枝头生晓寒)等篇之外,这里再来选录两首《南歌子》:

　　诗有渊明语,歌无子夜声。论文思见老弥明,坐想罗浮山下羽衣轻。
　　何处黔中郡,遥知隔晚晴。雨余风急断虹横,应梦池塘春草若为情。

这是黄庭坚贬居黔州时思念苏轼的作品。那时苏轼在惠州,即所谓"罗浮山下",苏轼的"和陶诗"大都写于这一时期。"歌无子夜声"与"诗有渊明语"相对,应是指词而不再是说诗,就是说东坡词不是沿袭南朝民歌那样写男欢女爱。下片"断虹横"的"横"字稍嫌生硬,就整首而言,疏快轩豁,与东坡词有相通处。又:

　　槐绿低窗暗,榴红照眼明。玉人邀我少留行,无奈一帆烟雨画船轻。
　　柳叶随歌皱,梨花与泪倾。别时不似见时情,今夜月明江上酒初醒。

这是山谷词中较为婉雅的作品,写玉人而不媚,言情而不滞,亦与东坡词风相似。

晁补之是苏门弟子中唯一的有意追步苏轼词风的人。如果说他的词还不太像

---

❶ 见《缪钺说词》,上海古籍出版社1999年版,第73页。

东坡,那恐怕只能是才力问题了。刘熙载《艺概·词曲概》云:"东坡词在当时鲜与同调,不独秦七、黄九别成两派也。晁无咎坦易之怀,磊落之气,差堪骖靳。然悬崖撒手处,无咎莫能追蹑矣。"张尔田《忍寒词序》云:"学东坡者,必自无咎始,再降则为叶石林,此北宋正轨也。"均以晁氏为东坡之词坛同调。其词集中多有与东坡唱和之作,如《八声甘州·扬州次韵和东坡钱塘作》、《满庭芳·用东坡韵题自画〈莲社图〉》之类,不只是用东坡词韵,而直是前喁后于,递声应答。又如《洞仙歌·填卢仝诗》,很明显是在效东坡隐括《归去来辞》,《四库全书总目》亦称"其词神姿高秀,与轼实可肩随"。可见其于东坡词,已不仅是心向往之,当其气到神到,已可臻东坡词境。录其《临江仙》二首:

> 谪宦江城无屋买,残僧野寺相依。松间药白竹间衣。水穷行到处,云起坐看时。　一个幽禽缘底事,苦来醉耳边啼。月斜西院愈声悲。青山无限好,犹道不如归。

> 十岁儿曹同砚席,华裾织翠如葱。一生心事醉吟中。相逢俱白首,无语对西风。　莫道樽前情调减,衰颜得酒能红。可怜此会意无穷。夜阑人总睡,独绕菊花丛。

前一首为其坐元祐党籍,谪监信州酒税时作,虽然困窘潦倒,仍不失空灵旷逸。后一首为晚年与少时小友相聚时作。由少同砚席到白首相逢,感慨见于言外。这些词,从人生姿态到意趣情调,与苏轼都有相似处。这是长期濡染的结果,而不仅仅是技法上的模拟。

叶梦得与苏轼,时代先后相接,论戚谊交往,亦不无关系。其叔祖叶温叟,与苏轼为同年。其母晁氏,乃晁补之二姊。关注《石林词跋》称其早期之词,"婉丽绰有温、李之风。晚岁落其华而实之,能于简淡时出雄杰,合处不减靖节、东坡之妙"。《四库全书总目》卷一九八《石林词》提要先引关注语,然后辨析说:"考倚声一道,去古诗颇远。集中亦惟《念奴娇》'故山渐近'一首杂用陶潜之语,不得谓之似陶。注所拟殊为不类。至于'云峰横起'一首,全仿苏轼'大江东去',并即参用其韵。又《鹧鸪天》'一曲青山'后阕,且直用轼诗语足成。是以旧刻颇有与东坡词混入者,则注谓梦得近于苏轼,其说不诬。"其实,关注说叶梦得词"合处不减靖节、东坡之妙",乃是说其神理意味,而不是说格律声色。其中包括旷达的人生态度和从容洒脱的创作风度。这是造成词风的内蕴或底色。四库馆臣的考辨反倒有胶柱鼓瑟之嫌了。

南渡初年，追步东坡的还有陈与义等人。陈与义词仅存18首，前人却给予很高的评价。黄升《中兴以来绝妙词选》卷一说他："词虽不多，语意超绝，识者谓其可摩坡仙之垒也。"明代杨慎《词品》卷四亦称其《渔家傲》（今日山头云欲举），以及《虞美人》"吟诗日日待春风，及至桃花开后却匆匆"，《南柯子》"阑干三面看晴空，背插浮图千尺冷烟中"等句，"皆绝似坡仙语"。晚清时陈廷焯《白雨斋词话》卷一亦称其《临江仙》（忆昔午桥）一首"笔意超旷，逼近大苏"。如此众口一词，可见陈与义之与东坡词，乃有意追步而非偶合。

3. 稼轩词派

南宋词坛上亦有两派。清代张其锦《梅边吹笛谱跋》云：

  填词之道，须取法南宋，然其中亦有两派焉。一派为白石，以清空为主，高、史辅之，前则有梦窗、竹山、西麓、虚斋、蒲江，后则有玉田、圣与、公谨、商隐诸人，扫除野狐，独标正谛，犹禅之南宗也。一派为稼轩，以豪迈为主，继之者龙洲、放翁、后村，犹禅之北宗也。

这里且不管南宗、北宗之别，正谛、野狐之辨，把南宋词人大别为两派，还是妥当的。至于今人每言吴梦窗不同于姜白石，实际上未足另成一派，强为梦窗拉扯队伍，实际上与白石之分别不过在毫厘之间。研究者或不厌其细，但作为宏观考察，分成二派足矣。

稼轩词派，或称辛派，或因其主导风格称为豪放词派，或因其主要思想倾向称为爱国词派。这是宋代词史上最符合现代意义文学流派标准的词派。有辛弃疾这样的领袖人物，有共时性的气味相投、彼此交往唱酬的词人群体，有相通相近的思想倾向和审美追求。这是宋代词坛的奇伟景观，因为它们的存在，才会形成婉约与豪放二水分流、双峰并峙的"地貌"特征。

稼轩词派中人，除了本书第二章中述及的辛弃疾、陆游、张孝祥、陈亮、刘过等人外，还有韩元吉、赵善括、杨炎正诸家。

韩元吉及其子韩淲父子二人均为稼轩词派中人。元吉（1118—1187），字无咎，晚号南涧翁。本为开封雍丘（今河南杞县）人，郡望颍川（今河南许昌），韩维四世孙。宋室南渡后，寓居信州（今江西上饶）。官至吏部尚书。著述有《南涧甲乙稿》，今存词82首。《四库全书总目》卷一六〇《南涧甲乙稿提要》中云："元吉本文献世家……其学问渊源，颇为醇正。其他以诗文倡和者，如叶梦得、张浚、曾几、曾丰、陈岩肖、龚颐正、章甫、陈亮、陆游、赵蕃诸人，皆当代胜流，故文章矩矱，亦具有师承。"

黄升《中兴以来绝妙词选》称其"政事、文学为一代冠冕"。录其《水调歌头·雨花台》一首：

> 泽国又秋晚，天际有飞鸿。中原何在，极目千里暮云重。今古长干桥下，遗恨都随流水，西去几时东？斜日动歌管，萸菊舞西风。　　江南岸，淮南渡，草连空。石城潮落，寂寞烟树锁离宫。且斗尊前酒美，莫问楼头佳丽，往事有无中。却笑东山老，拥鼻与谁同。

这首词当作于乾道三年（1167年）秋，韩元吉当时在建康任江东转运判官。雨花台在建康，即今江苏南京市。因为这里是六朝旧都，故历来登高怀古，往往慨想六朝尤其是南朝兴亡之事。而南京又在长江南岸，登高可北望沦陷于金国的中原地区，这样就把登临怀古与现实感慨联系在一起了。这首词力度虽不如稼轩，然亦以英雄自视，有俊拔可喜之概，一望可知为稼轩词派中人。

韩淲（1159—1224），字仲止，号涧泉，韩元吉子，晁说之孙婿。壮岁即休官不仕。诗词皆有可观。同时赵蕃号章泉，有诗名，与韩淲（涧泉）并称为"二泉"。《全宋词》录存其词197首。其《贺新郎》题注云："坐上有举昔人《贺新郎》一词，极壮，酒半，用其韵。"据其用韵，知所谓"昔人"之词，乃张元幹的名作《贺新郎·寄李伯纪丞相》。韩淲因其身份、经历所限，其词无英雄之气，而多宽闲意味，可视为稼轩词派外围人物。

杨炎正（1145—？），字济翁，庐陵（今江西吉安）人。杨万里族弟，宁宗庆元二年（1196年）进士，曾任滕州知州。有词集《西樵语业》，《全宋词》录存38首。其中与辛弃疾唱和者6首。明代毛晋《西樵语业跋》称其词"俊逸可喜，不作妖艳情态"；《四库全书总目》卷一九八《西樵语业提要》称："其纵横排奡之气，虽不足敌辛弃疾，而屏绝纤秾，自抒清俊，要非俗艳所可拟。一时投契，盖亦有由云。"录其《水调歌头·登多景楼》一首：

> 寒眼乱空阔，客意不胜秋。强呼斗酒，发兴特上最高楼。舒卷江山图画，应答龙鱼悲啸，不暇顾诗愁。风露巧欺客，分冷入衣裘。　　忽醒然，成感慨，望神州。可怜报国无路，空白一分头。都把平生意气，只做如今憔悴，岁晚若为谋。此意仗江月，分付与沙鸥。

多景楼在今江苏镇江北固山上，下临长江，在宋与金南北对峙的情况下，爱国志士无论是登多景楼,还是像辛弃疾《永遇乐》词所描写的登北固亭,都会涌起无穷的悲慨。杨炎正虽然入世未深,手中无兵无权,但由于和辛弃疾交往投契,其报国的豪情与失意的悲凉,与稼轩词的境界情调非常相似。

赵善括,生卒年不详。字无咎,号应斋。宋宗室,寓居隆兴(今属江西南昌)。孝宗朝进士;淳熙年间先后知鄂州、廉州等。有《应斋杂著》,存词49首。《四库全书总目》卷一六〇《应斋杂著提要》称其"诗词多与洪迈、章甫唱和,而与辛弃疾酬唱尤多。其词气骏迈,亦复相似。观其《金陵有感》诗,有'谢安王导亦可罪,至今遂使南北分'句,其不满于湖山歌舞、文恬武嬉,意趣盖与辛弃疾等,固宜其相契也"。录其《水调歌头·渡江》一首:

山险号北固,景胜冠南州。洪涛江上乱云,山里簇红楼。堪笑萍踪无定,拟泊叶舟何许,无计可依刘。金阙自帷幄,玉垒老貔貅。　　问兴亡,成底事,几春秋。六朝人物,五胡妖雾不胜愁。休学楚囚垂泪,须把祖鞭先著,一鼓版图收。惟有金焦石,不逐水漂流。

这里提到北固山和金焦二山,则其"渡江"当在京口(今镇江)一带。由其地想到三国和南北朝,指点江山,俯仰今古,与辛弃疾《永遇乐·京口北固亭怀古》、陈亮《念奴娇·登多景楼》同其感慨。同一词派中人思想感情与创作风格如此相通相近,也只有稼轩词派是如此。

4. 白石词派

白石词派是南宋后期与稼轩词派并行的一大流派。因其相对辛派词人而言更为注重格律而被称为格律派,又或因其风格倾向被称为骚雅词派。关于这一词派的阵容,清初浙派词人的领袖朱彝尊和汪森曾作过系统描述。朱彝尊《黑蝶斋诗余序》中云:"词莫善于姜夔,宋之者张辑、卢祖皋、史达祖、吴文英、蒋捷、王沂孙、张炎、周密、陈允平、张翥、杨基,皆具夔之一体。"汪森《词综序》又作了进一步的演绎:

西蜀南唐而后,作者日盛。宣和君臣,转相矜尚,曲调愈多,流派因之亦别。短长互见,言情者或失之俚,使事者或失之伉。鄱阳姜夔出,句琢字炼,归于醇雅。于是史达祖、高观国羽翼之,张辑、吴文英师之于前,赵以夫、蒋捷、周密、陈允衡、王沂孙、张炎、张翥效之于后。譬之于乐,舞箾至于九变,而词之能事毕矣。

由这两个名单来看,南宋后期的重要词人,除了刘克庄、刘辰翁等辛派词人之外,大都被网罗在内。可见稼轩与白石二派,俨然两大阵营,一时词人,亦大有"不归杨则归墨"之概。

白石词派中人,在近现代声望日隆,与白石形成分庭抗礼之势的是吴文英。因为崇奉者多,久之便有另立门户之意。于是就有人推举文英为另一词派的渠帅,而不是白石派的偏将。如詹安泰《宋词风格流派略谈》划宋词为八派,就称吴梦窗为"密丽险涩"派的代表,以别于姜夔一派的"骚雅清劲"。近年来,刘扬忠《唐宋词流派史》亦取此说,并对梦窗词派中人作了进一步的阐述。

我们以为,白石词也许范围不了吴梦窗,但硬要勾勒出一个梦窗词派来却是不必要的。要而言之,梦窗与白石的关系,或可视为派内分支的关系。朱彝尊说吴文英等人"皆夔之一体";郭麐《灵芬馆词话》卷一讲到"姜张"一派时说,"梦窗、竹屋,或扬或沿",都有以梦窗为白石词派支流的意味。把这层意思说得最明确的是清代江春为陆钟辉刊白石集所作序。他说:"以禅宗论,白石为曹溪六祖能,竹屋、梦窗、梅溪、玉田之流,则江西让、南岳思之分支也。"❶以禅宗论词,既形象又真切。试图让吴梦窗与姜白石平起平坐,应是晚清词学家吹嘘膨胀的结果,究其实不过是白石词派中的一个分支而已。

第三节 婉约与豪放

一般的宋词爱好者,都知道宋词有两大派,一派婉约,一派豪放。也许还知道"十七、八女孩儿,持红牙板,唱'杨柳岸晓风残月'",和"关西大汉,绰铁板,唱'大江东去'"的故事。这也许算不得故事,只是个说法而已。但是它太生动了,太形象了,既有趣味,又有品位;可以在课堂上讲,也可以说给朋友听,而效果总是很好的。也许就因为这么朴素的原因,它很容易被人记住和流传,所以这也许是和宋词有关的最普及的常识。然而词学专家们却说,把宋词分为婉约与豪放二派是不对的,既不科学,也没有意义。他们很矜持地揶揄这些外行的说法,或是说这种似是而非的说法根本不足以反映宋词丰富多彩的全貌。可是在大、中、小学的讲台上,在日常生活中的茶余饭后,人们仍然在讲宋词有婉约、豪放两派,仍然津津乐道"十七、八女孩"和"关西大汉"的有趣比照。

---

❶ 见夏承焘《姜白石词编年笺校》附录,中华书局1961年版,第193页。

词学家和一般宋词爱好者闹别扭好像不止一次了。比如：朱彝尊和万树都说把词分为小令、中调、长调是很可笑的做法，可是数百年来这仍然是最通行的词调分类法。又如晚清以来，词学专家尊奉吴梦窗为词坛教主，而在一般读者群中，喜欢吴梦窗的人，或者喜欢吴梦窗超过秦观、李清照、苏轼、辛弃疾的人，仍然是极少数。看来词学家与一般宋词爱好者闹别扭，遭遇尴尬的只能是词学家。

一、婉约、豪放是词学范畴

詹安泰先生曾说，把宋词分为婉约与豪放两派，"是论诗文的阳刚阴柔一套的翻版，任何文体都可以通用"❶。说婉约、豪放两派说是阳刚阴柔一套的翻版，虽有嘲弄意味，却有见地，但说"任何文体都可以通用"，却不准确。原因在于，豪放或可用于诗文，婉约似乎止可用于词。《二十四诗品》中有"豪放"而无"婉约"，就是这个道理。婉约可以说是词的基本风格、典型风格，是晚唐五代即已形成的传统风格，是词体当行、本色、正宗的基本风格指向。也只有在这种词体个性认知的背景下，宋人才会拈出豪放的风格概念以与婉约相对。由此可知，婉约与豪放就只能是一对并列的词学批评范畴，用于其他文体就会是勉强的或不适当的。

婉约作为词的基本风格之形容界定，正好适应了词的女性文学特质。和其他许多文学风格术语一样，婉约与豪放也是由人的风度气质的品藻鉴赏用语引入词学的。

婉约，本用于形容女性的容态。如王粲《神女赋》："扬娥微眺，悬藐流离；婉约绮媚，举动多宜。"唐康骈《剧谈录》"玉蕊院真人降"条："峨髻双鬟，无簪珥之饰；容色婉约，迥出于众。"都是形容女性宛转轻约的体态。又引申为卑顺的态度。《国语·吴语》："夫固知君王之盖威以好胜也，故婉约其辞，以从逸王志。"韦昭注："婉，顺也；约，卑也。"刘义庆《世说新语·言语》"南郡庞士元闻司马德操在颍川"条，刘孝标注引《司马徽别传》："其妇谏曰：'人质所疑，君宜辨论，而一皆言佳，岂人所以咨君之意乎？'徽曰：'如君所言，亦复佳。'其婉约逊遁如此。"魏晋以后，婉约一词渐移用于文学品赏。晋陆机《文赋》："或清虚以婉约，每除烦而去滥"；南朝梁王筠《昭明太子哀册文》："属词婉约，缘情绮靡"；南朝陈徐陵《玉台新咏序》："阅诗敦礼，岂东邻之自媒；婉约风流，异西施之被教。"这里婉约或与"绮靡"对举，或与"风流"并提，可见其引入文学鉴赏之后，仍有女性化的妩媚轻柔等审美意味。

晚唐五代是词体个性形成的时代，而《花间集》则可以说是词体典型风格之载

---

❶ 詹安泰：《宋词风格流派略谈》，见《宋词散论》，广东人民出版社1980年版，第52页。

体。那时的词既以写女性为主,又以女性演唱为主要传播方式,玉台花间,闺阁庭院,自然形成了婉约妩媚的基本风格。当李之仪说词"自有一种风格"时,他还没有来得及提炼出"婉约"之类的风格术语,但他凭直感说"大抵以《花间集》中所载为宗",而婉约正可说是《花间集》的基本风格。南宋初张衡为张孝祥作《张紫微雅词序》中说:"昔东坡见少游《上巳游金明池》诗,有'帘幕千家锦绣垂'之句,曰:'学士又入小石调矣。'世人不察,便谓其诗似词。"其实"世人"不误,东坡说秦观诗"又入小石调",小石调正可说是词风的代名词。元代燕南芝庵《唱论》中所谓"小石调旖旎妩媚",亦可作为婉约词风的注脚。

也正是在这种共识的基础上,人们才会不约而同地想到用"豪放"概念来形容以苏轼为代表的与传统有别的风格。

豪放本来也是用于人的行为作风的评语,指为人处世狂放不拘小节。如《北史·张彝传》称:"彝少而豪放,出入殿庭,步眄高上,无所顾忌。"《新唐书·李邕传》称"邕资豪放,不能治细行"。又秦观《徐君主簿行状》称"参军磊落豪纵,不耐细务",可见豪放与豪纵意义相近。如果说豪放只是人的一种性格特征,那么它被引入诗歌鉴赏之后,则更多称美意味。因为在中国文化传统背景下,论人以谨重为上,豪放虽不一定是缺点,也不过是一种中性语词;而一味拘谨,却有伤诗力与风骨,故以豪放论诗,反有难能可贵之意。《二十四诗品》中有"豪放"一品,其文曰:

> 观化匪禁,吞吐大荒。由道返气,处得易狂。
> 天风浪浪,海山苍苍。真力弥满,万象在旁。
> 前招三辰,后引凤凰。晓策六鳌,濯足扶桑。

清代孙联奎《诗品臆说》曰:"豪,乃豪杰、豪迈之豪,对龌龊猥鄙言。放,非放荡,乃推放,对局促言,即放乎四海之放也。惟有豪放之气,乃有豪放之诗,若无其胸襟气概,而故为豪放,其有不涉放肆者鲜矣。太白《将进酒》,少陵《丹青引》诸篇,试一披读,当得其大略。"看"前招三辰"等四句,似乎是描述屈原《离骚》中天界巡游境界。魏庆之《诗人玉屑》卷十四引黄庭坚曰"太白豪放,人中凤凰麒麟";又引王安石曰:"白之歌诗,豪放飘逸,人固莫及。"看来以李白为豪放诗风的代表,各家无异辞。

二、豪放之说因东坡词而发

在宋代词坛上,"豪放"作为词的风格术语,是伴随着东坡词产生的。先是苏轼本人以豪放评词,其《答陈季常》云:"又惠新词,句句警拔,诗人之雄,非小词也。但豪放太过,恐造物者不容人如此快活。"陈季常即陈慥,字季常,自号方山子。他是苏轼的朋友,其词今仅存《无愁可解》一首,纯系论理,不足以言风格。苏轼以诗论词,恐亦是夫子自道。宋人评东坡词,往往以豪放为言。赵令畤《侯鲭录》卷八引黄庭坚语:"东坡居士曲,世所见者数百首,或谓于音律小不谐。居士词横放杰出,自是曲子缚不住者。"❶这里所谓"横放杰出",意趣于豪放为近。其他如曾慥《东坡词拾遗跋》:

> 《东坡先生长短句》既镂板,算得张宾老所编,并载于蜀本者悉收之。江山秀丽之句,樽俎戏剧之词,搜罗几尽矣。传之无穷,想象豪放风流之不可及也。

朱弁《曲洧旧闻》卷五:

> 章楶质夫,作《水龙吟》咏杨花,其命意用事,清丽可喜。东坡和之,若豪放不入律吕,徐而视之,声韵谐婉,便觉质夫词有织绣功夫。

陆游《老学庵笔记》卷十六:

> 世言东坡不能歌,故所作乐府词多不协律。晁以道云,绍圣初,与东坡别于汴上,东坡酒酣,自歌古《阳关》。则公非不能歌,但豪放不喜裁剪以就声律耳。试取东坡诸词歌之,曲终,觉天风海雨逼人。

沈义父《乐府指迷》:

> 近世作词者不晓音律,乃故为豪放不羁之语,遂借东坡、稼轩诸贤自诿。诸贤之词,固豪放矣,不豪放处,未尝不叶律也。如东坡之《哨遍》,杨花《水龙吟》,稼轩之《摸鱼儿》之类,则知诸贤非不能也。

由此可见,宋人以豪放论词,是因苏轼词而发的。苏轼之前,当然也有豪放之作,如范仲淹《渔家傲》(塞下秋来风景异)之类,但那只是偶尔一见,不足以成为对传统词风的冲击。苏轼的词当然也不尽豪放,如果仅以数量言,其豪放词的数量也是有限的,但他有一批卓有影响的豪放词,还有一批虽称不得豪放,但也与婉约宗风迥异

---

❶ 胡仔《苕溪渔隐丛话》后集卷三十三引《复斋漫录》引晁补之《评本朝乐章》,亦有此数语。

的作品,无论说是超逸还是旷达,总之与传统的婉约词风大相径庭,所以时人及后人往往也都划归豪放词的范围了。宋人之所以不约而同地择定"豪放"以论苏词,那就足以说明他的那些豪放词作已经成为一种引人瞩目的词坛现象了。

现代词家中,吴世昌先生一直坚持反对婉约、豪放二派说,同时也一直反对把苏轼称作豪放词派的创始人。他在《宋词中的"豪放派"与"婉约派"》一文中说:

> "豪放"作品的例子,在东坡以前有李白,在东坡以后有辛弃疾。把这两个诗人的作品来比较苏轼这几首经常为人引证的名作,便可看出东坡的这几首作品只能说是旷达,连慷慨都谈不到,何况"豪放"。❶

这里提到的"这几首经常为人引证的名作",指的是苏轼豪放词的代表作,即《念奴娇》(大江东去)、《江城子》(老夫聊发少年狂)和《水调歌头》(明月几时有)等词作。如果这几首词都算不得豪放词,那么说苏轼是豪放词派的创始人当然也就成了子虚乌有之事了。在《有关苏词的若干问题》一文中,吴世昌先生在苏轼豪放词的界定上稍微作了一点让步。他说:

> 据我约略估计,龙榆生的《东坡乐府笺》共收词三百四十多首。像"大江东去"一类所谓"豪放"词,至多只有六、七首。……若因此而指苏东坡是豪放派的代表,或者说苏词的特点就是"豪放",那是以偏概全,不但不符合事实,而且是对苏词的歪曲,对作者也是不公正的。❷

吴世昌先生的反复论辩,对于前数十年间以豪放、婉约分阵营论褒贬的做法,有补偏救弊、正本清源的意义,但要从根本上否定豪放词派的存在以及苏轼于豪放词风的开创意义,皆不免矫枉过当。说苏轼是豪放词风的开创者,不是基于他本人豪放词的数量与比例,而是把他的词作放在北宋前中期百年词坛作风下比照的结果。他的真正意义的豪放词虽然不多却大都为脍炙人口的名篇。另外,他词作中以男性角色定位,以诗为词的作风,以及音律上的不太措意,等等,都可以视为豪放词风的构成要素。既然宋人都不约而同地以豪放一词来概括他与传统词风的变异性,那就已经足以说明问题了。

---

❶ 吴世昌:《罗音室学术论著》(第二卷)《词学论丛》,中国文联出版公司1991年版,第125页。
❷ 吴世昌:《罗音室学术论著》(第二卷)《词学论丛》,中国文联出版公司1991年版,第223页。

三、豪放与婉约有比并关系

值得指出的是,当宋人谈到东坡的豪放词风或由他开创的豪放词派时,他们其实是以传统的婉约词风为背景参照的。也就是说,当他们谈豪放词风、词派时,实际上是以豪放与婉约两相对待的。这种潜在的"两派说"在宋代已经酝酿很久了。

宋人对待豪放词派有三种不同的态度。一种是以婉约为正统,以豪放为变格别调。如传为陈师道所作《后山诗话》云:"退之以文为诗,子瞻以诗为词,如教坊雷大使之舞,虽极天下之工,要非本色。"南宋王炎《双溪诗余自序》云:"夫古律诗且不以豪壮语为贵,长短句命名曰曲,取其曲尽人情,惟婉转妩媚为善,豪壮语何贵焉。"前者说教坊雷大使之舞,虽工而非本色,那就是说不是论工拙优劣,而仅仅因为他是男性之舞者,而本色之舞应当是女性的便娟曼妙;王炎论词贵婉转妩媚而不贵豪壮,则其以婉约与豪放两相对待的意思更为明显。与之对立的是以豪放为词坛伟观,鄙婉约于不屑。如胡寅《题〈酒边词〉》云:"及至眉山苏氏,一洗绮罗香泽之态,摆脱绸缪宛转之度,使人登高望远,举首高歌,而逸怀浩气超乎尘垢之外。于是《花间》为皂隶,而柳氏为舆台矣。"陆游《跋东坡七夕词后》云:"昔人作七夕诗,率不免有珠栊绮疏惜别之意,惟东坡此篇,居然是星汉上语,歌之曲终,觉天风海雨逼人。"刘辰翁《辛稼轩词序》:"词至东坡,倾荡磊落,如诗如文,如天地奇观,岂与群儿雌声学语较工拙。"胡寅、放翁、辰翁皆当为豪放派中人,故谈及东坡豪放词即有顾盼自雄意味,这种论辩作风也是豪放之体现。第三种态度是只就两派风格作形容比较,不分正变或优劣。如晁补之、张耒说东坡词似诗,少游诗似词;俞文豹《吹剑续录》载东坡幕士所谓:"柳郎中词,只好十七八女孩儿,执红牙拍板,唱'杨柳外晓风残月',学士词,须关西大汉,执铁板,唱'大江东去'。"这里虽然没有出现豪放、婉约字样,但实际上是在论两种风格的异同。晚明时孟称舜选编曲集,把近于豪放者题为《酹江集》,近乎婉约者题为《柳枝集》,就是本此推衍、以词论曲的结果。由上可见,张綖说"词体大约有二,一体婉约,一体豪放"云云,自有其理论整合的意义,但宋人心目中早已有两种风格流派并列比照的意味,只是蕴而未发而已。

这里可以延伸提出一个话题,为什么宋人只是谈豪放词如何如何,而想不到拿豪放与婉约相提并论,偏要把这个发明权留待明人呢?这个问题现在看来是个问题,而从当时词坛背景来看一点也不奇怪。关于苏轼登上词坛时的背景描述,我们可以来看吴世昌先生的一段描述:

> 自唐五代到北宋,词的风格很相像,各人的作品相像到可以互"乱楮叶",

一个人的词掉在别人的集子里,简直不能分辨出来,所以也无法为他们分派别。实际上北宋人自己从来没有意识到他的作品是属于哪一派,如果有人把他们分成派别,贴上签条,他们肯定不会高兴的。笼统说来,北宋各家,凡是填得好的词都源于"花间",你说他们全都是"花间派",倒没有什么不可,但也不必多此一举,因为这是当时知识分子人人皆知,视为当然之事,你要特别指出北宋某人作品近于"花间",倒像说某处海水是咸的一样,所以我们如果说,五代北宋没有词派,比硬指当时某人属于某派更符合历史事实。❶

吴世昌先生这一段话,看上去直白朴素,实际上对于当时词坛的"原生态"状况,描述得非常准确。从这里可以看出,在苏轼之前的词坛上,可以说基本上都属于婉约派,因此倒很难形成婉约为"派"的概念来。婉约词风是传统,是背景,是基础,而豪放词风是这一传统、背景、基础之上的新变,因此这二者的关系当初并不是对等的。在后人看来,婉约与豪放二派犹如二水分流,双峰并峙,而在南宋辛派词人登上词坛之前,苏轼尽管有诗文场上的威名,在词坛上还是很孤立的。他身后也有一些"跑龙套"的角色,但也仍然不足以构成与婉约词风对等的阵容。豪放之成为与婉约相提并论的类概念,有待两个条件:一是到了南宋,辛派词人的群体加入,壮大了豪放词派阵营的声威;二是到了宋代之后,以婉约为正宗、为本色的观念有所淡化。只有到了这时,豪放词派虽然仍不免变格别调之讥,但已挣得与婉约派对等的地位了。

四、豪放与婉约派中有派

进入20世纪以来,尤其是20世纪后半期,受社会思潮的影响,婉约与豪放二派说的表述泛滥,逐渐成为教科书上的固定说法乃至权威说法。假如只是一般词学爱好者如此说,也许词学家们不会太较真;假如只是张綖、王士禛等个别人的表述,也许不至于成为学术热点。可是在相当长的一段时间内,一般的词选和教科书都把以苏、辛为代表的豪放词派看成是进步的、革新的词史主流,而把婉约派看成是保守的被批判和被否定的对象。这种以今例古的做法背离了词史的真实,因此为很多词学家所不满。"文革"结束之后,随着意识形态领域的拨乱反正,词学家们也纷纷就婉约与豪放的二分法表示了不同的看法。综合观之,这些词学家也可以分

---

❶ 吴世昌:《宋词中的"豪放派"与"婉约派"》,见《罗音室学术论著》(第二卷)《词学论丛》,中国文联出版公司1991年版,第125页。

成三派。

一派以吴世昌先生为代表,根本否认宋代词史上有豪放派;同时认为一般词人都是沿袭《花间》风格,从词体个性说都是婉约风格,因此也无所谓婉约派。他在80年代所发表的《宋词中的"豪放派"与"婉约派"》、《有关苏词的若干问题》等文,一直在试图澄清有关"豪放派"与东坡词的误解,在词学界产生了很大的影响。另外如施蛰存先生认为:"婉约、豪放是风格,在宋词中未成派。"❶也可以划归这一派。

第二派认为婉约与豪放二派说并不错,也有一定的概括功能,但仅此划分是不够的。先是詹安泰先生指出:"一般谈宋词的都概括为豪放和婉约两派。这是沿用明张綖(世文)评价东坡、少游的说法,是论诗文的阳刚阴柔一套的翻版,任何文体都可以通用,当然没有什么不对。不过,真正要说明宋词的艺术风格,这种两派说就未免简单化。"❷后来吴熊和先生《唐宋词通论》说得更具体也更深入。他说:

> 以婉约、豪放两派论词,有其长处,即便于从总体上把握词的两种主要风格与词人的大致分野。但若仅止于此,显然过于粗略。如同属婉约词人,温庭筠与韦庄、周邦彦与秦观、贺铸与晏几道,向来并称,但他们的相异之点实在不下于他们的相同之点,更不用说李清照与柳永相去之远了。同属豪放派的苏轼、辛弃疾之间,也不止是个貌同心异的问题,而是心貌各异,有难以强合之处。对这些创作上各有特色的词人,都不能以一体一派视之。他们还各有源流所自。如果失之简单化,反而使泾渭相混,雅郑无别。同时,苏、辛等一些大词人,往往兼备众体。他们固然词多豪放,然其婉约之作亦不减于他人,这类词在集中也不是少数。……因此,始于张綖的这种分词为婉约、豪放两体两派之说,其缺陷实还不少,难以弥缝,于唐宋词亦难以尽合。❸

这两种说法大旨相通,虽不满于婉约、豪放的二分法,却能从容分说,辞气安详,有实事求是之意,而无剑拔弩张之态。詹安泰对二派说的否定意味更强一些,但他说两派说的缺点是"未免简单化",则和吴熊和先生"过于粗略"的按断相通。

第三派是以龙榆生、刘永济为先导,而以王水照先生的表述最为到位。其基本观点是说豪放派与婉约派之分,不仅在于风格的区别,更主要的在于对词的体制声

---

❶ 施蛰存、周楞伽:《词的"派"与"体"之争》,《西北大学学报》1980年第3期。
❷ 詹安泰:《宋词风格流派略谈》,见《宋词散论》,广东人民出版社1980年版,第52页。
❸ 吴熊和:《唐宋词通论》,浙江古籍出版社1989年版,第158—159页。

律的不同态度与作风。先是龙榆生在《宋词发展的几个阶段》一文中说:"一般说来,在长短句歌词的发展史上,柳永和苏轼虽然站在敌对矛盾的两方面,但从两个不同角度来看,也就各有各的开创之功。后人把它分作豪放、婉约两派,虽不十分恰当,但从大体上看,也是颇有道理的。这两派分流的关键,还是在歌唱方面的成分为多。"❶ 刘永济先生说:"按词以婉约为正宗,其理由实因婉约派词家如美成、白石、玉田皆知音,其词皆协律,而词本宋之乐府,乐府诗皆应协律。正宗之说,根据在此。"❷ 历来以正变观论词者,往往以婉约词为正宗,以豪放词为变调。在一般人看来,这两派的区别也就正如"婉约"、"豪放"字面所示,只是传统词风与新变词风两种风格的区别。龙榆生、刘永济等先生则指出,这两种词风的分野主要与两派词人对待音律的态度有关,意谓婉约词人往往谨守音律,而豪放词人往往偏重主观表述,对音律则表现出一种"不耐细务"的态度。王水照先生通过排比分析宋人关于苏词的评价及关于"豪放"的说法,认为龙榆生、刘永济"这两位词学前辈论豪放、婉约,都没有局限在张绽的风格分派之说内,而是从词的发展流变着眼,是很有见地的"❸。他又进一步指出:

> 苏轼开创的革新词派以"豪放"命名,确有些名实不符。但只要了解它的历史来由和实际内容,且又约定俗成,今天仍可沿用。总之,豪放、婉约两派,不是严格意义上的文学流派,也不是对艺术风格的单纯分类,更不是对具体作家或作品的逐一鉴定,而是指宋词在内容题材、手法风格特别是形体声律方面的两大基本倾向,对传统词风或维护或革新的两种不同趋势。❹

把王水照先生的说法稍加延伸阐释,那么可以说,婉约派就是继承《花间集》以来的词学传统,内容题材上大致不出伤春伤别,手法风格婉约轻柔,形体声律谨守无失,这就是婉约词的基本特征。与此构成对比的是,在内容题材上时时越出词的领地,乃至于无意不可入,无事不可言,手法风格上自出个性,庄谐杂出,形体声律上大致按律,而决不因个别律调因素损害意思的表达,这就是豪放派。当然,若纯粹从体

---

❶ 龙榆生:《龙榆生词学论文集》,上海古籍出版社 1997 年版,第 221 页。
❷ 刘永济:《词论》卷上《风会》,上海古籍出版社 1982 年版。
❸ 王水照:《苏轼豪放词派的涵义和评价问题》,见《王水照自选集》,上海世纪出版集团、上海教育出版社 2000 年版,第 581 页。
❹ 王水照:《苏轼豪放词派的涵义和评价问题》,见《王水照自选集》,上海世纪出版集团、上海教育出版社 2000 年版,第 581 页。

制韵律着眼,那这两派就不应是婉约派与豪放派,而应是格律派与革新派了。应该说,当宋人以豪放概念评说东坡词的时候,他们关注的更多在于音律方面;而当明清时代婉约、豪放二派说约定俗成的时候,其观察点已从他们不太熟悉的音律要求转为感性层面的风格反差了。

值得注意的是,吴熊和先生说,若仅止于婉约与豪放两派的划分,则"过于粗略",王水照先生说这两派"不是严格意义上的文学流派",而是词的创作方面的"两大基本倾向"。这对我们理解这两派与其他词人群体流派的关系,提供了一个切入点。所谓"严格意义上的文学流派",应该有一个共时性的群体,而婉约、豪放二派却几乎是与千年词史一样源远流长,宋代有婉约、豪放二派,清代亦有婉约、豪放二派。从这种情形来说,这确实不能算作"严格意义上的文学流派"。或者可以说,婉约与豪放二派有点像诗史上的唐诗派与宋诗派,像戏曲史上的本色派与文采派,不是一般意义上的文学流派,而是两大创作范式。

第四节　北宋与南宋

词之分两宋,犹诗之分唐宋。钱锺书先生指出:"唐诗、宋诗,亦非仅朝代之别,乃体格性分之殊。天下有两种人,斯分两种诗。唐诗多以丰神情韵擅长,宋诗多以筋骨思理见胜。……夫人禀性,各有偏至。发为声诗,高明者近唐,沉潜者近宋,有不期而然者。故自宋以来,历元、明、清,才人辈出,而所作不能出唐宋之范围,皆可分唐宋之畛域。唐以前之汉、魏六朝,虽浑而未划,蕴而不发,亦未尝不可以此例之。"[1]这就是说,唐诗与宋诗,不仅仅是指两个朝代的诗,也不仅是一般意义上的两种创作风格,而是中国诗史上的两大创作范式。至于唐宋诗的风格异同,缪钺先生《谈宋诗》一文中有精彩论述,其文曰:

> 唐宋诗之异点,先粗略论之。唐诗以韵胜,故浑雅,而贵酝藉空灵;宋诗以意胜,故精能,而贵深折透辟。唐诗之美在情辞,故丰腴;宋诗之美在气骨,故瘦劲。唐诗如芍药海棠,秾华繁采;宋诗如寒梅秋菊,幽韵冷香。唐诗如啖荔枝,一颗入口,则甘芳盈颊;宋诗如食橄榄,初觉生涩,而回味隽永。譬诸修园林,唐诗则如叠石凿池,筑亭辟馆;宋诗则如亭馆之中,饰以绮疏雕槛,水石之

---

[1] 钱锺书:《谈艺录》,中华书局1984年版,第2—3页。

侧,植以异卉名葩。譬诸游山水,唐诗则如高峰远望,意气浩然;宋诗则如曲涧寻幽,情境冷峭。唐诗之弊为肤廓平滑,宋诗之弊为生涩枯淡。虽唐诗之中,亦有下开宋派者,宋诗之中,亦有酷肖唐人者;然论其大较,固如此矣。❶

由诗分唐宋到词分两宋,我们觉得缪钺先生关于唐宋诗的比较观,大都可以移用评价两宋词。也就是说,北宋词与南宋词的比照情形,正犹如唐诗与宋诗的比照。北宋词尚自然,故生香真色,神韵悠然;南宋词重人工,故惨淡经营,穷极工巧。北宋词以体态韵致胜,故浑雅而贵蕴藉空灵;南宋词以意格气骨胜,故精能而贵深折透辟。北宋词之弊为软媚甜俗,南宋词之弊为拗折生涩。虽北宋词人亦有开南宋之调者,南宋词人亦有追复北宋者,然从总体风格来看,则大致如是。这里要说明的是,词学史上提到两宋词优劣之争,所用的"北宋词"概念其实都包括晚唐五代词在内;之所以标榜北宋而不说"晚唐(五代)北宋",主要是为了与南宋相比并。

词史上的两宋词优劣高下之争,亦犹诗史上的唐宋诗之争。由晚明到20世纪,关于两宋词的优劣之争一直延续了四百余年。这一方面昭示了词坛风会与词史发展的线索,也日益彰显了北宋词与南宋词两大词学范式的意义。

一、两宋词优劣之争

词学史上的两宋词优劣之争,发端于明末清初的云间词派。南宋及金元人虽然也论正变,分优劣,然而只提家数,不分时代。如苏、黄在北宋,人或视为变格;姜、张之在南宋,人或视为正宗,故正变观念强,而时代意识淡。及至明代,正变说既与婉约、豪放之分叠合,又复与优劣论同指,既以婉约、豪放分正变,亦复以此论优劣,这是造成明清之际重北轻南的认识前提,也是挑起南北宋词之争的权舆。

先是明代中期的张綖在其所著《诗余图谱》"凡例"后附识之语中写道:"词体大略有二:一体婉约,一体豪放。婉约者欲其词情蕴藉,豪放者欲其气象恢宏,盖亦存乎其人。如秦少游之作,多是婉约;苏子瞻之作,多是豪放。大抵词体以婉约为正,故东坡称少游为'今之词手',后山评东坡词'如教坊雷大使舞,虽极天下之工,要非本色'。"稍后徐师曾《文体明辨·诗余》中亦云:"至论其词,则有婉约者,有豪放者。婉约者欲其词情蕴藉,豪放者欲其气象恢宏,盖虽各因其质,而词贵感人,要当以婉约为正。否则虽极精工,终乖本色,非有识之士所取也。"徐师曾虽然是推本张綖的说法,但张綖语中犹有"大略"、"大抵"之类不确定语气,徐师曾则云"要当以婉约为

---

❶ 缪钺:《谈宋诗》,见《诗词散论》,上海古籍出版社1982年版,第36—37页。

正",口气更加肯定了。因为在传统观念上,言正变即往往意味着分优劣,所以张綖、徐师曾一旦把婉约与豪放的体派观牵合为正变论,其褒贬态度也就随之而来了。

与张綖、徐师曾同时或稍后的词人曲家,持这种观点的所在多有。如何良俊《草堂诗余序》云:"乐府以皦径扬厉为工,诗余以婉丽流畅为美。如周清真、张子野、秦少游、晏叔原诸人之作,柔情曼声,摹写殆尽,正词家所谓当行,所谓本色。"王世贞《弇州山人词评》曰:"词须婉转绵丽,浅至儇俏,挟春月烟花,于闺幨内奏之,一语之艳,令人魂绝;一字之工,令人色飞,乃为贵耳。至于慷慨磊落,纵横豪爽,抑亦其次,不作可耳。作则宁为大雅罪人,勿儒冠而胡服也。"这些当然只是婉约、豪放之争,非北宋、南宋优劣之辨,然而婉约者固多在北宋,豪放者乃多在南宋,故已隐然透露出北宋为正、为本色,南宋为变、为别调的论点了。

也就是在这样的理论背景之下,生当明清之际的陈子龙及其云间词派,以崇北宋、轻南宋的基本态度,拉开了三百年间两宋词之争的序幕。陈子龙《幽兰草题词》云:

> 词者,乐府之衰变,而歌曲之将启也。然就其本制,厥有盛衰。晚唐语多俊巧,而意鲜深至,比之于诗,犹齐梁对偶之开律也。自金陵二主,以至靖康,代有作者。或秾纤婉丽,极哀艳之情;或流畅淡逸,穷盼倩之趣。然皆境由情生,辞随意启,天机偶发,元音自成。繁促之中,尚存高浑,斯为最盛也。南渡以还,此声遂渺。寄慨者亢率而近于伧武,谐俗者鄙浅而入于优伶。以视周、李诸君,即有"彼都人士"之叹。元滥填词,兹无论焉。明兴以来,才人辈出,文宗两汉,诗俪开元,独斯之道,有惭宋辙。❶

这一段话论词史之"盛衰",明确以南唐北宋(自金陵二主以至建康)为词之盛,以"南渡以还"为就衰,崇北轻南的观点是显而易见的。按照其"文宗两汉,诗俪开元"的思维取向,陈子龙似乎认为,明词不兴的重要原因,就在于没有打出词宗北宋的旗号来。《幽兰草》是陈子龙及李雯、宋征舆三人(即时人所称"云间三子")词的合集,因之这篇序也可以说是云间词派的理论纲领。陈子龙在序中称:"李子之词丽而逸,可以昆季璟煜,娣姒清照;宋子之词幽以婉,淮海、屯田,肩随而已。"从这里资以取比的词人也可看出,云间派正是以北宋词为典范的。

---

❶ 冯乾编校:《清词序跋汇编》(第一册),凤凰出版社2013年版,第1页。

云间派的另一主将宋征璧,与陈子龙观点相通。其《倡和诗余序》云:"吾于宋词,得七人焉:曰永叔,其词秀逸;曰子瞻,其词放诞;曰少游,其词清华;曰子野,其词娟洁;曰方回,其词新鲜;曰小山,其词聪俊;曰易安,其词妍婉。"❶尽管他在下文中对南宋各家词并未一概抹杀,但是举以示范的七人纯为北宋词家,下文复有"词至南宋而繁,亦至南宋而敝"的大判断,可见其重北轻南,与陈子龙适为桴鼓之应。

云间词派的这种标榜,对清代词坛产生了深远的影响。王国维《人间词话》即谓周济论词"推尊北宋,则与明季云间诸公,同一卓识"。实际上,云间词派既可看作明词之殿军,亦可视为清词之门户,后来关于两宋词的优劣之争或异同之辨,都是以云间派为嚆矢的。

清初词坛和诗坛风气的丕变几乎是同步的。诗坛上的挑唐祢宋和词坛上的舍北宗南,都是康熙前期发生的。当时对云间词派表示不满,并一致推尊南宋词的,一是以王士禛为首的词人群体,二是以朱彝尊为代表的浙西词派。王士禛初学词,原受云间词派影响,从晚唐五代词入手,而在后来所写的词话《花草蒙拾》中,词学好尚发生了很大的转变。他说:"云间诸公论诗拘格律,崇神韵,然拘于方幅,泥于时代,不免为识者所少。其于词,亦不欲涉南宋一笔。佳处在此,短处亦在此。"又为南宋词辩护云:"宋南渡后,梅溪、白石、竹屋、梦窗诸子,极妍尽态,反有秦、李未到者。虽神韵处或减,要自令人有观止之叹。正如唐绝句,到晚唐刘宾客、杜京兆,妙处反进青莲、龙标一尘。"这里指出北宋词的佳处在神韵天然,南宋词的佳处在极妍尽态,虽然偏重南宋,实际上是说两宋词各有特色。王渔洋的诗弟子曹贞节(字实庵),更在创作实践上以南宋词为典范,所以晚近词论家往往把他视为清初词坛由北宋转向南宋的创始人。如陈廷焯《云韶集》评:"实庵词风韵之高,不减南宋诸贤,词至是一变旨道矣。"卢前《望江南·饮虹簃论清词百家》云:"标南宋,始自实庵词。心往手追张叔夏,幽深绵丽已兼之。周贺不同时。"实际上,当康熙十年、二十年之间,词之由北宋转南宋,正如诗坛之由唐转宋,风气丕变,乃群体之抉择,而非一人之识力。

朱彝尊与汪森等人在抑北宋、扬南宋的方向走得更远一些。在他们看来,两宋词已不只是各有特色,而是南宋词明显优于北宋词。朱彝尊在《词综·发凡》中说:"世人言词,必称北宋。然词至南宋始极其工,至宋季始极其变。姜尧章氏最为杰出,惜乎《白石乐府》五卷今仅存二十余阕也。"又其《解佩令·自题词集》宣称:"不师秦七,不师黄九,倚新声玉田差近。"《黑蝶斋诗余序》云:"词莫善于姜夔,宗之者

---

❶ 冯乾编校:《清词序跋汇编》(第一册),凤凰出版社2013年版,第10页。

张辑、卢祖皋、史达祖、吴文英、蒋捷、王沂孙、张炎、周密、陈允平、张翥、杨基,皆具夔之一体。"于两宋词中推尊南宋词,于南宋词中尤其推重姜夔词,以及"当与白石老仙相鼓吹"的张炎词,这就是朱彝尊及浙派词人的基本创作倾向。在汪森所作的《词综序》中,朱彝尊的词学观得到了进一步的整合:

> 西蜀南唐而后,作者日盛。宣和君臣,转相矜尚,曲调愈多,流派因之亦别。短长互见,言情者或失之俚,使事者或失之伉。鄱阳姜夔出,句琢字炼,归于醇雅。于是史达祖、高观国羽翼之,张辑、吴文英师之于前,赵以夫、蒋捷、周密、陈允衡、王沂孙、张炎、张翥效之于后。譬之于乐,舞箾至于九变,而词之能事毕矣。❶

总之,推尊南宋词有两个理由:一是醇雅,即不俚不伉;二是精工,即极其工与尽其变。在朱、汪二子看来,北宋词或失于此,或失于彼,佳处自在,但不无瑕疵,而南宋词则似乎已是炉火纯青、无可挑剔了。

这种偏重南宋词的观点很明显地体现在《词综》的选政上。《词综》选姜夔词23首,似乎不算太多,但我们知道,朱彝尊当时所见到的《白石乐府》仅存20余首,若见到全本的84首,那么从他对姜白石景行仰止的态度来看,选取70首也是可能的。其余南宋词人,如吴文英(57首)、周密(57首)、张炎(48首),在入选篇数上占了前三名。北宋词人中,"结北开南"的周邦彦选得最多,也只有37首,其余诸名家均在30首以下。而苏轼词更是只选15首,这是因为操选政者不仅重南宋而轻北宋,同时还有重婉约轻豪放的倾向。在这把双刃剪刀的剪伐之余,苏词还能留下15首,已经是十分幸运的了。

朱彝尊对清代词学的一大贡献,是他较早地提出小令宗北宋、慢词宗南宋的分体各师的提法来。盖清代文人,虽然仍不免立门庭,争宗派,但同时也在很大程度上显示出整合文化纷争的大方家数来。如学术上的汉学与宋学,经学上的古文与今文,书学上的碑学与帖学,绘画上的南宗与北宗,以及诗学上的唐诗与宋诗,都在很大程度上显示出整合统一的祈向。朱彝尊并不一味出于意气地扬南抑北,而是把优劣之争与异同之辨结合起来。《书东田词卷后》云:"窃谓南唐、北宋,惟小令为工,若慢词至南宋始极其变。"《水村琴趣序》云:"予尝持论,谓小令当法汴京以前,慢词则取诸南渡。"《鱼计庄词序》亦云:"小令宜师北宋,慢词宜师南宋。"这样不笼

---

❶ 金启华等编:《唐宋词集序跋汇编》,江苏教育出版社1990年版,第411页。

统地讲两宋优劣,而是分体各论,表明清人对两宋词的审视与判断又进了一步,原来较为粗糙的把握更为具体精到了。在后来清词的发展史上,大多数词人也都认可了这一明智的抉择。

二、两宋词异同之辨

乾嘉时期,浙西词派的渐衰与常州词派的崛起,仍以南北两宋词之争为一大焦点。早在康熙后期,词坛上对于浙派一味推尊南宋词的倾向已多有批评。如先著、程洪合辑的选本《词洁》,很明显是在浙派推尊南宋的背景下,有意为北宋辩护。如评晏殊《清平乐》(金风细细)云:"情景相副,宛转关生,不求工而自合,宋初所以不可及也。"评晏几道《南乡子》(新月又如眉)云:"小词之妙,如汉魏五言诗,其风骨气象,迥乎不同。苟徒求之色泽字句间,斯末矣。然入崇宣以后,虽情事较新,而体气已薄,亦风气为之,要不可以强也。"又评贺铸《临江仙》(巧剪合欢)云:"南宋小词,仅能细碎,不能浑化融洽,即工到极处,只是用笔轻耳。于前人一种耀艳深华,失之远矣。读以上诸词自见。今多谓北不逮南,非笃论也。"综合观之,先著、程洪之偏爱深赏,显然在北宋词。其中虽有小令当法北宋之意,但并无长调当法南宋之类的表述。"今多谓北不逮南"云云,明显是针对浙派朱、汪等人词论而发的。

在两宋词之争的发展史上,常州词派的高明之处至于,他们并不一味地争两宋词之优劣,而更多的是在比较两宋词之异同。这方面贡献最大的是周济。其《词辨》中云:

> 两宋词各有盛衰。北宋盛于文士,而衰于乐工;南宋盛于乐工,而衰于文士。
> 北宋有无谓之词以应歌,南宋有无谓之词以应社。
> 北宋词,下者在南宋下,以其不能空,且不知寄托也。高者在南宋上,以其能实,且能无寄托也。南宋则下不犯北宋拙率之病,高不到北宋浑涵之诣。
> 北宋词多就景叙情,故珠圆玉润,四照玲珑。到稼轩、白石,一变而为即事叙景,使深者反浅,曲者反直。

又《宋四家词选目录序论》曰:

> 北宋主乐章,故情景但取当前,无穷高极深之趣。南宋则文人弄笔,彼此争名,故变化益多,取材益富。然南宋有门径,有门径故似深而转浅;北宋无门

径,无门径故似易而实难。

这些论述,皆以两宋对举,使长短得失互见,虽中间不无优劣之意,但大旨仍在异同之辨。论宋词而分北宋、南宋,前代有之而未成思维定势,至周济则此种比较思维始得以强化。无论对于宋词研究还是清词创作而言,这种比较都是颇有意义的。

同光时期的词论家,大都受周济的影响,既争优劣亦论异同,或者说是明论异同而暗寓优劣。如陈廷焯《词坛丛话》一面说"两宋不可偏废",一面又说"平心而论,风格之高,断推北宋。……南宋非不尚风格,然不免有生硬处,且太着力,终不若北宋之自然也"。《白雨斋词话》中亦云:"北宋去温韦未远,时见古意,至南宋则变态极焉。变态既极,则能事已毕。"刘熙载《艺概·词概》曰:"北宋词用密亦疏,用隐亦亮,用沉亦快,用细亦阔,用精亦浑,南宋词只是掉过来。"冯煦《蒿庵论词》云:"北宋大家,每从空际盘旋,故无椎凿之迹。至竹坡、无住诸君子出,渐于字句凝炼求工,而昔贤疏宕之致微矣。此亦南北宋之关键也。"陈洵《海绡说词》云:"唐五代令词,极有拙致,于宋犹近之。南渡以后,虽极名隽,而气质不逮矣。"以上诸家异曲同工,所见略同,一方面对南宋词的精工表示认可,但显然对北宋词的自然浑成更表倾心;或者可以说,对南宋词只是理性的宽容,对北宋词才是感性的爱赏。

在近现代词学家中,两宋词优劣异同之辨仍在继续。朱孝臧、王鹏运、况周颐、郑文焯等"晚清四大家"大都推尊南宋,尤其是吴梦窗,前后相沿,俨然词学正派。而敢于不顾众论,一意推尊北宋词的,是今之所谓"体制外派"的王国维。❶《人间词话》开宗明义第一条即云:"词以境界为最上,有境界则自成高格,自有名句。五代、北宋之词所以独绝者在此。"又曰:"唐五代北宋之词,可谓生香真色。""南宋词人,白石有格而无情,剑南有气而乏韵,其堪与北宋人颉颃者,唯一幼安耳。""唐五代北宋之词家,倡优也;南宋后之词家,俗子也,二者其失相等。但词人之词,宁失倡优,不失之俗子,以俗子可厌较倡优为甚故也。"又其托名樊志厚所作《人间词话甲稿序》中云:"君之于词,于五代喜李后主、冯正中,于北宋喜永叔、子瞻、少游、美成,于南宋除稼轩、白石外,所嗜盖鲜矣。尤痛诋梦窗、玉田,谓梦窗砌字,玉田垒句,一雕琢,一敷衍,其病不同,而同归于浅薄,六百年来词之不振,实自此始。其持论如此。"王国维如此尊北抑南,直言不讳,一任个人性情,毫不做看人眼色模样,是王氏直率可爱处,也是他不在传统词学圈子内使然。

当代词学家中,唐圭璋、叶嘉莹诸先生遥承清季诸老,标榜持平之说,而颇为南

---

❶ 参见胡明《一百年来的词学研究:诠释与思考》,载《古典文学纵论》,辽海出版社2011年版。

宋词辩护。唐圭璋先生《词学论丛·论梦窗词》一文曰："世之尚北宋者，往往抹杀南宋；尚小令者，往往忽视慢词；尚自然者，往往轻视凝炼。不知一时代有一时之所胜，一体有一体之所胜。学南宋者，固不可不上窥北宋；学北宋者，亦不可不涉猎南宋。环境各异，作风各异，而其价值亦各异也。"唐先生这一段话，虽因吴文英词而发，实际关联到南宋词的整体评价问题。说"尚北宋者，往往抹杀南宋"，而不说"尚南宋者，往往抹杀北宋"，为南宋词辩护的意思是显然的。而且王国维及其《人间词话》，至少应是批评的对象之一。

叶嘉莹是顾随（羡季）先生的高足，在词学方面受王国维《人间词话》影响最大，唯独对其重北轻南的观点颇致不满。她曾反复强调说，唐五代北宋词是以直接的兴发感动为主的，而南宋词是以思索安排的，不假思索就感觉不到它的好处。"这也是为什么王国维的《人间词话》对于南宋的词人总是贬低的，因为他没有找到一条通向南宋词的道路。他老是向着北宋词的方向探求，向着南唐词的道路走去；他对南宋词的精华不了解，不得其门而入，不见宗庙之美，百官之富。"❶她一方面肯定南宋词用思索安排，也自有它的好处，而在具体评价南宋词时，又用她一贯注重感发的标准否定了这种作风。如在南宋词人中，她和清季诸大家一样，特别推崇吴文英，而在她看来，梦窗词的好处，就在于他的词中有感发。她说："我以为姜白石的清空缺乏感受的力量，他完全用思想来安排，而吴文英却不然。吴文英在用典故之中，常常加进去感发。"❷可见，叶嘉莹之肯定南宋词，正如黄宗羲《张心友诗序》中为宋诗辩护一样，"夫宋诗之佳，亦谓其能唐尔，非谓舍唐之外能自为宋也"。这样肯定的只是南宋的一些具体的词人词作，却恰恰导致了对南宋词风的根本否定。

三、折中调和之论

大凡文学史上的争论，皆可概括为三派：两派对垒，必有一折中派从中调和。唐宋诗之争是如此，南北宋词之争也是如此。早在清初，王士禛《花草蒙拾》即谓"南北宋止可论正变，未可分工拙"，虽然他感性上不无偏好，而持论不可谓不正。及至近人蔡嵩云《柯亭词论》，更似乎有意为三百年的南北宋词之争作了调和或者总结：

> 词尚自然，固矣，但亦不可一概论。无论何种文艺，其在初期，莫不出乎自

---

❶ 叶嘉莹：《唐宋词十七讲》，岳麓书社1988年版，第184页。
❷ 叶嘉莹：《唐宋词十七讲》，岳麓书社1988年版，第184页。

然，本无所谓法。渐进则法定，更进则法密；文学技术日进，人工遂多于自然矣。词之进展，亦不外此轨辙。唐五代小令，为词之初期，故花间、后主、正中之词，均自然多于人工。宋初小令，如欧、秦、二晏之流，所作以精到胜，与五代稍异，盖人工甚于自然矣。宋初慢词，犹接近自然时代，往往有佳句而乏佳章。自屯田出而词法立，清真出而词法密，词风为之丕变。如东坡之纯任自然者，殆不多见矣。南宋以降，慢词作法，穷极工巧。稼轩虽接武东坡，而词之组织结构，有极精者，则非纯任自然矣。梅溪、梦窗，远绍清真，碧山、玉田，近宗白石，词法之密，均臻绝顶。宋词至此，殆纯乎人工矣。总之尚自然，为初期之词；讲人工，为进步之词。词坛上各占地位，学者不妨各就性之所近而习之。必是丹非素，非通论也。

蔡嵩云是现代学者，他抛开了传统的正变之分，而以自然与人工论两宋词，使这一老命题带有了一些新气息。特别是当我们回顾了近三百年间的两宋词优劣之争以后，觉得这样的话虽然似乎无甚高论，倒也可以息事宁人。

事实上，关于两宋词优劣高下的看法，亦有主观喜好与客观评判两种态度的微妙区别。从个人欣赏的角度，可以"谈到趣味无争辩"，可以"萝卜青菜，各有所爱"。各人性情不同，亦不妨各有所好，这无所谓对错。从史家的或研究的角度来说，虽然也可以各抒己见，却应该尽可能地作持平通脱之论。王国维的《人间词话》虽然是理论著作，但当他公然声称喜北宋而不喜南宋词时，应当理解为那是他个人的主观喜好。而当代词学家称两宋词各有佳处，不必轩轾，则是摆脱了个人喜好的学者或史家之言。这是两种不同的话语方式。学者之言固应嘉许，而个性的呈现亦无可厚非。如果把这两种不同的话语方式一例看待，也是一种误读或曲解。

阅读与思考

一、扩大阅读书目

1. 周振甫：《文学风格例话》，上海教育出版社 1989 年版。

2. 吴世昌：《罗音室学术论著》第二卷《词学论丛》，中国文联出版公司 1991 年版。

3. 杨海明：《唐宋词风格论》，上海社会科学出版社 1986 年版。

4. 刘扬忠:《唐宋词流派史》,福建人民出版社1999年版。

5. 黎运汉:《汉语风格学》,广东教育出版社2000年版。

二、思考与练习

1. 什么叫文学流派？现代的文学流派概念与古代的流派概念有什么不同？

2. 结合宋代词人词作,试谈风格与流派的关系。

3. 结合宋代以来关于婉约词派与豪放词派的优劣之争,谈谈你的看法。

4. 刘熙载《艺概·词曲概》中说:"冯延巳词,晏同叔得其俊,欧阳永叔得其深。"结合晏殊、欧阳修的词作,试加阐述。

5. 冯煦《蒿庵论词》说欧阳修词"疏隽开子瞻,深婉开少游",结合欧阳修与苏轼、秦观的作品,试加以阐述。

第五章 结构与章法

一般读者也许会问：文章讲章法，应是题中应有之义；像词这种短小且以抒情为主的诗体形式，也要讲章法吗？是的。词要在短小的篇幅中体现层次波澜，与声之抑扬高下相谐调，展示一个完整的情感发展的流程，甚至不只是像一般文章那样讲章法，而是对此特别看重。所以从张炎《词源》就开始讲"头如何起，尾如何结"，"最是过片不要断了曲意"；沈义父《乐府指迷》讲"立间架"，一直到清季词学家况周颐《蕙风词话》讲暗转、暗接、暗提、暗顿等等，词的章法一直是历代词论中一个重要范畴。到了20世纪，一些秉承词学传统的专家论著也还是谈词必谈词的作法，而谈作法则首先必谈章法或结构。如吴梅《词学通论》第五章为"作法"，第一个话题就是论结构章法❶；刘永济《词论》卷上为"通论"，卷下为"作法"，而卷下七章中"结构"亦为一章❷；在唐圭璋先生的长文《论词之作法》中，"章法"也是其中重要的组成部分❸。这些都足以证明历代词人、词学家对词的章法的重视，以及词的章法的重要性。又前人有时讲章法，有时讲结构，其实是一回事。讲结构，是偏重于词的体式或词作文本的静态分析，尤其偏重于起句、结句与过片等关键部位；讲章法，是偏重于词人在安排结构时主观的匠心经营，尤其偏重于意脉、层次、钩勒等结构手段。二者自然是相通的。

第一节 唐宋词章法之演进

在唐宋词的发展进化过程中，从篇幅看是由令曲变为慢词，从创作主体看是由

---

❶ 吴梅：《词学通论》，商务印书馆1932年初版。
❷ 刘永济：《词论》，上海古籍出版社1981年版。
❸ 唐圭璋：《词学论丛》，上海古籍出版社1986年版。

伶工之词变为士大夫之词,从文本看是由流行歌曲变为案头文学,而在词的发展过程中,进化最快的不止是语体风格,还有以章法为重要内涵的创作技巧。

一、令词章法之进化

早期的词人几乎还没有章法的意识,早期的令词亦几乎无章法可言。一方面是因为篇幅短小,大约只相当于后来慢词的一个层次;另一方面是作为小曲,词人的创作动机也只是写出一种感觉或一种印象而已,后来的那种复杂的织体写法,简直就像《庄子·逍遥游》中所说的"宋人资章甫而适诸越",根本就没有用武之地。当然,小令即使短小如绝句或俳句,又虽然只是写感觉或印象,必欲细加寻绎,也可以分析出层次或纹理来。如温庭筠的名篇《菩萨蛮》:

> 小山重叠金明灭,鬓云欲度香腮雪。懒起画蛾眉,弄妆梳洗迟。　　照花前后镜,花面交相映。新贴绣罗襦,双双金鹧鸪。

通篇写一个娇慵懒起而有所怀思的妇人,有如一幅仕女图,但不是简笔写意,而是工笔细描。唐圭璋先生《唐宋词简释》评析道:

> 此首写闺怨,章法极密,层次极清。首句,写绣屏掩映,可见环境之富丽;次句,写鬓丝缭乱,可见人未起之容仪。三、四两句叙事,画眉梳洗,皆事也。然"懒"字、"迟"字,又兼写人之情态。"照花"两句承上,言梳洗停当,簪花为饰,愈增艳丽。末句,言更换新绣之罗衣,忽睹衣上有鹧鸪双双,遂兴孤独之哀与膏沐谁容之感。有此收束,振起全篇。上文之所以懒画眉、迟梳洗者,皆因有此一段怨情蕴蓄于中也。❶

唐圭璋先生的分析,可谓擘肌分理,头头是道,这首词的结尾亦堪称别具匠心。然而前边写人,只是用笔细而设色艳而已。无论写景还是记事,无不可以细分层次,然而仅有层次尚不足以言章法。若与后来宋人词的章法相比,这差不多可以说是纯任自然,纯用白描了。

当然,我们说早期的令词不太注重章法,并不是说令词就不必讲章法,或者说令词不可能在章法上玩出什么花样来。因为在宋词名家中,虽然只是三五十字的

---

❶ 唐圭璋:《唐宋词简释》,上海古籍出版社1981年版,第19页。

小令,也可以写得波峭宕折,几如缩微的山水景观。试看周邦彦的一首《少年游》:

> 朝云漠漠散轻丝,楼阁淡春姿。柳泣花啼,九街泥重,门外燕飞迟。
> 而今丽日明金屋,春色在桃枝。不似当时,小楼冲雨,幽恨两人知。

这首词初读也觉平缓舒如,没有多少峰回路转的迹象,实际上却包孕着一篇"微型小说",章法也大有讲究。吴世昌先生分析说:

> 此词虽短,情节却相当曲折。上片乍看好像是记眼前之事,实则完全是追忆过去,并且还没有记完,故事的要点还要留到下片的末三句才说出来。记现在的事,只有"而今"以下十个字,并且还要借它作为比较之用,这是何等经济的手段。故事是这样的:他们从前曾在一个逼仄的小楼上相会过,那是一个云低雨密的日子,大雨把花柳打得一片憔悴,连燕子都因拖着一身湿毛,飞得十分吃力。在这样可怜的情况下,还不能保住他们的会晤,因为某种原因他们不得不分离,他们冲着春雨,踏着满街泥泞,彼此怀恨而别。现在他已和她正式同居:"金屋藏娇"。而且是风和日丽,正是桃花明艳的阳春,应该很快乐了。可是,又觉得有点不大满足。回想起来,才觉得这情景反不如以前那种紧张、凄苦、怀恨而别、彼此相思的情调来得意味深长。假使我们不懂得这曲折的故事,是不能领略这首词的意境的。❶

在一段"一般现在时"或"正在进行时"的情景描写之后,用一个"而今"拉回到眼前来,使读者明白上面的描述都是当年情事,这是宋代词人常用的"闪回"手法。而这首词在"而今"之后又用"不似当时"领起,对"小楼冲雨"的记忆画面作了插叙或追叙。吴世昌先生对于这首小词背后故事的还原,不知是否合于词人的本意,然大致不中亦不远矣。它的章法结构因为过于精巧,自然会使人感到有些人工雕琢的痕迹,而这样的倒叙和插叙在唐五代是没有的。或许有人以为这是周邦彦词特有的叙事性所造成的,则又不然。因为在李煜的一首《菩萨蛮》中,就描述了一个更富有叙事性乃至戏剧性的情人幽会的故事:

---

❶ 吴世昌《罗音室学术论著》第二卷《词学论丛》,中国文联出版公司 1991 年版,第 71—72 页;又见吴世昌《词林新话》,北京出版社 1991 年版,第 174—175 页。

> 花明月暗笼轻雾,今宵好向郎边去。刬袜下香阶,手提金缕鞋。　　画堂南畔见,一向偎人颤。奴为出来难,教君恣意怜。

这首词也很富于情节性,然而它只是用一个"长镜头"或跟进式镜头,只描写了一次让男女双方销魂的幽会,没有今昔的对比变化。至少从结构手法来说,它比周邦彦的词要简单朴素得多。

假如说周邦彦的《少年游》故事本身自有曲折的话,那么我们再来看一首抒情小令。李清照《如梦令》:

> 昨夜雨疏风骤,浓睡不消残酒。试问卷帘人,却道海棠依旧。知否,知否?应是绿肥红瘦。

这是一首仅有33字的小令,因为只有一片,几乎难言章法,可是它却恰恰以其波俏层折受人称道。和晚唐五代小令不同的是,它并不停留在一个时间点上或某种印象上,而是层折层深。夏敬观说张先"慢词亦多用小令作法"❶,李清照这首《如梦令》却是纳须弥于芥子,使小令而具有慢词的变化。开头从清晨梦回酒醒切入,第一句带出昨夜风雨,第二句又带出昨夜借酒浇愁的背景,既作了必要的交代铺垫,又避免小词迤逦拖沓或跨度太大。下面一问一答,借答代问。本应为"试问卷帘人,且看海棠如何?"而问语省略,以避重复,与杜牧《清明》诗"借问酒家何处有?牧童遥指杏花村"的因借之法相通。而这又不是一般的问答,乃是高才多情的女主人与不谙人情世故的侍女的问答。在这个侍女看来,只要海棠树不被风吹倒,就仍是"依旧"的,至于花落叶茂之类,她就不加理会了。也正因为答者不得要领,所以逼出"知否,知否"二句来。一首小词写得如此曲折,却又十分自然,这应是女词人的才情与妙手偶得的结果。晚唐韩偓《懒起》诗这样写道:"昨夜三更雨,临明一阵寒。海棠花在否?侧卧卷帘看。"李清照的《如梦令》应是胎息于韩偓之诗,可是你看韩偓诗多么质直寡情,李清照的词又是多么曲折而富于情致。清代黄苏《蓼园词选》评曰:"短幅中藏无数曲折,自是圣于词者。"令词能写到如此境界,当然得归功于李清照的才情,而这种令词在晚唐时代是不可能出现的。

二、慢词章法之创构

前述二例证明,宋人确实比唐人更富于章法意识,即使是短小的令词,也可能

---

❶ 夏敬观:《手批张子野词》,转引自龙榆生《唐宋名家词选》,上海古籍出版社1980年版,第59页。

极尽曲折变化之能事。但是从一般规律来说,词的章法技巧和词人的章法意识主要是随着慢词的兴起而发展的。很显然,历代词学家谈到词的章法,几乎总是以慢词引入的。如张炎《词源》曰:"作慢词,看是甚题目,先择曲名,然后命意;命意既了,思其头如何起,尾如何结,方始选韵,而后述曲。"沈义父《乐府指迷》,祖述《词源》而加以引申说:"作大词,先须立间架,将事与意分定了。第一要起得好,中间只铺叙,过处要清新,最紧是末句,须是有一好出场方妙。小词只要些新意,不可太高远,却易得古人句,同一要炼句。"又贺裳《皱水轩词筌》云:"作长词最忌演凑,如苏养直'兽环半掩',前半皆景语也,至'渐迤逦'云云,则触景生情,复缘情布景,节节转换,秾丽周密。譬之织锦家,真窦氏回文梭也。"沈谦《填词杂说》云:"长调要操纵自如,忌粗率。能于豪爽中著一二精致语,绵婉中著一二激励语,尤见错综。"以上诸家论词的章法,曰"慢词",曰"大词",曰"长词",曰"长调",其实都是一回事,就是说,讲章法,主要是针对慢词而言,或者说,慢词尤须注重章法。

在慢词章法进化史上,柳永和周邦彦,正是两个里程碑式的人物。

柳永在词史上的最大贡献是慢词的创造,而与此同时的还有铺叙手法与结构章法的创造。蔡嵩云《柯亭词论》有云:"宋初慢词,犹接近自然时代,往往有佳句而乏佳章。自屯田出而词法立,清真出而词法密,词风为之丕变。"这里所谓"词法",主要指结构之章法,以及铺叙、勾勒等手法。慢词之加长,并不是以抒情为主的令词的放大版,而是引入了叙事、写景等因素,然后才可能形成以铺叙为主要特色的"柳词家法"。李之仪《跋吴思道小词》中说柳词"铺叙展衍,备足无余";王灼《碧鸡漫志》说柳词"序事闲暇,有首有尾";周济《宋四家词选》称:"柳词总以平叙见长,或发端,或结尾,或换头,以一二语勾勒提缀,有千钧之力。"刘熙载《艺概·词曲概》谓:"耆卿词细密而妥溜,明白而家常,善于叙事,有过前人。"冯煦《宋六十一家词选例言》说:"耆卿词,曲处能直,密处能疏,奡处能平,状难状之景,达难达之情,而出之以自然,自是北宋巨手。"夏敬观《手评〈乐章集〉》称柳永"雅词用六朝小品文赋作法,层层铺叙,情景兼融,一笔到底,始终不懈"。这些评语颇有共通之点,都是在称道柳永的词善于铺叙或善于叙事,同时也在称道他讲究章法,结构严密。这也表明柳词的铺叙手法以及对章法结构的讲求,与其慢词的创制,其实是相与俱来、互为因果的。

此以柳词名篇《雨霖铃》为例:

> 寒蝉凄切。对长亭晚,骤雨初歇。都门帐饮无绪,留恋处、兰舟催发。执手相看泪眼,竟无语凝咽。念去去、千里烟波,暮霭沉沉楚天阔。　　多情自

古伤离别。更那堪,冷落清秋节。今宵酒醒何处,杨柳岸、晓风残月。此去经年,应是良辰好景虚设。便纵有、千种风情,更与何人说。

离别之词,晚唐五代多有,但往往只是点明离别,便转入相思之情,从没有人把离别场面写得这么层次井然,几如戏剧情境。唐圭璋先生分析道:

> 此写别情,兼深厚绵密之长。而中间层层叙述,亦一丝不乱。起三句,点明时地景物,盖从未别时写起,已凄然欲绝。长亭已晚,雨歇欲去,此际不听蝉鸣,已觉心碎,况蝉鸣凄切乎。"都门"两句,写饯别时之心情,极委婉。欲饮无绪,欲留不能,怅惘葛极。"执手"两句,写临别之情事,更是传神之笔。"念去去"两句,推想别后所历之境。以上文字,皆郁结盘屈,至此乃凌空飞舞,信有如冯梦华所谓"曲处能直,密处能疏"也。换头重笔另开,叹从来离别之可哀。"更那堪"句,推进一层,言己之当秋而悲,更甚于常情。"今宵"两句,又推想酒醒后所历之境,惝恍迷离,丽绝凄绝。"此去"两句,更推想别后经年之寥落。"便纵有"两句,仍从此深入,叹相期之愿难谐,纵有风情,亦无人可说,余恨无穷,余味不尽。❶

词人把一场离别写出如许层次出来,如前之赋,如后之曲。而我们说柳词甚重章法,不仅指其用笔细致,层层推进,更在于他在层层叙写中又有穿插顿宕。"念去去千里烟波","今宵酒醒何处","此去经年"等,三次设想别后情景,既渲染了离别之痛苦,又以虚映实,平添许多姿态韵致。这样的一些装饰性手法,在晚唐词中也是看不到的。

"词法之密,无过清真。"❷人们在探讨宋词发展脉络时往往以周邦彦与柳永并称,主要是因为周邦彦在柳永开创的基础上,继承发展了慢词的创作技巧。夏敬观《手评〈乐章集〉》说:"学清真词者,不可不读柳词。耆卿多平铺直叙。清真特变其法,一篇之中,回环往复,一唱三叹。故慢词始盛于耆卿,大成于清真。"陈锐《裛碧斋词话》对周、柳之青蓝关系有更生动的表述,道是:"屯田词在院本中如《琵琶记》,清真词如《会真记》;屯田词在小说中如《金瓶梅》,清真词如《红楼梦》。"借人们所熟悉的剧本或小说论词,也使人更容易体认柳、周二人在词史的位置。

---

❶ 唐圭璋:《词学论丛》,上海古籍出版社1986年版,第853页。
❷ 陈廷焯:《白雨斋词话》卷二,《词话丛编》,中华书局1986年版,第3808页。

从慢词的发展来说，周邦彦的词具有更强的叙事化倾向，而在章法上则更多曲折变化，也更为丰富多样，更为繁复完密。周邦彦词法之密，可以举其名篇《瑞龙吟》为代表：

> 章台路，还见褪粉梅梢，试花桃树。愔愔坊陌人家，定巢燕子，归来旧处。黯凝伫，因记个人痴小，乍窥门户。侵晨浅约宫黄，障风映袖，盈盈笑语。
> 前度刘郎重到，访邻寻里，同时歌舞，唯有旧家秋娘，声价如故。吟笺赋笔，犹记燕台句。知谁伴，名园露饮，东城闲步。事与孤鸿去。探春尽是，伤离意绪。官柳低金缕。归骑晚，纤纤池塘飞雨。断肠院落，一帘风絮。

这是清真词法的代表作，章法极其考究。它打破了柳永词中常见的"今—昔—今"的结构模式，而多次采用"闪回"的手法，造成一种非常具有现场感和戏剧性的情境。周济《宋四家词选》评曰："不过人面桃花旧曲翻新耳。看其由无情入，结归无情，层层脱换、笔笔往复处。"一面揶揄其"故事"为老套，一面却又对其章法技巧大为称赏。周济所谓"层层脱换，笔笔往复"，或夏敬观手评《清真集》所谓"潜气内转"，对今天的读者来说，都未免过于抽象或玄虚。我们试来看两位现代词学名家对这首词章法的分析。先来看吴梅《词学通论》中的分析：

> 余谓词至美成，乃有大宗。前收苏、秦之终，后开姜、史之始。自有词人以来，为万世不祧之宗祖，究其实亦不外沉郁顿挫四字而已。即如《瑞龙吟》一首，其宗旨所在，在"伤离意绪"一语耳。而入手先指明地点曰章台路，却不从目前景物写出。而云"还见"，此即沉郁处也。须知梅梢桃树，原来旧物。唯用"还见"云云，则令人感慨无端，低徊欲绝矣。首叠末句云："定巢燕子，归来旧处。"言燕子可归旧处，所谓前度刘郎者，即欲归旧处而不得，徒彳亍于愔愔坊陌，章台故路而已，是又沉郁处也。第二叠"黯凝伫"一语为正文。而下文又曲折，不言其人不在，反追想当日相见状态。用"因记"二字，则通体空灵矣，此顿挫处也。第三叠"前度刘郎"至"声价如故"，言个人不见，但见同里秋娘，未改声价，是用侧笔以衬正文，又顿挫处也。"燕台"句，用义山柳枝故事，情景恰合。"名园露饮，东城闲步"，当日己亦为之，今则不知伴着谁人，赓续雅举。此"知谁伴"三字，又沉郁之至矣。"事与孤鸿去"三语，方说正文。以下说到归院，层次井然，而字字凄切，末以飞雨、风絮作结，寓情于景，倍觉黯然。通体仅"黯凝伫"、"前度刘郎重到"、"伤离意绪"三语，为作词主意。此外则顿挫而复缠绵，

空灵而又沉郁。骤视之,几莫测其用笔之意,此所谓神化也。❶

以前看陈廷焯等人往往以沉郁、顿挫评词,总觉得不免抽象;吴梅把沉郁、顿挫施于一篇具体词作评析之中,才使我们对词学中的沉郁、顿挫有了更具体的感性认识。吴梅并非着意分析这首词的章法,但他点明主意与侧笔,则已基本理清了词的意脉。至于何为眼前实景,何为昔日情事,一般读者倒还是能看得出来的。

接下来我们再来看唐圭璋先生《唐宋词简释》中的解析:

> 第一片记地,"章台路"三字,笼照全篇。"还见"二字,贯下五句,写梅桃景物依稀,燕子归来,而人则不知何往,但徘徊于章台故路,愔愔坊陌,其怅惘之情为何如耶!第二片记人,"黯凝伫"三字,承上起下。"因念"二字,贯下五句,写当年人之服饰情态,细切生动。第三片写今昔之感,层层深入,极沉郁顿挫缠绵宛转之致。"前度"四句,不明言人不在,但以侧笔衬托。"吟笺"二句,仍不明言人在,但以"犹记"二字,深致想念之意。"知谁伴"二句,乃叹人去。"事与孤鸿去"一句,顿然咽住。盖前路尽力盘旋,至此乃归结,既以束上三层,且起下意。所谓事者,即歌舞、赋诗、露饮、闲步之事也。"探春"二句,揭出作意,唤醒全篇。前言所至之处,所见之景,所念之人,所记之事,无非伤离意绪,"尽是"二字,收拾无遗。"官柳"二句,写归途之景,回应篇首"章台路"。"断肠"二句,仍寓情于景,以风絮之悠扬,能起人情思之悠扬,亦觉空灵,耐人寻味。

唐圭璋先生差不多是逐句分析,周邦彦创作时结构安排之匠心,几于揭示无遗。看了吴梅和唐先生的分析,再来体味这首词,我们觉得如沈义父《乐府指迷》所谓清真"下字运意,皆有法度",或陈廷焯所谓"词法之密,无过清真",确非溢美之词。相比之下,如柳永《曲玉管》(陇首云飞)、《玉蝴蝶》(望处雨收云断)、《倾杯》(鹜落霜洲)等篇,虽然当得上善于铺叙、层次井然的评语,然而大致仍为上景下情的结构模式。虽有对昔日情事的怀思,终不过一度来复而已。那种写法,与晚唐五代印象式的令词写法相比,确实是有很大的发展,但如今来看周邦彦慢词这种繁复的"织体写法",恐柳永亦不免瞠乎其后了。

---

❶ 吴梅:《词学通论》,华东师范大学出版社1996年版,第76—77页。

第二节 章法之分析

前人从词的作法角度讲结构安排,我们是从词的赏析角度讲结构分析,程序可逆而规律相通。分析章法,可以从三个角度切入:一是词体的关键部位;二是上下片关系;三是构成要素的错综关系。以下分别加以说明。

一、从词的关键部位看章法

词体的关键部位有三个节点:一是起;二是结;三是过片。如果把词看作一个有机体,这便是三个最重要的关节点。一首词的结构如何,主要看这三个部位,这就是"三点式结构"。古代词话中谈结构或谈章法,主要是谈这三个点的处理。如张炎《词源》所谓"头如何起,尾如何结","最是过片不要断了曲意";沈义父《乐府指迷》所谓"第一要起得好,中间只铺叙,过处要清新,最紧是末句"等等,谈的是最简单的道理,然而也是最基本的要求。

1. 起

起,就是词的开头。有人称起句,有人称起拍,当以称起拍为是。起拍就是指开头的一韵,而不仅是开头的一句。如苏轼《念奴娇·赤壁怀古》起首云:"大江东去,浪淘尽、千古风流人物。"分析此词之起法,当论此一个完整的起句,而不能只说开头四字。论结拍亦当如此。如果把一韵作为一个完整的乐句,称起句亦无不可。词的开头,前人十分重视,但要想归纳出一些原则或规律来却不太容易。因为原则或规律往往是针对一般而言,而好的开头却往往是特殊之例,是即所谓"格外好"。如果有人愿意花功夫,把宋词名家名篇之开头、结尾详加分类,如三家村塾师之作为,分为起句36种,结句36种之类,效果又当如何呢?因为毕竟收罗了这么多的例句,自然会给读者一些启发,但也仅此而已,要想通过归纳而寻出规律,恐怕还是徒劳的。所以我们这里只介绍一些前人的探索,权作举例,以供读者三隅之反。

前人词话中,对词的起句加以具体探讨的有以下数条:

> 沈义父《乐府指迷》:大抵起句便见所咏之意,不可泛入闲事,方入主意。咏物尤不可泛。

> 沈谦《填词杂说》:词要不亢不卑,不触不悖,蓦然而来,悠然而逝;立意贵

新,设色贵雅,构局贵变,言情贵含蓄,如骄马弄衔而欲行,粲女窥帘而未出,得之矣。

沈雄《古今词话·词品》:起句言景者多,言情者少,叙事者更少。大约质实则苦生涩,清空则流宽易。换头起句更难,又断断不可犯。此所以从头起句,照管全章及下文;换头起句,联合上文及下段也。❶

沈祥龙《论词随笔》:诗重发端,惟词亦然。长调尤重。有单起之调,贵突兀笼罩,如东坡"大江东去"是。有对起之调,贵从容整炼,如少游"山林微云,天黏衰草"是。

况周颐《蕙风词话》卷一:近人作词,起处多用景语虚引,往往第二韵方约略到题,此非法也。起处不宜泛写景,宜实不宜虚,便当笼罩全阕,它题便挪移不得。唐李程作《日五色赋》,首云:"德动天鉴,祥开日华。"虽篇幅较长于词,亦以二句隐括之,尤有弁冕端凝气象。此旨可通于词矣。

况周颐《蕙风词话》卷三:作慢词,起处必须笼罩全阕。近人辄作景语徐引,乃至意浅笔弱,非法甚矣。元曾允元为《草堂诗余》之殿,其《水龙吟·春梦》起调云:"日高深院无人,杨花扑帐春云暖。"从题前摄起题神,已下逐层意境,自然迤逦入胜。

按:以上诸家说法,可以归纳为两点:一是宜切题而不宜空泛,切题便是允当,便是有个性,它题便挪移不得;二是要形成一种气势或氛围,要能笼罩全篇。至于沈谦"蓦然而来"、"粲女窥帘"云云,未免流于虚;沈祥龙之单起、双起,乃是说的单句起还是偶句起,所说未尝不对,却无助于起句的规律性探索。

唐圭璋先生在《论词的作法》一文中,对词中起法亦作了归纳。其大意是说,抒情词往往从景物写起,咏物词往往从物态写起,写人往往从容貌写起。另外也有以抒情起者,如方回之"厌莺声到枕",清真之"怨怀无托"之类;也有以叙事直起者,如李中主之"手卷真珠上玉钩",飞卿之"梳洗罢,独倚望江楼"皆是。而在各种起法之中,唐先生特别予以推崇的有两种。一种是"高空远望,极显外界伟大之气象与作者浩荡之胸襟者",如晁补之《洞仙歌》"青烟幂处,碧海飞金镜";辛弃疾《水龙吟》"楚天千里清秋,水随天去秋无际";吴文英《八声甘州》"渺空烟四远,是何年、青天坠长星";张炎《渡江云》"山空天入海,倚楼望极,风急暮潮初"等皆是。至东坡《念奴娇》

---

❶ 沈雄这里是把起句分为两种,一为全词起句即上片起句,一为换头起句即下片起句。本书按约定俗成的观点,称换头起句为过片,故此处暂不论及。

起云"大江东去,浪淘尽、千古风流人物",稼轩《永遇乐》起句云"千古江山,英雄无觅,孙仲谋处",则是将古今兴亡之感,尽融入景中也。实际上,此种起法,亦是以写景起,至于境界之高远空阔,见出作者胸襟之博大,则纯系乎词人的禀赋气质,不是单纯的技法问题了。另一种不寻常的起法是以问语起,更表现出内心之沉痛。如李后主《虞美人》"春花秋月何时了,往事知多少";冯延巳《蝶恋花》"谁道闲情抛掷久,每到春来,惆怅还依旧";苏轼《水调歌头》"明月几时有,把酒问青天";辛弃疾《摸鱼儿》"更能消几番风雨,匆匆春又归去"等皆是。唐先生认为"此种起法,是从千回百折之中,喷薄而出,故包含悔恨、愤激、哀伤各种情感,读之倍觉警动"。❶

刘永济先生的《词论》在卷下"作法"中,先选录前人关于词的起法的有关论述,然后再谈自己的看法,其立论与选例亦多有可资借鉴处,摘录于下:

> 发端之辞,贵能开门见山,不可空泛。如能从题前著笔,精神犹易振起。又有以扫为生之法,如欧阳永叔《采桑子》"群芳过后西湖好",周清真《齐天乐》"绿芜凋尽台城路,殊乡又逢秋晚"之类是也(谭复堂《词辨》评语)。有先将题意说了,随即侧入另生一意者,如吴梦窗《忆旧游》"送人犹未苦,苦送春、随人去天涯",张玉田《解连环》"楚江空晚,怅离群万里,恍然惊散"之类是也(复堂谓为飞鸟侧翅式)。有先说一层,随即归到题意者,如姜白石《齐天乐》"庾郎先自吟愁赋,凄凄更闻私语",张玉田《台城路》"十年前事翻疑梦,重逢可怜俱老"之类是也。有起句之前似有无限之语,而起处乃从千回百转中突然而发者,如李易安《声声慢》"寻寻觅觅,冷冷清清,凄凄惨惨戚戚",辛稼轩《摸鱼儿》"更能消几番风雨,匆匆春又归去",徐干臣《二郎神》"闷来弹雀,又搅睡、一帘花影"之类是也。至一起笼罩全首之语亦自有别,东坡之"大江东去"、"明月几时有"与梅溪之"巧沁兰心,偷粘草甲","草脚愁苏,花心梦醒",有天工人巧之殊,而东坡之"似花还似非花",与质夫之"燕忙莺懒芳残",尤觉有河伯见海之叹。学者苟能比勘,则法不胜用矣。❷

事实上,词之起与结,正如文章的开头与结尾,可以列举而不可穷尽。因为本书只是教人读词而不是教人作词,教人读词,则已先有文本在,所谓具体情况具体分析可矣。

---

❶ 唐圭璋:《词学论丛》,上海古籍出版社1986年版,第854—855页。
❷ 刘永济:《词论》,上海古籍出版社1981年版,第108页。

2. 结

本章谈起句即是全词的开头,不是指换头之起句,同样谈结句即是指全词的结尾,而不是指上片之结句。前人重结句有过于起句,故相关论述较多,此处只能选较为重要而警切者如下:

  沈义父《乐府指迷》:结句须要放开,含有余不尽之意,以景结情最好。如清真之"断肠院落,一帘风絮",又"掩重关,遍城钟鼓"之类是也。或以情结尾,亦好。往往轻而露,如清真之"天便教人,霎时厮见何妨",又云"梦魂凝想鸳侣"之类,便无意思,亦是词家病,却不可学也。

  李渔《窥词管见》:诗词之内好句原难,如不能字字皆工,语语尽善,须择其菁华所萃处,留备后半幅之用。宁为处女于前,勿作强弩之末。大约选词之家,遇前工后拙者,欲收不能;有前不甚佳,而能善其后者,即释手不得。闱中阅卷亦然。盖主司之取舍,全定于终篇之一刻,"临去秋波那一转",未有不令人销魂欲绝者也。

  李渔《窥词管见》:有以淡语收浓词者,别是一法。……大约此种结法,用之忧怨处居多。如怀人、送客、写忧、寄慨之词,自首至终,皆诉凄怨,其结句独不言情,而反述眼前所见者,皆自状无可奈何之情,谓思之无益,留之不得,不若且顾目前,而目前无人,止有此物。如"心事竟谁知,月明花满枝","曲终人不见,江上数峰青"之类是也。

  沈谦《填词杂说》:填词结句,或以动荡见奇,或以迷离称隽,着一实语,败矣。康伯可"正是消魂时候也,撩乱花飞",晏叔原"紫骝认得旧游踪,嘶过画桥东畔路",秦少游"放花无语对斜晖,此恨谁知",深得此法。

  沈祥龙《论词随笔》:词起结最难,而结尤难于起。结有数法,或拍合,或宕开,或醒明本旨,或转出别意,或就眼前指点,或于题外借形,不外白石《诗说》所云:辞意俱尽,辞尽言不尽,意尽辞不尽三者而已。

按以上诸家说法,可以归结为三点:一是结句比起句更难,也更重要。假如说一首佳词其结句必佳似乎是题中应有之义,而看李渔的意思则差不多可以说,一首一般化的词如果有好的结句也就算是好词了。二是从表现手法来说,词的结句可以大别为两种:一种是以景语结,一种是以情语结。无论是从前人举例来看,还是从我们熟悉的好词之例来看,好的结句景语为多。李渔所谓以淡语收浓词,也是以景语结。三是从词的意脉结构来说,词的结句亦可大别为两种,即沈祥龙所谓一拍合,一宕开。从我们熟悉的佳词之例来说,实以宕开者为多。沈谦所谓动荡者、迷离者,其实是以景语结,也是一种宕开。

唐圭璋先生《论词的作法》中,征例至夥,而绝大部分皆为以景语结。至于说其中有写庭院中景色者,有写远景者,又有融情于景者之类,则分类更细而为亚类矣。又举少游"正销凝,黄鹂又啼数声",耆卿"断鸿声远长天暮",稼轩"江晚正愁予,山深闻鹧鸪",龙川"正消魂,又是疏烟淡月,子规声断"等等,称之为"以声音作结者",实际上这仍是以景结情一类。然而他另外举少游"郴江幸自绕郴山,为谁流下潇湘去?"白石"念桥边红药,年年知为谁生?"称之"以问语作结者"。❶ 此类虽然也可以勉强归入以情为结之一类,然而非直述而设问,何况佳句甚多,也差不多可以另立一类了。

刘永济先生的《词论》,虽然也征引了前代各家说法,按语中仍能另出新意,对所举例句又有精当评说,此处亦迻录于下:

> 结句,大约不出景语、情语两种。情结以动荡见奇;景结以迷离称隽。各家举例,可以参玩。小令尤以结语取重,必通首蓄意、蓄势,于结句得之,自然有神韵。如永叔《采桑子》前结"垂柳阑干尽日风",后结"双燕归来细雨中",神味至永。❷ 盖芳歇红残,人去春空,皆喧极归寂之语,而此二句则至寂之境,一路说来,便觉至寂之中,真味无穷,辞意高绝。又如子野"沉恨细思,不如桃杏,犹解嫁东风"一结,使通首所写离思,至此真有精神百倍之势;而子京"整了翠鬟匀了面,芳心一寸情何限",工力悉敌,而风度超妙则尚胜一筹。长调,如张功甫《满庭芳》咏促织,以"今休说,从渠床下,凉夜听孤吟"作结,则通首皆迟暮之感,而非泛叙促织之事矣;秦少游《满庭芳》叙离思,以"凭栏久,疏烟淡日,寂寞下芜城"作结,则通首皆索居之情,而非空写冶游之事矣。又有结句还顾起句,收足全首者,如柳耆卿《八声甘州》结句"争知我、倚阑干处,正恁凝愁",回顾"对潇潇暮雨洒江天",而通首皆倚阑凝愁之情事也;萨都剌《百字令》结句"伤心千古,秦淮一片明月",回顾"石头城上,望天低吴楚,眼空无物",而通首皆登城触目之情事也;詹天游《齐天乐》结句"如此湖山,忍教人更说",而通首皆伤心惨目之情事矣。❸ 又有结句飏开,别出一意,而余音不尽者,如李易安

---

❶ 唐圭璋:《词学论丛》,上海古籍出版社 1986 年版,第 855—857 页。
❷ 前结,即上片之结句,本书存而未论。后结,是后片之结句,也就是全篇之结句。
❸ 按詹玉(号天游)此词首句为"相逢唤醒金华梦,吴尘暗斑吟发"。若参照以上所举柳永、萨都剌之例,这首词当亦视为"结句还顾起句,收足全首者",刘永济先生此处或有所忽略。

《壶中天慢》本写春闺愁思,而结句乃曰:"多少游春意,日高烟敛,更看今日晴未",王沂孙《齐天乐》本咏秋树鸣蝉,而结句乃曰"谩想薰风,柳丝千万缕",皆用反面衬托,而情味更深。❶

刘永济先生又分小令与慢词二类,分别各举数例并加评析,对于我们自出手眼地赏析词之结句,亦颇有启示意义。

3. 过片

过片又称"过遍"、"过变"或"过拍",一般指下片起句而言。词的体式,除了早期词多为单调(单段体)之外,大多数是由两段组成,一般称为双调。长调慢词有三段、四段者,一般称"三叠"、"四叠"。这种根据音乐曲调而分段的体式,是词在结构上与诗明显不同的地方,而词对于过片的要求,也就构成词所特有的章法特点。宛敏灏先生的《词学概论》对此有比较精到的表述。他说:

> 片与片间的关系,在音乐上是暂时休止而非全曲终了;在词的章法上也就必须做到若断若续的有机联系,彼此才能密切配合。所以词的章法显然跟诗有所不同。诗不管长到怎样,总是一首自为起讫。中间可以任意分段抒写而不受限制。词可不是这样,一个调固定分为几片,每片象是一首,但又非真正的一首。必须分开来似可独立,合起来还是一个整体。因而前片的结句总是似合似起,后片的首句总是似承似转,让全篇的意脉相通❷。

这一段话对于词的结构特点与过片的功能,讲得非常确切。用"若断若续"来形容词的片与片之间的联系状态,用"似承似转"来表达对于过片的要求,皆为不刊之论。

古代词学家对于过片也有一些写作要求,选录如下:

> 张炎《词源》:最是过片不要断了曲意,须要承上接下。如姜白石词云:"曲曲屏山,夜凉独自甚情绪。"于过片则云:"西窗又吹暗雨。"此则曲之意脉不断矣。

> 沈义父《乐府指迷》:过处多是自叙,若才高方能发起别意。然不可太野,走了原意。

---

❶ 刘永济:《词论》,上海古籍出版社 1981 年版,第 108—109 页。
❷ 宛敏灏:《词学概论》,上海古籍出版社 1987 年版,第 65 页。

刘体仁《七颂堂词绎》：中调、长调转换处，不欲全脱，不欲明粘，如画家开阖之法，须一气而成，则神味自足，以有意求之不得也。

　　周济《介存斋论词杂著》：吞吐之妙，全在换头煞尾。古人名换头为过变，或藕断丝连，或异军突起，皆须令读者耳目振动，方成佳制。

　　沈祥龙《论词随笔》：词换头处谓之过变，欲辞意断而仍续，合而仍分，前虚则后实，前实则后虚，过变乃虚实转折处。

按以上诸家说法，道理相通而强调重点不同。张炎与沈义父也许是因为有感于当时的创作倾向，主要强调过片不要断了曲意。清代三家所论则基本统一，刘体仁的"不欲全脱，不欲明粘"，沈祥龙的"断而仍续，合而仍分"，与宛敏灏先生的"若断若续，似承似转"，皆有异曲同工之妙。盖完全不断而连成一体，则有失分片之旨；完全断开或抛开上片另出新意，则一首词也就俨然分成两首了。准此原则来评价具体词作过片处理之优劣，应该还是比较容易判断的。

二、从上下片关系看章法

　　因为词调中绝大数为双调，所以上下片的关系会很自然地成为分析章法的一个切入点。从词的创作过程来说，短小的令词可能只是抒写一时的情绪、印象，是一种即兴式的写作，而大多数情况下，词人还会先考虑结构布局。如沈义父《乐府指迷》所谓："作大词，先须立间架，将事与意分定了……"这个分定事与意的过程，就是构思的过程。而对于双调词来说，上片写什么，下片写什么，当然也应是词人分定事与意时首先要想到的。与此相类，我们在读解或评赏一首词时，正如还原词人的创作过程，也会先来分析词的上片、下片所写的内容，以及上下片之间的关系。是因景生情，还是抚今追昔；是托物寓情，还是吊古伤今；是时间的发生先后，还是空间的移步换形；是逻辑的推演，还是情思之寻绎，如此等等。要想把各种复杂微妙的上下片关系都给出一个类型化的说法来也许很困难，但因为词体既已天然地分为两段，要把上下片的大致内容分切开来还是可能的。而且在多数情况下，这往往是理性分析词体结构的第一步。

　　关于词的上下片关系的处理，古代词人也有一些表述。这里引述两种典型的说法。李渔《窥词管见》云：

　　双调虽分二股，前后意思必须联属。若判然两截，则是两首单调，非一首双调矣。大约前段布景，后半说情者居多，即《毛诗》之兴、比二体；若首尾皆述情事,则赋体也。即使判然两事,亦必于头尾相属处,用一二语或一二字作过文,与作贴括中搭题文字,同是一法。

李渔以剧曲著称,非本色词人,《窥词管见》中即往往以曲论词,或即曲论词,加减挪借,便成词论。这一段文字却又以八股论词。前曰"二股",后曰"搭题",皆是八股文专门术语。盖其《窥词管见》的读者定位,即是教熟悉八股文的人初学作词,所以其好处是不尚玄谈,而缺点亦在于本来就不追求创作佳境。即如本段所言,既然是判然两事,还要硬作此截搭文字作甚。但李渔所谓"前段布景,后半说情",则确实是词中常见的章法。这可以说是一种最自然的章法,也是一种最基本的章法。后来章法形式渐为丰富,往往也是在"上景下情"的基础上,增加一些穿插变化或装饰性手法而已。

王又华《古今词论》引毛先舒云:

前半泛写,后半专叙,盛宋词人多此法。如子瞻《贺新凉》,后段只说榴花,《卜算子》后段只说鸣雁,周清真"寒食"词,后段只说邂逅,乃更觉意长。

毛先舒此论,并非他的发明,而是祖述元人吴师道的说法。《吴礼部诗话》云:"东坡《贺新郎》词'乳燕飞华屋'云云,后段'石榴半吐红巾蹙',以下皆咏榴;《卜算子》'缺月挂疏桐'云云,'缥缈孤鸿影'以下皆说鸿,别一格也。"实际上前半非泛写,而是描述情境,创造氛围,下片始就其中的主体意象作细部刻画,故此种写法亦符合一般结构规律。如欧阳修《临江仙》(柳外轻雷池上雨),下片以"燕子飞来窥画栋"作特写镜头,以双枕堕钗指代幽会;晁补之《临江仙》(谪宦江城无屋买),"一个幽禽缘底事"以下专写子规啼,均可归为此种章法。即如苏轼《念奴娇·赤壁怀古》一词,上片慨想"千古风流人物",下片则专门"遥想公瑾当年",亦是如此。

从上下片关系来分析词的章法结构,现代词学家作了更为广泛的探索。

唐圭璋先生在《论词之作法》一文中谈到章法时,把上下片关系归纳为12种类型,并各举词作以为列证。为求简明,此处不录原词,仅列简表如下:

序号	类型	词例	备注
1	上景下情	范仲淹《苏幕遮》(碧云天)	
		周邦彦《满庭芳》(风老莺雏)	
		刘一止《喜迁莺·晓行》	
		王安石《桂枝香·金陵怀古》	
2	上情下景	张先《天仙子》(水调数声)	
3	上今下昔	周邦彦《解语花》(风消焰蜡)	换头往往用"因记"、"犹念"一类字领起。
4	上昔下今	陈与义《临江仙》(忆昔午桥)	
		张抡《烛影摇红》(双阙中天)	
5	上外下内	贺铸《浣溪沙》(楼角初销)	
		晏殊《踏莎行》(小径红稀)	
6	上去下来	周邦彦《夜飞鹊》(河桥送人处)	
7	上昼下夜	韦庄《应天长》(绿槐影里)	
8	上问下答	敦煌曲子辞《鹊踏枝》(叵耐灵鹊)	
		刘敏中《沁园春》(石汝何来)	
9	上虚下实	冯延巳《长命女》(春日宴)	
		辛弃疾《玉楼春》(有无一理)	
10	上下相连	晏殊《踏莎行》(祖席离歌)	
		张炎《壶中天》(瘦筇访隐)	
11	上下不连	苏轼《卜算子》(缺月挂疏桐)	
		苏轼《贺新郎》(乳燕飞华屋)	
		苏轼《蝶恋花》(花褪残红)	
12	上下相反	吕本中《采桑子》(恨君不似)	

唐圭璋先生从本来千变万化、几乎无从归类也无以名之的具体词作中,把词的上下片关系梳理归纳成12种类型,并各举前人(主要是唐宋名家)词作为例,这对于广大词学爱好者来说,均有导夫先路的引领启发作用。然而要从逻辑推演的角度来看,举例说明或无不可,要想穷尽罗列却是不可能的。假如遍取唐宋词名家名篇,一一概括归纳,在唐先生已归纳12种的基础上,整理出"唐宋词章法三十六种"之类,就像法国学者乔治·波尔蒂在其著作《三十六种戏剧情境》中所标榜的那样,也许能给读者一些框架性参照,实际上却是难以穷尽的。何况绝大多数词作上下

片的内容并非都是那么中规中矩,可以拦腰一刀切下,并且可以概括成一个范式名目来。

也许是因为有感于"词的章法""变化无端",宛敏灏先生在他的《词学概论》中,就放弃了对词的章法进行归纳的努力,而采取了一种比较宽松自由的讲述方式,那就是在讲完"词的分段"、"过片和意脉"之后,以"几种特殊章法"为标目,列举了四种类型。❶ 此处亦撮要列为简表如下:

序号	类型	词例	备注
1	上下片紧密依存者	冯延巳《长命女》(春日宴)	
		辛弃疾《玉楼春》(有无一理)	
		刘敏中《沁园春》(石汝来前)	
		杨慎《沁园春·送卞苏溪》	
2	上下片平列对照者	辛弃疾《生查子》(去年燕子来)	
		辛弃疾《丑奴儿》(少年不识)	
		吕本中《采桑子》(恨君不似)	
3	上下片融成一体者	辛弃疾《沁园春》(杯汝前来)	
		辛弃疾《破阵子》(醉里挑灯看剑)	
		刘过《沁园春》(斗酒彘肩)	
		蒋捷《虞美人》(少年听雨)	
4	上下片关系微妙者	苏轼《卜算子》(缺月挂疏桐)	
		苏轼《贺新郎》(乳燕飞华屋)	
		辛弃疾《感皇恩》(案上数编书)	

从宛敏灏先生所举词例来看,他对唐圭璋先生所开列的 12 种结构模式显然有过琢磨借鉴。他的聪明之处是不作茧自缚地追求全面罗列,而只是可进可退地列举几种"特殊章法"。然而"上下片关系微妙者"还可说是"不名一体",而"上下片紧密依存者"则不符合词的分片结构规律,虽有佳作亦属于"不可无一不可有二"之例,因此不足以作为一种类型提出来。至于蒋捷《虞美人》"少年听雨……壮年听雨……而今听雨……"云云,乃是打破上下片界限而成排比态势,此种结构当然是"上下片融成一体",却应从整体把握而不必拘泥于上下片关系。

而今我们要提醒读者的是,上下片关系是我们分析词的结构与章法时的一种

---

❶ 宛敏灏:《词学概论》,上海古籍出版社 1987 年版,第 70—75 页。

角度,却没有必要削足适履地纳入某种先验的模式。刘永济先生曾说:"至前后段之章法,或先点染情中之景,后入景中之情,或先追叙往时情事,后写眼前景物,或两段平列,而互相映照,初无一定之法,大抵依据吾心所感之先后而言,自成片段。盖法根于心,事在文先,惟虚静者能令所感分明澄澈,故形诸笔墨,合自天然矩度。今为初学示例,姑就古词成法绀绎一二耳。学者与读词之顷随时研讨,自能深得也。"❶这一段话不矜自得,不弄玄虚,最为平实。

三、从时空错综看章法

刘永济先生说:"文艺之美有二要焉:一曰条贯,二曰错综。条贯者,全体一致融注之谓也;错综者,局势疏荡转变之谓也。错综之极而仍不失全体融注之精神,条贯之极而仍不失局势转变之德性,此彦和所谓体势相偶合也。条贯、错综,各有两面:一主于情意,一主于笔姿,而笔姿又随情意以设施者也。"❷词的意脉功能在于条贯,而前提在于错综;盖无错综即无取乎意脉,错综之间有意脉才能成其错综而条贯之美。

造成词的错综关系的因素有今与昔(时间)、此地与彼地(空间)、情与景、虚与实,还有笔法(即刘永济所谓笔姿)的顺与逆、开与合、抑与扬、连与断等等。这些相对的因素有时又是交叉的。如眼前景为实,对往昔的回忆为虚;眼前景即此地,往昔之事亦多在彼地等等。通过对宋词中一些名家名篇章法技巧的分析,我们认为,虽然章法技巧可以千变万化,各人手法又有种种个性化特色,但是最常见也最典型的错综变化,往往在于时空错综,说得更直白一点就是回忆与现实的错综。其他如空间的转换,景物的虚实,笔法的开合、顺逆等等,几乎无不由此造成。而造成一些慢词意脉难寻的原因,往往也在于词人在时空转换上不留标记,不加勾勒。因此,我们就不拟一一列举各种错综变化的手法,而只想重点谈一下"时空错综"的种种表现形式。

令词中有时也有时空的转换,但大多比较单纯明晰,不会构成读解的困惑。如欧阳修《生查子》:

> 去年元夜时,花市灯如昼。月上柳梢头,人约黄昏后。 今年元夜时,花与灯依旧。不见去年人,泪湿春衫袖。

---

❶ 刘永济:《词论》,上海古籍出版社 1981 年版,第 109 页。
❷ 刘永济:《词论》,上海古籍出版社 1981 年版,第 104 页。

又如陈与义《临江仙》:

> 忆昔午桥桥上饮,座中尽是豪英。长沟流月去无声。杏花疏影里,吹笛到天明。　　二十余年如一梦,此身虽在堪惊。闲登小阁看新晴。古今多少事,渔唱起三更。

辛弃疾《丑奴儿》:

> 少年不识愁滋味,爱上层楼。爱上层楼,为赋新诗强说愁。　　而今识尽愁滋味,欲说还休。欲说还休,却道天凉好个秋。

蒋捷《虞美人》:

> 少年听雨歌楼上,红烛昏罗帐。壮年听雨客舟中,江阔云低断雁叫西风。　　而今听雨僧庐下,鬓已星星也。悲欢离合总无情,一任阶前点滴到天明。

以上四首令词,均以今昔情事构成对比。前三首均以上下片平列对照,蒋捷《虞美人》则把既往之人生分为少年、壮年和老年三段,分别描写其人生况味。但不论是两个时间段还是三个时间段,这里结构既规整,给的"信号"也非常清楚:去年、今年,少年、而今、忆昔等等,这些表示时间的字眼,均给读者以明确提示。这是令词作法。

慢词中对于时空错综关系的处理,因为词人个性的不同与技巧的发展,就呈现出种种复杂变化的姿态来。这里试以柳永、秦观、周邦彦三人为例。

柳词的章法,试举两首为例。一首为《浪淘沙慢》:

> 梦觉透、窗风一线,寒灯吹息。那堪酒醒,又闻空阶,夜雨频滴。嗟因循、久作天涯客。负佳人、几许盟言,更忍把、从前欢会,陡顿翻成忧戚。　　愁极。再三追思,洞房深处,几度饮散歌阕,香暖鸳鸯被。岂暂时疏散,费伊心力。殢雨尤云,有万般千种,相怜相惜。　　恰到如今,天长漏永,无端自家疏隔。知何时、却拥秦云态,愿低帏昵枕,轻轻细说与,江乡夜永,数寒更思忆。

这首词为三叠:一叠写主人公夜半酒醒时的忧戚;二叠追思以往欢聚时的情景;三

叠回到眼下,却又设想他日相聚时回忆眼下光景。从大的格局来说,这首词仍是沿用今—昔—今的柳词家法,而第三叠却又平添了一层波澜,即"现在设想将来谈到现在"。这是从李商隐《夜雨寄北》"何当共剪西窗烛,却话巴山夜雨时"学来的表现手法,吴世昌先生因而把这种结构称之为"西窗剪烛型"。❶ 与这首词结构同一类型的还有柳永的《引驾行》:

> 红尘紫陌,斜阳暮草长安道,是谁人?断魂处,迢迢匹马西征。新晴。韶光明媚,轻烟淡薄和气暖,望花村,路隐映,摇鞭时过长亭。愁生,伤凤城仙子,别来千里重行行。又记得临歧泪眼,湿莲脸盈盈。 销凝。花朝月夕,最苦冷落银屏。想媚容、耿耿无眠,屈指已算回程。相萦。空万般争忆,争如归去睹倾城?向绣帏深处,并枕说、如此牵情。

这首词也采用今—昔—今的结构模式。从开头至"摇鞭时过长亭"是一层,写个人匹马西征的孤独;从"愁生"至"屈指已算"为第二层,是想象"她"别时愁容、别后冷落和盼望他回程的焦急;"相萦"以下为第三层,对自己发狠说不如回去,甚至还想象到与"她"并枕细诉别后的相思之苦。吴世昌先生分析说:"作者的手法,先是平铺直叙,后来追忆从前,幻想现在,假设以后。一层层推进,却同时一层层收紧,最后四字锁住了全篇。而在这追忆、幻想、假设之中,有时指作者自己,有时指对方,这更使章法错综复杂,但层次始终分明,绝不致引起误解。"❷当然,这首词也属于"西窗剪烛型"。

今—昔—今的三段式结构是慢词的基本结构形式,秦观也正是在此框架基础上适度"加花变奏",从而结撰出他那些优美词章的。先来看他的《望海潮》:

> 梅英疏淡,冰澌溶泄,东风暗换年华。金谷俊游,铜驼巷陌,新晴细履平沙。长记误随车。正絮翻蝶舞,芳思交加。柳下桃蹊,乱分春色到人家。
> 西园夜饮鸣笳。有华灯碍月,飞盖妨花。兰苑未空,行人渐老,重来是事堪嗟!烟暝酒旗斜。但倚楼极目,时见栖鸦。无奈归心,暗随流水到天涯。

---

❶ 吴世昌《论词的章法》,原载 1946 年 12 月 31 日《中央日报》"文史周刊"33 期,后收入《罗音室学术论著》第二卷《词学论丛》,中国文联出版公司 1991 年版,又见刘扬忠选编《名家解读宋词》,山东人民出版社 1999 年版。

❷ 吴世昌《论词的章法》,出处同上。

秦观元祐年间在馆阁任职时，曾参加过一次高品位、高规格的文人雅集。《淮海集》载《西城宴集》诗序云："元祐七年三月上巳，诏赐馆阁官花酒，以中浣日游金明池、琼林苑，又会于国夫人园。会者三十有六人。"这是当时罕有的盛举，何况又是在秦观一生中最为得意的时光，所以他后来贬谪处州时所作《千秋岁》词，也提及"忆昔西池会，鹓鹭同飞盖"，而致慨于"日边清梦断，镜里朱颜改"。这首《望海潮》据程千帆、沈祖棻先生考证，是作于绍圣元年（1094年）春，即朝局大变，旧党下台，新党再起，秦观被贬官即将离京之时。❶ 在这种背景下重游故地，自然是感慨良多。这首词即以对那一次西园盛会的回忆为主，极写当时的繁华与豪情，以反衬现在的失意与凄凉。同样也是今—昔—今的三段式，秦观与柳永不同之处，或者说是秦观的创新之处，是他有意在淡化回忆往昔的边缘轮廓，从而达到今日电影艺术之化入化出的效果。柳永词中虽然有对当下情景的实写，有对过去情景的回忆，还有对未来情景的幻想，但在他的词中，时间概念还是相当清楚的，不致引起误解。而在秦观词中，由于他故意淡化现实与回忆之间的界限标记，有时就会让人感到不易捉摸，要理清其意脉就得费点力气才行。

比如这首《望海潮》，前边写当下情景的只有"梅英疏淡，冰澌溶泄，东风暗换年华"三句，自"金谷俊游"到"飞盖妨花"，跨着上下片，就都是对西园盛会的回忆。可是在这一段回忆的起始与收束之处，都没有明显的词语标记。标记也不是没有——前有"长记"，后有"重来"，可是这标记他故意不放在正常该放的地方，而是故意造成"声音"、"画面"不同步的"错位效果"。本来"长记"应在"金谷俊游"之前，"重来"应在"兰苑未空"之前，这样就把昔日情事从前到后界定清楚了。可是秦观并不这样做。有的学者揣测，"长记"二字的滞后安置，可能是由于格律的关系。即谓"望海潮"词调的四、五句"金谷俊游，铜驼巷陌"要实对，正如柳永同调词中的"烟柳画桥，风帘翠幕"一样，为了不影响两个四字的对句，所以不得已才把"长记"二字移后了。假如这样理解，就未免太低估秦观驱遣文字的工力了。因为后边的"兰苑未空，行人渐老"已是眼下情景，而"重来"二字也是推后放置的，所以我们有理由相信，秦观不是迁就格律而不得不如此，而是为了追求某种效果故意如此。即如"兰苑未空，行人渐老"二句，兰苑仍是当年之兰苑，行人也正是当年三十六人之一，而如今却是兰苑非复当年之盛况，词人（即行人）则更有颓唐之意态了。这种叠印化入的效果，在现在的影视剧中是常见的，而秦观把"重来"二字置后也正有利于形成这样的晕化效果。

---

❶ 《唐宋词鉴赏辞典》，上海辞书出版社1988年版，第820页。

再来看秦观的另一首《八六子》：

倚危亭,恨如芳草,萋萋刬尽还生。念柳外青骢别后,水边红袂分时,怆然暗惊。　无端天与娉婷,夜月一帘幽梦,春风十里柔情。怎奈向、欢娱渐随流水,素弦声断,翠绡香减,那堪片片飞花弄晚,蒙蒙残雨笼晴。正销凝,黄鹂又啼数声。

这也是一个今—昔—今的三段式,但中间部分作了加花变奏,因而变成了五个层次。具体如下所示:

"倚危亭"三句——眼前景
"念柳外"三句——忆别时
"无端"三句——忆相识
"怎奈向"三句——再忆别时
"那堪"四句——回到眼前景

这种逐层推远,再逐层拉近的手法,当然也出于秦观有意识的探索。他打破了过去那种整块的回忆,而有意于保持意识流动的参差多变态势,先想到离别时的痛苦,再向前追忆相识与欢聚光景,然后回到离别("欢娱渐随流水"三句皆是暗喻好景不长与离别),再回到当下的孤独况味。贺裳《皱水轩词筌》所谓"触景生情,复缘情布景,节节转换,秾丽周密,譬之织锦家,真窦氏回文梭也",移用于这首词,正是的评。而除了"念柳外"一句的"念"字为明显提示语之外,其他层次转换均为暗转、暗接、暗提、暗顿。这当然也许增加了读解与欣赏的难度,但也正因为有了挑战式的刺激,也就逐渐提升了读者审美欣赏的能力。

秦观《满庭芳》(晓色云开)又是另一种写法,他大胆打破了相沿已久的今—昔—今三段式结构,而采取了不着痕迹的倒叙手法。原词如下:

晓色云开,春随人意,骤雨才过新晴。古台芳榭,飞燕蹴红英。舞困榆钱自落,秋千外、绿水桥平。东风里,朱门映柳,低按小秦筝。　　多情。行乐处,珠钿翠盖,玉辔红缨。渐酒空金榼,花困蓬瀛。豆蔻梢头旧恨,十年梦、屈指堪惊。凭阑久,疏烟淡日,寂寞下芜城。

这首词,从结句"寂寞下芜城"来看,应是在扬州所作。因南朝刘宋时鲍照曾作《芜城赋》,故芜城久已成为扬州的别称。另外,晚唐诗人杜牧曾在扬州做过多年的幕僚,离开扬州时作《赠别二首》,其一曰:"娉娉袅袅十三余,豆蔻梢头二月初。春风十里扬州路,卷上珠帘总不如。"看来所赠之人当为妓女。后来追忆扬州情事,又作《遣怀》绝句云:"落魄江湖载酒行,楚腰纤细掌中轻。十年一觉扬州梦,赢得青楼薄倖名。"有了杜牧这两首绝句为背景,秦观词中的"豆蔻梢头旧恨"与"十年梦"也就都好理解了。

和前述那些回忆往昔情事之词不同的是,这首词不是从当下情景切入,再进入回忆,而是用正面叙写的方式展示往昔情景。从开头"晓色云开",到下片的"渐酒空金榷、花困蓬瀛",都是写往昔在扬州征歌逐舞,与弹筝女子厮混的生活。而到了"豆蔻梢头旧恨、十年梦、屈指堪惊",才点出以上所写,皆属前尘旧梦,然后就在"疏烟淡日"的寂寞感伤氛围里结束了全篇。

秦观这种由倒叙而逆挽的结构手法,在稍后的周邦彦词中就出现得更为频繁了。除了前面已引述的《少年游》之外,以下数首也都是采用此种结构模式。如《忆旧游》:

记愁横浅黛,泪洗红铅,门掩秋宵。坠叶惊离思,听寒螀夜泣,乱雨潇潇。凤钗半脱云鬓,窗影烛光摇。渐暗竹敲凉,疏萤照晚,两地魂消。　迢迢。问音信,道径底花阴,时认鸣镳。也拟临朱户,叹因郎憔悴,羞见郎招。旧巢更有新燕,杨柳拂河桥。但满目京尘,东风竟日吹露桃。

又《过秦楼》:

水浴清蟾,叶喧凉吹,巷陌马声初断。闲依露井,笑扑流萤,惹破画罗轻扇。人静夜久凭阑,愁不归眠,立残更箭。叹年华一瞬,人今千里,梦沉书远。空见说、鬓怯琼梳,容销金镜,渐懒趁时匀染。梅风地溽,虹雨苔滋,一架舞红都变。谁信无聊为伊,才减江淹,情伤荀倩。但明河影下,还看稀星数点。

又《拜星月慢》:

夜色催更,清尘收露,小曲幽坊月暗。竹槛灯窗,识秋娘庭院。笑相遇,似觉琼枝玉树相倚,暖日明霞光烂。水盼兰情,总平生稀见。　画图中、旧识春风面。谁知道、自到瑶台畔。眷恋雨润云温,苦惊风吹散。念荒寒、寄宿无人馆。重门闭、败壁秋虫叹。怎奈向、一缕相思,隔溪山不断。

以上三首词,皆用倒叙手法,除了《忆旧游》开头有个"记"字点明为追忆,其余更无柳永词中常见的"曾记"、"而今"之类的前后勾勒字眼,只有细读全词,才能从其潜隐之意脉,看出今与昔的悄然递换来。周济《宋四家词选》评《拜星月慢》一词曰:"全是追思,却纯用实写,但读前阕,几疑是赋也。"说得很准确。事实上,读前阕几疑是赋,读到终篇方知为追叙,这也许正是周邦彦追求的艺术效果。

至于周邦彦的名作《瑞龙吟》(章台路),因为很明显是在演绎崔护《题都城南庄》一诗之情境,吴世昌先生因称之为"人面桃花型",以与柳永词的"西窗剪烛型"相并列。但这种结构或情节模式既带有很强的叙事性,再度重复就有因袭之嫌,所以在宋词中并无普遍意义。

第三节　与章法相关的术语

词中常用的技巧方法类术语,有些与章法结构相关,分析章法时会联类而及之,或者反过来成为分析章法的观察点。这里择要加以介绍。

一、意　脉

意脉是指词体内在的意蕴脉络。对于词的分析解读,可以透过有形而求其无形,有形者为结构布局,无形者为神理意脉。中国古代的文论,都喜欢以人体组织作比,故各体文学皆有脉络之说。姜夔《白石道人诗说》有云:"大凡诗自有气象、体面、血脉、韵度。气象欲其浑厚,其失也俗。体面欲其宏大,其失也狂。血脉欲其贯穿,其失也露。韵度欲其飘逸,其失也轻。"此自是言诗,然亦可通于言词。又如清代方东树《昭昧詹言》有云:"譬名手作画,无不交代蹊径道路明白者。然既要清楚交代,又不许挨顺平铺直叙,骖骞冗絮缓弱。汉魏人大抵皆草蛇灰线,神化不测,不令人见。苟寻绎而通之,无不血脉贯注,生气天成如铸,不容分毫移动。昔人譬之无缝天衣。又曰:'美人细意熨帖平,裁缝灭尽针线迹。'此非解六经及秦汉人文法,不能悟人。"这是讲文章的脉络,比诗词自然更复杂一些,然而道理却是相通的。

在古人的词法理论中,意脉是一个颇为重要的概念。张炎《词源》卷下强调说"最是过片不要断了曲意","如姜白石词云'曲曲屏山,夜凉独自甚情绪';于过片则云'西窗又吹暗雨',此则曲之意脉不断矣。"又称"秦少游词,体制淡雅,气骨不衰,清丽中不断意脉"。陆辅之《词旨》亦云:"制词须布置停匀,血脉贯穿,过片不可断曲意,如常山之蛇,救首救尾。"刘熙载《艺概·词曲概》云:"词中承接转换,大抵不外纡徐斗健,交相为用,所贵融会章法,按脉理节拍而出。"况周颐《蕙风词话》卷二亦云:"词亦文之一体,昔人名作,亦有理脉可寻,所谓蛇灰蚓线之妙。"以上诸家说法不无小异,而曰"意脉",曰"脉理",曰"理脉",都是一个意思。

欣赏那些结构深曲的慢词,犹如进入山重水复的境界,理清其意脉甚为重要。一些读者对于南宋的慢词感到读解吃力,就是因为没有注意从把握意脉入手,所以会感到头绪不清、时间错乱,本为七宝楼台,却不得其门而入,那也是很令人扫兴的。

二、词　眼

中国传统文学批评,本有诗眼、文眼之说,词体后起,故词眼之说当由诗眼、文眼而来。所谓词眼,有两种理解。一种理解认为,词眼是指词中最精彩、最传神的词句。词眼所在,也就是一首词中的警句所在,在全篇中有画龙点睛的作用。陆辅之《词旨》从宋代名家词中择其用字精炼者为"词眼"26例,今录于下:

燕娇莺姹(潘元质《倦寻芳》)

绿肥红瘦(李易安《如梦令》)

宠柳娇花(李易安《壶中天》)

笼灯燃月(周美成《意难忘》)

醉云醒雨(吴梦窗《解蹀躞》)

挑云研雪(王碧山,失调名)

柳昏花暝(史梅溪《双双燕》)

翠阴香远(方千里《过秦楼》)

玉娇香怨(高竹屋《齐天乐》)

蝶凄蜂惨(杨守斋《八六子》)

柳腴花瘦(杨西村《甘州》)

绾燕吟莺(杨西村,失调名)

渔烟鸥雨(李秋崖《青玉案》)

燕昏莺晚(李秋崖《青玉案》)

翠鬖红妒(王可竹《齐天乐》)

愁烟恨粉(词未见)

　　　　月约星期(楼君亮《玉漏迟》)
　　　　雨今云古(张玉田《长亭怨》)
　　　　恨烟颦雨(张东泽《祝英台近》)
　　　　燕窥莺认(钟梅心《步蟾宫》)
　　　　愁罗恨绮(翁处静《水龙吟》)
　　　　移红换紫(张寄闲《瑞鹤仙》)
　　　　联诗换酒(周草窗《三犯渡江云》)
　　　　选歌试舞(周草窗《露华》)
　　　　舞勾歌引(周草窗《月边娇》)
　　　　三生春梦(词未见)

　　陆辅之论词手眼不高,因与张炎往还,故其《词旨》大都是申述张炎词论主张。张炎《词源》卷下说:"句法中有字面,盖词中一个生硬字用不得,须是深加锻炼,字字敲打得响,歌诵妥溜,方为本色语。如贺方回、吴梦窗皆善于炼字面,多于温庭筠、李长吉诗中来。字面亦词中之起眼处,不可不留意也。"也许是因为"字面亦词中之起眼处"一句启发了陆辅之,所以他才延伸提出了"词眼"之说。但从他所列举的26例来看,仅有少数如"绿肥红瘦"、"柳昏花暝"之类才可称得上词眼,其余大都凑数而已。此处若仅举一二例而不全录,读者诸君也许不免神往而挂心,及至看后才觉卑之无甚高见而有所失落,而失落即心地安闲不再神往也不再挂心了。又其过于拘泥于四字对句,故其他早有定评之警句反不见录。王国维《人间词话》谓:"'红杏枝头春意闹',著一'闹'字而境界全出。'云破月来花弄影',著一'弄'字,而境界全出矣。"这是在北宋时代即已脍炙人口的名句,按说也是符合陆辅之所谓"词眼"的标准,却都没有录。况周颐《蕙风词话》卷二云:"黄东甫《柳梢青》云:'花惊寒食,柳认清明','惊'字、'似'字,属对绝工。昔人用字不苟如是,所谓词眼也。"看来况周颐正是按陆氏的四字对句格来选择词眼的。

　　关于词眼的另一种理解见于刘熙载的《艺概·词曲概》。刘熙载在许多问题上皆能不从流俗,卓然自立。他说:"词眼二字,见陆辅之《词旨》。其实辅之所谓'眼'者,仍不过某字工,某句精耳。余谓眼乃神光所聚,故有通体之眼,有数句之眼,前前后后,无不待眼光照耀。若舍章法而专求字句,纵争奇竞巧,岂能开阖变化,一动万随耶?"这才是从章法意义上来论词眼。故"通体之眼"即全词脉络之结穴处,"数句之眼"则为数句生发或汇注之关节点。刘熙载没有举具体的例子。但他曾称赏陈亮《水龙吟》词"恨芳菲世界,游人未赏,都付与莺和燕",说是"言近指远,真有宗留守大呼渡河之意"❶。这是该词上片的结句,字面是伤春,其实是感时伤怀,别有寄托。从全词意蕴来看,这就是该词的"通体之眼"。

词眼大概在起句、结句者较多,尤其是结句。在起句者如苏轼《江城子》"十年生死两茫茫";元好问《摸鱼儿》"问世间情是何物,直教生死相许",往往是激情勃郁,必欲先吐而后快。在结句者如柳永《蝶恋花》"衣带渐宽终不悔,为伊消得人憔悴";张先《一丛花令》"沉恨细思,不如桃杏,犹解嫁东风",则往往是全篇精气所萃,或为揭调高扬,或作余音袅袅,其词眼功能与结句效果乃叠合为一了。

三、钩　勒

钩勒原是中国画技法术语,也写作勾勒。自清代周济用以评词,乃渐成词学专门术语。今人分析慢词章法,往往用之。但当我们对此术语进行逼近考察时,才发现自晚清以来,各人所讲的钩勒,其内涵有很大的差别。这里试作清理。

钩勒作为中国画技法术语,本来也有不同的理解。有人以为用笔顺势为钩,逆势为勒;也有人称单笔为钩,复笔为勒;又或称左钩右勒;这些都是把"钩"与"勒"作为两种并列的笔法来看待的。而通行的看法是把钩勒看作一个概念,即指用线条钩描物象轮廓,也叫双钩。钩勒之后,大都填着色彩。在技法上,与"没骨"、"点缀"相对,通常用于工笔花鸟画。清代宣鼎《夜雨秋灯录续集》中有"丹青艺术"一条,写一鲍姓画匠能为死者画像,说他:"往墓上伏地一滚,瞑目久之,起则把笔勾勒,敷色渲染,举示其子孙戚属,无不惊为酷肖。"这是说先钩勒人物肖像的轮廓,用的正是钩勒之本意。

值得注意的是,在周济把"钩勒"用于词学批评之前,乾隆时期的诗人兼诗歌理论家赵翼已经把它引入诗学范畴了。《瓯北诗话》卷三论韩愈等人《城南联句》诗云:"以《城南》为题,景物繁富,本易填写,则必逐段勾勒清楚,方醒眉目。乃游览郊墟,凭吊园宅,侈都会之壮丽,写人物之殷阜,入山麓而思游猎之娱,过郊坛而迷禋祀之肃。层叠铺叙,段落不分,则虽更增千百字,亦非难事,何必以多为贵哉!近时朱竹垞、查初白有《水碓》及《观造竹纸》联句,层次清澈,而体物之工,抒词之雅,丝丝入扣,几无一字虚设。恐韩、孟复生,亦叹以为不及也。"赵翼的意思是说,对于内容繁复的铺叙描写,"必逐段勾勒清楚,方醒眉目";韩愈等人没有这样做,所以造成"层叠铺叙,段落不分";又说朱彝尊、查慎行的联句诗"层次清澈"、"丝丝入扣"云云,看来朱、查是用了钩勒笔法的。从赵翼的这段话来看,他之所谓"勾勒",就是在大

---

❶ 刘熙载:《艺概·词曲概》,《词话丛编》本。

段铺叙中用点示性文字,勾画出诗的意脉或景地线索,以便分清层次。这仍是在钩画轮廓的意义上使用钩勒一词,与国画技法中钩勒的本意是相合的。

周济本人对于钩勒的内涵没有给出具体界定,但我们可以通过他几处相关表述之比勘,得出大致的认识。《介存斋论词杂著》中有两处提及钩勒:

> 钩勒之妙,无如清真。他人一钩勒便薄,清真愈钩勒愈浑厚。
> 梅溪甚有心思,而用笔多涉尖巧,非大方家数,所谓一钩勒即薄者。

《宋四家词选目录序论》可以视为周济词论的"精华版",其中再次称道周邦彦的钩勒之法:

> 清真浑厚,正于钩勒处见。他人一钩勒便刻削,清真愈钩勒愈浑厚。

所谓浑厚,乃兼有"浑成"与"厚重"之意。周济说周邦彦"愈钩勒愈浑厚",可见钩勒本不利于形成浑厚境界,故以周邦彦之例为难能可贵。所谓"他人一钩勒便薄","他人一钩勒便刻削"云云,可知"薄"就是刻削,就是尖巧,也就是有人工雕琢的痕迹,不自然。在这"他人"的概念中,周济指出其中之一即为史达祖(梅溪),可是要在史达祖词中找出"一钩勒便薄"的例子当然也不容易。

值得庆幸的是,在周济《宋四家词选》的眉批中,我们终于找到了他以钩勒评清真词的具体词作。先来看《氏州第一》:

> 波落寒汀,村渡向晚,遥看数点帆小。乱叶翻鸦,惊风破雁,天角孤云缥缈。官柳萧疏,甚尚挂、微微残照。景物关情,川途换目,顿来催老。　渐解狂朋欢意少,奈犹被、思牵情绕。座上琴心,机中锦字,觉最萦怀抱。也知人、悬望久,蔷薇谢、归来一笑。欲梦高唐,未成眠、霜空已晓。

周济评曰:"竭力追逼,得换头一句出,钩转'思牵情绕',力挽千钧。"这里的"钩转"之"钩",自应是"钩勒"之意。至于具体的钩勒之句,万云骏先生认为应是上片的结句。他认为,经过上片三个层次衰飒景物的渲染,"词人的羁愁绮思,纷至沓来,已无法抑制了。于是前结'景物'三句用钩勒之笔,小结上片,使上面以工笔画出的三组形象,束在一起,凝固有力,起着结上生下的作用。周济说的'他人一钩勒便薄,清真愈钩勒愈浑厚',恐怕就是这个意思"❶。万云骏先生的分析自然言之成理,但从周济的表述来看,还应以换头一句即"渐解狂朋欢意少"一句为钩勒之句,盖其词上片写景,下片言情,正赖此换头一句,钩转"思牵情绕",然后启下。这样理解,也应是说得通的。何况周济也说过,钩勒之句往往是在发端、结尾或换头处呢。

再来看《浪淘沙慢》:

> 晓阴重,霜凋岸草,雾隐城堞。南陌脂车待发,东门帐饮乍阕。正拂面垂扬堪揽结。掩红泪、玉手亲折。念汉浦离鸿去何许,经时信音绝。　情切。望中地远天阔。向露冷风清无人处,耿耿寒漏咽。嗟万事难忘,唯是轻别。翠樽未竭,凭断云、留取西楼残月。　罗带光销纹衾叠,连环解,旧香顿歇。怨歌永、琼壶敲尽缺。恨春去、不与人期,空余满地梨花雪。

周济于第三片换头处评曰:"一笔赶下,是清真长技。"又于结句处评曰:"钩勒劲健峭举。"所谓"一气赶下",是指第三片写别后之怨苦,先后用光消、衾叠、香歇、壶缺等意象叠加,层层追迫,如飘风骤雨。然后用"恨"字领起结拍,既束得住,又有摇曳之致。这是结尾处用钩勒之例。

另外在评点柳永词时,周济说:"柳词总以平叙见长。或发端,或结尾,或换头,以一二语勾勒提缀,有千钧之力。"这句话又传达出不少信息。一是钩勒之法,主要是在慢词铺叙(平叙)基础上产生与发展的;令词毋庸钩勒,没有铺叙也无从钩勒。二是钩勒句的主要部位,仍是结构的三个关键部位,即发端、结尾或换头。三是钩勒之法也是在柳永词中草创,在周邦彦词中完善的。评柳永词中一再说"清真词多从耆卿夺胎,思力沉挚处往往出蓝"(《雨霖铃》评语);"后阕一气转注,联翩而下,清真最得此妙"(《卜算子慢》评语);都是在强调柳、周之间薪火相传的关系,这其间也应该包括钩勒之法的继承与发展。

综观周济关于钩勒的论述以及他所认定的钩勒之例,或可把周济关于钩勒的原初用法归纳如下:钩勒是在长调慢词的铺叙手法充分发展的基础上所形成的一种结构手法,就是在词的发端、结尾或换头等关键部位,以一二语钩勒提缀,对铺叙的段落加以收束或转折,在章法上具有点清层次或承上启下的功能,同时又具有避免平衍散漫的艺术效果。

在周济之后的百余年间,对"钩勒"之法,词学家先后给出了三种不同的理解。

---

❶ 见《唐宋词鉴赏辞典》,上海辞书出版社 1988 年版,第 1014 页。

对"钩勒"的第一种理解出于近代词人兼词学家夏敬观。况周颐《蕙风词话》卷一曰：

> 吾词中之意，唯恐人不知，于是乎勾勒。夫其人必待吾勾勒而后能知吾词之意，即亦何妨任其不知矣。

夏敬观《〈蕙风词话〉评释》曰：

> 勾勒者，于词中转接提顿处，用虚字以显明之也。即张炎《词源》所云："用虚字呼唤，单字如正、但、任、甚之类，两字如莫是、还又、那堪之类，三字如更能消、最无端、又却是之类。"南宋清空一派，用此勾勒法为多，用之无不得当者，南宋名家是也。乾嘉时词，号称学稼轩、白石、玉田，往往满纸皆此等呼唤字，不问其得当与否，遂成滑调一派。吴梦窗于此等处多换以实字，玉田讥为七宝楼台，拆下不成片段，以为质实则凝涩晦昧。其实两种皆北宋人法，读周清真词便知之。清真非不用虚字勾勒，但可不用者即不用。其不用虚字，而用实字或静辞，以为转接提顿者，即文章之潜气内转法。今人以清真、梦窗为涩调一派。梦窗过涩则有之，清真何尝涩耶？清真造句整，梦窗以碎锦拼合。整者元气浑仑，碎拼者古锦斑斓。不用勾勒，能使潜气内转，则外涩内活。白石、玉田一派，勾勒得当，亦近质实，诵之如珠走盘，圆而不滑。二派皆出自清真。及其至，品格亦无高下也。今之学梦窗者，但能学其涩，而不能知其活。拼凑实字，既非碎锦，而又扞格不通，其弊等于满纸用呼唤字耳。

夏敬观精于词学，陈锐称其"奄有清真、梦窗之长"。以上所引一段文字，也许是对于"钩勒"概念的最早笺释。但他把钩勒之法与领字用法（即张炎所谓"合用虚字呼唤"之虚字）联系在一起，似乎不太妥当。钩勒自然可用虚字呼唤以显明，但也可以不用虚字；用虚字呼唤有时意在钩勒，有时则起到文气、节奏的贯通作用。甚至可以说，钩勒的功能主要是点醒意旨，而领字的功能则主要在领起一个节奏群；钩勒在意义层面，领字在声情节奏层面。

对钩勒的第二种理解出于与夏敬观同时之词人陈洵（1871—1942）。陈洵著有《海绡说词》，推本周济之说而稍有变化，即于"四家"中"立周（邦彦）、吴（文英）为师，辛（弃疾）、王（沂孙）为友"。陈洵没有对"钩勒"二字加以正面解释，但从他以钩勒之法评点周邦彦词时可以大致把握他的意思。《海绡说词》中评析周邦彦词数十首，其中涉及"钩勒"(或钩转)者有五首。如评析《丹凤吟》(迤逦春光无赖)至下片"那堪昏暝,簌簌半檐花落"时说:"进此一步,已是尽头,复作何语。却以'那堪'二句钩转。"评《夜飞鹊》(河桥送人处)说:"河桥逆入,前地平出。换头三句,钩勒浑厚。转出下句,始觉沉深。评《满庭芳》(风老莺雏)曰:"层层脱卸,笔笔钩勒,面面圆成。"评《大酺》(对宿烟收)曰:"换头五字陡接。'流潦'八字,复绕后一步出力,然后以'怎奈向'三字钩转,将前阕所有情景,尽收'伤心目'中。"评《蓦山溪》(楼前疏柳)曰"前虚后实,钩勒无迹"。综观陈洵这几处的表述,自有相通之处,那就是他所谓"钩勒"与"钩转",均有逆挽或钩转之意。本来在绘画史上,就有以顺势为钩、逆势为勒的说法,陈洵则把钩勒看作一词,主要用于逆、转之意了。其他四首的"钩转"之意都很明显,即使是《满庭芳》一首所谓"笔笔钩勒",因其前有"层层脱卸"之语,也自有笔笔转换之意。实际上,善用逆挽之法,既是清真长技,也是陈洵学清真之悟入处。朱祖谋编《沧海遗音集》,收入陈洵所作的《海绡词》,朱氏题词即称道其"善用逆笔,故处处见腾踔之势,清真法乳也"。因此,陈洵对钩勒之法别有会心,应是融入了自己的作词体会。

不管我们对陈洵所用钩勒概念的理解是否符合他的意思,至少有一点可以肯定,他所理解的钩勒与夏敬观所用的钩勒意义明显不同。因为在他所列举五首词的钩勒之例中,除了《丹凤吟》中的"那堪"外,其余诸例都没有用到领字。

对"钩勒"的第三种理解出于当代词学家刘扬忠。刘扬忠先生在周邦彦研究方面用力颇深,对钩勒之说也曾经作过专门探讨,但他把钩勒解作"一种重在细致的形象描绘的写实笔法",则好像与周济的本意相差甚远。他说:

> 为了达到使所创意境和故事、人物鲜明感人的目的,周邦彦创用了一种重在细致的形象描绘的写实笔法。对这一点的阐发是从周济开始的,他说:"清真浑厚,正于钩勒处见。他人一钩勒便刻削,清真愈钩勒愈浑厚。"周济看准了清真词的长处,可惜他说得模糊玄微,使人不明白"钩勒"的内涵,以及何以"愈钩勒愈浑厚"。他借用"钩勒"这一国画术语来概括清真词主要特征,在概念上也不够准确和科学。对此有详加阐述和修正的必要。我认为,所谓"浑厚",应是指清真词中所描写的意境、故事和人物形象的完整性和生动性。所谓"钩勒",如果换一个不嫌麻烦的说法,即清真具有细腻逼真地描绘的技巧。就是说清真为达到这完整性和生动性而采用了一种细致深入描绘的笔法,一笔不苟地描画。两宋词人,若按笔触之差别来分,正像朱彊村先生所云,约可分疏密二派。或者换个说法,约分为清空与质实二派。清真属于质实的一派。就

笔法之疏密而论,他介于苏轼、吴文英之间。他用笔细密,不如后之吴文英,但他先创用缜密的词法,实为"密"的一派的开山祖。他的词侧重写实,喜欢在情景、人物和事件方面作质实逼真的细致描绘,这与苏轼等人的重在写意大不相同。若以我国传统画派的划分法来比拟,国画分写意与工笔二派,那么清真词略相当于工笔画一流,而不属写意画一派。也就是说,一般情况下他都喜欢浓墨重彩、一笔一画地细心描绘,以求得神情凝聚,形象逼真。他的"钩勒"描绘,就描写的个体或局部而论,是细巧精致的;同时又不忘了整体性和全局性,就他每一首词整个的画面和意象来说,又是完整、系统而协调的。这就是我们理解的周济"愈钩勒愈厚"这论断所应具备的全部含义。❶

刘扬忠先生对清真词较为熟悉,这一段阐述也相当细致而缜密,显然是经过认真推敲而自己也较为满意的一段文字。但是把"钩勒"解说成工笔细描的画法,恐怕既与国画技法概念的"钩勒"原意不符,与周济所用"钩勒"的内涵亦有很大距离。看上去是在阐发周济的论断,实际上却颇有"六经注我"的味道了。

以上三家说法,对于理解"钩勒"词法以及理解清真词,各有偏至而可以互补,均有一定的启发与借鉴意义。因为钩勒之说首先是由周济引入词学领域并用于词学批评的,所以还是应以周济所用原初意义为根本。

阅读与思考

一、扩大阅读书目

1. 俞平伯:《唐宋词选释》,人民文学出版社 1979 年版。
2. 俞平伯:《读词偶得·清真词释》,人民文学出版社 2000 年版。
3. 唐圭璋:《唐宋词简释》,上海古籍出版社 1981 年版。
4. 吴世昌:《罗音室学术论著》第二卷《论词的读法》,中国文联出版公司 1991 年版。
5. 施议对:《词法解赏》,澳门大学出版社 2006 年版。

---

❶ 刘扬忠《清真词的艺术成就及其特征》,原载《文学遗产》1982 年第 3 期,此录自《名家解读宋词》,山东人民出版社 1999 年版,第 303—304 页。

二、思考与练习

1. 结合宋词作品,试谈时空转换与词的章法的关系。
2. 词史上"柳、周"并称,试从章法分析入手,看周邦彦对柳永慢词艺术的继承与发展。
3. 从词的分片体制看词的章法特色。

第六章　句法与节奏

作为词学术语的句法，一般是指词体中句式构成的法则。如张炎《词源》云"词中句法，要平妥精粹"，就是指句子的组织结构，更简单地说就是造句之法。《词源》中还说："词之语句，太宽则容易，太工则苦涩。"这里所谓太宽，是指接近口语，不加组织锻炼，所以易于浅俗松滑；太工，是指人工雕琢太过，因而生涩不自然。本书中所说的句法，乃用其更宽泛的意义。既包括按句中字数多少所分的句式，也包括词体中一些特殊句型。另外，考虑到词的歌词性质及其节奏特点，更多的是靠单句的组配式为载体的，所以这里尝试把"韵句"和"节奏群"也纳入句法范畴。

第一节　单句节奏分析

词与诗的显著不同处，在于句式长短错落，所以词又称为长短句。诗以五言、七言句式为主，三言、四言、六言句式为辅，词则从一字句到十字句都有。就是字数与诗句相同的，因句格的切分与平仄的配合等关系，也会构成节奏上的种种变化。曾见到不少有关词的格律介绍的著作，详列不同句式的种种平仄格式。如二字句的平仄格式有 4 种，三字句的平仄格式有 8 种，四字句的平仄格式有 16 种，五字句的平仄格式有 24 种，六字句的平仄格式有 32 种，七字句的平仄格式有 40 种。如此等等，基本囊括了各种可能性。如二字句只可能有"平仄"、"仄平"、"平平"、"仄仄"四种组合方式，三字句只能有 8 种组合形式，四字句只能有 16 种组合形式。而这所谓种种格式，并不是词谱、词律等书所规定的，而是从唐宋人词中归纳出来的。既然各种平仄组合都允许，事实上也就无所谓格律或词法了。如三字句、四字句、五字句中均有纯为平声或纯为仄声的句子，而这种句子显然是不符合声韵审美规律的，虽有词例而不得引以为法。

鉴于上述思考,本节考察词的句式,主要从节奏切分的角度来考察词句与诗句的不同处。一般来说,句子的诵读有两种节奏。一种着眼于字面意义,称为意义节奏;另一种着眼于字声音节,称为音律节奏。如果句子的意义节奏和音律节奏相合,一般视之为常见格式,简称常格;如果句子的意义节奏和音律节奏不相配合,读起来与常格的切分不同,那就是变格。变格想来应和音乐曲调的变化相关。就像现在的流行歌曲一样,乐句与文句不统一的情况不仅是常见的,而且往往是作者或歌者有意追求某种新奇效果的手段。词与诗的句法不同处,往往也表现在这里。

一、少见的一、二字句

一字句 单独以一字成句的句式在词体中较为少见。词学界一般认为,只有《苍梧谣》(又名《十六字令》)的开头,才算得上真正意义的一字句。如蔡伸所作:

天。休使圆蟾照客眠。人何在?桂影自婵娟。

另外如苏轼和辛弃疾的《哨遍》,过片用"噫"、"嘻"之类感叹语,因为入韵,所以可以勉强看作一字句。但若不用感叹语则很难独立成句。至于辛弃疾《西江月·遣兴》下片:"昨夜松边醉倒,问松我醉何如? 只疑松动要来扶,以手推松曰去!"从意义上来说这个"去"字也应该视为一字句,但这里所讲句式皆指"格律句",像这样的"意义句"不在讨论之列。

二字句 据统计,《全宋词》中所用二字句有 2547 句,涉及十多个词调。二字句用在换头的较多。如柳永《白苎》:"追惜,燕然画角";周邦彦《渡江云》:"堪嗟,清江东注,画舸西流,指长安日下",姜夔《霓裳中序第一》:"幽寂,乱蛩吟壁",王沂孙《无闷》:"清致,悄无似"等。从句与句之间的组配关系来看,又有领下与结上之分。领下的如温庭筠《河传》:"柳堤,不闻郎马嘶。"孙光宪《思帝乡》:"如何? 遣情情更多!"柳永《甘草子》:"秋暮。乱洒衰荷,颗颗真珠雨。"结上的如苏轼《定风波》:"料峭春风吹酒醒。微冷。"周邦彦《南乡子》:"不会沉吟思底事,凝眸。"总起来看以领下者为多。另外如韦应物《调笑令》:"胡马,胡马,远放燕支山下。"李清照《如梦令》:"知否,知否? 应是绿肥红瘦。"则例作叠句。

二、常用的三字句至七字句

三字句 三字句在民间歌谣及古体诗中运用较普遍,后来又成为词体中的基本句式之一。据统计,《全宋词》中所用三字句有 27781 句。如果说一字句、二字句以及八字以上的句式均为罕见,那么三、四、五、六、七言句式则为词体中的常见句式。词体中有通篇用三字句者,如《三字令》;有一调之中大量用三字句者,如《六州歌头》,其中三字句多达十余句。三字句的声情效果取决于句式的组配。早期令词中的三字句往往与五、七言相配。如《渔歌子》、《捣练子》、《潇湘神》、《长相思》等调中,两个三字句并列,其节奏略似一个七言句式拆开而略去第四字。如《江南好》、《忆秦娥》等调中以三、五、七言句式配合,虽然句式有长短变化,而均以单音节收尾,故仍然保持着诗的节奏类型。后来三字句较多地与四字句、六字句或其他双音节收尾的句子相配,则散文化程度加强,其节奏声情亦由轻快流畅变为顿挫而深沉了。如秦观《八六子》"倚危亭,恨如芳草,萋萋刬尽还生",周邦彦《兰陵王》"柳阴直,烟里丝丝弄碧"之类。至如顾敻《荷叶杯》"知摩知,知摩知"一类叠句,则还保留着词在其"流行歌曲"时代的原始的歌词风味。如果三字句连续相排而出,如《六州歌头》之类,则具有繁音促节、铿锵有力的声情特点。

四字句 四言诗在上古时代曾盛行千年之久,《诗经》即以四言句式为主。五言诗代兴之后,四言句式又在骈文中得到普遍运用。词体也吸收了四言诗及骈文四言句的艺术经验,使四字句成为词体中主要句式之一。据统计,《全宋词》中所用四字句约为 71100 句,是宋词中使用频率最高的一种句式。四字句适应了汉语双音节词较多和字分四声的特点,形式整齐,音韵和谐,长短适度。它之所以能成为词体中使用频率最高的一种句式,除了本身的表现功能之外,很重要的一点在于它介于长句与短句之间,因而具有很强的组配能力。吴世昌先生曾将慢词中的散句分为领下与托上两大类 23 项,其中 14 项是与四字句组配而成。❶ 四字句尤其适于偶对骈行。四言对偶句本身整饬工稳,再加上或前或后字句的组配,便会构成整齐而多变的声情与姿态。以一字领下四字偶句者,如柳永《醉蓬莱》:"渐亭皋叶下,陇首云飞。"秦观《望海潮》:"有华灯碍月,飞盖妨花。"以三字领下四字偶句者,如周邦彦《大酺》:"怎奈向、兰成憔悴,卫玠清羸。"张炎《高阳台》:"更凄然、万绿西泠,一抹荒烟。"四字偶句之后配以各种句式者,如苏轼《水龙吟》:"萦损柔肠,困酣娇眼,欲开还闭。"辛弃疾《念奴娇》:"曲岸持觞,垂杨系马,此地曾轻别。"姜夔《齐天乐》:"露湿铜铺,苔侵石井,都是曾听伊处。"四言排偶句由于整饬精严,在词中尤其具有警醒动人的艺术效果。如柳永《笛家弄》:"兰堂夜烛,百万呼卢;画阁春风,十千沽酒。"史达祖《风流子》:"想雾帐吹香,独怜奇俊;露杯分酒,谁伴婵娟?"故汪东《词学通论》

---

❶ 吴世昌《论词的句法》,原载 1946 年 9 月 24 日《中央日报》文史周刊第十九期,后收入《罗音室学术论著》第二卷《词学论丛》,中国文联出版公司 1991 年版。

云:"四字句例,于词中极为紧要,其排偶处,尤须精警动目,不可草草。"

四字句的节奏以"二二"为常格,如"寒蝉凄切"、"大江东去"之类,此类节奏与诗句相同,可以存而不论。除此之外,词中四字句还有多种变化。上一下三者如辛弃疾《沁园春》:"杯汝前来",刘克庄《沁园春》:"何处相逢?登宝钗楼,访铜雀台。"也有人以为有上三下一者,并举苏轼《少年游》"余杭门外",姜夔《点绛唇》"第四桥边"为例。实际上这两例从字面意思来说是以具体地点加方位词,从节奏上来说仍不妨读作二二节奏。所以一般并不认为存在一种"上三下一"的四字句。值得注意的是"一二一"句式。这种句式在词的四字句中出现不为罕见,且往往具有独特的声情追求与效果。如柳永《雨霖铃》开头:"寒蝉凄切,对长亭晚,骤雨初歇。"这三个四字句当中,前后两句皆为二二节奏,而"对长亭晚"一句,无论是就文字意义来说还是就声音节奏来说,均当读为"一二一"节奏。论者以为这不是偶然致此,而是柳永的着意追求。以柳永的文字功力,随便怎样调整字句,均可用与前后统一的二二式节奏来表达同样的意思。比如说,改成"长亭秋晚",也没有什么不可以的。故知柳永所以如此,乃是故意如此,因为这种节奏颇有顿挫吞咽之致,更有利于传达词人剪不断、理还乱的离愁别恨。

更为典型的例子是《水龙吟》的末句。同调之作,较早的如章楶所作末句为"有盈盈泪",苏轼和作末句为"是离人泪"。自此以后,宋人所作,通常采用此种"一二一"句式。第一字为去声,中间两字为连语词。辛弃疾《水龙吟》凡13首,结拍13字中,前九字或变化作参差句,而末句均采用这一句式❶:

> 倩何人、唤取红巾翠袖,揾英雄泪。
> 待他年、整顿乾坤事了,为先生寿。
> 待从公痛饮,八千余岁,伴庄椿寿。
> 恨当年、九老图中忘却,画盘园路。
> 算风流未减,年年醉里,把花枝问。
> 竟茫茫未晓,只应白发,是开山祖。
> 笑挂瓢风树,一鸣渠碎,问何如哑。
> 倩何人与问,雷鸣瓦釜,甚黄钟哑。
> 古人兮既往,嗟予之乐,乐箪瓢些。
> 问何人又卸,片帆沙岸,系斜阳缆。

---

❶ 参见施议对《词与音乐关系研究》,中国社会科学出版社1989年版,第207—208页。

> 但啜其泣矣,啜其泣矣,又何嗟及。
> 到如今巧处,依前又拙,把平生笑。
> 甚东山何事,当时也道,为苍生起。

从词律来说,末句自以"仄平平仄"为常见之格,但这并不一定要求采取"一二一"的切分或节奏。辛弃疾等人力守此种句法,应是出于格律之外的声韵追求。

五字句 五字句既是诗体中的常用句式,在词体中也是使用频率较高的一种句式。据统计,《全宋词》中所用五字句约有54000多例,仅次于四字句、七字句。有的词调全首皆用五字句,如《生查子》、《一片子》、《怨回纥》等。一般来说,五字句的平仄格式与诗体大致相同而更富于变化,但因名作而形成的定格往往比诗的平仄要求还要严格。比如在五言律诗中,每句第一字的平仄是可以不论(不拘)的,但在有些词调里一成定格就不能不论。比如范仲淹的名篇《苏幕遮》中的"波上寒烟翠"一句为平仄平平仄,从律诗的角度来看,写成仄仄平平仄亦无不可。但后来周邦彦也写了一首很有名的《苏幕遮》,其中同位置的"侵晓窥檐语"一句也作平仄平平仄。有了这两首名作在前,后人也就轻易不敢改变这种平仄格式了。

词中五字句与诗中五字句的主要差别不在平仄格式,而在节奏的变化。如上二下三(或作二二一)是诗词共有的基本句法,亦可存而不论。词中所特有的句式为上三下二和上一下四两种。上三下二句式如柳永《十二时慢》"睡不成还起";辛弃疾《临江仙》"引壶觞自酌,须富贵何时";姜夔《齐天乐》"一声声更苦";刘过《醉太平》"更那堪酒醒"等皆是。上一下四的句式更为常见。如:

> 柳永《木兰花慢》:拆桐花烂漫
> 苏轼《洞仙歌》:自清凉无汗
> 李清照《醉花阴》:有暗香盈袖
> 姜夔《惜红衣》:说西风消息
> 吴文英《八声甘州》:渺空烟四远

此种句法,为诗中所无,与其他句式相配,便构成顿挫摇曳的声情姿态。

六字句 六字句是一种散文化的句式,在骈文中运用较普遍,诗体中不多见。在词体中,六字句用于长调较多,小令中较少。据统计,《全宋词》中所用六字句约有38500余例,少于四、七、五字句,而多于三字句。六字句一般两字一顿,平仄一般以两平两仄相间,常与五七言句式相配。又往往于片首或片尾双句骈行。在片首者如晏几道《临江仙》："梦后楼台高锁，酒醒帘幕低垂。""记得小蘋初见，两重心字罗衣。"辛弃疾《破阵子》："醉里挑灯看剑，梦回吹角连营。""马作的卢飞快，弓如霹雳弦惊。"在片尾者如欧阳修《朝中措》："手种堂前垂柳，别来几度春风。""行乐直须年少，尊前看取衰翁。"俞国宝《风入松》："红杏香中箫鼓，绿杨影里鞦韆。""明日重扶残醉，来寻陌上花钿。"另外如《木兰花慢》、《双双燕》等调亦是如此。盖六言而双句骈行，尤有抑扬中节、前于后喁之美。

六字句的意义节奏以二二二为常格，也有人进一步细分为三种节奏类型。如以辛弃疾《永遇乐》"一片神鸦社鼓"，为上二下四；姜夔《扬州慢》"二十四桥仍在"为上四下二；辛弃疾《西江月》"宜醉宜游宜睡"，"管竹管山管水"为二二二。实际此类句法归纳，宜粗不宜细。上述各例均可视为二二二式节奏。至于辛弃疾《西江月》上下两结句之所以显得有点"与众不同"，乃是因为这两个三字句分别用"宜"字、"管"字组词造句的关系。另外偶然也有上一下五式节奏，如姜夔《暗香》"又片片吹尽也，几时见得"，或姜夔《角招》"过三十六离宫，遣行人回首"。此类句例较为少见，而"又"字、"过"字，亦颇有领字意味，故其音节必待下句承接而后稳。

六字句的特殊节奏为三三式，这也是词有别于诗的一种特色句式，也有人把这种句式称之为折腰句。最常用这种句式的有以下词调。如《御街行》，范仲淹之作为"夜寂静、寒声碎"，"酒未到、先成泪"。《青玉案》，苏轼之作为"遣黄耳、随君去"。《水龙吟》，周邦彦之作为"偏勾引、黄昏泪"。《诉衷情》，欧阳修之作为"故画作、远山长"。这类句子，用新式标点中间一般加顿号，在过去词谱里称为"豆"，但只有六字合起来才是一句。

七字句　　七字句在词体中也是常见句式。据统计，《全宋词》中所用七字句约有 69000 多例，仅次于四字句。部分词调通篇皆用七言句式，如《浣溪沙》、《瑞鹧鸪》、《玉楼春》等调，其平仄格律大致与七言近体诗相近而略有变化。

除了与诗相同的上四下三或二二三节奏不论外，词中七字句的节奏变化主要体现为上三下四和上一下六两种类型。上三下四的例句如：

　　柳永《雨霖铃》：杨柳岸——晓风残月

　　王安石《桂枝香》：背西风——酒旗斜矗

　　晏几道《解佩令》：点丹青——画成秦女

　　苏轼《水龙吟》：笑纷纷——落花飞絮

　　秦观《鹊桥仙》：便胜却——人间无数

　　周邦彦《解语花》：看楚女——纤腰一把

  晁补之《满庭芳》：丹枫外——江色凝秋

  李清照《声声慢》：怎敌他——晚来风急

  李清照《凤凰台上忆吹箫》：多少事——欲说还休

  姜夔《暗香》：千树压——西湖寒碧

  史达祖《东风第一枝》：做弄出——轻风纤软

  吴文英《烛影摇红》：又晴霞——惊飞暮管

  上述例句中，如"笑纷纷——落花飞絮"，"又晴霞——惊飞暮管"，"看楚女——纤腰一把"之类，从意义节奏上看，也许视为上一下六更为合适，但是因为其节奏点仍旧是在第三、第五、第七字，所以从音律节奏来看，仍以视为上三下四为宜。

  七字句中的上一下六类型，多为一字领六字的领字句。如柳永《雨霖铃》："念去去千里烟波。"张元幹《贺新郎》："聚万落千村狐兔。"史达祖《双双燕》："又软语商量不定。"至如聂冠卿《多丽》中"有翩若轻鸿体态，暮为行雨标格"，乃是以"有"字领起六字对句，仅把前句视为上一下六节奏是不妥当的。

三、七字以上的长句

  七字以上的长句，从平仄和节奏来看，大多可以看作两个七字以下句子的复合，故吴梅《词学通论》曰："句至七字，诸体全矣。"然而这些长句毕竟是一句而不是两句，有些句子在意义与节奏方面均不便"拆作"两句。而有些词调，如《南柯子》、《虞美人》等，亦正以长句摇曳生姿为特色。设使词中没有七字以上长句，则词体的长短句性质及其声情节奏都将会大打折扣。所以我们认为，从节奏和语气停顿上把长句断为两句是可以的，但不能因此而否认词体中七字以上长句的存在。

  八字句 八字句的节奏组合，词体中较有特色的有两种形式。一为上三下五式。如：

  柳永《雨霖铃》：更那堪——冷落清秋节

  柳永《八声甘州》：误几回——天际识归舟

  苏轼《满江红》：愿使君——还赋谪仙诗

  晏几道《解珮令》：掩深宫——团扇无情绪

  康与之《洞仙歌》：想南浦——潮生画桡归

  高观国《贺新郎》：倚高情——预得春风宠

第二种为上一下七式。如：

柳永《八声甘州》：对——潇潇暮雨洒江天
宋祁《锦缠道》：问——牧童遥指孤村道
苏轼《哨遍》：念——寓形宇内复几时
向子諲《七娘子》：但——长江无语东流去
程垓《连理枝》：纵——青天白日系长绳
朱敦儒《踏歌》：便——山遥水远分吴越

按：上一下七式组合一般为用一个去声字领起的领字句。这是词中特有的一种句式，领字后又常常有所省略。如"但"等于"但有"、"但见"或"但觉"，"更"等于"更有"，"空"等于"空有"或"空余"，"尽"等于"尽有"，"甚"等于"为甚"，等等。❶另外，前面所列举的上三下五式，如果第一字为去声且可以与下二字分切开，视为上一下七节奏也没有什么不可以。这也就是说，节奏分切是相对的而不是绝对的。

九字句　九字句的节奏组合，一般有以下三种形式。其一为上三下六。如：

苏轼《洞仙歌》：人未寝——欹枕钗横鬓乱
周邦彦《瑞鹤仙》：行路永——客去车尘漠漠
周邦彦《解语花》：纤云散——耿耿素娥欲下
程垓《南浦》：东风外——吹尽乱红飞絮
吴文英《新雁过妆楼》：风檐近——浑疑珮玉丁东
张炎《念奴娇》：笑当年——底事中分南北

按：上三下六句式中，有一种以三虚字领起的九字句，如苏轼《洞仙歌》"又不道流年暗中偷换"；周邦彦《六丑》："终不似一朵钗头颤袅"；王沂孙《法曲献仙音》："应忘却明月夜深归辇"。这种句式，一方面是三字后的停顿意味较强，另一方面来说则颇有衬字意味。

其二为一四四或上五下四。如：

王安石《洞仙歌》：听——曲楼玉管——吹彻伊州
周邦彦《念奴娇》：听——一声啼鸟——幽斋岑寂
赵长卿《瑞鹤仙》：动——院落清秋——新凉如水

---

❶ 参见王力《汉语诗律学》，上海世纪出版集团、上海教育出版社2002年版，第683页。

其三为上六下三。如：

   李煜《虞美人》:恰似一江春水——向东流
   李煜《相见欢》:寂寞梧桐深院——锁清秋
   欧阳修《南歌子》:爱道画眉深浅——入时无

此种句式,视为上四下五或上二下七均无不可,因为在很多情况下,这种九字句几乎是一气呵成而很难切分的。

  十字句 十字句在词中极为少见。王力认为:"只有《摸鱼儿》一词,前阕第六句和后阕第七句是十字的。"❶如辛弃疾之作为"见说道天涯芳草无归路"、"君不见玉环飞燕皆尘土",都是上三下七节奏,而"见说道"、"君不见"尤其像在七言句式之前加了一个三字的插入语。至于宛敏灏先生在《词学概论》中所举辛弃疾《粉蝶儿》"把春波都酿作一江醇酎",虽然从意义上连成一气,一般词谱则是断作三、三、四的三个句子的;而柳永《夜半乐》中"岸边两两三三浣纱游女",词谱上一般也是作为上六下四两个句子来看的。所以这些都不宜再视为十字句。

  至于十一字句,我们认为没有开列的必要。有人认为十一字句只有黄庭坚《归田乐令》中的"引调得、甚近日心肠不恋家"一个句例❷,也有人认为只有《水调歌头》如"不知天上宫阙今夕是何年"❸才是十一字句,可是在一般词谱中,这些都断作一个六字句和一个五字句了。

第二节 韵句结构分析

  上一节所讲的句子,从一字句到十字句,均为独立的单句。单句长短差别很大,但仍是一句,其节奏变化主要通过单字的平仄与音步的组合变化来实现。而韵句则往往是一个句组,它是介于单句与句群之间的节奏单位,也可以说是一个节奏群。除了少数令词句句押韵,韵句亦同于单句外,韵句往往由多个单句组成。于是就有了种种组配方式。从单句的类型来说,有长与短、骈与散,以及音节的奇偶等

---

❶ 王力:《汉语诗律学》,上海世纪出版集团、上海教育出版社 2002 年版,第 671 页。
❷ 参见《中国词学大辞典》和《宋词大词典》"十一字句"条。
❸ 参见王力《汉语诗律学》,上海世纪出版集团、上海教育出版社 2002 年版,第 672—674 页。

不同的组配方式;从句组结构来说,有领句、对句、叠句等不同的结构形式;从句组的逻辑关系来说,有假设、转折、递进、悬想等连结方式。所有这些,既构成了节奏与旋律的丰富性,也构成了种种丰富而微妙的辞趣与意味。

从词乐或演唱的角度来说,韵句可以说是基本节奏单元。沈义父《乐府指迷》说:"词腔谓之均,均即韵也。"元戴表元《程宗旦古诗编序》说:"语之成文者有韵,犹乐之成音者有均,一也。"这就是说,乐曲的一均,相当于词中的一韵;"均"以界划乐句,而韵以界划文词之句。张炎《词源·讴曲旨要》有"大顿小住当韵住"之说,吴熊和先生据此指出:"词调中押韵的地方,大都是曲中'顿'、'住'之处。"❶也就是说,"词调中的韵位,实依曲调中的'顿'、'住'而定"❷。诗不论古体近体,一般为两句一韵,韵位稳定在偶数句之末。词则除了韵位错落的特点之外,不同的词调韵位疏密的差别也很大。韵密的小令几乎一句一韵,韵疏的慢词可能多至五句、六句一韵。正如我们分析律诗时往往以一联为一个层次一样,词要在每片之内再分层次,往往也就以一韵为一个单位或层次。尤其是对慢词而言,韵的结构功能就更为明显。

关于韵句的构成分析,前代词学家已作过一些探索。如万云峻先生是按句数构成分为5类,吴世昌先生专就慢词中骈句按"领下"或"托上"两类归纳为23项,而通常做法是按结构形式分为领句、对句、叠句等形式。在本节中,除了介绍上述三种归类方法之外,我们还想按句子间的逻辑关系,作语法层面的分析尝试。

一、典型句式分析法

以诗体形式为参照,词中的领句、对句和叠句,更具有词体的句法特征。

1. 领句

领句实际应称为领字句。在慢词中,有时在句首用一字或二、三字领起一个韵句来,这用作领起的字就叫领字,这样的句子也就称为领句。领字,宋元时称为虚字。张炎《词源》卷下说:

> 词与诗不同,词之语句,有二字、三字、四字至六字、七八字者,若堆叠实字,读且不通,况付之雪儿乎? 合用虚字呼唤。单字如正、但、甚、任之类,两字如莫是、还又、那堪之类,三字如更能消、最无端、又都是之类。此等虚字,却要用之得其所,若使尽用虚字,句语又俗,虽不质实,恐不无掩卷之诮。

---

❶ 吴熊和:《唐宋词通论》,浙江古籍出版社1989年版,第59页。
❷ 吴熊和:《唐宋词通论》,浙江古籍出版社1989年版,第60页。

沈义父《乐府指迷》中亦云：

> 腔子多有句上合用虚字，如嗟字、奈字、况字、更字、又字、料字、想字、正字、甚字，用之不妨。

又陆辅之《词旨》中"单字集虚"一条，所列的单字有任、看、正、待、乍、怕、总、问、爱、奈、似、但、料、想、更、算、况、怅、快、早、尽、嗟、凭、叹、方、将、未、已、应、若、莫、会、甚等共33字，实际上其中有些字不太常用。

在清代词论中，沈雄《古今词话》把这类字称为衬字，沈祥龙《论词随笔》等仍称为虚字，周济《宋四家词选序论》则称为"领句单字"。称为"衬字"自然容易与曲中衬字相混，称为"虚字"也容易与语法上的虚字相混，而且虚字可用于句首，也可用于句中或句尾，而宋元人所说的虚字显然只是用在句首。相比之下，还是称为"领字"比较准确。

领字有几个特点。首先，领字一般都是去声字。常用领字中，除了"想"为上声、"莫"为入声等之外，绝大部分为去声字。为什么要这样呢？清初词学家万树《词律发凡》中说过："名词转折跌荡处，多用去声，何也？三声之中，上、入二者可以作平，去则独异。"又说："当用去者，非去则激不起。"因为慢词格局开张，韵位较疏，一个领字要领起一个节奏群来，故须重起轻杀，不用去声字就会流于平弱。其次，领字以单字为主，用二字者已少，用三字者更少。而且像更能消、最无端、又却是之类，实际起领字作用的，也还是"更"、"最"、"又"这些去声单字。其三，领字都是用于句首。而且不是一般单句之首，而往往是韵句之首。一般的单句无须领字，也只有多个单句构成一个韵句，才需要用领字来起到钩连呼应作用。根据此种认识，像柳永《戚氏》"况有狂朋怪侣，遇当歌对酒竞留连"的"遇"字，周邦彦《忆旧游》"坠叶惊离思，听寒蛩夜泣，乱雨萧萧"的"听"字，史达祖《双双燕》"过春社了，度帘幕中间，去年尘冷"的"度"字，吴文英《莺啼序》"十载西湖，傍柳系马，趁娇尘软雾"的"趁"字，在某些论著中曾被当作领字，然而如果考虑到乐句之"均"与词句之"韵"的对应关系，这些字均是在乐句中间，而不在节奏群的关节点上，所以不应被视为领字。

因为领字多用一个去声字位于句首，读起来要单独作一停顿，所以这种词中特有的语言现象又称为"一字豆"。用作"一字豆"的大多为副词，如正、渐、又、但、更、甚等。在一般散文的语序中，它们作为状语应该在主语之后，谓语之前。可是在词中往往前置于句首，其功能也发生了变化，即修饰谓语的意味淡了，而在一个节奏群的开头充当"领字"的功能则大大强化了。也有少数领字用的是动词而不是副词。如张孝祥《六州歌头》："念腰间箭,匣中剑,空埃蠹,竟何成!"辛弃疾《木兰花慢》："想剑指三秦,君王得意,一战东归。"吴文英《高阳台》："问谁调玉髓,暗补香瘢。"张炎《齐天乐》："看飘忽风云,晦明朝夕。"一般来说,用动词作领字,后面跟的是目的语,这种句法比较接近自然语序,因此也就不像副词前置那样更具有词体个性意味。

领字有领起一句者,也有领起二句、三句、四句者。领起一句者如:

柳永《戚氏》:渐鸣咽画角数声残。
周邦彦《拜星月慢》:念荒寒寄宿无人馆。
朱淑真《绛都春》:更莫待笛声吹老。
辛弃疾《贺新郎》:正壮士悲歌未彻。

以上例句,虽然只是领起一个单句,却都是独立的韵句。

以领字领起二句、三句、四句者,本节稍后吴世昌先生归纳的各种句型已足以反映,这里就不再重复举例。但应当指出的是,各类书中讲领字或领句时,往往以领起骈对之句为主,事实上领字也常常领起散句。如柳永《洞仙歌》："但屈指西风几时来,又不道流年,暗中偷换";姜夔《满江仙》："向夜深风定悄无人,闻佩环";刘辰翁《摸鱼儿》："但细雨断桥,憔悴人归后"。假如只讲整句而不讲散句,也容易造成误解。

2. 对句

对句即对偶句,又称为对仗。这本是诗体之长技,尤其是近体诗,更以对句为重要的形式与手段。词体虽以单句为主,而时用对句,更显得整炼工巧。陆辅之《词旨》云:"对句好可得,炼句易为工。"就是说遇到当对之句,加意提炼,就会显得分外精彩。他还列举了对句较佳的38例,均为四言对句。其实在词中,从三字句到七字句,皆有对句。词的对句与律诗的对句不同之处,一是律诗的对仗是出于诗律之规定,有固定的地方;而词中的对仗并不是出于词律的规定,对与不对取决于词人的不同处理。二是律诗的对仗在原则上是以平对仄,以仄对平,词则不拘于此。除了这两点区别之外,词中对句的最大特色,就是比诗中对句的形式要丰富得多,也活泼得多。

某一词调中的某一部位是否作对句,虽然不是出于词调的规定,但有些词调却在长期创作与欣赏过程中形成了稳定的趋势。词律专书中有时会注明某调某二句"例作对句",就是约定俗成的结果。如《浣溪沙》下片第一二句,一般都作对句:

> 无可奈何花落去,似曾相识燕归来。(晏殊)
> 谁道人生无再少,门前流水尚能西。(苏轼)
> 自在飞花轻似梦,无边丝雨细如愁。(秦观)
> 新笋已成堂下竹,落花都上燕巢泥。(周邦彦)
> 可意湖山留我住,断肠烟水送君归。(张元幹)
> 浓雾知秋晨光润,薄云遮日午荫凉。(范成大)

其他如《临江仙》上下片后二句,《西江月》上下片前二句,《满江红》上片第三韵和下片第四韵等等,也都是"例作对句"的。

然而也并不是相连的两句字数相同,就一定要或一定可以处理成对句。与诗相比,词中的节奏特点是错综变化。比如在一些词调中,同样是两个七字句相连,却偏偏要处理成上句为"四三"而下句为"三四"节奏。如以下一些词调:

> 《桂枝香》:征帆去棹斜阳里,背西风酒旗斜矗。(王安石)
> 《鹊桥仙》:金风玉露一相逢,便胜却人间无数。(秦观)
> 《疏影》:昭君不惯胡沙远,但暗忆江南江北。(姜夔)
> 《风入松》:楼前绿暗分携路,一丝柳一寸柔情。(吴文英)
> 《高阳台》:无心再续笙歌梦,掩重门浅醉闲眠。(张炎)

像这样的句法处理,已不是词人个人的兴趣取舍,而是成为固定的模式了。

有的词调则索性上下句都倒过来,都变成上三下四。如柳永《玉蝴蝶》:"念双燕难凭远信,指暮天空识归航";晁端礼《多丽》:"莹无尘素蛾淡伫,静可数月桂参差";这样上下句仍然谐调,同时也为对句增添了一种新的格式。

为了追求节奏的错综变化,词在对句与散句的结合上作了不少探索,从而形成了"端庄杂流丽,刚健含婀娜"的审美特点。具体来说,又可分为两种类型。一种是寓骈于散,即用领字领起若干个对句。最常见的是以单个领字领起两个四字句,如史达祖《换巢鸾凤》:"正愁横断坞,梦绕溪桥";陈允平《齐天乐》:"有眠月闲僧,醉香游子"。两句看起来是上五下四,实际上首字作"一字豆",接下来正好用两个四字句作对。另一种类型是骈散相合,即用两个对句再加上一个单句才构成一个完整的韵句。比较多的是对句在前,单句在后,如柳永《醉蓬莱》:"嫩菊黄深,拒霜红浅,近宝阶香砌";周邦彦《少年游》:"并刀如水,吴盐胜雪,纤指破新橙";李清照《凤凰台上忆吹箫》:"香冷金猊,被翻红浪,起来慵自梳头";张炎《高阳台》:"接叶巢莺,平波卷絮,断桥斜日归船"。这样的句式组合,一般是后边的单句必长于对句,这样节奏才能接得住、收得稳。而单句的功能也就在于适当地"弱化"对句的骈对整饬的感觉。值得分说的是,有些词调,一连三句字数相同的句子相连(往往为四字句),一般都是两句作对而一句单行。最典型的词调是《眼儿媚》,上下片各有三个四字句,一般是上片对句在前,下片对句在后。如王雱所作上片:"海棠未雨,梨花先雪;一半春休。"下片为:"相思只在:丁香枝上,豆蔻梢头。"阮阅所作上片为:"一双燕子,两行征雁;画角声残。"下片为:"也应似旧;盈盈秋水,淡淡春山。"尽管相连的三句,每句都是四个字,由于对句之间的呼应顾盼,仍然构成词句(同时也必然伴同乐句)之间的时值变化。除了以上两种类型之外,如秦观《八六子》:"念柳外青骢别后,水边红袂分时,怆然暗惊",是以领字领起两个对句,再加上一个单句;又如张炎《高阳台》:"当年燕子知何处?但苔深苇曲,草暗斜川",则是单句在前,然后以领字领起对句,这样的组合变化更为复杂,同时也使词中对句呈现出种种不同的风姿了。

  词中对句的要求比较宽松自由,这方面最典型的表现是不避同字相对,甚至是韵脚和韵脚同字相对。岂止是不避,有些词调甚至是有意用同字相对,以造成轻快活泼或幽默诙谐的效果。如《忆少年》,开头三个四字句,往往于句首用同字相对:

    无穷官柳,无情画舸,无根行客。(晁补之)
    陇云溶泄,陇山峻秀,陇泉鸣咽。(万俟咏)
    年时旧伴,年时去处,年时春光。(曹组)

又如《高阳台》,歇拍处两个四字句,亦往往用同字相对:

    莫闲愁,一半悲秋,一半伤春。(王观)
    问东风,先到垂杨,后到梅花。(周密)
    莫开帘,怕见飞花,怕听啼鹃。(张炎)
    更消他,几度东风,几度飞花。(王沂孙)

  由以上两个词调来看,《忆少年》的开头,相连三句用同字相对,对仗意味弱而排比意味浓,想见其乐句亦当采用叠垛手法。《高阳台》的结尾,前面的三字句多采用祈使句或设问句,则此后紧跟的两个四字句又以同字相对,往往用以表现进退夷犹、左右徘徊的困窘心态。

  以同字相对而约定俗成,已足成为某一词调典型句法者,有三个词调最为典型,即《行香子》《一剪梅》和《解佩令》。

《行香子》一调,最早见于张先词,所谓"张三中"即因此词而得名。因为此调上下片之末,皆以一个去声字领下三言三句,何况张先的"心中事,眼中泪,意中人"已作俑在先,故后来用此调者,不仅步其后尘,抑且变本加厉,遂形成一种固定格局。兹从两宋词中选录4首,以见其风习。

  一叶舟轻,双桨鸣惊。水天清、影湛波平。鱼翻藻鉴,鹭点烟汀。过沙溪急,霜溪冷,月溪明。 重重似画,曲曲如屏。算当年、虚老严陵。君臣一梦,今古空名。但远山长,云山乱,晓山青。

——苏轼

  树绕村庄,水满坡塘。倚东风、豪兴徜徉。小园几许,收尽春光。有桃花红,李花白,菜花黄。 远远围墙,隐隐茅堂。飏青旗、流水桥旁。偶然乘兴,步过东冈。正莺儿啼,燕儿舞,蝶儿忙。

——秦观

  草际鸣蛩,惊落梧桐。正人间、天上愁浓。天阶月地,关锁千重。纵浮槎来,浮槎去,不相逢。 星桥鹊驾,经年才见,想离情、别恨无穷。牵牛织女,莫是离中?甚霎儿晴,霎儿雨,霎儿风。

——李清照

  好雨当春,要趁归耕。况而今、已是清明。小窗坐地,侧听檐声。恨夜来风,夜来月,夜来云。 花絮飘零,莺燕丁宁。怕妨侬、湖上闲行。天心背后,费甚心情。放霎时阴,霎时雨,霎时晴。

——辛弃疾

以上所录两宋词人《行香子》词凡4首,当以三字句之中间一字同字相对为常态。李清照之作衍为四字,一般以为其中"儿"字为衬字。❶ 至如辛弃疾所作,虽有游戏为词意味,然而亦如其《丑奴儿》题注所谓"博山道中效李易安体",似亦有李清照的影响。

《一剪梅》词调,首见于周邦彦《清真集》,即以其首句"一剪梅花万样娇"而得调名。宋人所作,以李清照、蒋捷二人所作最为流传。现把三首词并录于下,以见其演化之迹。

---

❶ 参见龙榆生《唐宋词格律》,第35页。

一剪梅花万样娇。斜插疏枝,略点梅梢。轻盈微笑舞低回,何事尊前,拍手相招。　　夜渐寒深酒渐消。袖里时闻,玉钏轻敲。城头谁恁促残更?银漏如何,且慢明朝。

——周邦彦

　　红藕香残玉簟秋。轻解罗裳,独上兰舟。云中谁寄锦书来?雁字回时,月满西楼。　　花自飘零水自流。一种相思,两地闲愁。此情无计可消除,才下眉头,却上心头。

——李清照

　　一片春愁待酒浇,江上舟摇,楼上帘招。秋娘渡与泰娘桥,风又飘飘,雨又潇潇。　　何日归家洗客袍?银字笙调,心字香烧。流光容易把人抛,红了樱桃,绿了芭蕉。

——蒋捷

从以上三首词来看,基本格式相同,实际有微妙变化。周邦彦的创调之作,上下片的八个四字句均无同字相对。李清照之作,结拍处"才下眉头,却上心头",是以同一个"头"字押韵;虽然只是一点微小的变化,却可能成为后来变化的端倪。蒋捷之作变动最大。主要变动有两点:一是由原来基本上属于隔句押韵变为句句叶韵,于是原来上下片各三平韵就变成了上下片各六平韵;二是把每两个相连的四字句都变成了同字相应的对句。当然,通过检索可以发现,这种格式并非蒋捷所创,在蒋捷之前,张辑"剑倚青天笛倚楼"一首,方岳"谁剪轻琼做物华"一首,已经是句句叶韵,且两个四字句中有三字相同了。比蒋捷稍晚的词人如刘辰翁、汪元量、黎廷瑞等人的《一剪梅》,则全为此种格式,可见那时已经约定俗成了。这两点改变,助成了轻快活泼的韵味,但稍欠顿宕则太顺溜,太顺溜则似曲。假如只是到此为止,自然仍不失为名家名作,然而后来的文人又进一步发展了此调的滑溜俳谐气味,便不免走上散曲化的通俗之路了。为了让读者清楚地看出这一发展趋势,这里试作延伸,抄两首明人的作品以作比较。先来看明初瞿佑的《一剪梅·舟次横塘书所见》:

　　水边亭馆傍晴沙,不是村家,恐是仙家。竹枝低亚柳枝斜,红是桃花,白是梨花。　　敲门试觅一瓯茶,惊散群鸦,唤出双鸦。临流久立自咨嗟,景又堪夸,人又堪夸。

再来看游走于雅俗文化之间的唐寅的作品:

　　　　雨打梨花深闭门,孤负青春,虚负青春。赏心乐事共谁论?花下销魂,月下销魂。　　愁聚眉峰尽日颦,千点啼痕,万点啼痕。晓看天色暮看云,行也思君,坐也思君。

两首词都是句句叶韵,每两个四字句也都以同字相对,这些都使人一望而知,作为他们创作之范本的不是李清照的作品,更不是周邦彦的作品,而只能是蒋捷的作品。不仅如此,他们还把蒋捷词中的一字相同,变成了二字、三字相同,于是《一剪梅》中的四字对句,每两句中就只有一字不同了。在更后来的王世贞、卓人月等人的作品中,我们会发现这已成为明人约定俗成的格式了。格式当然只是形式,然而形式亦有表情达意的功能,更是审美趣味的载体。四字对句中有三字相同,已不止是有俳谐气味,而是有打油诗气味了。

《解佩令》词调,始见于晏几道《小山乐府》。调名取义于传说中郑交甫遇汉皋神女解佩的故事。双调66字,上片六句四仄韵,下片六句三仄韵。上下片开头处各有两个四字句相连,这是形成对句的前提。然而在晏几道词中,上片第一句和下片开头的两句均不叶韵,因此也就不存在押同一韵字的可能。只是后来到了史达祖、蒋捷词中,情形才发生了变化。现把这两人之作引录于下:

　　　　人行花坞,衣沾香雾。有新词、逢春吟哢。屡欲传情,奈燕子、不曾飞去,倚珠帘、咏郎秀句。　　相思一度,浓愁一度。最难忘、遮灯私语。淡月梨花,借梦来、花边廊庑,指春衫、泪曾溅处。
　　　　　　　　　　　　　　　　　　　　　　　　　　——史达祖
　　　　春晴也好,春阴也好,著些儿、春雨越好。春雨如丝,绣出花枝红袅。怎禁他、孟婆合皂。　　梅花风小,杏花风小,海棠风、蓦地寒峭。岁岁春光,被二十四风吹老。楝花风,尔且慢到。
　　　　　　　　　　　　　　　　　　　　　　　　　　——蒋捷

在史达祖词中,上下片的第一、二句已经变成句句叶韵了,只是上片的"人行花坞,衣沾香雾",是同声相对而不是同字相对,至下片的"相思一度,浓愁一度",则更变为两字相同了。而在蒋捷词中,上片的"春晴也好,春阴也好"只有"阴"、"晴"之殊,其余三字均同;下片的"梅花风小,杏花风小",只有"梅"、"杏"之别,其余三字也是相同的。这就和《一剪梅》的情形颇相类似了。清代冯煦《蒿庵词话》曾批评蒋捷词"好用俳体",从这首《解佩令》亦可略见一斑。四字之中乃有三字相同,这样的对句,在诗中不可能出现,而在散曲中倒是常见的。或者可以说,此类对句乃是词作为"胡夷里巷之曲"时谐俗作风的一点遗留,而到了明代则又颇有"返祖"意味了。

3. 叠句

词体中重叠的句式叫叠句。具体来说又可分为三种类型。一种为连续性重叠。在唐五代词中多为一字至三字叠句。一字叠句如温庭筠《思帝乡》开头:"花,花"。二字叠句常见于两个词调。一为《调笑令》(又名《转应曲》),一阕之中有两处叠句,中唐韦应物、王建、戴叔伦所作格式全同。兹录韦应物所作如下:

> 河汉,河汉,晓挂秋城漫漫。愁人起望相思,江南塞北别离。离别,离别,河汉虽同路绝。

一为《如梦令》,自后唐庄宗李存勖开始,在同一位置例作二字叠句。李清照所作二首一般较为熟悉,兹录秦观所作一首:

> 遥夜沉沉如水,风紧驿亭深闭。梦破鼠窥灯,霜送晓寒侵被。无寐,无寐,门外马嘶人起。

三字叠句见于《潇湘神》,第一、二句皆为三字句,自刘禹锡以来例作叠句。兹录南宋黄公绍《端午竞渡棹歌》十首之一:

> 看龙舟,看龙舟,两堤未斗水悠悠。一片笙歌催闹晚,忽然鼓棹起中流。

第二种类型是,虽然叠句相连,却一属上读,一连下读。如《忆秦娥》。传为李白所作一首大家较为熟悉,兹录苏轼所作一首:

> 双溪月,清光偏照双荷叶。双荷叶,红心未偶,绿衣偷结。　　背风迎雨流珠滑,轻舟短棹先秋折。先秋折,烟鬟未上,玉杯微缺。

又如辛弃疾《丑奴儿》:

> 少年不识愁滋味,爱上层楼。爱上层楼,为赋新词强说愁。　　而今识尽愁滋味,欲说还休。欲说还休,却道天凉好个秋。

第三种类型是叠句分别出现在上下片同一部位,彼此不连却又相互呼应。如赵长卿所作《摊破丑奴儿》:

> 树头红叶飞都尽,景物凄凉。秀出群芳,又见江梅浅淡妆。也啰,真个是、可人香。　兰魂蕙魄应羞死,独占风光。梦断高唐,月送疏枝过女墙。也啰,真个是、可人香。

《词律》卷四于此调下注云:"但观'也啰'以上,端端正正是《丑奴儿》,只添'也啰'二字并'真个是'六字,所谓'摊破'也。"此种变调用的人不多,可视为特例,因此在词体中并不具有普遍意义。

叠句形式是词的歌词性质最明显的体现。叠句的出现最先应与曲调乐句的重叠有关。清沈雄《古今词话·词品》卷上云:"两句一样为叠句,一促拍,一曼声。"其意是说词中叠句所配合的乐句,往往一句节奏急促,一句节奏疏缓。因为清初时词乐早已失传,这恐怕也只能聊备一说而已。

与叠句有些相关的还有一种叠字句。叠字本为联绵词的一种形式,在《诗经》时代就已大量出现,在后来的古体、近体诗中亦常见。但在词中又出现了连续叠字以成句,或整个词体皆用叠字句的形式。敦煌写本曲子词中已有叠字体,如伯3994号卷子所抄《菩萨蛮》一词:

> 霏霏点点回塘雨,双双只只鸳鸯雨。灼灼野花香,依依金缕黄。　盈盈江上女,两两溪边舞。皎皎绮罗光,轻轻云粉妆。

这首词每句皆用叠字,显然出于有意追求。宋词中连用叠字之例以李清照《声声慢》开头最为著名:"寻寻觅觅,冷冷清清,凄凄惨惨戚戚。"一开篇连用14个叠字,声情并茂,堪称绝唱。但如元代散曲作家乔吉《天净沙》"莺莺燕燕春春"那样全用叠字,则不惟不自然,而且成为一种文字游戏了。

二、句数构成分析法

万云骏先生在进行诗、词、曲比较研究时,曾以"词的句组的几种形式"为题,专门做过举例分析。❶ 他所说的"句组",事实上应是韵句,因为他开头的"一句一组

---

❶ 这里引述的内容出于万云骏先生授课之记录,授课时间是1986年5月7日。

式"就表述为:"一句一组(韵)式"。万云骏先生应是认为词的韵句所包含的单句最多不超过 5 句,所以他从"一句一组式"列举到"五句一组式"。

1. 一句一组(组)式

> 周邦彦《浣溪沙》:日射欹红蜡蒂香。风干微汗粉蝶凉。碧纱对掩簟纹光。自剪柳枝明画阁,戏抛莲茞种横塘。长亭无事好思量。

按:此为《浣溪沙》正体,双调 42 字,上片三句三平韵,下片三句二平韵。除了下片前二句例作对偶即两句一韵外,其余均为一句一韵。

2. 二句一组式

> 吴文英《满江红》:风送流花时过岸,浪摇晴练欲飞尘。

按:《满江红》正体为仄声韵,名家名篇中惟姜夔"仙姥来时"一首押平韵,吴文英此首亦为变体。上引为该词下片第七、八句,这两句例作对偶句。而词中对句,除了少数词调为同韵相对之外,一般都是两句一韵。

3. 三句一组式
①四四四

> 陈亮《水龙吟》:春归翠陌,平莎茸嫩,垂杨金浅。迟日催花,淡云阁雨,轻寒轻暖。

②四四五

> 苏轼《念奴娇》:乱石穿空,惊涛拍岸,卷起千堆雪。

按:万云骏先生当是示例,而非穷尽罗列。如他在讲"四四四"句组时说有"分、分、合"与"合、分、分"两种组合形式,意谓"春归翠陌"三句为"合、分、分";"迟日催花"三句为"分、分、合"。然而如秦观《柳梢青》:"岸草平沙,吴王故苑,柳袅烟斜。"如万俟咏《忆少年》:"陇云溶泄,陇山峻秀,陇泉鸣咽。"皆为三句平列,无所谓分合。又"三句一组式"亦不仅有"四四四"和"四四五"两种组合形式。如秦观《满庭芳》"金钩细,丝纶慢卷,牵动一潭星"为"三四五";刘过《唐多令》"柳下系舟犹未稳,能几日,又中秋"为"七三三"。若要穷尽罗列,则更有许多变数。

4. 四句一组式

辛弃疾《沁园春》:甚云山自许,平生意气;衣冠人笑,抵死尘埃。

按:四句乃至五、六句一韵者,往往出现在慢词中,亦往往以领字领起。如张孝祥《六州歌头》:"念腰间箭,匣中剑,空埃蠹,竟何成!"是以一个"念"字领起四个三字句;又如周邦彦《风流子》:"想寄恨书中,银钩空满,断肠声里,玉箸还垂。"是以一个"想"字领起四个四字句。

5. 五句一组式

秦观《八六子》:怎奈向、欢娱渐随流水,素弦声断,翠绡香减,那堪片片飞花弄晚,濛濛残雨笼晴。

吴文英《西平乐》:谁更与、苔根洗石,菊井招魂,漫省连年载酒,立马临花,犹以萼红傍路枝。

按:万云骏先生按句数构成分类,至五句一组为止。实际尚有少数词调为六句一韵。如柳永《早梅芳》:

海霞红,山烟翠。故都风景繁华地。谯门画戟,下临万井,金碧楼台相倚。芰荷浦溆,杨柳汀洲,映虹桥倒影,兰舟飞棹,游人聚散,一片湖光里。　　汉元侯,自从破虏征蛮,峻陟枢庭贵。筹帷厌久,盛年昼锦,归来吾乡我里。铃斋少讼,宴馆多欢,未周星,便恐皇家,图任勋贤,又作登庸计。

上片"芰荷浦溆"以下六句一韵,下片末六句一韵。又如柳永《凤归云》下片:"驱驱行役,苒苒光阴,蝇头利禄,蜗角功名,毕竟成何事,漫相高。"又如周邦彦《西平乐》下片:"多谢故人,亲驰郑驿,时倒融尊,劝此淹留,共过芳时,翻令倦客思家。"又周邦彦《双头莲》上片:"一抹残霞,几行新雁,天染断红,云迷阵影,隐约望中,点破晚空澄碧。"都是六句一韵。当然,这些大都是僻调。后人使用频率不高,也许正说明韵位太疏而"韵味"不足,这里提及也不过聊备一格而已。

三、慢词骈句分析法

吴世昌先生在《论词的句法》一文中指出,断句的原则,第一步是求韵脚,第二步是要了解词的句法。他说:

> 我们知道词中小令是由六朝乐府及唐人绝句演变而来的。慢词则近乎唐人的律赋,颇有骈文气息。然又有与骈文异趣者:其一,骈文多四六句,慢词则三四、三五、一四等参差不一。其二,骈文多偶句,慢词则常以一、二字或三字领下文两个四字句、五字句,乃至六字句,或以二、三字托上文两个四字句,五、六字托上文两个三字句。这种句法,初看似杂乱无章,细按则条理井然。就句法而言,我们可以说:慢词是破五、七言诗句,而又融合律赋的作法,加以泛声衬字的一种体裁。知道了这种演变轨迹,则慢词中的领下或托上的散句,内向或平行的对句,均可了如指掌。❶

根据上述思路,吴世昌先生把慢词中常见的"领下"或"托上"之"散句",归纳为以下23种类型。

1. 以一字领下两个四字句者:

> 柳永《醉蓬莱》:"渐亭皋叶下,陇首云飞。"
> 秦观《望海潮》:"有华灯碍月,飞盖妨花。"
> 姜夔《齐天乐》:"正思妇无眠,起寻机杼。"

2. 以一字领下两联四句叠句者:

> 史达祖《风流子》:"想雾帐吹香,独怜奇俊;露杯分酒,谁伴婵娟?"
> 陈经国《沁园春》:"正燕泥日暖,草绵别路;莺朝烟淡,柳拂征鞍。"

3. 以一字领下两个五字句者:

---

❶ 吴世昌《论词的句法》,原载 1946 年 9 月 24 日《中央日报》文史周刊第十九期,后收入《罗音室学术论著》第二卷《词学论丛》,中国文联出版公司 1991 年版。

柳永《黄莺儿》:"观露湿缕金衣,叶映如簧语。""当上苑柳秾时,别馆花深处。"

4. 以一字领下两个六字句者:

姜夔《疏影》:"想佩环月下归来,化作此花幽独。"
周邦彦《西平乐》:"叹事逐孤鸿去尽,身与塘蒲共晚。"
秦观《八六子》:"念柳外青骢别后,水边红袂分时。"

5. 以二字领下两个四字句者:

周邦彦《风流子》:"何况怨怀长结,重见无期。"
史达祖《寿楼春》:"几度因风残絮,照花斜阳。"

6. 以二字领下两个六字句者:

柳永《笛家弄》:"未省宴处能忘管弦,醉里不寻花柳。"
又《征部乐》:"须知最有风前月下,心事始终难得。"

7. 以三字领下两个四字句者:

苏轼《雨中花慢》:"襟袖上犹存残黛,渐减余香。"
周邦彦《大酺》:"怎奈向兰成憔悴,卫玠清羸。"
张炎《高阳台》:"更凄然万绿西泠,一抹荒烟。"

8. 以三字领下两个五字句者:

史达祖《风流子》:"遣人怨乱云天一角,弱水路三千。"
王沂孙《眉妩》:"最堪爱一曲银钩小,宝帘挂秋冷。"

9. 以四字领下两个三字句者:

柳永《女冠子》:"断云残雨:洒微凉,生轩户。"

10. 以四字领下两个四字句者:

柳永《合欢带》:"妍歌艳舞:莺惭巧舌,柳妒纤腰。"
苏轼《雨中花慢》:"今夜何人,吹笙北岭,待月西厢?"

11. 以四字领下两个六字句者:

柳永《斗百花》:"春困厌厌:抛掷斗草工夫,冷落踏青心绪。"

12. 以五字领下两个三字句者:

秦观《木兰花慢》:"过秦淮旷望:迥潇洒,绝纤尘。"

13. 以五字领下两个四字者:

柳永《抛球乐》:"向名园深处,争泥画轮,竞羁宝马。"

14. 以一字托上两个六字句者:

秦观《水龙吟》:"小楼连苑横空,下窥绣毂雕鞍骤。"

15. 以二字托上两个四字句者:

柳永《斗百花》:"远恨绵绵,淑景迟迟难度。"
张先《卜算子慢》:"一晌凝思,两袖泪痕还满。"
吴文英《高阳台》:"古石埋香,金沙锁骨连环。"

16. 以三字托上两个四字句者:

秦观《望海潮》:"画舸难停,翠帏轻别两依依。"

周邦彦《华胥引》:"岸足沙平,蒲根水冷留雁唼。"
姜夔《长亭怨慢》:"远浦萦回,暮帆零乱向何许?"

17. 以四字托上两个四字句者(注意:这与上文第十项的例子不同):

苏轼《水龙吟》:"萦损柔肠,困酣娇眼,欲开还闭。"
周邦彦《宴清郎》:"淮山夜月,金城暮草,梦魂飞去。"
姜夔《琵琶仙》:"十里扬州,三生杜牧,前事休说。"

18. 以五字托上两个四字句者:

辛弃疾《念奴娇》:"曲岸持觞,垂杨系马,此地曾轻别。"
姜夔《湘月》:"倦网都收,归禽时度,月上汀洲冷。"

19. 以六字托上两个四字句者:

姜夔《齐天乐》:"露湿铜铺,苔侵石井,都是曾听伊处。"
周密《探春慢》:"映烛占花,临窗卜镜,还念嫩寒宫袖。"

20. 以五字托上两个三字句者:

周邦彦《意难忘》:"些个事,恼人肠,试说与何妨?"

21. 以六字托上两个三字句者:

姜夔《秋宵吟》:"引凉飔,动翠葆,露脚斜飞云表。"

22. 以七字托上两个四字句者:

晏几道《六幺令》:"画帘遮匝,新翻曲妙,暗许闲人带偷掐。"

23. 以七字托上两个八字句者：

苏轼《哨遍》："任满头红雨落花飞,渐鹧鸪楼西玉蟾低,尚徘徊未尽欢意。"（注意：这是仄声韵脚词。前二句的"飞"和"低",是两个平声韵,与本调韵脚不同,所以这里二十三字才有一韵）。

吴世昌先生从骈文句法入手,对慢词的句法作了具体分析,这对我们掌握慢词的句法无疑提供了一种简捷有效的思路。然而在半个世纪以后再来看吴先生的这些分析,就会觉得他的分析还不免有失粗疏。吴先生这里是谈词的句法,是教人断句的窍门,他所说的断句的单位,不是一般的单句,而是韵句。但吴先生在裁剪句例时,却只顾寻找与骈文句法相像者,而忘了依韵脚断句的原则了。于是出现了两种割截原句的情况。一种是节录不完整,不是一个完整的韵句。如柳永《醉蓬莱》,用去声"霁"韵,按原词应为："渐亭皋叶下,陇首云飞,素秋新霁。"三句才构成一个完整的韵句。周邦彦《西平乐》,用平声"麻"韵,按原词应为："叹事逐孤鸿尽去,身与塘蒲共晚,争知向此,征途迢递,伫立尘沙。"五句才构成一个完整的韵句。秦观《八六子》更是脍炙人口的名作,把"念柳外青骢别后,水边红袂分时"之后的"怆然暗惊"四字割弃,不仅不上韵,意思也不完整了。周邦彦《大酺》韵为入声"一屋"、"二沃"通用,在"怎奈向、兰成憔悴,卫玠清羸"之后,还要加上"等闲时、易伤心目",才是一个完整的韵句。这是典型的削足适履的做法。另外一种情况与此相反,是把本来属于两个韵句的部分合而为一了。如第 21 类,姜夔《秋宵吟》"引凉飔,动翠葆"与"露脚斜飞云表"各为一个韵句,《词律》卷十六、《词谱》卷二十七均如此标注,这里却合为一句了。又如晏几道《六幺令》,"画帘遮匝"为一个独立的韵句,"新翻曲妙,暗许闲人带偷掐"为另一个韵句。"匝"为入声"十五合","掐"为入声"十七洽",在词韵中可以通押。另外如第 6 类,柳永《征部乐》,依词律应为三句："须知最有,风前月下,心事始终难得。"当然这样一来,它也就不再属于"以二字领下两个六字句者"一类了。另外如第 14 类,因为"小楼连苑横空"与"下窥绣毂雕鞍骤"并非明显对句,而末一字"骤"字亦与上文联系甚紧,把这个句例视为"以一字托上两个六字句者",其"托"意亦不足。

吴世昌先生说："以上所举二十三项,虽未尽一切词调的句法,但大致可依此类推。"❶实际上词中句式,远不是如此规整。吴世昌先生这里分析的大都是骈对之句,因为有领下托上部分,所以与"对句"相对而称为散句。其实,词中大量的"散

---

❶ 吴世昌：《罗音室学术论著》第二卷《词学论丛》,中国文联出版公司 1991 年版,第 31 页。

句"是很难归类的。试来看苏轼的名篇《洞仙歌》：

> 冰肌玉骨，自清凉无汗。水殿风来暗香满。绣帘开，一点明月窥人，人未寝，欹枕钗横鬓乱。　起来携素手，庭户无声，时见疏星渡河汉。试问夜如何？夜已三更，金波淡、玉绳低转。但屈指西风几时来？又不道流年，暗中偷换。

《洞仙歌》词调，以散句为主，音节舒徐，极骀宕摇曳之致。上下片各三仄韵，试以吴世昌先生归并的 23 类句型来分析，竟无有能对号入座者。当然，对于那些以领字领起骈句者，吴先生的归纳分类还是颇有范式意义的。

四、复句关系分析法

词体婉转曲达的抒情特点，不仅和句法参差、音节抗坠的形式因素有关，同时也和词所特有的婉转的表述方式相关。在清代词学家中，有两个人的论述值得我们注意。一个是沈祥龙。他在《论词随笔》中指出：

> 词中虚字，犹曲中衬字，前呼后应，仰承俯注，全赖虚字灵活，其词始妥溜而不板实。不特句首虚字宜讲，句中虚字亦当留意。如白石词云："庾郎先自吟愁赋，凄凄更闻私语。""先自"、"更闻"互相呼应，余可类推。

按：沈祥龙这里所谓"句中虚字"，指的是复句之间用于转折呼应的副词或连词，而他所谓"句首虚字"，则相当于张炎《词源》所举的"正"、"但"之类的领字。沈氏又说：

> 词贵愈转愈深。稼轩云："是他春带愁来，春归何处，却不解带将愁去。"玉田云："东风且伴蔷薇住，到蔷薇春已堪怜。"下句即从上句转出，而意更深远。
> 词之妙在透过，在翻转，在折进。"自是春心撩乱，非关春梦无凭。"透过也。"若说愁随春至，可怜冤煞东风。"翻转也。"山映斜阳天接水，芳草无情，更在斜阳外。"折进也。三者不外用意深而用笔曲。

沈氏所举的都是一些典型的句例，这些句法也都带有词体婉转曲达的表述特点。而他所说的透过、翻转、折进，从语法角度来说，则大致相当于转折、假设和递进关系。

另一个对词的句法关系深有赏会的是刘熙载。其《艺概·词曲概》中指出：

> 炼字，数字为炼，一字亦为炼；句则合句首、句中、句尾以见意，多者三四层，少亦不下两层。词家或遂谓字易而句难，不知炼句因取相足相形，炼字亦须遥管遥应也。

这一段话谈炼字、炼句，其超越前人处是不以单字只句计工拙，而是强调要在具体语境中来炼字、炼句，所谓"相足相形"、"遥管遥应"，就是提醒人们要注意字句之间的映带衬托之关系。他说："词之好处，有在句中者，有在句之前后际者。"如陈与义《临江仙》"杏花疏影里，吹笛到天明"二句，"因仰承'忆昔'，俯注'一梦'，故此二句不觉豪酣转成怅恨，所谓好在句外者也"。又如柳永《雨霖铃》，他说："多情自古伤离别，更那堪冷落清秋节"二句，是"点出离别冷落"，而"今宵酒醒何处？杨柳岸晓风残月"，"乃就上二句意染之"。也就是说，后二句之所以精警跳脱，是与前二句的铺垫分不开的。这些都应该属于"好在句外者"，也是前后句"相足相形"的好例子。但是这些例句已突破了"韵句"的范围，所以不是我们关注的重点。幸好刘熙载也有以韵句为单位的句法分析：

> 词之妙全在衬跌。如文文山《满江红·和王夫人》云："世态便如翻复雨，妾身元是分明月。"《酹江月·和友人驿中言别》云："镜里朱颜都变尽，只有丹心难灭。"每二句若非上句，则下句之声情不出矣。

他所举的文天祥的两个词例，上下句之间均为假设关系，前一例中的"便如"意为"即使如"，似为让步，实为强调，有力地表现了王昭仪坚贞不渝的心志。后一例没用任何连词，但实际意谓"即使"朱颜变尽，不变者唯有丹心。

受以上两位词学家的启发，我们认为除了沿用传统的词句分析法之外，还可以借鉴现代的语法分析方法，从意义与逻辑层面着意探讨词中复杂韵句中的句间关系。像沈祥龙、刘熙载所用的透过、翻转、折进、衬跌等术语或许不免玄虚抽象，我们这里且选取那些具有关联词标记且为词中常用的句法，分为转折、假设、递进和悬想四种。

1. 转折复句

常用连词为却、奈、但、只有等。在很多情况下不加连词，但读者在理解时可以于下句之首加上"却"、"但"之类转折连词。如，柳永《蝶恋花》："拟把疏狂图一醉，对酒当歌,强乐还无味。""拟"字表示本来的想法,后句的"还"字有"却"、"但"之类的转折意味。王安石《桂枝香》:"六朝旧事随流水,但寒烟衰草凝绿。"上句言六朝旧事早已随江水逝去,下句言只有平芜青草,年去岁来,枯而复生,"但"字强调变与不变的比照。秦观《踏莎行》:"郴江幸自绕郴山,为谁流下潇湘去?"转折韵味表现在上句的"幸自"二字。犹言郴江本来好好地环绕着郴山,有所依靠,却又为何孤独地流向湘江去呢?问得无理,却把秦观对命运的茫然与困惑表现得极为深切。李清照《南歌子》:"旧时天气旧时衣,只有情怀不似旧家时。""只有"二字,在一切如常中突显了国破家亡、物是人非的痛惜情怀。吕本中《南歌子》:"只言江左好风光,不道中原归思转凄凉。"用"只言"、"不道"呼应,句调流转而意味深长。"江左"即江南。吕本中本为河南开封人,而开封即北宋的都城汴京,故这里"中原"既指故乡,亦指故国。盖少小时听人说江南风光如何秀美,不免神往;而今流落东南,无心观赏,却因思念故乡而倍感凄凉,语言温婉而情调沉郁。陈与义《虞美人》:"吟诗日日待春风,及至桃花开后却匆匆。"意谓日复一日,长久期待着春天的到来,可是及至桃花开方有春意,而桃花一谢春光也就凋零了。范成大《南柯子》上片:"香云低处有高楼,可惜高楼不近木兰舟。"以高楼为女子居所,而以木兰舟为男子栖身之具。下片:"欲凭江水寄离愁,江已东流那肯更西流。"借鉴白居易"欲寄两行迎尔泪,长江不肯向西流"诗意,言所思之人在西边,欲凭江水寄意也不可能。上下片均因转折而生姿致。刘过《贺新郎》:"人道愁来须殢酒,无奈愁深酒浅。"此与刘克庄《风入松》"人言酒是消忧物,奈病余孤负金罍",有异曲同工之妙。刘过是说本欲借酒浇愁,无奈酒后愁亦然;刘克庄是说也想浇愁,无奈病后体弱不能饮酒,均以转折表无奈心情。吴潜《鹊桥仙》:"痴儿呆女贺新凉,也不道西风又起。"言人们只知道在暑热之后期盼新凉,却不想萧飒的秋天也就随之而至了。黄孝迈《湘春夜月》:"欲共柳花低诉,怕柳花轻薄,不解伤春。"周密《高阳台》:"梦魂欲渡苍茫去,怕梦轻、还被愁遮。"前者以柳絮拟人,后者视梦魂为有形之物,两个"怕"字,有转折意味而极轻,要的是一种婉转姿态。

2. 假设复句

表示假设关系的复句,一般有两种情况。一种是假设与结果相一致,假设如果实现,结果就能够成立。常用连词为"若"(就)。在词中,这种情况比较少。如姜夔《长亭怨慢》:"树若有情时,不会得青青如此。"此暗用李贺诗"天若有情天亦老"句意,言柳树若有情,见得无数人离别痛苦,它也会衰老干枯了。这是以柳之无情反衬自己惜别的深情。吴文英《高阳台》:"飞红若到西湖底,搅翠澜、总是愁鱼。"这是以假设表想象,意谓落花若沉到湖底,游鱼也将为花落春残而生愁。姜夔是说柳树无情,仿佛自己的痛苦无可分担;吴文英则是推己及物,寄情于景,想象鱼亦有情,所以也和自己一样惜花伤春。

假设的另一种情况是上下句语意相背,假设和结果不一致。常用连词为"纵"、"便"等。在词中这种用法最多,前人往往称为"加一倍写法",实际上是一种强化抒情的手段。如柳永《雨霖铃》:"便纵有千种风情,更与何人说。"意谓即使有千种风情,也无人可与共语。万俟咏《木兰花慢》:"纵岫壁千寻,榆钱万叠,难买春留。"意谓即便山崖有千寻之高,也挡不住春天归去的脚步;即使榆钱再多,也无法买断春神的眷顾。以此见出留春无计。以"榆钱"当钱,风趣而熨帖。又辛弃疾《摸鱼儿》:"千金纵买相如赋,脉脉此情谁诉?"姜夔《扬州慢》:"纵豆蔻词工,青楼梦好,难赋深情。"两位大词人修辞造语,机杼相似。辛词说,纵然像闭锁长门的陈皇后那样,花上千金,让司马相如亲为作赋,也难以表达自己的愤慨与忧伤。白石是说,纵然是杜牧那样的风流才子,重到这破败的扬州城,也难以表达深沉的感伤情绪。又如秦观《江城子》:"便做春江都是泪,流不尽,许多愁。"张孝祥《转调二郎神》:"便锦织回鸾,素传双鲤,难写衷情密意。"秦观是以一种夸张的想象来渲染愁苦之无尽无休;张孝祥则用了两个典故,谓即使有窦滔妻织锦为回文诗的本领,又有双鲤传书,也难以表达相思之情。由以上诸例可见,词中假设往往是以退为进,看似退一步说话,实是"加一倍写法",从而把感情的表达推向极致。

3. 递进复句

这也是词渲染感情的常用手段。一般是在背景铺垫的基础上,用"更"、"又"、"况"等连词作追加递进式渲染,此分别举例说明。

用"更"字表递进。如柳永《雨霖铃》:"多情自古伤离别,更那堪冷落清秋节。"张先《一丛花令》:"离愁正引千丝乱,更东陌、飞絮濛濛。"贺铸《西江月》:"小窗风雨碎人肠,更在孤舟枕上。"李清照《声声慢》:"梧桐更兼细雨,到黄昏、点点滴滴。"陆游《卜算子》:"已是黄昏独自愁,更著风和雨。"陈与义《虞美人》:"病夫因病得来游,更值满川微雨洗新秋。"辛弃疾《贺新郎》:"绿树听鹈鸠,更那堪、鹧鸪声住,杜鹃声切。"姜夔《齐天乐》:"庾郎先自吟愁赋,凄凄更闻私语。"刘克庄《贺新郎》:"湛湛长空黑,更那堪、斜风细雨,乱愁如织。"姜夔《角招》:"为春瘦,何堪更、绕西湖尽是垂柳。"王沂孙《醉蓬莱》:"一室秋灯,一庭秋雨,更一声秋雁。"以上各例中,李清照《声声慢》句例较为特殊。通常情况下,表示递进意味的"更"字多在下句句首,李清照却用在上句的中间,从表面看来,是"梧桐"为一事,"更兼细雨"是追加的情况,实际上只有"梧桐雨"才是愁人的情境。因此在理解上,李清照应是以本词前面所写的"冷冷清清","满地黄花堆积",以及此句之前的"守着窗儿,独自怎生得黑"等为背景,以黄昏梧桐雨为进一步的愁情渲染。那么"更兼"二字本应在句首,即"更兼梧桐细雨,到黄昏、点点滴滴。"这里把"更兼"二字由句首移到句中,应是出于音节谐调之考虑。后面数例中的"更那堪"、"何堪更",从一个"更"字衍生为三字,从功能上来说仍是折进一层的意思,而强调的意味更重一些。本来用一个"更"字时,亦有"更那堪"的意思,或者竟可视为"更"字后省略了"那堪"二字,但既然由一个"更"字衍化为三个音节,又由"小顿"而变为"大顿",所以蓄势待发的意味也就更强烈一些。

用"况"字表递进。如张元幹《贺新郎》:"天意从来高难问,况人情、老易悲难诉。"按此二句化用老杜"天意高难问,人情老易悲"二句,上句中间加"从来"以作强调,下句句首加一"况"字顿宕,便化平直为波俏。诗词之别,于此亦可见一斑。陈亮《桂枝香》:"芙蓉只解添愁思,况东篱、凄凉黄菊。"这里的递进意味是词人"做"出来的。本来是秋江芙蓉、东篱黄菊都显示出萧瑟的秋韵,这里却故意分开说,犹言只是荷花(芙蓉)凋残已添愁思,更何况还有那东篱下凄凉的黄菊呢!姜夔《霓裳中序第一》:"多病却无气力,况纨扇渐疏,罗衣初索。"言多病无气力,何况又逢清秋。王沂孙《高阳台》:"江南自是离愁若,况游骢古道,归雁平沙。"因为以江南为背景咏叹离别的诗文古来多有,如江淹《别赋》:"春草碧色,春水绿波,送君南浦,伤如之何!"韦庄《古离别》:"更把玉鞭云外指,断肠春色在江南",所以王沂孙以江南离愁为常识,调动读者已有的审美积淀,然后折进一层,说江南已是如此,更何况在"游骢古道、归雁平沙"的塞北呢?

用"又"字表递进。如柳永《浪淘沙慢》:"那堪酒醒,又闻空阶,夜雨频滴。"周邦彦《齐天乐》:"绿芜凋尽台城路,殊乡又逢秋晚。"上句"绿芜凋尽"已暗示为秋晚,故下句正意在"殊乡"。意谓秋晚已足伤情,何况又在他乡。故"又逢"二字本应在句首,此处是因格律因素而置于句中。为了强化抒情效果,词人往往会把递进复句放大为两个韵句,即以上一个韵句来作背景渲染,下一个韵句递进描写。如秦观《八六子》:"怎奈向、欢娱渐随流水,素弦声断,翠绡香减,那堪片片飞花弄晚,濛濛残雨笼晴。正销凝,黄鹂又啼数声。"前边一个很长的韵句都是背景渲染,充分显示了秦观"缘情布景"的抒情手法。在这样已足让人销魂的背景下,再加上"黄鹂又啼数声";这仿佛"最后一根羽毛",敏感而多情的词人再也经受不起了。这是在追求抒情的极致,但仍然委婉,不是酣畅淋漓的写法。又如赵以夫《扬州慢》:"为问竹西风景,长空淡、烟水悠悠。又黄昏,羌管孤城,吹起新愁。"葛长庚《水调歌头》:"多少风前月下,迤逦天涯海角,魂梦亦凄凉。又是春将暮,无语对斜阳。"周密《献仙音》:"无语销魂,对斜阳衰草泪满。又西泠残笛,低送数声春怨。"这种加一层渲染的手法,似乎是从秦观那里继承来的。

4. 悬想复句

陈望道《修辞学发凡》中有"示现"一格,他说:"示现是把实际上不见不闻的事物,说得如见如闻的辞格。"又说:"示现可以大别为追述的、预言的、悬想的三类。"❶词长于虚写,其中既有"暗想当初"、"长忆别时"之类的追忆追述,也有此后情事的悬想揣拟。我们这里不是把"悬想"作为一种修辞手法,而是作为一种复句类型或句法看待,是因为这种复句也常以念、应、料之类的发端词或设问句领起,具有复句的标识性特征。这种写法妙在虽系虚拟而又真切如见。因为不是对已发生情事的回忆追求,所以更显得"虚步生姿","一片神行"。它是基于情感驱动的揣测,用现在的语汇来说,可以说是一种"愿景"。

比较常用也比较朴素的是以"念"字领起。如晏殊《撼庭秋》:"念兰堂红烛,心长焰短,向人垂泪。"柳永《雨霖铃》:"念去去、千里烟波,暮霭沉沉楚天阔。"李清照《凤凰台上忆吹箫》:"念武陵人远,烟锁秦楼。"姜夔《解连环》:"念唯有夜来皓月,照伊自睡。"吴文英《澡兰香》:"念秦楼也拟人归,应剪菖蒲自酌。"以上五例,皆表悬想,但具体又可分为两种类型。一为悬想异地(对方)情景,如晏殊《撼庭秋》之例,是想象千里之外的对方,也与自己一样"几回无寐",只有多情的红烛陪伴着它。假如是写自己眼前情景,那就不当用"念",而应用"看"、"正"、"任"、"奈"等字了。吴文英的《澡兰香》也是悬想对方情景,用诗话或评点之语来说,这叫"诗思从对面飞来"。另一种类型为悬想异时情景,柳永、李清照、姜夔之例,都是当离别之际想别后情景。写得很真切,实际却是尚未发生的"将来时",这是地道的悬想。

有的用"应"或"料"。用"应"者如张先《天仙子》:"风不定,人初静,明日落红应满径。"孔夷(即鲁逸仲)《南浦》:"算翠屏应是,两眉余恨倚黄昏。"这二例也正好分属于两种类型:张先是悬想异时(明日)情景,孔夷是揣想异地(对方)情景。用"料"字者如辛弃疾《汉宫春》:"年时燕子,料今宵梦到西园。"吴文英《新雁过妆楼》:"行云远,料淡蛾人在,秋香月中。"辛弃疾是思故乡,吴文英是念去妾,一个"料"字,皆含蕴着无限深情。

除了以上"念"、"应"、"料"等单个领字外,有时亦用三字领起。如周邦彦《花犯》:"相将见、脆丸荐酒,人正在,空江烟浪里。"这首词借梅花抒写个人遭际,眼前还是"梅花照眼",可是"吟望久,青苔上、旋看飞坠"。已经产生了梅花飘落的幻觉了。这里更用"相将见"三字引发悬想,想见梅子荐酒时节,自己又将漂泊于空江烟浪,而此时情景又将成为他日怀思的材料了。

---

❶ 陈望道:《修辞学发凡》,上海教育出版社 1979 年版,第 124 页。

也有的不用领字,而是用上句点明时间,下句描绘悬想情景。如柳永《雨霖铃》:"今宵酒醒何处?杨柳岸、晓风残月。"曹组《青玉案》:"何处今宵孤馆里?一声征雁,半窗残月,总是离人泪。"这二例均用设问领起,而曹组的写法似乎明显是从柳永那里学来的。又如贺铸《六幺令》:"明年春杪,宛溪杨柳,依旧青青为谁好?"陈与义《虞美人》:"明朝酒醒大江流,满载一船离恨向衡州。"杨炎正《蝶恋花》:"后夜独怜回首处,乱山遮隔无重数。"姜夔《侧犯》:"后日西园,绿荫无数,寂寞刘郎,自修花谱。"这几首词均为伤别之词,句中的"明年"、"明朝"、"后夜"、"后日"等等,均点明为别后情景。这种余情宕漾的写法,用于词的结尾者较多,也特别容易产生返虚入浑、余韵悠长的艺术效果。

第三节 节奏群分析

词的艺术魅力,在一定程度上得力于它的音乐美或节奏美。称音乐美,是因为词在唐宋时期曾经是一种最为流行的音乐文学样式。而当词乐失传之后,作为词乐载体的唐宋词,也仍然在相当程度上保留着节奏韵律之美。我们这里所说的"节奏群",是介于句与片(叠)之间的结构单位。当然,对于某些词调来说,"节奏群"可能就是慢词的一个韵句,也可能就是令词的一片。日本学者田森襄曾发表《论慢词的构造》一文,提出"要把握普通的慢词的内容的段落,不能以每句为单位,而要以每数句的'节'为单位"❶。他所说的"节"与这里所说的"节奏群"概念大致相当。当然,作为慢词结构单位的节,和作为节奏单位的群,在观察点上是有区别的。

词的节奏之美,在于错综变化。如果说诗的节奏美是一种整齐、对称、工稳的建筑美,那么词的节奏美则是一种圆转、流动、参差变化的音乐美。刘永济先生《词论》卷上"声韵第四"中说:

> 自永明四声之说倡,而文艺之事一变,浸淫五百余年,至于词体之兴,其法愈趋而愈密。昔人知其然,而未言其故。夫文家之用四声,有定则焉:曰相间,曰相重。二者所以求音节协和之美,而别韵文于散体也。……窃尝论之,相间

---

❶ 论文发表于日本《二松学舍东洋学研究所集刊》第5集,1975年。以上引文见宇野直人《论柳永的对句法》一文注释第18,见王水照、保苅佳昭编《日本学者中国词学论文集》,上海古籍出版社1991年版,第193页。

相重之美,唐人近体已胜于汉、魏五言。惟是近体,章有定句,句有定字,长于整饬而短于错综,其弊也拘,能常而不能变者也,故其道易穷。而词体承之以兴,参奇偶之字以成句,会长短之句以成章,复重而为双叠,演而为长慢,字句之错综已极矣(律诗八句中亦有错综,但太简耳)。而五声从之参伍其间,变乃无穷。故词之腔调,弥近音乐。其异于近体而进于近体者,在此;其合于美艺之轨则而能集众制之长者,亦在此。❶

这一段话论词的音乐美,很有见地。然而对于一般读者来说,所谓"参奇偶之字以成句,合长短之句以成章"云云,仍嫌语焉不详。又历代词话中论音律,往往偏重单个字的平仄五声,而轻忽由字间关系构成的节奏旋律。所以在这一节中,我们将尝试从长短句错落、奇偶句式错落、奇句段等角度,对词的节奏类型加以分析。至于韵位错落,也是词体追求错综变化的重要手段,但因为在第一章中已经述及,这里就不再单独加以分析了。

一、长短句错落

长短句的参差错落是词体的重要特征之一,"长短句"也因此成为词体的别名之一。朱熹《朱子语类》卷一四〇说:"古乐府只是诗,中间却添许多泛声,后来人怕失了那泛声,逐一添个实字,遂成为长短句,今曲子便是。"又吴曾《能改斋漫录》卷十六说"东坡长短句云云",陆游《老学庵笔记》称贺铸"工长短句",又辛弃疾词集即名《稼轩长短句》等等,可见在南宋时期,把词称为"长短句"已经约定俗成了。

当然,诗中也有长短其句的杂言诗。明代的杨慎就说过:"填词起于唐人,而六朝已滥觞矣。""在六朝陶弘景之《寒夜怨》、梁武帝之《江南弄》、陆琼之《饮酒乐》、隋炀帝之《望江南》;填辞之体已具矣。"❷按:所谓隋炀帝之《望江南》,实际上见于传为晚唐韩偓所撰小说《海山记》,此正如所谓小说故事中"先唐鬼神作近体诗"一样,本是后人的杜撰,当然不能看成故事主人公的创作。至于其他篇章,以及后来毛奇龄所称为"古词"的鲍照《梅花落》,都只是长短句的乐府诗。乐府诗当然也有严格按谱填辞之例,所以像梁武帝《江南弄》(众花杂色满上林)和简文帝萧纲的《江南弄·采莲曲》(桂楫兰桡浮碧水),就都是"七七七三三三三"的格式。但长短句形式并不是判定词体的唯一标准,反而容易成为词体探源的误导因素。吴熊和先生曾经指

---

❶ 刘永济:《词论》,上海古籍出版社1981年版,第33—34页。
❷ 杨慎:《词品序》,《词话丛编》本,中华书局1986年版。

出:"词乐以燕乐为基础,宋、齐、梁、陈亦世有新声,但其音乐性质概属清商乐。追溯词的起源就不能超越到隋代以前。"像《江南弄》之类的乐府诗,"不是词的雏形,而是清商曲的变体;不是新诗体的先声,而是旧时代的遗音"❶。至于朱彝尊、汪森等人把远古歌谣中的《南风歌》、《五子歌》视为长短句之"所由昉",❷恐怕只能视为其推尊词体的一种策略,连他们自己也未必相信这种词的起源说。

词调中也有齐言体。如《木兰花》七言八句六仄韵,除了第五句叶韵与诗不同之外,差不多就是仄韵七律;《瑞鹧鸪》则本来就是七言八句诗,因唐人以燕乐曲调来唱,所以也就成了分为上下片的双调之词了。又如五言八句的《生查子》,晚唐韩偓等人所作,俨然是一首古风式的五言律诗,而像欧阳修(一说为朱淑真)所作,因为上下片各以"去年元夜时"、"今年元夜时"领起,从而强化了对称复叠的效果,所以才觉得与五律显然有别。还有七言四句的《小秦王》,亦与七言绝句无以异,《词律》收载而《词谱》不收,也许就是因为它"不太像"词之体段吧!

尽管诗中也有杂言的作品、词中也有齐言的词调,但就近千个词调而言,长短句仍然是词体的基本特征之一。而且,在文人拟作曲子词的中唐时期,长短句的参差错落,可以视为词在发展的"初级阶段"的基本形态,也是词体有别于齐言之诗,从而形成中国诗歌史上一种新的节奏类型的基本手段与主要特征。

我们试来看中晚唐流行词调的句式结构:

西塞山前白鹭飞,桃花流水鳜鱼肥。青箬笠,绿蓑衣,斜风细雨不须归。
——张志和《渔歌子》

湘水流,湘水流,九疑云物至今愁。君问二妃何处所?零陵香草露中秋。
——刘禹锡《潇湘神》

深院静,小庭空,断续寒砧断续风。无奈夜长人不寐,数声和月到帘栊。
——李煜《捣练子》

除了七言体的《竹枝》、《杨柳枝》、《浪淘沙》、《八拍蛮》等之外,这三个词调是和七言绝句的体式最为相近的。在以七言句式为主的诗歌里,两个相连的三字句略等于一个七字句,或者说是由一个七字句裂变而成的两个三字句。所以从节奏类型来说,这三个词调基本上还保留着诗的节奏类型。《潇湘神》和《捣练子》句法相同,区

---

❶ 吴熊和:《唐宋词通论》,浙江古籍出版社 1989 年版,第 1—2 页。
❷ 见朱彝尊《水村琴趣序》,又见汪森《词综序》。

别只是在于《潇湘神》开头的两个三字句往往作叠句或叠韵。

再来看下面一些词调的句法结构:

> 忆江南:三五七七五
> 南歌子:五五七五九
> 长相思:三三七五
> 虞美人:七五七九
> 巫山一段云:五五七五
> 天仙子:七七七三三七
> 菩萨蛮:七七五五,五五五五

以上是从中晚唐流行词调中选取的几个例子,其特点是以三、五、七、九言为基本句式。这种句式只有长短不同,而均以单音节收尾,尽管这些词调已经和诗的格式完全不同,却仍然属于同一种节奏类型。当然,长句与短句的声韵效果亦自有其不同。隋代刘善经撰《四声指归》,其中就说过:"句长声弥缓,句短声弥促。"而词中长短句的错落,尤其具有一种宛转流动的美听效果。

为了更具体地见出长短句的审美效果,我们试以同题材的唐诗与宋词作一比较。先来看唐代朱庆余的七言绝句《近试上张水部》:

> 洞房昨夜停红烛,待晓堂前拜舅姑。
> 妆罢低声问夫婿,画眉深浅入时无。

再来看欧阳修的令词《南歌子》:

> 凤髻金泥带,龙纹玉掌梳。走来窗下笑相扶,爱道画眉深浅入时无?
> 弄笔偎人久,描花试手初。等闲妨了绣功夫,笑问鸳鸯两字怎生书?

因为欧阳修词中直接嵌入了朱庆余的诗句,而这两篇作品在内容与情景描写上亦确实有相似之处,所以尽管我们知道朱庆余的诗是借新婚夫妇的生活情趣,来试探主考官张籍是否赏识自己的文章,这里也就姑且不论其创作动机,而只从诗句文字上来作比较。欧阳修的词写的是一对年轻夫妇相亲相爱的生活情景,其温馨气息与旖旎风调,使人非常容易想到沈复《浮生六记》中的"闺房记乐"。两相比较,我们认为,齐言的七言绝句只能以"妆罢低声问夫婿"这样的细腻观察描写来展示新嫁娘的娇羞容态,而《南歌子》词调"五五七九"的长短句错落,则除了"笑相扶"、"偎人久"之类的情态描写之外,更从节奏风韵上助成了一种妩媚与风流。

二、单式句与双式句错落

细心的读者也许已经注意到,在以上讲长短句错落时,我们所举的词调,都是以三、五、七、九言句式构成的,这些句式均以单音节收尾,我们称之为单式句。与此相对,那些以双音节收尾的四字句、六字句之类,我们就称为双式句。❶ 在中晚唐词中,已经有了"胡马,胡马,远放燕支山下"(韦应物《调笑令》)那样以双音节为主的词调,也已经有了"柳丝长,春雨细,花外漏声迢递"(温庭筠《更漏子》)那样单式句与双式句组配的节奏形式了。因为在中国诗体进化史上,《诗经》的四言句式当然是双式句,《楚辞》中除了《山鬼》、《湘夫人》等少数篇章外,《离骚》等大多数篇章均为双式句,而由汉代开始的五言诗均为单式句。这就是说,在中国诗史上,虽然早就有了以单式句或双式句为基本句型的诗体,却还没有过单式句与双式句错综组配的节奏类型。因此,与单纯的三、五、七、九言句式错落,抑或是二、四、六言句式错落相比,这种单式句与双式句的错落交替,才是一种更大的进步或突破。如果说单纯的长短句还只是词体进化的初级阶段的基本形态,那么长短句再加上单式句与双式句的交错,才是词体进化的高级阶段的复杂形态;如果说单纯的长短句错落还属于诗的节奏类型,那么单式句与双式句的错落才展示了词体所特有的节奏美。

单式句与双式句错落,会产生以往纯为单式句或纯为双式句的诗体形式从未有过的节奏美。试以李清照《一剪梅》为例:

> 红藕香残玉簟秋,轻解罗裳,独上兰舟。云中谁寄锦书来?雁字回时,月满西楼。　　花自飘零水自流,一种相思,两地闲愁。此情无计可消除,才下眉头,却上心头。

《一剪梅》的节奏单纯,旋律特点明显。一般的词谱或词律书中只是说它为双调六十字,上下片各六句三平韵。这样介绍当然并没有错,却不足以揭示其节奏特点。事实上,从句法节奏的角度来看,《一剪梅》句法的单纯简洁几乎使人吃惊;当然使人惊讶的不在于它的单纯,而在于它能以极其单纯的句法获得非常美听的效果。

---

❶ 参见叶嘉莹《唐宋词十七讲》,河北教育出版社1997年版,第248页。

它上下片格式全同,而且每片可以再分为两个格式相同的节奏群。这个节奏群以一个七字句和两个四字句组成,因此整个词调也就是由"七四四"的句法结构反复四次而构成。当然,我们没有感觉到它重复四次造成的单调,应是因为上下片之间的"大住"把它分成了两个音乐单元,而在一个单元里两次反复是不会构成重复之感的。相反,它还会因为复叠性产生一种回环往复的节奏美呢!

我们说《一剪梅》因为句尾单双音节的错落而具有一种特殊的节奏美,当然是建立在四言诗节奏和七言诗节奏的审美经验基础之上的。但如果没有比较,总会让人觉得有点"口说无凭";而要和其他全无干系的四言诗、七言诗相比较,又会觉得没有可比性。在这种情况下,我们不妨冒"杀风景"之嫌,对李清照的名篇《一剪梅》作一点小小的改动,即一律改为七言句式,于是奇偶音节错落的《一剪梅》就变成了一首纯为单式句的《瑞鹧鸪》:

红藕香残玉簟秋,罗裳轻解上兰舟。云中谁寄锦书来,雁字回时月满楼。
花自飘零水自流,一种相思两地愁。此情无计可消除,才下眉头上心头。

改作于每片只删去两个字,意思几乎可以说是完全相同,但由于两个以双音节收尾的四字句,变成了一个以单音节收尾的七字句,节奏韵味就迥然不同了。节奏一变,声情亦随之变化,读来轻快而不免滑脱,原来那种流丽顿挫、宛转缠绵的韵味也就失去了。

与《一剪梅》的节奏组配方式相似的,还有以"四七四七"句式交叠的《减字木兰花》,更为复杂精致的还有以"七六七四五"为一段的《临江仙》。至于长调中单式句与双式句的错落变化,则呈现为更为繁复的组合对位手法,这里就不一一举例分析了。

值得提出的是,词中的单式句或双式句,并不因句中字数而定,而应看具体的节奏处理方式。奇字句也可能处理成双式句,偶字句也可能处理成单式句。如柳永《卜算子慢》:"尽无言、谁会凭高意。纵写得、离肠万种,奈归鸿难寄。"这里第一句本为八字句,但断开成"三五"结构,所以成了单式句。第二本为七字句,处理成"上三下四"句法,第三句本为五字句,处理成了"上一下四"句法,所以这两句都成了双式句。又如苏轼《念奴娇》:"谈笑间、樯橹灰飞烟灭",本为九字句,作"上三下六"句法,亦为双式句。辛弃疾《贺新郎》:"马上琵琶关塞黑,更长门翠辇辞金阙。"本来一为七字句,一为八字句,而下句以"更"字领起作"上一下七"结构,所以下句除了"更"字作一顿挫之外,也就成了与上句相应的单式句了。最典型的运用错综手法的例子,是两个七字句相连,上句作"四三"结构而下句倒错作"三四"结构。如王安石《桂枝香》:"征帆去棹斜阳里,背西风酒旗斜矗";"六朝旧事随流水,但寒烟衰草凝绿"。句中字数相同而节奏变化,从这里也最能见出词追求节奏变化的匠心。

三、奇句段与复叠节奏

在宋人所用的881个词调中,使用频率最高的词调是《浣溪沙》。据南京师范大学研制的《全宋词》计算机检索系统统计,宋人所作的《浣溪沙》,保留至今的高达775首。而从我们所接触的金元明清词来看,即使以历代词作为统计范围,《浣溪沙》的创作频率也仍然会高居榜首。由此可见,《浣溪沙》词调之受人喜爱,就不能理解为某些人的偏嗜,而是历代词人共同的选择。这是一种值得索解的词学现象。

《浣溪沙》词调的节奏与旋律特点,是由两点造成的。其一是它三句一段的体式,其二是每片的三句之间的节奏组合关系。

先来看第一点。在中国诗歌史上,无论是《诗经》还是《楚辞》,是古体还是近体,大都是四句一解或八句一篇。古体诗虽然篇无定句,但偶句成章却是一种基本规范。奇句体诗不能说没有,但总之是比较少见的。因为《浣溪沙》以三句一段为特色,所以我们的目光很容易锁定诗史上不多见的三句体名篇,那就是汉高祖刘邦的《大风歌》:

> 大风起兮云飞扬,
> 威加海内兮归故乡,
> 安得猛士兮守四方。

这首歌词采用楚辞中最典型的"兮"字句,仿佛在为《汉书·礼乐志》所说的"高祖乐楚声"提供佐证。可是在整个《楚辞》以及更早的楚地民歌中,我们也很难发现这种三句体或奇句体。明杨慎《升庵诗话》云:"古有三句之诗,意足词赡,盘屈于二十一字之中,最为难工。遍检前贤诗,不过四、五首而已。"据逯钦立编集的《先秦汉魏晋南北朝诗》,除了汉高祖刘邦的《大风歌》之外,只能找到四首。即枚乘《七发》中的歌诗"麦秀蕲兮雉朝飞",东汉梁鸿《思友诗》"鸟嘤嘤兮友之期",东汉末蔡邕《琴操》中的《将归操》"狄之水兮风扬波",以及旧题陈胜博士孔鲋撰《孔丛子》(此书一般以为是三国曹操时期王肃托名之作)所载《获麟歌》"唐虞世兮麟凤游"。这些歌诗均出于刘邦之后,都用兮字句,除枚乘《七发》之歌以外,也基本上都是句句押韵,这些都使我们有理由相信,它们其实是受刘邦《大风歌》影响的产物。

另一首引起我们关注的是唐代岑参的《走马川行》：

> 君不见，走马川，雪海边，平沙莽莽黄入天。
> 轮台九月风夜吼，一川碎石大如斗，随风满地石乱走。
> 匈奴草黄马正肥，金山西见烟尘飞，汉家大将西出师。
> 将军金甲夜不脱，半夜军行戈相拨，风头如刀面如割。
> 马毛带雪汗气蒸，五花连钱旋作冰，幕中草檄砚水凝。
> 虏骑闻之应胆慑，料知短兵不敢接，车师西门伫献捷。

它不是三句体，而是"三句转韵体"。在整个《全唐诗》中，这种诗体只出现过两次，另一首为富嘉谟的《明冰篇》。到了宋代，则因为苏轼、黄庭坚、晁补之等人仿作而引起时人的注意，几乎成为一种新的"诗格"了。

当然，我们检点这些诗史上的"三句体"或"三句转韵体"，并不是要证明《浣溪沙》词调与它们有什么必然的联系，而是想说明《浣溪沙》的节奏美与这些诗中偶用的形式有着相通之处。事实上，三句体诗歌的独特韵味，正是以中国诗歌一般皆以偶句成章为前提背景的。正因为历来诗作多以偶句成篇，所以在读者审美心理中，已积淀成为一种审美假定性，即读到上句（或奇数句）时便自然企盼下句，有了下一个偶数句（在律诗中与"出句"相对而称"对句"），节奏与韵味才觉圆满完足。在这种心理背景下读三句体诗或《浣溪沙》，读到第三句即自成一篇或自成一段，这先是在读者感觉上造成一种孤零感或失落感，旋即又转化为新奇感。阅读者为第四句预留的欣赏空间成了画框之内的艺术空白，这种艺术空白一方面使得第三句充分舒展而摇曳多姿，同时也使得全诗具有一种有余不尽的悠长韵味。河北民歌中的"赶五句"（或称"五句头"），前四句均为铺垫、蓄势，效果全在第五句。而过去曾一度流行的文艺形式"三句半"，效果全在第四个半句上，道理与此相通。❶

也许是因为《大风歌》已经流传了两千余年，我们对其三句体式带来的新鲜感已经多少有点麻木了。那么我们也不妨像前边改动李清照的《一剪梅》那样，藉拟议变化以资比较。比如说，按照一般的诗体形式，给它末尾再加上一句，便成为韵味截然不同的"另一首"诗了：

> 大风起兮云飞扬，

---

❶ 把《浣溪沙》词调的效果比作"三句半"，乃1994年襄樊词学会议上闻之钟振振教授。

> 威加海内兮归故乡，
> 安得猛士兮守四方，
> 太平万世兮乐无疆。

因为我们久已接受了三句体的《大风歌》，所以对这追加的第四句，会明显产生多余、累赘的蛇足之感。但假如当初本为四句，我们也许会觉得它很"正常"；但也惟其"正常"，它便不会有三句体诗的"格外"新奇之感。

同样，我们也可以选取晏殊的名篇《浣溪沙》，来作一个改造实验，即在上下片各加一句，使之变为四句一段：

> 一曲新词酒一杯，去年天气旧亭台。(流年不禁春晼晚)，夕阳西下几时回？　无可奈何花落去，似曾相识燕归来。(新词谱就无人唱)，小园香径独徘徊。

这两句虽然是外加的，但也尽可能贴近其原意，所以也许不至于唐突大雅。然而加上这一句，奇句段变为偶句段，遂变流丽为方正，韵味风致就大不如原来了。

除了奇句成段之外，《浣溪沙》的另一个魅力之源，在于每片第三句与前句构成的复叠关系。

《浣溪沙》每片只有三句，而进一步考察各句的平仄格式会发现，相对于偶句成段的诗歌来说，它缺少的不是第四句，而是第三句。之所以作出这种判断，是因为《浣溪沙》每片第三句的平仄格式皆同于第二句，而不是第一句。据龙榆生《唐宋词格律》，《浣溪沙》谱式如下：

```
＋|＋－＋|－(韵)＋－＋||－－(韵)
                  ＋－－||－－(韵)
＋|＋－－||(句)＋－＋||－－(韵)
                  ＋－＋||－－(韵)
```

据《唐宋词格律》凡例，这里是以—表平声，以|表仄声，以＋表可平可仄。此谱式中字句平仄全依《唐宋词格律》，而之所以把每片第三句与第二句上下并列，是为了让读者看出，第三句与第二句(实际是四句)的平仄格式是完全相同的。因此在节奏上就造成一种复叠效果。

在常用词调中,与此节奏类型相似的还有《望江南》,其后三句格式为:

+|+——||(句)+—+||——(韵)
+||——(韵)

还有《破阵子》,后三句格式为:

+|+——||(句)+|——+|—(韵)
+—+|—(韵)

在这两个词调中,每片最后的五字句,皆与上一句后五字的平仄相同,同样产生了一种复叠效果。

四、常用词调节奏分析

以上我们讲长短句错落、单式句与双式句错落,还有在第一章中讲过的韵位错落等等,分开来讲都只是为了便于表述,事实上,在很多词调中,这些因素都不同程度地存在。或者说,正是这多重的错综因素,才造成了词体节奏复杂而微妙的种种变化。

这里试以苏轼《水调歌头》为例,从以上几个角度对该调节奏的构成因素作综合分析:

> 明月几时有?把酒问青天。不知天上宫阙,今夕是何年。我欲乘风归去,又恐琼楼玉宇,高处不胜寒。起舞弄清影,何似在人间。　转朱阁,低绮户,照无眠。不应有恨,何事长向别时圆?人有悲欢离合,月有阴晴圆缺,此事古难全。但愿人长久,千里共婵娟。

在宋词最常用词调中,《浣溪沙》以存词 775 首高居榜首,而《水调歌头》则以存词 743 首位居第二,这就足以表明该调的节奏之美,在宋人心目中是得到普遍认可的。可以从句式与用韵两个方面来分析《水调歌头》的节奏与声情。首先,从句式来看,《水调歌头》共 19 句,其中五字句 9 句,六字句 5 句,三字句 3 句,四字句和七字句各 1 句。从句式的长短变化来看,该调采用了三、四、五、六、七言等五种句式,充分展示了词体句法伸缩自如、长短错落的特点。同时,这五种句式也是历代诗歌中最常用的句式。它没有采用少见的同时也可以说是不太自然的一、二字句,这使得它的整体节奏比较自然,没有刻意做作的地方。它也没有采用七字以上的长句(事实上七字句也只有一句),这使得它的整个节奏比较轻快而不沉郁。从单式句与双式句的组配关系来看,这里三、五、七言句式均为单式句,共13句,四、六言句式为双式句,共6句。可见在该调中是以单式句为主,又以五言句式为主。该调中虽然六字句多达5句,可是并没有影响整首词的节奏韵律感,原因在于与六字句相配的均以五字句收韵,从而使得其节奏仍然落在单式句上。"不知天上宫阙"一句,前边已有两个五字句奠定了单式句的节奏类型,后边又以"今夕是何年"一个五字句押韵,前后涵容晕化,六言句式的散行意味就被弱化了。另外四个六字句分属于两个句组,其格式相同,均为"六六五"结构,给人的感觉是两句骈行,一句收束,这样由分而合,节奏有变化而不失工稳。同时因为韵脚仍落在五字句上,所以六字句的局部节奏仍然在单式句整体节奏的包孕之中。如果按照叶嘉莹先生的说法,把四、六言句式看作散文的节奏,把五、七言看作诗的节奏,那么《水调歌头》一方面充分显示了长短句错落和单式句、双式句错落的节奏变化特点,同时仍然以诗的节奏类型作为全词节奏的基础,从而把散文化的因素控制在一个合适的度数之内。

其次,从用韵特点来看,《水调歌头》19句8韵,和韵位较密的小令相比,或是和某些韵位较疏的慢词相比,它的韵位疏密适中。如果再进一步考察,就会发现这8个韵脚,有五处是偶句押韵;这和诗的押韵规律是一样的。另外三处均是三句一韵。像"转朱阁,低绮户,照无眠"那样,以三个三字句构成一个节奏群,在其他词调中抑或可见。而像上下片中间各有一处的"六六五"句式结构,在所有词调中似属仅见。尤其是在前后均为两句一韵的背景下,这里既构成变化,而又不失工稳。当然,苏轼这首词的两个"六六五"句组音韵特别美,也许和前两个六字句夹叶一仄声韵有关,即"我欲乘风归去,又恐琼楼玉宇"中的"去"、"宇"为一韵,"人有悲欢离合,月有阴晴圆缺"中的"合""缺"为一韵。这两处局部的仄声韵相对于主旋律的平声"一先"韵部构成变化,然后离而复合,也同样体现了寓变化于统一的艺术原则。

总之,从以上两个方面来看,《水调歌头》词调确实充分利用或展示了词的节奏错综变化的功能特点,从而达到了节奏抑扬中节、旋律优美和谐的"美声"效果。它之所以成为宋人乃至后人所喜爱的词调之一,绝不是偶然的。

在前面第一章中,我们曾列出宋词最常用的48个词调。若从句式节奏来看,这48个词调可以带给我们以下一些基本信息。

其一,若按照过去的分类标准,以58字以内为小令,59字至90字为中调,91字以上为长调,则这48个词调中,有中调6种,长调12种,而小令则多达30种。这表明无论是诵读还是歌唱,无论是创作还是欣赏,人们比较喜欢的还是以小令为主的词调。

其二,从长短句式变化来看,除了《浣溪沙》、《生查子》、《玉楼春》3个词调为齐言之外,在其余45个词调中,以两种句式交错者有9个词调,以三种句式交错者有13调,以四种句式交错者有11调,以五种句式交错者有7调;采用句式最多的有5个词调,即《贺新郎》、《满庭芳》、《木兰花慢》、《洞仙歌》、《摸鱼儿》,均用了6种句式。当然,句式的变化应该和音乐节奏及乐句句法变化相应,所以在这些常用词调中,以三种、四种句式变化组合者较多。像采用六种句式的5个词调,尽管仍能受到人们的喜爱,但我们读来已觉得变化太多而节奏性稍差了。

其三,从节奏之奇偶来看,这里面包括纯用五言句式的《生查子》,纯用七言句式的《玉楼春》和《浣溪沙》,再加上纯用单式句的词调9种,和以单式句为主的词调9种,合计为21种词调。另有13种词调为单式句与双式句错落,以双式句为主者仅14调。从这一分析可知,词的基本节奏应该仍以单式句为主,以双式句为辅,既求奇偶相生,同时仍保持较强的节奏感。

其四,从韵位之疏密来看,试以传统诗歌的两句一韵为参照,那么在这48个词调中,不到两句一韵的词调即有36种,超过两句一韵的为12种。这表明词的韵位普遍较诗韵为密,而这也是构成词体音乐性的重要方面。

阅读与思考

一、扩大阅读书目

1. 朱光潜:《诗论》,三联书店1984年版。
2. 龙榆生:《词曲概论》,上海古籍出版社1980年版。
3. 陈望道:《修辞学发凡》,上海教育出版社1982年版。
4. 吴世昌:《罗音室学术论著》第二卷《论词的句法》,中国文联出版公司1991年版。
5. 施议对:《词与音乐关系研究》,中国社会科学出版社1985年版。
6. 陈少松:《古诗词文吟诵研究》,社会科学文献出版社1997年版。

二、思考与练习

1. 比较诗与词句法、节奏的差异,品味词的句法节奏的特点与功能。

2. 何谓领句？结合你所熟悉的宋词作品，举例说明。

3. 词中对句与诗中对句有哪些不同点？试举例说明。

4. 词体节奏美的构成要素有哪些？试举例说明。

5. 何谓单式句？何谓双式句？试结合具体作品，从单式句与双式句的组合角度，看词的节奏美。

第七章 字法与意象

刘勰《文心雕龙·章句》有云:"夫人之立言,因字而生句,积句而成章,积章而成篇。"故一切文学体裁,乃至非文学的应用文,无不可言章法、句法、字法。词之为体亦然。清初徐釚《词苑丛谈》卷一引袁箨庵曰:"词有三法:章法、句法、字法。有此三者,方可称词。"按袁箨庵即袁晋(1592—1674),字于令,号箨庵,明清之际剧作家,著有传奇与杂剧多种。袁氏此说并无多少实际内涵,却较早地提出词的字法概念来。过去有关词学著作提及"词有三法"时,往往称引沈祥龙《论词随笔》,实际上沈氏生当晚清,比袁晋要晚二百余年之久了。

在所谓词之"三法"中,前人谈章法、句法者多,谈字法者较少。谈章法,可以谈单调、双调、三叠、四叠,谈起句、结句、过片,谈换头不换头,又可谈典型章法如上景下情、上问下答、上下并列等等格式;谈句法,则可以由一、二字句排列至于八字、九字、十字句,又可谈空头、折腰等词中特有句式。所有这些,既有所依凭,又便于举例,无论是笔之于论著,还是施之于课堂,皆可条分缕析,从容论列。而谈到字法,则琐细不便归纳,一一枚举则难免饾饤之讥,试图统括乃大不易,故向来论章法、句法者多,论字法者少,固其宜也。

在前代词学或词集评点中,涉及字词者亦不乏其例,然而往往只是言字面,殊不足与言字法。这不仅因为前人往往随手摭拾,就事论事,缺乏理论根据;而更是因为古人往往撇开词的艺术个性来谈炼字,遂使其论列仅具有修辞学的意义而不具有文体学意义。本章的着力点,就是在清理前人相关说法的基础上,调整研究视角,力图摆脱泛谈炼字的修辞学的字法体系,从词的文体个性出发来探讨其用字特点与规律。

第一节　从词体个性看字法

关于词的用字特点的探讨,早在宋代就已经开始了。张炎《词源》与稍后沈义父《乐府指迷》,都有关于词的用字特点的探讨。如《词源》卷下云:"句法中有字面,盖词中一个生硬字用不得。须是深加锻炼,字字敲打得响,歌诵妥溜,方为本色语。"沈义父《乐府指迷》云:"作词与诗不同……如只直咏花卉,而不着些艳语,又不似词家体例。"这些就都是结合词的文体个性来谈字法与意象的。其后历代的词话与词评,也往往涉及词的字法的探讨。这种现象表明,无论是谈词的创作还是谈词的欣赏,词的用字特点都是一个不可回避的方面。

一、前代字法说的局限

前人关于词的用字与炼字的论述,往往存在或两种局限。

局限之一是只知撷拾字句加以叹赏,而未能上升到原则或规律层面。刘永济先生曾经指出:"昔贤评品诗词,每喜摘其用字精工之句以示后人,而不究极其理。后人见古人欣赏在此,又爱其新奇,遂亦致力于此,而不深求其本。故或务于字面推敲,或乞灵于古人诗句,纵能出奇,要非修辞立诚之道。其极也,必至饾饤堆砌,纤巧儇利不止。"❶当然,这和古代的词话体例与词集评点的形式有关,但古人缺乏逻辑与系统意识,亦自是一病。

局限之二是,前人关于词中用字造语的讨论,很多都不是从词的文体个性出发来加以探讨的。这其中又有两种情况。一种是从审音协律的角度来谈选字下字,我们可以称为"格律论之字法"。如张炎《词源》卷上即云:"词以协音为先";刘熙载《艺概·词曲概》则进一步称词为"声学"。他说:"乐歌,古以诗,近代以词。如《关雎》、《鹿鸣》,皆声出于言也;词则言出于声矣。故词,声学也。"所谓"声出于言",即歌以乐(曲调)称;"言出于声",则谓歌以词著。而所谓"声学",则与今之所谓"音乐文学"大致相当。即此而言,词讲究审音用字,原为题中应有之义,故历代词话中关于这方面的论述颇多。如南宋张侃《拙轩词话》引郭沔云:"词中仄字,上去二声,可用平声,惟入声不可用上三声,用之则不协律。近体如《好事近》、《醉落魄》,只许押入声韵。"张炎《词源》卷下谓其父有《寄闲集》,旁缀音谱,刊行于世。每作一词,必使

---

❶ 刘永济:《词论》,上海古籍出版社1981年版,第119页。

歌者按之,稍有不协,随即改正。如《瑞鹤仙》词中"粉蝶儿扑定花心不去,闲了寻香两翅",按之歌谱,声字皆协,惟"扑"字稍不协,遂改为"守"。又《惜花春起早》中"琐窗深","深"字不协,改为"幽",又不协,改为"明"字,歌之始协。又沈义父《乐府指迷》谓"句中用去声字,最为紧要"。明俞彦《爱园词话》谓"词全以调为主,调全以字之音为主"。清刘熙载《艺概·词曲概》谓"词家既审平仄,当辨声之阴阳,又当辨收音之口法"。综观此类论述,虽然也在谈选字用字,然毕竟属于音韵谱律之学,为按谱填词题中应有之义,而不宜入于字法范畴,故本书存而不论。

另一种情况是专从"炼字"角度来谈选字用字,我们可以称之为"修辞学之字法"。从字面上看,最早提出炼字的也是张炎的《词源》。但张炎所谓"须是深加锻炼",是因为"词中一个生硬字用不得",炼字的追求目标是为了"字字敲打得响,歌诵妥溜"。这就说明,张炎是从"声学",从歌唱的要求来谈炼字的,与一般意义层面的炼字有所不同。吴曾《能改斋漫录》卷八引晁补之(无咎)评欧阳修《浣溪沙》"堤上游人逐画船,拍堤春水四垂天,绿杨楼外出秋千"云:"只一'出'字,自是后人道不到处。"这种摘句圈字的方法,正是传统意义炼字说最常用的品赏方式。又如清先著《词洁》卷四评姜夔《扬州慢》云:

"无奈苕溪月,又唤我扁舟东下",是"唤"字着力。"二十四桥仍在,波心荡,冷月无声",是"荡"字着力。所谓一字得力,通首光采,非炼字不能,然炼亦未易到。

其他如苏轼《水调歌头》"转朱阁,低绮户,照无眠"的"低绮户"与"窥绮户"之辨;《蝶恋花》"燕子飞时,绿水人家绕"的"绕"与"晓"字之辨;秦观《鹊桥仙》"杜鹃声里斜阳暮"的"暮"与"树"之辨等等,也都是注重炼字之例。至于宋祁"红杏枝头春意闹"之"闹"字,张先"云破月来花弄影"之"弄"字,秦观"山抹微云,天黏衰草"之"抹"字、"黏"字等等,更是历代词话中津津乐道的例子。然而如本章开首所说,一切文学体裁无不可言章法、句法、字法,亦无不注重修辞学要义之一的炼字。诗中之例如杜甫"群山万壑赴荆门"之"赴"字,王安石"春风又绿江南岸"之"绿"字,苏轼"三尺长胫瘦躯阁"之"阁"字;文中之例如范仲淹《严先生祠堂记》"云山苍苍,江水泱泱,先生之德,山高水长"之改"德"为"风",欧阳修《昼锦堂记》"仕宦而至将相,锦衣而归故乡",两个"而"字皆为推敲而后加。凡此种种,都是讲诗文修辞时常举的例子。从修辞学角度看,这里所讲的炼字,与词中所讲的炼字,没有什么本质的不同。因为它们都只是在强调炼字的重要与炼字的效果,而与各自的文体属性没有什么关系。

以上两种情况，"格律论之字法"并没有错，但不在本书所说字法的讨论范围之内。至于"修辞学之字法"，则只是停留在一般的语文层面，尚未及韵文层面，当然更谈不上词体个性之意识了。

二、词体个性与字法

在英文里，style一词，本来就兼有风格、文体、文笔、语体等意。文体、风格是由作品的体制与语言等多种因素形成的统觉效果，而文笔、语体则与字法、句法等语言因素直接相关。在中国古代的文论系统中，关于文体风格的探索起源很早而且自成体系。曹丕《典论·论文》所谓"奏议宜雅，书论宜理，铭诔尚实，诗赋欲丽"；陆机《文赋》中所谓"诗缘情而绮靡，赋体物而浏亮，碑披文以相质，诔缠绵而凄怆……"；刘勰《文心雕龙·定势》所谓"章表奏议，则准的于典雅；赋颂歌诗，则羽仪乎清丽；符檄书移，则楷式于明断；史论序注，则师范于核要……"，都是从语体风格来界说文体特点的。而所谓语体风格，当然离不了"因字而生句，积句而成章"。字是构成文本最小的也是最基本的单位，同时也是构成文体风格的最基本的介质。任何一种特定的文体规范，必然会包含着或是延伸出用字的规范。从这个意义上说，每一种文体都有其相应的字法，只不过这种字法往往是"不成文法"，不是由写作教程之类明文规定的，而是在阅读与写作的过程中逐步习得的。

词的用字特点，是伴随着词的发展，与词体个性同步形成的。在敦煌曲子辞中，我们只能看到它与以前各种诗体不同的长短句形式，还看不出词体的风格倾向。它们和此前的乐府民歌，和"竹枝"、"柳枝"等民歌的风调相近，虽然"歌"的意味增强了，但还没有完全从"诗"的胚基中分离出来。此后经过白居易、刘禹锡等中唐文人"拟曲子词"时期，到了晚唐温庭筠、韦庄和《花间集》的时代，词体个性就基本形成了。说是"基本"，就是说它已经形成了与其他文体乃至诗体不同的文体风格，但还需要一个时间过程来稳定和丰满自己。当李之仪说"长短句于遣词中最为难工，自有一种风格，稍不如格，便觉龃龉"的时候；当李清照《词论》说"乃知别是一家，知之者少"的时候；或者说当题为陈师道所作《后山诗话》中称"子瞻以诗为词，如教坊雷大使舞，虽极天下之工，要非本色"的时候；当晁补之、张耒对东坡说"少游诗似小词，先生小词似诗"的时候；词体个性显然已经约定俗成，而且为一般文人读者广泛认可了。

一般来说，某一种文体个性的形成，同时也就意味着文体规范的确定，对于其后的作者与读者来说，都具有很强的导向性。如果说早期的词人造就词体个性，是在酒宴歌席之上，在"雪儿"、"春莺"辈明眸皓齿及红牙拍板的特定环境中形成的，而后代作者与读者则是在阅读欣赏前代词作的过程中,通过逐步的审美积淀内化而形成了词的文体感。这样他们在接触新的词人词作之前,心中预先贮存的词体范式就会构成阅读的心理期待。这种文体感觉或心理期待当然具有一定弹性。例如在晚唐五代之后,人们读到柳永、张先,读到晏殊、欧阳修,虽然会感到他们各有其个性,也能感到他们已从《花间》、《尊前》走向更为广阔的社会舞台,但是大体风格仍是统一的,读者也仍然是认可的。及至东坡登上词坛之后,则很快在词人与读者群中引发了一阵喧哗与骚动。周济《宋四家词选目录序论》评晚唐五代词家时说:"毛嫱、西施,天下之美妇人也;严妆佳,淡妆亦佳,粗服乱头,不掩国色。飞卿,严妆也;端己,淡妆也;后主,则粗服乱头矣。"温、韦与李后主自然是各有特点,飞卿秾丽,端己清疏,后主天然。然而这种差别不论有多大,在周济的喻象系统里毕竟还都属于女性,而苏轼一登上词坛,却有如在红粉队中跳出一个关西大汉,一片莺声燕语中突起铜琶铁板,所以连苏轼的弟子们也觉得难以接受,因而加以善意的揶揄了。这就表明,词体个性是由早期的词人共同创造的,那些好的作品就是它的载体,而它一旦趋于定形,就会成为自在自为的创作规范,包括词的格律形式,还有包括字法在内的语体风格。

  当然,就像在词体风格之下还有各个时期、各个流派、各个词人的风格一样,各个流派或名家也会有自己的用字特点。就词体发展的各个阶段而言,中唐文人词不同于花间词,花间词不同于南唐词,南唐词不同于北宋词,北宋词又不同于南宋词。就词的流派而言,不要说婉约与豪放两大体派自是明显不同,就是同属于婉约风格的群体流派,北宋前期的晏、欧词风,周邦彦为代表的大晟词人,以及姜夔、吴文英等南宋名家,都有各自的用字特点。试以对比明显者为例。温庭筠喜欢用富艳、秾丽的字眼,如绣罗襦、金鹧鸪、水精帘、玻璃枕、金翡翠、鸳鸯锦之类,使他的词珠光宝气,香艳袭人。以《花间集》中所收 66 首温词统计,出现频率较高的字或意象为:花 40 次,金 27 次,香 17 次,玉 17 次,翠 16 次,红 15 次。姜夔词与之正相反。他喜欢用清空寒瘦的字面,造就清空疏越的艺术境界。以《全宋词》所收的白石词统计,出现频率较多的字为:寒 24 次,空 16 次,凉 14 次,冷 13 次,幽 12 次,清 11 次。与此相关的艺术效果当然不可全归结为用字问题,而和意象、意境、色调、情调相关,但作为载体或作为符号的还是单个的字。举这两个词人的例子就足以说明,凡是有风格有个性的词人,各人亦有各人的字法,既受其创作个性的支配,又是突显其创作个性的载体。

  要探讨词的字法,就要超越不同风格流派的具体特点,而在一般意义的词体个性基础上,来探讨词在遣词用字方面与诗、曲以及其他文体的不同之处。这当然也有些困难。因为关于词的艺术个性,也存在见仁见智、言人人殊的现象。如传为李清照《词论》中对李煜、晏几道、秦观、贺铸等人的词都不满意,不知道还有谁的词能称得上正宗?又如我们认为词应轻约,而陈廷焯却说词首贵沉郁;我们认为词的特点是轻、巧、小,可是况周颐偏偏要标榜重、拙、大;又如我们以为词当以婉约为正宗,可是也有很多人认为婉约与豪放不可偏废。假如对词体个性都不能有一个既定的认识,词的字法也就更无从谈起了。所以这里要说明的是,为了在词体个性基础上探讨词遣词用字的特点,就必须坚持以词的主导倾向或典型风格为讨论的起点,至于对词史上各体各派的评价则是另一回事。

为了避免引起争议,我们将首先对作为考察的逻辑起点的词体个性作一个大概的界定。从词史的逻辑发展来看,我们以晚唐五代北宋作为词的文体个性既成熟丰满又未至过头的时期;言下之意是,敦煌曲子词与中唐文人的拟曲子词尚显稚拙而不及,而南宋以下则锻炼而稍过矣。以婉约与豪放两大体派来说,则以婉约为正,以豪放为变;这只是基于词体个性的体认,不是价值判断,不是优劣论。而且以婉约为正并不意味着对苏、辛等人的排斥,因为他们的婉约风格的佳作也许还更多一些。又本文所论字法,是对既往词史的总结概括,而不是对今后学词者提出的技术规范;是事实如此,而不是该当如此。这也是应该事先说明的。

第二节　词的字法规律

探讨词的字法规律,可以从三个方面切入:一是词的音乐文学属性;二是词的女性文学特点;三是词介于诗、曲之间的文体个性。这样就可以纲举目张,以简驭繁,词的字法特点也就比较容易把握了。

一、妥溜清圆：歌词属性的字法要求

词本来就是歌词,所以词的音乐性是与词体相与俱来的。所谓词谱、词律,原都兼含二义,早期只讲音谱、音律,讲宫调、乐谱及移宫换羽、添减摊破之法等;后来词乐失传,才注重词的文字谱及格律,讲平仄、四声、五音等。格律止求谐乎喉舌,音律兼求谐乎管弦。唐宋著名词家无不兼通音乐,故当时虽无词谱词律之专书,而所填词却无不声韵谐畅。这里从词的音乐性来探讨其用字的规律,当然主要是对字的音色要求,但暂不考虑平仄四声问题,因为那些属于格律的要求,本书所要探讨的,乃是在合乎格律的情况下,如何更好地取便于歌的问题。

1. 清圆

这是从单个的字来说，应求清轻、圆润，而不应钝闷、生涩、暗哑、尖锐。张炎《词源》所谓"词中一个生硬字用不得，须是深加锻炼，字字敲打得响，歌诵妥溜，方为本色语"，即是此意。实际上这不仅是为了照顾女性歌者的"莺吭燕舌"，作为歌词本来就不应拗折生涩。况周颐《蕙风词话》卷三评冯士美《江城子》词时曾经提到："'骅骝'字近方重，入词不易合色。"可知词之用字，正以轻、圆为要。一般来说，在应歌时代的唐宋词，大都会符合择声选字的标准，即使有个别生硬的字，伶工伎人也会发现它，改掉它。而在词乐失传的明清时代，词中就会多有生硬字句。这也是词的音乐性逐渐淡化的表征之一。

2. 妥溜

这是就字与字之间的承接谐调关系而言的。张炎《词源》以"歌诵妥溜"为本色语，周密《浩然斋雅谈》称张枢词"音韵谐美"，意颇近之。沈括《梦溪笔谈》卷五曰："古之善歌者有语，谓'当使声中无字，字中有声'。凡曲，止是一声清浊高下如萦缕耳，字则有喉唇齿舌等音不同。当使字字举本皆轻圆，悉融入声中，令转换处无磊块，此谓'声中无字'，古人谓之如贯珠，今谓之善过渡是也。"张炎《词源》"讴曲旨要"谓："举本轻圆无磊块，清浊高下萦缕比"，足证他的歌唱理论是从沈括那里继承来的，而"一个生硬字用不得"的说法，也完全是从歌唱的需要出发的。这里所谓"妥溜"，或周密之所谓"谐美"，不是单讲平仄格律所能做到的。清代词学家先著在其《词洁》卷四中说道："故平仄一法，仅可为律诗言耳。至于词曲，当论开阖敛舒，抑扬高下，一字之音，辨析入微，决非四声平仄可尽。"这就是说，按谱填词，只能解决格律问题，而不能完全解决和协调问题。如张炎《词源》谓其父作《惜花春起早》词，其中"锁窗深"的"深"字歌之而不协，改为"幽"又不协，改为"明"字始协。事实上，深、幽、明三字均为平声字，用哪一个字都符合词律的要求，但唱起来却未必协调。这是因为除平仄四声之外，还有唇、齿、喉、舌、鼻五音之分，有轻清与浊重之分。如刘熙载《艺概·词曲概》谓"凡喉舌齿牙唇五音，俱忌单从一音连下多字"；方成培《香研居词麈》谓，凡一词用某韵，则句中尽可能不用同韵字，否则即有紊乱之感；周济《宋四家词选目录序论》提出"硬字软字宜相间"，凡此种种，皆各人摸索得来，锥指管窥而已。至于在具体语言环境中随时变化，则非老于此道者不能。

3. 明白

这一条是对用字选词的意义层面的要求，也可以说是从词的歌词性质或其口耳相传的传播方式延伸出来的要求。词不是或原本不是案头文学，这是它与诗的重要不同点，也是唐宋词与明清词的重要不同点。事实上，词在发展过程中，音乐性的逐渐淡化与文学性的逐步增强是同步的。唐五代词一听就懂,北宋词一看就懂,而到了南宋及以后,就要依赖工具书才能完全看懂了。词重比兴寄托,重意境情韵,那也是建立在文词浅显明白基础之上的,是意在言外,而不在于字词的生涩奥衍。

4. 虚字呼唤与领字勾勒

这是在词分片的基础上,进一步把词切分成若干个节奏群的手段。张炎《词源》说:"词与诗不同,词之句语,有二字、三字、四字,至六字、七字、八字者,若堆叠实字,读且不通,况付之雪儿乎?合用虚字呼唤。"下面列举单字如正、但、任、甚,两字如莫是、还又、那堪,三字如更能消、最无端、又却是诸例。元陆辅之《词旨》中有"单字集虚"、"两字集虚"、"三字集虚"等目,显然是在张炎说法基础上的踵事增华。后来周济《宋四家词选》中称为"领句单字",今人则习惯称为领字。实际上,虚字是就字本身的词性而言,领字则是指其句法功能;领字都是虚字,虚字则不尽为领字。其功能是相似的,都是为了强化词句的流转顾盼,构成一定的旋律感。清代沈祥龙《论词随笔》云:"词中虚字,犹曲中衬字,前呼后应,仰承俯注,全赖虚字灵活,其词始妥溜而不板实。"与诗相比,诗中虚字少,而且往往在意义层面有特定功能,而词中虚字的大量存在,一方面构成进退夷犹的婉转语调,更主要的是其具有呼应转注的乐感功能。

二、小语丽字:女性特点的字法要求

词本来是由女性来演唱的。她们宛转的歌喉,窈窕的体态,艳丽的容貌,妩媚的表演,在词发展的原始时期,就使之形成了女性化的风格。张炎《词源》所谓"簸弄风月,陶写性情,词婉于诗。盖声出莺吭燕舌间,稍近乎情可也",已明言词之抒情特点与女声演唱有关。沈义父《乐府指迷》则进一步指出:"作词与诗不同,纵是花卉之类,亦须略用情意,或要入闺房之意;然多流淫艳之语,当自斟酌。如只直咏花卉,而不着些艳语,又不似词家体例,所以为难。"这里所谓"不着些艳语,又不似词家体例",说得浅俗之至,然而却正是词的文体特点之一。《后山诗话》谓"子瞻以诗为词,如教坊雷大使舞,虽极天下之工,要非本色";应即与东坡词的男性化声口有关。我们看牛峤《女冠子》"浅笑含双靥,低声唱小词";和凝《临江仙》"披袍窣地红宫锦,莺语时啭清音";魏承班《玉楼春》"轻敛翠蛾呈皓齿,莺啭一枝花影里";以及欧阳炯《花间集叙》所云:"递叶叶之花笺,文抽丽锦;举纤纤之玉指,拍按香檀。不无清绝之辞,用助娇娆之态。……家家之香径春风,宁寻越艳;处处之红楼夜月,自锁姮娥。"均可想见晚唐五代词的创作与传播的女性化程度。

在后代词学家中,对词体有比较深刻认识的,是明代"后七子"领袖王世贞。其《艺苑卮言》中有云:"盖六朝君臣,颂酒赓色,务裁艳语,默启词端,实为滥觞之始。故词须宛转绵丽,浅至儇俏,挟春月烟花,于闺幨内奏之,一语之艳,令人魂绝,一字之工,令人色飞,乃为贵耳。至于慷慨磊落,纵横豪爽,抑亦其次,不作可耳。作则宁为大雅罪人,忽儒冠而胡服也。"这一段话主要表达以婉约为正宗的词学观点,但其中"务裁艳语,默启词端",以及"一语之艳"、"一字之工"的表述,则表达了词为艳科的文体个性与其遣词造语之间的必然联系。王世贞的艺术才能,更进一步表现为他对词的神理意味的敏感把握。他说:"温飞卿所作词曰《金荃集》,唐人词有集曰《兰畹》,盖皆取其香而弱也。"又云:"《花间》以小语致巧,《世说》靡也;《草堂》以丽字取妍,六朝喻也。"他能从晚唐人词集之命名抽绎出"香而弱"的词体个性,又从《花间集》和《草堂诗余》两部影响最大的唐宋词选本中概括出好用"小语"、"丽字"的字法特点,皆使人不能不佩服此公对语言的敏感与概括能力。从"宛转绵丽"的"香而弱"的词体个性,到"务裁艳语"、"小语致巧"、"丽字取妍"的用字特点,王世贞几乎已经打通了由词之体性到字法的思维路径了。

词的女性化风格的形成,又与词的题材意境相关。先著《词洁》云:"词之初起,事不出于闺帷。"早期词之主人,多为女性,而且多为年轻之女性。或为情窦初开的少女,或为伤别念远的少妇。所以早期词集名"花间",名"香奁",名"金荃",名"兰畹",花花草草,剪红刻翠,皆与女性有关。而词中境界,亦多为闺阁庭院、红楼碧瓦、小阁回廊、香奁妆台。进一步则描写情思意绪,亦以纤细轻柔、婉约优美为本色当行。在这样女性化风格的导引启示之下,词的语汇意象就明显呈现出女性化的特点。但丁《论俗语》有云:"有些字是孩子气的,有些字是女子气的,有些字是男子气的。"❶哪些字是女子气的呢? 王世贞说,《花间词》善于以"小语致巧","丽字取妍",我们也就且来谈谈这两个方面的特点。

1. 小语致巧

"小"是构成优美感的要素之一。巨大与崇高相关,而粗大则往往为蠢拙之象。以《花间集》为例,日本汉学家青山宏《花间集研究》曾作过详细统计,在《花间集》所使用的高频字中,"小"字凡 90 次,"轻"字 84 次,"微"字 39 次,"细"字 38 次。这些统计当然会有一些毛病。比如,在 90 个"小"字中,也包括苏小小、小娘、小姑等在内,而这些并不是与其他"小"字同类的形容词。然而即使去掉这些因素,在 500 首词中出现这么多的轻、微、细、小的字眼,仍然显示了词体风格追求小巧轻约的女性

---

❶ 转引自朱光潜《艺文杂谈》,安徽人民出版社 1982 年版,第 202 页。

化倾向。而且,如果我们进一步检索那些以"小"字为词头构成的词,如小园、小庭、小槛、小楼、小阁、小屏、小窗、小池、小桥、小艇、小炉、小枕等等,显然不是写实,而是为了追求娇小可人的修辞效果;至于小腰肢、小兰房、小薰笼、小鸳鸯、小眉弯、小檀霞等等,更是有意在姿媚上下功夫了。

2. 丽字取妍

词为艳科,自晚唐以还久成定论。《新唐书·温庭筠传》称其"多作侧词艳曲";孙光宪《北梦琐言》称和凝"厚重有德,终为艳词玷之"。沈义父《乐府指迷》说"不着些艳语,又不似词家体例";彭孙遹《金粟词话》谓"词以艳丽为本色,要是体制使然"。从诗词异同之辨来看,艳或媚也一直被看作词有别于诗的重要特征。南宋张侃《拙轩词话》谓:"香奁集,唐韩偓用此名所编诗,南唐冯延巳亦用此名所制词,又名《阳春》。偓之诗淫靡,类词家语。前辈或取其句,或剪其字,杂于词中。欧阳文忠尝转其语而用之,意尤新。"这里所谓"偓之诗淫靡,类词家语",力倡尊体的词学家们听起来肯定不受用,但也不能不承认事实如此。又明代许学夷《诗源辨体》卷二一至卷三十二系统勾勒了中晚唐七言古诗的"词化"现象。如卷二十一谓:"韩(翃)七言古,艳冶婉媚,乃诗余之渐。"卷二十六谓:"李贺乐府七言,声调婉媚,亦诗余之渐。"卷三〇谓:"商隐七言古声调婉媚,太半入诗余矣。""庭筠七言古声调婉媚,尽入诗余。"卷三十二谓:"韩偓《香奁集》,皆裙裾脂粉之诗。……则诗余变为曲调矣。"这里略去了许氏摘引的许多"声调婉媚"的诗句,但从"诗余之渐"、"太半入诗余"、"尽入诗余"、"诗余变为曲调"等用语变化,仍能感受到中晚唐诗的"词化"历程。而所谓"词化",主要表现在语言的婉媚上。与许学夷思路相通的还有陆时雍。其《古诗镜》卷二十八有云:"王容《大堤女》及王德《春词》,俱词家体段。凡转诗入词,其径有三:一曰娇媚,二曰软熟,三曰狎媟。有此三者,是为宋人之词;愈娇、愈软、愈狎,加之冗长,是为元人之词。"陆时雍也可以说抓住了词与诗有别的特点,但把这些特点一旦引向极致,便夸张成了缺点。如"狎媟"之词本不是好词,即不宜作为词的本质特征来看待。王又华《古今词论》引李东琪曰:"诗庄词媚,其体元别。然不得因媚辄写入淫亵一路。媚中仍有庄意,风雅庶几不坠。"即意在提防过犹不及。况周颐《蕙风词话》卷二谓:"词笔丽与艳不同。艳如芍药牡丹,慵春媚景,丽若海棠文杏,映烛窥帘。"也是力图在丽而不艳或绮而不靡上把握住分寸。

词中言及器物,往往力求精美,应该说也是女性化特征的延伸。如写船差不多总是兰舟,写到灯也总是银釭。注重修辞的缪钺先生在其《论词》一文中写道,词中所用语汇、字面,"一句一字,均极幽细精美之能事"。"是以言天象,则微雨、断云、疏星、淡月;言地理,则远峰、曲岸、烟渚、渔汀;言鸟兽,则海燕、流莺、凉蝉、新雁;言草木,则残红、飞絮、芳草、垂杨;言居室,则藻井、画堂、绮疏、雕槛;言器物,则银釭、金鸭、凤屏、玉钟;言衣饰,则彩袖、罗衣、瑶簪、翠钿;言情绪,则闲愁、芳思、俊赏、幽怀。即形况之辞,亦取精美细巧者。"❶这方面固然不可能穷尽罗列,然即此已可见出词在选字铸词方面的鲜明特色了。至于沈义父《乐府指迷》所说:"炼句下语,最是紧要。如说桃,不可直说破桃,须用'红雨'、'刘郎'等字;说柳,不可直说破柳,须用'章台'、'灞岸'等字……"此类说法实不免匠气。偶一为之则可,却不必视为法度。若词中用字尽皆如此,则与唐代徐彦伯之易金谷为铣溪,易月亮为魄兔之"涩体"无以异了。

三、向雅避俗:立足于诗、曲之间

词初起时本为胡夷里巷之曲,敦煌曲子词展示了它原始的朴野形态。而在随后的发展过程中,词的创作主体逐渐由伶工歌伎变为文人学士,词也逐渐由应歌之词变为纯粹的抒情文学样式,这就使词快速雅化,而与传统的乐府民歌渐行渐远了。然而,尽管北宋时期的铜阳居士讲复雅,南宋张炎讲骚雅,以及后来者讲醇雅、婉雅,词却始终未能进入以诗文为代表的雅文学的圈子。有人说,诗雅而曲俗,词正处于诗与曲之间。这种表述可谓似是而非。词与诗、曲的区别不是雅与俗的程度问题,而是气质有别。词之雅不同于诗之雅,词之俗亦不同于曲之俗。诗之雅在言志载道,正大堂皇,词之雅在不俚不亵而已。曲之俗在夸张渲染或"蛤蜊风味",词之俗则在于用浅俗之语,发清新之思。万树《词律自序》有一句话,叫"诗余乃剧本之先声",这一句话很少有人注意,但它实在很能揭示词的文体特征。也许正是这一点,决定了词与雅文学的界限,也决定了词与俗文学的血缘关系。诗的抒情主人公是诗人自己,诗中所写的是诗人眼中的景,诗人心中的情,创作主体与抒情主体是完全合一的。诗中也曾有过代言体,像陆云所作《为顾彦先赠妇》,刘禹锡悼武元衡的《代靖安佳人怨》之类,但那是极少数。而在词中,代女性立言几成通例。这不仅是模仿女性声口的问题,而是在揣摩心态、体会感情的过程中完成了人物形象的塑造,以人物的眼光来观察景物,同时也在以人物的口气来说话。要而言之,这种代言体决定了词的叙事性,也为以口语入词提供了可能性。

词的叙事性与诗的叙事性不同,它很少去叙述流动之事,而是如戏剧片段一样截取生活中的情景。如张先《菩萨蛮》:

---

❶ 缪钺:《诗词散论》,开明书店1948年版,第5页。

牡丹含露真珠颗,美人折向帘前过。含笑向檀郎:"花强妾貌强?"檀郎故相恼,刚道花枝好。"花若胜如奴,花还解语无?"

整首词全用对话组成,犹如戏剧小品。在更多情况下,词人会把人物语言嵌入词中。如冯延巳《鹊踏枝》:"泪眼倚楼频独语:双燕飞来,陌上相逢否?"和凝《江城子》:"含恨含娇独自语:今夜约,太迟生!"还有些词就是摹仿具体身份人物的"内心独白"。如周邦彦《红窗迥》:"有个人人,生得济楚,来向耳畔,问道今朝醒未?"晁端礼《金盏子》:"想伊家,应也背着孤灯,暗弹珠泪。"因为是人物的独白,这些词中的口语就都是可以理解的了。岂止是可以理解,它甚至为读者创造了一种近距离体察生活、窥视人物内心的机会。可以说在戏曲形成之前,词在部分地发挥着戏剧艺术的功能。

为了既贴近生活,又避免俚俗,前代词学家在这方面作了不少具体探索。如贺裳《皱水轩词筌》是从雅俗之辨角度论及语体风格。他说:"小词须风流蕴藉,作者当知三忌:一不可入渔鼓中流言,二不可涉演义家腔调,三不可像优伶开场时叙述。偶类一端,即成俗劣。"此自是论语体风格,然字法要求亦在其中。所谓渔鼓,本是道士唱道情时所用的一种敲击乐器,这里是指"道情"一类说唱文学。所谓"演义家",当指以演述历史故事为主的评话艺人。至于优伶开场时叙述,则是指戏剧中人物初上场自报家门时的陈述。事实上,当贺裳提出这"三忌"时,表明当时词的创作中已经呈现出这样的弊病了。而之所以产生这种弊端,一方面是明代的说唱艺术空前普及,另一方面这些通俗文艺中往往以诗词来作点缀。如明末刊行本《庄子叹骷髅南北词曲》就是道情,而开篇就是一首敷演大意的《鹧鸪天》。至于"三言"、"二拍"及杂剧、传奇中以词为穿插点缀,更是常见现象。词调中如"西江月"、"临江仙"等调,一提及便觉俚俗气味逼人,也就是因为话本小说和戏曲中人物上场诗词常用的缘故。这种情况反过来影响到晚明的一些本来就无根基的词人,所以词的俚俗化也就不可避免了。

从语体风格的角度谈诗词曲之别,李渔的《窥词管见》谈得较为具体。该书凡22则,其中讲结构,讲语言,讲情景关系,讲诗、词、曲之别,无不具体而微。这一方面使他显得有些匠气,而好处是直接给出技术规范,其佳处病处全在此。其第二则曰:

诗有诗之腔调,曲有曲之腔调。诗之腔调宜古雅,曲之腔调宜近俗;词之腔调则在雅俗之间。如畏摹腔炼吻之法难,请从字句入手。取曲中常用之字,习见之句,去其甚俗,而存其稍雅,又不数见于诗者,入于诸调之中,则是俨然一词而非诗矣。

第三则专论词与曲的字句之别:

> 词既求有别于诗,又务肖曲中腔调,是曲不招我,而我自往就,求为不类,其可得乎!曰不然。当其摹腔炼吻之时,原未尝抛却词字。求其相似,又防其太似,所谓存稍雅而去甚俗,正谓此也。有同一字义,而可词可曲者;有止宜在曲,断断不可混用于词者。试举一二言之。如闺中人口中自呼为妾,呼婿为郎,此可词可曲之称也。若稍异其文,而自呼为奴家,呼婿为夫君,则止宜在曲,断断不可混用于词矣。大率如尔我之称者,奴字、你字,不宜多用。呼物之名者,猫儿、狗儿诸儿字,不宜多用。用作尾句者,罢了、来了诸了字不宜多用。诸如此类,实难枚举,仅可举一概百(近见名人词刻中,犯此等微疵者不少,皆以未经提破耳。一字一句之微,即是词曲分歧之界)。

详李渔之意,词与诗、曲的文体个性相比,是去诗远而去曲近,或曰与诗迥别而与曲微异。故学词者"摹腔炼吻"之时,先求有别于诗,故近乎曲,然后再"存稍雅而去甚俗",于是则"俨然一词矣"。李渔是以戏曲家来论词,切入点与一般词家有别,因为有丰富的创作实践经验,故说来亲切有味。晚清时陈廷焯《白雨斋词话》卷五云:"昔人谓诗中不可著一词语,词中亦不可著一诗语,其间界若鸿沟。余谓诗中不可作词语,信然,若词中偶作诗语,亦何害其为大雅!"陈廷焯此论,或者是出于推尊词体之动机,然而未免作态。以诗律词,自以为取法乎上,实际却会导致词体个性之丧失。陈廷焯同书卷六又云:"词中如佳人、夫人、那人、檀郎、奴家、香腮、心儿、莲瓣、双翘、鞋钩、断肠天、可怜宵、莽乾坤、哥、奴、姐、耍等字面,俗劣已极,断不可用。即老子、玉人、则个、好个、那个、拌个、原是、娇嗔、兜鞋、恁些、他、儿等字,亦以慎用为是。盖措词不雅,命意虽佳,终不足贵。"陈廷焯并没有提及李渔《窥词管见》,但言语中却似有对李渔的矫枉之意。在他看来,词正要远曲而近诗;即便写得似诗而不像词,或者正是词人的造化。这种不尊重文体个性而又强分尊卑的做法,看起来正大堂皇,实际上却是一种非科学的态度。

第三节　词与曲字法之分野

从用字特点和雅俗分野来看,词还是于诗远而于曲近。因此,对于词的用字特点作深层考察,难点在于厘清词与曲之分野。

因为词与曲均用口语,但程度不同而已,这就使得词与曲在语汇、意象方面形成了一个公共交叉地带。词中常用、曲中基本不用者,是偏于词的一个极端;曲中常用、词中基本不用者,是偏于曲的一个极端。在这两个极端之间,值得提出来讨论的口语还有三种情况。

一、词曲通用字

这一类口语在词、曲之间颇具中性色彩,可用于词,亦可用于曲,或者说用于词则词,用于曲则曲。如"把似"、"把如",作"假如"解时,可用于词,亦可用于曲。用于词者如辛弃疾《贺新郎》:"把似渠垂功名泪,算何如且作溪山主。"意谓假如功名志向不遂,何如且归隐溪山。用于曲者如元杂剧《刘行首》第二折:"把似你受惊受怕将家私办,争如我无辱无荣将道德学。"句法相似,都是以"把似"作"假如"解,并与下句的"何如"或"争如"相应。又如"甫能"(亦作"付能"),犹云方才、刚刚。用于词者如秦观《鹧鸪天》:"甫能炙得灯儿了,雨打梨花深闭门。"蔡伸《点绛唇》:"数尽更筹,滴尽罗巾泪。如何睡?甫能得睡,梦到相思地。"用于曲者如关汉卿杂剧《拜月亭》:"阿!我付能把这残春捱彻;海!划地是俺愁人瘦色。"又沙正卿《斗鹌鹑·闺情》套曲:"付能打迭起伤春,谁承望捱不过暮秋。"用法也是一样的。至于风格韵致,则全看整体语言环境之晕化效果。

二、曲中常用字

此类口语曲中多用,词中少用,通俗化程度较高者,虽然词中亦可用,然用则有曲化之嫌,读来便有散典味道。如以下各例。

价——语助词。用于词者如辛弃疾《丑奴儿近》:"千峰云起,骤雨一霎儿价。"杨无咎《天下乐》:"雪后雨儿雨后雪,镇日价长不歇。"用于曲者如元杂剧《梧桐雨》第四折:"一会价紧呵,似玉盘中万颗珍珠落;一会价响呵,似玳筵前几簇笙歌闹;一会价清呵,似翠岩头一派寒泉瀑;一会价猛呵,似绣旗下数面征鼙噪。"又如南戏《张协状元》:"气长长价吁,泪泠泠价落。"两相比较,还是用于戏曲更显得本色当行。

捆就——犹云迁就,有温存爱抚之意。用于词者如王观《木兰花令·咏柳》:"东君有意偏捆就,惯得腰肢真个瘦。"杨无咎《雨中花令》:"欠我温存,少伊捆就,两处悬悬地。"用于曲者如元杂剧《西厢记》第四本第二折:"他如今陪酒陪茶倒捆就,你休愁,何须把定通媒媾。"因为一般读者已认定词雅而曲俗,所以读来觉得用于曲也还罢了,用于词便觉有色情意味,有伤雅洁格调。

　　大致说来,词中用俗语,一要选择,二要熔铸。所谓选择,就是如李渔所说,要"存稍雅而去甚俗"。当然也不是一味求雅或一味远俗,那样就会流于呆腐,某些生活中鲜活生新口语所具有的感性、风趣等等魅力也就同时失去了。所谓熔铸,就是要在选用口语的同时,精心打造上下文语境,使得在整体语境的映照晕化之下,去其尘俗而保留其新鲜。事实上,如柳永、黄庭坚、石孝友等人的一些俗词,问题不是出在用口语俗字上,或者说,不应该用这种简单的表述方式。因为很多名家名篇也用了口语俗字,尤其是李易安与辛幼安,可是不害其为名篇佳作。关键在于一要少用那些太俗的或曲化程度较高的俗词;二是要注重语境的营造,以雅化俗;三是要控制俗字的密度。一首词中有一两个俗字,只要不是太俗,就很容易在雅化语境下被淡化。但假如一首词中接连出现俗字俚语,那就是通体俗化,很难言格调了。如黄庭坚《归田乐引》:

　　　　对景还销瘦。被个人、把人调戏,我也心儿有。忆我又唤我,见我嗔我,天甚教人怎生受。　　看承幸厮勾。又是樽前眉峰皱。是人惊怪,冤我忒捆就。拼了又舍了,定是这回休了,及至相逢又依旧。

石孝友《西江月》:

　　　　拽尽风流露布,筑成烦恼根基。早知恁地浅情时。枉了教人恁地。
　　　　惜称十分捆就,把人一味禁持,这回断了更相思,比似人间没你。

像这样的词,几乎纯用口语,俗字满篇,和散曲的风调就很相近了。当然这已不仅是所用俗字的数量与频率问题,而是由作者的主观追求所决定的。

三、词中常用字

　　这一类是词中常用、曲中少用的口语。这一类语词颇能体现词的文体个性,兹以张相《诗词曲语辞汇释》为基本取资范围,举常见者如下:

待——欲,将要。柳永《菊花新》:"留取帐前灯,时时待、看伊娇面。"晁元礼《安公子》:"待寄封书去,更与丁宁一遍。"又《步蟾宫》:"且偎随须有喜欢时,待款款说些道理。"欧阳修《玉楼春》:"人心花意待留春,春色无情容易去。"阮阅《洞仙歌·赠妓》:"向尊前酒底,得见些时,似怎地能得几回细看。待不眨眼儿觑着伊,将眨眼的功夫看几遍。"辛弃疾《最高楼》:"待不饮,奈何君有恨;待痛饮,奈何吾又病。"

乍——初,才,刚。作"初"字解者语气较缓,如柳永《笛家弄》:"韶光明媚,乍晴轻暖清明后。"又《满朝欢》:"巷陌乍晴,香尘染惹,垂杨芳草。"王易简《齐天乐·赋蝉》:"锦瑟重调,绡衣乍着,聊饮人间风露。"作"才"字解者语气较紧,如晏几道《真珠髻》:"乍几日好景和风,次第一齐催发。"又作"方"字解者,往往与"还"、"又"等字相应。柳永《望汉月》:"明月明月,明月争奈,乍圆还缺。"周邦彦《留客住》:"乍见花红柳绿,处处林茂。又睹霜篱畔,菊散余香,看看又还秋暮。"王沂孙《齐天乐·赋蝉》:"乍咽凉柯,还移暗叶,重把离愁低诉。"

和——常用于拟议语气,与"若"、"纵"等词相配,表达极端失望的心态,一般可用口语中的"连"字代替。秦观《阮郎归》:"衡阳犹有雁传书,郴阳和雁无。"又《水龙吟》:"名缰利锁,天还知道,和天也瘦。"晏几道《阮郎归》:"梦魂纵有也成虚,那堪和梦无。"宋徽宗《燕山亭》:"怎不思量,除梦里有时曾去,无据,和梦也新来不做。"赵长卿《青杏儿》:"待要做个巫山梦,孤衾展转,无眠到晓,和梦都休。"

遮——与"这"同。陆游《点绛唇》:"江湖上,遮回疏放,作个闲人样。"张镃《渔家傲》:"遮个渔翁无愠喜,乾坤都在孤篷底。"杨无咎《洞仙歌》:"最可惜当初泛槎人,甚不问天边,遮些么难!"

者——与"这"同。五代蜀王衍《醉妆》词:"者边走,那边走,只是寻花柳。那边走,者边走,莫厌金杯酒。"晏几道《少年游》:"细想从来,断肠多处,不与者番同。"宋徽宗《燕山亭》:"凭寄离恨重重,者双燕何曾,会人言语。"黄孝迈《湘春夜月》:"者次第,算人间没个,并刀剪断,心上愁痕。"杨泽民《木兰花慢》:"者一点闲愁,十年不断,恼乱春风。"尝试论之,"者"与"遮",与指示代词"这"在意义上并无区别,完全可以用"这"来代替,然而就因为词中常用,曲中或用,而诗中绝不用,所以就成了词的文体特征的一个细小的构成因素。差别不在意义,而在意味。而意味,正如闻一多先生所说:"你要知道,特别在歌里,'意味'比'意义'要紧得多。"❶

甚——语气词,犹正、真、恰。欧阳修《锦香囊》:"一寸相思无处着,甚夜长难度。"黄庭坚《归田乐引》:"忆我又唤我,见我嗔我,天甚教我怎生受?"秦观《河传》:

---

❶ 闻一多:《歌与诗》,《闻一多全集》(第 10 卷),湖北人民出版社 2004 年版,第 7 页。

"恨眉醉眼,甚轻轻觑着,神迷魂乱。"周密《声声慢·送王圣与》:"还送远,甚长安乱叶,都是闲愁。"张炎《声声慢·题吴梦窗遗笔》:"浑疑夜窗梦蝶,到如今犹宿花荫。待唤起,甚江蓠摇落,化作秋声。""甚"字为去声,在词中常用作句首领字,然而以上所引例句多不在句首,可知与一般领字有别。

早是——犹云"本是"或"已是",常与"那堪"或"更"构成流转递进语气,造成迂徐委曲的效果。张泌《浣溪沙》:"早是出门长带月,可堪分袂又经秋。"孙光宪《浣溪沙》:"早是销魂残烛影,更愁闻着品弦声。"柳永《倾杯》:"早是多情多病,那堪细把,旧约前欢重省。"欧阳修《定风波》:"早是闲愁依旧在,无奈,那堪更被宿醒兼。"秦观《迎春乐》:"早是被晓风力暴,更春共斜阳俱老。"以上皆为上下呼应句法。此类句式,又有省文之例,即在下句句首省去"那堪"、"更"字,则句式更整饬,而委曲意味则弱一些。如柳永《法曲献仙音》:"早是乍清减,别后忍教愁寂。"晁补之《清平乐》:"早是夜寒不寐,五更风雨无情。"周邦彦《南乡子》:"早是愁来无会处,时听,败叶相传细雨声。"康与之《风入松》:"早是相思瘦损,梅花谢了春寒。"石孝友《菩萨蛮》:"早是梦难成,梅花肠断声。"亦有前句省去"早是",后句但以"那更"递进者。如柳永《祭天神》:"柔肠断,还是黄昏,那更满庭风雨。"张炎《玉漏迟》:"清趣少,那更好游人老。"这两个例句均可加上"早是",变为"早是柔肠断","早是清趣少"。当然,这里有适应格律的问题,也有辞气选择的因素。

一晌——犹言霎时、片时,指时间短暂。冯延巳《鹊踏枝》:"屏上罗衣闲绣缕,一晌关情,忆遍江南路。"又《鹊踏枝》:"一晌凭栏人不见,鲛绡掩泪思量遍。"又《临江仙》:"徘徊一晌几般心,天长烟远,凝恨独沾襟。"李煜《浪淘沙》:"梦里不知身是客,一晌贪欢。"或写作一饷。如晏殊《红窗迥》:"一饷无端分比目,谁知道风前月底,相看未足。"柳永《鹤冲天》:"青春都一饷,忍把浮名,换了浅斟低唱。"辛弃疾《雨中花慢》:"为谁西望,凭栏一饷,却下层楼。"有时也写作"一向",如晏殊《浣溪沙》:"一向年光有限身,等闲离别易销魂,酒筵歌席莫辞频。"这里"一向年光"即犹言一霎时光,指人生短暂。但这种写法较少。张相《诗词曲语词汇释》卷三把这个与"一晌"相近的"一向"和表示"向来"的"一向"放在一起,不妥。这两个"一向"是同形异词,不是一回事。

除非、除非是——假设例外以见其难能。范仲淹《苏幕遮》:"黯乡魂,追旅思,夜夜除非,好梦留人睡。"晏几道《采桑子》:"别后除非,梦里时时得见伊。"或作"除非是"。贺铸《断湘弦》(即《忘年欢》):"拟话当时旧好,问同谁与醉尊前。除非是明月清风,向人今夜依然。"周邦彦《归去难》:"密意都休,待说先肠断。此恨除非是,天相念。"又或作"除是"。张元幹《兰陵王》:"相思除是,向醉里,暂忘却。"杨炎正《鹊桥仙》:"寄书除是雁来时,又只恐书成雁去。"又或只用一"除"字。宋徽宗赵佶《燕山亭》:"怎不思量,除梦里有时曾去。"

分付——犹言交付。苏轼《洞仙歌》:"江南腊近,早梅花开后,分付新春与垂柳。"叶梦得《定风波》:"华发萧然吹素领,光景,何妨分付属沧洲。"毛滂《惜分飞》:"今夜山深处,断魂分付潮回去。"这几例是说,把春色交付给垂柳,把后半生光景交付给沧洲,把断魂交付给潮水,均是把无形之情思交付给有形之事物。用分付,有珍重托咐意,亦有无奈意。在另外一些词例中,无奈的意味更强烈一些。如毛滂《更漏子》:"那些愁,推不去,分付一檐寒雨。"杨恢《祝英台近》:"都将千里芳心,十年幽梦,分付与一声啼鴂。"周邦彦《蝶恋花》:"无限柔情,分付西流水。"张孝祥《水调歌头》:"此意无尽藏,分付水东流。"在这些词例中,"分付"的基本内涵也是"交付",但更多无奈、被迫、不得不尔的意味,有抛掷、割舍、打发之意。还有一类词例,"分付"后无宾语,即无交付之对象物。如程垓《洞庭春色》:"惆怅一春飞絮,梦悠扬教人分付谁?"张涅《祝英台近》:"怎分付? 独倚红药栏边,伤春甚情绪。"石孝友《卜算子》:"去也如何去? 住也如何住? 住也应难去也难,此际难分付。"这类词所写的都是愁苦情绪,所谓难分付,无从分付,实即无法排遣,无处打发。张孝祥《鹊桥仙》:"清愁万斛,柔肠千结,醉里一时分付。"看上去是分付给酒醉,实际上也是无计消愁而以不了了之。

年时——即去年。此为方言口语,不少地方至今仍保持此种用法。张相《诗词曲语辞汇释》卷六谓"年时,犹云当年或那时也"误。词中用"年时",往往与"今年"或"而今"相对,以突显其今不如昔之慨。苏庠《菩萨蛮》:"年时忆着花前醉,而今花落人憔悴。"曹组《十二时》:"年时酒伴,年时去处,年时春色,清明又近也,却天涯为客。"谢逸《江神子》:"夕阳楼外晚烟笼,粉香融,淡眉峰。记得年时相见画屏中。只有关山今夜月,千里外,素光同。"赵长卿《清平乐》:"试着春衫羞自看,窄似年时一半。"辛弃疾《鹧鸪天·重九席上》:"十分筋力夸强健,只比年时病起时。"又《汉宫春》:"年时燕子,料今宵梦到西园。"张镃《瑞鹤仙》:"怅年时携手同来,笑里绣帘斜倚。佳节匆匆又至,抚事惊心,忍堪重记。"刘辰翁《青玉案》:"前度刘郎重唤渡。漫山寂寂,年时花下,往往无寻处。"这些词例均以"年时"与"今年"或当下光景对照,可知"年时"不是泛言之"当年",而是一个具体的时段。赵长卿《浪淘沙》:"记得年时中酒后,直至而今。"意谓自去年伤酒之后,一直未能平复。若是言自"当年"中酒,迄未恢复酒力,时间就太宽泛了,亦不当如此表述。又卢挚《清平乐》词写道:

年时寒食,直到清明节。草草杯盘聊自适,不管家徒四壁。　　今年寒食无家,东风恨满天涯。早是海棠睡去,莫教醉了梨花。

这首词上下片以"年时"和"今年"领起,为平列对照结构,与欧阳修《生查子》"去年元夜时……今年元夜时"结构相同,而上片"草草杯盘"的具体情景,亦可证"年时"为具体某年,而不可能是"当年"或"往年"。又僧仲殊《南柯子》:"绿杨堤畔问荷花,记得年时沽酒那人家?""年时"也只有解作"去年",才觉得亲切有味,若作"当年"解就太泛了。

人人——即人,对于所爱之人的昵称,一般是男性词人用指女性。如欧阳修《蝶恋花》:"翠波双盘金缕凤,忆得前春,有个人人共。"晏几道《生查子》:"归傍碧纱窗,说与人人道:真个别离难,不似相逢好。"又《踏莎行》:"伤心最是醉归时,眼前少个人人送。"又《醉落魄》:"断尽柔肠归思切,都为人人,不许多时别。"黄庭坚《少年心》:"似合欢核桃真堪人恨,心儿里有两个人人。"周邦彦《红窗迥》:"有个人人,生得济楚,来向耳边问道:今朝醒未?"辛弃疾《寻芳草》:"更也没书来,那堪被雁儿调戏。道无书却有书中意,排几个,人人字。"又《南歌子·新开池戏作》:"斗匀红粉照香腮,有个人人,当做镜儿猜。"张榘《水龙吟》:"逗归来折得花枝教看,人人似么?"由以上各例来看,"人人"之为词,虽为口语,却哆而不俗,诗中固不可用,曲中用却又嫌不够味,故最宜于词。

四、说"凝"字

最具有词体个性特色之一字为"凝",与此相近者为"凝伫"、"销凝"等。张相《诗词曲语辞汇释》书中释"凝"字,已不仅是排比例句,聊备一格,而是全面搜罗,系统疏理,由一般的条目释文而成为专论了。因为摘引不足以见其全貌,故将其关于"凝"字用法的释文整体迻录于下:

> 凝,为一往情深专注不已之意,犹今所云:"发痴"、"发怔"、"出神"、"失魂"也。然此乃浑言之也,若就词章中所见之各凝字细析之,约为四类,分述如下。
> 凡描写态度之辞为一类。有曰凝态者。柳永《瑞鹧鸪》词:"凝态掩霞襟,动象板新声,怨思难任。"在内为情,在外为态,凝态,一往情深之态度也。有曰凝待者。许棐《浣溪沙》词:"方向柳边揉碧缕,又从花畔并红腮。不知凝待阿谁来?"凝待,待之不已,犹云痴等也。有曰凝笑者。陈与义《临江仙》词:"万事一身伤老矣!戎葵凝笑墙东。"凝笑,笑之不已,犹云痴笑也。张抡《临江仙》词,《禁中牡丹》:"雕玉栏杆深院静,嫣然凝笑西风。"义同上。有曰凝噎者。柳永

《雨霖铃》词："执手相看泪眼，竟无语凝噎。"凝噎，哽咽不已也。又《应天长》词："休效牛山，空对江天凝咽。"凝咽，与凝噎同。

同一以凝字描写态度，而关于企望者其辞独多，可析出为一类。有曰凝望者。柳永《木兰花》词："归途。纵凝望处，但斜阳暮霭满平芜。"凝望，望之不已，犹云痴望也。又《八声甘州》词："想佳人妆楼凝望，误几回天际识归舟。"姜夔《翠楼吟》词："玉梯凝望久，但芳草萋萋千里。"石孝友《蝶恋花》词："独上危楼凝望处，西山暝色连南浦。"吕滨老《南歌子》词："可怜新月似眉弯，今夜断肠凝望小楼寒。"义均同上。有曰凝目者。《乐府雅词》曾公衮《品令》词："应有凌波，时为故为凝目。"凝目，犹云凝望或注目。晁元礼《雨霖铃》词："叹好梦一一无凭，帐掩金花坐凝目。"义同上。亦有以眼字替目字者。柳永《夜半乐》词："凝泪眼，杳杳神州路，断鸿声远长天暮。"贺铸《浣溪沙》词："记得西楼凝醉眼，昔年风物似如今。"张孝祥《满江红》词："凝望眼，吴波不动，楚山空碧。"凝泪眼、凝醉眼及凝望眼，义均与凝目同。有曰凝眸者。周邦彦《锁阳台》词："凝眸处，黄昏画角，天远路岐长。"凝眸，与凝目同义。李清照《凤凰台上忆吹箫》词："惟有楼前流水，应念我终日凝眸。"义同上。有曰凝睇者。柳永《佳人醉》："尽凝睇，厌厌无寐，渐晓雕阑独倚。"凝睇，亦与凝目同义。又《望远行》词："凝睇。消遣离愁无计，但暗掷金钗买醉。"又《诉衷情近》词："故人千里，竟日空凝睇。"杜安世《鹤冲天》词："有个开心处，难相见，空凝睇。"义均同上。有曰凝盼者。赵以夫《天香》词，《咏牡丹》："金屋看承，玉台凝盼，尚忆旧家风味。"凝盼，亦与凝目同义。有曰凝眄者。毛滂《青玉案》词："含羞和恨，转添凝眄，花映春风面。"凝眄，亦与凝目同义。

凡描写想念之辞为一类。有曰凝想者。周邦彦《尉迟杯》词："有何人念我无聊，梦魂凝想鸳侣。"凝想，想之不已，犹云痴想也。姜夔《庆宫春》词："酒醒波远，政凝想明珰素袜。"吴文英《解蹀躞》词："暗凝想，情共天涯秋黯，朱桥锁深巷。"赵长卿《朝中措》词："凝想倚阑干处，攒眉应为萧郎。"义均同上。有曰凝思者。贺铸《小重山》词："隔年欢事水西东，凝思久，不语坐书空。"凝思，与凝想同义。周邦彦《浪淘沙慢》词："叹往事一一堪伤，旷望极，凝思又把阑干拍。"义同上。有曰凝念者。僧挥《念奴娇》词："佩结兰英凝念久，言语精神依约。"凝念，与凝想、凝思同义。有曰凝恋者。晁元礼《绿头鸭》词："共凝恋，如今别后，还是隔年期。"凝恋，犹云痴恋也。吕滨老《如梦令》词："莫怪泪痕多，爱底不能得见。凝恋，凝恋，门外雨飞帘卷。"义同上。

凡描写情感之辞为一类。有曰凝情者。孙光宪《浣溪沙》词："揽镜无言泪

欲流,凝情半日不梳头。"凝情,一往而深之情,犹云痴情也。程垓《浣溪沙》词:
"闲倚前荣小扇车,晚妆无力觯云鸦,凝情看落一庭花。"向滈《菩萨蛮》词:"庭
院欲黄昏,凝情空断魂。"侯寘《菩萨蛮》词:"靓妆金翠盈盈晚,凝情有恨无人
管。"义均同上。有曰凝恨者。柳永《塞孤》词:"算得佳人凝恨切,应念念,归时
节。"凝恨,恨之不已,犹云积恨也。高观国《烛影摇红》词:"寥落年华将尽,误玉
人高楼凝恨。"义同上。有曰凝愁者。柳永《八声甘州》词:"争知我,倚阑干处,
正恁凝愁。"凝愁,愁之不已,犹云深愁也。吕滨老《千秋岁》词:"凝愁情不展,宿
酒风还醒。"义同上。有曰凝魂者。杜牧代人作诗:"楼高春日早,屏束麝烟堆。
盼盼凝魂别,依稀梦雨来。"凝魂,犹云出神,言其神思之一往而深也。按江淹
《别赋》:"黯然销魂者,惟别而已矣。"彼曰销魂别,此曰凝魂别,销魂、凝魂,看似
相反,义实相通。盖曰销则魂如亡,曰凝则魂不动,均之魂失其作用而同为形
容出神至极之辞也。周邦彦《月下笛》词:"夜沉沉雁啼正哀,片云尽卷清漏滴。
黯凝魂,但觉龙吟万壑天籁息。"黯凝魂,即从"黯然销魂"一语脱胎而来,言笛
声如龙吟,听之使人黯然出神也。李之仪《南乡子》词,《端午》:"泪眼转添昏,去
路迢迢隔院门。角黍满柈无意举,凝魂,不为当时泽畔痕。"言对角黍而出神,
心中别有所痛也。又《渔家傲》词:"遥望去舟魂欲凝,一番佳思从谁咏。"凝读
去声,亦出神义。晁补之《安公子》词:"对半篙碧水,满眼青山魂凝。"音义同上。

张相《诗词曲语辞汇释》原是一本语言学著作,但如上引篇章,实不仅为一般语言现象,亦颇能体现词体个性与词的艺术精神,故亦有助于词学。这里释"凝待"为痴等,"凝笑"为痴笑,"凝望"为痴望,"凝想"为痴想,"凝恋"为痴恋,"凝情"为痴情,"凝魂"为出神等等,又通过例句展示了苦恋男女低回踌躇、远眺企望、发怔出神种种情态,均能揭示词善于表示男女相思的文体特点。值得注意的是,张相这里所举的例证,几乎全部出于唐宋词。这表明熟悉诗、词、曲典籍的张相,没有从诗与曲中找到与"凝"字系列语汇相关的例句。盖"凝"字及其系列词汇,既往往用于表现男女之间的痴情,用于诗则有伤庄雅,而用于曲又嫌太文,少蒜酪气或蛤蜊风味,故为词所独用。因此,从这一个"凝"字,也可以折射出词的艺术个性来。

第四节 词的意象特征

意象作为一个文学或诗学范畴,在中国与外国都颇多歧义。在中国,刘勰《文

心雕龙·神思》最早提出了"意象"的概念：

> 文之思也，其神远矣。故寂然凝虑，思接千载；悄焉动容，视通万里。……故思理为妙，神与物游。神居胸臆，而志气统其关键；物沿耳目，而辞令管其枢机。……玄解之宰，寻声而定墨；独照之匠，窥意象而运斤。

结合其上下文背景来看，这里所谓"意象"，就是"意中之象"，也就是艺术形象。郭绍虞先生主编的《中国历代文论选》选录《神思》一篇，注文曰："意象，指作者想象中的境界。"陆侃如、牟世全《文心雕龙注》中注为："意象，意中之象，指构思过程中客观事物在作者头脑中构成的形象。"两种说法基本相合，也基本揭示了意象的特质。

一、意象的流变

在宋词繁兴的两宋时代，很多文人都在使用"意象"概念，而其实所指不一。如王安石《宿土坊驿寄孔世长》："残年意象偏多感，回首风烟更异乡。"似乎指的是心境；黄庭坚《同韵和元明兄知命弟九日相忆》诗："革囊南渡传诗句，摹写相思意象真。"应是指情境；周煇《清波杂志》卷五写道："既入，见茅屋数间，二道人在焉，意象甚潇洒。"是指人的风神。沈作喆《寓简》卷九云："唐天宝中，有尚书郎张璪，性喜绘画，多出意象之表，松石尤奇。"是指想象。陆游《病起寄曾伯兄弟》诗云："意象殊非昨，筋骸劣自持。"指的是感觉。这些各以己意所用的"意象"，与刘勰的用法相去甚远，都不是文学的或诗学的概念。值得注意的是强幼安《唐子西文录》中记唐庚评《昭明文选·五臣注》的说法：

> 谢玄晖诗云："寒城一以眺，平楚正苍然。""平楚"，犹平野也。吕延济乃用"翘翘错薪，言刈其楚"。谓：楚，木丛。便觉意象殊窘。凡五臣之陋，类若此。

唐庚认为：五臣之一的吕延济引《诗经》中语，把"楚"字坐实为"木丛"，未免过于拘隘；而他把平楚解为平野，正是高城远眺气象。唐庚所用的"意象"，与刘勰的用法是相通的。

到了明代，"意象"成为一个稳定而成熟的诗学范畴。如何景明《画鹤赋》："想意象而经营，运精思以驰骛。"王世贞《艺苑卮言》："(初唐)四杰词旨华靡，固沿陈、隋之遗，气骨翩翩，意象老境，固超然胜之。"王廷相《王氏家藏书》卷二十八《与郭价夫论诗书》云："夫诗贵意象透莹，不喜事实黏著，所谓水中之月，镜中之影，可以目睹，难以实求也。"胡应麟《诗薮》内编卷二说:"子建《杂诗》,全法《十九首》意象。"陆时雍《诗镜总论》评萧衍诗云:"风格浑成,意象独出。"尽管明人并没有给出意象的诗学定义,但从上述说法来看,其用法已经近乎约定俗成。尤其令人感兴趣的是,明代朱承爵《存余堂诗话》中指出:"诗词虽同一机杼,意象亦或与诗略有不同。"从意象角度来谈诗、词之别,这也许是最早的论述。

为了避免抽象玄虚,这里仍想不避指责,对意象概念作一个基本界定。我们的理解是:在长期的文学创作与欣赏过程中,当某种自然物象与特定的人文内涵建立了稳定的对应关系的时候,这种形象就被视为意象。这种界说一是强调意象应该具有形象性,二是强调意象应该具有人文内涵,从而避免对意象的泛化理解。有些论著中把诗词中的各种动物、植物等等一概称为意象,其实是不妥当的。

对于中国古典诗词而言,字面与意象常常是一回事;或者说,是一体之两面。具体的字面不一定是意象,而意象却必得以具体字面为载体。当张炎说"句法中有字面,盖词中一个生硬字用不得"的时候,当他谈到词中"正"、"但"、"甚"、"任"之类虚字的时候,他所说的仅仅是字面,因为他关注的是字之声响与领字功能,与字之"意"或"象"几无关系。而当沈义父说"作词与诗不同……不着些艳语,又不似词家体例"的时候;当王世贞说"《花间》以小语致巧"、"《草堂》以丽字取妍"的时候;当王士禛说"《花间》字法,最着意设色,异纹细艳,非后人纂组所及"的时候,他们所讲的实不仅是字面,而是和意象乃至色调、情调、风格密切相关。又比如当我们统计出《花间集》中常用字为春、花、风、月,温庭筠词常用字为金、香、玉、翠,姜夔词好用清、空、幽、寒,吴文英词好用冷、湿、尘、暗等字面的时候,这显然也不仅是字法问题,而更多地属于审美意象范畴了。也许正因为此,一些词学家在探讨宋词审美特征时,往往采用"语汇和意象"的并列表述方式。如杨海明教授在《唐宋词美学》一书中写道:

> 由于词人抒情的特种需要,词的语汇和意象便出现了有所选择的密集型趋势。这种密集型趋势主要表现在三个方面:一是在描绘日常生活的"物语"中,以有关于女性的语汇、意象为主;二是在描绘自然景物的"景语"中,以有关于水的语汇、意象为主;三是在描绘人的感情状态的"情语"中,又以悲哀色彩的语汇、意象为主。而这三方面的密集型趋向,就对造成唐宋词那香艳、柔婉、伤感的主体美感,产生了十分深刻的影响。❶

---

❶ 杨海明:《唐宋词美学》,江苏教育出版社1998年版,第202页。

是的,无论是讨论词的题材、风格,还是研究词的章句、修辞,语汇与意象都很难分开。本书第三章《主题与题材》中写道:"先是宛转流丽的音乐要求与之相应的情调,这种情调又启示和制约着词人的取材造境。即声情制约着词情,词情制约着题材。"而对于词的语汇、意象之选择来说,词体既成的题材特点与音乐情调都具有重要的导引作用。

二、词的意象与风格

从唐宋词的发展来看,伴随着词的文学化或诗化进程,词家的个人风格愈益鲜明,而他们对意象的选择与熔铸也日益成为打造个人风格的重要手段。晚唐、五代以至宋初晏、欧诸家词中的意象是类型化的,共通的,大家都写斜阳、芳草,都写残月、落花。这些意象天然地带有忧郁的色调,因此有人称为原型意象。而到了苏轼尤其是南宋时代,词家于意象皆有所选择与偏好,意象遂成为个人风格的重要构成因素。或者可以说,早期词人之于意象,并无自觉的选择意识,他们是即目即景,信手拈来。至于说他们为何又不约而同地选择了斜阳、芳草、残月、落花这些意象,那应是因为这些意象与绮怨情思之间形成了稳定的联系,同时也和时代心态有关系。及至后来,词人既有意超越音调之美而纯以文字争胜,于是对意象、字面之拣选摩挲、加意经营,也就成为词体进化之必然了。一个很明显的事实是,在评价晚唐以至宋初词时,意象或不足以成为高下抑扬的重要因素;而在南宋时代的词坛名家,各人都有其匠心经营的意象特点。如辛弃疾多用雄奇飞动之意象,以与他大声鞳鞳、横绝六合的词风词境相适应;而姜夔爱用清空幽寒的字面与意象,构成他那清雅峭拔的艺术境界。这些都有人分析过了。在这里,我们想来说一下吴文英词的意象特色。

吴文英和姜夔词,都从前人诗法中有所借鉴悟入。姜夔是以黄庭坚的瘦硬作风以救词之软媚,遂在婉约与豪放两派之外,另树清刚一帜;吴文英则是从李贺、李商隐诗悟得炼字之法,善于以荒寒阴冷的字面意象,造成犷怪诡谲的境界。张炎《词源》已指出:"贺方回、吴梦窗,皆善于炼字面,多于温庭筠、李长吉诗中来。"《四库全书总目》说:"词家之有吴文英,如诗家之有李商隐也。"清代孙麟趾《词迳》亦云:"余谓词中之有梦窗,犹诗中之有李长吉。"或者可以说,李贺的犷怪荒寒,再加上李商隐的密丽晦涩,也就可以大致想见吴文英词的意象特点了。

最能反映吴文英近乎病态的审美观的,是他好用一般诗词中极少用的"腥"、"腻"等字。如《琐窗寒·玉兰》:"蛮腥未洗,海客一怀凄惋。"题咏玉兰而用"蛮腥"二字,我们实在看不出其必要性,而只能说是出于梦窗之偏嗜。郑文焯《手批梦窗词》

说《平泉山居草木记》中提到有"海峤之玉兰",这也许是用"蛮腥"二字的因由。但对于雅洁的玉兰来说,用"蛮腥"二字或不免亵渎,然而吴文英当避而不避,或者说不必用而偏用,都只能从其特殊的兴趣来解释。又如:

《八声甘州》:"箭径酸风射眼,腻水染花腥。"
《拜星月慢·咏盆莲》:"雾盎浅降青罗,洗湘娥春腻。"
《瑞龙吟·德清清明竞渡》:"东风冷湿蛟腥。"

以西施的光彩明艳,盆莲的清雅秀洁,清明竞渡的热烈欢快,本来都应该、也都可以写得更明快一些,可是吴文英仿佛有意考验读者审美胃口是否健康泼辣,所以不惜点污其词中境界。当然,我们记得唐人诗中也曾用过"腥"、"腻"二字,如韩愈与张籍的《会合联句》:"瘴衣常腥腻,蛮器多疏冗";李商隐《楚宫》:"空归腐败犹难复,更困腥臊岂易招";李贺《昌谷北园新笋》:"斫取青光写楚辞,腻香春粉黑离离";温庭筠《太液池歌》:"腥鲜龙气连清防,花风漾漾吹细光";这些也许是吴文英变本加厉的基础,但用于诗尚可,用于词就未免过于犷怪了。

  吴文英喜欢荒古的况味。如《满江红·甲辰岁盘门外寓居过重午》:"结束萧仙,啸梁鬼、依还未灭。荒城外,无聊闲看,野烟一抹。"盘门为苏州城南水陆共用的城门,重午即端午节。无论是从地点还是时令来说,都称不得荒寒的所在。可是在吴文英笔下,又是仙,又是鬼,又是荒城,又是野烟,几不类人间世了。又如《一寸金》:"正古花摇落,寒蛩满地";《拜星月慢》:"昨梦西湖,老扁舟身世";《水龙吟》:"艳阳不到青山,古阴冷翠成秋苑";《瑞鹤仙》:"乱云生古峤";这里的"古"字、"老"字,都已不仅是附加的形容词,而是意象的重要构成要素,并有力地渲染出一种荒寒高古的况味。他写蝉,是"彩扇咽、寒蝉倦梦,不知蛮素"(《霜叶飞》);他写蝶,是"倦蝶慵飞,故扑簪花破帽"(《扫花游》)。这与其说是为这些小小生灵写生,不如说是他慵倦心态的物化展示。他甚至对那象征荒凉寂寞的蛛网显出几分偏爱。如《尉迟杯》:"蛛窗绣网玄经,才石砚开奁,雨润云凝";《瑞鹤仙》:"掩庭扉,蛛网黏花,细草静摇青碧";《祝英台近》:"应是蛛网金徽,拍天寒水,恨声断、孤鸿洛浦";《虞美人》:"梦和新月未圆时,起看檐蛛结网又寻思"。把这种意象、情调放在南宋后期剩水残山的背景下来看,似乎也不足为怪,甚至也可以说是时代投下的一抹阴影。可是若把这些与《花间集》中花月春梦之类的意象相比,我们就会惊诧于词中意象的流变,竟会形成如此之大的反差了。

三、词的意象特色

从诗词异同的角度来看,词与诗意象的不同主要表现在两个层面:一是词中常用意象与诗有所不同;二是诗词中所共有的意象,在词中往往具有不同的内涵。关于第一点,这里不拟展开具体论述。词自晚唐五代以来,已形成女性文学特色。词的抒情特点也就由男性主导变为女性立场,因此关于女性容貌、服饰的描写,以及闺房陈设与用具,还有因女性情感联带而及的花、月、春、梦之类意象,也就远比过去诗中出现之频率高得多。这既成为词的意象构成特点,也是词的阴柔美、婉约美的构成要素。关于这一点,杨海明教授《唐宋词美学》等著作已有充分表述,所以这里不拟再作具体论述了。关于第二点,因为不可能作穷尽罗列与全面论述,这里拟选取几种典型意象,以宋词与唐诗作比较考察。

我们首先注意到的是,在诗中比较多的是人文意象,而词中较多采用自然意象。所谓人文意象,其中包括成语、典故,以及与历史人物、历史事件相关的风景名胜。这些对于诗人抒情言志,起到了重要的"语码"作用。而在词中,尤其是在晚唐、北宋词中,更多的是自然意象。如夕阳、残月、落花、风絮,如白蘋、红叶、双燕、画屏。只有到了苏轼、辛弃疾等人词中,人文意象才逐渐取代自然意象而成为抒情的主要载体或符号,而这些词人恰恰是被人们视为"以诗为词"的代表人物。因此,采用人文意象还是多用自然意象,有时竟可以成为判断本色词人与以诗为词的重要标志。

其次,同样为自然意象,在诗词中也往往具有不同的内涵功能。如斜阳、落花之类,在唐诗中,哪怕是在与词同样文化生态背景的晚唐诗中,往往也只是抒情的背景或抒情的凭借,诗人们在描写这类意象的基础上,总还会站出来抒发自己因此类景物引发的情感。如杜牧《登九峰楼寄张祜》:

> 百感衷来不自由,角声孤起夕阳楼。
> 碧水终日思无尽,芳草何年恨即休。
> 睫在眼前长不见,道非身外更何求。
> 谁人得似张公子,千首诗轻万户侯。

李商隐《落花》:

> 高阁客竟去,小园花乱飞。

参差连曲陌,迢递送斜晖。
肠断未忍扫,眼穿仍欲稀。
芳心向春尽,所得是沾衣。

韩偓《惜花》:

皱白离情高处切,腻红愁态静中深。
眼随片片沿流去,恨满枝枝被雨淋。
总得苔遮犹慰意,若教泥污更伤心。
临轩一盏悲春酒,明日池塘是绿荫。

"小李杜"(即杜牧和李商隐)是晚唐诗坛上感伤派的代表人物。这三首诗的题材和意象也与词最为接近。但是即使不去考虑长短句错落等形式因素,它们和词的精神意趣仍然有别。单从意象来说,杜牧诗中的夕阳、芳草,李商隐诗中的落花、斜晖,韩偓诗中的落花,已经是稍后词中常见的典型意象。但这相同的意象在唐诗宋词中却担负着不同的抒情功能。即在词中,这些物象本身就是独立自足的情绪载体与审美对象;而在唐诗中,这些物象只是一些抒情的触媒或凭借,诗人在描写之后仍会"即景生情"地表达自己的情意。如杜牧《登九峰楼寄张祜》,单看诗的前四句会觉得已经很有词的味道,或者说已经近于况周颐《蕙风词话》所描述的"词心"、"词境";当然次联的"思无尽"、"恨无休"用笔或未免太重,与轻灵缥缈的闲愁之词不大谐调了。诗的后四句由抒情转向议论,对友人张祜表示理解与安慰,既赞美其才情可轻万户侯,又为其流落不遇表示惋惜。这种即景生情、因情述理的"三段式",是诗文中常见的思维流程暨结构模式,与词的写法相比已是大相径庭了。李商隐的《落花》,境界浑成,用笔亦轻。尤其是次联"参差连曲陌,迢递送斜晖",更是宛然词中俊语。然而"肠断"、"眼穿"、"芳心"、"沾衣"云云,都提醒读者诗的主旨不是正面赋写落花,而是写看落花之人;诗人之感伤也不在悼惜落花,而是抒写客散酒醒、花落春残的失落与惆怅。读冯浩《玉溪生诗集笺注》,《杜司勋》诗云:"高楼风雨感斯文,短翼差池不及群。刻意伤春复伤别,人间惟有杜司勋。"冯浩笺曰:"伤春谓宦途,伤别谓远去。"这就是说,李商隐的伤春、伤别初看上去与唐宋词的主题相同,而实际他的感伤仍植根于现实遭际,与那种无端而来的莫名哀感仍有所不同。韩偓的《惜花》倒是全篇围绕落花、惜花来写,但一来诗中"皱白"、"腻红"的工笔刻画未免着力,二来"伤心"、"悲春"云云也是把惜花之情"挑明了说",而这样一来反而让人觉得情意浅而单薄了。

作为对比,让我们来看晏殊的一首《踏莎行》:

> 小径红稀,芳郊绿遍。高台树色阴阴见。春风不解禁杨花,濛濛乱扑行人面。　翠叶藏莺,朱帘隔燕,炉香静逐游丝转。一场愁梦酒醒时,斜阳却照深深院。

关于这首词,唐圭璋先生《唐宋词简释》评曰:"此首通体写景,但于景中见情……妙不着实字,而闲愁可思。"这里所谓"实"字,不是与一般"虚字"相对之实字,而应是指主观抒情字眼;而这里所谓"闲愁",也就是晚唐、北宋词中常见的伤春情绪。这里写的景物,在一般人看来,并没有什么特别使人伤感的地方,而对于敏感多情的词人来说,却是在在使人生愁。一方面是花事凋零,春意阑珊,同时又是梦回酒醒,斜阳返照。这些均无关于生存需要,却足以使人产生难耐的寂寞与莫名的惆怅。如果要借用传统的"赋、比、兴"之说,那么诗中写斜阳、落花,往往是兴中有比,即具有比喻或象征意味,而词中写斜阳、落花却是赋,或者说是赋中有兴。比则心与物犹为二物,赋而兴则是以心观物,即物见心。诗中的斜阳、落花只是触发感情的媒介,也是抒情的凭借,而词中的斜阳、落花,本身就是独立自足的审美客体,同时也是词人所要传达的惆怅心绪的载体,所以无须再加抒情的词句。

而且我们注意到,在唐诗中有很多关于落花的诗句,往往只是作为一种自然景观来描写,或者是作为春天的一种景象来描写,因此并无多少感伤意味。如李白《题东溪公幽居》:"好鸟迎春歌后院,飞花送酒舞前檐";杜甫《城西陂泛舟》:"鱼吹细浪摇歌扇,燕蹴飞花落舞筵";储光羲《江南曲》:"落花如有意,来去逐船流";刘昚虚《阙题》:"时有落花至,远随流水香";刘长卿《集梁耿开元寺所居院》:"花雨晴天落,松风终日来";祖咏《清明宴司勋刘郎中别业》:"檐前花复地,竹外鸟窥人"。在这些诗中,落花只是春天光景的一种构成因素,故其自然观感还是使人愉悦的。在另外一些诗中,落花已经和年华流逝或春色凋零的意识联系起来了,但唐人似乎还没有来得及在飘落的花瓣上涂抹太多的感伤色彩。如王维《春晓》:"夜来风雨声,花落知多少?"一个能由夜来风雨想到花落多少的诗人,显然是敏感而多情的;但他对落花的关切与怜惜意味也仅此而已。又如张籍《晚春过崔驸马东园》:"竹香新雨后,莺语落花中。莫遣经过少,年光渐觉空。"因为诗题中有"晚春"二字,所以这里的"年光"即指春光,"年光渐觉空"也就和欧阳修《采桑子》"笙歌散尽游人去,始觉春空"的意味差不多。这里颇有些惆怅落寞的情调,但与词相比还是轻淡得多。这里当然有时代氛围的差异，也有文体个性的差异。当我们读到欧阳修《蝶恋花》："泪眼问花花不语，乱红飞过秋千去"；秦观《千秋岁》："春去也，落红万点愁如海"；李清照《如梦令》："知否，知否？应是绿肥红瘦"的时候，我们才会深切地感到，同样是落花意象，在唐诗中只是一种抒情的小点缀，而到了宋词中却负载着如此深沉浓重的抒情内涵。

柳絮也是宋词中常见意象。柳絮又称"柳花"或"杨花"。宋杨伯嵒《臆乘》"柳花柳絮"条写道："柳花与柳絮迥然不同。生于叶间成穗作鹅黄色者，花也；花既退，就蒂结实，其实之熟乱飞如绵者，絮也。古今吟咏，往往以絮为花，以花为絮，略无区别，可发一笑。"从写实角度来说，杨伯嵒是对的；但从写诗角度来说，则诗人以杨花、柳花指柳絮，其来已久。如北周庾信《春赋》："新年鸟声千种啭，二月杨花满路飞。"既然可以"满路飞"，当然是柳絮。李白《金陵酒肆留别》："风吹柳花满店香，吴姬压酒使客尝"；杨万里《闲居初夏午睡起》："日长睡起无情思，闲看儿童捉柳花"，显然也是写的柳絮。然而诗中写柳絮，往往只是作为春天光景的一种点缀，其中并无情思寄托，似乎还称不得意象。如庾肩吾《绝句漫兴》之五："桃红柳絮白，照日复随风。"只是实写景物而已。至于杜甫《绝句漫兴》之五："颠狂柳絮随风舞，轻薄桃花逐水流。"虽然显有托喻，而谓柳絮颠狂与桃花轻薄，只是诗人一时兴到之拟议，尚未构成稳定的意象内涵。

到了宋代，柳絮成了广大词人的心爱之物，并以极高频率出现于两宋词中。与此同时，柳絮所染的感伤色彩与所含的伤别之情也早已趋于稳定。推想起来，词人好以柳絮入词，应有三重原因。其一，是因为折柳赠别久成习俗，柳絮也就成了寄托伤别之情的载体。其二，柳絮飘飞在暮春时节，因此也就与落花一起成了惜春、送春的情绪载体。欧阳修《瑞鹧鸪》："更被春风送惆怅，落花飞絮两翩翩"；秦观《江城子》："恨悠悠，几时休，飞絮落花时候一登楼"，都把飞絮与落花一起看作"春归"的典型景象。其三，是因为柳絮那种飘忽不定的形态，往往与词人心中不可控束的莫名惆怅有着某种"内外同构"的关系。张先《定风波》词"若比相思如乱絮"；《蝶恋花》"絮软丝轻无系绊，烟惹风迎，并入春心乱"，似乎已揭示了这种对应关系。

最爱写柳絮的是张先，除了上举二例外，《子野词》中还有成团成片的柳絮：

《蝶恋花》："不比灞陵多送远，残丝乱絮东西岸。"
《天仙子》："三月柳枝柔似缕，落絮尽飞还恋树。"
《木兰花》："中庭月色正清明，无数杨花过无影。"
《一丛花令》："离愁正引千丝乱，更东陌、飞絮濛濛。"

《剪牡丹》:"柔柳摇摇,坠轻絮无影。"

《谢池春慢》:"朱槛连空阔,飞絮知多少?"

《千秋岁》:"永丰柳,无人尽日花飞雪。"

《踏莎行》:"翠幕成波,新荷贴水,纷纷烟絮低还起。"

《清平乐》:"泥浅曲池飞海燕,风度杨花满院。"

《卜算子慢》:"奈画阁欢游,也学狂花乱絮轻散。"

……

当然,以柳絮入词绝不是张先一个人的偏嗜,而是宋代词人的共同喜好。且不说苏轼和章楶两首咏杨花的《水龙吟》皆为咏物词中的名作,另外如晏殊《踏莎行》:"春风不解禁杨花,濛濛乱扑行人面";晏几道《木兰花》:"墙头丹杏雨余花,门外绿杨风后絮";周邦彦《瑞龙吟》:"断肠院落,一帘风絮";万俟咏《诉衷情》:"送春滋味,念远情怀,分付杨花";李元膺《鹧鸪天》:"薄情风絮难拘束,飞过东墙不肯归";魏夫人《菩萨蛮》:"三见柳绵飞,离人犹未归"等等,也都是脍炙人口的警句或俊语。

也有一些意象,诗词中都有,但词中用时内涵却发生了变化。如在禽鸟之类的意象中,诗中常用以表达高远志向的雄鹰、大鹏、鸿鹄,与表达隐逸之志的鸥、鹭、凫、鹤等等,在词中都很少出现。因为女性题材和爱情主题的关系,鸳鸯成了词人的宠物,其他如双鹧鸪,双鸂鶒等双栖双飞之鸟,也都具有爱情符号的功能。这些对于词而言,都是"题中应有之义",故无须举例。这里想提出来讨论的是燕子。

与诗相比,燕在词中出现的频率大大增多,意象的抒情功能也大大加强。燕在诗中,多数情况下只是作为春秋季节递嬗的一种"风景",而作为意象,主要是用以表现伤别之情。《诗经·邶风·燕燕》云:"燕燕于飞,差池其羽。之子于归,远送于野。瞻望弗及,泣涕如雨。"燕燕就是燕子,唐孔颖达疏曰:"此燕即今之燕也,古人重言之。"差池,形容燕飞时尾羽参差不齐之状。这是一首送别诗。李商隐《杜司勋》诗云:"高楼风雨感斯文,短翼差池不及群。刻意伤春复伤别,人间惟有杜司勋。"次句即用《诗经·燕燕》之语,作为伤别之情的形象展现。同时诗人许浑《送杨发东归》诗云:"红花半落燕于飞,同客长安今独归",显然也是以燕之孤飞表达伤别之情。

在宋词中,燕的高频率出现,虽然也有一些词人词作在沿用传统内涵,如冯延巳《采桑子》:"林间戏蝶帘间燕,各自双双";又如晏几道《临江仙》:"落花人独立,微雨燕双飞";仍是以双飞燕来反衬词人的孤独。但在更多情况下,燕子作为一种秋去春来的候鸟,就成了时光流逝、岁物惊心的一种特殊标志物了。试以晏殊词为例。《采桑子》词写道：

> 春风不负东君信，遍拆群芳。燕子双双，依旧衔泥入杏梁。　　须知一盏花前酒，占得韶光。莫话匆忙，梦里浮生足断肠。

上片说燕子"依旧衔泥入杏梁"，"依旧"二字，即见得岁岁如此，今又如此；下片"韶光"、"匆忙"、"浮生"云云，都是在花又开、燕又回的背景下，表达光阴的无常迅速之感。"双双"二字，在这里仅仅是一种客观描写，或者是出于音韵要求，和温庭筠《菩萨蛮》中"双双金鹧鸪"以"双双"反衬孤独无偶之意不同。或者说，在这里"燕子"就是一个独立自足的意象；而在温庭筠词中，"双双金鹧鸪"是一个合成意象，去掉"双双"，"金鹧鸪"的表意功能就失去了。

从晏殊其他词来看，燕子意象所负载的信息是稳定的，而不是偶然的。如《清平乐》："春来秋去，往事知何处？燕子归飞兰泣露，光景千留不住。"《木兰花》："燕鸿过后莺归去，细算浮生千万绪。长于春梦几多时，散似秋云无觅处。"《踏莎行》："绿树归莺，雕梁别燕，春光一去如流电。当歌对酒莫沉吟，人生有限情无限。"这些词都以燕之来去作为抒情契机，表达了流连光景、珍重当前之意。相比之下，这种意象也比诗中传统用法有了拓展变化。

阅读与思考

一、扩大阅读书目

1. 张相：《诗词曲语辞汇释》，中华书局2001年版。
2. 詹安泰：《詹安泰词学论集》，汕头大学出版社1997年版。
3. 陈植锷：《诗歌意象论》，中国社会科学出版社1990年版。
4. 季广茂：《隐喻视野中的诗性传统》，高等教育出版社1998年版。
5. 严云受：《诗词意象的魅力》，安徽教育出版社2003年版。
6. 辛衍君：《意象空间：唐宋词意象的符号学阐释》，辽宁大学出版社2007年版。

二、思考与练习

1. 从词的文体个性出发,试谈词在选字炼字方面的主要特点。
2. 什么叫意象?意象与物象或意境有什么不同?
3. 试以某一种具体意象为例,看其在诗中和在词中的不同特点。
4. 试以宋代某一词人为例,对其词中反复出现的字面或意象进行统计,然后分析这种现象与其创作风格之间的关系。
5. 通过考察诗、词、曲中某些共用意象的流变,体味词的文体个性。

第八章 | 阅读与欣赏

与《诗经》、楚辞、汉赋等相比,宋词还是比较好读的。它与时事的联系不是那么直接,涉及典章制度也较少,再加上词注重兴发感动、长于"空中传恨"的抒情特点,这些都使得词成为最好读、最能给人以直接感动的文体。所以很多人会有一种经验,在自己很小的时候,甚至还不能完全认得词中生字的时候,就因为读了李后主或李清照的某一首词,感动了当时幼小无知的心。这是可能的。龚自珍《己亥杂诗》中有一首这样写道:

> 词家从不觅知音,累汝千回带泪吟。
> 惹得而翁怀抱恶,小桥独立惨归心。

诗后自注说:"吾女阿辛,出冯延巳词三阕,日日诵之,自言能识此词之旨,我竟不知也。"按:龚自珍没有说明他的女儿阿辛所读的是冯延巳的哪三首词,但己亥年(1839年)前后正是张惠言《词选》风行的时候,《词选》选冯延巳《鹊踏枝》三首,即"六曲阑干偎碧树"、"谁道闲情抛弃久"、"几日行云何处去"三首;龚自珍诗中"小桥独立"云云,当即本词中"独立小桥风满袖"之句,据此可知,阿辛所爱读的冯延巳之三阕,即此三首《鹊踏枝》也。一个女孩子就能体悟冯延巳词的旨趣,说明词还是比较好读的;但博学敏感的龚自珍却说他"竟不知"冯词的旨意,则又说明词也又比较难读的。而且,词之难读或难解,又与诗不同,即其难处不在文字词句的艰深,而在于旨趣的无定指性。俞平伯先生在《清真词释序》中曾说:读词与诗不同,"满纸花红柳绿的字面,使人迷眩惊奇。有一些词似乎怎么读都成,也就是怎么读都不大成"❶。这种"怎么读都成,怎么读都不大成"的感觉,也许是欣赏词的过程中特有的

---

❶ 俞平伯:《论诗词曲杂著》,上海古籍出版社1983年版,第579页。

感觉。这是因为"词之为体,要眇宜修",它不像诗的题旨那么确定不移,也不像散曲那般穷形尽相,而是专长于表现幽约怨悱之情、低回要眇之致。过去词论中讲词的创作要"立足于诗、曲之间","上不似诗,下不似曲",看来在阅读和欣赏过程中,也要有准确的定位,即把词当词来读,而不是把词当作诗或曲来读。

为了更好地欣赏宋词,也需要一些知识的准备。这里所说的"更好地欣赏宋词",有几层意思。一层是说,欣赏有深浅之别。一般的阅读欣赏,可能只是浅层的、表层的感知,有了充分的知识准备与审美积淀之后,感知的程度就加深了,欣赏层次就提高了。另一层意思是说,欣赏也有为己的和为人的两种。所谓为己的,就是阅读欣赏者只为了个人的感受,一个人读词,为之愉悦,为之悲伤,为之悄焉动容,为之低回要眇,因此而获得心灵与感情的慰藉,就达到了欣赏目的。所谓为人的,就是把自己对词的感受与体会说给别人,写成鉴赏性文章,让文化水平稍低的读者,借助于鉴赏文章,也得到一种深化或提升。当然,还可以有第三层意思,即是正误之别。有人因为不熟悉词的格律,不了解一些基本手法或意象,也会郢书燕说或刻舟求剑,造成误解。虽然谭献有"作者之用心未必然,读者之用心何必不然"的说法,作为读者还是应尽可能探求作者原初之用心。因为以上说的这些原因,即为了使我们的欣赏更深入一些、层次手眼更提高一些,为了能够把我们的欣悦与悲哀用语言或文字传达出来,与别人一起分享,或者是为了避免在欣赏中发生一些可能的错误,我们就要读一些相关的书,在知识的积累、能力的训练与素质的提升方面,做一些必要的前期准备。欣赏,当然是一种能力;欣赏能力的高低强弱,也是人的素质的一种表现。但这种能力和素质的养成,也需要一定的知识为前提。

当然,我们这里介绍的一些书目,不是从文献学的角度来决定去取和加以介绍的,而是为了通过这些书籍,为我们建构一个相对完整、以够用为度的欣赏宋词的知识结构。因为考虑到读者诸君的兴趣爱好不同,起点也有所不同,当然会尽可能宽泛一些。另外,我们所介绍的欣赏方法与揭示的注意事项,也尽可能结合词的文体个性,结合宋词欣赏中的常见问题,以便使读者诸君少走一些弯路。

第一节　观千剑而后识器

刘勰《文心雕龙·知音》指出:

> 凡操千曲而后晓声,观千剑而后识器。故圆照之象,务先博观。阅乔岳以

形培嵝,酌沧波以喻畎浍;无私于轻重,不偏于憎爱,然后能平理若衡,照辞如镜矣。

按:《文心雕龙》中的《知音》一篇,是谈文学批评与鉴赏的一篇专论,这一段话也是经常被引用的经典论述。"圆照之象,务先博观",是一个根本性的命题,就是说要想客观全面地分析评价一篇作品,首先要广泛大量地阅读各种作品。《太平御览》引桓谭《新论》曰:"成少伯工吹竽,见安昌侯张子夏鼓瑟,谓曰:'音不通千曲以上,不足以为知音。'"这是"操千曲而后晓声"的来源。又《意林》引桓谭《新论》曰:"杨子云工于赋,王君大习兵器。余欲从二子学。子云曰:'能读千赋则善赋。'君大曰:'能观千剑则晓剑。'谚曰:伏习象神,巧者不过习者之门。"这是"观千剑而后识器"的来源。刘勰把这两句用于文学批评,意思是说,大量地阅读作品,自然会提高鉴赏能力;而且也只有通过大量的阅读作品,才能提高鉴赏能力。下面又说,见了大山,就知道小山之为小;见了大海,就知道田亩间的小沟之不足道;也是比喻只有广泛阅读大量作品,才能通过比较分辨个别作品成就的大小,而不会产生偏见。刘勰讲的是关于文学作品批评与鉴赏的"大道理",但对于词的阅读与欣赏来说也同样是如此。

谈到立足作品、面对作品的重要性,这里想介绍宋代大学者朱熹的一段话。《朱子语类·论读书》一节说道:

> 曾见有人说《诗》,问他《关雎》篇,于其训诂名物全未晓,便说"乐而不淫,哀而不伤"。某因说与他道,公而今说《诗》,只消这八字,更添上"思无邪"三字,共成十一字,便是一个《毛诗》了。其他三百篇,皆成渣滓矣。因忆顷年见汪端明说,沈元用问和靖(尹焞):"伊川《易传》何处是切要?"尹云:"体用一元,显微无间,此是切要处。"后举似李先生,先生曰:"尹说固好,然须是看得六十四卦三百八十四爻都有下落,方始说得此话。若学者未曾仔细理会,便与他如此说,岂不误他。"某闻之悚然。始知前日空言无实,不济事。自此读书,益加详细云。

朱熹说这一段话时,距现在已有八百多年了,可是我们现在仍然会"闻之悚然",因为现在大学、中学的学生,往往只会背诵老师教的、教科书上写的一些"中心思想"、"艺术特色"之类的话,而对于作品却仅是一知半解,甚至根本不去用心读作品。久而久之,因为他从来没有从作品中获得过审美享受,因此也就失去了读作品的兴

趣,当然更无从谈到鉴赏力的提高了。周振甫先生《文章例话》开篇第一节"仔细理会",先引述了以上朱熹的一段话,然后解释说:

> 读过一篇文章或一部书,要能够用极扼要的话,把这篇文章或这部书的主旨或精神或特点说出来,这才是真有体会。……这样说有两种情况,一种是读者确实读了一部书或一篇文章,了解了全书或全篇的命意,有了体会,才作出了这样高度概括的话。一种是读者虽读了一部书,但没有全部了解,甚至对一篇文章中有些字句,还不会解释,只是鹦鹉学舌地说那些高度概括的话,好像很有体会,那是自欺欺人。假使老师以此为教,让学生也以此为学,那就会误人子弟。❶

周振甫先生的话说得很平实,阐发的道理却很深刻,对于当前流行"文化快餐"的阅读风气尤有针砭意义。对于一个读者来说,如果他通过阅读作品,形成一定的看法,无论是浅见乃至偏见,都是值得肯定的。因为那是他自家体会出来的,与他的看法相联系的,是来自具体作品的感性信息,他品尝过、体味过,所以在读与思的过程中,他已经受益了。相反,如果一些人不去看原作,只知道从教科书或听课笔记上抄撮一些"词之为体,要眇宜修"或"美人迟暮、惆怅自怜"之类的话,虽然是"经典",于他却无益处,因为他没有真感受。当王国维或叶嘉莹先生这样说时,他们是在反复吟味过冯延巳、李煜等人的词之后,在感性体验基础上所作的抽象概括。而当某个学生为了应付考试来背这些话头时,它就是干巴巴的甚至是拗口的八个字而已,与背诵者的审美体验没有一点关系。

为了对读者的阅读与欣赏有所助益,进一步熟悉词的艺术个性,提高欣赏能力,这里试开列一个简明的"宋词必读书目",并对每种书略加介绍。这些书可分为四类:一类是作品,即《全宋词》及其他重要的宋词选本;一类是词话,介绍《词话丛编》及几部重要的词话;一类是现代词学论著,在介绍这些论著的同时也适当介绍现代词学家及传承情况;最后一类是工具书。

一、《全宋词》及宋词选本

1.《全宋词》

《四库全书总目》"总集类"小序云:"文籍日兴,散无统纪,于是总集作焉。一则

---

❶ 周振甫:《文章例话》,中国青年出版社1983年版,第6—7页。

网罗放佚，使零章残什，并有所归。一则删汰繁芜，使莠稗咸除，菁华毕出。是固文章之衡鉴，著作之渊薮矣。"这里说的是总集的两种功能，也可以说是总集的两种形式，前一种意在求全，如《全唐诗》、《全宋词》之类，提供的是"著作之渊薮"；后一种意在选优，如《唐诗选》、《宋词选》之类，展示的是"文章之衡鉴"，现在一般分别称为全集与选集。

宋人词集的汇编丛刻始于南宋时期。如南宋时有《百家词》、《典雅词》、《六十家词》等。明代复有吴讷《唐宋名贤百家词》和毛晋《宋六十名家词》等。汇编一代一体文学作品的总集，始于清代康熙年间编集的《全唐诗》。自那时以来，明代以前的各代诗、词、文全集已基本齐备，明清两代的各体全集也都在编录过程中了。因为编集的过程也是一个订正讹误的过程，所以这既是清理文学遗产的一项重要工作，同时也关系到为广大读者提供一个阅读欣赏的最完备的作品总集的问题。

因为唐诗、宋词一向并称，所以既有了《全唐诗》，清人也想到了《全宋词》的编集工作。晚清时期陈廷焯在其《白雨斋词话》卷八中就有这样的记述："余友语余云：有《全唐诗》，不可无《全宋词》。有能为是举者，固是大观，且不患其不传也。"❶ 然而正因为这是一项"名山事业"，必然也是一项耗费时日与心血的大工程。唐圭璋先生成为现代词学宗师，与《全宋词》的编集工作当然是分不开的，但他也为此书付出了大半生的心血。

唐圭璋(1901—1990)，字季特，满族，出生于南京。1922年入东南大学，师从吴梅。先后任中央大学、金陵大学、南京师范大学教授。毕生致力于词学研究，以一人之力编纂《全宋词》、《全金元词》及《词话丛编》等巨著，为推进词学研究作出重大贡献。他于1931年着手《全宋词》的编集工作，1937年完成初稿，1940年由上海商务印书馆出版线装本。前有著名词学家夏敬观、吴梅二序，对《全宋词》的编集工作给予高度评价。中华人民共和国成立以后，唐圭璋先生应中华书局之约，对《全宋词》进行增补校订，改变了原来循《全唐诗》的"帝王、宗室居前，释道女流居后"的编排体例，并作新式标点断句。1959年新编本基本完成，中华书局又根据唐圭璋先生的建议，请王仲闻先生对全书进行订补、复核与增修，1965年由中华书局出版。新版本《全宋词》增补词人240余家，词作1400余首。其后，唐圭璋先生又根据新的发现，续有订补，并先后写成《订补附记》和《订补续记》，附于中华书局1979年重印本之后。

《全宋词》新版问世后，孔凡礼又从北京图书馆藏明抄本《诗渊》中补辑得宋代

---

❶ 陈廷焯：《白雨斋词话》卷八，《词话丛编》本，中华书局1986年版，第3961页。

词人141家(其中41家已见《全宋词》),词作430首,编成《全宋词补辑》,1981年由中华书局出版。

1999年,中华书局又将《全宋词》改版重印,由繁体竖排改为简体横排,改正了原版中遗留的若干错误,把《订补附记》和《订补续记》中有关订补的内容移到了原作相应位置,并将《全宋词补辑》一并录入全书之末。这是目前收录宋词最为完备的宋词全集。合计共收有姓氏可考的作者1493人,词作约21000首。❶

2. 宋词选本举要

选集的基本功能是删汰繁芜,选示精华,而不同时代与不同编者会有不同的审美观、价值观,也就会有不同的选择标准。从这个角度来说,历代编选的词的选集,可以视为历代编者词学观念的载体。它的序言、凡例或评点也许会直接表明编者的词品观;即便没有这些,它选录哪些人的词而不选哪些人的词,以及各人入选词的类别与多少,都会反映出编选者的艺术趣味乃至词学观念。对于词史的研究者来说,一部流行的词选也许会比一部词话具有更丰富的词学内涵。而对于现代读者来说,广泛浏览各种词的选本并加以比较品味,乃是对自己的欣赏视域进行"扩容"的有效手段。一般来说,过去的词人或词学家的选本往往具有偏嗜或别择,因为他有自己的见地或欣赏口味;而现代的一些选本往往会随人脚踵,风行草偃,人选我亦选,谈不上什么艺术标准。要想丰富我们的欣赏口味,提高欣赏能力,建议大家宁愿去看一些有偏嗜或别择的选本。即使你不喜欢芥末,被辣得呛一次也是一种阅历。

词选的编排方式一般有三种。一是以人编次,即把同一词人的作品编排在一起,如《花庵词选》、《绝妙好词》;二是以调编次,即把不同作者而同一词调的作品编排在一起,如《阳春白雪》、《花草粹编》;三是以类编次,即把同一题材或主题的作品编排在一起,如《增修笺注妙选群英草堂诗余》,前集分春景、夏景诸类,后集分节序、天文诸类。这里向大家推荐几种著名选本。

(1)朱彝尊、汪森《词综》。明清易代激活了词的艺术生命力,使清初词坛呈现出老树春深更着花的殊异景观。当时词坛,选本既多,且以大为尚。如邹祗谟、王士禛《倚声初集》,顾贞观、纳兰性德《今词初集》,蒋景祁《瑶华集》,以至康熙皇帝敕编《历代诗余》等,均以搜罗宏富、卷帙浩繁著称,词人词作动以千百计。而在这些词选中,朱彝尊、汪森选编的《词综》,投入的精力最多,在词史上影响也最大。

---

❶ 《全宋词》和《全宋词补辑》共收录宋词21055首,但其中有少量重出互见之作,故宋词实有作品必然不足此数。参见王兆鹏《词学史料学》,中华书局2004年版,第398页。

朱彝尊(1629—1709),字锡鬯,号竹垞,又号金风亭长、小长芦钓鱼师等,秀水(今浙江嘉兴)人。康熙十八年(1679年)以布衣荐举博学鸿词,授翰林院检讨。康熙三十一年罢归后,潜心著述。其诗与王士禛齐名,称"南朱北王";词与陈维崧并称"朱陈"。有《曝书亭集》等。汪森(1653—1726),字晋贤,号碧巢,祖籍安徽休宁,后为浙江桐乡人。康熙十年(1672年)入贡,官广西桂林通判,擢知郑州,未赴,丁忧归。著有《小方壶存稿》等。《词综》为唐、宋、金、元通代词选,全书36卷,计选词人650余家,词作2250多首,以词人时代先后为序,各家名下有小传,词后间附词话。这部词选的主要倾向可以归结为两点:一是在北宋词与南宋词两端并立的情况下偏重南宋词,二是在婉约与豪放两大体派对立的情况下轻忽豪放派。这两点融贯为词学主张,即标榜"醇雅",推尊姜夔。朱氏所撰《词综·发凡》称:"世人言词必称北宋,然词至南宋始极其工,至宋季始极其变,姜氏尧章最为杰出。"汪森所撰《词综序》中则云:"鄱阳姜夔出,句琢字炼,归于醇雅。"朱彝尊在《解佩令·自题词集》中声称:"不师秦七、不师黄九,倚新声玉田差近。"这既是《词综》的编选特点,也是浙西词派的宗法所在。有中华书局1975影印本,又有上海古籍出版社1978年印行的李庆甲校点本。

(2)张惠言《词选》。清代词学兴盛而流派众多,而且这些词派往往不像早期的词派那样是由后人勾勒出来的,而是出于理性的自觉构建。作为词派构成的要素,几乎每一个词派都有自己的理论标榜,同时又有一部作为创作追求规范载体的词选。张惠言选编的薄薄的一册《词选》,对于绵延百年的常州词派,即具有一种师垂典则、范示群伦的功能。

张惠言(1761—1802),字皋文,号茗柯,江苏武进人。嘉庆四年(1798年)进士,选为庶吉士,充实录馆纂修官。他在经学研究以及古文与词的创作方面,均有一定的成就与影响。《词选》是他于嘉庆二年在歙县金氏家教馆时所编,意在为金氏诸生提供一个学词的范本,全书仅2卷,录唐宋人词44家116首。卷首有张惠言自序,力主比兴寄托与意在言外,反对苟为雕琢曼辞。又于唐宋词人多有苛评,独推温庭筠为"最高",谓"其言深美闳约"。书中选温庭筠词也最多,凡18首,而柳永、吴文英等人则一首未选。不管张惠言是否想到日后构建常州词派,他的理论主张与批评实践事实上构成了对朱彝尊为首的浙西词派的反拨。浙派主"醇雅",重格调,而格调往往会流于空架子;张惠言及后来的常州词派则主寄托,重内涵,力图把推尊词体的努力转化为词人创作实践的自重自立。又浙派推尊南宋,标举姜(夔)、张(炎);张惠言则主张杜绝"杂流",扫清"门户",专宗五代北宋。因为他的这些主张产生于浙派流弊渐显之时,顺应了词坛风会的变化,所以似乎无心插柳地成为常州词派开宗立派的纲领。至于《词选》于唐宋词中仅选取116首,有人以为严,有人以为偏。陈廷焯《白雨斋词话》卷五说:"皋文《词选》,精于竹垞《词综》十倍。去取虽不免稍刻,而轮扶大雅,卓乎不可磨灭。古今选本,以此为最。"❶近代词学家陈匪石《声执》卷下亦称此书所选"无一首不可读,无一首有流弊",为"最善之选本"。❷ 实际上门户峻而隘,评人严而苛,即已难免偏执之讥。

张惠言《词选》的影响,不仅在于他通过选词与评词提供了一个学词的范本,更在于他创立了一种解读词的范式,那就是在标举风骚和比兴寄托的理论背景下,力图透过里巷风谣男女哀乐,去发掘贤人君子幽约怨悱不能自言之情。他继承了王逸评析《离骚》时"善鸟香草,以配忠贞;恶禽臭物,以比谗佞"的认知方式,字譬句解,节节比附,往往把寻常爱情词读成讽谕寄托之作。如说温庭筠《菩萨蛮》(小山重叠金明灭)的主题为"感士不遇",并认为下片"照花前后镜"四句"即《离骚》初服之意",这已不是求之过深的问题,而是南辕北辙,近于痴人说梦了。因为《词选》选词过严,入选词作太少,张惠言的外甥董毅曾编《续词选》二卷,后来刊本即往往把二书合刊。有《四部备要》本,又有江西人民出版社1984年出版校点本。

(3) 朱孝臧《宋词三百首》。在传统的宋词选本中,朱孝臧《宋词三百首》可称殿军。朱孝臧(1857—1931),字古微,号彊村,归安(今浙江湖州人)人。光绪七年进士,官至礼部侍郎。晚清著名词人,与王鹏运、郑文焯、况周颐并称"晚清四大家"。有词集《彊村语业》3卷等。《宋词三百首》初刊于民国十三年(1924年),其初选宋代词人87家,词作300首。嗣后再加删削,定稿入选词人82家,词作283首,并由唐圭璋笺注,书名亦改为《宋词三百首笺注》,上海神州国光社1931年印行,此即为通行之本。朱孝臧选词,以婉约浑成为旨归,于两宋词人则尊奉"前有清真,后有梦窗"之说。该书选周邦彦词22首。选吴文英词更多达25首,居各家之首,代表了近代词学的论词祈向。一方面是作为词的行家里手,以选择精辟著称;另一方面是不免偏嗜,于豪放词概加排斥。初稿时尚收入苏轼《念奴娇》(大江东去)一首,定稿时也删去了。在今日看来,不免偏颇。然而在20世纪编选的宋词选本中,仍属较有影响者。尤其是唐圭璋先生为加笺注之后,此书更为流行。上海古籍出版社1979年出版新一版,后又多次重印。

(4) 胡适《词选》。如果说1924年印行的朱孝臧《宋词三百首》是传统词选的殿军,那么上海商务印书馆1927年印行的胡适《词选》则可说是新派词选的开山。胡

---

❶ 唐圭璋:《词话丛编》,中华书局1986年版,第3889页。
❷ 唐圭璋:《词话丛编》,中华书局1986年版,第4964页。

适(1891—1962),字适之,安徽绩溪人。曾任北京大学校长,1949年赴美国。这是一部唐宋词选,按发展阶段分为六编。第一编选唐五代词人17家56首,第二编选北宋前期晏殊、欧阳修、张先、晏几道、柳永5家49首,第三编选北宋中期苏轼、秦观、黄庭坚3家50首,第四编选北宋后期至南渡初周邦彦、李清照、向镐、朱敦儒4家63首,第五编选南宋前期辛弃疾和陆游2家67首,第六编选南宋中后期刘过、姜夔、史达祖、刘克庄、吴文英、蒋捷、王沂孙、张炎8家65首,合计选词39家350首。词人名下有小传及简评,注释通俗简明。

在书前《自序》中,胡适阐述了他的词史观。应该说,胡适并不是"体制内"的词学专家,但他对文学现象的敏感与善于归纳概括的能力,使他能够在短时间内迅速把握词史的基本脉络,并且十分轻松地表述出来。他的《自序》和全书六编相呼应,使这部词选被纳入一个简明的词史框架中去。再加上他挟五四新文化运动的流风余韵,强调词的平民性,以"白话"易解为去取尺度,所选以明白晓畅、不用典的令词为主,这对晚清推尊吴文英的传统词学观构成一种冲击,并在词的普及层面产生了很大的影响。龙榆生在《论贺方回词质胡适之先生》一文中说:"自胡适之先生《词选》出,而中等学校学生始稍稍注意于词,学校中之教授词学者,亦几全奉此书为圭臬;其权威之大,殆驾任何词选而上之。"❶当然,这种影响还不仅是《词选》自身水平因素所致,胡适作为新文化运动的领袖,作为《尝试集》和《中国哲学史大纲》、《白话文学史》的作者,当然比朱孝臧等遗老词人更具有号召力。除商务印书馆1927年版本之外,另有东方出版社(北京)1995年版、河北人民出版社1999年版等。

(5)刘永济《唐五代两宋词简析》。由20世纪发端的现代词选,与古代词选相比,除保留作者小传及间附评语之外,在注释及简析两个方面均有所强化。这是因为过去词选的主要功能是教人学词之示范,读者的文化水平较高,不须饶舌;而现代词选的主要功能是供具有一般文化水平者阅读欣赏,故加强注析是为了取便读者。书名加"简析"或"简释",实际上还是词选。

刘永济(1887—1966),字弘度,湖南新宁人。民国初年居上海,常从著名词学家况周颐、朱祖谋问学,词学造诣很深。先后任东北大学、浙江大学、湖南大学、武汉大学等校教授。著有《宋代歌舞剧曲录要》、《微睇室说词》及《词论》等。《唐五代两宋词简析》原为他在武汉大学执教时的讲义。据"凡例"自称,是编意在将唐五代两宋词之主要流派,系统介绍给读者,遂使该词选具有明显的词史框架意义。全书选词分为九个流派:一、唐五代各家闺情词;二、变新词风作家李煜及开宋风气作家冯

---

❶ 原载《词学季刊》第三卷第三号,又见《龙榆生词学论文集》,上海古籍出版社1997年版,第304页。

延巳;三、宋初各家小令;四、发展词体作家苏轼及柳永;五、女词人李清照;六、柔丽派词人周邦彦及其同派各家;七、豪放派爱国词人辛弃疾及其同派作家;八、两宋通俗词及滑稽词;九、南宋咏物词。从这九个部分的名目次第来看,基本上涵盖了唐宋词史,故该词选事实上也就成为讲习唐宋词史的作品举例。这就使读者不是在孤立地欣赏某个词人的某篇作品,而是在欣赏词作的同时也熟悉了词史,或者是在熟悉词史的背景下更有利于词的欣赏。因为是以流派统系词人(其情形有如史家的纪事本末体),故有些词人的排列未必依时代先后。各词之下有注释和简析,用浅近文言。有上海古籍出版社1981年版本。

(6)唐圭璋《唐宋词简释》。该书共选唐宋词57家,232首。其价值主要不在选词,而在释词。因为唐宋时代去今已有千年之久,时光冲洗犹如大浪淘沙,一些绝妙好词犹如精金美玉,屡经品骘,早有定论。虽然这部《唐宋词简释》中不仅有脍炙人口的名篇,也有编者发掘出来的佳作,但这毕竟是少数,也不是编者用力之所在。前人选词注词,一般仅限于注释词中字句意义和典故出处等,目的只是让人读懂;唐圭璋先生则根据个人丰富的词学积淀,着力分析词之章法结构与艺术技巧,对读者深入把握词的艺术整体有很大的导引启示作用。唐先生在该书后记中说:

> 各家词之风格不同,一词之起结、过片、层次、转折,脉络井井,足资借鉴。词中描绘自然景色之细切,体会人物形象之生动,表达内心情谊之深厚,以及语言凝炼,声韵响亮,气魄雄伟,一经释明,亦可见词之高度艺术技巧。

这显然也正是唐先生释词的着力点。当然,这种评释也有赖于唐先生作为词学家的厚重积累和作为词人的艺术禀赋,否则即使心向往之也难达到此种境界。这对于传统的选本或笺注之学构成一种超越,而对于培养读者的欣赏能力则大有裨益。故此书出版后,受到词学界的高度评价。有上海古籍出版社1981年排印本。

(7)沈祖棻《宋词赏析》。沈祖棻(1909—1977),字子苾,别署紫曼、绛燕,祖籍浙江海盐,出生于苏州。1934年毕业于中央大学,曾任金陵大学、武汉大学等校教授。现代著名词人。有词集《涉江词》等。其《宋词赏析》和《唐人七绝浅释》二书,生前皆未印行。沈祖棻先生1977年因车祸去世后,由其丈夫程千帆先生整理出版。《宋词赏析》分为前后两部分。第一部分题为《北宋名家词浅释》,共分析北宋范仲淹、张先等12位词人的45首词作。这是她在武汉大学时为青年教师和研究生讲宋词时的讲课笔记。第二部分为《姜夔词小札》及《张炎词小札》,原是她读四印斋刊本《双白词》时所加批语,由程千帆录出编成。最后附录她的词学论文三篇。沈祖棻是一个有很高造诣的词人,她的《涉江词》受到老一辈词人汪东等人的高度评价。正因为她有自己创作甘苦的体验,所以对宋词作品的分析能够深入浅出,入情入理,所谓心能体悟而又口能言之,这是诗词欣赏中一种颇难企及的境界。吴世昌先生对此亦深表叹服。他说:"在当代旧诗词作家之中,她的作品是出色当行,以深知此中甘苦的慧业词人自己来赏析宋词,自必有他人所不及的独到之处。因此,我们能读到她的讲解宋词的遗著,是深可欣幸的。"❶读者诸君要想学会自出手眼地欣赏宋词,这是一本最合适的读物。有上海古籍出版社1980年排印本。

(8)上海辞书出版社《宋词鉴赏辞典》。上海辞书出版社组织编写的《唐宋词鉴赏辞典》,共收唐、五代、两宋及辽、金327位词人的词作1518篇,1988年分上下册印行。后来因人们习惯以唐诗、宋词、元曲并举,乃应读者要求,从原书中辑出宋、辽、金286位词人词作1294篇,书名亦改称《宋词鉴赏辞典》,于2003年印行。这可以看作一部大型的宋词选本,两宋及金词中的名篇佳作,基本上已荟萃于此,其搜罗的范围与规模超过以往各种宋词选本。对于一般读者来说,如果不是专门研究宋词,手此一编也就足够了。从另一角度来看,这又是一部宋词鉴赏文章的合集。参与撰稿的作者200余人,虽不尽为词学专家,而词学专家却大都被网罗进作者队伍。在20世纪80年代,各位作者的撰稿态度无不精益求精。再加上出版社增加了多道审稿校改程序,应该说在同类出版物中,该书的编写质量还是比较高的。正文后所附词人小传、宋词书目、词学名词解释、词牌简介和名句索引等,也是全书的重要组成部分,对于读者建构必要的知识体系,免除翻检之劳,都很有帮助。

二、《词话丛编》及词话举要

词话是词论、词评的一种重要形式,其立名当自诗话而来。诗话、词话之"话",与神话、童话之"话"同,亦与话本之"话"同,本来皆指故事,故早期诗话如欧阳修《六一诗话》,以及早期的词话如杨湜《古今词话》等,皆以讲述诗词创作本事为主,后来才逐渐演变成为一种短小、即兴的文艺批评形式。进入明代之后,词话作为一种词学批评形式已经得到普遍认可,以词话名书也就十分自然了。及至清代,词的中兴带动了词学批评的繁盛,词话专书多至数以百计。《词话丛编》就是唐圭璋先生在历代词话基础上辑录的选本。

1.《词话丛编》

《词话丛编》起初与《全宋词》编集工作同时开始,1934年先于《全宋词》成书,共

---

❶ 吴世昌:《漫谈〈小山词〉用成句及其他》,《光明日报》1987年7月21日。

收词话60种,线装24册。因个人财力不足,仅印200部,当时限于旧式体例,未加标点,且付印仓促,差误亦多。自1959年起,唐圭璋先生对《词话丛编》进行校改与增补,新增词话25种,使全书所收词话总数达到85种。这些词话从原书形态来说可以分为刊本与辑本两种。一种是原来即独立成书的词话专著,如张炎《词源》、杨慎《词品》等,称刊本。另一种是原来并非独立的词话著作,而是后人据某一词家的别集、诗话、笔记或词选辑录而成,称辑本。如张侃《拙轩词话》即采自张氏别集《拙轩集》,周密《浩然斋词话》即采自笔记《浩然斋雅谈》,而清人先著《词洁辑评》则是从《词洁》选本中辑录其评点语而成。《词话丛编》搜罗宏富,检阅方便,要研究中国词学史,考察历代词家对某一词人、流派的评价,《词话丛编》应为必备之书。另有朱崇才编纂《词话丛编续编》,人民文学出版社2010年版;葛渭君编纂《词话丛编补编》,中华书局2013年版。

或曰:吾辈只想欣赏宋词,并不想研究宋词,面对宋词文本,能读懂即可,何必要看历代词话这些劳什子,劳心费力,窒塞性灵,难道要把我们这些宋词爱好者也变成三家村学究么? 其实不然,要想进一步熟悉词的文体个性与审美特点,掌握欣赏词的角度、思路与方法,以及常用的批评术语,从而提高我们的手眼与境界,读一些词话还是大有裨益的。高水平的词学批评家大都是敏感多情的慧心之人,他们的词话往往是至性真情之荟萃,只要不是木石心肠,读他们的词话,至少也会沾染一些聪明才智,使我们的心地变得更柔软、更富于弹性。

2. 词话举要

《词话丛编》所收录的85部词话,因为处于词史发展的不同阶段,产生于不同的文化语境,往往具有各自的时代特色。经过比较筛选,建议重点阅读以下几种词话。

(1)张炎《词源》。张炎(1248—1320?),字叔夏,号玉田,又号乐笑翁。先世西秦(今陕西凤翔)人,寓家于浙江杭州。高祖辈张镃、张鉴,皆为词人,为姜夔词友。张炎为南宋后期著名词人,著有《山中白云词》8卷,因与姜白石并称"双白"。《词源》为其晚年所作,以"词源"为名,盖有追溯词统、正本清源之意。此书分上下二卷。卷上从"五音相生"至"讴曲旨要",共14则,主要谈词的乐律。卷下16则,主要谈词的风格及作法。这是宋代最具理论色彩的一部词话,在中国词学史上亦具有里程碑意义。他的主要词学主张可以概括为两点。一是主雅正。这是对词的总体要求,所谓不可为情所役,不可为豪气词等等,看来尤指婉雅和平的创作心态与创作风度。二是主清空。清空是在雅正基础上的更高要求,是内容与形式统一的审美标准。在张炎看来,词人中最符合这一审美标准的就是姜夔。他说:

> 词要清空,不要质实。清空则古雅峭拔,质实则凝涩晦昧。姜白石词,如野云孤飞,去留无迹。吴梦窗词,如七宝楼台,炫人眼目,碎拆下来,不成片段。此清空、质实之说。

他还说:

> 白石词如《疏影》、《暗香》、《扬州慢》、《一萼红》、《琵琶仙》、《探春》、《八归》、《淡黄柳》诸曲,不惟清空,又且骚雅,读之使人神观飞越。

"清空"之论,是偏重于意境的审美要求,是"二十四诗品"所范围不了的,因而也可以说是词体特有的审美境界。元代陆行直《词旨》有云:"清空二字,亦一生受用不尽,指迷之妙,尽在是矣。"但是张炎把词的审美境界之一变成唯一,排斥其他的风格境界,在理论上亦有偏颇。

(2) 王世贞《艺苑卮言》。王世贞(1526—1590),字元美,号凤洲,又号弇州山人,太仓(今属江苏)人。明嘉靖二十六年(1547年)进士,官至南京刑部尚书。明代著名文学家,著有《弇州山人四部稿》等。《艺苑卮言》是一部文艺理论著作,全书12卷。其中正文8卷,论诗歌与古文,附录4卷论词、曲、书、画。后人抽出其中论词部分凡29条,题为《弇州山人词评》,刊行于世。唐圭璋先生收入《词话丛编》,仍以《艺苑卮言》为书名。王世贞主要是诗人,词乃其诗文余事,但也似乎正因为他是以"票友"姿态出现在词坛上,所以他敢于摆脱明道、宗经、征圣的诗教文统,大胆强调词的艺术个性。他说:

> 词须婉转绵丽、浅至儇俏,挟春月烟花,于闺襜内奏之。一语之艳,令人魂绝;一字之工,令人色飞,乃为贵耳。至于慷慨磊落,纵横豪爽,抑亦其次,不作可耳。作则宁为大雅罪人,勿儒冠而胡服也。

这种坦率通脱的词品观及其表述方式,也许只有在明代后期的文化背景下才可能出现,不像后来清代的一些词学家,为了推尊词体而不惜放弃词的艺术个性,说些正大堂皇而言不由衷的道理。没有毛病,但也没有生气。

(3) 刘熙载《词概》。刘熙载(1813—1881),字伯简,号融斋,江苏兴化人。清道光二十四年(1844年)进士,官至广东提学使。晚年主讲龙门书院十余年。著有《古桐书屋六种》及《艺概》等。《艺概》6卷,分《文概》、《诗概》、《赋概》、《词曲概》、《书概》、《经义概》六种。前四种分论各体文学,《书概》专论书法,《经义概》论经文和八股文作法。《词话丛编》将《词曲概》中论词部分裁篇别出,题为《词概》。凡115则,前5则为总论,中间45则评论唐宋金元词人词作,后62则论述词的章法技巧。该书对词的艺术个性有深刻理解与精到表述。如谓:"温飞卿词精妙绝人,然类不出乎绮怨。韦端己、冯正中诸家词,留连光景,惆怅自怜,盖亦易飘飏于风雨者。"所谓"绮怨",正是词的审美特点,今人谓之"美丽的感伤"。而所谓"留连光景,惆怅自怜",亦可谓词(尤其是晚唐北宋词)中最常见的主题与境界。又如说:"齐梁小赋,唐末小诗,五代小词,虽小却好,虽好却小,盖所谓儿女情多,风云气少也。""虽小却好,虽好却小"八字,只是四个字颠来倒去,却把对词既爱不能舍又不无遗憾的心理表现得极其准确。其评论各家词,亦绝不作浮泛之论。如评柳永云:"耆卿词细密而妥溜,明白而家常,善于叙事,有过前人。惟绮罗香泽之态,所在多有,故觉风期未上耳。"其难能可贵的是,对于豪放与婉约两大体派,以及其他风格流派之辨析,多通脱持平之论。如论南宋辛弃疾与姜夔二家则说:"白石才子之词,稼轩豪杰之词,才子豪杰,各从其类爱之,强论得失,皆偏辞也。"由于该书见解既精辟,用语又清隽传神,所以在晚清词学界颇受推崇。冯煦《蒿庵论词》曰:"兴化刘氏熙载所著《艺概》,于词多洞微之言,而论东坡尤为深至。"沈曾植《菌阁琐谈》谓:"止庵(周济)而后,论词精当,莫若融斋。涉览既多,会心特远,非情深意超者,固不能契其渊旨。"有上海古籍出版社1978年所出校点本。

(4)况周颐《蕙风词话》。况周颐(1859—1926),原名周仪,避末代皇帝溥仪讳,改名周颐,字夔笙,号蕙风,广西临桂(今桂林市)人。光绪五年(1878年)举人,入为内阁中书,后以知府衔外调,先后充任两江总督端方和两广总督张之洞幕僚为舍人,晚年居上海以终。著有《蕙风词》和《蕙风词话》等。况周颐先著有《香海棠馆词话》、《玉梅词话》和《餐樱庑词话》三种,晚年合订为《蕙风词话》5卷,由其门弟子赵尊岳于1924年刊行。卷一重在论词的作法和对词的鉴赏批评,具有词体概论性质,以下4卷则大致依时代先后,评说唐五代至清人词。又《续编》2卷,是唐圭璋先生从况氏其他著述中辑录论词之语编成。况周颐一生从事词的创作与评述,对前代词学多有继承,遂使其词学带有体大思精的集大成性质。其论词以"重、拙、大"为标榜,意在为晚清词坛补偏救弊,若离开特定词学背景,或不足以作为词的本色理论。但他论词心、词境、词格,皆有颖悟自得之处。如卷一"人静帘垂,灯昏香直,窗外芙蓉残叶飒飒作秋声"一段,"吾苍茫独立于寂寞无人之区,忽有匪夷所思之一念,自沈冥杳霭中来"一段,化直述于描写,把词心词境的探讨与个人的情感阅历结合起来,说得亲切有味。评论各家词亦往往结合具体词作,洞悉幽微,如卷二论晏几道《阮郎归》"殷勤理旧狂",说是"五字三层意"。似此之类,读之有助于提高欣赏能力。有人民文学出版社1960年出版王幼安校订本。

(5) 王国维《人间词话》。王国维(1877—1927),字静安,号观堂,浙江海宁人。晚清诸生。曾任北京大学通讯导师,清华大学研究院教授。著有《观堂集林》、《观堂别集》等。王国维因曾受清废帝溥仪授予的"南书房行走"一职,其自沉于颐和园昆明湖又一度被说成是殉清之举,不少工具书也把他列入"古代卷",所以他的形象带有很浓的封建遗老色彩。其实在现代文艺思想史上,王国维的《红楼梦评论》和《人间词话》等著作,都具有开风气之先的意义。《人间词话》标举"境界"作为评词的重要美学范畴,又把境界分为写境与造境、有我之境与无我之境等等,摆脱传统词学的话头而另辟新境,其功甚伟。即使传统的体性论,他也表述得更为深切。所谓"词之为体,要眇宜修。能言诗之所不能言,而不能尽言诗之所能言。诗之境阔,词之言长",早已成为现代研治词学者耳熟能详的经典之论。有人民文学出版社1982年重印的王幼安校订本。

三、现代词学论著

本节叙录书目,均为现当代学者所著,主要包括两种类型:一为专门的词学著作,其中当然也包括词史类;二为部分老一辈词学家的词学论文集。把这些论文集也列入书目,带有以书存人,以人带词学常识及词林掌故的动机。笔者认为,熟悉当代知名词学家,以人名为关键词向外扩散,凝聚散珠碎玉,亦为知识、能力与素质建构的一种重要手段。同时也因为这个原因,某一位词学家即使写了好几部重要的词学著作,这里也只择取一部加以介绍,其他著作必要时附带提及。

1. 夏承焘《夏承焘集》。夏承焘(1900—1986),字瞿禅,又作瞿禅,号瞿髯,浙江温州人。1918年毕业于温州师范,1925年开始专攻词学。长期任教于浙江大学、杭州大学。兼任《词学》主编,中国韵文学会名誉会长。

该集汇集了夏承焘先生的主要著作。吴战垒所作"前言"中称,夏先生的学术建树主要表现在六个方面:一是开创词人谱牒之学,代表作为《唐宋词人年谱》;二是对词的声律和表现形式的深入研究,代表作为《姜白石词集编年笺校》;三是词学论述,先后有《唐宋词论丛》、《月轮山词论集》等论文集;四是诗词创作;五是治词日记,即生前曾陆续发表的《天风阁学词日记》;六是培养人才,传词学一脉之高足即吴熊和先生。《夏承焘集》共8册,由浙江古籍出版社和浙江教育出版社联合出版。第一册为《唐宋词人年谱》;第二册包括《唐宋词论丛》、《月轮山词论集》、《瞿髯论词绝句》、《唐宋词欣赏》;第三册包括《姜白石词编年笺校》、《龙川词校笺》、《宋词系》;

第四册包括《天风阁诗集》、《天风阁词集》前后编；第五册至第七册为《天风阁学词日记》，第八册为《词学论札》。读者可以根据个人兴趣，选读其中部分篇章。

2. 唐圭璋《词学论丛》。唐圭璋先生的生平已见前关于《全宋词》的介绍。《词学论丛》是他毕生论词的单篇论文的结集。全书分辑佚、考证、校勘、论述四大部分，末附作者自撰《梦桐词》。论述部分共收34篇文章，论及唐宋及清代数十位词人词作，对提高读者的阅读、欣赏能力有启示作用。尤其是《论词之作法》长文，对词的字法、句法和章法进行深入细致的列举分析，本为教人作词，而知词之作法则可通于词之读法，既可提供品赏角度，又可积累评赏语汇，尤应细读。另外如《温韦词之比较》、《李纲咏史词》、《论梦窗词》等文，亦多有创获，读之亦可提高手眼与识力。有上海古籍出版社1986年版本。

3. 龙榆生《词曲概论》。龙榆生(1902—1967)，名沐勋，江西万载人。现代著名词学家，朱孝臧私淑弟子。主要著作有《龙榆生词学论集》等。《词曲概论》原是作者生前在大学任教时的讲稿，作者去世后，经富寿荪整理校勘，1980年由上海古籍出版社出版。全书分上、下两编：上编十章，主要探讨词曲的起源，论述词曲的发展和演变，介绍唐宋词、元曲、明清传奇重要作家的艺术成就和作品的思想内容，并评价这些作家、作品在文学史上的地位和影响。下编六章，着重探讨声韵对词曲的作用，根据同声相应、异音相从和奇偶相生、轻重相权诸法则，广举例证，阐明词曲中平仄四声的安排、韵位的疏密和平仄转换对表达思想感情的关系。❶

该书的价值尤在下编。上编各章中论词曲的发展与嬗变，虽然也有作者的生平研究心得，而近数十年来新问世的词史、散曲史等等，即使说不得后出转精，至少在材料的丰富翔实与论述的细密程度上已有过之，而下编各章所论述的内容，如《论平仄四声在词曲结构上的安排和作用》、《韵位疏密与表情的关系》、《韵位的平仄转换与表情的关系》等等，近数十年来几乎无人提起，仿佛斯人一去，此话题亦如《广陵散》成为绝响了。而这一方面也许恰恰是作者当年从朱祖谋、况周颐问词受业时的真传所在。词毕竟是"倚声之学"，节奏与声情的关系也正是作词者与读词者都必须面对的基本命题。对于一般读者来说，也许一下子很难理解为何句脚字多用仄声，就往往会构成一种拗怒的情调，吟唱起来就要发生一种激越凄壮的感觉。❷ 但这不妨事。一方面，作者在文中提供了不少词作可供我们尝试；另一方面，即使尝试了没有找到感觉，而有了从节奏体会声情的意识也是好的，在此后阅读与

---

❶ 龙榆生：《词曲概论》，上海古籍出版社1980年版，卷首"出版说明"。
❷ 龙榆生：《词曲概论》，上海古籍出版社1980年版，第109页。

欣赏的实践过程中,这方面的能力会渐渐培养起来的。作者另有《龙榆生词学论文集》,为作者词学论文之结集,上海古籍出版社 1987 年出版。其中《论平仄四声》、《令词之声韵组织》、《填词与选词》等篇,亦与上述话题相关。又有《词学十讲》,原名《倚声学》,是作者在上海戏剧学院讲授词学的讲稿,经整理后 1988 年由福建人民出版社出版。其中有些部分与《词曲概论》交叉,亦可参看。有上海古籍出版社 1980 年版本。

4. 俞平伯《论诗词曲杂著》。俞平伯(1900—1990),原名俞铭衡,浙江德清人。1919 年毕业于北京大学,历任燕京、清华、北大教授,中国社会科学院文学研究所研究员。以研究《红楼梦》著名,于词曲亦为专长,尤精于考辨与鉴赏。1934 年由开明书店出版《读词偶得》,1948 年由开明书店出版《清真词释》,1962 年完成《唐宋词选释》(1979 年由人民文学出版社出版)。晚年编成论文集《论诗词曲杂著》。其中除《读词偶得》与《清真词释》外,还有词学论文 14 篇。作者长于诗词写作,故评赏时往往别具会心,时有新见。《略谈诗词的欣赏》一文主张用反复吟诵的方法来欣赏诗词,对今日之读者亦具有指导意义。有上海古籍出版社 1983 年版本。

5. 詹安泰《詹安泰词学论稿》。詹安泰(1902—1962),字祝南,号无盦,广东饶平人。长期任中山大学中文系教授,致力于古典诗词研究。著有《宋词散论》等。《詹安泰词学论稿》为其遗著,由汤擎民整理。分为上下两篇(编)。上篇《词学研究》具有"词学概论"性质,写于 20 世纪 40 年代初,原分十二章,今仅存论声韵、论音律、论调谱、论章句、论意格、论寄托、论修辞七章。其中"论寄托"一章,被词学界推为现代词学界探讨"寄托说"的标志性成果。"论修辞"一章将词中繁富多变的修辞手法归纳为配置辞位、表现声态、增扩意境、变化本质四大类,每一类下再分若干种修辞方式,每种修辞方式下再分若干辞格。对于培养词的欣赏能力,亦有重要启示作用。下篇《宋词研究》是 20 世纪 60 年代初写的讲义,作者力图运用当时新的文艺理论、观点和方法对宋词作出新的评价,今日看来则不免受时代之局限。而其中关于宋词风格流派的探讨,试图突破传统的婉约、豪放的二分法,把宋词分为真率、疏快、婉约、奇艳、典丽、豪放、骚雅、密丽等八种风格流派,使这一论题由粗糙把握推进为逼近考察,有积极启发作用。有广东人民出版社 1984 年版本。

6. 缪钺《诗词散论》。缪钺(1904—1994),字彦威,室名冰茧庵,江苏溧阳人。1924 年北京大学肄业,先后在多所大学任教,去世前为四川大学历史系教授。兼长文史之学,著述以史学、词学为多。晚年与叶嘉莹合作,著有《灵谿词说》、《词学古今谈》。论文结集有《冰茧庵丛稿》等。《诗词散论》是作者早年的论文集,共收论文 11 篇,其中与词相关的论文为:《论词》、《论李易安词》、《论辛稼轩词》、《论姜白石之文学批评及其作品》,以及《王静安与叔本华》。此书 1948 年由上海开明书店刊行,其后有台湾开明书店 1953 年版、香港太平书局 1962 年版。从篇幅来说,这只是一本数万字的"小册子",但在学术界却成为广受赞誉的"常销书"和"畅销书"。其情形与闻一多《唐诗杂论》有点相似,但不是像闻一多那样以诗化思维和诗化语言取胜。《诗词散论》犹如一件艺术品,它语体渊雅,文词修洁,精粹而无雕琢感,从容而不散漫。它的价值不在于提出了多少了不得的见解,而是在所论及的每一个话题上,都在博观约取的基础上达到一种经典化的极致。读这样的文章,贪大求多、下笔不休的人会懂得节制,语言芜杂、泥沙俱下的人会稍有检束。从这个角度来说,它又具有一种文章轨范的功能。有上海古籍出版社 1982 年印行增订版。

7. 郑骞《景午丛编》。郑骞(1906—1991),字因百,祖籍铁岭,后入北京籍。毕业于燕京大学,先后任教于燕京大学和暨南大学。1948 年去台湾,历任台湾大学等校教授,主要从事诗、词、曲教学与研究。台湾研究词曲之学而卓有成就者,多出其门下。著有《从诗到曲》、《龙渊述学》等。《景午丛编》是作者研究诗词曲的论文集。书凡上、下二编。上编所收词学论文 21 篇,其中《词曲的特质》等 15 篇原见于作者另一论著《从诗到曲》(1961 年台北科学出版社出版),复增《成府谈词》、《漫谈苏辛异同》等 6 篇。下编收《白仁甫年谱》、《晏叔原系年新考》等 9 篇。有台湾中华书局 1972 年版本。

8. 吴世昌《罗音室学术论著》(第二卷)。吴世昌(1908—1986),字子臧,浙江海宁人。1935 年毕业于燕京大学国学研究所,曾在西北联大、中山大学、中央大学等校任教。1948 年应聘赴英国,任牛津大学高级讲师兼导师。1962 年回国,任中国社会科学院文学所研究员。著有《罗音室诗词存稿》,《词林新话》等。《罗音室学术论著》为作者学术论文之最后结集,第二卷为词学论文的专集,共收论文 27 篇。内容可分为四个方面:一是词学概说,有《我的词学观》、《论词的读法》等。二是词话评述,有《评白雨斋词话》、《评蕙风词话》等。三为词籍目录,有《清人词目录》等。四为读词札记,有《罗音室词札》等。吴世昌先生治学,"好究根究底,发前人所未见,抉微钩沉,辟新蹊以通幽,不拜倒在权威脚下,不迷惑于人云亦云。"❶在词学方面即往往有与众不同的见解。比如他认为宋代词史上从来就不曾存在过一个豪放词派,苏轼也不是豪放词派的创始人。苏轼存词 300 余篇,其中称得上豪放词的不过十来首,说苏轼属于豪放词派是"挂一漏三百"。后来又进一步把这种观点概括为"苏辛有词,豪放无派;豪放有词,苏辛无派"。他又对晚清词论家所标榜的"寄托说"痛加

---

❶ 参见吴世昌《词林新话》卷首吴令华《前言》,北京出版社 1991 年版。

驳斥,他认为这种说法会助长牵强附会,主观推论,不求词人本旨的风气。对谭献提出的著名命题"作者之用心未必然,而读者之用心何必不然",也加以深刻的嘲讽。他这种不从流俗,勇于标新立异的个性,也表现在对词人词作评价上,那就是对名家名篇并不一味叫好。如指出苏轼《水龙吟·杨花》拟人太过,辛弃疾《贺新郎·送茂嘉十二弟》用典不妥等等,均发前人所未发。他的一些词学观点未必能"站得住"或者为学界、为社会所接受,但这种勇于自出己见的学风,有助于词学健康活泼地发展。再加上他文风老辣,笔力恣肆,每有奇男子掉臂独行或白眼看青天神气,而绝无风行草偃的乡愿之态,读其文可增胆气。有中国文联出版社公司1991年版本。

吴世昌先生又有《词林新话》5卷,系相据他在一些词书上的眉批、夹注及手稿、书信中与词相关的片段整理而成,在学界习惯于平实内敛、四平八稳、进退俯仰、中规中矩文风的背景下,这也是一部奇书。读其书可以想见此老鄙夷一切、老气横秋的风度,能欣赏便是一种享受。

9. 叶嘉莹《迦陵论词丛稿》。叶嘉莹,当代著名女学者,古典诗词专家。满族,1924年生于北平(今北京市)。1945年毕业于辅仁大学,从顾随(羡季)学习唐宋诗词。五六十年代任教于台湾大学中文系,后入美国哈佛大学从事研究,1969年定居加拿大,为不列颠哥伦比亚大学亚洲学系教授。著有《迦陵论诗丛稿》、《迦陵论词丛稿》、《王国维及其文学批评》、《唐宋词十七讲》等。其融贯中西的治学方法,细腻自然的诗词讲疏,在国内外引起很大反响。

叶嘉莹的词学批评,最大特点是融贯中西,把中国的比兴寄托与西方的阐释学理论结合起来。这是由她独特的治学经历所决定的。在近现代词学流派中,她受王国维的影响很大。如仿前人作现代学案,叶氏当为海宁王静安学案中人。她具有知与情兼胜的禀赋,有着对人生痛苦索解的兴趣,对文学评赏又有一种希冀透过个人诠释整个人生的意念。她评说冯正中、大晏、欧阳诸家词,常说词中有一份深挚高远的追寻的情意,表现了人类千古共同的悲哀等等。这些都与王国维的文学批评方式相通相近。她与王国维唯一的不同点是,王国维重北宋而轻南宋,她则认为两宋词各有特色,不必轩轾。

叶嘉莹接受王国维的影响,又是通过她的老师顾随的讲贯熏陶而完成的。她曾从顾随听课达6年之久,顾随那种博学锐感、深造自得、左右逢源、唇吻调利的诗词评赏教学,包括一些观点的萌芽,都影响到叶嘉莹后来的研究特色。比如,顾随亦好探求诗人的寂寞心,对诗词中的"生之色彩"特别敏感而倾心。他说"冯正中,沉着,有担荷的精神","大晏有解决的办法",其"特色乃是明快"❶等等,这些直观感悟式的评点,到了叶嘉莹文中,就变成了擘肌析理的从容分说了。又如他说:"老杜的诗有时没讲儿,他就堆上这些字来让你自己生一个感觉。"又称晚唐李贺、李商隐、韩偓等人的作品"诗感好"❷,这其实就是叶嘉莹所谓"感性修辞",只不过叶氏把这种修辞现象从唐诗延伸到梦窗诸家词而已。

因为出国日久,叶嘉莹也从西方语言学及文学理论中有所借鉴。如索绪尔语言学中关于语序轴与联想轴的说法,诠释学的循环理论,俄国洛特曼符号学中语码与显微结构说,接受美学中读者之创造性背离与文本中所蕴含的可能潜力之说等等。然而她也并没有越过"中学为体、西学为用"的格局,她在海外汉学家中之所以能保持脚踏实地的自信,乃是因为她是在国内接受过完整的教育和训练之后才接触西方文论的。《迦陵论词丛稿》,有上海古籍出版社1980年初版本。

10. 吴熊和《唐宋词通论》。吴熊和(1934—2012),上海人。1955年毕业于华东师范大学中文系,随即考入浙江师范学院(即后来的杭州大学),师从词学大师夏承焘先生学词,研究生毕业后留校任教,历任杭州大学教授兼系主任,浙江大学文学院院长、博士生导师。吴熊和先生长期致力于词学研究,历来以功力深厚、学风严谨著称,是当代著名词学家。著有《唐宋词通论》和《吴熊和词学论集》等多种。《唐宋词通论》1985年由浙江古籍出版社初版,1989修订再版。数年内多次重印,先后获全国首届优秀古籍图书一等奖,浙江省社会科学研究优秀成果一等奖,在国内外学术界受到高度评价。全书共分七章,其中词源、词体、词调和词学四章,因为涉及词学的几大核心范畴,已足当一部"词学概论"。而词派、词论和词籍等三章,分别论述唐宋词的创作发展、词学理论和词学文献三个方面,才是狭义的"唐宋词通论"。故此书兼具两大功能与价值,一是对1980年代以前词学研究取得的成就作出总结性论述,推动了词学这门学科的理论化和系统化;二是对于唐宋词的发展和唐宋词文献进行了系统清理,并建构了一个简明扼要的唐宋词史框架。该书的出版,标志着二十世纪词学研究的发展水平。有浙江古籍出版社1989年修订版。

11. 杨海明《唐宋词史》。杨海明先生,1942年生于苏州。硕士生阶段在南京师范大学从唐圭璋先生学词。在唐宋词研究领域著述甚多。另有《唐宋词风格论》(上海社会科学出版社1986年版)、《唐宋词美学》(江苏教育出版社1998年版)等。《唐宋词史》全书14章。第一章为序论,先是从文体特征角度对唐宋词作整体观照,

---

❶ 《顾随文集》,上海古籍出版社1986年版,第739页。
❷ 《顾随文集》,上海古籍出版社1986年版,第733页。

认为唐宋词有三大特点:一是狭深文体和心绪文学;二是忧患意识和伤感色彩;三是南方文学和柔美风格。然后概括描述了唐宋词"由少到老"、"由春到冬"的发展轨迹。第二章至第十三章为分论,依次论述晚唐五代、北宋、南宋三大阶段各期各家词。第十四章为"余论",实际上是对词的审美特质的探讨,构成对第一章的补充。有江苏古籍出版社1987年初版本。

杨海明先生说词,虽其出于正统词学家之门而不用老话头,语言清脆流丽,善于化用流行话语,善于提炼词家特色而不失感性色泽。这从该书的一些标题中也能看得出来。如把南宋前期词坛分为三个音部,即"低音区——伤感词"、"高音区——愤慨词"、"尘外音——隐逸词",便若浑然天成。又如第十一章题为"被时代所召唤回来的'男子汉风格'——辛派爱国词",论姜夔词风而称之为"柳品和梅品的统一"等等,均自然而精当,有不可移易之感。此书偏重于晚唐五代和北宋,对南宋则除辛稼轩之外,论述较为简略。一方面这与著者重北轻南的词史观不无关系,然而轻重抑扬之间亦稍欠平衡。及至陶尔夫、刘敬圻合著《南宋词史》1992年由黑龙江人民出版社出版后,杨海明先生即每对学生坦言,关于南宋词,只要看陶、刘伉俪合著《南宋词史》就够了。

此外,杨海明先生的《唐宋词美学》,在数十年研治宋词的基础上加以整合升华,又善于运用传统词学术语揭示唐宋词特有的美学内涵,对于深入把握词的文体个性与唐宋词的人文精神,具有重要的启迪作用。

12. 邓乔彬《唐宋词艺术发展史》。邓乔彬先生,1943年生,广东珠海人。本科毕业于华东师范大学中文系,1978年复考入华东师大,师从词学家万云骏先生读硕士研究生,1981年毕业后留校任教。著有《吴梅研究》(1990),《有声画与无声诗》(1993),《唐宋词美学》(1993),《中国词学批评史》(合著,1994),《中国绘画思想史》(2001),《词学廿论》(2005)等。在当代词学家中,邓乔彬先生以涉猎广博、著述宏富著称。《唐宋词艺术发展史》以120万字的篇幅,把文献学、文艺学与文化学融为一体,可以说是邓乔彬先生长期从事词学研究的集成之作。与一般的唐宋词史相比,邓先生在词的艺术形式与艺术手法的发展方面,投入了更多的精力与篇幅,力图把当代词学较为忽略的图谱、音律、词韵、声调诸方面,融入词史发展的全过程。遂使传统的音韵谱律之学与当代学术擅长的美学、文化学有机地结合起来,使此书成为"旧学"与"新知"相得益彰的著作。

《唐宋词艺术发展史》,河北人民出版社2010年出版。

13. 刘扬忠《唐宋词流派史》。刘扬忠先生,1946年生,贵州人,1981年毕业于中国社会科学院研究生院,获硕士学位。曾任中国社会科学院文学研究所古代文学研究室主任。著有《辛弃疾词心探微》、《周邦彦传论》及《宋词研究之路》等专著多种。刘扬忠先生从事词学研究数十年,对两宋词坛名家及各流派源流路数熟稔于心,在这样的基础上撰著《唐宋词流派史》,故能驾轻就熟,举重若轻,有左右逢源之乐,无艰难劳苦之态。作者在重点考察词史上各群体流派兴衰嬗变的同时,力图展示唐宋词发展的立体景观,因此一方面强化对流派产生背景的词史框架的描述,另一方面尽可能把唐宋词史上卓然自树别开生面的词人牢笼其中,这就使得本书超出了一般的群体流派研究范畴,而兼具唐宋词史的意义与功能。如第四章第四节题为"笃守本色而又各树一帜的三位婉约词名家",分别讲述张先、秦观与贺铸,就显然有不囿于词派而来拾遗补缺的意味。又如第五章第四节题为"开径独行的女词人李清照"。李清照确是一位"独行"者,同时也是但开风气不立宗派,所以很难把她归并入任一流派中去。刘扬忠先生在处理这类"难题"时是体派兼收,力求完备。本来在两宋词坛上,有不少名家是开径独行,无群无派的,而在《唐宋词流派史》中,几乎所有的宋词名家都被收纳其中。所以这实际上就是一部唐宋词史;至于说本书注重群体流派的把握,而不取那种分列词家专门评述的方式,则只是一种论述体例问题,词史本来就是可以这样写的。

《唐宋词流派史》,福建人民出版社 1999 年版。

14. 王兆鹏《唐宋词史论》。王兆鹏先生是年轻一代词学家中翘楚,1990 年从唐圭璋先生门下毕业,获文学博士学位,现为武汉大学中文系教授。著有《宋南渡词人群体研究》、《两宋词人年谱》、《词学史料学》等多种。从事古典文学研究的学者,几乎无不追求考据与理论兼擅,而王兆鹏先生是少数能达此境界的年轻学人之一。他的《两宋词人年谱》及《词学史料学》等著作,已得到老一辈学者的充分认可;而他近年来采用传播学理论和定量分析方法所写的论著,则更引起了年轻读者的兴趣与关注。《唐宋词史论》在相关论文基础上作了整合与提升。其中"流变论"、"定位论"、"范式论"各章,对读解宋词具有重要的背景启示作用,读来是很有兴味的。罗忼烈先生曾在《试论宋代选集的标准和尺度》一文中说:"古今著名的词选到底选哪些人的作品最多?在古今著名的词话书里被提出的是哪些人最多?一人之作而被评论的个别篇章又是哪些人最多?如果我们不惮其烦,统计一下,得到的数字就是历史的见证。词人甲乙,不中不远。"[1]王兆鹏近年在词学研究方面所作的定量分析,大致就是循此思路展开的。比如,他通过历代词选和词评"综合排行榜"的统计,提出"两宋十大词人"为辛弃疾、苏轼、周邦彦、姜夔、秦观、柳永、欧阳修、吴文

---

[1] 转引自王兆鹏《唐宋词史论》,人民文学出版社 2000 年版,第 81 页。

英、李清照、晏几道;通过对《全宋词》的统计,提出存词 100 首以上的作者 51 人;每调填词在 100 首以上的常用词调 48 个;还有历代词选中入选频率较高的 40 首词作。凡此种种,或可佐证已有的观点,或可启发人作新的探讨。耐人寻味的是,几乎在每一次词学会议上,类似的定量分析的结果都会招致一片质疑,而每一位与会者在此后的教学与写作中又每每会提及这些数据。当然,定量分析既不能代替传统的考据学,也不能代替感性的艺术分析,但这对已有的手段显然是一种丰富与补充。

《唐宋词史论》,人民文学出版社 2000 年版。

15. 村上哲见《宋词研究》。村上哲见是日本著名的词学家,他的《宋词研究——唐五代北宋篇》是他的博士学位论文,1976 年由东京创文社出版。日本另一位词学家青山宏曾说,日本研究词的专著不多,而研究词的水平却不见得很低,"尤其是村上哲见先生所著的《宋词研究》一书,可以说是我国词学研究的代表作"❶。所以我们在这里与其说是向读者推荐这一本书,毋宁说是借介绍此书显示我们珍重他山之石的态度。日本学者的词学研究,善于"小题大做",从比较琐细的角度切入,得出扎实有力的结论。其尤可贵者,在于不重复前人的话,不好大喜功,而在具体问题的探讨及表述上每多新意。如村上哲见在《苏东坡的词》一文中说:"唐五代的词,至少就现存的作品来看,大抵具有这样的特色,即超越了一切的具象性,而试图写出忧愁和悲伤等等情感本身,亦即可以说是纯粹的情感世界。"❷这是非常精辟的见解,应该说抓住了词的本质内涵与独特功能,而在此之前,仿佛还没有人给出如此清晰准确的认识和表述。

四、常用工具书

除上述论著外,为了方便查考,这里再介绍几种必备的工具书。"工具书"是一个颇为宽泛的概念。对于一个专门研究宋词或词学的人来说,常用工具书不下数十种。在这里,为了避免占用篇幅或分散精力,只想为一般宋词爱好者,介绍几种最简明也最常用的工具书。

1. 万树《词律》。万树(1630? —1688),字红友,号山翁,江苏宜兴人。国子监太学生,曾入福建巡抚、两广总督吴兴祚幕府多年。著有《香胆词选》6 卷及《堆絮园集》等。

---

❶ 青山宏:《唐宋词研究·序言》,程郁缀译,北京大学出版社 1995 年版。
❷ 引自王水照、保苅佳昭编选《日本学者中国词学论文集》,上海古籍出版社 1991 年版,第 196 页。

词为"倚声之学",与词的体制特点密切相关的有词乐、词韵和词谱三个词学分支。鉴于一般读者对于词乐、词韵较为生疏,与词的欣赏亦关系稍远,故此处存而不论。因为"按谱填词"是作词有别于作诗的一个首要的和基本的特征,所以欣赏宋词应具备一定的词谱知识。广义的词谱有两种。一种是音谱,也就是曲谱或歌谱。唐宋人填词,主要是依据音谱。另一种是词谱,就是在"调有定句,句有定字,字有定声"等方面对各个词调规定的定式。这是填词所据的文字谱。明清人填词主要是依据这种词谱。故狭义的词谱与词律基本相同。因为南宋之后词的音谱渐次失传,后人所谓词谱大都以词的格律为基本内涵。在这类词谱中,清代万树的《词律》较为严谨而详明,故至今不废。《词律》20卷,共收录唐、宋、金、元词660调,1180余体。按词调字数由短到长为序排列。万树为此书花费了十年的时间,遍检《花间集》《尊前集》至朱彝尊《词综》等重要书籍,爬梳考订,汇列词调,校订平仄音韵、句法异同,纠正了明代以来诸家词谱的错误,建立了明确的词体规范。品赏宋词,有关某一词调的格律,如字数、句式、平仄以及正体、异体等等,可以参考该书。有上海古籍出版社1984年影印本。

2. 龙榆生《唐宋词格律》。对于一般读者来说,如果以为万树《词律》及《康熙词谱》过于繁富,翻检不便,那就向大家推荐一个简明易得的本子,即龙榆生所撰《唐宋词格律》。该书共收150多个常用词调,分平韵、仄韵、平仄韵转换、平仄韵通叶、平仄韵错叶等五格。每一词牌都说明其来历和演变情况;一调多体者标明"定格"与"变格",每一词格均用图谱形式标明句读、平仄和韵位,同时附有一至数首名家名篇为范例。对于一般读者来说,这个简本词律也基本够用了。上海古籍出版社1978年出版。

3. 王兆鹏、刘尊明主编《宋词大辞典》。该辞书共分词学、词体、词乐、词谱、词人、词集、词作名篇、词论、风格流派、研究著作等十个部类,基本囊括了词学和宋词领域的相关知识。是一部融知识性和学术性为一体,对于宋词欣赏和研究十分完备而实用的工具书。其中"词人"部分提供了宋代全部有姓氏可考的词人小传,"词作名篇"部分选录近300篇作品,简要介绍其创作本事,并作提示性分析。"风格流派"部分主要包括宋词风格、流派、体式、并称等方面的介绍。正文后附录四种,依次为:《历代书目著录的宋词版本目录序跋》《20世纪宋词研究主要书目》《20世纪宋词研究主要论文索引》《宋词文献综述》。由于该书充分吸收了历代尤其是20世纪宋词研究的成果与信息,在内容的丰富性与观点的前沿性来说,具有集成性和前瞻性。无论是对于宋词研究者还是一般爱好者来说,都是一本应常备案头的工具书。凤凰出版社2003年出版。

4. 马兴荣、吴熊和、曹济平主编《中国词学大辞典》。这是一部大型的较为完备的词学工具书,按概念术语、词人、风格流派、词集、论著、词乐、词韵、词谱、词调、名词本事、语辞等分类编排,共收唐五代至现当代的词学条目 7200 余条。体例严谨,释文准确,学术性、知识性、资料性并重。早在 20 世纪 30 年代中期,夏承焘先生曾计划撰写一部"为词学总结"的《词学考》,有词学史、词学志、词学典、词学谱诸部分,60 年代时又拟组织编写《唐宋词辞典》,皆因时代动乱而未能实现。唐圭璋先生对此书的编著也一直甚为关注并亲为作序。故此书在词学史上具有标志性意义和推动作用。书后附有《二十世纪词学研究书目》,以十年为一段编排,并附外文书目,方便检索,甚为实用。浙江教育出版社 1996 年出版。

第二节　求寄托与忌穿凿

词的阅读、欣赏与批评,首先要坚持一个总的原则,即要把词当词来读,而不是以读经史、说诗文的手眼来读词。过去人读词刻意求寄托,或穿凿附会,或拘泥于本事,都是有违词体艺术个性所产生的流弊。

一、寄托说

词之于诗,同中有异。其异者不仅在形式,尤在情境。缪钺先生《论词》一文,谓"词之特征,约有四端"。一曰"其文小"。"盖词取资微物,造成一种特殊之境,借以表达情思,言近旨远,以小喻大,使读者骤遇之如在耳目之前,久诵之而得隽永之趣也。"二曰"其质轻"。"惟其轻灵,故回环宕折,如蜻蜓点水,空际回翔,如平湖受风,微波荡漾,反更多妍美之致。"三曰"其径狭"。"盖词为中国文学体裁中之最精美者,幽约怨悱之思,非此不能达,然亦有许多材料及辞句不宜入词。其体精,故其径狭,王国维所谓词能言诗之所不能言而不能尽言诗之所能言也。"以上三点特征,皆易于理解,故节略其语。而第四个特征曰"其境隐",尤为词体的重要特征,亦是词难于解说的根本原因,故当具体分说。缪钺先生说:

> 周济谓吴文英词如"天光无影,摇荡绿波,抚玩无斁,追寻已远",言其境界之隐约凄迷也。实则不但吴文英词如是,凡佳词无不如是。诗虽重比兴,多寄托,然其意绪犹可寻绎。阮籍诗言在耳目之内,意寄八荒之表,号为"归趣难求"。然彼本自有其归趣,特以时代绵远,后人不能尽悉其行年世事,遂"难以

情测"耳。若夫词人,率皆灵心善感,酒边花下,一往情深,其感触于中者,往往凄迷怅惘,哀乐交融,于是借此要眇宜修之体,发其幽约难言之思,临渊窥鱼,若隐若显,泛海望山,时远时近,作者既非专为一人一事而发,读者又安能凿实以求,亦惟有就己见之所能及者,高下深浅,各有领会。……盖词人观生察物,发于哀乐之深,虽似凿空乱道,五中无主,实则珠圆玉润,四照玲珑,读者但能体其长吟远慕之怀,而有荡气回肠之感,在精美之境界中,领会人生之至理,斯已足矣。至其用意,固不必沾滞求之,但期玄赏,奚事刻舟?故词境如雾中之山,月下之花,其妙处正在迷离隐约,必求明显,反伤浅露,非词体之所宜也。❶

缪钺先生的见解平实而恢廓,对历代词家,尤其是清代常州词派刻意求寄托的解词方式,具有正本清源与矫枉纠偏的意义。

从中国文学批评传统来看,寄托说的理论根基在"以意逆志"。《孟子·万章上》曰:"故说诗者,不以文害辞,不以辞害志,以意逆志,是为得之。"意思是说,正确的说诗之法,不可断章取义地割裂个别字眼以曲解其辞句,不可就辞句的表面作解释,因而歪曲了作品的原意。所谓"以意逆志",赵岐注曰:"人情不远,以己之意逆诗人之志,是为得其实矣。"逆,本义为迎,这里可以理解为揣摩。"以意逆志"说的合理性,在于不拘泥于文辞表面,而重视基于"人情不远"的读者体悟。然而在此后的批评实践中,它同时也为各种有意无意的误读提供了口实。姜夔《白石道人诗说》云:"《三百篇》美、刺、箴、怨皆无迹,当以心会心。"其所谓"以心会心",事实上就是"以意逆志"。这种方法,对于那些确有美、刺寓意的诗来说,当然是可行的,也是行之有效的。然而这种方法却不宜于词。原因在于词从初起时就逸出了传统诗学的轨范,摆脱了《诗经》及诗教的美刺传统,也摆脱了从《诗经》、汉乐府一直到唐代新题乐府诗所秉承的"饥者歌其食,劳者歌其事"的讽谕传统;它就是抒写爱情或个人心绪,因此往往既无本事又无主题,如同西方的"无标题音乐",所以包括"以意逆志"以及"知人论世"等等说诗方法,用于词都是不相宜的。比如,《诗经》有小序,虽然有不少小序加得并不妥当;白居易的新乐府诗也仿此体例,如《上阳白发人》小序云:"愍怨旷也。"《杜陵叟》小序云:"伤农夫之困也。"可是像冯延巳《鹊踏枝》与晏殊的部分词作,无论你有多么强的概括能力,也很难拟出这样的小序来,因为它本来就没有这样一个美刺或讽谕的动机。因此我们可以说,植根于经学或诗教传统的"寄托说",从根本上来说就是不宜于词之一体的。用寄托说来解词,只能显示张惠

---

❶ 缪钺:《诗词散论》,开明书店1948年版,第9—10页。

言诸人尊体的努力,用于词的解读与欣赏,却引发了穿凿附会的流弊。

二、忌穿凿

刻意求寄托而招致多数人不满的典型例子,是关于以下三首词的阐释。

其一为温庭筠的名作《菩萨蛮》:

> 小山重叠金明灭,鬓云欲度香腮雪。懒起画蛾眉,弄妆梳洗迟。　照花前后镜,花面交相映。新帖绣罗襦,双双金鹧鸪。

这首词是写女子的思春情怀,从字面来看并不难解。可是在习惯于言外见意的张惠言看来,就读出了完全不同的内涵。《词选》卷一评曰:

> 此感士不遇也。篇法仿佛《长门赋》,而用节节逆叙。此章从梦晓后,领起"懒起"二字,含后文情事。"照花"四句,《离骚》"初服"之意。

"感士不遇"是中国古典诗歌的传统主题。也许是因为有才能而不得志的士人太多了,所以从魏晋以至唐代,表达这种感慨的诗确实很多。但是从温庭筠这首写春情的《菩萨蛮》读出"感士不遇"来,恐怕就不是从作品出发了。张惠言的意思是说,词中女子虽美而被遗弃,正是有才而不得志的士人的象征。于是想到《长门赋》和陈皇后的故事。其实这里根本就没写到长夜孤独难眠的情景,说"篇法仿佛《长门赋》"亦可谓"撮摩虚空"。屈原《离骚》里说"退将复修吾初服",就是说政治上不得志,退而加强自身的德性修养。张惠言抛开"双双金鹧鸪"的明显寓意不加理会,硬把后四句所写的梳妆打扮去"挂靠"《离骚》"初服之意",也实在太牵强了。

第二首是欧阳修的《蝶恋花》:

> 庭院深深深几许?杨柳堆烟,帘幕无重数。玉勒雕鞍游冶处,楼高不见章台路。　雨横风狂三月暮,门掩黄昏,无计留春住。泪眼问花花不语,乱红飞过秋千去。

这首词本来也是写思妇念远与伤春,进一步挖掘或升华也不过是"美人迟暮"而已,可是张惠言联系当时的政治背景与欧阳修的政治态度,遂使这首情词充满了浓郁的政治内涵。《词选》评曰:

"庭院深深","闺中既已邃远"也;"楼高不见","哲王又不悟"也;章台游冶,小人之径;"雨横风狂",政令暴急也;乱红飞去,斥逐者非一人而已。殆为韩、范作乎?

"闺中既已邃远也,哲王又不悟",也是屈原《离骚》里的句子。张惠言意思是说,"庭院深深"数句的描写,正如屈原忠而被谤,感叹见不到楚怀王。《离骚》前半写男女情事,也确实有以男女比君臣的意思。但把这样一首思妇伤春之词,与《离骚》或与当时的政治联系起来,确实没有多少依据。下片写"乱红飞去",本来是唐宋词中最常见的落花,张惠言则沿着他的"政治象征"思路"一条路走到底",把这理解为贤者遭斥逐,并进一步推想欧阳修这首词是因韩琦、范仲淹遭贬逐而作。张惠言说来头头是道,别人看来却是匪夷所思,这也是宋词接受史上的有趣现象。古人谓败墙之上,屋漏成痕,谛视既久,则见高下曲折,皆成山水之象,是即所谓壁痕成画效应。❶张惠言之解词,殆即此类。

第三首为苏轼《卜算子》:

> 缺月挂疏桐,漏断人初静。时见幽人独往来,缥缈孤鸿影。　　惊起却回头,有恨无人省。拣尽寒枝不肯栖,寂寞沙洲冷。

这首词写幽人往来,孤鸿缥缈,皆有恍惚不可捉摸意味。下片以鸿拟人,尤有寄托意味。《类编草堂诗余》卷一引鲖阳居士《复雅歌词》笺注云:

> "缺月",刺明微也。"漏断",暗时也。"幽人",不得志也。"独往来",无助也。"惊鸿",贤人不安也。"回头",爱君不忘也。"无人省",君不察也。"拣尽寒枝不肯栖",不偷安于高位也。"寂寞吴江冷",非所安也。此词与《考槃》诗极相似。

按:鲖阳居士为南宋初人,其姓名及生平无考,《复雅歌词》是他选编的一部词集,选唐、五代、北宋词四千余首,间附解说。此书久佚,赵万里辑其佚文十则。上引者为其中之一。我们也认为此词有寄托,或者说词中的孤鸿带有很明显的人格精神的象征意味。但这只宜总体把握,不宜节节比附。尤其是把作为背景的"缺月"、"漏

---

❶ 参见钱锺书《管锥编》,中华书局 1979 年版,第 1002 页。

断"也解释为政治昏暗之象,仿佛词中字字皆别有所指,既不符合创作规律,更不符合苏轼的创作个性。清初王士禛对此解释即大为不满,其《花草蒙拾》中有云:"坡孤鸿词,山谷以为不吃烟火食人语,良然。鲖阳居士云:'缺月,刺明微也……'云云,村夫子强作解事,令人欲呕。韦苏州《滁州西涧》诗,叠山亦以为小人在朝,贤人在野之象。令韦郎有知,岂不叫屈。仆尝戏谓坡公命宫磨蝎,湖州诗案,生前为王珪、舒亶辈所苦,身后又硬受此差排耶!"可是在张惠言看来,这种解说正符合他"意内言外"的论词祈向,所以在他那本惜墨如金的《词选》中,把鲖阳居士的这段解说完全照抄下来了。也许,这不仅是对此种解词方法的认可问题,看张惠言的说词方法及句法特征,与鲖阳居士的说法是如此相似,也许他正是鲖阳居士的衣钵传人呢!

当然,张惠言身后,既有不满者,也有拥戴者。谭献《谭评词辨》就表示附议曰:"以《考槃》为比,其言非河汉也。此亦鄙人所谓作者未必然,读者何必不然。"就是说这种解说即使不符合苏轼的本意,也没有什么不可以。谢章铤《赌棋山庄词话续编》卷一则云:"东坡《卜算子》云云,时东坡在黄州,固不免沦落天涯之感。而鲖阳居士释之云云,字笺句解,果谁语而谁知之?虽作者未必无此意,而作者亦未必定有此意,可神会而不可言传。断章取义则是,刻舟求剑则大非矣。"一方面对鲖阳居士的刻舟求剑表示不满,但同时又承认"作者未必无此意"。因为写词不同于修史,"果谁语而谁知之"问得无谓。又,按照谭献"作者未必然,读者何必不然"的理论,既然"作者未必无此意"(即可能有此意),读者当然更可以"以意逆志"了。而王国维则愤然曰:"固哉,皋文之为词也!飞卿《菩萨蛮》、永叔《蝶恋花》、子瞻《卜算子》,皆兴到之作,有何命意,皆被皋文深文罗织。阮亭《花草蒙拾》谓:'坡公命宫磨蝎,生前为王珪、舒亶辈所苦,身后又硬受此差排。'由今观之,受差排者,独一坡公已耶!"❶张惠言以及周济等人在解读过程中积极活跃的姿态是值得欣赏的,但这种穿凿附会的解说方法并不值得提倡。

张惠言此种说词方法,论者多以为是受常州学派中"春秋公羊学"的影响,因为庄存与、刘逢禄等今文学家研治《春秋》的特色,就是重视发掘其"微言大义"。张惠言本身即为常州学派中人,故这种说法似乎不无道理。但是我们检点中国诗学史,就会发现,在唐五代时期就曾经流行过这样一种"象征诗学"。如旧题贾岛的《二南密旨》,其中"论篇目正理用"一节,就总结了各类诗题的象征义或比喻义:

---

❶ 见王国维《人间词话删稿》,《词话丛编》本。

梦游仙,刺君臣道阻也。水边,趋进道阻也。白发吟,忠臣遭佞,中路离散也。夜坐,贤人待时也。贫居,君子守志也。看水,群佞当路也。落花,国中正风堕坏也。对雪,君酷虐也。晚望,贤人失时也。送人,用明暗进退之理也。早春、中春,正风明盛也。春晚,正风将坏之兆也。夏日,君暴也。夏残,酷虐将消也。秋日,变为明时,正为暗乱也。残秋,君加昏乱之兆也。冬,亦是暴虐也。残冬,酷虐欲消,向明之兆也。登高野步,贤人观国之光之兆也。游寺院,贤人趋进,否泰之兆也。题寺院,书国之善恶也。春秋书怀,贤人时明君暗,书进退之兆也。题百花,或颂贤人在位之德,或刺小人在位淫乱也。牡丹,君子时会也。鹧鸪,刺小人得志也。观棋,贤人用筹策胜败之道也。风雷,君子感威令也。野烧,兵革昏乱也。赠隐者,君子避世也。❶

又同书《论总例物象》中有云:

……山影、山色、山光,此喻君子之德也。乱峰、乱云、寒云、翳云、碧云,此喻佞臣得志也。黄云、黄雾,此喻兵革也。白云、孤云、孤烟,此喻贤人也。涧云、谷云,此喻贤人在野也。云影、云色、云气,此喻贤人才艺也。❷

这种把诗中一切意象强加附会的方法,或可称之为"象征诗学"。它把楚辞常用的象征手法推向极端,把诗人偶尔一用的寄托手法推向普遍,把一切"景语"、"物语"都变成了充满政治寓意的符号,同时也把诗歌变为政治的工具。作为这种理论的具体实践,书中《论总显大意》一则还用这种方法对某些诗篇作了具体分析:

皇甫送人诗:"淮海风涛起,江关幽思长。"此一联见国中兵革威令并起。"同悲鹊绕树,独作雁随阳。"此见贤臣共悲忠臣,君恩不及。"山晚云和雪,门寒月照霜。"此见恩及小人。"由来濯缨处,渔父爱潇湘。"此见贤人见几而退。❸

实际上这是皇甫冉《途中送权三兄弟》诗,诗中不过即景生情,叙写兄弟别离之情而已。但是按该书的象征系统,诗中就平白地增加了很多政治寓意。这种说诗法,正

---

❶ 张伯伟撰:《全唐五代诗格汇考》,江苏古籍出版社 2002 年版,第 378 页。
❷ 张伯伟撰:《全唐五代诗格汇考》,江苏古籍出版社 2002 年版,第 380 页。
❸ 张伯伟撰:《全唐五代诗格汇考》,江苏古籍出版社 2002 年版,第 381 页。

可谓村夫子强作解事。可是在中国文学讽谕传统背景下,这种极其荒谬的诗学观却既有市场,又有传人。如杜甫《江村》诗中"老妻画纸为棋局,稚子敲针作钓钩"一联,北宋诗僧惠洪《天厨禁脔》卷中就有如下离奇的解说:

> 妻比臣,夫比君。棋局,直道也。针合直而敲曲之,言老臣以直道成帝业,而幼君坏其法。稚子,比幼君也。

此种解诗法,直让人愤极而乐,真可谓天下之大,无奇不有。黄庭坚显然对此种穿凿附会法极为不满,其《大雅堂记》一文指出:

> 彼喜穿凿者,弃其大旨,取其发兴,于所遇林泉人物、草木鱼虫,以为物物皆有所托,如世间商度隐语者,则子美之诗委地矣。❶

黄庭坚毕竟胸怀洒落,更远离学究村腐之气。可是这种针砭,仍不能阻止这种诗学理念与说诗方法的谬种流传。我们看张惠言《词选》解词的方法和语气,与此是多么的相像。可见这种方法由来已久,鲖阳居士及张惠言等人不过是把这种荒谬的解诗之法引入词学而已。

如何才能既不轻忽词人的寄托,又不落于穿凿?周振甫《诗词例话·忌穿凿》中教给我们一些具体方法:

> 古代有不少传诵的诗词,它的写作年月和写作时的背景都无从查考,因此不能不从诗词本身来考虑。有寄托的,即使着重在描写景物,一般总会从描写中透露出一点消息来的,透露的手法似有下列各种:一,着重写景物,中间插进几句寄托的话,暗示写景是有寓意的。如辛弃疾的《摸鱼儿》"更能消几番风雨"写春末景象,中间插进"蛾眉曾有人妒","玉环飞燕皆尘土",不是写景,透露出全词是有寄托的。二,着重写景物,但从所用的典故里透露出寓意来。如王沂孙《齐天乐·蝉》,全首都是写蝉,其中说:"铜仙铅泪似洗,叹移盘去远,难贮零露。"汉武帝在长安造铜人捧露盘来承受露水,蝉是吸风饮露的,所以这个典故也是咏蝉。铜仙眼中流泪,历来用它作亡国之痛的典故。这是从用典里透露出这词有寄托。三,从语气和感慨里透露。如陆游《卜算子·梅》:"无意

---

❶ 黄庭坚:《大雅堂记》,见蒋方编选《黄庭坚集》,凤凰出版社2007年版,第180页。

苦争春,一任群芳妒。零落成泥碾作尘,只有香如故。"这里在咏梅,可是说的话很有感慨,从中看出他是用梅花来自比,是有寄托的。总之,真有寄托的诗,总有一点消息透露出来的。要是全篇都写景物,没有一点寄托的意思透露出来,那就不要去追求寄托,避免牵强附会。❶

周振甫先生说的是"诗词",实际上举的都是词的例子。诗要立足于现实,词则长于用虚,即超越一时一地之具体事物,表达某种常存永在的哀感。所以词不仅加题者少,也很少像诗那样于时间、地点,言之凿凿。这也表明对词的理解,原不必去生硬联系词人写作时的具体身份遭际。梁启超《中国韵文里所表现的情感》一文中谈到他读李商隐《锦瑟》、《碧城》、《燕台》等诗时说:"这些诗,他讲的什么事,我理会不着;拆开一句一句的叫我解释,我连文义也解不出来。但我觉得他美,读起来令我精神上得一种新鲜的愉快。"❷我们当然并不想提倡不求甚解,但相比之下,梁启超这种注重审美感受的欣赏态度,实在比张惠言之徒的穿凿附会更可取,也更可爱。

三、忌拘泥

当然,读词不仅忌穿凿,亦忌拘泥。拘泥就是拘于常规,泥于字面(泥,读去声)。《孟子·万章上》说:"不以文害辞,不以辞害志,以意逆志,是为得之。""以文害辞","以辞害志"就是拘泥,也就是"以意逆志"方法产生的对立之基础。因此,拘泥与穿凿,正是解词的两个极端。

先来看诗中的例子。王夫之《姜斋诗话》卷二说:

> 必求出处,宋人之陋也。其尤酸迂不通者,既于诗求出处,抑以诗为出处考证常理。杜诗:"我欲相就沽斗酒,恰有三百青铜钱。"遂据以为唐时酒价。崔国辅诗:"与沽一斗酒,恰用十千钱。"就杜陵处贩酒,向崔国辅卖,岂不三十倍获息钱耶?求出处者,其可笑类如此。

吴乔《围炉诗话》卷五:

> 唐人诗被宋人说坏,被明人学坏,不知比兴而说诗,开口便错。义山《骄

---

❶ 周振甫:《诗词例话》,中国青年出版社 1962 年版,第 43—44 页。
❷ 梁启超:《梁启超古典文学论著》,上海书店出版社 2013 年版,第 236 页。

儿》诗,令其莫学父,而于西北立功封侯,托兴以言己之有才而不遇也。葛常之谓"其时兵连祸结,以日为岁,而望三、四岁儿,立功于二十年后,为俟河之清"。误以为赋,故作寐语。

宋许顗《彦周诗话》:

> 杜牧之作《赤壁》诗云:"折戟沉沙铁未销,自将磨洗认前朝。东风不与周郎便,铜雀春深锁二乔。"意谓赤壁不能纵火,为曹公夺二乔置之铜雀台上也。孙氏霸业,系此一战。社稷存亡,生灵涂炭都不问,只恐捉了二乔,可见措大不识好恶。

清人的批评是对的。宋人说诗,确实常有"认死理"、"钻牛角尖"的毛病。严羽《沧浪诗话》所谓"本朝人尚理而病于意兴",于此亦坦然承认了。宋人当然也知道"词别是一家",相比之下,他们对词的态度也还是比较宽容的。然而习惯成自然,有时论词亦不免拘泥。

如苏轼《卜算子·黄州定惠院寓居作》一词,上片由幽人写到孤鸿,下片则专写鸿,有句云:"拣尽寒枝不肯栖,寂寞沙洲冷。"于是有人说:"鸿雁未尝栖宿树枝,唯在田野苇丛间,此亦语病也。"陈鹄《耆旧续闻》卷二"为东坡称屈",却把上述意思看作胡仔的意见了。其实胡仔《苕溪渔隐丛话》前集卷三十九先以"或云"二字引述了这两句话,然后说:"盖其文字之妙,语意到处即为之,不可限以绳墨也。"也是观其大处,不必拘泥字面的意思。王楙《野客丛书》卷二十四另起波澜,不说鸿雁本来栖于树枝还是栖于地上,却说苏轼自有出处。其论曰:"仆谓人读书不多,不可妄议前辈诗句,观隋李元操《鸣雁行》曰:'夕宿寒枝上,朝飞空井旁。'坡语岂无自邪?"再后来是王若虚《滹南诗话》说:

> 东坡雁词云:"拣尽寒枝不肯栖",以其不栖木,故云耳。盖激诡之致,词人正贵其如此。而或者以为语病,是尚可与言哉!近日张吉甫复以"鸿渐于木"为辨,而怪昔人之寡闻,此益可笑。易象之言,不当援引为证也。其实雁何尝栖木哉!

王若虚的思维取向是对的。此正如王禹偁《山行》"数峰无语立斜阳",山本不能语,而此曰"无语",则仿佛是本能语而不语,无形中把山峰拟人化了。鸿雁本不栖木,苏轼则有意说成"不肯栖",也是同样的"诗家语"。王若虚所谓"以其不栖木,故云耳",就是这个意思。至于王楙引前人诗句为出处,张吉甫以"鸿渐于木"为辨,均落第二义。看似博识,却未能免拘泥之病。

又如聂冠卿《多丽》词,为宋初罕见长调名篇,胡仔《苕溪渔隐丛话》后集卷三十九评曰:

> 冠卿词有"露洗华桐,烟霏丝柳"之句,此正是仲春天气。下句乃云:"绿阴摇曳,荡春一色。"其时未有绿阴,真语病也。

其实词中时空错乱,无论有意无意为之,正可谓所在多有。如李清照《声声慢》,上片说"乍暖还寒时候",正是早春景象,而下片有"满地黄花堆积","梧桐更兼细雨"云云,全是秋天景物。执着推论,亦觉扦格。又如秦观《踏莎行·郴州旅舍作》有句云:"可堪孤馆闭春寒,杜鹃声里斜阳暮"。据《苕溪渔隐丛话》前集卷五〇引范温《潜溪诗眼》,黄庭坚亦曾以为"斜阳"与"暮"字重复。王楙《野客丛书》卷二〇辨之曰:

> 《诗眼》载前辈有病少游"杜鹃声里斜阳暮"之句,谓"斜阳暮"似觉意重。仆谓不然。此句读之,于理无碍。谢庄诗:"夕天际晚气,轻霞澄暮阴。"一联之中,三见晚意,尤为重叠。梁元帝诗:"斜景落高舂。"既言"斜景",复言"高舂",岂不为赘?古人为诗,正不如是之泥。观当时米元章所书此词,乃是"杜鹃声里斜阳曙",非"暮"字也,得非避庙讳而改为"暮"乎?

按:"斜景"与"高舂"为复,是因为"高舂"本指日影西斜时,语出《淮南子·天文训》。从这里所引诸例来看,王楙所辨甚是。然而后边"曙"、"暮"之辨,是又不免多事矣。

对于词而言,"忌拘泥"还有另外一层意思,即不必拘泥于所谓"本事"。宋词的所谓"本事",尤其是那些附会于艳情词的男女艳遇故事,大都不可信,是先有词后有"事"的附会之谈。北宋杨湜所撰《古今词话》,尤偏重于冶艳故事。如张先《一丛花令》(伤高怀远几时穷)、柳永《击梧桐》(香靥深深)、秦观《虞美人》(碧桃天上栽和露)等等,凡是写男女偷期幽会或具有一定叙事性的艳情词,都把词人附会成艳遇故事的当事人。说来煞有介事,其实都是因词点染。胡仔《苕溪渔隐丛话》后集卷三十九几乎逐条驳之。当然,也许杨湜《古今词话》之"话",仍是用"话本"之"话"的意思,"话"就是故事,所以他的动机就是讲与词有关的故事,而不是为研究词人词作提供信而有征的"史料",那么当然也就无话可说了。而且在一般读者中,也许喜欢听故事的人更多,所以杨湜《古今词话》早已散佚,而他杜撰的那些艳情"本事",却大都保存在《绿窗新话》这个话本小说集里。

又仍以苏轼《卜算子》(缺月挂疏桐)词为例,此词本借孤鸿意象自道身世之感,而吴曾《能改斋漫录》卷十六、袁文《瓮牖闲评》卷五等谓为一邻家女子而作,至为无聊。王楙《野客丛书》卷二十四所记最细,其文曰:

> 尝见临江人王说梦得,谓此词东坡在惠州白鹤观所作,非黄州也。惠有温都尉女,颇有色,年十六,不肯嫁人。闻东坡至,喜谓人曰:"此吾婿也。"每夜闻坡讽咏,则徘徊窗外。坡曰:"吾当呼王郎与子为姻。"未几,坡过海,此议不谐,其女遂卒。葬于沙滩之侧。坡回惠日,女已死矣,怅然为赋此词。坡盖借鸿为喻,非真言鸿也。"拣尽寒枝不肯栖"者,谓择偶不嫁。"寂寞沙洲冷"者,指其葬所也。说之言如此。

按:此词苏轼自题为"黄州定惠院寓居作",安得为惠州作?又苏轼在惠州由嘉祐寺迁入白鹤峰新居,事在绍圣四年(1097年),苏轼时年64岁,16岁的温氏女子比苏轼幼子苏过还要小好多,却要嫁给苏轼,未免乖违人情。像这样的"本事",非惟不足信,且容易造成对名篇的"污染",故从欣赏角度说,即使做不到无视其存在,亦当"流言止于智者",一笑置之可也。

第三节 欣赏方法举隅

在词的欣赏问题上,也存在见仁见智的问题。有人主张力求达诂,尽可能贴近词人当时创作旨趣;有人则主张"作者之用心未必然,读者之用心何必不然";有人主张"逼近阅读",字字落实;有人主张贵在自得,"不求甚解";有人主张纯任兴趣,率意评赏;有人则主张通达宽容,能识"异量之美";有人主张对本事背景,事按俱实;有人则以为那是胶柱鼓瑟,大杀风景。在这里,我们不想去一一辨明是非,更不想去讲大道理,而是想根据欣赏教学实践,介绍几种具体而平实的欣赏方法。这中间,"比较欣赏法"与"词曲互证法"本来也可以合并,因为"词曲互证"也就是词曲比较欣赏;而"意象批评法"与"摘句品赏法"实际主要是表述"方式",其"方法"的意味要淡一些。然而为了眉目清楚与便于表述,这里就分别加以介绍了。

一、比较欣赏法

这是诗词欣赏中最自然、最常见也最有效的一种方法。所谓"有比较才有鉴别",同时、同派的词人,同题材之作品,只有通过比较才能"同中求异",见出特色。有时读到某篇作品或某些好句子,也常会有心里觉得好而口中说不出的感觉,那就是因为没有参照,没有比较,所以对其颖脱不群之处,难于捕捉与表述。当然,比较也要有资本,腹笥寒俭就无可比较,博览强记才能左右逢源。

比较之法,往往用于同中求异,也就是在可比性基础上,寻求各自的特色。如"苏辛异同",就是宋词领域中一个经久弥新的话题。周济《介存斋论词杂著》云:

> 世以苏、辛并称,苏之自在处,辛偶能到;辛之当行处,苏必不能到。二公之词,不可同日语也。

又其《宋四家词选目录序论》云:

> 苏、辛并称,东坡天趣独到处,殆成绝诣,而苦不经意,完璧甚少。稼轩则沉著痛快,有辙可循,南宋诸公,无不传其衣钵,固未可同年而语也。

陈廷焯《白雨斋词话》卷一:

> 苏、辛并称,然两人绝不相似。魄力之大,苏不如辛;气体之高,辛不逮苏远矣。

又同书卷六:

> 东坡心地光明磊落,忠爱根于性生,故词极超旷,而意极和平。稼轩有吞吐八荒之慨,而机会不来,正则可以为郭(子仪)、李(光弼),为岳(飞)、韩(世忠),变则即桓温之流亚。故词极豪雄,而意极悲郁。苏、辛两家,各自不同。后人无东坡胸怀,又无稼轩气概,漫为规模,适形粗鄙耳。

现代学者中,顾随对东坡、稼轩二家词均深有研究,故其《东坡词说》中每有苏、辛异同之论:

> 论词者每以苏、辛并称,或尚无不可。且不得看作一路。如以写情论,刻骨铭心,老坡实大逊稼轩。然辛之写景,往往芒角尽出;神游意得,须还他苏长公始得。因缘天性各别,亦是环境不同。❶

> 东坡之词,写景而含韵;稼轩之作,言情以折心。稼轩非无写景之作,要其韵短于坡。东坡亦多言情之什,总之意微于心。至其议论说理,统为蹊径别开。而辛多为入世,苏或涉仙佛。说中所言"出"、"入"二名,即基乎是。❷

苏轼与辛弃疾往往被视为豪放派的两大领袖,实际上这只是一种粗糙的归纳,稍作逼近考察就可发现,苏、辛二人,无论是人格还是词风,差别还是很大的。周济、陈廷焯与顾随等人关于苏、辛词风的比较,对于我们深入把握二家词的个性,均有重要的启示意义。

同题材的作品比较,尤其容易见出风格之同异与高下。试看以下两首作品。一首为欧阳炯《南乡子》:

> 二八花钿,胸前如雪脸如莲。耳坠金环穿瑟瑟,霞衣窄,笑倚江头招远客。

另一首为欧阳修《蝶恋花》:

> 越女采莲秋水畔,窄袖轻罗,暗露双金钏。照影摘花花似面,芳心只共丝争乱。　鸂鶒滩头风浪晚,雾重烟轻,不见来时伴。隐隐歌声归棹晚,离愁引着江南岸。

欧阳炯《南乡子》一组八首,咏南峤风土人物,色调鲜明,风味十足,犹如风景或人物写生,一首即一帧,合而观之,如入南乡,其写法与《竹枝》为近。这首《南乡子》就只是刻画了一个岭南少女的形象。但"胸前如雪脸如莲"的比喻艳而近俗,末句本意也许是写女子的开朗好客,而后来的读者也许会生亵漫之想。欧阳修的《蝶恋花》,如果单看前三句,和欧阳炯词的风格也差不多。但他不光写了如花之面,还写了"芳心",这就使得画面上的采莲女子形神兼备了。而且他还写到了"离愁",写美女

---

❶ 顾随:《顾随文集》,上海古籍出版社 1986 年版,第 10 页。
❷ 顾随:《顾随文集》,上海古籍出版社 1986 年版,第 43 页。

而添上一抹忧郁的色调,格调自高。可见同为欧阳,修与炯不同。所以在《唐宋词十七讲》里,叶嘉莹先生把这两首词作比较欣赏,是很有眼光的。❶

万云峻先生讲授《诗词曲比较研究》,最长于拿题材相同而体裁各异的作品来作比较。例如,他以欧阳修《玉楼春》(尊前拟把归期说)一词,与元代刘廷信的散曲《折桂令·忆别》(想人生最苦离别)对照。词中男女是"未语春容先惨咽","一曲能教肠寸结";而曲中人则是"急煎煎抹泪揉眵,意迟迟揉腮撧耳,呆答孩闭口藏舌"。身份不同,情趣各别,真是"一样分别两样情"。读来既因对比而见情趣,同时也突显了词、曲不同的艺术个性。他还把周邦彦《丹凤吟》(迤逦春光无赖)与王晔散曲《新水令·闺情》相对照,以杜甫《立春》(春日春盘细生菜)与辛弃疾《汉宫春》(春已归来)相对照,皆足以见出词"立足于诗曲之间"的艺术个性。❷ 这种比较欣赏的方法,有助于从具体的感性认识来把握诗、词、曲之别,与那种摆脱作品的抽象概括是可以互补的。

还有寻源溯流的比较欣赏法。刘熙载《艺概》云:"冯延巳词,晏同叔得其俊,欧阳永叔得其深。"冯煦《蒿庵论词》称欧阳修词"疏隽开子瞻,深婉开少游"。蔡嵩云《柯亭词论》说:"近代王静庵《人间词》,接武欧、晏,其实欧、晏仍自《阳春》出。《人间词》中,《蝶恋花》调最多,亦最佳,即《鹊踏枝》也。"这是从钟嵘《诗品》继承而来的偏重承传脉络的考察方式。从词的欣赏来说,我们更看重具体手法的演变轨迹。如罗大经《鹤林玉露》卷七云:

> 诗家有以山喻愁者,杜少陵云:"忧端如山来,澒洞不可掇。"赵嘏云:"夕阳楼上山重迭,未抵闲愁一倍多"是也。有以水喻愁者,李颀云:"请量东海水,看取浅深愁。"李后主云:"问君能有几多愁,恰似一江春水向东流。"秦少游云:"落红万点愁如海"是也。贺方回云:"试问闲愁都几许?一川烟草,满城风絮,梅子黄时雨。"盖以三者比愁之多也,尤为新奇。兼兴中有比,意味更长。

以有形之山水,喻无形之愁绪,为诗家惯技,而词因偏爱轻灵,故以水为喻者多。贺铸以三种意象烘托闲愁意境,或以三种事物比喻愁思之无穷无尽,所谓意兼比兴,尤觉意味深长。罗大经把诗词中的例句一一摘出,有助于深化对此种手法的理解。只是其中引李颀诗"请量东海水,看取浅深愁",实为晚唐诗人李群玉《雨夜呈长官》

---

❶ 叶嘉莹:《唐宋词十七讲》,河北教育出版社1997年版,第217页。
❷ 据1986年春在华东师范大学听万云峻先生授课记录。

诗中之句,自洪迈《容斋随笔》卷四已误作李颀诗,罗大经则又不免以讹传讹了。

这种寻源溯流的考察方法,在博览强记的钱锺书先生《管锥编》《谈艺录》等著作中,更呈现为一种运用娴熟且气象宏阔的格局与手段。如《宋诗选注》中选了郑文宝的一首《柳枝词》:"亭亭画舸系春潭,直到行人酒半酣;不管烟波与风雨,载将离恨过江南。"这首诗的文字几乎不需注释,钱锺书先生所作的笺释实际是用比较方法来作分析鉴赏。他说:

> 这首诗像唐朝韦庄的《古离别》:"晴烟漠漠柳毵毵,不那离情酒半酣。更把玉鞭云外指,断肠春色是江南。"但是第三第四句那种写法,比韦庄的后半首新鲜深细得多了,后来许多作家都仿效它。例如:苏轼《虞美人》:"无情汴水自东流,只载一船离恨向西州。"陈与义《虞美人》:"明朝酒醒大江流,满载一船离恨向衡州";李清照《武陵春》:"只恐双溪舴艋舟,载不动许多愁";辛弃疾《水调歌头》:"明月扁舟去,和月载离愁";张可久《蟾宫曲》:"画船儿载不起离愁,人到西陵,恨满东州";贯云石《清江引》:"江声卷暮涛,树影留残照,兰舟把愁都载了"。王实甫的《西厢记》里把船变成车,例如第四本第一折:"试着那司天台打算半年愁,端的是太平车儿约有十余载";第三折:"遍人间烦恼填胸臆,量这些大小车儿如何载得起!"陆娟《送人还新安》又把愁和恨变成"春色":"万点落花舟一叶,载将春色到江南。"❶

钱锺书先生打破诗、词、曲的文体界限,充分揭示了"车船载愁"表现手法的承传轨迹,使读者在欣赏郑文宝《柳枝词》的同时而大开眼界,大长见识。原诗也许一般读者都能看得懂,然而仍然是深者得其深,浅者得其浅。

还有一种同调词比较阅读法。这是胡适发明的读词方法。《胡适留学日记》1915 年 8 月 3 日记载:"年来阅历所得,以为读词须用逐调分读之法。每调选读若干首,一调读毕,然后再读他调。每读一调,须以同调各首互校,玩其变化无穷、仪态万方之旨,然后不至为调所拘,流入死板一路。"❷胡适的这种读词法,有点类似于苏轼倡导的"八面受敌法",不过是改"一意求"为"一调求"而已。在这篇日记中,胡适即尝试运用这种同调对读法,对辛弃疾所作 35 首《水调歌头》的句法变化作了比

---

❶ 此据周振甫《诗词例话》,中国青年出版社 1979 年版,第 215 页;《宋诗选注》,人民文学出版社 1958 年初版本中此诗注稍简。

❷ 《胡适古典文学研究论集》,上海古籍出版社 1988 年版,第 529 页。

较分析,然后又说:

> 稼轩有《贺新郎》二十二首,《念奴娇》十九首,《沁园春》十三首,《满江红》三十三首,《水龙吟》十二首,《水调歌头》三十五首,最便初学。初学者宜用吾上所记之法,比较同调诸词,细心领会其文法之变化,看其魄力之雄伟,词胆之大,词律之细,然后始可读他家词。❶

此种方法,在胡适来说是自家悟出,而在历代宋词选本中,原不乏分调编排的体例。如明代顾从敬改编的《类编草堂诗余》、陈耀文辑录的《花草粹编》等,就都是以调编次,即把不同作者而同一词调的作品编排在一起的。这种编排方式有利于读者以同调词相互参证,以见其规律与变化。当然,这种读词法已不仅是欣赏,而颇带有些研究意味了。

还有一种比较的方法,是对古代的名篇名句,通过拟议变化来作比较,从而体悟此篇此句的高明之处。钱锺书先生把这种方法称之为"藉习作以为评鉴"。大抵古人诗话文评,于名篇佳句,往往只说如此方好,不如此则不好,却并不指示相当于读者水平的不佳之例,故读者终难悟入,其手眼亦难以提高。钱锺书先生《管锥编》论及古人名篇句眼,曰:"取名章佳什,贴其句眼而试下一字,掩其关捩而试续一句,皆如代大匠斲而争出手也。当有自喜暗合者,或有自信突过者,要以自愧不如者居多。藉习作以为评鉴,亦体会此中甘苦之一法也。"❷这里所谓"藉习作以为评鉴",是钱锺书先生长期涵咏体味古诗文的甘苦之言,也为我们指示了一种鉴赏文学作品的切实可行的方法。

在钱锺书先生的著述中,此种评赏方式可谓屡见不鲜。如上引一段文字前后,评屈原《远游》"惟天地之无穷兮,哀人生之长勤",钱先生说,假如"长勤"二字蠹蚀漫灭,补之者当谓是"不永"或"有尽"之类,以紧承上句之"无穷"。然而屈原"始终不明道人命之短,而隐示人生之'哀'尚有大于命短者,余味曲包,少许胜多"❸。这样拟议以作比较,便可见出屈原修辞之精妙。又如《宋诗选注》中评王禹偁《村行》"万壑有声含晚籁,数峰无语立斜阳"二句,钱锺书先生评曰:

---

❶ 《胡适古典文学研究论集》,上海古籍出版社1988年版,第534页。
❷ 钱锺书:《管锥编》,中华书局1979年版,第622页。
❸ 钱锺书:《管锥编》,中华书局1979年版,第622页。

> 按逻辑说来,"反"包含先有"正",否定命题总预先假设着肯定命题。诗人常常运用这个道理。山峰本来是不能语而"无语"的,王禹偁说它们"无语"或如龚自珍《己亥杂诗》说:"送我摇鞭竟东去,此山不语看中原",并不违反事实;但是同时也仿佛表示它们原先能语、有语、欲语而此刻忽然"无语"。这样,"数峰无语"、"此山不语"才不是一句不消说得的废话。改用正面的说法,例如"数峰毕静",就减削了意味,除非那种正面字眼强烈暗示山峰也有生命或心灵,像李商隐《楚宫》:"暮雨自归山悄悄。"有人说,秦观《满庭芳》:"凭栏久,疏烟淡日,寂寞下芜城"比不上张昇《离亭燕》词:"怅望倚层楼,寒日无言西下",也许正是这个缘故。

在这一段评析文字中,钱锺书先生不仅从逻辑思维规律方面作了分析,而且拈出正面说法的"数峰毕静"与王禹偁诗中的"数峰无语"来作比较,从而使读者更加容易感知"无语"的含蕴丰厚的表现力。

同样采取这种"藉习作以为评鉴"方法的还有文章学家夏丏尊先生。他与叶圣陶先生合著的那本平实而多有体悟自得之言的《文章讲话》,称得上现代文章学著作中的经典之作。该书中常举古代名篇作为范文,但并不采用传统的评点方式,而是通过拟议变化来为初学者提供参照。初学写作者与名家之间毕竟有较大距离,有时会只觉其佳,而无从步趋。因此,夏、叶二位先生常采取名家写则如此,若我辈为之则又如何的参互比较方法。如书中说"文义的省略"一节,举归有光《项脊轩志》末段为例,但不是简单地引录原文,而是据一般人的手眼略作改动,其文字如下:

> 余既为此志,后五年,余妻来归。时至轩中从余问古事,或凭几学书,(甚乐焉。)吾妻归宁,述诸小妹语曰:"闻姊家有阁子,且何谓阁子也?"(盖余妻归宁时尝与诸小妹言及南阁子,诸小妹怪而问之,足见余妻恋恋于斯室矣。)其后六年,吾妻死,室坏不修。(恐引起悲怀,不敢复居此室,故任其坏也。)其后二年,余久卧病无聊,乃使人复葺南阁子,其制稍异于前。(庶几前尘影事,免萦余怀,可以安居。)然自后余多在外,不常居,(心与愿违,可叹也!)庭有枇杷树,吾妻死之年所手植也,今已亭亭如盖矣。(睹物思人,曷胜悼伤。)

文中括号内文字,均为夏、叶二先生代一般作手所拟。因为读者熟悉原文,又加括号以著明,故一望而知括号内文字为蛇足。否则一般人读之,恐怕还会觉得自然而然,无可非议呢。这样把名家手笔与稚拙之句纳于一段文字之中,则高下立现,初学写作者亦自知写作时当如何反省检束。

从古代文学的教学实践来看,这种"藉习作以为评鉴"的方法往往会收到良好的效果。例如本书第六章中为《大风歌》加上一句,把三句一段的《浣溪沙》改为四句一段,把长短句的《一剪梅》改为七言体等等,就都是在尝试使用这种方法。又如蒋捷的名篇《虞美人》,可以拟议改造如下:

> 少年听雨歌楼上,红烛昏罗帐。风花雪月一梦中,常忆玉人携手立春风。
> 而今听雨僧庐下,鬓已星星也。悲欢离合总无情,一任阶前点滴到天明。

熟悉这首词的读者当然知道,这首词的三四句本为"壮年听雨客舟中,江阔云低断雁叫西风"。全词八句,两句一个层次,依次写了少年、壮年、老年(而今)三个阶段,然后加以总束。按其原作,上下片是连成一体的,而按上述改作来看,就只是少年与老年的两段式对比,基本结构也就成为平列对照式了。这样通过对同一篇作品的拟议变化来讲章法结构的变化,对听众或读者而言,就比抽象的讲述更有兴味,也更有说服力。

二、词曲互证法

词之与曲,一方面是各有各的文体个性,同时也有诸多相通之处。明代孟称舜《古今词统序》说:"诗变而为词,词变而为曲。词者,诗之余而曲之祖也。"诗、词、曲各有不同的音乐背景,因此把这三种诗体形式说成一体之嬗变也许并不准确。但词初起时具有一定的角色表演性质,抒情主人公往往不是词人自身,而是一定程度上角色化的怀春少女或伤春思妇,因此,以读者熟悉的名曲名段来解释词中人物情绪与抒情境界,每有事半功倍之效。

现代学者中,浦江清先生说词,往往以曲为参照之资,相互生发,颇有深入浅出之效。如《浦江清文录·词的讲解》中解说温庭筠《菩萨蛮》14 首中之第三首,原词如下:

> 蕊黄无限当山额,宿妆隐笑纱窗隔。相见牡丹时,暂来还别离。　　翠钗金作股,钗上双蝶舞。心事竟谁知,月明花满枝。

这首词写男女恋情,大致意思很容易看出,但要寻绎词人的构思脉络却又很不容易。张惠言《词选》把 14 首看作一个整体,比之于司马相如的《长门赋》,并以为自第二首"暖香惹梦"以下便是叙述梦境,直到末首"春恨正关情,画楼残点声"是言"梦醒"。这种囫囵解会只是给出了一个大的抒情框架,却无助于每首词的索解。我们且看浦江清先生的解说:

> 凡词曲多代言体。戏曲之为代言体,最易明白,如莺莺上场唱一曲,乃作者替莺莺说话,张生上场唱一曲,乃作者替张生说话。词在戏曲未起以前,亦有代言之用,词中抒情非必作者自己之情,乃代为各色人等语,其中尤以张生、莺莺式之才子佳人语为多,亦即男女钟情的语言。宫闱体之词譬诸小旦的曲子。上两章但描写美人的体态,尚未抒情,笔法近于客观,犹之《诗经》《硕人》之章。此章涉及抒情,且崔、张夹写,生旦并见,于抒情中又略有叙事的成分。何以言之?"蕊黄无限当山额,宿妆隐笑纱窗隔",此张生见莺莺也。"相见牡丹时,暂来还别离",此崔、张合写也。"翠钗"以下四句,则转入莺莺心事。譬之小说,观点屡易,使苦求神理脉络者有惝恍迷离之感。实则短短一曲内已含有戏曲意味。故知乐府歌曲,不拘一格,写人写事写情写景均无不宜,如此章者虽只是小旦曲子,但既云隐笑,又云相见,则其中必有一小生在。其与戏曲不同者,戏曲必坐实张某、李某之事,词则但传情调,其中若有故事之存在,但不具首尾,亦譬如绘画,于变动不居的自然中抓住某一顷刻,亦譬如短篇小说,但说一断片的情绪,此情绪是普遍的而非特殊的,谓之崔张之事亦可,谓之霍李、陈潘均无不可。词之言情用此种方式表达者甚多。若谓飞卿此词,自记其艳遇,则凿矣。飞卿之艳游尽多,又何必在牡丹、纱窗之间乎?又何必不在牡丹、纱窗之间乎?此亦不过设想有此境界与情调而已。❶

浦江清先生这一段解说,准确而又通脱,颇具方法论意味。以"宫闱体之词譬诸小旦的曲子",妙比解颐,却又不仅"好玩"而已,一旦从此视角切入,很多"男子而作闺音"的词都易于理解了。因为《西厢记》及崔、张故事广为人知,这里资以作比,便使"苦求神理脉络者"顿有驾轻就熟、豁然开朗之感。另外又如"犹之《诗经》"、"譬之小说","亦譬如绘画"云云,都是调动多种文体、艺术的审美积淀来解词,有左右逢源之乐,而无艰难劳苦之态。

又如温庭筠《菩萨蛮》之第四首:"翠翘金缕双鸂鶒,水纹细起春池碧。池上海棠梨,雨晴红满枝。　绣衫遮笑靥,烟草粘飞蝶。青琐对芳菲,玉关音信稀。"这

---

❶ 浦江清:《浦江清文录》,人民文学出版社1989年版,第151—152页。

首词上片写景,下片写女子情态,因为不存在视点变化,故不难理解,然而浦江清先生以《牡丹亭》名曲为解,则让人顿觉活灵活现,有声有色。其说曰:

> 上半阕写景,乃是美人游园所见,譬如画仕女画者,先画园亭池沼,然后著笔写人。"绣衫"两句,正笔写人。写美女游园,情景如画,读此仿佛见《牡丹亭》《惊梦》折前半主婢两人游园唱"原来姹紫嫣红开遍"一曲时之身段。飞卿词大开色相之门,后来《牡丹亭》曲、《红楼梦》小说皆承之而起,推为词曲之鼻祖宜也。
>
> ……飞卿十四首《菩萨蛮》皆赋美人,却不曾提出美人或女子字样,但举妆饰、居处、体态、心事为言,其写法在客观主观之间,主词可以是"她",亦可以是"我",此因为歌妓而作而又使歌伎歌唱之曲子,故描绘语与抒情语糅合在一起。以观点而论,实不清楚。盖自南朝女伎之乐舞发达以后,采取民间艳歌与文人所写描写女性的艳诗,制成歌曲,又伴以舞蹈,主观客观渐渐糅合,她即是我,我即是她。故抒情语与描绘语融合一起,脉络更难分析也。如此首,写美女游园,可以作旁人的口气,而同时又可作美女游园自己歌唱的抒情曲子,若加以舞蹈的身段,即是《牡丹亭》《惊梦》折之《游园》一段。所以词与戏曲实先后相承,本是一物,今人不见当时菩萨蛮队舞等身段,乃以抒情诗看之,不免隔膜了。❶

浦江清先生说词,每由个别通向一般,即由具体指向规律,故听其解词可悟读词之法,举一隅可以三隅反。上引文字中,以《牡丹亭》名剧中《惊梦》一折来解说温词,自是妙手拈来,精彩顿现,同时在这段文字中,他也对早期词中主观视点与客观视点在一篇之中自由转换的成因作了一些探索。早期词的演唱与"菩萨蛮队舞"之类歌舞表演为一体,应是原因之一。他所说的"观点",也就是叙事学中的"视点"。作为伴唱、合唱,可以取客观视点,将人与景一起纳入视野之中;而作为个人之独唱,则又可以抒发个人(实即角色)之感情。这样作为歌舞表演乃自然而然,作为案头之词来看似乎就有点视点不一致了。其次,浦江清先生又说,早期词"为歌伎而作而又使歌伎唱",亦应是造成主客观视点杂糅的原因之一。词人"为歌伎而作",是以男性之词人看女性之歌伎,是客观视点;"而又使歌伎唱",则词人必设身处地,以揣以摩,作女性声口,这又是主观视点。可知词人写词时自我定位时复挪移,于是

---

❶ 浦江清:《浦江清文录》,人民文学出版社1989年版,第153—154页。

也就造成"描绘语与抒情语糅合在一起"的现象。这两个方面在浦江清先生的讲述中虽然未加"钩勒"强调,其实都已点到了。

当然,浦江清先生也并不是以曲释词方法的发明者。从词学发展史来看,这种欣赏方法在晚明戏曲家汤显祖评点的《花间集》中已初见端倪,而在明末卓人月、徐士俊编集的《古今词统》中则已得到广泛运用了。

如汤显祖评《花间集》中,毛熙震《酒泉子》上片:"闲卧绣帏,慵想万般情宠。锦檀偏,翘股重,翠云欹。"汤显祖评曰:"'手抵着牙腮,慢慢的想',知从此处翻案,觉两两尖新。"按:"手抵着牙腮"句,出王实甫《西厢记》第一本第二折。张生自初见莺莺后即难释怀,回到自己房间后便作种种幻想,其"尾声"唱词云:"娇羞花解语,温柔玉有香。我和他乍相逢记不真娇模样,我则索手抵着牙儿慢慢的想。"其实《西厢记》此种描写未必从毛熙震词翻案,不过情境相似而已,但汤显祖引曲证词,便使雅化之词又回复了生活之本相,更加充满了感性气息。

卓人月、徐士俊编《古今词统》中以曲释词之例更多,选抄数则如下:

> 评秦观《调笑令·王昭君》:前数行(按当指词前之诗),疑是元人宾白所自始。被之管弦,竟是董解元数段。(卷三)
>
> 评顾敻《醉公子》"魂消似去年"句:《还魂曲》"恁今春关情似去年"用此曲;"最撩人春色是今年",则又翻此。(卷三)
>
> 评谢逸《柳梢青》"昨夜浓欢,今宵别酒,明朝行客"数句:《西厢》"前暮私情,昨夜欢娱,今日别离",殆仿此耶?(卷六)
>
> 评黄庭坚《鹧鸪天》"背人语处藏珠履,觑得羞时整玉梭"二句:王实甫"推整素罗衣"三句,与"整玉梭"相类。(卷七)
>
> 评苏轼《翻香令·烧香》"为情深,嫌怕断头烟"句:元曲所谓"前生烧了断头香"者,宋时先有此说耶?(卷八)
>
> 评张先《一斛珠》"生香真色人难学"句:人羡汤若士"丹青女易描,真色人难学"三句,不知为子野所创。(卷八)
>
> 评秦观《河传》"语低声软,道我何曾惯"二句:"你不惯,谁曾惯?"少游、实甫,遥相问答。(卷十)
>
> 评张先《一丛花》(伤高怀远几时穷)曰:《还魂记》妙语皆出子野。(卷十一)
>
> 评李景《帝台春》"拼则而今已拼了,忘则怎生便忘得"二句:二句《西厢》、《还魂》之间。(卷十二)

以上评语，或作溯源式批评，即探讨词与曲之间的承续关系；或作印证式批评，即以曲中情境来释词之意蕴，是以曲释词，也是词曲互证。这样做既有利于把握欣赏原词，也可以在词曲比较中开拓思维与欣赏的空间。

三、意象批评法

所谓"意象批评法"，"就是指以具体的意象，表达抽象之理念，以揭示作者的风格所在，其思维方式上的特点是直观，其外在表现上的特点则是意象。"❶说得再直白一点，就是通过比喻来形容作者的风格或特色，使之更为生动形象。它和其他的批评鉴赏方法有所区别，那就是它似乎并不是阅读、鉴赏、批评过程中的方法，而是在形成结论性认识基础上的一种特殊的表述方式。当然，我们不排除欣赏过程中的形象思维，它不仅能增强评赏语言的表现力，也可以为研读之过程思维添上一双灵动的翅膀。

意象批评法具有很强的审美意味，它的起源应是来自于魏晋时期的人物品藻。如《世说新语》之《赏誉》篇："世目李元礼，谡谡如劲松下风。"《容止》篇："时人目夏侯太初朗朗如日月之入怀，李安国颓唐如玉山之将崩。"在此之后，南朝的文学批评中就渐多形象品藻之语了。因为词为后起，词学中的意象批评法，显然也是从诗文评中移易过来的。散文评赏之例，如唐代张说评时人之文曰：

> 李峤、崔融、薛稷、宋之问，皆如良金美玉，无施不可。富嘉谟之文，如孤峰绝岸，壁立万仞，丛云郁兴，震雷俱发，诚可畏乎！若施于廊庙，则为骇矣。阎朝隐之文，则如丽色靓妆，衣之绮绣，燕歌赵舞，观者忘忧。……韩休之文，有如太羹玄酒，虽雅有典则，而薄于滋味。许景先之文，有如丰肌腻体，虽秾华可爱，而乏风骨。张九龄之文，有如轻缣素练，虽济时适用，而窘于篇幅。王翰之文，有如琼林玉斝，虽烂然可珍，而多有玷缺。若能箴其所阙，济其所长，亦一时之秀也。❷

诗评之中最为典型的，当数宋代敖陶孙所作《臞翁诗评》：

> 因暇日与弟侄辈评古今诸名人诗。魏武帝如幽燕老将，气韵沉雄。曹子

---

❶ 张伯伟：《中国古代文学批评方法研究》，中华书局2002年版，第198页。
❷ 刘肃：《大唐新语》卷八，中华书局1984年版，第130页。

建如三河少年,风流自赏。鲍明远如饥鹰独出,奇矫无前。谢康乐如东海扬帆,风日流丽。陶彭泽如绛云在霄,舒卷自如。王右丞如秋水芙蕖,倚风自笑。韦苏州如园客独茧,暗合音徽。孟浩然如洞庭始波,木叶微落。杜牧之如铜丸走坂,骏马注坡。白乐天如山东父老课农桑,言言皆实。元微之如龟年说天宝遗事,貌悴而神不伤。刘梦得如镂冰雕琼,流光自照。李太白如刘安鸡犬,遗响白云,核其归存,恍无定处。韩退之如囊沙背水,惟韩信独能。李长吉如武帝食露盘,无非多欲。孟东野如埋泉断剑,卧壑寒松。张籍如优工行乡饮,酬献秩如,时有诙气。柳子厚如高秋独眺,霁晚孤吹。李义山如百宝流苏,千丝铁网,绮密瑰妍,要非适用。本朝苏东坡如屈注天潢,倒连沧海,变眩百怪,终归雄浑。欧公如四瑚八琏,止可施之宗庙。荆公如邓艾缒兵入蜀,要以险绝为功。山谷如陶弘景祗诏入宫,析理谈玄,而松风之梦故在。梅圣俞如关河放溜,瞬息无声。秦少游如时女步春,终伤婉弱。后山如九皋独唳,深林孤芳,冲寂自妍,不求识赏。韩子苍如梨园按乐,排比得伦。吕居仁如散圣安禅,自能奇逸。其他作者,未易殚陈。独唐杜工部,如周公制作,后世莫能拟议。❶

此种建立在形象比喻基础上的评诗法,在钟嵘《诗品》及唐人那儿还只是偶尔一用的点缀,而在敖陶孙这里则推而广之,蔚为大观,几乎成了一部形象化的袖珍诗史了。

词中采用意象批评法,在历代词话或词集序跋中所在多有,但一般不像诗文评中那样蔚为大观。如传为李清照所作《词论》中评秦观、黄庭坚词:"秦即专主情致,而少故实,譬如贫家美女,非不妍丽,而终乏富贵态。黄即尚故实而多疵病,譬如良玉有瑕,价自减半矣。"又如王灼《碧鸡漫志》卷二论各家词短长:"叔原如金陵王谢子弟,秀气胜韵,得之天然,将不可学。""谢无逸字字求工,不敢辄下一语,如刻削通草人,都无筋骨,要是力不足。"又如张炎《词源》评姜夔、吴文英词风格:"姜白石词如野云孤飞,去留无迹。吴梦窗词如七宝楼台,眩人眼目,碎拆下来,不成片段。"周济《介存斋论词杂著》评温庭筠、韦庄和李煜三家词曰:"毛嫱、西施,天下美妇人也,严妆佳,淡妆亦佳,粗服乱头,不掩国色。飞卿,严妆也;端己,淡妆也;后主,则粗服乱头矣。"王国维《人间词话》评温、韦二家词曰:"'画屏金鹧鸪',飞卿语也,其词品似之;'弦上黄莺语',端己语也,其词品亦似之。"又评吴文英、张炎之词曰:"梦窗之词,余得取其词中之一语以评之,曰:'映梦窗,零乱碧'。玉田之词,余得取其词中一语

---

❶ 敖陶孙:《臞翁诗集》卷末,《南宋六十家集》本。

以评之,曰:'玉老田荒'。"从以上征引各例来看,借助于意象评词,的确有精彩顿现使人过目难忘的效果。如张炎评姜、吴词所用"野云孤飞"、"七宝楼台"之喻,又不只是对"清空""骚雅"或"质实"、"密丽"的形象说法,而具有更丰富的内涵与意味。像这一类评语,因为表现力极强,故极能"抓人"。历代论姜、吴词者既不可不知,而一见之后非惟不能忘,而且不能有意"绕过去",所以历代词选词评之中,引用频率极高。周济和王国维的拟议形容也颇具代表性。周济以美女喻佳词,分为三种类型,可谓妙譬天成。王国维引词人作品中语以评其词风,又别是一法,所贵者天造地设,一经发现便觉不可移易。当然此法为"就地取材",可遇而不可强求。

这种形象思维及表述方式不仅可以用于词人词作的批评鉴赏,也可以用于词学观点的表述。如沈雄《古今词话·词评》卷下引徐士俊(野君)之语曰:"诗如康庄九逵,车驱马骤,易为假步。词如深岩曲径,从篠幽花,源几折而始流,桥独木而方渡。非是骚情赋骨者,未易染指。"谢章铤《赌棋山庄词话》卷七引黄鸥之语曰:"词体如美人,含娇掩媚,秋波微转,正视之一态,旁视之又一态,近窥之一态,远窥之又一态。"况周颐《蕙风词话》卷二:"词笔丽与艳不同:艳如芍药、牡丹,慷春媚景;丽若海棠、文杏,映烛窥帘。"这种表述方式,实际上不只是把抽象的义理化为生动可感的形象,有时也只有借助于某种形象才能传达其可意会而不可言传的意味。如上文所说诗词之别、词笔丽与艳之别,其义理层面固然可以用语言直接表述,而其间的微妙感觉与意味,也许只有借助于形象才能更好地传达出来。这种不直说的方式固然也会有言不尽意的毛病,但也会给读者留下更丰富的思维与创造的空间。

四、摘句品赏法

摘句品赏是中国古代文学鉴赏批评的常用形式。尤其是诗词佳句,更易于"采摘"且易记易传。萧子显《南齐书·文学传论》中说:"若子桓之品藻人才,仲洽之区判文体,陆机辨于《文赋》,李充论于《翰林》,张眇摘句褒贬,颜延图写情兴,各任怀抱,共为权衡。"从这一段话可知,张眇的"摘句褒贬"之法,和曹丕(字子桓)的《典论》,挚虞(字仲洽)的《文章流别论》、陆机的《文赋》,李充的《翰林论》,颜延之图写五君形貌复作《五君咏》一样,也是文学品赏的一种形式。而且,与其他批评方式相比,摘句法在生活中最为自然,也最为流行。如刘义庆《世说新语·文学》记载:

> 谢公(安)因子弟集聚,问《毛诗》何句最佳?遏(谢玄)称曰:"昔我往矣,杨柳依依;今我来思,雨雪霏霏。"公曰:"讦谟定命,远猷辰告。"谓此句偏有雅人深致。

这是秦淮河畔、乌衣巷里谢氏家族的一个生活场景。这可以作为见仁见智的例子，以股肱大臣自命的谢安，居然偏赏那种《尚书》典诰风格的诗句，也让人觉得有点匪夷所思。这个例子同时也表明，至少在那个时代，在 3 世纪的时候，在具有较高文化水准的家族日常生活中，摘句品赏已经成为一种谈诗论文的基本方式。到了唐代，摘句品赏已不是一般的个人欣赏行为，而成了一种颇具规模的评赏方式。人们从诗文中选摘秀句，编成集子，当时称为"句图"。在文学史上有较大影响的是晚唐张为编著的《诗人主客图》。《四库全书总目·文选句图提要》中亦云"摘句为图，始于张为"，这其实是不准确的。因为在此之前，已有元兢选编的《古今诗人秀句》（此书已佚），有僧玄鉴选编的《续古今诗人秀句》。又辛文房《唐才子传》卷九《李洞传》载："洞尝集（贾）岛诗句五十联，及唐诸人警句五十联为诗句图。"李洞生活在唐末僖宗、昭宗时，比张为略晚一点。

就词之一体而言，摘句品赏之风比诗更盛，词人因某一佳句而得享盛名的现象亦屡见不鲜。如马令《南唐书》卷二十一《冯延巳传》记载：

> 元宗（李璟）乐府词云："小楼吹彻玉笙寒"，延巳有"风乍起，吹皱一池春水"之句，皆为警策。元宗尝戏延巳曰："吹皱一池春水，干卿何事？"延巳曰："未如陛下'小楼吹彻玉笙寒'。"元宗悦。

这是君臣之间以名句相高之例。又胡仔《苕溪渔隐丛话》前集卷五十九引《雪浪斋日记》云：

> 荆公问山谷云："作小词曾看李后主词否？"云："曾看。"荆公云："何处最好？"山谷以"一江春水向东流"为对。荆公云："未若'细雨梦回鸡塞远，小楼吹彻玉笙寒'。又'细雨湿流光'最好。"

按"细雨梦回"一联出于中主李璟《摊破浣溪沙》，"细雨湿流光"出于冯延巳《南乡子》。诸句皆为俊语而风格不同，故此亦可作为见仁见智之例。其他如宋祁因"红杏枝头春意闹"之句而被人称为"红杏尚书"，张先因"云破月来花弄影"、"帘幕卷花影"、"堕轻絮无影"而被呼为"张三影"❶，贺铸因"一川烟草，满城风絮，梅子黄时雨"而被呼为"贺梅子"，其他又有"山抹微云秦学士，露花倒影柳屯田"，"晓风残月柳三

---

❶ 按：张先"三影"得名之句说法不同，这里是以传为陈师道所作《后山诗话》为据。

变,滴粉搓酥左与言"等等,正如陈廷焯所说:"皆以一语之功,倾倒一世。"❶至于陆辅之《词旨》中"奇对三十三则"、"警句九十二则"之类,和前代的《古今诗人秀句》或《文选句图》已经道通为一了。

摘句品赏法之流行,可能有两个基本原因。一是秀句挺出,如诗眼词眼,格外引人注意,故过目难忘;无论是作为茶余饭后的谈资,还是较为专门的场合,这些名句也自然是信手拈来,信口而出。胡仔《苕溪渔隐丛话》后集卷二曰:"古今诗人,以诗名世者,或只一句,或只一联,或只一篇,虽其余别有好诗,不专在此,然传播于后世,脍炙人口者,终不出此矣。"这种摘句品题之风是自然形成的,而词人于此心领神会,故加意修饰,语不惊人死不休,应该说也是词的音乐性淡化、文学性增强的一种驱动力。第二个原因是出于词评举例的需要。无论讲某人词之优劣,还是讲某家词之特色,不举例则近乎"口说无凭",抄录全词则覆盖率有限,于是摘句为例,以局部而代整体,遂成为一种自然的选择。如《能改斋词话》卷一录晁补之"评本朝乐章"一段云:

> 世言柳耆卿曲俗,非也。如《八声甘州》云:"渐霜风凄紧,关河冷落,残照当楼。"此真唐人语,不减高处矣。欧阳永叔《浣溪沙》云:"堤上游人逐画船,拍堤春水四垂天,绿杨楼外出秋千。"要皆绝妙,然只一"出"字,自是后人道不到处。……晏元献不蹈袭人语,而风调闲雅,如"舞低杨柳楼心月,歌尽桃花扇底风",知此人不住三家村也。……近世以来,作者皆不及秦少游。如"斜阳外,寒鸦万点,流水绕孤村"。虽不识字人,亦知是天生好言语。

这是晁补之对北宋名家词的点评。其中讲各人水平特色,大都引其名句为例。只是"舞低杨柳楼心月"二句,实际上是晏几道作品而不是其父晏殊的作品。由此例可知,摘句法在词作评论时的广泛运用,在很大程度上是出于表述的需要。如晁补之要向读者申明柳永词并非一味俚俗,欧阳修词用字造句有过人处,晏殊词风调闲雅,秦观词秀韵天成等等,光靠断语则不足为证,一一抄录原作又不可能,所以用摘句法便自然而然。在现代词学论文或鉴赏性文章中,摘句法也仍然是以点带面、以少总多的常见方法。各种版本的《宋词鉴赏辞典》所收名句动辄数百,亦比过去的"句图"类之书有过之而无不及了。

---

❶ 陈廷焯:《白雨斋词话》卷六,《词话丛编》本,中华书局1986年版,第3928页。

阅读与思考

一、扩大阅读书目

1. 沈祖棻:《宋词赏析》,上海古籍出版社 1980 年版。
2. 缪钺:《诗词散论》,上海古籍出版社 1982 年版。
3. 傅庚生:《中国文学欣赏举隅》,陕西人民出版社 1983 年版。
4. 周振甫:《诗词例话》,中国青年出版社 1979 年版。
5. 钱锺书:《谈艺录》,中华书局 1984 年版。
6. 张伯伟:《中国古代文学批评方法研究》,中华书局 2002 年版。
7. 《宋词鉴赏辞典》,上海辞书出版社 2003 年版。

二、思考与练习

1. 从宋词选本中随意选抄一首词,自己动手查阅工具书,先为词作注释,然后从思想内容到艺术特色进行分析,写出一篇鉴赏文章。
2. 试采用胡适"同调词比较阅读法",看能否总结出来某一词调的抒情特色。
3. 从宋词中选取不同词人写同一题材的三五首词,采用比较欣赏法,分析各人的创作特点。
4. 从唐诗、宋词、元曲中各选一首同题材的作品,比较诗、词、曲不同的表现手法与艺术风格。

后　记

我涉足词学,是在华东师范大学丽娃河畔开始起步的。那是 1985 年 9 月至 1986 年 6 月,我和来自全国各地高校的 72 名青年教师,参加华东师大主办的"古典文学助教进修班",在丽娃河东岸的九舍二楼度过了将近一年光景。当时万云峻先生讲"诗词曲比较研究",马兴荣先生讲"词学概论",方智范、邓乔彬、高健中三位先生合开"中国词学批评史",曲学方面则有蒋星煜先生讲授"中国戏曲史",中文系主任齐森华先生讲"曲学概论";更有施蛰存、苏渊雷(仲翔)、徐中玉、郭豫适、叶百丰诸先生,以及沪上其他高校著名学者章培恒、王运熙、陈伯海、赵昌平诸先生穿插开设的系列讲座。这一年的学习经历,对我其后的治学道路影响甚大,不仅打下了词曲学的基础,而且使我意识到个人性情气质与词体个性的亲近契合。如果说在那之前,我对词只是一种懵懂的天然喜好,而在那之后,词学就隐然成为我后半生的治学方向了。

自 1986 年以来,我先后在多所高校面向本科生或研究生,开设"宋词欣赏"或"宋词研究"课程。此后尽管研究方向多次调整,从宋代到明清,从清诗到明词,但考虑到受众的要求,讲授较多的还是宋词。这部《宋词欣赏教程》,就是在二十余年不断修订增补的讲稿以及零章断缣式教学笔记基础上整理出来的。

本书初版本的特约编辑周明教授曾经指出:"我所接触到的一些精品教材,虽仍使用传统的课程名称,但多是创新课程,都是作者们苦心孤诣的撰著。《宋词欣赏教程》亦是如此,既是一部精品教材,也具有学术专著的品格。"这是具有学术眼光的真知灼见。说它是教材,是因为来自于教学实践,采用了教材的框架与著述体例,而且先后被评为江苏省高校精品教材(2009 年)和重点教材(2013 年)。从内容来说,因为相关的词学基础知识不能不讲,而当同者亦不得不同,所以该书前二章有不少内容是从前贤著作中博观约取综合形成的。其中凡直接引用者,例皆随文注明;而借鉴较多,又未能尽加说明的,是吴熊和先生的《唐宋词通论》。因为吴先生和先师严迪昌先生的挚交关系,我一直把吴熊和先生视为我的老师。1994年秋季我去杭州,先生留我在家吃饭,师母陆大夫做的鱼非常好吃,而先生亲手赠我的《唐宋词通论》,扉页还有吴先生潇洒的亲笔签名。如今吴熊和先生和严迪昌先生皆归道山,益令我生景行仰止之感。

从另一面来说,本书虽然是教材,却又带有较为明显的个人著述性质。我生性不喜重复自己,尤其不喜欢那种"百衲衣"式的弥缝补缀之作。所以在本书中,无论是前数章中谈发展分期,还是谈主题题材,都尽可能选点突破,或在某些方面延伸探讨,或在综述基础上有所按断。尤其是在章法、句法、字法诸方面,发挥空间更大,个人著述意味也更浓一些。周明教授说本书具有个人专著性质,也正是基于这些方面。一些学界朋友看了该书后说,这本书实际上相当于一本"宋词学引论",现在顶着教材之名未免可惜。我想,无论是在讲台面向学生讲授,还是印成著作流通,自己的观点或思路已经得到宣示传播,这就可以了。当然,因为以教材面目出现,可能也确实在一定程度上限制了它在学术圈内的影响;就我所知,除了陶文鹏先生在论文中数数道及外,词学圈中的学者们似乎很少提到它,可能也有这方面的原因。

此次修订,主要做了三方面的工作。

一是芟繁就简。除原书附录"宋词名家简介"外,第一、二、四、八各章皆删去不少段落。虽然在某些章节补写了三五千字,但从整体来看,全书从原来的40万字压缩到30万字,删去大约10万字。删去的文字或可分为两类:一部分是稍嫌枝蔓琐屑的文字,还有一些是其他书中可以查阅到的常识性内容。芟削前者使本书更显得简洁明快,而芟削后者则使得本书个人著述的意味更加突出了。

二是订正讹误。初版本尽管有多年的讲稿为基础,但在整理交付出版过程中仍不免匆促;虽然经过责任编辑荣卫红女士和特约编辑周明教授的精心审校,仍有个别讹误或瑕疵。此次借修订之机,不仅大加删削,而且通读校改二遍,订正了多处文字或知识层面的讹误。虽未能尽善尽美,而主观上是力图精益求精的。

三是细化标目。初版本目录只列章节标题,未免笼统汗漫。此次修订细化为三级标题,并节下要点亦提取入目录。这样就不仅为读者提供了导读或索引功能,也使得原来被遮蔽的个人观点得到突显。

另外,对于原来各章后所附"阅读与思考",也结合近年词学发展情况,增加了一些扩大阅读书目,也适当增加了一些带有研究设想的思考题。

昔年曾读夏承焘先生《天风阁学词日记》,其中于1947年5月27日,夏先生因读陈寅恪《连昌宫词笺证》而感慨曰:"著书有三种:最上,令读者得益;其次,令此学本身有发现;其三,但令读者佩服作者之博学精心。"余不敏,但所追求或在夏先生所说最上与其次之间。虽不能至,而心向往之矣。

此书修订之时,我已将及"耳顺"之年。我知道自己今后仍将以读书著述为生业(青灯黄卷数十载,这已经形成一种生存与生活模式了),但我仍想在退休之前,把此前出版的几部著作完成修订再版。除了已经修订再版的《忏悔与自赎》(东方出版社2012年版),和这本《宋词欣赏教程》之外,接下来将要修订出版的是《明词史》和《宋代绝句选注》。待这几项工作完成之后,我就可以摆脱课题之类的种种约束,更轻松、更从容地去"另起炉灶",再做一些自己更感兴趣的工作了。

高秋九月,霜意正浓,看远近山林间红黄斑斓的色调,明快而温暖。这或许就是六十岁的境界吧?甲子轮回,我期待着学术上的蜕变与新生。

张仲谋　甲午秋日于金陵古林公园

附记:

陶文鹏先生是我尊重爱戴的前辈学者,也是相知相得二十余年的良师益友。我喜欢他激情感性的诗人气质,服膺他一贯提倡的文学本位、文采风流、视野宏通的批评原则。他乐于奖拔后进,每读到一篇好文章,便逢人说项,称之不容口。大约二十年前我在《文学遗产》发表了一篇《论唐宋词的闲愁主题》,陶公为我吹嘘了好长一段时间,一些同辈的或年轻的学者竟是因陶公的鼓吹而了解我关注我的。《宋词欣赏教程》即将修订再版,春节前我向陶先生试探提出:能否请先生赐序弁首,以增光宠,没想到先生不假思索,一口答应下来。但后来我才知道,事实上这数月是他最为忙碌的一段时间。一方面是他的两本大著都在作最后一校,另外还有广西老家的一些事务需要处理。但陶公没有虚与委蛇,敷衍塞责,而是为我破例熬夜,赶写了八千言长序。这让我既感动又不免愧疚。序中多奖掖之语,那体现了先生对我的厚爱,也是对我的勉励。对我来说,论文的数量以及获奖等等已经没有意义了,但我仍当加倍努力,争取再写出一些不负陶公、不负读者亦不负自我的好文章。希望晚年能编选一本篇幅不大的自选集,其中的每一篇都能使自己满意,使陶公满意。让读到此书的人说,陶文鹏先生是有眼光的,他没有看错人。

张仲谋
2015年5月6日